CARINA WILDE

VELVET MOUNTAINS

RISK WITH ME

COVE

VORBEMERKUNG FÜR DIE LESER*INNEN

Liebe*r Leser*in,

dieser Roman enthält potenziell sensible Inhalte. Aus diesem Grund befindet sich hier eine Content Note. Am Romanende findest du eine Themenübersicht, die demzufolge Spoiler für den Roman enthält.

Entscheide bitte für dich selbst, ob du diese Warnung liest. Gehe während des Lesens achtsam mit dir um. Falls du während des Lesens auf Probleme stößt und/oder betroffen bist, bleib damit nicht allein. Wende dich an deine Familie, Freunde oder auch professionelle Hilfestellen.

Wir wünschen dir alles Gute und das bestmögliche Erlebnis beim Lesen dieser besonderen Geschichte.

Carina und das Carlsen-Team

Der wichtigste Gedanke auf dem Gipfel gilt
dem Weg nach unten.

– Reinhold Messner –

Für dich.
Mit dem tiefen Wunsch, dass du immer jemanden hast, der auf dich wartet und dich in die Arme schließt.

Danke, Lex,
dass du das für mich bist.

PLAYLIST

All I Want – Kodaline
Ich will nur – Philipp Poisel
Demons – Imagine Dragons
How to Save a Life – The Fray
A Thousand Times – Wayne Matthews
SORRY (feat. Livingston) – Macklemore, Livingston, BEN
Forever and Ever and Always – Ryan Mack
All The Small Things – blink-182
Traitor – Livingston
Bittersweet – Clinton Kane
Far Away – Nickelback
Overwhelmed – Ryan Mack
Love is Gone (Acoustic) – SLANDER, Dylan Matthew
Till We Both Say – Nicotine Dolls
How You Remind Me – Nickelback
Why Don't We – 8 Letters
Liebe meines Lebens – Philipp Poisel
You're Gonna Go Far, Kid – The Offspring
How Do You Love Me – Nicotine Dolls
Believer – Imagine Dragons
At My Worst – Joseph Vincent
The Wind – Yusuf / Cat Stevens

SHANGRI-LA

Ein fiktiver Ort in Tibet, der Harmonie und
inneren Frieden verspricht.

PROLOG

DEVIN

Ich finde Halt.

Mit drei Fingern schaffe ich es, mich in dem schmalen Felsriss festzuklammern und die zweite Hand für wenige Sekunden zu entlasten. Ein Atemzug, dann noch einer. Meine Bauchmuskeln brennen vor Anspannung, als ich die Hüfte wieder gegen die Wand presse und den Schwung mitnehme, um nach oben zu greifen. Feiner Geröllstaub löst sich vom Fels und rieselt mir unbarmherzig in die immer schlimmer tränenden Augen. Beim nächsten Atemzug entkommt mir ein erstes leises Keuchen. Ich denke nicht daran, zu fallen. Was ich will, befindet sich über mir, und ich werde alles geben, um nach oben zu gelangen.

Mit dem linken Fuß fahre ich über den Fels und finde intuitiv den kleinen Absatz, den ich vorhin im Blick hatte. Ich ertaste nur eine schmale Stelle für meine Fußspitze und doch genug, um mein Gewicht abzustützen.

Der aufkommende Wind streicht über meine schweißnasse Haut und lässt mich frösteln. Ich habe keine Ahnung, wie viel Zeit seit dem Sonnenaufgang vergangen ist. Dass meine Kraft schwindet, fühle ich bereits in jeder Faser. Ein Stück unter mir flucht Julien, aber ich reagiere nicht darauf, weil Julien immer flucht und ich mir erst Sorgen um ihn machen muss, wenn er zu lange still ist.

Ich presse die Lippen zusammen und setze zum nächsten Zug an. Wir haben diese Wand gewählt, gemeinsam, und ich werde nicht scheitern. Keiner von uns wird das. Ayla, Julien und ich sind ein Team. Zu dritt können wir alles schaffen.

Blinzelnd versuche ich, meine von Staub und Tränen verschleierte Sicht zu schärfen, aber zu spät erkenne ich den dunklen Schatten um die Vertiefung, in die ich fasse. Beinahe lautlos bricht der Fels aus. Ich finde keinen Widerstand und rutsche ab.

Adrenalin zischt durch meine Adern und treibt meinen Herzschlag in die Höhe, während ich nach einem Ausweg suche. Es dauert nur den Bruchteil einer Sekunde, dann verlagere ich das Gewicht und fange die Wucht ab, die meinen Körper nach unten treiben will. Mit einem erleichterten Stöhnen atme ich die Angst aus und suche die Wand nach einer anderen Haltemöglichkeit ab. Meine Sinne schärfen sich einzig und allein auf den Felsen vor mir und was ich leisten muss, um ihn zu besteigen. Das ist es, was ich liebe.

»Devin?«

»Hier.« Ich strecke meine Knie durch und nutze diese Position, um die krampfenden Finger meiner rechten Hand zu öffnen und zu schließen. Dann wage ich einen vorsichtigen Blick nach unten zu Julien. Sein roter Helm wirkt wie ein Fremdkörper vor der grauen Wand und der kargen Hügellandschaft, die sich weit unter uns erstreckt. In wenigen Wochen wird die Ebene wieder monatelang von Schnee und Eis überzogen sein.

Julien blickt zu mir hoch. »Mein Daumen macht nicht mehr lange mit, die Sehne brennt wie Feuer. Bitte sag mir, dass wir bald oben sind. Ich bin mir ganz sicher, Ayla hat es bereits auf das Plateau geschafft.«

»Das ist das letzte Viertel der Route, Julien«, rufe ich und höre selbst den Zweifel in meiner Stimme.

»Du hast keine Ahnung, oder? Durch den Felsvorsprung kannst auch du nichts sehen.«

Ich muss grinsen, weil ich vor Julien noch nie etwas verheimlichen konnte, schon gar nicht meine Unsicherheit. »Stimmt, die Restlänge der Route war geraten. Ich hab keine verdammte Ahnung.«

»Herrlich.« Julien lehnt sich ein wenig zurück und blickt nach oben. »Wie schafft es jemand, so schnell zu klettern wie Ayla? Kannst du mir das erklären? Ich meine, wir hängen seit vier Tagen in den schwierigsten Wänden herum, schlafen weniger, als unsere Körper brauchen, und meine Fingerkuppen sind praktisch nicht mehr vorhanden. Dabei hat Ayla in den letzten Wochen kein einziges unserer Ausdauertrainings mitgemacht. Wie ist es möglich, dass wir so viel langsamer sind?«

Die Antwort ist einfach, und Julien kennt sie genauso gut wie ich. »Ayla *ist* all das hier, Julz. Sie lebt den Berg. Hast du gesehen, mit welcher Technik sie gestern die Westseite hochgeklettert ist? Ihr Talent ist unvergleichlich.« Ich muss lächeln. »Es ist, als würde Ayla fliegen.«

»Ich fliege auch, nur nicht nach oben, wenn wir nicht bald an der Kante sind. Diese beschissene Sehnenentzündung.«

Von der Kälte beginnen meine Finger dumpf zu pochen. Ich verdränge die daraus resultierende Gefahr und atme tief durch, während ich den Felsen nach den nächsten Griffmöglichkeiten absuche. Wir haben Juni, und trotzdem herrschen hier die eisigen Temperaturen der Alaska Range.

»Rechts über dir auf elf Uhr, die zwei Kerben, Devin. Eine für den Daumen, das müsste funktionieren.«

Mit durchgestreckten Beinen taste ich den Stein nach Juliens Einbuchtungen ab. Ich hätte wissen müssen, dass er im Kopf schon weitergeklettert ist. »Danke, Julien. Bereit?«

»Ja. Und wehe, du erzählst Ayla, dass ich gejammert habe.«

»Würde ich nie tun«, gebe ich zurück und visiere eine Stufe für meine linke Hand an, die ich nur springend erreichen kann. Die Wand neigt sich mir leicht entgegen, das macht es schwierig. »Ayla kennt dich, Julien. Sie weiß, dass du gut bist. Im Klettern und im Jammern.«

»Und in so vielen anderen Dingen.«

Ich gebe ihm keine Antwort mehr, sondern gehe leicht in die Knie, visiere den nächsten Griff an und springe ab, darauf vertrauend, dass der schmale, abgerundete Stein unter meinem Gewicht nicht bröckelt. Im selben Wimpernschlag, in dem meine Finger über den Untergrund schaben und keine Vertiefung finden, trifft mich die Erkenntnis. Die aufblitzende Panik verstummt mit all meinen Gedanken, und der blanke Instinkt nimmt mein Leben in die Hand. Ich reiße den zweiten Arm weiter nach oben, strecke mich durch und kralle mich im Granit fest. Mir sitzt ein Ächzen in der Kehle, das mein Körper erst loslassen kann, nachdem auch meine Fußspitzen Halt finden. Mit zusammengebissenen Zähnen atme ich die nachhallende Angst aus. Nein, ich werde nicht fallen.

Mein linkes Bein stemme ich beinahe auf Hüfthöhe gegen den Felsen und drücke mich damit endlich über den Vorsprung.

»Julien?«

»Das war gut, Devin.«

War es. Und scheißgefährlich.

»Wir haben noch zwanzig Meter in gerader Linie«, rufe ich und sehe gerade noch, wie sich Ayla über die Bergkante auf das Plateau schiebt, von dem aus wir über einen Zustieg wieder zurück zu unserem Lager kommen.

Mit freiem Blick auf die Wand setzt sich in meinem Kopf innerhalb weniger Sekunden ein Teil nach dem anderen zusammen und schenkt mir einen roten Faden, dem ich folgen muss. Mein Körper erinnert sich im passenden Moment an jedes Detail dieser Formation, und wie von selbst finden Arme und Beine den richtigen Rhythmus. Ich konzentriere mich nur auf eine gleichmäßige Atmung und überlasse mich dem Rausch der Wand. Ein Zusammenspiel aus Kraft, Koordination und präzisem Denken.

Vollkommen in mir selbst ruhend hebe ich mich ebenfalls nach wenigen Minuten über die Felskante. Ich muss Julien Platz machen, der plötzlich dicht hinter mir ist, was definitiv an seinem Klettertalent in Schlüsselstellen liegt. Je schwieriger einzelne Passagen sind, umso mehr kann Julien von sich zeigen.

Das leichte Zittern in meinen Knien steht im Kontrast zum heftigen Krampfen meiner Muskeln. Nach vorne gebeugt versuche ich, genügend Luft in meine Lungen zu ziehen. Wir sind schon oft zu Trainingszwecken auf dieser Höhe geklettert, aber nie habe ich die dünner werdende Luft so sehr zu spüren bekommen. Plötzlich zucken kleine Lichtblitze durch mein Sichtfeld, und ich taumle zwei Schritte vorwärts, weg vom Abgrund.

»Dev?« Eine warme Hand landet in meinem Nacken. »Mach den Mund leicht auf und atme ganz tief ein, dann kräftig wieder aus. Bauch, Brust und Schlüsselbeine müssen Platz schaffen.« Aylas gedämpfte Stimme nehme ich nur weit entfernt wahr, obwohl sie neben mir stehen muss.

Julien schiebt sich schützend zwischen mich und die Felskante, um mich ein paar Schritte nach hinten zu drängen. Wenn ich in dem aufkommenden Schwindel die Kontrolle über meinen Körper verliere, kann es für uns alle drei gefährlich werden. Das Gesicht meines besten Freundes taucht vor meinem auf, er zieht eine Augenbraue hoch und grinst. »Gib es zu, es ist mein Anblick, der dir den Atem raubt, Babe.«

Kraftlos schüttle ich den Kopf und kämpfe gegen das Lachen an, das meinen ganzen Atemrhythmus durcheinanderbringt.

Aylas sanftes Streicheln in meinem Nacken und ihre ruhigen Worte führen mich wieder zurück zur Gleichmäßigkeit. »Genau, Dev. Ein und aus, du hast es gleich hinter dir. Gib dir Zeit.«

Nur langsam schaffe ich es, die Augen zu öffnen und mich aufzurichten. Das Plateau ist größer, als wir erwartet haben – hätten wir unser Biwak dabei, könnten wir es hier ohne Probleme aufschlagen. Mein Brustkorb zieht sich bei jedem Atemzug schmerzhaft zusammen. »So war es noch nie«, lalle ich mehr, als dass ich es sage, und klatsche mir mit beiden Händen fest auf die Wangen.

Ayla lächelt mir beruhigend zu. »Wir sind weit über dreitausend Meter, es hätte mich gewundert, wenn die Höhe so spurlos an uns allen vorbeigegangen wäre.« Sie reicht mir ihre Trinkblase. »Trink was. Dein Körper braucht Flüssigkeit, das hilft.«

Ich gehe langsam in die Hocke und setze mich. Durch die Hose sticht Geröll in meine Haut, und doch habe ich gerade nicht die Energie, meine Lage zu verändern. Der spitze Schmerz lässt mich klare Gedanken fassen und vertreibt den Schwindel. Ich setze den Wasserschlauch an meine Lippen, aber schon die ersten Schlucke lösen einen Brechreiz aus. Ich würge. Einmal. Zweimal. Nur mit aller Mühe schaffe ich es, das Wasser bei mir zu behalten.

Julien lässt sich neben mir auf den Boden fallen und stößt mir leicht den Ellenbogen in die Seite. »Dein Sprung vorhin war der Hammer, Dev.«

Ich schnaube nur. »Du weißt, was das hier bedeutet, oder? Dein Daumen, meine Anpassungsschwierigkeiten.«

Julien seufzt. »Dass zwei von drei Personen hier ziemlich im Arsch sind?«

»Genau das.« Es wird ruhig zwischen uns, während jeder für sich beginnt, die Fakten abzuwägen. Irgendwann zucke ich so gleichgültig wie möglich mit den Schultern. »Wir könnten unser Lager morgen nur ein paar Hundert Meter hinaufsetzen und wenige Tage auf dieser Höhe bleiben, uns daran gewöhnen, zwei oder drei leichtere Touren machen.« Ich will nicht umkehren, noch nicht. Dafür haben wir zu hart gearbeitet. »Das Zeitfenster gibt mindestens drei weitere Wochen her, und wir haben in unserem Depot genug Proviant zwischengelagert.«

Ayla nimmt ihren Helm ab, zieht das Band aus ihren dunkelbraunen Haaren und beginnt, die Flechtfrisur zu lösen. »Der Malamute Peak ist nächstes Jahr auch noch da, Devin. Wir müssen nicht in den kommenden Tagen da hoch. In den Wintermonaten planen wir die Route neu mit den Erfahrungen, die wir gesammelt haben, verbessern unser Eisklettern und trainieren.« Sie setzt sich ihre Mütze auf.

»Unser Eisklettern ist gut, und wir trainieren seit zwei verdammten Jahren, Ayla«, gibt Julien zurück. »So vergeht Saison für Saison. Wenn wir es jetzt nicht durchziehen, schaffen wir es nie.

Die Voraussetzungen passen.« Ich erkenne meine Frustration in Juliens Stimme wieder.

Ayla setzt sich zwischen uns, und ihr ganz eigener Duft nach bunten Kaubonbons besänftigt augenblicklich den Aufruhr in mir.

Sie zieht sich ihre Mütze tief in die Stirn. »Die Voraussetzungen könnten immer besser sein, Julz. Was haben wir zu verlieren? Ein Jahr?«

Julien stöhnt laut auf und reißt sich den Helm vom Kopf. »Ein Jahr, in dem wir drei weiter hier in Charles Creek am Arsch der Welt festsitzen, wie alle anderen Einwohner, die nicht die geringste Chance haben, ihrem Leben zu entkommen.«

»Zu viele Schwachstellen, wir waren einfach voreilig. Und wir haben immerhin die schwierigsten Passagen noch vor uns. Nächstes Jahr, Julien«, sagt Ayla und legt eine Hand auf sein Knie, die er augenblicklich umfasst. Er verflicht seine Finger mit ihren, das ist neu. Aber nichts, was mich überrascht. Mir ist immer wieder aufgefallen, dass Ayla und Julien sich anders berühren als früher, intensiver. Als hätten sie endlich die Augen füreinander geöffnet.

Er drückt ihre Hand. »Ich sehe es, Ayla. Ich sehe, dass Devin und ich zu langsam klettern. So schaffen wir den letzten Aufstieg niemals rechtzeitig und sitzen dann am Gipfel fest. Ich sehe, dass die Sehne in meinem Daumen schon viel zu dünn und entzündet ist und es nicht mehr viel braucht, bis sie reißt.« Er bricht ein Stück Eis aus dem Gestein in unserem Rücken und wirft es über die Felskante. »Ich sehe es, bin aber nicht bereit, es hier zu beenden. Nicht jetzt.«

»Und nächstes Jahr wären wir nicht mehr die jüngsten Gipfelbesteiger in den Velvet Mountains.« Ich spreche das aus, was wir alle denken. Wir brauchen die mediale Aufmerksamkeit, wenn wir Sponsorengelder wollen.

Julien wirft noch ein Stück Eis hinterher. »Dev hat recht. Wir wären nicht mehr die Jüngsten und könnten uns keine einzige Expedition leisten. Egal wohin, weil sich kein Mensch für uns interessiert. Sagt Auf Wiedersehen zur Midnight Lightning im Yosemite Valley und zu allen anderen Spots in unserem Buch.«

»Moment«, sagt Ayla und sieht mich an. Die rote Narbe an ihrer Wange, die sie von unserem Sturz mit ihrem Fahrrad davongetragen hat, ist selbst nach über zehn Jahren nicht verblasst. »Seit wann ist die Midnight Lightning in unserem Buch? Gestern war sie das noch nicht.«

»Weil ich sie erst heute Morgen eingetragen habe, als ihr geschlafen habt. Ich denke schon lange darüber nach. Sie ist für mich die eindrucksvollste Boulderroute, die es gibt. Einfach gigantisch.«

»Vor allem gigantisch schwer«, sage ich mit einem Grinsen, weil ich die Route ebenfalls versuchen will.

»Also gut, die Midnight Lightning«, erwidert Ayla, nickt und steht auf. »Dann haben wir eben auch eine der schwierigsten Boulderwände der Welt auf unserer Liste. Wisst ihr, was das Gute an Listen ist?«

Julien sieht mich wissend an. Er liebt die unbändige Euphorie, die in Aylas Augen aufleuchtet, genau wie ich. »Sag es uns, Ayla.«

»Das Gute an Listen wie unserer ist, dass ihnen total egal ist, ob du achtzehn oder neunzehn bist oder plötzlich ein Jahr älter. Listen sind geduldig. Und warten. Ebenso wie die Midnight Lightning, der Stok Kangri oder eben der Malamute Peak in den Velvet Mountains. Wir brauchen uns keine Sorgen um Sponsorengelder zu machen«, sagt Ayla und lächelt noch einmal. »Weil alles genau so kommen wird, wie es kommen soll. Irgendwann finden wir unser Shangri-La und denken mit der Gewissheit, die richtige Entscheidung getroffen zu haben, an heute zurück. Ein bisschen Langeweile in Charles Creek, ein weiteres Jahr Vorbereitung, das mit Glück und gutem Netflix-Empfang sogar schnell vergehen wird. Weil wir zusammen festsitzen. Wir drei gegen den Rest der Welt. So, wie es immer schon war.«

Ich stehe auf, das Gleichgewicht kann ich wieder gut halten. Mit einem Seufzen ziehe ich Ayla in meine Arme.

»Shangri-La also«, wiederhole ich ihre Worte. Es muss in der zweiten oder dritten Klasse gewesen sein, als ich den Begriff in irgendeinem alten Alpinsport-Magazin meines großen Bruders Everon aufgeschnappt habe. Seitdem halten wir unsere ganz eigenen Kletterträume in einem Buch fest, um irgendwann unser Shangri-La und damit einen Ort zu finden, der uns inneren Frieden schenkt. »Wir warten also noch ein Jahr?« Ich drücke meine beste Freundin an mich.

Ayla nickt und dreht sich zu Julien um. »Wir warten. Julz?«

Julien hebt kurz eine Hand und legt dann mit geschlossenen Augen den Kopf in den Nacken. An seinen zuckenden Mundwinkeln erkenne ich, wie schwer es ihm fällt, eine Entscheidung zu treffen.

Mit wenigen Handgriffen und Aylas Hilfe befreie ich mich von meinem Helm. Der kurze Sauerstoffmangel vorhin hat mir diesen einen besonderen Moment gestohlen, der mit dem Beenden einer Route einhergeht. Jedes Mal, wenn ich einen Berg nur sehe, sehne ich mich nach diesem Gefühl des Glücks.

Ich mache einen kleinen Schritt nach vorne, atme tief durch und schicke meinen Blick in die Weite. Die Anstrengung des Aufstiegs ebbt langsam ab und macht Platz für die Freiheit, die mich in ihrer Urtümlichkeit umgibt. Ein Lächeln legt sich auf meine Lippen, voll von Stolz und Zufriedenheit, weil wir es bis hierher geschafft haben. Mit allem, was wir sind und können. Ich spüre das Leben und die Macht der Berge, die es in der Hand haben.

Weit unter uns liegt die von Flechten und Moosen bedeckte Landschaft wie ein Teppich aus braunen und grünen Wellen. Nichts lässt den Trampelpfad durch das schmale Tal erahnen, über den wir vor fünf Tagen von Charles Creek aus mit vollem Gepäck gewandert sind, um auf zweitausend Metern unser Ausgangslager aufzuschlagen. Beinahe nahtlos geht die grüne Ebene in die Felsen über, die für mich so viel mehr sind als karges, von Eis und Schnee überzogenes Gestein. Mit dem richtigen Blick geben sie in ihrer Farbintensität Wege frei, zeigen durch jede dunkle Kante und jeden noch dunkleren Riss neue Optionen auf und beweisen, dass nichts unmöglich ist. Man kann jeden Berg besteigen. Jedes Problem lösen. Wenn man an sich und die wichtigsten Menschen in seinem Leben glaubt.

Als könnte Ayla meine Gedanken spüren, stellt sie sich neben mich und lehnt ihren Kopf an meine Schulter. »Es ist perfekt, oder?«

»Ist es«, antworte ich und schaue auf die schneebedeckten Gipfel um uns herum, die im Kontrast zu dem stechend blauen Himmel viel mächtiger und größer wirken.

Die kalte Luft reizt meine überbeanspruchten Lungen beim Atmen, und ich beuge mich leicht nach vorne.

»Alles okay?«, will Ayla wissen und sieht mich an.

»Natürlich«, antworte ich und lege wieder den Arm um sie. Östlich von uns erahne ich in weiter Ferne den Mount Denali, aber ich spüre nicht das ehrgeizige Ziehen, von dem viele sprechen, wenn sie an die Seven Summits denken. Alles, was ich will, ist, unsere Träume auszuleben – die von Ayla, Julien und mir. Diese Träume haben wir selbst definiert, nicht über irgendwelche Höhenwerte oder Schwierigkeitsangaben, sondern nur über uns und die Berge, die wir erleben möchten.

Das Kreischen eines Weißkopfseeadlers durchbricht die anmutige Ruhe. Ayla blickt zu Julien, der aufgestanden ist und zu uns tritt. Ohne zu sprechen, verfolgen wir den Flug des Vogels und genießen diesen seltenen Anblick. Wir bleiben selbst dann leise, als das Tier nur ein schwindender Punkt in der Ferne ist. Tief verbunden in der Stille.

Ayla löst sich irgendwann aus meiner Umarmung und greift nach meiner Hand. Ich bin mir sicher, dass sie mit der anderen Hand Juliens nimmt.

»Drei von drei, wie immer«, flüstert Ayla und erinnert uns an unser Versprechen aus Kindertagen, Entscheidungen nur einstimmig zu treffen. »Dev?« Sie drückt meine Finger.

»Abbruch.« Mein Herz sagt Nein, mein Kopf sagt Ja.

Ich schaue Ayla an, die sich auf die Unterlippe beißt. »Dafür bin ich auch. Zwei von drei. Julien?«

Mit geschlossenen Augen nehme ich den leichten Wind wahr, der durch meine Haare fährt. Die Luft hier ist frei von Autoabgasen oder schwerem Rauch aus den Kaminen. Es gibt nur uns und die Natur. Keinen Alltag, keine Touristen, denen ich in der *Washburn Lodge* ihre Zimmer zeigen muss, und keine Verpflichtungen. Nur das, was wir uns schuldig sind. Nur wir und unsere Verantwortung füreinander.

»Aufstieg.«

Ein Zucken geht durch meinen Körper und ich starre Julien an. Ayla entkommt ein ungläubig klingendes Keuchen.

»Kein Abbruch«, wiederholt Julien und nimmt mir damit die aufflackernde Hoffnung, mich verhört zu haben. Er sieht zuerst Ayla und dann mir in die Augen. »Wir wissen nicht, wie viel Schnee in den nächsten Jahren liegen wird. Das Wetter ist gut und soll so bleiben, das bedeutet, wir haben genug Zeit. Die Ausrüstung stimmt, und wir sind vorbereitet.«

Keine Zweifel, weder in seiner Mimik noch in seiner Stimme.

»Julz …« Ayla legt den Kopf leicht schief.

Julien wendet sich ihr zu und nimmt ihr Gesicht in die Hände. »Wir können das schaffen, Ayla. Das weißt du. Wir arbeiten auf diese Chance hin, seit wir denken können, und wenn wir jetzt zögern, zögern wir immer.« Er spricht leise, mit einer Überzeugung, die allen schlagenden Argumenten langsam die Kraft nimmt. »Ich kann euch nicht zwingen, aber das heute, das war nichts. Das waren kleine Schwierigkeiten, aber definitiv keine Rechtfertigung dafür, aufzugeben.«

»Dein Daumen?«, frage ich, und Julien nimmt die Hände von Aylas Gesicht.

Er streicht sich die blonden Haare aus der Stirn. »Kein Grund.«

»Meine Schwierigkeiten mit dem geringen Sauerstoffgehalt in dieser Höhe? Ich habe es beim Aufstieg nicht mal bemerkt, Julien.

Was ist, wenn es wieder passiert? Und das wird es. Wenn nicht mir, dann Ayla oder dir.«

»Du hast dich schnell wieder erholt.« Er streckt den Rücken durch. »Es war nichts, womit wir nicht umgehen können.«

Aylas Hand zittert in meiner, und ich drücke ihre Finger, damit sie weiß, dass ich da bin. Unabhängig davon, wie sie sich entscheidet.

»Egal, was wir machen, wir machen es einstimmig.« Julien schaut in Richtung des Gipfels. »Wir können es schaffen, und das wisst ihr. Nehmt kleine Probleme nicht als Ausrede für eure Angst zu versagen.« Er macht einen Schritt nach hinten und hebt die Arme. »Aufgeben ist schlimmer als versagen. Viel schlimmer.«

»Ich habe keine Angst«, sage ich so monoton wie möglich. Ich muss mich für nichts rechtfertigen. Nicht hier oben. »Es geht hier nicht um Gefühle, Julz. Oder Ehrgeiz. Es geht um die Gegebenheiten. Um eine realistische Einschätzung. Der Einzige, der sich gerade von seinen Emotionen lenken lässt, bist du.«

Julien blinzelt, sieht von mir zu Ayla und wieder zurück. »Tut mir leid«, sagt er und lässt die Arme fallen. »Du hast recht, es tut mir leid.«

Ich drehe sowohl Julien als auch Ayla den Rücken zu und gehe weiter nach vorne an die Felskante. Mein Blick schweift erneut über das Tal, das vor uns zwischen den Bergen eingebettet ist. Wenige dunkelgrüne Nadelbäume heben sich wie kleine Dreiecke vom Untergrund ab, haben es geschafft, groß und stark zu werden, obwohl hier draußen mehr gegen einen als für einen kämpft. *Alles ist möglich.*

Die Ader in meinem Hals beginnt spürbar zu pulsieren, und ich zwinge mich, tief durchzuatmen. *Wir haben trainiert.*

In diesem Moment geben die weißen Wolken die Sonne frei, und das warme Licht schenkt den Bergspitzen östlich von uns eine trügerische Sanftheit. Einladend. *Ich will es.*

Als ich mich zu meinen Freunden umdrehe und Aylas Blick meinen kreuzt, weiß ich, dass wir beide eine neue Entscheidung getroffen haben. Wir vertrauen Julien, und wir vertrauen einander. Wir glauben an uns und das, was wir können. *Wir sind zusammen.*

Ich nicke, und Ayla streckt wieder eine Hand nach Julien und die andere nach mir aus. Wir beide ergreifen sie. In einer stillen Abmachung.

»Drei von drei.« Ayla.

»Drei von drei.« Julien.

»Drei von drei.« Ich.

Bereit, das zu tun, was mich erfüllt. Was uns drei verbindet, schon immer.

Für immer.

KAPITEL 1

BERG *(Deutsch)*

SECHS JAHRE SPÄTER

AYLA

Kein Zug auf dem Seil. Ich spüre keinen Zug auf dem Seil. Ich falle. In das Schwarz der Ewigkeit, haltlos. Gedankenfunken in der Dunkelheit. Schließ die Augen. Ruhig. Gleich ist es vorbei.

Kein Schrei. Stille.

Als ich aus dem Bett springe, ist mein Körper meinem Verstand zehn Schritte voraus und ich stolpere über den runden Vorleger. Ich schürfe mir mein rechtes Knie auf, als ich in dem Versuch, dem Albtraum zu entkommen, über den Holzboden schlittere. Erst die gegenüberliegende Wand zwingt mich dazu anzuhalten. Ich lehne mich mit dem Rücken an die Holzverkleidung und ziehe die Beine an. Sie zittern. Mein ganzer verdammter Körper zittert.

Das Licht des Mondes fällt silbern durch das Fenster und zeichnet die dunklen Umrisse der großen Tanne auf den Boden. Meine Brust hebt und senkt sich gehetzt, und ich versuche, mich nur auf den Baumschatten zu konzentrieren. Spitze. Gerade Linie. Spitze. Linie. Alles ist gut. Ich bin daheim. *Ich lebe.*

»Ayla?«

Obwohl ich augenblicklich weiß, zu wem die Stimme gehört, lässt mich der Nachhall meines Traumes zusammenzucken. Sie sind sich so ähnlich.

Die Dielen knarzen leise unter Everons Gewicht, als er über die letzten Stufen herauf in das Dachgeschoss und auf mich zukommt. In einer schnellen Bewegung nimmt er die dünne Decke von meinem Bett, und ich rücke ein Stück nach vorne, sodass Everon sie mir um die Schultern legen kann. Dann setzt er sich neben mich. Er wird nicht einfach wieder gehen. Das tut er nie.

Everon stellt die Beine ebenso auf wie ich, stützt die Arme ab und folgt meinem Blick zu den Schattenbildern. Er berührt mich nicht, er sagt nichts. Still wartet er mit mir darauf, dass sich meine Atmung beruhigt und ich die Schrecken der letzten Minuten loslassen kann. Dass ich für die Trauer Platz mache, die sich nicht immer verdrängen lässt. Auch nicht nach sechs Jahren.

Es reicht seine Faust, die er für meine Hand öffnet, und die Tränen bahnen sich in der Sicherheit seiner Stärke ihren Weg. Ich weine. Lautlos, und doch kreischt jede Faser in mir vor Schmerz und bittet jämmerlich um Vergebung.

Ich weiß nicht, wie lange es dauert, bis mich Everon in seine Arme zieht und mir sanft über den Rücken streicht. So lange, bis mein Körper nicht mehr von der Schuld gebeutelt wird und die Erschöpfung mir die letzte Kraft raubt.

»Dein Shirt ist durchgeschwitzt, Ayla. Du musst dir was Frisches anziehen«, flüstert er und löst sich von mir. Ich sehe den kurzen Moment, in dem er auf dem Weg zu meinem Kleiderschrank die Schultern strafft und tief durchatmet. Sechs Jahre haben auch bei ihm nicht gereicht, dass er sich den Verlust seines Bruders nicht mehr anmerken ließe.

Everon durchsucht die Fächer und kommt wieder auf mich zu.

Ich stehe auf, um das frische Shirt entgegenzunehmen. »Tut mir leid, dass ich dich geweckt habe.«

Er reibt sich über die Brust und lächelt. »So laut hat es nicht gepoltert. Ich war schon wach. Alles gut, Ayla.« Das sanfte Lächeln lenkt nicht von seinen müden Augen ab. »Soll ich hierbleiben?«

»Nein«, antworte ich verlegen und denke an die vielen Nächte zurück, die Everon an meiner Seite gekämpft hat. Dabei war ich es, die ihm Halt geben wollte. Deshalb bin ich in die *Washburn Lodge* gezogen. Als Freundin und Unterstützung. »Danke, Ev. Ich schaffe das, und du brauchst den Schlaf. Die kommenden Tage werden anstrengend.«

»Du auch, Ayla. Du brauchst den Schlaf genauso.« Er legt die Hand an meinen Hinterkopf und zieht mich wieder zu sich, um mir einen Kuss auf die Stirn zu geben. »Und bleib bitte hier. Tu mir den Gefallen.«

»Ich werde das Gelände der Lodge nicht verlassen«, erwidere ich und weiche Everons Blick aus.

Er grinst wissend. »Netter Versuch, Ayla, aber ich meine, hier drin, *im* Haus.«

»Kein Dach?«

»Nein. Keine Ausflüge mehr aufs Dach. Es ist viel zu kalt und vor allem scheißgefährlich.« Wir seufzen gleichzeitig, was uns zu einem versöhnenden Lächeln bringt. »Versuch einfach, ein bisschen zu schlafen. Und wenn du reden willst oder mich brauchst …«

»Werde ich nicht«, unterbreche ich ihn und mache einen Schritt zurück. »Es geht wieder.«

Ohne sich noch einmal umzudrehen, verlässt Everon das ausgebaute Dachgeschoss. Ich hätte jedes Zimmer in der *Washburn Lodge* haben können, unbedeutende Räume fern jeglicher Erinnerung, und doch wollte ich hier oben wohnen. Devin hat immer davon geredet, irgendwann mal ins Dachgeschoss zu ziehen.

Als ich höre, wie sich die Tür schließt, wechsle ich das Shirt und trete ans Fenster. Die Tanne nimmt mir die Sicht, doch wenn ich auf das Dach steige, kann ich ihn sehen. Weit entfernt zwar, aber er ist da. Der Malamute Peak.

Mir fehlt das Verständnis, warum mich sein Anblick beruhigt. Ich sollte den Berg hassen, wo er mir doch alles genommen hat. Stattdessen liebe ich ihn. Weil er ihn geliebt hat, vielleicht.

Meine Finger legen sich wie von selbst um den Fenstergriff. Ich könnte die Decke nehmen, hinaussteigen und mich Devin nahe fühlen, nur für ein paar Minuten. Everon würde es nicht einmal bemerken. Es kostet mich Kraft, die Hand zurückzuziehen und mich ins Bett zu legen. Ich rolle mich auf der Seite zusammen und versuche, die Augen zu schließen. Das Kissen presse ich fest an meine Brust. Solange ich es nicht loslasse und mich nur darauf konzentriere, kommen die Bilder nicht zurück. Ich darf nur nicht loslassen.

~ ~ ~

Als ich munter werde, ist das Kissen noch in meinen Armen. Ich habe geschlafen, ohne zu träumen. Die Morgendämmerung erhellt mein Zimmer gerade genug, um die Klettergriffe zu erkennen, die mir Everon in den letzten Jahren geschenkt hat. Zu jedem Geburtstag, zu Weihnachten oder einfach so. Es ist seine Art, mir zu zeigen, wie dankbar er dafür ist, dass ich ihn mit der *Washburn Lodge* nicht im Stich gelassen habe.

Nachdem sein Vater den Schlaganfall hatte, wäre es seiner Mom unmöglich gewesen, sich um ihren Mann und die Lodge zu kümmern. George ist es in dem weitläufigen Anwesen der Lodge plötzlich schwergefallen, sich zu orientieren, und es war nicht ständig jemand da, der ihn begleiten konnte. Nur wenige Wochen nach diesem weiteren Schicksalsschlag haben Ellis und George ein leer stehendes Haus keine Meile entfernt gekauft und es bezogen. Ich glaube, noch ein Grund dafür war, dass die vielen Erinnerungen in der Lodge sie beide daran gehindert haben, den Tod ihres Sohnes zu verarbeiten. Sie brauchten Abstand, und Everon hat keine Sekunde gezögert, das Studium in Anchorage abgebrochen und seinen Platz in der Lodge eingenommen. Ohne Devin an seiner Seite, wie es immer vorgesehen war.

Ich steige aus dem Bett, strecke mich und gehe auf die Dachschräge zu. Erst letzte Woche habe ich die Klettergriffe, die sich über den gesamten Dachstuhl verteilen, neu montiert. Während ich mir die langen Haare zu einem Dutt binde, studiere ich ihre Abfolge, dann nehme ich die alte Matratze, die an einem Regal lehnt. Ungefähr auf Höhe der schweren Schlüsselstelle lege ich sie auf den Boden. Mich stört das Magnesium nicht, das durch den Raum stäubt, als ich die Hände darin eintauche und zusammenklatsche. Links auf Gelb, rechts auf Rot. Ich beginne immer an derselben Stelle und versuche, mich bis zum First vorzuarbeiten und an der gegenüberliegenden Seite wieder abzusteigen. Ohne zu fallen.

Sobald ich auch die Füße vom Boden nehme und mich in die Griffe stemme, zieht die Schwerkraft meinen Körper nach unten. Das Brennen in meinen Muskeln vertreibt die Müdigkeit gemeinsam mit dem Echo der letzten Nacht, und ich verfalle augenblicklich in den immer gleichen Rausch. Nur ich und das Klettern, mit jeder Bewegung ein Stück nach oben.

Die Sehnen in meinem Oberarm schicken einen scharfen Schmerz bis in die Schulter, als ich die Beine kurz von der Wand lösen muss und mich an nur drei Fingern hängend am Dachfirst um die eigene Achse drehe. Ich schaffe es, den linken Fuß auf der anderen Seite wieder aufzusetzen, und beiße die Zähne zusammen. Nur ein, zwei Sekunden. Mein rechtes Bein muss das Gewicht nur so lange halten, bis ich mein linkes Bein daran vorbeigeschoben habe und sicher auf dieser Seite absteigen kann. Früher habe ich Techniken wie diese angewendet, ohne auch nur darüber nachzudenken.

Feine Schweißtropfen kitzeln meinen Rücken und sammeln sich entlang der Wirbelsäule. Ich hole Luft und drücke den Fuß mit aller Kraft gegen die Wand. Die kaputten Muskeln in meinem Oberschenkel beben nicht einmal warnend, bevor sie ihre Spannung verlieren und das Knie ohne Widerstand einknickt. Meine

Finger rutschen unter dem ungebremsten Gewicht meines Körpers aus den Griffen, und ich falle. Die Matratze liegt ein Stück zu weit links. Als ich auf dem Holzboden aufschlage, explodiert ein stechender Schmerz in meinem Schulterblatt.

»Verfickt noch mal«, fluche ich und rapple mich hoch. Humpelnd und mir die Schulter reibend gehe ich Richtung Badezimmer. Erst an der Tür drehe ich mich zur Boulderwand um. Ich werde es wieder versuchen. Und ziemlich sicher wieder versagen, aber so schnell gebe ich nicht auf.

Die kalte Dusche wäscht die letzten Schemen der Nacht aus meinen Gedanken und macht Platz für die Aufgaben, die mich heute in der Lodge erwarten.

Als ich in die Küche komme, steht Everon bereits an der Arbeitsfläche. Ich spüre seinen sorgenvollen Blick auf mir, bevor er mich freundlich anlächelt und nichts mehr an den alten Schmerz erinnert.

»Guten Morgen«, begrüßt er mich und richtet weiter die Käseplatte für das Frühstücksbüfett an. Everon ist sechsundzwanzig und damit nur zwei Jahre älter als ich, und trotzdem führt er die Lodge seit über fünf Jahren.

»Guten Morgen«, sage ich und deute auf Everons rotes Shirt der Charles Creek Rangers, das er sonst nur bei Einsätzen trägt. »Warst du heute Morgen schon draußen?«

Er reicht mir ein Stück von dem Käse, den ich so gerne mag. »Eine der Wildkameras von Jefferson ist ausgefallen, direkt am Steilhang über der Flussbiegung. Ich habe ihm gestern Abend angeboten, mich darum zu kümmern. Du weißt, was passiert ist, als er das letzte Mal alleine hochgestiegen ist.«

Ich lache bei dem Gedanken daran, wie unser Tierarzt beim Abseilen über einen schmalen Felsen solche Höhenangst bekommen hat, dass ihn ein paar der Jungs bergen mussten.

»Dafür kommt er am späten Nachmittag vorbei und sieht sich Alex' Pfote an.«

»Lahmt er immer noch?«, frage ich und beginne, das Obst zu schneiden.

»Ich habe ihn vorhin mitgenommen, in der Hoffnung, der kurze Weg würde ihm nichts ausmachen.« Everon runzelt die Stirn. »Vermutlich war es zu früh. Alex belastet seine Pfote jetzt nicht mal mehr.«

»Das wird schon wieder, und bis zum ersten Schnee ist noch Zeit. Wir haben erst Ende April«, sage ich in dem Versuch, Everon zu beruhigen. Ich weiß, wie sehr er Alex mag. Es wäre schwer für ihn, im Winter auf seinen am besten ausgebildeten Lawinenhund zu verzichten.

Everon holt eine Schüssel aus dem Schrank, um Eier aufzuschlagen. »Glaubst du, du kommst mit der Reisegruppe klar?«

»Natürlich«, antworte ich und reiche ihm den Schneebesen neben mir. »Das wird großartig. Eine Horde reicher Geschäftsmänner, die in der Wildnis Bear Grylls spielen wollen und glauben, Google hätte sie gut genug auf Alaska vorbereitet.«

»Wir können tauschen, Ayla. Du musst die Wanderung nicht machen.«

Ich winke ab. »Es ist ihr letzter Tag. Ich mache es einfach so wie gestern und gebe ihnen weder Zeit zum Reden noch für irgendwelche neuen frauenfeindlichen Sprüche, die ihnen über Nacht eingefallen sind.« Ich grinse. »Morgen reisen sie ohnehin ab, und wir haben es hinter uns.«

»Die Zimmer nach der Abreise in wenigen Stunden auf Vordermann zu bringen, wird eine Herausforderung. Sie müssen übermorgen früh bezugsfertig sein.«

»Warte …« Ich halte inne. »Es reichen doch die Zimmer, die ohnehin leer stehen, oder nicht?«

So weit ich mich zurückerinnern kann, war die *Washburn Lodge* immer ausgebucht, und die Straßen in Charles Creek haben nur so von Bergsteigern und Klettertouristen gewimmelt. Mit dem Internet wurden weltweit immer mehr Routen bekannt, und das

Interesse an unserem abgelegenen Ort in Alaska hat stark nachgelassen. In den letzten Jahren war die Lodge kein einziges Mal ausgebucht.

»Die Filmcrew will alle fünfundzwanzig Zimmer, Ayla.«

»Alle? Das hast du mir nicht gesagt.«

»Alle. Für volle acht Wochen.« Everon lächelt und wackelt mit seinen dunklen Augenbrauen. »Unabhängig davon, ob sie die ganzen acht Wochen benötigen werden – sie haben im Voraus bezahlt. Das bedeutet, wir kommen ganz leicht über den nächsten Winter.«

»Scheiße«, entkommt es mir, und ich umarme Everon stürmisch. Durch meinen Schwung muss er einen Ausfallschritt nach hinten machen und kann gerade so die für den Fruchtsaft bereitgestellte Glaskaraffe auffangen, die er wegen mir beinahe hinunterstößt.

»Schade, dass die Filmcrew noch nicht da ist, meine Reaktionsfähigkeit ist definitiv spektakulär«, sagt er.

Entschuldigend hebe ich die Hände und gehe zurück zu meinem Arbeitsplatz, um weiterzuschneiden. »Ich bin wirklich neugierig, wie die Barrow-Brüder mit einer ganzen Crew im Schlepptau die Besteigung schaffen wollen.«

»Ayla.« Everon steht plötzlich hinter mir und legt eine Hand auf meine Schulter. »Es gibt da was, über das wir sprechen müssen.«

»Guten Morgen.« Einer der Gäste taucht im Eingang zur Küche auf, ein abgerissener Schnürsenkel baumelt zwischen seinen Fingern. »Habt ihr vielleicht Ersatz hierfür? Ich habe wohl zu fest daran gezogen.«

Everon wendet sich von mir ab. »Ich glaube schon, und sonst laufe ich rüber zu *Willy's Corner*. Der hat Schnürsenkel, öffnet allerdings erst um acht.«

»Sehr gut. Und mein Kollege Jacob aus Zimmer sieben bräuchte ein paar Blasenpflaster für seine Fersen.«

Everon wäscht sich die Hände. »Ich komme sofort.«

»Danke«, antwortet der Mann mit den geschniegelten Haaren und geht zurück in den Essbereich.

Beim Händeabtrocknen beugt sich Everon zu mir. »Wenn ich an die sechs Whiskeys denke, die Willy gestern Abend hier in der Lodge getrunken hat, öffnet das *Corner* heute wohl eher erst gegen neun. Wann habt ihr Abmarsch?«

»Geplant war halb neun, aber sag einfach Bescheid. Zur Delta-Runde können wir auch später aufbrechen.«

»Das Brot steht schon draußen, und die Wurstplatten sind im Kühlraum. Kommst du klar?«

»Natürlich«, antworte ich.

»Gut.« Ich glaube zu sehen, dass Everon noch etwas sagen möchte, dann entspannen sich seine Augenbrauen, und er winkt mir zu. »Den Rest klären wir später.«

Bis Everon die Schnürsenkel aufgetrieben und alle Wehwehchen versorgt hat, habe ich das Frühstücksbüfett fertig vorbereitet, die Gäste bedient und auch das meiste Geschirr schon wieder abgespült.

Als ich mit meinen Wanderschuhen in der Hand nach draußen haste, überrascht es mich, zu sehen, dass alle acht Männer bereits vor der Lodge auf mich warten. Es hat sich ein Halbkreis um Everon gebildet, der den Trupp mit einer Erzählung von einer Heli-Bergung am Mount Denali im letzten Sommer unterhält. Während ich mir die Schuhe anziehe, lasse ich den Blick über die Gäste wandern. Die Männer sind alle um die fünfzig, haben bis auf einen unter ihnen so gut wie keine Bergerfahrung, aber tragen Kleidung, mit der sie sogar hochalpin geländegängig wären. Ich muss beinahe lächeln, weil die moderne handgefilzte Wanderhose des Mannes vor mir vermutlich mehr gekostet hat als meine gesamte Ausrüstung.

»Bereit?«, frage ich in die Runde, und Everon tritt für mich zur Seite. »Letzter Tag, letzte Wanderung. Wir schauen uns heute den Delta Creek an, über den sich der Gletscheranteil in den Velvet Mountains entwässert. Nicht viele Höhenmeter, dafür anspruchsvolle Fußwege«, erkläre ich weiter. »Hat jeder ein Notfallpaket, eine Rettungsdecke, Regenschutz, Ersatzkleidung, etwas zu essen und vor allem Wasser dabei?«

Das Gemurmel der Gruppe fasse ich als »Ja« auf.

»Ayla?«

»Bitte sehr?« Natürlich ist es Mr Douney, der die Hand hebt. Wie auch schon bei den letzten vier Wanderungen und seinen gefühlt siebenhundert Fragen, die er sich dann selbst viel besser beantwortet als ich.

»Wir haben uns überlegt, dass wir heute gerne den Zustieg hoch zum Malamute Peak machen wollen. Ich habe gelesen, der soll ohne große Schwierigkeiten zu meistern sein. Da oben liegt Schnee, wir hätten gerne ein paar gute Bilder.«

Ich gebe mein Bestes, mich nicht aufzuregen. Es ist jedes Mal dasselbe. »Der erste Part dieses Einstiegs, Mr Douney, ist für jedermann zu meistern, der genug Vorkenntnisse mitbringt. Vor allem in der Selbstsicherung. Es gibt kürzere Passagen, die man nur am Seil gehen kann.«

»Ihr habt genug von diesen Utensilien im Lager, das habe ich selbst gesehen. Und wenn das Ausleihen der Materialien mehr kostet …«

»Beim Planen und Besprechen Ihres Aufenthaltes haben wir uns ein Bild von den Fähigkeiten und Fertigkeiten der Gruppe gemacht und uns klar auf einfache Routen geeinigt. Die letzten Tage mit Ihnen allen haben die Richtigkeit dieser Einschätzung bestätigt.« Ich sehe zu Everon, der seiner Körperhaltung nach kurz davor ist, einzuschreiten, und balle die Fäuste. Ich kann das allein. »Unter meiner Verantwortung wird niemand seinen Kompetenzbereich überschreiten. Niemand. Weder Sie, Mr Douney, noch John Rambo oder sonst wer.« Meine Stimme ist hart und schneidet durch die kühle Morgenluft.

Mr Douney nickt nur als Antwort und rückt trotzig das rote Stirnband zurecht, das er sich umgebunden hat.

Der Mann mit der knallorangen Mammut-Jacke grinst. »So

schlimm kann es da oben nicht sein. Wir wollen doch nur ein bisschen Schnee.«

Ich fixiere ihn mit einem eisernen Blick. »Nein, es ist schlimmer. Berge geben selten eine zweite Chance. Weder Ihnen noch mir. Niemandem. Egal wer man ist, woher man kommt oder wie viel man dafür bezahlt. Wer sein Leben trotzdem aufs Spiel setzen möchte, und das an seinem letzten Urlaubstag, kann gerne allein losziehen. Der Rest folgt mir.«

Dann schultere ich meinen Rucksack, dränge mich durch den Halbkreis nach draußen und gehe Richtung Norden, auf den Malamute Peak zu. An den Geräuschen hinter mir erkenne ich, dass mir die Männer folgen. Der an den riesigen Freilauf von Everons Hunden angrenzende Wald bildet das natürliche Ende der Ortschaft, nur die Station der Rangers liegt noch weiter nördlich am Beginn der breiten Talsenke hin zu den Bergen und ist über eine nicht asphaltierte Straße erreichbar. Ich entscheide mich dafür, schon von Beginn der Wanderung an den Pfad durch das Gelände zu nehmen. Er zeigt viel mehr von der Natur hier als der Weg am Straßenrand.

Das für Anfang Mai ungewöhnlich warme Wetter und die Schneeschmelze am Berg machen den Waldboden weich, sodass die Erde jeden Schritt angenehm abfedert. Kleine Ausläufe des Creek River erstrecken sich weitläufig um uns herum, und nicht nur einmal müssen wir einen von ihnen überqueren. Der Wasserspiegel ist hier unten viel niedriger und verteilt sich auf ein breites Bachbett. Erst weit oben wird die gesamte Menge an geschmolzenem Eis und Schnee auf engem Raum zusammengepresst zu einem tosenden und reißenden Strom, der über einen Wasserfall nach unten bricht. Ich freue mich jedes Mal darauf, ihn zu sehen. Wir folgen den Flussarmen hin zu ihrem Ursprung, die Natur ist unser Wegweiser.

Es dauert eine Weile, bis die Reisegruppe meine Zurückweisung überwunden hat und allmählich wieder zu mir aufschließt. Ich erzähle den Männern von den Rentieren, die jedes Jahr im Frühling auf Nahrungssuche hier vorbeiziehen, und von den Jungen, die sie etwas weiter westlich zur Welt bringen. Wir sehen ein paar Bergziegen, und anstatt sie still zu beobachten, ziehen die Männer ihre Handys hervor und verscheuchen die Tiere mit ihrem lauten Gejohle und dem Versuch, so nahe wie möglich an sie ranzukommen. Schade, dass gerade kein Schwarzbär da ist. Ich würde gerne beobachten, ob sie bei diesem auch so übergriffig wären.

Je näher wir dem Wasserfall kommen, desto lauter wird das Rauschen des Baches. Meine Vorfreude, in die erstaunten Gesichter zu sehen, wenn die Geschäftsmänner vom Anblick des mächtigen Wasserfalls überrascht werden, steigert sich. Eine erwartungsvolle Stille kehrt ein, als wir uns an dem letzten Felsvorsprung vorbeischieben und den kurzen, ausgebrochenen Weg hinunter zum Tosbecken gehen. Aufstäubendes Wasser liegt in der Luft und macht unsere Kleidung nass. Die Kälte, die mit dem Wasser einhergeht, frisst sich mit jedem Schritt tiefer in die Haut. Ich unterdrücke das Frösteln und genieße die Aufregung davor, der Ursprünglichkeit der Natur gleich so intensiv zu begegnen.

Die Füße zittern bei dem lauten Getose, das über uns hereinbricht, als wir direkt vor dem Wasserfall zum Stehen kommen. Einen Atemzug lang schließe ich die Augen. Die sanften Vibrationen, die das mächtige Donnern durch die Erde schickt, fließen durch meinen Körper, und für wenige Sekunden schafft die Natur es sogar, den ziehenden Schmerz in meinem kaputten Bein zu betäuben.

Bis ein lautes Lachen mich aus dem Staunen reißt. Ich drehe mich zu der Reisegruppe um und sehe in belustigte Gesichter, die nichts von der Ehrfurcht widerspiegeln, die ich hier empfinde.

»Neben den Victoriafällen würde dieser hier verschwinden«, dringt es zu mir durch.

»Wie lange ist es her, dass wir in Venezuela waren? Der Salto Ángel, das war ein Wasserfall!«

Mit jedem weiteren Vergleich zerstören sie den Moment, den ich ihnen schenken wollte, ein bisschen mehr. Aus meiner Enttäuschung wird Wut, als die Männer Fotos machen und laut überlegen, ob sie auf ihrer Heimreise zwei Tage am Mount Denali verbringen sollen, damit sie Schnee und richtige Wasserfälle zu sehen bekommen. Am liebsten würde ich sie hier stehen lassen und einfach verschwinden. Um mich zu beruhigen, beiße ich mir auf die Wange. *Das ist nicht das Leben, das ich wollte.*

»Ayla, wir wären hier fertig.« Mr Douney kommt auf mich zu. Das rote Band, das er bis eben um die Stirn getragen hat, lässt er jetzt um einen Finger kreisen.

Langsam atme ich aus, konzentriere mich auf das Brennen in meiner Wange und setze ein Lächeln auf. »Sehr gut.« Ich spüre die Sonnenstrahlen, die die dicke Wolkendecke durchdringen und augenblicklich meine Haut wärmen. Wenn wir nur etwas warten, wird das Wasser das Sonnenlicht spiegeln und alles um uns herum zum Schimmern bringen.

»Das heißt, wir wären bereit, wieder nach Charles Creek aufzubrechen.«

Mein Lächeln tut langsam weh. »Bevor wir zurückgehen, sollten wir eine kleine Pause machen. Hinter den Bäumen dort befindet sich eine Grasebene, die würde sich perfekt dafür anbieten.«

Mr Douney dreht sich kurz zu seinen Kollegen um, bevor er den Kopf schüttelt. »Nicht notwendig. Wir sind vielleicht doch etwas belastbarer, als manch eine Einschätzung hat vermuten lassen.«

Mein Lächeln sitzt immer noch perfekt. Ich klimpere mit den Wimpern und nicke. »Das ist schön, dann können wir nämlich den westlichen Rückweg nehmen, ein paar Steilhänge, hier und dort ein kleiner Felsen. Ein richtiger Spielplatz für Abenteurer also.«

Mr Douneys Grinsen wird mit jedem meiner Worte breiter, und seine Begeisterung steckt schnell den Rest Männer an, die in der Aussicht auf etwas mehr Aufregung nach ihrem Geschmack ebenfalls auf eine Pause verzichten wollen.

Wir lassen den Wasserfall und den Fluss hinter uns und gehen querfeldein durch die Graslandschaft. Die lauten Gespräche und unangebrachten Witze verstummen allmählich, als wir uns durch die ersten hüfthohen Büsche kämpfen müssen. Nur wenige davon haben schon ausgewachsene Triebe. So krallen sich die kahlen Zweige und teils dornigen Äste in der Kleidung fest und machen jeden Meter zu einem Kraftakt. Meine Schritte vorausschauend geplant und präzise gesetzt, lehne ich mich im richtigen Winkel gegen die Sträucher, sodass ich schnell und gut vorankomme und über das Fluchen in meinem Rücken nur schmunzeln kann.

»Keine Sorge«, rufe ich, bevor wir die eng bewachsene Fläche hinter uns lassen. »Das war der leichte Teil, es wird spannender!«

»Solange wir bald durch diese verdammten Dinger hier durch sind. Die hätte ich schon lange gerodet«, kommt es aus der Gruppe, aber ich reagiere nicht darauf.

Stattdessen zeige ich auf die kleine Anhöhe, die sich vor uns auftut. »Wenn wir über diesen Hügel gelangen, kommen wir auf einen felsigen Weg, den die Einheimischen als Vorübung für den Zustieg zum Malamute Peak sehen. Sicherlich keine besondere Herausforderung für Sie, aber zumindest geht es mehr in Richtung des Programms, das Sie erwartet haben.«

Die Männer sind noch dabei, ihre Daunenjacken von abgebrochenen Zweigen zu befreien, da nehme ich bereits Anlauf und renne mit aller Energie den Hügel hoch. Als der Schwung nicht mehr ausreicht, greife ich nach den Wurzeln, um mich mit schnellen Schritten hochzuziehen. Wenn man einmal rutscht, verliert man den Antrieb, und der Aufstieg wird zu einem erbärmlichen Kraftakt.

Oben lasse ich mich ins borstige Gras fallen. Mir ist egal, dass die Männer unten vielleicht mein angestrengtes Keuchen hören können. Ich reibe mir das schmerzende Bein und bedeute ihnen mit einer Hand, dass sie mir folgen sollen.

In den nächsten fünfzehn Minuten werde ich Zeugin davon, wie acht Geschäftsmänner aus New York ein ums andere Mal auf Händen und Knien einen Hügel hinunterrutschen. Manche von ihnen rollen auch unkontrolliert, wenn sie es nicht schaffen, sich festzuhalten. Ihr Fluchen ist längst einem Jammern gewichen, und wäre ich wirklich gemein, würde ich all das filmen, damit sie daheim etwas zum Präsentieren haben, wenn schon unser Wasserfall nicht imposant genug war.

Irgendwann siegt das Gute in mir, und ich schnalle das Seil von meinem Rucksack ab, knote es an dem einzigen Baum weit und breit fest und seile mich damit ab. Vorbei an mit Dreck besudelten Männern und mit einem Lächeln im Gesicht. Unten angekommen, zeige ich ihnen geduldig, wie man sich am besten an der Steighilfe hocharbeitet, und lasse einen Mann nach dem anderen daran hinaufklettern. Bis ich als Letzte wieder oben bin, das Seil löse und um meine Schultern zusammenlege, haben sich die Gäste größtenteils von Erde und Matsch befreit.

»Also, bitte aufgepasst«, sage ich und blicke in den Himmel. »Die Quellwolken im Osten könnten Regen bedeuten, und da dürfen wir auf keinen Fall hineingeraten. Uns bleiben nur wenige Stunden, bis die Sonne hinter den Velvets verschwindet. Dann wird es kalt und sehr schnell dunkel und mit einem Regenschauer auch noch gefährlich. Das heißt, wir müssen weitergehen.«

»Keine Pause?«

Ich schaue den Mann an, der selbst hier in der Natur eine wuchtige goldene Uhr trägt. »Leider haben wir schon zu viel Zeit verloren. Keine Pause. Nur felsiger Abstieg, bis die Hochebene ins Tal mündet und nach Charles Creek ausläuft.« Dann nehme ich meinen Rucksack, ohne darauf zu warten, dass sich alle wieder gehbereit gemacht haben.

Der Rückweg über den Felsen ist schmal, aber an keiner Stelle gefährlich ausgebrochen. Ein Sturz würde spätestens bei der nächsten Kehre ausgebremst werden. Trotzdem ist der Untergrund mit Rollsplitt und Kieseln übersät und von grobem Gestein durchzogen, was Trittfestigkeit und vor allem Gleichgewicht und Konzentration erfordert. Keine große Schwierigkeit, wenn man es gewohnt ist, fokussiert zu wandern.

»Genügend Abstand und vorausschauendes Gehen ist am wichtigsten. Spüren Sie den Boden, arbeiten Sie mit der Art, wie Sie Schritte setzen, und lassen Sie Ihre Intuition den Rest machen. Dann kommen wir sicher unten an.« Ich lächle in angespannte Gesichter, die mir zum ersten Mal seit vier Tagen ihre ganze Aufmerksamkeit schenken. »Und vergessen Sie nicht, die Aussicht zu genießen. Von hier oben sieht man einen beeindruckenden Teil des Beckens der Alaska Range. Bereit?«

Als Antwort bekomme ich ein zustimmendes Murren. Ich steige in den Weg ein, gebe an schwierigeren Stellen Anweisungen zu den Tritttechniken und erkläre hin und wieder etwas zur Vegetation und den Tieren, die wir beobachten können, weil die Gruppe nun leise und achtsam genug ist.

Als wir in Charles Creek ankommen, dämmert es und Everon wartet bereits mit dem Abendessen auf uns. Sein verdatterter Ausdruck beim Anblick der erschöpften, schmutzigen Geschäftsleute bringt mich zum Grinsen. Das hier ist vielleicht nicht das Leben, das ich wollte, aber es ist immer noch mein Leben.

An den letzten Abenden hat die Reisegruppe in unserem Eagle Eye Poker gespielt. Es vereint ein riesiges Wohnzimmer mit Kamin, den Essbereich und eine Bar zu dem gemütlichen Mittelpunkt des Hotels. Die Geschäftsmänner haben sich hier Abend für Abend von den Rangern und den Einheimischen unterhalten lassen. Viele der Bewohner von Charles Creek versammeln sich am späten Nachmittag in der *Washburn Lodge,* um den Tag gemeinsam zu beenden. Ein Ritual, das ich seit meiner Kindheit kenne und auf das sich besonders in den Monaten, in denen die Sonnenstunden stetig abnehmen, alle freuen.

Als schon unmittelbar nach dem Abendessen auch der letzte Gast das Eagle Eye verlässt, haut Gael, unser örtlicher Mechaniker, auf die Bar. »Wenn ich jetzt wetten müsste, wer die Männer so fertiggemacht hat, würde ich, ohne zu zögern, auf Ayla tippen und nicht auf Everon.«

Ich zucke nur unschuldig mit den Schultern und stelle Everon das benutzte Geschirr in die Durchreiche zur Küche. »Ich kann nichts dafür. Sie wollten eine größere Herausforderung. Und da habe ich sie eben mehr herausgefordert.«

Emma, Gaels Frau, rückt ihre neue Brille mit dem silbernen Rand zurecht. »Dir ist klar, dass wir diese Gäste hier nicht wiedersehen werden, oder?«

»Scheißegal«, kommt es von Rhett. Er nippt an seinem Bier und lächelt mich an. »Wer will die schon? Abgesehen davon haben sie vorgestern erzählt, dass sie jedes Jahr woanders urlauben. Lass dir nichts gefallen, Ayla.«

Rhetts Großeltern gehört das Haus neben dem meiner Tante und meines Onkels, und wenn er nicht bei seiner Mutter in Fairbanks war, habe ich früher immer gerne Zeit mit ihm verbracht. Wir haben zusammen im Garten gespielt, und seine Großmutter hat frische Waffeln für uns gebacken. Nach seinen Jahren bei der Army ist Rhett ganz nach Charles Creek gezogen, und wie sein Großvater vor ihm erledigt er nun mit seiner Cessna die Güterflüge aus Anchorage. Dabei bringt er mir immer wieder Lesenachschub mit, selbst wenn ich ihn nicht darum bitte.

Rhett räuspert sich. Das Grün seiner Augen wirkt in dem warmen Licht der Bar heller. Als er mir zuzwinkert, fällt ihm eine dunkelblonde Haarsträhne ins Gesicht, und kurz, nur ganz kurz, möchte ich sie ihm aus der Stirn streichen.

In diesem Moment geht die Schwingtür zur Küche auf, und Everon reicht mir den Eimer zum Wischen der Tische. »Wenn ich mich auf etwas verlassen kann, dann darauf, dass Ayla sich nichts gefallen lässt. Das hat sie noch nie.« Er hält kurz inne, und sein ernster Gesichtsausdruck wirkt plötzlich fremd. »Und wird sie auch nicht. Ayla ist stark.«

Ich weiß nicht, was Everon damit sagen will, und runzle fragend die Stirn. Da nimmt er mir den Eimer aus der Hand und verschwindet selbst zu den Tischen.

»Wer von euch zwei Hübschen schenkt mir meinen Whiskey nach?«, fragt Willy und hält sein leeres Glas in meine Richtung.

Ich schaue Everon kurz hinterher und verdränge das ungute Gefühl gemeinsam mit der Erinnerung an heute Morgen, als wir schon einmal unterbrochen wurden. Wenn es wirklich etwas Wichtiges zu besprechen gäbe, hätte Everon es mir längst gesagt. Dann fülle ich Willys Whiskey nach und hole meine neueste Sorte Eiscreme aus dem Gefrierschrank, damit alle davon probieren können.

»Fichtenhonig mit Walnüssen«, erkläre ich Rhett, als er bei seinem ersten Löffel verwundert die Augenbrauen hochzieht. »Willst du Schokosoße dazu? Ist es nicht süß genug?«

Rhett schüttelt den Kopf und beugt sich weit genug über die Bar, dass ich ein neues Aftershave wahrnehmen kann. »Es ist perfekt, Ayla.«

Sein warmes Lächeln und die plötzliche Nähe lassen mich unbeholfen einen Schritt zurücktaumeln. »Sollte ich das nächste Mal vielleicht das Preiselbeereis von vorgestern dazu servieren? Ich meine, damit es nicht zu eintönig wird?«, frage ich und bemühe mich, meine Stimme sachlich klingen zu lassen.

Das mit Rhett war schön, aber für ihn immer viel ernster und vor allem verbindlicher als für mich.

Rhetts Lächeln stockt etwas, dann lehnt er sich wieder zurück und fährt sich durch die Haare. »Ich nehme alles, was du mir zu geben bereit bist, Ayla. Das weißt du.«

»Alter Falter, ist das Eis gut!«, ruft Willy neben uns, begleitet von einem lauten Stöhnen, und zum ersten Mal im Leben bin ich wirklich dankbar für sein überschwängliches Mitteilungsbedürfnis. »Ayla, du bist meine Eisprinzessin, und du bekommst sogar ein Krönchen, wenn du für Onkel Willy Whiskey-Eis machst.«

»Onkel Willy?« Rhett sieht von Willy zu mir.

»Für Eisprinz Willy bin ich definitiv ein paar Jährchen zu alt, würde ich meinen.«

Gael räuspert sich. »Wohl eher ein paar Jahrzehnte.«

Wir alle, Willy eingeschlossen, müssen lachen. Everon kommt genau in dem Moment zurück hinter die Bar, als die Eichentür aufgeht und Harlem und Colin hereinkommen. Die beiden haben noch die Wappen der National Park Rangers angesteckt, was bedeutet, dass sie bis eben im Dienst waren. Sie erzählen uns von der Wettervorhersage und dem Ansturm der Alpinisten auf den Denali, den sie bei ihrem Besuch in der Toklat Ranger Station mitbekommen haben. Nachdem auch die beiden sich ein Bild von Alex' Pfote gemacht haben, die laut Dr. Jeff nur strikte Schonung braucht, setzen wir uns alle auf die vielen Sessel und Bänke vor dem Kamin und lassen den Abend gemeinsam ausklingen. Dabei ignoriere ich Rhetts Blick, der ständig auf mir liegt, und mache mir stattdessen Sorgen wegen Everons offensichtlicher Nervosität, die sich zeigt, sobald sich das Gespräch um die übermorgige Anreise der Barrow-Brüder und der Filmcrew dreht.

Als wir kurz vor Mitternacht abschließen, wird Everon zur Unterstützung einer Bergung östlich von Charles Creek gerufen. Somit verpasse ich die vermutlich letzte Möglichkeit vor der Ankunft unserer neuen Gäste, Everon zu fragen, was ihn wirklich so beschäftigt. Er hat morgen seinen regulären Dienst in der Rangerstation und wird vor dem späten Abend nicht zurück sein.

Nach einem langen Bad in Everons Wanne, die ich jederzeit benutzen darf, falle ich ins Bett und setze meine Kopfhörer auf. In der schwachen Hoffnung, dass mich die entspannende Musik in einen Schlaf ohne Erinnerungen wiegt.

Ohne Devin und Julien, die mich beide verlassen haben.

Mich zurückgelassen haben in einem Leben, das ich so nicht wollte. Und das jetzt das Einzige ist, was mir geblieben ist.

KAPITEL 2

MOUNTAIN *(Englisch)*

JULIEN

Jeden einzelnen Baum. Jede Häuserecke. Jede Wurzel, die den Asphalt angehoben und hat aufbrechen lassen, erkenne ich wieder. So, als wären seit dem letzten Mal, als ich von den Unebenheiten der Straßen in Charles Creek durchgeschüttelt wurde, nicht sechs Jahre, sondern nur wenige Minuten vergangen. Als würden Ayla und Devin vorne am Springbrunnen, der nur für die Touristen gebaut wurde und wegen der Kälte so gut wie nie in Betrieb war, auf mich warten. Mit den Rädern, um auf irgendeinen Berg in den Velvets zu klettern. Egal. Hauptsache, frei.

»Es käme gut, wenn du bei der Rückkehr in deine Heimatstadt etwas lächeln würdest, Julien. Falls du es nicht gemerkt hast, ich filme.« Ian, unser Kameramann und der Produzent der Expedition, sitzt neben dem Fahrersitz des Kleinbusses und hat sich zu mir umgedreht, die kleine Handkamera direkt auf mein Gesicht gerichtet.

Ich nehme mir einen Atemzug Zeit, um den Knoten in meiner Brust tiefer zu schieben, zeige nach draußen und grinse in die verdammte Kamera. Weil sie die einzige Chance ist, meinem Freund zu helfen. »Das, Leute, ist Charles Creek, mit nicht mal vierhundert Einwohnern der Anlaufpunkt für alle, die da hinaufwollen«, sage ich, nehme Ian die Kamera aus der Hand und lasse die Fensterscheibe herunter, um die Berge zu filmen. »Der Malamute Peak in den Velvet Mountains, herrlich eingebettet in die mächtige Alaska Range. Was, ihr sagt, so hoch sieht er nicht aus? Und warum haben sich die Barrows nicht für den Denali entschieden? Dann glaubt mir, wenn ich euch sage, dass es die 5.892 Höhenmeter hier absolut in sich haben.« Ich schwenke die Handkamera auf mein Gesicht und zwinkere. »Die Seven Summits kann schließlich jeder.« Damit schalte ich die Kamera ab und gebe sie Ian zurück. »Können wir jetzt einfach zur Lodge fahren? Ich habe seit über dreißig Stunden kein Auge zugemacht.«

»Seit wann macht dir der Jetlag so zu schaffen, Julien?« Xavier Barrow nimmt den Kopf von seinem Reisekissen und streckt sich.

»Muss die Luft in Alaska sein«, antworte ich. Im Laufe der letzten Jahre ist Xavier von meinem Sponsor zu einem Freund und einem meiner wenigen Seilpartner geworden.

»Es reicht, dass Max ausgefallen ist.« Er reibt sich über das Kinn. »Wenn du krank wirst, haben wir keinen Ersatz mehr.«

»Ersatz?« Ich ziehe fragend die Augenbrauen hoch. »Nennt man das so, wenn dein Hauptsponsor zwei Tage vor Abflug anruft und dich regelrecht dazu zwingt, eine Besteigung in Alaska durchzuziehen, obwohl du nach Indien wolltest?«

Xavier grinst, aber er weiß so gut wie ich, dass er ein Nein nicht akzeptiert hätte. »Du bist nach Max der einzige Mensch, dem ich bei einem Aufstieg vertraue.«

»Den Lexingtons vertraust du genauso, Xavier«, erwidere ich. »Sonst hättest du sie niemals als Zustiegspartner mitgenommen. Hunter und Preston sind verdammt gut, sie würden auch den Gipfel schaffen.«

»Ja, sie sind verdammt gut und trotzdem unerfahren. Zumindest in diesen Höhen müssen sie noch ein paar erfolgreiche Aufstiege hinter sich bringen, damit ich ihrem Können und ihrer Intuition genug vertraue, um alleine mit ihnen zu klettern. Außerdem gehen sie noch nicht ohne zusätzlichen Sauerstoff. Und du bist hier aufgewachsen, keiner kennt die Velvets so gut wie du. Nach Max' Knöchelbruch dich mitzunehmen, war das einzig Logische. So kurzfristig alles abzublasen, hätte *Barrow Goldeneye* ein Vermögen gekostet.«

»Du hast doch nur Angst, dass Daddy dann eure Expeditionen nicht mehr bezahlt und ihr zur Abwechslung mal richtig für das Familienunternehmen arbeiten müsstet.« Jetzt bin ich es, der grinst. Ich weiß, wie sehr sowohl Xavier als auch Max allein die Vorstellung davon hassen, in dem millionenschweren Betrieb für Sportartikel als CEOs oder sonst was eingesperrt zu werden. »Mit Anzug und so, täglich von neun bis fünf.«

Xavier schnaubt. »Du könntest auch einfach ›Danke, liebster Xavier‹ sagen. Dafür, dass du deinen Hausberg besteigen kannst und noch einen Haufen Geld dafür bekommst.«

»Danke, liebster Xavier«, erwidere ich trocken, und wir müssen beide lachen.

Hinter meiner Fassade bricht das Lachen ab. Xavier weiß nicht, warum ich Charles Creek wirklich hinter mir gelassen habe. Warum ich nie zurückkonnte, obwohl ich es so sehr wollte. Niemand weiß das.

Instinktiv greife ich nach dem gelben Tennisball in meiner Jackentasche und beginne, ihn energisch zusammenzudrücken. Auf dem Weg die Hauptstraße entlang, vorbei an Gaels Autowerkstatt, der durch das geöffnete Tor tritt und dem hier ungewöhnlichen Konvoi aus vier großen Autos zuwinkt. Die dunklen Haare stehen ihm wie üblich wirr vom Kopf ab, und ich bin mir sicher, er trägt dieselbe blaue Latzhose wie früher. Ich knete den Ball fester, als wir an *Willy's Corner* vorbeifahren, und ich glaube in dem jungen Mädchen, das vor dem Geschäft kehrt, die kleine Schwester von Harlem zu erkennen. Sie war damals im Grundschulalter.

Ich presse den Ball in meiner Hand zusammen, als mich der Fahrer fragt, ob wir auf der richtigen Straße zur *Washburn Lodge* sind.

»Es gibt nur diese eine Hauptstraße in Charles Creek«, gebe ich viel zu barsch zurück. »Die Lodge ist das größte Gebäude hier und nicht zu übersehen. Fahren Sie einfach weiter, es ist unmöglich, sie zu verpassen.«

»Wirklich alles okay?«, will Xavier leise wissen und mustert mein Gesicht.

»Nur der Schlafmangel.« Mittlerweile bin ich mir nicht mehr ganz sicher, ob Xavier mir die Ausrede glaubt. Seit fünf Jahren besteigen wir in jedem Winkel der Erde zusammen Berge. Er kennt mich.

»Du sagst Bescheid, wenn ich mir Sorgen machen muss, oder?«

Ich nicke nur und schaue wieder aus dem Fenster.

Mit jeder Straßenlaterne und jedem Haus, die wir der *Washburn Lodge* näher kommen, gerät meine Überzeugung, die richtige Entscheidung getroffen zu haben, mehr ins Wanken. Ich hätte Nein sagen können. Xavier hätte es akzeptieren müssen.

Als der Kleinbus langsamer wird, hämmert mein Puls bereits in meinem Kopf, und ich muss die Beine fest in den Boden stemmen, um nicht aus dem fahrenden Auto zu springen. Der Wagen rollt auf den eindrucksvollen Holzbau zu und hält vor dem überdachten Eingangsbereich. Mit dem Wagen steht plötzlich auch in mir alles still.

In diesem einen nichtigen Sekundenbruchteil taucht das Bild von Devin vor mir auf. Er hat seine abgetragene schwarze Cap auf und stemmt sich lachend gegen die riesige Eichentür, um sie weiter zu öffnen. Zwei Treppen auf einmal nehmend kommt er auf mich zu und will mit mir einschlagen. Will mich umarmen. Bereit für alles, für unser ganzes Leben. *Mein Freund.*

Mit dem nächsten Atemzug verblasst das Bild. Es ist Everon, der unter den Baumstämmen steht, die den hölzernen Schriftzug der *Washburn Lodge* tragen. Nicht Devin. Devin ist tot.

Die rohe Erkenntnis lässt mich die Tür des Busses aufreißen, und ich übergebe mich in die angrenzende Rasenfläche. Obwohl sich mein leerer Magen weiter ruckartig zusammenzieht, laufe ich los.

Xaviers Ruf verhallt in meinem Rücken. Alles, was ich will, ist nicht hier sein. Nicht *ich* sein.

Das dumpfe Klatschen meiner Füße auf dem Asphalt und mein Atem, den ich in einen gleichmäßigen Rhythmus zwinge, übertönen meine Gedanken. Ich sprinte die Hauptstraße entlang, nehme die zweite Abzweigung nach dem Haus von Mrs Crassner und stürme weiter. Das Auto meiner Mom parkt nicht wie früher in unserer Einfahrt. Ich habe sie erst letzten Monat in Washington State gesehen und weiß, dass sie bis mindestens Mitte Mai mit dem Ensemble dort sein wird. Dann will sie wieder zurück in ihre Wohnung nach Toronto. Sie ist nur noch selten hier in Charles Creek.

Ich könnte hier wohnen. Aber schon die Vorstellung, wieder in meinem alten Bett zu liegen, den Erinnerungen an meinen verstorbenen Dad ausgeliefert, löst den Brechreiz erneut aus.

Ich schneide eine Kurve an der Garage vorbei und renne weiter in den angrenzenden Wald. Der nadelbedeckte Boden dämpft meine Schritte, und trotz der Wurzeln und Äste, denen ich ausweichen muss, kann ich mein Tempo nicht drosseln.

Ich laufe so lange, bis meine Lungen brennen und mein Hoodie mir nass am Oberkörper klebt. Schweiß rinnt mir über das Gesicht, als mich die Erschöpfung nach unten zieht. Von heftigen Atemzügen gebeutelt sinke ich gegen den nächsten Stamm und lehne den Kopf dagegen.

Alles ist gut, rede ich mir selbst ein, während ich vom unkontrollierten Zittern meines Körpers übermannt werde.

Ich schließe die Augen, versuche, meine innere Stärke zu finden, die mich schon auf so viele Berge gebracht hat. Die mir meinen Ruf als Alpinist und Ausnahmetalent geschenkt hat, ein Leben auf jedem Kontinent. Ohne Alltag. Ohne Verpflichtungen. *Und die mir mein Zuhause genommen hat.*

»Fuck!«, brülle ich. Aufgescheuchte Vögel flattern durch die Baumkronen und holen mich in die Realität zurück. Meine Atmung beruhigt sich, und die Ruhe fließt wieder in meinen Körper.

Ich stemme mich an dem Baum hoch, fühle die trockene Rinde unter meinen Fingern und nehme zum ersten Mal den unvergleichlichen Duft von nassem Waldboden und frischem Harz wahr. Mein Zuhause.

Das Vibrieren meines Handys unterbricht diesen friedlichen Augenblick. Ich hole es heraus und sehe Xaviers Namen auf dem Display. Ohne schlechtes Gewissen stecke ich es wieder ein, denn ich bin nicht bereit, zurückzugehen und meine Rolle zu spielen – noch nicht. Es reicht ein Blick auf die entwurzelte Tanne vor mir, und ich weiß, wo ich bin und wo ich hinwill.

Das hier ist meine Heimat. Ich hole die Mütze aus der Jackentasche und ziehe sie mir über den verschwitzten Kopf. Dann steige ich an dem Baumstamm vorbei und gehe geradeaus, immer tiefer in den Wald hinein, in dem ich den Großteil meiner Kindheit mit Ayla und Dev verbracht habe. Ich höre das leise Rauschen des Rinnsals hinter der Böschung, das nur in den Frühlingsmonaten Wasser führt, und versuche, die vielen Vogelstimmen zuzuordnen. Als ein schwarzes Eichhörnchen ein Stück vor mir auf dem Waldboden sitzt und an einem Tannenzapfen knabbert, bleibe ich stehen und schaue ihm zu, so lange, bis es von selbst auf den nächsten Baum verschwindet.

Nach wenigen Minuten quer durch den Wald erreiche ich den Ort, den ich gesucht habe. Vor mir ragt eine Felswand auf, so steil wie die Baumwipfel, und doch denke ich keine Sekunde daran, dass ich nicht gesichert bin und fallen könnte. Ayla ist diese Wand schon mit sieben oder acht Jahren hochgeklettert, und ich bin mir sicher, hätte ihre Tante das gewusst, wären wir das letzte Mal hier im Wald gewesen.

Ich setze zum ersten Griff an und hebe vom Boden ab. *Excalibur*, so hat Ayla die Wand genannt, nach einer Route in Italien, die sie unbedingt irgendwann klettern wollte. Der Stein ist kalt, und die Jeans, die ich trage, schränkt meine Bewegungsfreiheit ein, aber allen Widerständen zum Trotz fokussieren sich bei jedem weiteren

Zentimeter, den ich mich vom Boden entferne, meine Gedanken. Das Chaos, das mich vorhin übermannt hat, legt sich. Wenn ich die Filmaufnahmen durchziehen will, muss ich meine Gefühle unter Kontrolle haben. Wir besteigen schließlich immer noch einen Berg, und Xavier und ich sind füreinander und für die Crew verantwortlich. Der Malamute Peak steht im Vordergrund und nicht meine verfickten Gefühle.

An einer einzelnen Wurzel schwinge ich mich ziemlich unprofessionell nach links und stoße mich am Felsen weiter nach oben. Bevor ich mich über den Hang schiebe, entlaste ich wieder meinen Daumen. Ich will gerade hochgreifen, da kommt mir eine Hand entgegen, und ich kreische auf. Selten war ich so dankbar für meinen antrainierten Reflex, in Schockmomenten nicht loszulassen, sondern mich festzuklammern, an allem, was ich finde.

»Wusste ich's doch, dass du hier bist«, erklingt Everons dunkle Stimme. Ich ergreife seine Hand, um mir von ihm nach oben helfen zu lassen.

»Du hättest einfach still hier warten können, Ev, und mich verdammt noch mal nicht so erschrecken müssen«, gebe ich zurück und klopfe mir die Erde von der Kleidung.

Everon ist es egal, dass ich dreckig bin. Er zieht mich in eine feste Umarmung. »Es ist viel zu lange her, Bro.«

Mich auf seine Umarmung einzulassen, ist schwer. Sie scheint das Überbleibsel eines alten Lebens zu sein, und Everon ahnt nicht, wie viel mir seine Worte wirklich bedeuten.

»Die Zeit hat es nicht leichter gemacht«, sage ich und mache einen Schritt zurück.

Er schüttelt den Kopf. »Du warst sechs Jahre nicht hier, Julien. Hast du gedacht, du kommst nach Charles Creek und kannst dich selbst anlügen und so tun, als wären alle Wunden verheilt?«

Ich lache auf und beiße mir auf die Unterlippe. »Nein, das dachte ich nicht. Aber ich habe nicht mit dieser Wucht gerechnet. Ich dachte, ich wäre stärker.« Mit einem schmerzerfüllten Grinsen setze ich mich auf den Felsen neben uns und schließe kurz die Augen. »Es ist, als würde die Vergangenheit noch leben.« Ich schlucke. »Als würde Devin noch leben, verstehst du? Alles mit ihm ist so greifbar nahe, und im selben Atemzug ist mir bewusst, dass das nicht möglich ist. Nie mehr.«

»Gib dir Zeit, Julz«, erwidert Everon und setzt sich neben mich. »Es gibt keinen Tag, an dem ich Devin nicht irgendwo sehe, aber es wird leichter.«

»Leichter?«

»Na ja, inzwischen lächle ich ihm zu. Die Trauer verändert sich. Und das hast du nie, getrauert.«

»O doch, das habe ich.«

Everon seufzt. »Aber nicht hier, du hast dich nicht verabschiedet. Von niemandem.«

Er hat recht, ich bin gegangen, vor dem Morgengrauen, und habe alles zurückgelassen. Alles und jeden.

Ich kralle meine Finger in den Stein. »Sechs Jahre später ist früh genug, um die Blicke der Leute zu spüren, die mir sagen, dass ich schuld bin. Glaubst du, ich erinnere mich nicht daran, wie es war, vom Berg zurückzukehren?«

»Niemand gibt dir die Schuld, Julien. Schockreaktionen sind unkontrolliert.«

»Nein, sie sind ehrlich.«

Ich habe mir eingeredet, dass es mir egal ist. Seit ich wusste, dass ich nach Charles Creek zurückkehren würde, habe ich mir eingeredet, dass es keine Rolle spielt, was die Menschen hier von mir denken. Mein Selbsthass war mir grundsätzlich genug. Von Bedeutung war nur, Everon irgendwie zu helfen. Ich bin noch nicht mal eine Stunde hier und weiß, dass meine billigen Schutzmechanismen nicht standhalten werden. Es ist mir vieles, aber nicht egal. Ich werde hier auf meine Vergangenheit treffen, und ich werde auf *sie* treffen.

»Weiß sie es?«

»Was, Julien?« Everon spielt gelassen mit dem Lederband an seinem Handgelenk.

Ich stehe auf und werfe die Arme in die Luft. »Keine Ahnung, Everon. Dass wir immer Kontakt hatten, vielleicht? Oder dass ich hier bin als Ersatz für Max Barrow und auf den Malamute Peak will, mit einer ganzen fucking Mannschaft im Schlepptau? Oder dass ich in der *Washburn Lodge* übernachte, wo sie mit dir wohnt?« Ich schnalze mit der Zunge. »Such dir was aus.«

»Ayla weiß nichts.« Everon atmet tief durch. »Ich wollte es ihr sagen. Und dann sehe ich, wie verletzlich sie hinter dem Wall ist, den sie hochgezogen hat. Sie hat sich hier eine Blase geschaffen, in der sie das Geschehene erträgt, und meine Aufgabe ist es, sie zu beschützen.«

»Gerade deswegen hättest du es ihr sagen müssen. Das ist dir klar, oder?«

Everon schüttelt den Kopf. »Sie wird es verstehen, wenn sie weiß, warum du hier bist. Wenn wir nicht bald mehr Buchungen haben, können wir die Lodge schließen. Und mit uns geht die halbe Stadt vor die Hunde. Das Wasser steht mir bis zum Hals, verdammt.«

»Trotzdem hättest du es ihr sagen müssen.«

»Es war kurzfristig. Du springst nur ein.«

»Scheiße.« Ich lache auf. »Du hörst selbst, wie erbärmlich das klingt, oder?«

Everon sieht mich an und zieht die Augenbrauen zu einer geraden Linie zusammen. Wie Devin. Er sieht aus wie sein Bruder. »Verdammt, ich wollte es ihr sagen. Und wusste nicht, wie.«

Ich lege meine Hände in den Nacken. »Das hat sich dann ja erledigt, wenn wir zurück in die Lodge gehen.«

»Nein, hat es nicht. Ayla ist nicht da, Julz.«

Für eine Sekunde glaube ich, meinen Herzschlag stocken zu spüren.

»Wie jetzt?«

»Emma und sie sind kurzfristig mit Rhett nach Anchorage geflogen, Einkaufstag oder so.«

Ich nicke, und die Aufregung in mir legt sich. »Emma und Ayla? Emma ist wie alt, bald fünfzig?«

»Hier gibt es sonst niemanden, der annähernd im gleichen Alter ist wie Ayla und nicht männlich, Julien. Sie haben gestern in Rekordzeit die ganze Lodge auf Vordermann gebracht, da dachte ich, eine Auszeit würde ihnen guttun. Und Rhett wäre ohnehin geflogen.«

»Und du hast vermieden, dass wir vor versammelter Mannschaft aufeinandertreffen.«

»Das wird noch spannend genug. Für uns beide. Mom und Dad warten übrigens schon auf dich. Sie wollen dich jeden Tag für mindestens ein Essen bei sich haben, und Dad will wissen, ob du eine Schachpartie gegen ihn wagst.«

Die Stunden bei Ellis und George haben mir die Kindheit ermöglicht, die mir mein Dad systematisch genommen hat. In den letzten sechs Jahren hatte ich kein einziges Mal den Mut, sie anzurufen oder ihnen zu schreiben. Ich habe mich bei Everon nach ihnen erkundigt, mehr nicht. Jetzt zu hören, dass sie mich bei sich haben wollen, sollte mir die Schuldgefühle nehmen. Erleichterung und Dankbarkeit fluten mich, aber die Schuldgefühle bleiben. »Wie geht es deinem Dad?«

Everon lächelt, doch dahinter ist Wehmut zu erkennen. »Sagen wir mal so: An guten Tagen haben Ayla und ich immer noch keine Chance, eine Schachpartie gegen ihn zu gewinnen. An schlechten nimmt er nicht mal wahr, dass wir ihn besuchen.«

Für meinen Dad war ich zu jung für Schach, zu dreckig, um seine Figuren berühren zu dürfen, oder schlicht zu dumm. George hat Ayla, Devon, Ev und mir das Spielen beigebracht, mit Geduld und Liebe. Für ihn war ich immer gut genug. Selbst jetzt noch.

Everon steht auf. »Was ist, Julien? Glaubst du, du bist bereit, zurückzukehren? Ich habe der Filmcrew erzählt, dass es so ein Aberglaube-Dings ist. Wenn man als Einheimischer heimkommt, muss man sofort zur Statue von Stanley Washburn rennen, um dem Erstbesteiger zu huldigen.«

Ich grinse. »Zu huldigen? Die denken jetzt, ich habe sie nicht mehr alle.«

»Bullshit.« Everon winkt ab. »Das wussten sie davor schon.«

»Möglich.«

Wir lachen und gehen Seite an Seite zurück zur Lodge. Dabei sprechen wir über das Filmteam und die Wettervorhersage. Kurz bevor wir aus dem an die Lodge angrenzenden Waldstück treten, bleibe ich stehen.

»Alles in Ordnung?« Everon dreht sich zu mir um.

»Ja«, antworte ich und reibe mir mit Daumen und Zeigefinger über die Augen. Everon weiß, dass ich mich dazu zwinge, in eine Rolle zu schlüpfen. Die Rolle, die alle sehen wollen und die ich gewillt bin zu zeigen. Ich straffe die Schultern und lächle. »Alles bestens. Ich habe Mr Washburn gehuldigt und bin bereit für das, was kommen mag.«

Über die Terrasse gehen Everon und ich direkt ins Eagle Eye. Der kalte Geruch vom letzten Kaminfeuer liegt in der Luft und vermischt sich mit dem urtümlichen Duft des Holzes, der sich warm um mich legt. Die alten Schwarz-Weiß-Fotografien von den ersten dokumentierten Kletterversuchen hier in den Velvets hängen unverändert an den Wänden. Die noch älteren verschlissenen Skizzen von Besteigungen, weit bevor es so was wie Fotografie gab, haben schon als Kind meinen Blick angezogen. Ich habe es geliebt, in der Lodge zu sein, mir diese Bilder anzusehen und den Geschichten der Älteren zu lauschen. Hier haben mir die Ranger meine ersten Knoten beigebracht, und Everons Mom hat die besten Zimtkekse für uns gebacken.

Ein Stimmengewirr schiebt die Vertrautheit beiseite, und Xavier kommt auf mich zu. »Ich dachte schon, du machst die Besteigung im Alleingang.«

»Ohne dich?«, gebe ich zurück und klatsche mit ihm ein. »Niemals.«

Ich erkundige mich kurz bei Liz, der Produktionsleitung, ob alles zu ihrer Zufriedenheit ist, und beziehe dann mein Zimmer, das direkt neben Everons liegt. Bis zum Abendessen sind es drei Stunden, die ich nicht wie die anderen mit der Erkundung der Gegend oder einem Saunagang verbringe, sondern damit, meine Karten vom Malamute Peak auf dem Bett auszurollen und den Nordkamm zu studieren. Xavier und Max haben in den letzten Wochen ganze Tage damit verbracht, alles aufzusaugen, was ich über die Velvet Mountains weiß. Wir haben die Karten immer und immer wieder analysiert und Routen geplant. Jetzt hier zu sein und zu wissen, dass ich diese Routen selbst gehen werde, weckt eine Ehrfurcht in mir, und ich fühle mich nicht gut genug vorbereitet, nicht mal annähernd. Ich bin müde. Alles, was ich bin, macht mich müde.

Als ich von einem Klopfen geweckt werde, ist es im Raum bereits stockdunkel, und ich stolpere orientierungslos zur Tür.

»Ja?«, frage ich und erkenne Xavier der im grellen Licht des Flurs steht.

»Zeit fürs Abendessen, Julien.« Er bindet sich seine langen Haare zu einem Dutt. »Ich dachte mir schon, dass du Schlaf nachholen musst.«

»Danke, Xave. Lass mich noch duschen, ja?«

»Ich will ohnehin noch mit Nicole telefonieren. Sollte sie nicht rangehen, bin ich unten bei den anderen.«

»Dafür, dass ihr beide auf keinen Fall eine Beziehung wollt, rufst du relativ oft bei ihr an.«

»Sie ist es, die keine Beziehung will, nicht ich.«

»Und du gibst nicht auf?«

Xavier seufzt. »Ich würde ihr nur gern zeigen, dass wir mehr sind als eine unverbindliche Bettgeschichte, wann immer ich daheim bin. Sie soll mir von ihrem Alltag erzählen, ich will wissen, wie es ihr geht, und ihr sagen, was bei mir passiert. Nicole ist mir wichtig.«

»Das ist, äh – neu?«

»Für mich auch, verdammt. Deswegen habe ich auch keine Scheißahnung, was ich machen soll, und überlege den ganzen Tag, wann der beste Zeitpunkt für einen Anruf ist, nur um ihn dann wieder zu verschieben, aus Angst, sie könnte mich ignorieren oder ich könnte aufdringlich wirken. Es ist kompliziert. Und ich unbeholfen.«

Ich lächle so zuversichtlich wie möglich. »Dich bei Nicole zu melden und ihr zu zeigen, dass sie einen Platz in deinen Gedanken hat, klingt sinnvoll.«

»… sagt der Dauersingle zum Dauersingle.«

Wir müssen lachen und schütteln die Köpfe.

Xavier zieht sein Handy hervor und wendet sich zum Gehen. »Bis gleich«, sagt er, und kurz überlege ich, ihm nachzurufen, dass ich das Abendessen ausfallen lasse und mich wieder schlafen lege, bis mir bewusst wird, dass all das meinetwegen stattfindet. Die Expedition hierher war meine Idee, die Barrows wollten ursprünglich zum El Capitan. Sie haben sich für mich auf den Malamute Peak eingelassen, nicht wissend, wie dringend Charles Creek die mediale Aufmerksamkeit braucht. Jetzt ist, mich motiviert zu zeigen und am ersten Abend mit dem Team auf unser Vorhaben anzustoßen, das Mindeste, was ich tun kann.

Nach der Dusche kämme ich mir die nassen Haare nur mit den Fingern und ziehe mir Jeans und einen Hoodie über. Mit dem Tennisball in der Hand gehe ich über die Treppen. Jeder denkt, ich trainiere ständig meine Finger und will vor allem die kaputte Sehne in meinem Daumen dehnen. In Wahrheit brauche ich das Gefühl, mich an etwas festhalten zu können. Ohne einen Ball gehe ich nirgendwohin.

Mein Zimmer liegt im zweiten Stock, und ich ertappe mich selbst dabei, wie ich immer langsamer werde und versuche, unter den Stimmen, die aus dem Eagle Eye kommen, Aylas auszumachen. Die meisten sind mir vertraut, aber ich bin mir ziemlich schnell sicher, dass Ayla nicht da ist. Vorsichtig stecke ich den Kopf in die Küche.

»Hey, Julz«, kommt es von Everon. »Ausgeschlafen?« Er zeigt auf mich. »Du hast einen Abdruck von deinem Kissen im Gesicht.«

Ich reibe mir über die Wange und blicke mich um, sehe Ayla jedoch nicht.

»Julien Hendricks, dass ich das noch erlebe«, kommt es von der Dame mit den kurzen grauen Haaren, die einen unverkennbaren Lila-Stich haben. »Lass dich von deiner alten Grundschullehrerin drücken.«

Ehe ich auch nur irgendetwas erwidern kann, zieht mich Mrs Davis in ihre Arme. Ich glaube, dass sie vor sechs Jahren noch etwas größer war.

»Junge, wie stark du geworden bist«, sagt sie, tritt einen Schritt zurück und lächelt. Freundlich und liebevoll, nicht befremdet oder mit Vorwürfen bestickt.

»Mrs Davis, Sie sehen gut aus«, begrüße ich sie.

»Schön, dich wieder zu Hause zu haben. Du weißt, man kann Charles Creek verlassen, aber Charles Creek verlässt einen nie.« Sie lächelt noch einmal, tätschelt meine Schulter und geht dann zurück zum Herd, um eine im Vergleich zu ihrem Körper riesige Pfanne zu schwenken.

»Kann ich euch irgendwie helfen?«, frage ich in Richtung von Everon, der dabei ist, Suppe in Tassen zu füllen. »Soll ich servieren?«

»Du bist hier Gast. Also setz dich auf deinen Kletterarsch und lass dich gefälligst bedienen.«

Ich hebe entschuldigend die Hände und nehme die Abkürzung durch die Küche hinüber ins Eagle Eye, wo es auf den ersten Blick aussieht, als hätte sich bereits die ganze Mannschaft an den Tischen verteilt.

Bei meinem Eintreten geht ein lautes Johlen durch die Menge, und ich winke einmal in die Runde, bevor ich auf den Tisch zusteuere, an dem Xavier und Ian sitzen.

»Während du geschlafen hast, haben wir uns in Charles Creek umgesehen«, erzählt Ian. »Das hier wäre der perfekte Drehort für eine dieser Netflix-Serien mit Kleinstadtsetting. Handgeschnitzte Wegweiser, freundliche Einheimische und die wilde Natur, die alles rauer und geheimnisvoller erscheinen lässt.«

»Geheimnisvoll?«, wiederhole ich und schenke mir Wasser ein.

»Ja, geheimnisvoll. Wer hier lebt und überlebt, der muss eine harte Schale haben – und die gut gehüteten persönlichen Geschichten dahinter gilt es zu entdecken.«

»Falsch, Ian.« Ich grinse. »Hier gibt es nur verdammt lange Winternächte, Elche, kurze Sommer und die Velvet Mountains. Hier leben nur sehr wenige Menschen, und noch weniger, die es freiwillig tun.«

»Und dich«, gibt Ian viel zu laut zurück und zieht damit die Aufmerksamkeit der anderen auf sich. »Es gibt hier Julien Hendricks und Xavier Barrow, zwei der weltbesten Bergsteiger, und uns, die voller Vertrauen an ihrer Seite nach den Gipfeln dieser Welt greifen!«

Ich zögere, denke daran, was von mir erwartet wird. »Und uns«, wiederhole ich, als das Jubeln verklingt, nehme mir Ians Weinglas und stehe auf. »Julien Hendricks, der nach Charles Creek zurückgekehrt ist, um den längst fälligen Malamute Peak zu besteigen – mit Menschen an seiner Seite, mit denen er alles schaffen kann, egal wo auf der Welt. Auf mich, auf euch und auf den Malamute Peak.« Mit dem Weinglas in der Hand proste ich unter Applaus den einzelnen Tischen zu und drehe mich dabei um.

Als ich sie sehe, steht alles in mir augenblicklich still. Meine Gedanken, meine Gefühle, mein Herz. Die Welt.

Ihre dunklen Augen sind auf mich gerichtet, und ihre Brust hebt und senkt sich hektisch. Sie gräbt die Finger in ihre Jacke, und selbst aus dieser Entfernung erkenne ich, wie die Ader an ihrer Schläfe zu pulsieren beginnt.

Die Haare an meinen Armen stellen sich auf, und die Erleichterung, Ayla nach all den Jahren nicht mehr nur in meinen Träumen zu sehen, bringt mich zum Lächeln. Sie hat sich verändert. Und sie ist immer noch wunderschön. Ayla war alles für mich.

Sie sieht mich an, nur mich, und hält inne. Ich frage mich, ob sie meine viel zu zaghaften Berührungen von damals spürt. Oder ob sie das Echo meiner Stimme hört, die ihr sagt, dass ich sie mag – viel zu sehr.

Ihr Blick durchbricht die Schwaden der Vergangenheit und schnellt plötzlich zwischen mir und Everon hin und her, der in der Küchentür steht.

»Ayla«, höre ich ihn sagen, doch nehme ihn kaum wahr. Ich sehe nur sie.

Ihr dunkles Haar, das etwas kürzer ist als damals, und die Stirnfransen, die sie leicht zur Seite gekämmt trägt. Aylas Wangen überzieht ein roter Schimmer, und ich will nichts anderes tun, als auf sie zuzugehen und sie an mich zu ziehen. Sie zu fühlen und zu riechen. Es ist viel zu lange her.

Quälend langsam füllen sich ihre Augen mit Tränen, und ich erkenne den Schmerz, den ich ihr bereite. Die Schlucht, die sich zwischen uns aufgetan hat, ist nicht verschwunden. Ayla steht auf der einen Seite und ich auf der anderen, und dazwischen liegt nichts außer dem endlosen Fall in die Tiefe. Ich blinzle die Ohnmacht weg und mit ihr die Angst, meiner Sehnsucht nachzugeben und uns damit noch mehr zu verletzen.

Geistesabwesend hebe ich erneut das Weinglas, verziehe einen Mundwinkel zu einem Grinsen und proste ihr selbstgefällig zu. Dann wende ich mich meiner Crew zu, lache laut in die Runde und setze mich.

Für die anderen muss ich glücklich und voller Vorfreude wirken.

Dabei habe ich mich nie in meinem Leben so geschämt.

KAPITEL 3

MONS *(Latein)*

AYLA

Julien.

Es ist Julien.

Er muss sich nicht umdrehen. Schon beim Betreten der Lodge hat mir das dunkle Timbre seiner Stimme einen eisigen Schauer über den Rücken laufen lassen. Ungläubig, mir sicher, dass ich mich täusche, habe ich die letzten Schritte zum Durchgang gemacht. Mein Körper hatte längst verstanden, was mein Kopf nicht wahrhaben will – nicht wahrhaben *kann*.

»Julien Hendricks, der nach Charles Creek zurückgekehrt ist, um den längst fälligen Malamute Peak zu bezwingen – mit Menschen an seiner Seite, mit denen er alles schaffen kann, egal wo auf der Welt. Auf mich, auf euch und auf den Malamute Peak.«

Jedes seiner Worte treibt meinen Herzschlag weiter an, und ich spüre, wie weich meine Knie werden.

Bevor ich die Kraft finde, davonzulaufen, dreht sich Julien um. Er erstarrt, ebenso wie ich. In der puren Erkenntnis, dass wir uns so vertraut sind und doch entfremdeter nicht sein könnten. Ich war er, und er war ich. Wir kennen alles voneinander. Die Art, wie er den Kopf neigt und ihm seine Haare in die grauen Augen fallen. Die etwas vollere Unterlippe, die er nach vorne schiebt. Seine Art, mich anzusehen. *Sechs Jahre.*

Instinktiv folge ich der Regung in meinem Augenwinkel und sehe Everon an. Ich gebe ihm nicht die Zeit, sich mit einem Blick zu erklären.

»Ayla ...«

Mir stockt der Atem. Jetzt weiß ich, was er mir die ganze Zeit sagen wollte – hätte sagen müssen.

Ich zwinge mich selbst dazu, meinen Blick wieder Julien zuzuwenden. Nichts in mir kann verstehen, warum ich nicht mitbekommen habe, dass er kommt. Die Berichterstattung online, ich habe sie verfolgt. Es war immer von den Barrow-Brüdern die Rede. Immer. Warum habe ich übersehen, dass Julien dabei ist?

Ich kenne die Antwort. Weil ich es für unmöglich gehalten habe. Weil er gegangen ist, mich im Stich gelassen hat und sich das Leben aufgebaut hat, das unseres hätte sein sollen. Ohne auch nur ein einziges Mal zurückzublicken.

Jetzt kommt er nach Hause, um es uns zu präsentieren. Rücksichtslos. Als wäre es nichts. Als wäre ich nichts, als wäre Devin nichts.

Tränen sammeln sich in meinen Augenwinkeln und verschleiern die Sicht auf Julien.

Dann grinst er, prostet mir zu und dreht sich um. Und ich hänge fest. Schon wieder.

Ein Atemzug und noch einer. Erst die Träne, die über meine Wange rinnt, kann mich aus der stählernen Befangenheit reißen, und ich zucke zusammen. Geschirr klappert, als Everon ein Tablett mit Suppentassen auf dem Tresen abstellt. Er sagt irgendetwas zu Emma, die neben mir auftaucht. Ich verstehe es nicht. In meinem Kopf ist ein betäubtes Rauschen, das alten Schmerz mit neuem vermischt. Schwindel überkommt mich, und ich schlucke hart gegen den sauren Speichel an, der sich unter meiner Zunge sammelt. Ich will weg und kann nicht.

Der Boden beginnt zu verschwimmen, und ich suche Halt am Türstock, greife aber daneben und drohe zu fallen.

»Ayla, halt dich an mir fest.« Everon legt stützend einen Arm um meine Taille. Ich will nicht von ihm gehalten werden, doch kann mich nicht wehren. *Er wusste es.*

»Wir gehen hoch, komm schon.«

Mit Everons Hilfe schaffe ich es bis ins Dachgeschoss. Meine Atmung wird immer schneller, und nur entfernt nehme ich die beruhigenden Worte wahr. Kaum haben wir die letzten Treppenstufen überwunden, befreie ich mich aus Everons festem Griff und schlage gegen seine Brust.

Everon weicht nicht zurück, bleibt stehen, unnachgiebig und stark. Er wartet, wie er es die vielen Nächte getan hat, die wir einsam nebeneinander auf dem Boden gesessen haben. Bis meine Wut mit meiner Kraft abebbt und ich mich nur noch an Everons Shirt festhalten kann. Erst jetzt zieht er mich an sich.

»Es tut weh«, presse ich zwischen unaufhaltsamen Schluchzern hervor. »Du hast es mir nicht gesagt. Wir sagen uns alles, Everon. Weil es nur noch uns beide gibt. Wir sind Freunde.«

»Ich weiß, Ayla. Ich weiß«, antwortet er, und ich kann das leichte Beben seiner Brust an meinem Gesicht spüren. »Es tut mir leid. Ich wollte es dir sagen. Das wollte ich wirklich.«

Ich hebe den Kopf. »Seit wann weißt du davon?«

Er wischt sich mit der Hand über den Mund und löst sich aus unserer Umarmung. Dann sieht er mich an, und ich erkenne Reue und Hilflosigkeit in seinem Blick, was das alles nicht weniger verletzend macht.

»Ich habe dir vertraut«, setze ich nach, weil Everon nichts sagt und mich nur weiter ansieht. Mit einem Schnauben gehe ich zum Nachttisch, um ein Taschentuch aus der Box zu zupfen. Ich trockne mir das Gesicht und drehe mich wieder um, da steht Everon nicht mehr am Treppenaufgang. Er sitzt an der Wand, an der ich mich nachts vor der Welt verstecke. Und er sich mit mir.

Es braucht ein paar wenige Atemzüge, bis ich mich so weit gesammelt habe, dass ich mir die Schuhe abstreifen und zu Everon gehen kann. Ich rutsche neben ihm an der Wand entlang auf den Dielenboden. Wir sehen uns nicht an, schauen beide auf das Foto von Devin, Julien und mir, das auf der Kommode steht und von dem die Dunkelheit nur undeutliche Schemen erkennen lässt.

»Sie waren meine Familie«, sage ich mehr zu mir selbst als zu Everon. Tante Phyllis hat sich stets bemüht, mir ein Zuhause zu schenken, und doch war es für sie und Onkel Barney immer schwierig, zuerst an ein Kind und dann an ihre Naturforschungen zu denken. »Julien ist gegangen, ohne auch nur ein Wort zu sagen.«

»Ich weiß«, sagt er. »Aber Charles Creek ist auch sein Zuhause. Und wir sind auch seine Familie.«

»Waren«, verbessere ich ihn. »Wir *waren* seine Familie, bis er alles hinter sich gelassen hat.«

»Hat er das?« Everon sieht mich an. »Hat er alles hinter sich gelassen, oder ist er geflüchtet? Weil er es nicht ertragen konnte, zu wissen, dass sein bester Freund auf dem Berg gestorben ist und seine beste Freundin und er selbst nur haarscharf entkommen sind?«

Ich lache auf. »Er hatte keinen einzigen Grund zu flüchten«, gebe ich zurück und beiße die Zähne zusammen, wieder sammeln sich Tränen in meinen Augen. »Aber es gab zumindest *einen* Grund, zu bleiben.« Ich hätte ihn gebraucht, so sehr.

»Nicht jeder ist so stark wie du, Ayla.«

»Wenn er schon nicht bleiben konnte, hätte er wenigstens sein Wissen mit mir teilen müssen. Nur ein paar Worte, Everon. Ich wollte immer nur wissen, was passiert ist, von dem Zeitpunkt an, ab dem mir die Erinnerung fehlt. Stattdessen haut er ab und nimmt alles mit sich. Das ist nicht fair.« Ich wende mich von Everon ab.

»Das Leben ist nicht fair. Das haben wir doch gelernt, oder?«, flüstert er und nimmt meine Hand. »Es tut mir leid. Ich hätte dir sagen müssen, dass er kommt. Und dass wir Kontakt haben.« Er schluckt. »Ich wusste nicht, wie. Die ganze Zeit über nicht.«

Der Zorn in mir rührt sich erneut, und ich entziehe ihm meine Hand. »Wie konntest du ihm verzeihen?«

»Verzeihen, Ayla?« Er blinzelt. »Dass er versucht hat klarzukommen? Dass er getrauert hat, auf seine Art? Wollen wir das wirklich verurteilen? Ich versuche lediglich, Julien zu verstehen. Zu sehen, dass er uns mit dieser Dokumentation über den Aufstieg helfen will. Seine Aufmerksamkeit ist unsere Aufmerksamkeit. Wir kommen so schon kaum über die Runden, und die Gäste werden von Jahr zu Jahr weniger. Julien hat hier sein Zuhause. Er war immer mein Freund, Ayla. Nein, er war wie ein Bruder – wie für Devin, so auch für mich. Und für dich. Wir alle wollen nur überleben.« Everon nimmt wieder meine Hand, hält sie fest, sodass ich sie nicht zurückziehen kann. »Ihn trifft keine Schuld, Ayla. Und dich trifft keine Schuld. Es gibt nichts zu verzeihen. Entweder man überlebt den Berg, oder man überlebt ihn nicht. Ich habe in den letzten Jahren mit den Rangers genug Menschen geborgen, um das zu wissen. Und du weißt es auch, Ayla. Du weißt das.«

Everon weiß nichts. Noch weniger als ich.

»Ayla, es war seine Art, damit umzugehen.«

»Warum nur bei dir?«, will ich wissen. »Warum hat er sich nicht auch bei mir gemeldet? Er hatte volle sechs verdammte Jahre dafür Zeit.«

»Es ist schwer, einen Schritt rückgängig zu machen, wenn man ihn erst gegangen ist. Und nicht Julien hat mich damals angerufen, sondern ich ihn. Um meinen Freund wissen zu lassen, dass ich für ihn da bin, genauso wie ich für meinen Bruder da gewesen wäre und wie ich für meine Freundin da bin.« Er streichelt mit dem Daumen über meinen Handrücken. »Weil das vielleicht meine Art ist, damit umzugehen. Und zu trauern.«

Jetzt bin ich es, die Everons Hand drückt. Er hat seinen Bruder verloren und nie nachgefragt, woran ich mich erinnern kann oder wie es zu der Reihe an Fehlentscheidungen gekommen ist. Keine Vorwürfe, keine Schuldzuweisungen. Nie, kein einziges Mal. Everon ist einfach da, er akzeptiert mich und stellt meine Art zu trauern nie infrage. Also sollte ich das auch nicht bei ihm tun. Nicht mehr, als mir zusteht. Es ist seine Lodge, er kämpft vielleicht am meisten.

»Ich vermisse Dev so wie du, Ayla, jeden Tag.«

Everon ruft mir Devins Grinsen in Erinnerung. Sein lautes Niesen, sobald er in die Sonne gesehen hat, das mich immer genervt hat. Und seinen unbändigen Willen, alles zu schaffen, was er wollte. Ich lehne meinen Kopf gegen Everons Schulter und höre zu. *Es tut weh.*

»Everon? Wie soll ich die nächsten Wochen schaffen?« Die Erinnerungen haben nur einen Hauch meiner Stimme zurückgelassen.

»So wie du immer alles schaffst«, antwortet er ebenso leise. »Mit deiner Stärke. Und mit mir an deiner Seite.«

Aneinandergelehnt bleiben wir sitzen, jeder in seinen Gedanken für sich und doch verbunden.

Ein dumpfes Pochen holt mich zurück in die Realität, und ich löse meine Hand aus seiner. »Ist es für dich in Ordnung, wenn ich nicht mehr mit nach unten gehe?«

Er nickt und stemmt sich dann vom Boden auf. »Emma und Mrs Davis sind da. Bleib hier oben, solange du willst. Ich komme klar.«

»Danke.«

Er geht in Richtung der Treppen. »Ayla?«

»Ja?«

»Ich hätte es dir sagen sollen. Es tut mir leid.«

»Alles gut«, antworte ich und warte, bis er die Treppen hinuntergegangen ist und die Tür zum Dachgeschoss geschlossen hat. »Alles gut«, wiederhole ich meine eigenen Worte und fühle, wie sich jede Faser meines Körpers gegen diese Lüge wehrt. »Alles gut«, sage ich etwas lauter und spüre die Tränen erneut über meine Wangen rinnen.

Nichts ist gut. Sie sind einfach gegangen.

Wie eine Welle flutet Hass meine Gedanken und Gefühle. Ich stehe auf, gehe hinüber zu dem Foto von Julien, Devin und mir, das die meiste Zeit der letzten Jahre in der Schublade verborgen war, und werfe es auf den Boden. Die Scherben des Bilderrahmens verteilen sich in der Einsamkeit meines Zimmers. Nichts ist gut.

Ohne mich umzuziehen, lasse ich mich auf das Bett fallen und vergrabe den Kopf im Kissen. Julien ist da. Das war er immer, tief in meinem Innersten, aber jetzt ist er es wirklich, und alle Farben an Emotionen wallen in mir auf.

Ich weiß nicht, wie lange ich so daliege und den heutigen Abend immer und immer wieder an mir vorbeiziehen lasse. Es muss lange sein, denn aus dem unteren Stockwerk sind irgendwann keine Geräusche mehr zu hören.

Die bedrohliche Stille ist es, die mich von einer Sekunde auf die andere überfordert. Zu wissen, dass alles zur Ruhe kommt, außer mir selbst. Die lautlose Enge des Raumes drückt schwer auf meine Brust und nimmt mir die Kraft zum Atmen. Kurz vorm Hyperventilieren greife ich nach meiner Decke, hüpfe über die Glassplitter zum Fenster und öffne es. Mit einem sicheren Tritt klettere ich aufs Dach. Dann steige ich das Stück nach oben zum Giebel und hinüber an die Stelle, wo das nächste Dach quer zu diesem beginnt. Ich rutsche hinunter bis zu dem schmalen, aber ebenen Platz von der Fensterreihe unter mir, wickle mich in die Decke ein und setze mich. Mit einem tiefen Atemzug lehne ich mich gegen das Holz, suche den Malamute Peak und halte mich an ihm fest.

Und mit dem Berg spüre auch ich endlich Ruhe und die unbändige Freiheit. Nicht in der Intensität von früher, aber sie ist da.

Mit der Zeit kriecht die Kälte unter die Decke, und ich beginne zu zittern. Trotzdem zwinge ich mich dazu, nicht aufzustehen und hineinzugehen. Noch nicht. Ich brauche jede Sekunde hier draußen.

Ich brauche das Einzige in meinem Leben, was sich nicht verändert hat.

Die Velvet Mountains.

~ ~ ~

JULIEN

Rette sie, Julien. Du musst sie beschützen. Bleib bei ihr, bitte. Rette sie!

Ich blinzle. Kurz kann das Licht zu mir durchdringen. Alles, nur keine Dunkelheit. *Bitte.* Wieder blinzle ich, bis meine Augen auch meinen Kopf verstehen lassen, dass ich sicher bin. Ich bin in Sicherheit.

Meine Hände habe ich zu schmerzenden Fäusten geballt, und ich spüre, wie feucht das Kissen unter meinem Kopf ist. Langsam schaffe ich es, mich aufzusetzen und meine Gedanken durch den dichten Nebel zu schieben, der von den alten Bildern übrig ist.

Erschöpft rutsche ich vor zur Bettkante und fahre mir durch die Haare. So echt waren die Träume schon lange nicht mehr. Ich lache über mich selbst, weil ich damit hätte rechnen können.

Ein Blick auf die Uhr zeigt mir, dass ich nicht einmal zwei Stunden geschlafen habe, und doch ist das mehr als in vielen anderen Nächten. Von einem leisen Seufzen begleitet stehe ich auf und sehe mich um. Everon hat mir das Zimmer neben seinem gegeben, weil es eines der größten ist. Ich kann mich nicht erinnern, schon einmal in diesem Zimmer gewesen zu sein. Wenn es spät wurde, haben Ayla, Devin und ich öfter mal in der Lodge übernachtet, aber ich glaube, es war nie hier drin.

Ich mache ein paar planlose Schritte und versuche, Ayla wieder aus meinem Gedächtnis zu drängen, erfolglos.

Noch immer spüre ich ihren Blick auf meiner Haut. Zuerst war es Unglaube, dann Verzweiflung. Und nach Everons Reaktion auf meine Frage vorhin, wie Ayla meinen Besuch aufgenommen hat, werde ich das nächste Mal wohl ihren Hass spüren.

Ich mache die Nachttischlampe aus, ohne die ich nicht mehr schlafen kann, und trete ans Fenster. Die Bäume verdecken mir die Sicht auf die Berge, mit denen alles begonnen hat. Viele Stunden haben Ayla, Devin und ich damit verbracht, von unzähligen möglichen Standpunkten aus hinaufzuschauen und uns Zustiegsmöglichkeiten und Routen zu überlegen. Wir haben die Felsen in unserem Buch skizziert und das Wetter beobachtet. Heute weiß ich, dass es weniger um den Malamute Peak ging und mehr um die gemeinsame Sache.

»Scheiße«, fluche ich laut, stütze meine Hände am Fensterrahmen ab und lege die Stirn gegen die kalte Scheibe. Ich habe geahnt, dass ich Ayla mit meiner Anwesenheit verletzen würde, aber erniedrigen wollte ich sie nicht. Das bin nicht ich.

Ich stoße mich vom Holzrahmen ab, ziehe mir Shorts über und gehe aus dem Zimmer, hinaus in den dunklen Flur. Die Tür hinauf ins Dachgeschoss ist geschlossen. Mein Klopfen ist leise, begleitet von dem stillen Flehen, dass Ayla mich hört. Und nicht Everon oder sonst wer.

Nach kurzem Abwarten klopfe ich wieder, diesmal etwas fester. Keine Reaktion. Alles in mir schreit danach, mich umzudrehen und zurück auf mein Zimmer zu gehen. Ich könnte Ayla in der Früh abfangen und mich bei ihr entschuldigen. Das könnte ich tun. Ehe sich der Gedanke festsetzen kann, lege ich die Hand an die Klinke und drücke sie nach unten. Nur eine Entschuldigung.

Von einer unerwarteten Kälte überrascht, steige ich Stufe um Stufe nach oben und versuche, irgendetwas auszumachen.

»Ayla?«, flüstere ich mehr, als dass ich es sage, und gehe ein paar Schritte in den Raum. »Ayla? Ich bin's, Julien.«

Bei dem geöffneten Fenster bleibe ich stehen und erkenne vor mir am Boden unser letztes Bild, begraben unter spitzen Scherben. Ich schaue zum leeren Bett und wieder zum Fenster.

Ayla. Mein Herz zieht sich zusammen, sobald ich realisiere, wo sie ist.

Ich bin barfuß, trage lediglich ein nass geschwitztes Shirt und meine Shorts, und trotzdem hebe ich mich über den Fensterrahmen hinaus ins Freie. Ohne jemals hier oben auf dem Dach gewesen zu sein, weiß ich sofort, wohin ich gehen muss. Über die Holzschindeln steige ich hinauf zum First und bin mir sicher, in jeder Fußsohle bereits mindestens einen Splitter stecken zu haben. Ein Fluchen unterdrückend balanciere ich die Schräge entlang, vorbei an der Tanne zum Ende des Daches, bis ich freie Sicht habe.

Zum ersten Mal seit meiner Ankunft nehme ich mir die Zeit, die Berge anzusehen. Nicht ihre Gefahren oder die Herausforderung. Nur die Gewaltigkeit der Berge und ihre Anziehungskraft. Ein paar Wochen früher, und den Horizont würden um diese Uhrzeit Nordlichter zieren. Die weiße Schneedecke umschließt den Malamute Peak wie ein Mantel und hebt ihn von der Dunkelheit ab. Der Himmel ist frei, und Sprenkel aus Tausenden Sternen geben dem Bild eine einzigartige Anmut. Ich habe viele Gipfel gesehen, und doch bleibt dieser hier der schönste und wichtigste in meinem Leben. Weil er unserer war.

»Was machst du hier?«

Ich fahre beim Klang von Aylas Stimme zusammen und verliere das Gleichgewicht. Die Muskeln in meinem gesamten Körper spannen sich an, und mit ausgestreckten Armen schaffe ich es, mich auszubalancieren. Erst als ich wieder sicheren Stand habe, atme ich ruhig aus und schaue hinunter zu Ayla. Sie liegt eingemummt in einer Decke auf einem Dachvorsprung und starrt hinaus in die Nacht. Falls sie eben gesehen hat, dass ich fast gestürzt wäre, scheint es sie nicht zu kümmern. Beste Voraussetzungen für ein Gespräch, würde ich sagen.

»Ayla?«

Ich erkenne, wie sie zusammenzuckt.

»Was machst du hier, Julien?« Noch immer kein Blickkontakt, nur Anklage, die ihre Worte trägt.

Ich sollte umdrehen und gehen. Stattdessen zwinge ich mir ein

Lächeln ins Gesicht. »Wie jetzt? Hier auf dem Dach? Fast nackt und mitten in der Nacht?« Beinahe lautlos lande ich neben ihr auf dem Vordach. »Hier in Charles Creek? Oder meinst du in deinem Zimmer? Du musst schon etwas genauer werden.«

Ayla sieht mich nicht an, und doch neigt sie den Kopf leicht in meine Richtung. Das dunkle Haar fällt ihr in sanften Wellen über die Schulter. »Hier in meinem Leben, Julien.«

»Jetzt gerade hole ich mir vermutlich meine erste Blasenentzündung.« Ich trete nervös hin und her, nicht wegen der Kälte. »Scheiße, Ayla, das Dach ist arschkalt. Können wir nicht reingehen?«

Sie seufzt lediglich. Das hat sie schon immer gemacht, wenn sie ungeduldig wurde.

»Es ist zwar nicht zu übersehen, dass auch du vor Kälte zitterst, aber wie du willst. Ich kann gut mit niedrigen Temperaturen.« Das kann ich wirklich. Meistens. Auf dem Berg, wenn ich keine andere Möglichkeit habe. Sonst eher nicht so. »Ich sage dir erst, warum ich hier bin, wenn wir reingehen.«

Ayla zeigt mir endlich ihr Gesicht. Ihren Blick auf mir zu spüren, sorgt dafür, dass sich die Härchen auf meinen Armen aufrichten. Fast so, als würde mein ganzer Körper nur auf sie reagieren. Sie erwidert das Lächeln nicht, sondern funkelt mich provokant an. Das ist gut, ich habe ihre Aufmerksamkeit.

»Du stellst hier keine Bedingungen, Julien.«

»Mache ich nicht«, antworte ich gelassen und setze mich neben sie auf das Dach. Meine Bewegungen sind bereits steif, und ich flehe innerlich, dass wir bitte, bitte gleich reingehen. Es ist echt scheißeisig heute Nacht. »Ich will nur nicht, dass du krank wirst. Deswegen warte ich einfach hier bei dir, bis du bereit bist. Für ein Gespräch.«

Ayla zieht mir das Stück Decke weg, auf das ich einen meiner Füße gestellt hatte. »Sprich und geh, Hendricks.«

»Wie jetzt? Hier vom Dach? Weg aus Charles Creek oder einfach aus deinem Zimmer?«

Ich sehe, wie sie die Augen und Lippen zusammenkneift. Das kleine Grübchen an ihrer Wange ist noch da. »Zuerst vom Dach. Dann aus meinem Zimmer. Anschließend aus Charles Creek. Und zuletzt bitte wieder aus meinem Leben.«

»Autsch«, gebe ich zurück und lehne mich nach hinten. Mit dem kalten Dach im Rücken kann ich ein Keuchen gerade so unterdrücken. Stattdessen presse ich ein wohliges Summen hervor und lege die Arme unter meinen Hinterkopf. »Das wird nicht passieren, Ayla. Ich werde nicht verschwinden. Nicht von diesem Dach, außer wir gehen rein, damit ich mich bei dir für mein Verhalten heute Abend entschuldigen kann. Und ich werde erst aus Charles Creek verschwinden, wenn ich da oben war.« Wir beide schauen zu den Bergen.

Ayla holt Luft, ich höre, wie ihr Atem in der Frühlingskälte stockt. »Warum? Warum tust du das?«

»Weil ich von Ev weiß, wie schlecht es um die Lodge steht. Das alles war so nicht geplant. Max Barrow hat sich verletzt, und ich bin der Einzige, der so kurzfristig einspringen kann. Niemand könnte sich so schnell mit den Bedingungen vertraut machen, und alles stand kurz davor, abgeblasen zu werden. Die Besteigung bringt Charles Creek die Aufmerksamkeit, die es dringend braucht. Aufmerksamkeit bedeutet Geld.«

»Es war dir egal.«

Ein Vorwurf, sehr schön. Es spielt keine Rolle, welche Gesprächsbasis wir finden, solange Ayla überhaupt mit mir spricht. Wenn das hier funktionieren soll, darf ich nicht jedes Mal Angst vor einem Zusammentreffen mit ihr haben. Wir sind uns mehr schuldig als das.

»Können wir reingehen und drinnen darüber reden?« Ich strecke stockend, aber bemüht lässig meine Beine aus und lege eines über das andere. »Und es war mir nie egal.«

Ayla lacht auf. »Sechs ganze Jahre lang war es dir scheißegal, was mit uns ist, Julien.«

Ich schüttle den Kopf.

»Du bist einfach gegangen.«

»Mit dem Auto meiner Mom. Ich bin gefahren.«

Ihr Kopf schnellt zu mir herum. Ihre Nasenflügel sind leicht aufgebläht, und kurz bekomme ich Angst, sie könnte mich runterschmeißen.

»Dann mach es wieder, Julien. Nimm dir ein Auto und verschwinde. Niemand braucht dich hier.«

Es sticht in meiner Brust. »Die Lodge braucht mich. Everon braucht mich und damit wohl oder übel auch du.« Ich schaue wieder zu den Velvets.

»Oh, wie konnten wir nur sechs Jahre ohne den großen Julien Hendricks auskommen? Lass mich überlegen. Warte, da fällt mir was ein.« Ayla setzt sich auf. »Mit harter Arbeit, Julien. Während du dein Gesicht samt Sonnenbrille und Beanie in die Kamera gehalten hast und mit einem arroganten Spruch nach dem anderen zum Frauenschwarm der Kletterszene geworden bist, hatten wir was anderes zu tun, als unseren nackten Arsch am Himalaja zu bräunen. Du warst ein bisschen auf jenem Kontinent und ein bisschen auf diesem, und Everon hat die Lodge übernommen, weil Ellis und George sie nicht mehr führen konnten. Weder er noch ich hatten irgendeine Wahl. Ich war bei ihm. Ich. Und du nicht.« Ihr Kinn bebt. Sie war nie gut darin, ihre Emotionen zu verbergen. »Hat das alles kein Gewicht für dich? Wo bleibt dein Anstand?«

Ich hingegen war schon immer gut, mir meine Gefühle nicht anmerken zu lassen.

Unbeeindruckt schnalze ich mit der Zunge. »Das am Himalaja war eine Wette und halb so aufregend, wie es klingt – aber schön zu hören, dass dir meine Arschbilder in Erinnerung geblieben sind.«

»Du selbstgefälliges kleines …«

Ich reiße die Augen und zeitgleich den Mund auf. »Ayla Shand! Solche Worte aus deinem Mund?«

Mit einem wutentbrannten kurzen Schrei steht sie auf. So

schnell ich kann, mache ich es ihr nach, heilfroh, ins Warme zu kommen. Und um ihr endlich zu sagen, dass es mir leidtut. Dass ich überfordert war, obwohl ich seit meiner Flucht an nichts anderes denken kann als an unser Wiedersehen. Warum ich niemals mit der Vergangenheit werde abschließen können, weil ich mit Charles Creek nicht abschließen kann. Warum ich nicht fähig bin, ein altes Leben hinter mir zu lassen, wenn ich doch ein neues habe. Und ich denke daran, was das zwischen uns war und was wir auf dem Berg noch alles zurückgelassen haben. Dass ich es wiedergutmachen will. Alles.

Ayla knautscht ihre Decke zusammen. Als ich sie ihr abnehmen will, knurrt sie mich an, und ich ziehe die Hand zurück. »Ich habe sechs Jahre meine Decke alleine getragen und werde das auch die nächsten sechzig Jahre schaffen. Mindestens.«

Es tut gut. Es tut einfach gut, Ayla zu erleben. Echt. Ungefiltert. So wie früher.

Viel geschmeidiger als ich steigt sie vor mir das Dach hinauf. Nichts an ihren Bewegungen lässt erkennen, dass ihr die Kälte in den Knochen steckt. Während ich hinter ihr herklettere, suche ich in meinem Kopf die Worte zusammen, die ich ihr gleich sagen möchte. Sie hasst mich vielleicht, aber sie ist bereit zu reden. Und Reden ist ein Anfang.

An dem Fenster zu ihrem Zimmer angekommen, wirft Ayla zuerst die Decke hinein. Ich spüre meine Zehen kaum noch und werde Ayla bitten, mit mir nach unten ins Eagle Eye zu kommen, wo ich den Kamin für uns anfeuern werde.

Schnell schwingt sie sich vor mir in ihr Zimmer und dreht sich um, so unmittelbar, dass ich ihr nicht folgen kann. Sie kommt mir entgegen, nur ein kleines Stück, was ausreicht, damit ich die feinen Sommersprossen auf ihrer hellen Haut erkennen kann. Ayla ist wunderschön. Sie lächelt. Ich stutze, lächle zurück.

»Weißt du was, Julien?«

»Hmm?«

Sie fährt sich mit der Zunge über die Unterlippe. »Tante Phyllis hatte immer recht.« Ihr Lachen wird zu einem Grinsen. Einem gefährlichen Grinsen. »Julien Hendricks ist ein ungehobelter, selbstverliebter Rotzlöffel.«

Ehe ich wirklich verstanden habe, was Ayla gerade zu mir gesagt hat, schließt sie das Fenster. Ich bin auf der anderen Seite des Fensters. Das ist nicht gut.

Panisch klopfe ich gegen das Glas.

Ayla hebt wieder lächelnd eine Hand an den Rahmen, und ich atme erleichtert auf. Das war nur ein Bluff. Jetzt zieht sie den Vorhang zu. Was zum …?

Ich klopfe panisch weiter, kann nicht glauben, dass sie mich tatsächlich auf das Dach gesperrt hat. Verdammt.

Dann stocke ich und denke nach. Plötzlich bin ich es, der lächelt. Eigentlich kann ich sehr gut glauben, dass sie mich ausgesperrt hat. Das ist Ayla, und ich hatte beinahe vergessen, wie aufregend es mit ihr sein kann.

AYLA

Auf meinem morgendlichen Weg in die Küche bleibe ich beim Schachbrett in unserem Lese-Erker stehen. Ich habe die letzte Partie gegen Everon gewonnen, also darf er den ersten Zug vom neuen Spiel setzen. Doch anders als gewohnt hat er seinen Bauern zwei Felder und nicht nur eines nach vorne bewegt. Das ist neu, Everon ist nicht risikobereit, nicht einmal im Schach. Devin und Julien haben ihn deswegen immer aufgezogen und ihm prophezeit, in der

Langeweile zu versinken, wenn er nicht irgendwann bereit dazu sei, aus seiner Komfortzone zu treten und ein paar Unsicherheiten zu akzeptieren.

Ich will nach meiner Figur greifen und den ersten Zug setzen, doch kurz bevor ich sie berühre, stoppe ich. Meine Finger zittern, Devins Stimme hallt in meinen Ohren nach.

»Du weißt, dass ich dich gerade dafür hasse, oder?« Devin trinkt seine Tasse leer und zeigt auf mich. »Du könntest zumindest so tun, als hätte ich auch nur den Hauch einer Chance gegen dich.«

»Schachmatt, Schachmatt – Schachmatt«, wiederhole ich und lasse dabei Devins König vor meinem Gesicht baumeln.

Dieser grinst, beugt sich zu mir herunter und küsst mich auf die Stirn. »Gute Nacht.«

»Du gehst schon ins Bett?«, frage ich.

»Nein, ich heule mich jetzt erniedrigt von dieser erbärmlichen Partie in den Schlaf.«

»Und ich dachte, du wolltest eine Revanche.«

»Die übernimmt Julz.«

Julien sieht von den Karten auf, die er, vor dem Kamin sitzend, um sich herum ausgebreitet hat. Je näher unsere Besteigung des Malamute rückt, desto mehr Zeit verbringt er damit, sich alles Erdenkliche einzuprägen. »Was übernehme ich?«

»Meine Revanche gegen Ayla, eine weitere Niederlage verträgt mein Ego nicht.« Devin winkt zum Abschied. »Ich sperre die Zimmertür nicht zu, falls ihr hier schlafen wollt. Ihr wisst, wo das Bettzeug ist. Gute Nacht.«

Devin macht noch das Licht auf der Terrasse aus und verschwindet dann durch die Küche nach oben. Ich schaue hinüber zu Julz, der aufgestanden ist und sich streckt. Dabei fällt mein Blick auf den Streifen Haut zwischen seinem hochgezogenen Shirt und der Jeans, die er heute trägt. Juliens stark ausgeprägte Bauchmuskeln sind selbst im schwachen Licht des Feuers zu erkennen. Ich schlucke. Eine Linie aus hellen Haaren zieht sich von seinem Bauchna-

bel nach unten und verschwindet im Hosenbund. Zum ersten Mal ertappe ich mich bei dem Gedanken, der Linie folgen zu wollen. Ich will sehen, wie sie verläuft – und wohin.

Als würde er meinen Blick spüren, und mit dem Blick die unpassenden Gedanken, zieht Julien plötzlich sein Shirt nach unten.

»Du brauchst also eine richtige Herausforderung?« Er steigt über die ganzen Karten hinweg und kommt auf mich zu. Dabei schiebt er seinen Unterkiefer leicht nach vorne. Alles an seinem Gesicht ist markanter geworden. Männlicher.

Ich räuspere mich. »Warum Devin da an dich denkt, ist mir auch schleierhaft.«

Julien lacht und setzt sich auf den frei gewordenen Stuhl. Er beginnt, die Figuren zu ordnen. Meine, nicht seine. »Das Problem ist, dass Dev dich nicht sieht, Ayla.« Seine Stimme ist leiser und hat einen rauen Unterton angenommen, der mir fremd ist.

»Mich nicht sieht?«

»Ja.« Julien hat einen Arm neben dem Schachbrett aufgestützt und beugt sich nach vorne. Sein Blick ist auf die Schachfiguren gerichtet, aber ich erkenne, dass er eine Augenbraue nach oben gezogen hat. »Er sieht immer noch das Mädchen, das ihm mit dem Rad davonfährt oder ihm ein Sandwich richtet. Devin spielt mit dir Schach, als wäre seit unseren ersten Versuchen keine Zeit vergangen. Er sieht nicht, wie sehr du dich verändert hast. Dein Denken …«, Julien hebt den Kopf, und seine Augen fixieren mich, »… und dein Aussehen.«

Hitze wallt durch meinen Körper. »Und du? Was siehst du, Julien?«

Er zieht lächelnd einen Mundwinkel nach oben. »Ich sehe das Mädchen von früher, und ich sehe meine beste Freundin. Aber ich sehe auch deine Intelligenz und deine Willenskraft. Ich spüre mein Vertrauen in dich und deines in mich.« Sein Lächeln wird sanfter, dann verblasst es. »Und ich fühle, wie sehr wir uns verändert haben, du und ich. Ich will bei dir sein, nicht nur in deiner Nähe.«

Er legt seinen zweiten Arm auf den Tisch, seine Finger berühren meine. Kaum spürbar und doch so bedeutend intensiv. Julien nickt. Mehr sich selbst zu als mir. »Ich mag dich, Ayla.«

Mein Herzschlag flattert bis in meinen Hals. »Und ich mag dich«, erwidere ich und spüre der befreienden Wahrheit dieser Worte zwischen uns nach. Wie von selbst bewege ich die Finger, um mehr von Julien zu fühlen. Er lächelt wieder und verflicht seine Finger mit meinen.

Im nächsten Augenblick wird Juliens Lächeln zu einem gefährlichen Grinsen. »Du weißt, dass das nichts ändert, oder?«

»Das weiß ich«, gebe ich zurück und grinse ebenso, weil mir klar ist, was er meint. »Du wirst trotzdem gegen mich verlieren und dich dann wimmernd im Bett verkriechen, wie Devin.«

Juliens lautes Lachen klingt wie immer, und doch hört es sich für mich plötzlich anders an.

Es ist mir näher, ist meines.

Julien macht den ersten Zug. Ich nehme die Herausforderung an und reagiere.

Unsere Finger bleiben die ganze Zeit verbunden.

Ich blinze mich aus der Vergangenheit, sehe auf meine zitternden Finger, die kurz davor sind, eine Schachfigur zu berühren, und balle sie zur Faust.

Kein Schach, nicht heute. Nicht, wenn es sich anfühlt wie damals. Aufregend, neu. Schön.

Kopfschüttelnd drehe ich mich um und nehme nicht wie sonst die Abkürzung durch den Lagerraum, sondern gehe weiter den breiten Hausflur entlang und biege zum Eagle Eye ab. Am Kamin, den dunkelgrünen Polstersesseln und der großzügigen Couch vorbei lasse ich den Durchgang aus Baumstämmen zum Essbereich hinter mir. Dann tue ich so, als würde ich die Stühle an den Tischen ausrichten, und schaue dabei immer wieder unauffällig durch die breite Glasfront hinaus auf die Terrasse. Es dämmert erst, und eine dichte Nebeldecke liegt um das Haus herum. Everon sperrt die Eingangstür jede Nacht ab, lässt jedoch für den Notfall den Schlüssel an der Innenseite stecken. Jemand könnte Julien gehört und ihm die Tür geöffnet haben. Theoretisch. Falls nicht, müsste er irgendwo hier sein. Ich frage mich, ob die Hunde Julien in das eigens für sie gebaute Holzhaus am Freigelände lassen würden. Sie haben ihn ewig nicht gesehen, und Everon verschließt das Gehege immer doppelt und dreifach. Also eher nicht. Wir haben die Loungemöbel schon vor zwei Wochen aus dem Geräteschuppen geholt und unter die Überdachung getragen. Nahe an der Hauswand steht eine Box mit Decken und Kissen, aber ich entdecke keinen Hinweis darauf, dass Julien in der Nacht hier draußen war. Er hätte das ausgehalten, so extrem kalt ist es gerade ja gar nicht. Hätte er sicher. Hoffe ich.

»Guten Morgen.« Ich habe nicht bemerkt, dass Everon den Raum betreten hat und jetzt neben mir steht. »Suchst du etwas?«

»Ich? Nein. Ich dachte nur, vor der Terrasse einen Hasen gesehen zu haben. Nicht, dass die uns wieder den Garten umgraben.«

»Das würde mir gerade noch fehlen. Wir können keine Hasen gebrauchen, die nachts ums Haus schleichen. Einfach so.«

Ich runzle die Stirn.

»Also dann, bist du bereit?« Everon klatscht in die Hände, und ich glaube mir einzubilden, dass sich ein Schmunzeln auf sein Gesicht legt. Everon schmunzelt nie. »Ein Frühstück für so viele Gäste haben wir ewig nicht mehr vorbereitet.«

Mit einem letzten Blick nach draußen folge ich ihm in die Küche und schalte das Radio ein, bevor ich mir die Hände wasche. Seite an Seite richten wir das Büfett an und lauschen den Nachrichten und der Musik. Immer wieder wird das Programm von Funksprüchen der Ranger aus den umliegenden Bergrettungsstationen unterbrochen, und ich hoffe, dass Everon auf keinen Einsatz muss. Ich will das hier nicht alleine durchstehen.

Wir haben gerade die letzten Platten auf die Tische am Rand des Esszimmers gestellt, da betreten die ersten Gäste das Eagle Eye. Zwar bin ich hin- und hergerissen, ob ich erleichtert oder besorgt sein soll, weil Julien nicht unter ihnen ist. Doch treffen will ich ihn auf gar keinen Fall, sodass ich mich unauffällig wieder Richtung Küche bewege. Julien war immer ein Frühaufsteher, und ich kann mir nicht vorstellen, dass sich das geändert hat. Everon drückt mir im Vorbeigehen den Ahornsirup in die Hand, der anscheinend am Büfett noch fehlt. Also drehe ich wieder um und bringe die kleine Kanne an ihren Platz.

»Hey.« Ein Mann mit langem schwarzem Haar und sauber ausrasiertem Bart bringt mich auf halbem Weg zurück in die Küche zum Anhalten. »Du musst Ayla sein. Julien hat mir schon viel von dir erzählt.« Er streckt mir die Hand entgegen. »Ich bin Xavier, sein Seilpartner. Aber du kannst mich Xave nennen.«

Ich schüttle ihm die Hand, erstaunt, dass Julien über mich gesprochen hat, in welchem Zusammenhang auch immer. Dabei wandert mein Blick an Xavier vorbei, aber ich kann Julien nicht unter den zahlreicher werdenden Gästen erkennen.

Ein weiterer Mann, den ich kaum älter als Everon einschätze, stellt sich neben Xavier. »Ah, Ayla, oder?«

Warum kennt mich jeder?

»Hey, ich bin Ian, Kameramann und Produzent, und das ist Sarah, die Assistentin der Produktionsleitung.«

Die junge Frau tritt näher und zeigt um sich. »Schön habt ihr es hier. Und das Büfett sieht hervorragend aus.«

»Danke«, sage ich und lächle zuerst Ian, der einen irischen Akzent zu haben scheint, und dann Sarah freundlich an. Sie muss in meinem Alter sein, und den abgewetzten Knien ihrer Sport-Pants nach klettert sie.

In einer fließenden Geste streicht Sarah ihre langen blonden Haare über eine Schulter. »Julien hat mir nicht zu viel versprochen. Die Umgebung hier ist was Besonderes, und ich freue mich schon auf die Wanderung heute mit dir.«

»Auf was?« Mein suchender Blick heftet sich an Sarah. »Wie bitte?«

»Unsere Wanderung. Ian hat für das Filmteam eine Wanderung bei dir gebucht. So können wir uns ein Bild von den Lichtverhältnissen, der Sonneneinstrahlung und der Gegend machen, während Xavier, Julien und ihre Co-Partner Hunter und Preston ein Stück aufsteigen, um sich einzufühlen.«

»Ja, natürlich«, gebe ich zurück, als hätte ich davon gewusst. Von irgendwoher vernehme ich die Frage nach der laktosefreien Milch und entschuldige mich mit einem Winken bei Ian, Xavier und Sarah, um in die Küche zu gehen.

Everon ist gerade dabei, das Rührei zuzubereiten.

»Ich gehe heute wandern?«, frage ich und dränge mich an ihm vorbei zum Kühlschrank.

»Nein, tust du nicht. Du bleibst hier, ich mache die Wanderung. Ich glaube, es war Emma, die sie auf dich gebucht hat.«

»Oh, okay.«

Ich bringe die Milch nach draußen und blicke mich um. Noch immer ist Julien nirgends zu sehen, dabei ist ein Großteil der Tische bereits besetzt. Der Platz, an dem er gestern gesessen hat, ist leer. Das ungute Gefühl in mir steigert sich und wird zur Sorge, obwohl Sorge um Julien das Letzte ist, was ich spüren will. Vielleicht war es doch etwas zu kalt gestern, und Julien hatte fast nichts an. Nur dieses Shirt, das ihn wohl kaum vor den Temperaturen schützen konnte, so eng, wie es an seinem Körper gelegen hat. Obwohl es dunkel war, konnte ich jede Rille seiner Bauchmuskeln darunter erkennen. Ich tätschle mir die Wange, als müsste ich mich selbst davon überzeugen, nicht in einem absolut unpassenden Traum gefangen zu sein. Es reicht, wenn ich mir Sorgen um diesen Arsch mache.

»Everon?« Ich helfe ihm, das fertige Rührei aus der Pfanne in den Speisewärmer am Büfett zu geben.

»Hier.«

»Hast du …? Also, kannst du vielleicht schauen, wo …?«

Ich kann es nicht aussprechen.

Everon hat wieder dieses Schmunzeln aufgelegt, als er mich ansieht. »Was kann ich für dich tun, Ayla?«

Ich beiße mir auf die Unterlippe. Meine Zerrissenheit scheint ihn zu amüsieren.

»Also, gestern Nacht, da habe ich etwas zu unüberlegt vermutlich …«

In diesem Moment klopft es neben mir an die Terrassentür, und ich zucke panisch zusammen. Julien steht draußen im Freien, in dunkler Trainingskleidung, sichtlich nass geschwitzt und mit roten Wangen. Nur wenige blonde Haare haben sich unter der Beanie hervorgekämpft, und seine Lippen öffnen sich leicht, als er kleine Atemwölkchen ausstößt. Er hat die Ärmel seines Hoodies zurückgeschoben, und ich registriere, wie dick und kräftig seine Unterarme sind. In der Hand hält er die Leine von Storm, der hechelnd neben ihm steht und zu Julien aufschaut. Er mochte Storm schon immer.

»Ah, Julien«, sagt Everon und grinst. »Storm hat sich heute Morgen sofort an Julz erinnert. Einen der Hunde zum Laufen mitzunehmen, war seine Idee. Er hat mich gestern schon gefragt, gleich nachdem er fast nackt an der Dachrinne über meinem Fenster hing und ich ihn retten musste.«

Ich remple Everon mit meinem Ellbogen in die Seite, weil sein Grinsen immer breiter wird. Er wusste genau, nach wem ich die letzte Stunde Ausschau gehalten habe.

Everon wirkt wenig beeindruckt, stemmt die Hände in die Hüften und nickt in Juliens Richtung. »Was ist, lässt du ihn dieses Mal rein?«

Julien hebt fragend die Augenbrauen und hüpft leicht hin und her, um sich warm zu halten. Ich mache einen Schritt auf die Terrassentür zu, er ebenfalls. Dann lächle ich von ihm zu Everon, hebe meine Hand und zeige zuerst Julien und jetzt Everon den Mittelfinger.

»Ich mache heute die Wanderung, Everon«, sage ich und drehe

mich auf meinem Weg in die Küche kurz um. »Die Verlockung, Julien in der Materialkammer einzusperren und für die nächsten sechs Jahre zu vergessen, wäre hier einfach zu groß.«

Everons Lachen ist so laut, dass ich es noch bis zur Treppe hören kann. Das alles ist nicht lustig, zumindest nicht für mich. Selbst wenn Everon denkt, Julien hätte ein Recht darauf, hier zu sein, teile ich diese Meinung nicht. Wir sind die letzten Jahre ohne seine Unterstützung klargekommen, und das werden wir auch weiterhin. Ich brauche Julien nicht. Weder eine Entschuldigung von ihm noch sein blödes Grinsen, bei dem sich seine Unterlippe dieses kleine Stück nach vorne schiebt.

Im Lese-Erker bleibe ich bei dem Schachbrett stehen und registriere blitzartig, wer hier seine Finger im Spiel hat. Everon würde nie mehr Risiko eingehen, als er muss. Nicht im Leben und vor allem nicht beim Schach. Das ist nicht er. Aber es ist Juliens Art, und ich hasse ihn dafür. Da sind keine schönen Erinnerungen mehr an vorsichtige Berührungen. Ohne zu zögern, mache ich meinen ersten Zug. *Du kannst mir gar nichts.* Die Partie ist eröffnet, Julien *Bergsteigerarsch* Hendricks.

KAPITEL 4

पहाड *(Nepalesisch)*

AYLA

Das hier sind absolute Profis, das bestätigt sich bereits bei meiner kurzen Begrüßung der Filmcrew vor der *Washburn Lodge*. Allein die Art und Weise, wie die Männer und die beiden Frauen ihre Schuhe gebunden haben oder gerade ihre offensichtlich schon sehr häufig verwendeten Rucksäcke überprüfen, zeigt mir ihre Gebirgserfahrung. Die Geschäftsleute hingegen waren Hobby-Bergsteiger – ganz normale Touristen, die in den letzten Jahren immer mehr wurden und deren Interesse in einem perfekten Foto liegt, das dem Ego schmeichelt. Ihnen geht es nicht um die unberührte Natur oder darum, ihre Grenzen auszuloten.

»Hat jeder Zusatzkleidung, ein Notfallpaket, Trinken und etwas zu essen mit?«, will ich routiniert wissen und bekomme klare Antworten. Ich muss die Frage weder wiederholen noch mit einem Smartphone um die Aufmerksamkeit konkurrieren. Die Crew weiß auch so, wie wichtig es ist, im Team zu arbeiten. Die Frau, die neben Sarah steht und etwas älter als ich sein muss, hebt die Hand.

»Ja?«

»Hi, ich bin Liz, die Produktionsleitung. Brauchen wir Steigeisen? Dann hole ich sie nämlich schnell aus dem Wagen.«

»Hey, Liz. Ian hat mich gebeten, euch ein paar Aufnahmen vom umliegenden Land zu ermöglichen. Wir brauchen keine Steigeisen oder sonstige zusätzliche Sicherungen und Geräte.« Ich sehe Ian an. »Außer ihr wollt ein Stück hoch, um bessere Sicht zu haben?«

Ian winkt ab. »Danke, wir sind in den nächsten Wochen nur noch da oben, da tut es ganz gut, langsam anzufangen. Julien hat uns vorhin von diesem Wasserfall erzählt. Glaubst du, du kannst uns da hinbringen?«

Ich schlucke und nehme mir eine Sekunde Zeit, um zu akzeptieren, dass Julien mich selbst auf der Wanderung verfolgt. »Natürlich. Der Delta Creek ist wunderschön«, antworte ich so gelassen wie möglich, zähle die Gruppe durch und gebe das Zeichen zum Aufbruch.

Auf unserem Weg durch den Wald gehen Sarah und Liz genau hinter mir, und ich höre Sarah davon schwärmen, wie sexy Julien heute Morgen nach seinem Lauf ausgesehen hat. *Sexy*. Ich schüttle den Kopf und ignoriere das sanfte Ziehen in meinem Bauch, als ich an Juliens angestrengtes Gesicht denke und seine Haut, die nicht mehr die eines Jungen ist. Er habe sich beim Frühstück neben Sarah gesetzt und sei überaus charmant und zuvorkommend gewesen.

Ich muss ein Lachen zurückhalten. Julien ist nicht zuvorkommend, er ist berechnend und egoistisch und tut alles, um seine Ziele zu erreichen. Das wird auch Sarah irgendwann erkennen. Und er ist *nicht* sexy. Obwohl er sich schon ein bisschen verändert hat in den letzten Jahren. Die starken Unterarme, auf denen sich die Adern abzeichnen. Das Kinn, das jetzt härter wirkt als früher und auf dem die kleine Narbe von seinem Sturz vom Baumhaus kaum zu sehen ist. Seine breite Brust, über der gestern das Shirt und heute der Hoodie gespannt hat.

»Julien!«, kreischt Sarah plötzlich, als hätte sie meine mehr als unangebrachten Gedanken erraten. Ich erschrecke, nehme die nächste Wurzel zu spät wahr und stolpere darüber. Mein kaputtes Bein reagiert zu langsam, und ich kann den Sturz nicht abfangen.

Auf einen unsanften Aufprall gefasst, reiße ich noch die Arme nach vorne und sehe den kleinen Felsen, auf den ich zu fallen drohe, da werde ich abrupt hochgerissen.

Juliens graue Augen fixieren meine, als er mich an sich drückt. Ihm so nahe, flutet sein warmer Geruch nach frischem Harz meine Sinne und lässt Erinnerung in meinem Kopf aufflackern. Von den wenigen Badetagen am See, an denen er mich gehalten, mir über den Rücken gestreichelt hat, nur um mich beim nächsten Wimpernschlag wieder spielerisch unter Wasser zu drücken. Von meiner Hand in seiner, in all den Nächten, die wir im Zelt auf dem Berg verbracht haben. Und von seinem stolzen Lächeln, wenn ich geklettert bin und er mich gesichert hat.

»Hey«, sagt er so dicht an meiner Haut, dass ich seinen Atem spüre. Juliens Blick ruht so sanft auf meinen Augen, als könnte er dieselben Bilder erahnen. »Ich hab dich, Ayla.«

Ich atme tief ein. Er hat mich.

»Julien«, ertönt es hinter mir erneut, und wir zucken beide zusammen. Mit dem nächsten Blinzeln verflüchtigt sich das Echo von früher und macht Platz für die Gefühle, die als einzige das Recht haben, hier zu sein.

Ich schlage mit meiner flachen Hand gegen Juliens Brust und sehe, wie er die Augen schließt, diese undefinierbare Zeiteinheit zu lange, um nur ein gewöhnlicher Wimpernschlag zu sein. Julien versteht, dass es nie wieder so sein wird, wie es einmal war.

»Fass mich nicht an«, fauche ich in dem Versuch, die Geborgenheit zu verscheuchen, die ich aus der Umarmung mitnehme.

»Julien, was machst du hier? Wir dachten, ihr klettert heute?« Sarahs Stimme ist viel zu hoch und surrt durch meinen Kopf.

Julien nimmt den Blick nicht von mir. »Ich bin lieber hier«, sagt er beinahe lautlos. Mit dem nächsten Atemzug strafft er die Schultern, und das arrogante Grinsen kehrt zurück auf sein Gesicht, ehe er sich Sarah und den anderen zuwendet. »Xavier fühlt sich nicht so gut, und wir haben beschlossen, ihm einen Tag Pause zu gönnen, damit er sich ausruhen kann.« Ohne mich noch einmal anzusehen, reibt er sich erwartungsvoll die Hände. »Und das ist mein Zuhause, ich war viel zu lange nicht hier, um den Tag in der Lodge zu verbringen.«

Ich hasse die Art, wie er sich durch die Haare fährt, bevor er sich seine Mütze aufsetzt. »Ayla, kann es losgehen? Sonst verpassen wir das gute Licht am Wasserfall.«

»Natürlich«, antworte ich und gehe mit einem Lächeln an Julien vorbei, das ihm eigentlich den Mittelfinger zeigen soll. Dem kurzen Zucken seiner Mundwinkel nach hat er es verstanden.

Wir haben den Wald noch nicht verlassen, da kann ich Juliens ständiges Gerede schon nicht mehr ertragen. Mein ganzer Körper versteift sich, und das macht den Fußmarsch viel anstrengender. Ich bin beinahe erleichtert, als Ian neben mir auftaucht und Fragen zum Wechsel der Jahreszeiten und zu den langen Nächten im Winter stellt. Es ist einfach, mit ihm zu sprechen, und ich mag die Hingabe, mit der er von seinem einjährigen Sohn zu Hause in Irland erzählt.

Kaum hat sich der schmale Pfad hinter dem Wald verloren, schließt Julien zu uns auf. Ohne Rücksicht auf das Gespräch zwischen Ian und mir zu nehmen, beginnt er einen Vortrag über den Wildwechsel auf der freien Ebene, den man in der Dämmerung beobachten kann.

»Everon wurde einmal beinahe von einem Hirsch niedergerissen. Erinnerst du dich, Ayla?« Er hat wieder den Tennisball in der Hand, der mich früher schon genervt hat, und drückt ihn im Takt seiner Schritte.

Ich grinse. »Nein, ich erinnere mich nur an deinen Durchfall da hinten im Gestrüpp, nachdem du zu viel Orangensaft getrunken hattest.«

Ian bleibt stehen, schaut von mir zu Julien, und kurz habe ich Angst, zu weit gegangen zu sein. Dann lacht Ian, und Julien schnalzt mit der Zunge. »Was soll ich sagen, wir hatten hier oben nicht allzu oft Orangen, da konnte ich mich schwer zurückhalten.« Julien mag lächeln, aber ich sehe, dass er meine Warnung erkannt hat. Wir teilen nichts mehr, schon gar nicht Geschichten aus einem früheren Leben.

Mit erhobenem Kinn gehe ich an ihm vorbei und schlage einen anderen Weg zum Wasserfall ein, sodass wir durch die dichten Büsche wieder hintereinandergehen müssen. Bei den prüfenden Blicken, die ich regelmäßig über die Gruppe schweifen lasse, sehe ich, dass Julien Abstand zu mir genommen hat. Sein lautes, unbeschwertes Lachen dringt immer wieder an mein Ohr und schnürt mir die Kehle zu. Das hier hätte ein schöner Tag werden können, weil ich nichts mehr liebe, als anderen Menschen meine Heimat zu zeigen, aber Julien zerstört alles.

Ian bittet mich, auf der ersten Erhebung, die wir hinter uns gebracht haben, zu warten, um ein paar Aufnahmen zu machen. Die Gruppe muss auf der schmalen Ebene so eng zusammenrücken, dass ich Juliens Erklärungen über das Feuermachen mit trockenen Baumflechten mitbekomme. Es war Devin, der uns das gezeigt hat, und Julien scheint sich nicht einmal daran zu erinnern, so fröhlich, wie er draufloserzählt. Nachdem Ian seine Bilder geschossen hat, posiert die Filmcrew für Fotos, und Ian gibt mir seine schwere Spiegelreflexkamera, damit auch er selbst abgelichtet ist.

Ich drücke ein paarmal auf den Auslöser und bemühe mich, das gesamte Team mittig draufzubekommen. Meine Aufmerksamkeit wird magisch von dem Arm angezogen, den Julien um Sarah gelegt hat. Sie schmiegt sich an seine Schulter, und ich kann rein gar nichts gegen das ungewohnte Stechen in meiner Brust machen. Mit trockenem Mund gebe ich Ian die Kamera zurück und lehne es ab, ebenfalls auf einem Foto zu sein. Ich schaffe es nicht einmal, professionell zu bleiben und zu warten, bis alle etwas getrunken und ihre Rucksäcke geschultert haben, sondern gehe ungeduldig ein paar Schritte voraus.

Trotz meines kleinen Vorsprungs höre ich, wie Julien einfach so die Stellung als Wanderführer einnimmt und sich mit charmantem Unterton erkundigt, ob alle zum Weitergehen bereit sind. Jetzt bin es nicht mehr ich, die nach der Vegetation oder den Eisklettermöglichkeiten gefragt wird, sondern Julien.

Ohne mich umzudrehen, weiß ich, dass alle an seinen Lippen hängen. Ich habe es immer geliebt, ihm stundenlang zuzuhören. Julien war schon in der Schulzeit ein guter Erzähler, betonte und legte an den richtigen Stellen kurze Pausen ein. Es war später für mich zu keiner Zeit verwunderlich, dass seine täglichen Clips aus jeglichen Winkeln der Erde auf Social Media so ein Erfolg wurden. Nicht, dass ich sie mir alle angesehen hätte. Nur die, die der verräterische Algorithmus ausgespuckt hat. Und vielleicht auch ein paar mehr.

Ich bin als Erste beim Wasserfall und genieße den kurzen Moment, in dem das Getöse Juliens Stimme verschluckt. Ganz nahe am Auslaufbecken warte ich drauf, dass die Gruppe aufschließt und Julien ihnen lautstark einen seiner alten Lieblingsorte präsentiert. Das kristallene, beinahe durchsichtige Wasser bricht oben an der Felskante und verwandelt sich rauschend in weißen Schaum, um dann zu einem dunklen Blau zu werden. Nur schwer kann ich mir vorstellen, dass all das, was sich jetzt unaufhaltbar seinen Weg durch das Gebirge bahnt, zuvor Schnee und Eis war.

»Unglaublich, oder? Ich könnte hier den ganzen Tag stehen.«

Ich habe weder Julien noch die Filmcrew kommen gehört. Die Teammitglieder sind etwas abseits, niemand außer Ian hat eine Kamera in der Hand, und alle betrachten still die Natur. Nur Julien steht neben mir. Keine Ahnung, wie lange schon. Er hat sein Geschwafel unterbrochen, und ich sehe dieselbe Faszination in seinem Gesicht, die ich eben gefühlt habe. Ganz kurz, kaum greifbar, spüre ich sie. Die besondere Verbindung zwischen uns, die einst so stark war.

Das macht es mir gerade schwer, ihm einfach den Rücken zuzukehren.

»Julien?«

Er schließt die Augen, und es ist, als würde sich alles in ihm dagegen wehren, sich zu Sarah umzudrehen.

»Wir haben uns gerade gefragt, ob der Wasserfall im Winter gefriert.«

Julien würdigt mich keines Blickes. Hier haben wir drei das Eisklettern trainiert, nicht einmal die Dunkelheit konnte uns aufhalten.

Er räuspert sich und zeigt nach oben. »Ja, sobald hier konstante Minusgrade herrschen. Zuerst gefriert er an der Kante und dann immer weiter bis nach unten. In den wenigen Sonnenstunden leuchtet das Eis türkis.« Eine kurze Pause. »Aber ich bin auch schon in Jahreszeiten wie dieser den Felsen hochgeklettert, am schmalen Streifen neben dem Wasserfall.«

Ich, er sagt *ich*. Die Ader an meinem Hals beginnt wieder spürbar zu pulsieren.

»Die Wand ist grob und bietet gute Strukturen mit wenig Haltezeiten.« Julien wirft den Tennisball in die Luft und fängt ihn. Immer wieder. Es nervt.

Liz nimmt ihren Rucksack ab. »Schade, dass wir keine Sicherungen dabeihaben, es wäre das perfekte erste Bild. Du, beim Klettern, wo alles angefangen hat.«

Julien wirft den Ball höher. »Ich kann mich nicht daran erinnern, hier jemals ein Seil benutzt zu haben.«

Ich unterdrücke das Keuchen, das sich reflexartig aus mir hervorkämpfen will. Wir haben mindestens fünf Jahre lang ein Seil benutzt, bevor wir sicher genug waren und auch die kleinste Vertiefung im Stein kannten. Das Pulsieren in meinem Hals wird zu einem regelrechten Hämmern, und mein Gesicht beginnt vor Wut zu brennen.

Julien geht an mir vorbei, als wäre ich nicht hier, und sieht an der Wand hoch. Niemand wird ihn dazu drängen, ohne Sicherungen zu klettern. Sie könnten für die Bilder morgen noch mal herkommen.

Gerade stellt keiner irgendwelche Erwartungen an ihn, und doch weiß ich, dass er es machen wird. Jetzt. Mir reicht ein Blick in seine Augen. Ich kenne die Art, wie sich seine linke Braue hebt und er sich mit der Zunge über die Unterlippe fährt. Mit genau diesem Blick hat alles geendet.

Julien bemerkt nicht, dass ich taumelnd zurückweiche. Er hört nicht Devins Stimme in meinem Kopf. Und er sieht nicht die Verzweiflung, die sich in jede meiner Zellen gebrannt hat.

Ian holt ein anderes Objektiv aus der umgehängten Tasche, und Julien bindet sich die Schuhe neu. Mit dem Rucksack und der Jacke in der Hand geht er an mir vorbei. Seine Schulter berührt leicht meine, da bleibt er stehen, und in mir glüht die Hoffnung auf, er würde es fühlen, *mich* fühlen. Meine Panik. Stattdessen drückt er mir beiläufig seinen beschissenen Tennisball in die Hand.

»Halt mal kurz«, sagt er und legt den Rucksack und die Jacke ab. Er bückt sich und verreibt Kies und Sand zwischen seinen Händen, um sie trocken zu machen.

Mit einem letzten Blick nach oben tastet er über den Felsen. Und dann tut er das, was ihn ausmacht. Er trotzt der Schwerkraft und klettert. Magisch und in einer untrennbaren Einheit mit dem Felsen. Rechts. Links. Links. Rechts. Genau so, wie wir es Hunderte Male gemacht haben. Mit jedem weiteren Griff und jedem neuen Tritt wächst aus meiner Panik Zorn. Julien klettert, als hätte er das Recht, hier zu sein, nicht verloren. Als hätte sich nichts, rein gar nichts verändert. Ich drücke den Ball in meiner Hand fest zusammen. Diese Selbstverständlichkeit, mit der er kommt und das Leben an sich reißt, ohne die geringste Reue oder Trauer, nimmt mir die Luft zum Atmen. Julien tut, als wäre nichts geschehen. Als hätte er Devin vergessen. *Uns* vergessen.

In diesem Moment lehnt er sich einige Meter über dem Boden aus der Wand und schaut grinsend zu uns herunter. Ich drücke seinen Tennisball fester zusammen, drehe ihn in meiner Hand. Er muss uns vergessen haben. Wir drei, untrennbar vereint gegen den

Rest der Welt. Julien liegt die ganze Welt zu Füßen, und er nimmt sich jetzt den letzten Rest von meiner. Er grinst, und ich werfe.

Der Ball fliegt mit der konzentrierten Kraft meiner Emotionen auf ihn zu und trifft ihn mit voller Wucht am Auge. Ein Wunder, denn ich konnte noch nie zielen.

Das Rauschen des Wassers kann den kurzen Schmerzensschrei nicht übertönen, und ich weiß nicht, wie Julien es schafft, sich in der Wand zu halten. Ruhig, als wäre nichts gewesen, klettert er nach unten und kommt mit locker hängenden Armen auf mich zu. Sein Jochbein ist rot angelaufen und scheint sich noch dunkler zu färben, und ich sehe seine Nasenflügel beben.

Je näher er kommt, desto intensiver leuchtet das Grau seiner Augen, und ich entdecke eine Lebendigkeit darin, die es in meinem Leben längst nicht mehr gibt. Ich rechne mit allem. Aber anstatt mich anzubrüllen oder mich vor der Crew bloßzustellen, schaut er mich wortlos an und kommt einen weiteren Schritt näher. Julien runzelt die Stirn. Wüsste ich es nicht besser, würde ich sagen, es liege Wehmut in dieser Mimik.

»Fühlst du dich jetzt besser, Ayla?«, will er ganz leise wissen. Er hat noch immer nicht verstanden, dass es hier nicht um mich geht.

Ich recke das Kinn und komme mit meinem Kopf so nahe an seinen, dass sich unsere Nasenspitzen beinahe berühren.

»Wie viele Bälle hast du, Julien?«, flüstere ich, und er hebt die Hand. Keine Wut. *Schmerz.*

Eine einzige Fingerspitze auf meiner Wange reicht, und ich schließe erschöpft die Augen. Weil es Julien ist und wir eins waren.

Es ist Sarah, die sich plötzlich zwischen uns drängt und Julien fragt, ob alles okay ist. Julien sieht nicht sie an, sondern weiter mich, sein Unterkiefer bebt, und die erhobene Hand ist zur Faust geballt. Ich mache einen Schritt zurück, der meine Gedanken klärt und mich die bedrohliche Situation realisieren lässt, in die ich Julien gebracht habe. Bei einem Sturz hätte er sich schwer verletzen können. Ich habe mich nicht mehr unter Kontrolle. Weder meine Gefühle noch mein Handeln. Ich hätte ihn umbringen können. Jetzt bin ich der unbekannte Risikofaktor. Ich bin die Gefahr.

Unser Blickkontakt bricht erst ab, als ich mich umdrehe und losrenne. Die schockierten und anklagenden Mienen der umstehenden Crew katapultieren mich zurück, fast so, als hätte sich die Welt seit damals nicht mehr weitergedreht. Die Schatten um mein Leben verdunkeln sich.

Wenn ich mich selbst nicht verlieren will, darf ich nicht in seiner Nähe sein.

Ich muss weg.

KAPITEL 5

LE MONT *(Französisch)*

JULIEN

»Wo ist sie?«

Meine Stimme ist zu laut. In den letzten Stunden habe ich mich zurückgehalten, aber jetzt, fernab von den neugierigen Blicken des Teams, will und kann ich mich nicht mehr beruhigen. Ich muss funktionieren, um hier sein zu können – muss Julien Hendricks sein, der selbstgefällige Alpinist. Aber wenn ich weiter die Öffentlichkeit priorisiere, dränge ich alle von mir, die mir jemals etwas bedeutet haben.

»Sag mir, wo sie ist, Everon!«

Everon streicht Dark noch einmal über den Kopf und steht auf. Er hebt eine Hand in Richtung des Hunderudels, das von überallher im Freigehege bellend auf uns zugelaufen kommt. Ich erinnere mich noch gut daran, wie George begonnen hat, das alte Freigehege hier am Gelände der Lodge neu aufzubauen. Bald hat halb Charles Creek dabei geholfen, weil es hier im Ort viel zu lange keine ausgebildeten Rettungshunde gegeben hat.

Everon dreht sich zu mir um. »Was zur Hölle«, entkommt es ihm bei meinem Anblick. Mit zusammengekniffenen Augen beugt er sich näher zu mir. »Verdammt, war das Ayla?«

Die Hunde stehen in einem Halbkreis um uns herum und warten winselnd und jaulend auf ein Zeichen von Everon, dass sie endlich zu mir dürfen. Ich taste vorsichtig die wummernde Schwellung in meinem Gesicht ab. »Natürlich war das Ayla, wer sonst?«

»Uhhh. Das ist böse«, meint er mit einem viel zu wenig mitleidigen Blick und deutet mit dem Kopf zu den Hunden. »Kann es losgehen?«

»Kann es«, antworte ich und mache mich bereit.

Es reicht Everons abgehackte Bewegung mit zwei Fingern, und die Hunde stürmen zur Begrüßung auf mich zu. Bis auf die beiden ganz weißen Tiere kenne ich alle von früher. Ich habe sie nach dem Abendessen gestern besucht, und Everon ist sich genauso sicher wie ich, dass sie mich wiedererkannt haben. Die stille Frage, ob sie Devin ebenso wiedererkennen würden, hat sich heute Nacht in meinen Kopf geschlichen.

Raue Hundepfoten kratzen über meine Jacke, und Alex schleckt mir die Wange. Ich muss die Füße etwas breiter aufstellen, damit ich nicht umgeschmissen werde, und stemme mich gegen das Gerangel.

»Zumindest freuen sich die Hunde, dass ich hier bin.«

Als Everon pfeift, unterbrechen die Tiere ihr aufgeregtes Gedränge. Sie fixieren ihn, eine täuschende Ruhe kehrt ein, und ich spüre das Rudel vor Anspannung vibrieren. Ein erneuter Pfiff setzt die Hunde in Bewegung, und sie stürmen ausgelassen davon, nur um im Laufen spielerisch übereinander herzufallen. Knurren und Bellen erfüllt die Luft. Dark springt auf und hastet hinterher, um ihr Rudel unter Kontrolle zu bringen.

»Sie ist ein gutes Mädchen«, meint Everon.

»Das mag sein, und trotzdem hat sie mir ein blaues Auge verpasst.«

Everon lacht auf. »Ich habe von Dark gesprochen, aber ja, Ayla ist auch ein gutes Mädchen.«

»Wenn man ihr keinen Tennisball gibt«, murmle ich und verschränke die Arme. Der aufziehende Wind kühlt mein glühendes Auge.

»Ehrlich gesagt wundert es mich, dass Ayla getroffen hat. Zielen war noch nie ihre Stärke.«

Das habe ich mir vorhin auch gedacht. Ayla hat nie auch nur eine einzige Schneeballschlacht gewonnen.

»Also«, Everon zeigt auf mein Gesicht, »was hast du gemacht?«

»Entschuldigung, aber warum gehst du automatisch davon aus, dass ich dafür verantwortlich bin, Ev?«

Er dreht an einem seiner silbernen Ringe und schaut zu den Hunden, die sich langsam wieder beruhigen. »Weil Ayla nicht ohne Grund derart die Kontrolle verliert.«

Ich seufze. »Du hast recht.« Natürlich hat er das. »Aber ich weiß nicht, wie ich mit ihr umgehen soll. Erwähne ich die Vergangenheit, ist es falsch. Und übergehe ich sie, ist es noch falscher.« Der Maschendrahtzaun klirrt, als ich dagegentrete. »Fuck.«

Everon holt seine Mütze aus der Tasche. Der Wind frischt auf und bringt die eisige Frühjahrskälte von den Bergen zu uns herunter. »Warum machst du es so kompliziert?« Er sieht hinauf zu den Wolken, die sich im Wind auftürmen, und runzelt die Stirn.

»Kompliziert? Wieso kompliziert?«

»Sag du es mir. Es gibt niemanden, der Ayla so gut kennt wie du.«

Ich lache. »Das war einmal. Jetzt hat sie dich.«

»Ja, sie hat mich. Und ich habe sie«, erwidert er und zieht sein Handy aus der Tasche. »Aber wir werden nie so eine besondere Bindung haben, wie ihr drei sie hattet. Also denk nicht darüber nach, was du tun und lassen solltest. Gib ihr einfach, was sie braucht. Dich. Ihren Freund. Julien aus Charles Creek.«

»Und wenn sie mich nicht will?«

»Dann gib ihr verdammt noch mal keinen Tennisball mehr in die Hand, während du am Wasserfall hängst und eine One-Man-Show abziehst.«

Ich schließe die Augen und lege den Kopf in den Nacken. Ich hätte es wissen müssen. Die beiden scheinen inzwischen alles zu teilen. Alles, was sie früher mit Dev und mir geteilt hat.

»Everon? Du hast mir nie erzählt, wie schlimm ihr Bein wirklich ist. Ich habe es heute gesehen, bei jedem ihrer Schritte.«

Er schaut von seinem Handy auf und presst die Lippen zusammen. »Was hätte es verändert, Julien? Wenn ich dir gesagt hätte, dass sie an manchen Tagen kaum gehen kann und trotzdem klettert und trainiert, als wollte sie morgen schon auf den nächstbesten Achttausender steigen, wärst du dann eher zurückgekommen? Oder wie gut sie versucht zu verbergen, dass sie das Bein permanent entlasten muss, bevor es wegknickt, einfach so?« Er zuckt mit der Schulter. »Wärst du gekommen?«

Er kennt die Antwort. Ich senke beschämt den Kopf. »Nein.«

»Siehst du.«

Mit einem Schritt auf Everon zu versuche ich, mein Versagen zu verdrängen. »Sagst du mir jetzt, wo sie ist?«

Er tippt auf sein Handy und schaut noch einmal in die Wolken. »Hoffentlich bald angekommen.«

»Wie bitte?« Er antwortet nicht. »Everon, wo ist Ayla?«

Ich sehe, wie sehr er mit sich hadert, bevor er mir eine Antwort gibt. »Sie ist auf der Schutzhütte am Zustieg.« Er schluckt. »Ayla ist weg.«

Weg von mir.

Der Wind zerzaust meine Haare, und ich zeige auf sein Handy. »Was sagt das Wetter, Ev?«

Er kratzt sich übers Kinn. »Nichts Gutes. Ein Sturm zieht auf.«

Ich werfe die Hände in die Luft. »Du hast die einzige Person in ganz Alaska, die kein Feuer zustande bringt, alleine hoch auf eine Schutzhütte gehen lassen? Hast du eine Ahnung, wie kalt es da oben wird, wenn ein Sturm kommt?«

»Nein, Julien, ich habe keine Ahnung. Ich bin nämlich ganz neu hier in den Bergen.«

»Scheiße«, fluche ich. »Der Wind drückt durch den Kamin. Sie wird die Hütte nie warm kriegen.«

Everon nimmt die Schlüssel für das riesige Freigehege aus der Tasche und geht Richtung Tür. »Ayla weiß sich schon zu helfen, Julien. Also beruhig dich.«

Ich bleibe stehen und raufe mir die Haare. »Verdammt!«, schreie ich, weil mir der kurze Schmerz nicht den Druck nehmen kann, der sich mit jedem Atemzug weiter in mir aufbaut. Ayla ist da oben, allein.

Ich spüre, wie steif die Angst meine Finger macht, und fühle damit einen billigen Abklatsch der damaligen Handlungsunfähigkeit, als wir um unser Leben gekämpft haben. Sekunden, die zu Minuten wurden. Und doch nicht lange genug.

»Julien? Du zitterst.« Everon holt mich mit seiner Hand auf meinem Oberarm zurück ins Hier und Jetzt. Ich muss eine Entscheidung treffen, aber nicht diese. Nicht diese.

Mit ein paar tiefen Atemzügen mache ich mir bewusst, dass ich die Kontrolle habe. Damit bin ich dem Echo des Unfalls nicht länger ausgeliefert. Ohne Everon noch einmal anzusehen, renne ich an ihm vorbei aus dem Gehege.

»Julien? Wo willst du hin?«

»Feuer machen, verdammt!«, rufe ich ihm zu und laufe hinauf in mein Zimmer, um meine Sachen zu packen. Xavier kommt mir auf halbem Weg entgegen, aber ich habe keine Zeit für eine Erklärung.

Wenn ich vor Einbruch der Dunkelheit bei Ayla sein will, muss ich mich beeilen.

~ ~ ~

AYLA

Der Sturm hat die dichten Wolken vom Berg herabgewälzt, sodass ich im peitschenden Regen lediglich die Schemen der Schwarzfichten erkennen kann, welche die Hütte schützend einrahmen. Mit einem wohligen Laut ziehe ich mir meine Decke über die Schultern, nippe an dem Tee und schaue weiter hinaus in die einsetzende Dunkelheit. Einer der Ranger hat in großen Gläsern Fichtenhonig angesetzt, dessen scharfe Süße sich wärmend in meinem ganzen Körper verteilt. Das Prasseln des Schauers beherrscht die Stille, und doch kann es meine Gedanken nicht übertönen.

Mit meinen unkontrollierten Emotionen habe ich Julien heute verletzt und in Gefahr gebracht. Anscheinend bin ich die Bedrohung, nicht er. Ich lache leise auf, so verdreht fühlt sich das alles an. Es hat nicht mal einen Tag gedauert, und Julien Hendricks hat das letzte bisschen meiner Welt im Mixer püriert. Und ich habe ihm die Macht dazu gegeben.

Everon hat mir versichert, dass er eine Zeit lang ohne mich klarkommen wird. Ihn mit der *Washburn Lodge* alleine zu lassen – gerade jetzt – und mich hier oben zu verstecken, ist erbärmlich. Man sollte meinen, mit vierundzwanzig Jahren hätte man sich besser unter Kontrolle, aber ganz offensichtlich hängt Reife nicht mit dem Alter zusammen. Zumindest nicht bei mir, dank dem Bergsteigerarsch.

Dank dem Bergsteigerarsch, der sich gerade wenige Meter vor der Hütte über einen Absatz nach oben kämpft.

Nein. *Nein!* Ich kneife die Augen zusammen, muss jedoch die Hoffnung auf ein Trugbild aufgeben. »Verdammt«, entkommt es mir, und ich kneife die Augen ein bisschen weiter zusammen, um sicherzugehen, dass es tatsächlich Julien ist. Aber ich kenne niemanden sonst, der eine gelbe Regenjacke mit bunten Flicken trägt. Wir haben sie gemeinsam aufgenäht, jedes Mal, wenn die Jacke einen neuen Riss hatte.

Plötzliche Panik überschwemmt mich. Die Angst, mit meiner Rückzugsmöglichkeit auch das letzte bisschen Selbstkontrolle zu verlieren, schnürt mir die Kehle zu. Und aus Angst wird Wut.

Julien hat nicht das Recht dazu, mich so in die Enge zu treiben. Der Sturm lässt ihn zur Seite wanken, und er muss alle Kraft aufbringen, um sich der Hütte zu nähern. Sechs Jahre hat es ihn nicht gekümmert, wo ich war. Kein einziges Mal.

Ich dachte nicht, dass Wut so wehtun kann.

In dem Moment, in dem er auf die Holzstufen tritt und die Tür öffnen will, wandert meine Hand wie von selbst nach rechts, und ich schiebe den kleinen, unscheinbaren Riegel ins Schloss.

Ich höre mehr, als dass ich sehe, wie Julien an der Tür rüttelt, und kann nichts gegen das genüssliche Grinsen tun, das sich in meinen Mundwinkel stiehlt. Julien muss meine Gehässigkeit spüren. Er macht einen großen Schritt zurück und richtet seinen Blick auf das Fenster. Als er mich entdeckt, hält er fragend seine Hände hoch und zeigt auf die Tür, aber alles, was ich mache, ist, zu dem kleinen Anbau rechts neben der Hütte zu deuten. Ich weiß, dass es da drinnen Decken und eine weitere Notschlafstelle gibt. Ich habe sie eben erst gesehen, als ich vorhin das Feuerholz geholt habe.

»Ayla!«, brüllt Julien jetzt gegen den Sturm an und tritt näher ans Fenster. »Du weißt, dass man Schutzhütten nicht versperren darf, also mach verdammt noch mal die Tür auf!«

Ich zeige auf mein Ohr, schüttle den Kopf und deute erneut in Richtung des Anbaus. Julien blickt hinüber, aber nichts an seiner Körperhaltung lässt mich erkennen, dass er auch dorthin gehen wird. Julien Hendricks gibt sich nicht so leicht geschlagen, das sollte ich wissen.

Aber ich mich auch nicht.

Mit einem übertriebenen Nicken bin diesmal ich es, die ihm zuprostet – ja, mit meinem Tee –, und genieße den Anblick seiner bebenden Nasenflügel.

»Mach. Sofort. Diese. Tür. Auf. Ayla!«, ruft Julien.

Ich ziehe fragend die Augenbrauen hoch und spitze die Lippen.

»Ayla!« Er kann wirklich noch lauter brüllen. »Mach auf, oder ich trete die verdammte Tür ein!«

Mein Lachen ist eine Mischung aus Herausforderung und dem Zorn darüber, dass er so stur sein kann. Wir beide wissen, dass er die Tür nicht eintreten wird.

»Ayla!« Ich zucke zusammen, als Julien gegen den Fensterrahmen schlägt. Nicht ungehalten. Sein Ton hat sich verändert. Er klingt nicht mehr verärgert oder drängend.

Julien dreht mir den Rücken zu, und ich bemerke das Kribbeln in meinen Fingern und den Wunsch, ihn zu mir zurückzudrehen. Sein Rucksack hebt und senkt sich mit seiner schweren Atmung, er wirkt müde. Langsam legt er den Kopf in den Nacken, wobei ihm die Kapuze nach hinten rutscht. Der Regen prasselt in sein Gesicht und wird an seinem Hals hinab unter die Jacke rinnen, ihn immer weiter durchweichen. Eiskalt, und doch bewegt er sich nicht. Er steht da, einfach so, und wartet. Auf mich. Er wird nicht gehen.

Ich will die Augen schließen und vom Fenster wegtreten, um Julien auszusperren. Nicht nur aus dieser Hütte, sondern aus meinem Leben. Wie schon auf dem Dach der Lodge gestern. Endgültig. So wie er es getan hat, ohne Reue. Meine Wut schwindet und weicht erneut einer Welle von altem Schmerz. Mit einem stockenden Atemzug trete ich zurück, nach der Kälte tastend, die ich brauche, um Julz zu verdrängen. Aber sein Anblick hält mich fest. Die Erinnerung an Tage, an denen uns weder Regen noch Schnee vertreiben konnten. Wir waren stärker, haben allem getrotzt und keine Zuflucht gebraucht. Einander waren wir genug. *Wir.*

Julien reagiert nicht, als ich den Riegel aus dem Schloss ziehe und die Tür aufmache. Jetzt bin ich es, die ihm den Rücken zudreht. Und wartet.

Ich lege zwei Scheite Holz im Kamin nach und setze mich in der Decke eingewickelt auf die alte Couch vor dem Feuer. Bis heute habe ich keine Ahnung, wie Everon und die Jungs das Teil vorletzten Sommer von der Lodge bis hier heraufgebracht haben. Die Dielen knarzen, als Julien eintritt. Ich wünschte, die Gänsehaut auf meinem Körper würde von der nassen Kälte kommen, die er mit in die Hütte bringt.

Ohne mich auch nur anzusehen, schließt er die Tür. »Wird das jetzt unser Ding? Dass du mich bei jeder Gelegenheit aussperrst?«

»Du bringst dich selbst in diese Situationen, also mach mir keinen Vorwurf«, gebe ich zurück. »Hör einfach damit auf, in meine Komfortzone zu treten und mich in die Ecke zu drängen. Sogar Everons Hunde brauchen weniger Wiederholungen und versprechen mehr Lernerfolg als du.« Ich merke selbst, wie bissig ich klinge. Nein, hilflos.

Das leise Grollen in Juliens Brust dringt bis zu mir, und ich drehe mich wieder zum Feuer. Selbst von hier aus habe ich gesehen, dass sein verletztes Auge schlimm aussieht.

Völlig durchnässt tritt er an mir vorbei und hält seine zitternden Hände ans Feuer. Mehrere Sekunden der Stille vergehen. »Ayla, wer hat den Kamin angemacht?«

Ich blicke übertrieben suchend durch den Raum. »Angesichts des offensichtlichen Mangels an anderen Personen hier kann man schlussfolgern, dass ich das war.«

Das Feuerholz knackt, und Funken schwirren durch die Luft. Julien macht einen kleinen Schritt nach hinten und wendet sich mir zu. »Du? Wirklich?« Bewunderung für alles, was ich tue, selbst für unbedeutende Dinge. Das ist es, was Julien mir stets geschenkt hat.

Ich denke kurz nach, bevor mir bewusst wird, dass er davon ausgegangen sein muss, ich würde immer noch kein ordentliches Feuer zustande bringen. »Natürlich ich.« Die Bissigkeit in meinem Ton kann ich nicht aufrechterhalten.

»Weiß Everon davon? Also, dass du das kannst, meine ich?«

»Er hat es mir gezeigt. Das war eine seiner Bedingungen. Sonst würde er mich alleine auf keinen Berg lassen.«

Julien presst die Lippen zusammen, zu spät, um das Aufblitzen eines Grinsens zu verbergen. Er nuschelt etwas, während er mit stark zitternden Händen seine Regenjacke öffnet und auszieht. Ich stehe auf und nehme meine Kleidung von der Holzstange, die quer über dem Kamin an zwei Ketten von der Decke baumelt.

»Danke«, sagt Julien und hängt seine tropfende Regenjacke darüber.

»Kein Problem«, antworte ich und lege meine Jacke, den Pullover und die Socken auf einen der Stühle. »Meine Sachen waren lediglich feucht.«

Julien fährt sich mit einer Hand durch die nassen Haare. »Das meine ich nicht«, gibt er zurück. Seine Stimme hat immer noch diese bestimmte Färbung, die ich nicht deuten kann. Brüchig und doch fest. Dieselbe Zerrissenheit entdecke ich in seinen Augen, als er mich ansieht. Also, in dem einen Auge, das nicht zugeschwollen und dunkelblau ist, verdammt. »Danke, dass du mich reingelassen hast. In die Hütte ...«, er zieht einen Mundwinkel nach oben, »... und in deine Komfortzone.«

Ich antworte nichts, und Julien mustert viel zu aufmerksam mein Gesicht. So, als würde er nach dem Grund suchen, wieso ich ihm die Tür geöffnet habe.

»Warum bist du hier, Julien?«, wiederhole ich dieselbe Frage, die ich ihm bereits gestern gestellt habe, und setze mich auf die Couch.

»Die Delta-Creek-Runde heute war mir zu wenig«, sagt er trocken. »Und der Regen hat mich beim Wandern überrascht.«

»Das Wetter hat sich schon vor Stunden abgezeichnet.«

»Hat es das?« Julien geht auf ein Knie und öffnet den ersten Schuh. »Warum bist du dann hier, Ayla?«

Äußerst langsam, von einem kurzen Husten begleitet, nehme ich die Tasse von dem niedrigen Tisch und trinke einen Schluck von meinem Tee, während ich nach einer Antwort suche. Bevor ich etwas sagen kann, irgendetwas, schnaubt Julien wissend und widmet sich seinem zweiten Schuh.

»Eine kleine Entschuldigung würde schon reichen.«

»Bitte was? Wofür?« Ich lache auf. »Wenn ich mich bei dir entschuldigen wollte, hätte ich mich nicht hier oben versteckt.«

Julien realisiert schneller als ich, was ich gesagt habe. Er richtet sich auf, und sein selbstgefälliges Lächeln lässt die Wut auf ihn wieder aufflackern. Mein Blick fällt wie von selbst auf seine Schuhe.

»Was, bekomme ich als Nächstes einen Schuh ins Gesicht?« Er zeigt auf sein Auge. »Dann versuch zumindest, die gleiche Seite anzuvisieren, Ayla. Mit zwei zugeschwollenen Augen finde ich morgen vielleicht den Weg nicht zurück und muss länger hier oben bei dir bleiben.«

Ich ziehe die Decke fester um mich, als Julien seine Daunenjacke öffnet und mich der Duft nach frischem Harz an Spätsommertagen einhüllt. Sein Geruch war da, in meinem Gedächtnis, selbst wenn Julien es nicht war. Er hängt die Jacke ebenfalls zum Trocknen auf. Langsam verflüchtigt sich meine Erinnerung und gibt Juliens Worte frei. »Warte, morgen? Du willst bis morgen bleiben?«

»Du hast nicht wirklich gedacht, dass ich noch mal raus in diesen Sturm gehe, oder?«

»Der Sturm lässt bald nach.«

»Es wird dunkel, Ayla.«

»Dann nimm eine verdammte Lampe!« Die aufkeimende Panik hat mich laut werden lassen, ich will nicht mit Julien hier oben schlafen.

»Das tue ich nicht. Ich bleibe.«

»Gut.« Ich nicke. »Dann gehe ich. Sobald der Sturm vorüber ist, bin ich weg.«

Julien dreht sich nicht um. Er atmet tief ein. »Nein, Ayla. Du bleibst.« Ohne irgendeine angemessene Vorwarnung zieht er sich den dunkelblauen Funktionspullover samt Shirt über den Kopf. »Du bleibst, und ich bleibe.«

Ich wünschte wirklich, meine verräterischen Augen würden nicht an seinem nackten Rücken festhängen. Daran, wie sich die Haut über den Muskeln unter seinen Schultern spannt, als er zuerst den Pullover und dann das Shirt zum Trocknen aufhängt. An der feinen Gänsehaut, die seinen ungewöhnlich gebräunten Oberkörper überzieht, von der nassen Kleidung im Schein des Feuers leicht schimmernd.

Julien dreht sich so ruckartig um, dass ich ertappt zusammenzucke und der letzte Rest Tee aus der Tasse schwappt. Bevor ich aufstehen kann, beugt sich Julien zu mir herunter und stützt seine Arme links und rechts neben mir auf der Couch ab. Er berührt mich nicht, aber alles an mir beginnt zu brennen.

»Ayla.« Beim Klang von Juliens dunkler Stimme läuft mir ein Schauer über die Wirbelsäule. Ganz langsam kommt er noch näher. Erst als unsere Nasenspitzen sich beinahe berühren, sieht er mich an. Sein warmer Atem streichelt mein Gesicht. »Wir bleiben, beide.« Er schluckt. »Und wir werden reden.«

Ich befeuchte meine Lippen und sehe, wie er jede meiner Bewegungen genau verfolgt und dabei den Mund öffnet. Nur zu gut erinnere ich mich daran, wie es sich angefühlt hat, ihn zu spüren. Ein einziger Kuss hat ausgereicht, um mich zu zeichnen. Keine Berührung von Rhett konnte das Gefühl von Juliens warmen Lippen auf meinen vertreiben. Selbst sechs ganze Jahre waren dafür nicht genug.

Mit einem Blinzeln verjage ich längst vergangene Momente aus meinem Kopf. »Nein«, bringe ich mühsam hervor.

Julien richtet sich auf und nimmt mir die Tasse aus der Hand, um sie zur Anrichte am Fenster zu stellen. Er greift nach seinem Rucksack, der neben der Tür lehnt, und kommt wieder zurück. Ich habe es schon immer gehasst, wenn er mich nicht beachtet.

»Nein«, wiederhole ich. »Ich habe dir nichts zu sagen.« *Außer, dass du dir vielleicht bitte endlich etwas anziehen sollst.*

Julien beginnt, im Rucksack zu kramen. »Gut, dann hörst du eben nur zu – denn ich habe dir eine ganze Menge zu sagen.«

Er versteht es nicht. »Ich will nichts von dir hören. Weder, was du dir dabei gedacht hast, nach Jahren zurückzukommen, noch, warum du ausgerechnet in der Lodge schlafen musst und nicht bei dir …«

Ich breche den Satz ab, etwas zu spät. Julien hält inne, er sieht mich nicht an. Wir wissen beide, warum er nicht in seinem Elternhaus sein will.

»Gut.« Er nickt. »Worüber willst du noch nicht reden?«

»Darüber, dass du auf meinem Dach aufkreuzt, mitten in der Nacht, und dir einbildest, du könntest dich für deine Überheblichkeit entschuldigen, was einfach nur zeigt, dass du viel arroganter bist, als ich je für möglich gehalten hätte!«

»Weiter.« Julien stellt den Rucksack zurück auf den Boden und beginnt, herausfordernd den scheiß Tennisball vor meinem Gesicht auf und ab zu werfen. »Worüber reden wir noch nicht? Gibt es noch was?«

Ich lache auf, er hat ja keine Ahnung. »Du kommst hierher, mit deinem Team, und tust, als wäre alles hier deins. Du lässt dich von ihnen anhimmeln, für etwas, das dir längst nicht mehr zusteht. Sie alle sehen nur, was du erreicht hast. Für sie bist du ein Star, unerschrocken und mutig. Aber du bist nicht echt. Sie kennen dich nicht.«

Nichts an Juliens Ausdruck lässt erahnen, dass ich ihn mit meinen Worten verletze. »Sie kennen mich nicht, weil ich ihnen nur den Teil von mir zeige, den sie sehen wollen. Auch ich habe meine Komfortzone.«

»Komfortzone?« Ich schlage die Decke zurück und setze mich auf. »Du genießt es doch viel zu sehr, dich tagtäglich von den entlegensten Winkeln der Erde als Held zu zeigen und dein gekonnt geheimnisvolles, aber verrucht interessantes Lächeln in jede Kamera zu halten, die auf dich gerichtet wird.«

Julien zuckt mit einer Schulter und drückt den Ball immer wieder zusammen. »Mittel zum Zweck.«

Ich hasse seine Teilnahmslosigkeit. »Genau das ist es, Julien.« Der Zorn treibt mir Tränen in die Augen. »Du nimmst dir, was du brauchst. Nur du und was du willst. Das ist das Einzige, was dir wichtig ist.«

Der Vorwurf schwebt zwischen uns, aber Julien wischt ihn mit einer einfachen Handbewegung beiseite. »Ich bin hier, damit Charles Creek und die Lodge in den Fokus geraten. Klingt das selbstsüchtig?«

»Du glaubst, du bist ein Samariter?«

Er hebt einen Mundwinkel. »Wenn du es so nennen willst, ja, dann –«

»Du bist ein Arschloch!« Ich fletsche tatsächlich die Zähne, ich spüre es. »Ein Arschloch, das auf die Gefühle anderer scheißt, die Vergangenheit mit Füßen tritt und dabei dieses Grinsen im Gesicht hat!«

Anstatt angemessen darauf zu reagieren, schiebt er den kleinen Tisch etwas zurück, umrundet ihn und nimmt am anderen Ende der Couch Platz. Selbst an seiner nackten Haut klebt der Duft nach dunklem Harz. »Was noch, Ayla?«

Ich blinze. »Viele würden sich damit zufriedengeben, ein Arschloch zu sein. Aber Julien Hendricks nicht. Er bekommt nie genug, ohne Rücksicht auf Verluste.«

»Nein, ich bekomme immer, was ich will.«

»Das glaubst du.«

»Sogar in diesem Moment, Ayla.« Er verfolgt den Ball, der bei seinen Würfen beinahe die Decke berührt, und redet beiläufig weiter. »Du sprichst mit mir und verrätst dabei so viel von dir selbst, obwohl du mich vorhin nicht mal in die Hütte lassen wolltest.«

In mir beginnt es zu brodeln, und ich fürchte, dass ich mich gleich übergeben muss. Um den steigenden Druck irgendwie auszugleichen, krallen sich meine Finger in das Kissen neben mir, und ich ziehe es Julien über den Kopf. Auf der Seite seines geschwollenen Auges, immer wieder. »Du bist ein Arschloch!«, brülle ich, um ihn dazu zu zwingen, zu reagieren. Aber er sitzt nur da, als wäre ihm weiter alles egal, und macht gar nichts. Als würde ihm das alles nichts bedeuten. Als würde ich ihm nichts bedeuten.

Ich werde lauter und lauter, packe das Kissen mit beiden Händen und stoße es ihm gegen die Brust. Nichts.

Einzig sein Tennisball fällt plötzlich zu Boden.

Blitzschnell, als wäre er eben nicht wie erstarrt gewesen, reißt er mir das Kissen weg und umfasst meine Unterarme. Julien steht auf und dreht mich in derselben Sekunde so, dass ich mit dem Rücken an seine Brust gepresst werde. Ich will mich wehren, aber eine Hand von ihm reicht aus, um meine beiden Handgelenke zu fixieren.

Juliens nackter Brustkorb drückt gegen mich, und ich spüre seine Hitze überall auf mir. Ich kenne diesen Mann. Er würde mir niemals wehtun. Genau diese verfluchte Gewissheit nimmt mir den Willen, mich zu befreien, was mich gleich noch wütender macht.

»Hör auf, dich zu wehren, Ayla. Gegen alles«, flüstert er in mein Ohr.

»Niemals. Lass mich verdammt noch mal los. Du kannst hier in der Hütte bleiben, ich steige ab. Jetzt«, gebe ich zurück.

»Nicht bei diesem Sturm.«

»Jeder verdammte Sturm ist mir lieber als du, also nimm deine Hände von mir«, sage ich in dem Versuch, ihn zu verletzen, und hebe mein gesundes Bein. Mit der Ferse trete ich so fest auf Juliens Zehen, dass er laut aufstöhnt, aber entgegen meiner Hoffnung lässt er mich nicht los.

Stattdessen werde ich nach rechts mitgerissen. Ich erkenne nicht, wonach Julien an der Wand greift, spüre aber ein Seil um meine Handgelenke. Mit schnellen Bewegungen versuche ich, aus den beiden Schlingen zu schlüpfen, aber Julien scheint überall zu sein. Ehe ich verstehe, was er will, hat er mich losgelassen und den Rest des Seils in der Hand.

»Bist du wahnsinnig?«, schreie ich jetzt und muss fassungslos dabei zusehen, wie Julien das Seil um den Dachbalken in der Hütte wirft. Mit routinierten, schnellen Griffen wickelt er es um den tragenden Balken neben sich und lehnt sich lässig mit einer Schulter an.

Ich strecke meine Hände fordernd in seine Richtung. »Mach mich sofort los, Julien.«

Er lächelt. Der Bergsteigerarsch beginnt wirklich zu lächeln. »*Nimm deine Hände von mir*, das hast du vorhin gesagt. Und das habe ich.«

»Ich will hier weg!«

»Nicht bei diesem Unwetter.«

»Das entscheide ich, nicht du.«

»Zuerst hörst du mir zu.«

»Nein«, fauche ich und drehe meine Handgelenke, um die Schlingen zu lösen.

Julien lächelt immer noch und legt eine Hand an das Seil neben ihm. Das Feuer zeichnet dunkle Schatten auf seine Haut, als er kurz daran zieht.

»Das wagst du nicht«, flüstere ich, was Julien lediglich ein Schnauben entlockt.

Er legt den Kopf schief und leckt sich über die Unterlippe. »O doch.«

Ich weiß, was kommen wird. Trotzdem spanne ich meine Armmuskeln an und versuche, dem Zug nach oben entgegenzuwirken. Julien muss sich nur leicht in das Seil lehnen, und der Druck wird größer. Ich beiße die Zähne zusammen, wieder sammeln sich Tränen in meinen Augenwinkeln. Weder meine Kraft noch mein gesamtes Körpergewicht reichen aus, um die Kontrolle zu behalten. Die Arme weit über den Kopf gestreckt, lässt mir Julien nur so viel Spielraum, dass meine Füße gerade so den Boden berühren. Er fixiert das Seil und kommt mit langsamen, bedachten Schritten auf mich zu. Ich will nach ihm treten, aber der Zug auf dem Seil lässt mir keine Bewegungsfreiheit. Mit aller Kraft reiße ich daran, will brüllen und ihn dazu zwingen, mich freizugeben. Es wäre umsonst. Julien bleibt vor mir stehen. Jegliche Belustigung ist aus seinem Gesicht gewichen, die Flammen verfärben die Schatten unter seinen Augen.

»Und jetzt reden wir, Ayla«, flüstert er.

Ich kann nichts tun, außer resigniert die Augen zu schließen.

Alles, was ich wollte, war, mich zu verstecken, und jetzt bin ich Julien Hendricks schutzlos ausgeliefert.

KAPITEL 6

MAUNGA *(Māori)*

JULIEN

Ich müsste nur diesen einen unbedeutenden Schritt nach vorne machen, und wir würden uns berühren. Unsere Vertrautheit nicht nur erahnen, sondern tatsächlich fühlen, ob ihre Finger immer noch so weich sind und wie sie reagiert, wenn ich ihr die Haare auf die Seite schiebe und ihren Nacken streichle. Ob mein Körper sie wiedererkennt. Genauso wie meine Seele.

Das Verlangen nach meinem Ball wird mächtiger, aber anstatt mich nach ihm zu bücken, grabe ich die Nägel in meine Handinnenflächen. So lange, bis es wehtut. So lange, bis ich mich stark genug fühle, einen Schritt zurückzutreten statt einen auf sie zu.

Ayla beobachtet jede meiner Bewegungen. Ihre Augen sind zu schmalen Schlitzen verengt, und sie funkelt mich böse an. Sie hasst mich. Das ist gut, mit Hass kann man arbeiten. Mit Verachtung nicht. Selbst wenn jedes ihre Worte mir gezeigt hat, wie sie mich sieht. Nein, wie ich mich selbst sehe.

»Binde mich sofort los, Julien.«

Das Einzige, was mich wirklich berührt, ist mein Name aus ihrem Mund.

»Mache ich. Sobald du mir die Chance gibst, alles zu erklären.«

»Du hast keine Chance verdient«, spuckt sie mir vor die Füße.

»Eigentlich weißt du es besser, Ayla.« Ich lächle. »Ich nehme mir, was ich will. Du hast es selbst gesagt.«

Die Stuhlbeine schrammen über den Boden, als ich mir den einen mit den meisten Kerben und Sprüngen von dem schmalen Esstisch heranziehe. Ich weiß noch gut, wie schwer es damals für Dev, Everon und mich war, die Stühle hier heraufzutragen. So gelassen wie möglich setze ich mich hin und strecke meine Beine aus. Aylas Mundwinkel zucken verräterisch. Ich bin mir bewusst, wie sehr sie meine vermeintliche Gleichgültigkeit ärgert. Sie weiß nicht, dass meine Fassade das Einzige ist, was mich in den letzten Jahren immer wieder vor einem Zusammenbruch bewahrt hat, und ich musste sie mir verdammt hart antrainieren. Sie ist das, was ich brauche, um zu überleben.

»Also gut«, sage ich und verschränke meine Arme. »Zuerst sollst du wissen –«

»Leck mich, Julien.«

Ich grinse. »Nicht so schnell. Auch wenn man es nicht vermuten würde, ich mag etwas gepflegte Konversation im Vorspiel.«

»Arschloch.« Aylas Kiefer spannen sich an, aber ich kann die Röte sehen, die sich trotz des schwachen Lichts über ihre feinen Sommersprossen legt. Ich mache was mit ihr, und das macht was mit mir. Verdammt.

»Arschloch? So weit waren wir schon, schon ein paar Mal heute, und du sollst wissen«, wiederhole ich, »dass du recht hast.« Ich atme tief ein. »Und es tut mir leid.«

»Dass ich recht habe? Oder dass du ein Arschloch bist? Und muss es ein Oder geben?«

»Kannst du mich bitte einfach mal ausreden lassen?«

Ich sehe, wie ihre zusammengepressten Lippen etwas weicher werden.

»Zuallererst tut es mir leid, dass du auf diese Weise von meiner Rückkehr nach Charles Creek erfahren hast. Ich habe darüber nachgedacht, wie unser Aufeinandertreffen verlaufen könnte.« Ich schnalze mit der Zunge und muss kurz meinen Blick abwenden. »Aber so habe ich es mir nicht vorgestellt. Ich wollte dich nicht überrumpeln und bloßstellen.«

Als ich Ayla wieder ansehe, wendet sie ihren Blick ab. Ich brauche ihre Augen nicht, um ihre Enttäuschung zu erkennen.

»Ich wollte nicht zurück nach Charles Creek, Ayla.«

Ein kurzes Rucken geht durch ihre Beine.

»Wenn es nach mir gegangen wäre, würde ich jetzt in Indien meinen Rucksack durchs Parvati Valley tragen. Einfach so weit weg wie möglich sein. Ich würde mich aufs Bouldern konzentrieren und alles machen, was meine Gedanken ausschaltet. Meine Gedanken an dich und Charles Creek, weil ich weiß, dass die Barrow-Brüder und das gesamte Team hier sind und ich es nicht sein kann.«

Aylas Gesicht spannt sich immer mehr an, als würde sie sich mit aller Kraft vor mir verschließen. Trotzdem spreche ich weiter.

»Ob du es mir glaubst oder nicht, das Wissen, dass die Barrows hier sind und ich nicht, hat mich eifersüchtig gemacht. Das ist neu, ich war nie eifersüchtig. Dabei sind Xavier und Max meine Freunde.« Mein leises Lachen klingt unecht. »Zumindest sind sie das, was Freunden in meinem neuen Leben am nächsten gekommen ist. Wir klettern zusammen, wir vertrauen einander, und sie haben mich abgelenkt, ohne jemals zu wissen, wovon. Sie sind viel, aber vor allem sind sie eines: meine Sponsoren. *Barrow Goldeneye* gibt ein Vermögen dafür aus, ihre Sportmarke noch bekannter zu machen und weltweit auf dem Markt zu platzieren. Dabei setzen sie nicht nur auf gewöhnliche Werbemaßnahmen und verteilen Kleidung an Spitzensportler. Ihr Konzept besteht neben der Optimierung ihrer Ware darin, Aufmerksamkeit zu erlangen über die Projekte, die sie finanzieren. Außergewöhnliche Vorhaben – grenzgängerisch und herausfordernd – an Spots, die nicht in den modernen Pool der kommerziellen Massenabfertigung fallen und einen neuen, aber besonderen Reiz haben. Die umfangreiche Vorausplanung soll nicht nur für Sicherheit sorgen und die Risikofaktoren minimieren, sondern vor allem Erfolg garantieren. Und dafür engagieren sie nur absolute Profis. Profis, die sich intensiv darauf vorbereiten. Und das braucht Zeit.«

Ayla hat sich mir wieder zugewandt. Sie sieht mich nicht an, aber ich glaube, sie hört mir zu.

»Nach Max' Knochenbruch gab es nur zwei Möglichkeiten. Entweder meine Bemühungen, Charles Creek in den Fokus der Barrow Corporation zu rücken und sie auf die Bedingungen hier vorzubereiten, waren umsonst – oder ich springe für Max ein und gebe Charles Creek die Chance, die es verdient und braucht. So schnell wäre kein anderer geeigneter Alpinist verfügbar gewesen. Also habe ich zugesagt.«

Ich mache eine Pause. Wartend und darauf hoffend, dass Ayla irgendetwas sagt, aber es kommt nichts. Sie sieht mich nicht einmal an. Ich muss ihr mehr von mir erzählen und keine Dinge, die sie ohnehin schon weiß oder googeln könnte.

»In den letzten sechs Jahren war ich risikobereit und habe waghalsig eine Grenze um die andere überschritten. Die Nähe zum Tod war spürbar, manchmal intensiver als die zum Leben. Aber an keinem der letzten 2352 Tage war ich furchtlos genug, umzukehren und diesen einen Schritt in die andere Richtung zu machen.« Ich schlucke. »So wurde die Lücke zwischen mir und Charles Creek immer größer und unüberwindbarer. Aber an jedem dieser 2352 Tage habe ich daran gedacht, mehr als einmal. An zu Hause.« *An dich.*

Ein tiefer Atemzug – ich glaube, dass Ayla etwas sagen will –, doch dann atmet sie einfach wieder aus. Langsam. Ohne Worte für mich und meine Rückkehr.

»Ich wäre nicht gekommen, wenn Max sich nicht verletzt hätte. Nenn es bösartig und selbstsüchtig oder feige, aber dieser Zufall oder das Schicksal oder auch das Karma haben es verdammt gut mit mir gemeint. Vielleicht habe ich irgendwas in meinem Leben auch richtig gemacht, und das ist eine Art – keine Ahnung – Goodie?«

Ayla schenkt mir nicht einen Augenaufschlag. Gar nichts, und das macht mich nervös und zehrt an meiner Fassung. Ich habe mich nur selten nicht unter Kontrolle, weil Kontrollverlust bedeutet, dass du fällst und verlierst. Zuerst die Route, dann das Vertrauen in dich selbst und als Letztes dich. *Scheiße.* Nicht einmal vor dem Klettern bei der Grotta di Millennium auf Sardinien hat mein Herzschlag so geflattert. Wenn ich jetzt keinen Zugang zu ihr finde, habe ich nicht mal mehr die Hoffnung.

Aus dem Augenwinkel nehme ich wahr, wie Ayla ihr Bein anhebt. Ihr verletztes Bein. Es tut weh. Ich tue ihr weh. Das ist der Stich, den ich brauche, damit sich meine Gedanken sortieren, und ganz plötzlich frage ich mich, was zum Teufel ich hier eigentlich mache. Ich zwinge Ayla dazu, mich zu beachten, weil ich will, dass sie mir zuhört. Mir. Ich. Es geht nicht um sie, es geht nur um mich. Ich denke weder an sie noch an die Folgen meines Verhaltens. Erneut.

Der Stuhl fällt polternd zu Boden, als ich viel zu ruckartig aufstehe, um das Seil zu lösen.

Ayla beachtet mich nicht, sondern befreit lediglich ihre Handgelenke aus den Schlingen.

»Das war falsch«, sage ich mehr zu mir als zu ihr. »Ich versuche so sehr, es richtig zu machen, und denke nicht nach. Es tut mir leid.«

Ayla geht auf mich zu und bleibt vor mir stehen. Sie muss ihren Kopf heben, um mir in die Augen blicken zu können. Ich würde ihr gerne die schwarze Haarsträhne aus der Stirn streichen. Stattdessen gehe ich einen Schritt zur Seite und mache den Weg für Ayla frei, die beginnt, ihre Sachen zu packen.

Es fällt mir schwer, ihr den Rücken zuzuwenden, und ich bin froh, dass ich mich an der Küchenzeile abstützen kann, um Halt zu finden. Die Dunkelheit hinter den Fensterscheiben lässt nicht einmal mehr die Bäume erahnen, und nur das dumpfe Trommeln auf dem Dach zeigt, dass der Regen inzwischen nachgelassen hat.

Ich will Ayla fragen, ob ich mit ihr absteigen soll, schlucke es aber hinunter. Nichts hält sie bei mir. Nicht einmal die Gefahr. Von Everon weiß ich, dass sie verdammt gut ist. Noch besser als früher und ständig am Trainieren. Trotzdem soll sie bleiben.

Als ich einen Reißverschluss höre, drehe ich mich um. Ayla scheint abmarschbereit, aber ihr Blick hängt an meiner Regenjacke fest, die über dem Kamin trocknet.

»Sie könnte ein paar neue Flicken vertragen«, sage ich. »Die letzten Touren haben ihr zugesetzt. Heute hat sie nicht mehr wirklich viel Nässe abgehalten.«

Ayla hebt leicht den Kopf. »Warum trägst du sie noch? Obwohl du ausgestattet wirst?«

Ich lächle, mehr für mich als für sie. »Weil sie beinahe das einzig Schöne ist, was mir von uns dreien geblieben ist. Ich hatte sie auf jedem Berg, bei jedem Aufstieg bei mir. Selbst wenn ich sie bei den Aufnahmen nie tragen konnte.«

Wir sagen nichts, aber ich sehe, wie sie die Hand vom Rucksack nimmt und über ein dunkelblaues Viereck streicht, dessen Ecke sich gelöst hat.

»Die Abdeckplane aus Gaels Werkstatt. Es war der erste Riss«, erinnere ich mich. »Ich habe Dad gefragt, ob wir eine neue Regenjacke kaufen können.«

»Du hast uns nie gesagt, was er geantwortet hat.«

»Weil er mir nicht geantwortet hat. Er hat Mom vorgehalten, dass ich ein verzogener, unverschämter Scheißer bin und das ihre Schuld sei. Ich bin gegangen, als sie zurückgeschrien hat, und bin mir sicher, es ist ihnen nicht mal aufgefallen.«

Ayla kennt meine Eltern, meine Kindheit. Sie muss miterlebt haben, wie sie meinen Dad nach einem Herzinfarkt gefunden haben, kurz nachdem ich abgehauen bin. Er ist gestorben, und ich habe mich nicht darum gekümmert. Weder um seine Bestattung noch um sonst irgendwas. Ayla könnte mir das entgegenschleudern. Mich zurückdrängen und vielleicht sogar damit verletzen.

Doch Ayla holt meine Schatten nicht näher. Sie lächelt. Ayla lächelt.

Der sanfte Klang ihrer Stimme ist leise, und ich höre es mehr, als dass ich es sehe, und doch drückt es warm auf mein Herz und hüllt mich in Geborgenheit. Es ist das Schönste, was ich seit Jahren gehört habe.

Nur leicht dreht sie den Kopf in meine Richtung. »Ich hatte die Idee, das Loch zu kleben, aber das mit der Abdeckplane war Devin.«

Ein Lachen bricht aus mir heraus. »Gael kam am Abend in die Lodge und hat erzählt, dass er Mäuse in der Werkstatt haben muss, die ihm ein Stück aus der Plane gefressen haben.«

Ayla zeigt auf den Flicken. »Wenn Dev das Ding am Rand rausgeschnitten hätte, wäre es nie aufgefallen! Aber er hat gemeint, in der Mitte wäre der Kunststoff nicht so mitgenommen.«

»Wie alt waren wir da, Ayla, vierzehn?«

»Wird hinkommen.«

»Du hattest uns in der Lodge einen Milchshake gemacht, und als Gael die Mäuse-Sache erzählt hat, wäre uns Dev beinahe an seinem erstickt.«

Ayla sieht mich an, nur ganz kurz. »Ich dachte, er verteilt gleich den ganzen Inhalt aus seinem Mund über dem Tisch.«

Ich verschränke meine Arme vor der Brust. »Denkst du, Gael kannte die Wahrheit?«

»Ich glaube, jeder kannte die Wahrheit. Spätestens dann, als dir Gael beim Verabschieden an diesem Abend nachgerufen hat, du sollst deine Regenjacke nicht vergessen, die er für dich von unterm Tisch aufgehoben hatte.«

»Devin hat nur mit den Schultern gezuckt. Er hat sich trotzdem um jeden weiteren Riss gekümmert«, sage ich mit einem Lächeln, das wehtut. »Für mich.«

»Ja, das hat er.« Aylas Stimme hat ihre Härte verloren. Sie klingt … verletzlich.

Die schwarzen Schwaden, die uns umgeben, beginnen die Leichtigkeit von eben aufzusaugen. Ayla greift wieder nach ihrem Rucksack. Ich kann es nachvollziehen. Ich werde sie nicht aufhalten, aber ebenso wenig kann ich dabei zusehen.

Während sie die Gurte festzurrt, gehe ich wieder zur Küchenzeile. Ich nehme Aylas Tasse und greife gerade nach der Dose mit dem Tee, da sehe ich das Hüttenbuch. Es ist uralt, und Everon hat es damals in dem windschiefen Bretterhaufen gefunden, der von der verfallenen Schutzhütte übrig war. Es war unser Buch, ohne jemals uns zu gehören. Die ersten Eintragungen sind aus den Fünfzigerjahren, das weiß ich noch, und seitdem haben sich alle hier eingeschrieben, die in der Hütte Zuflucht gefunden haben. Oder die schönste Zeit ihres Lebens. Wie wir.

Ich stelle die Dose mit dem Tee ab, nehme das Buch und beginne darin zu blättern. Die Seiten ganz vorne sind abgegriffen und vergilbt. Der Eintrag, den ich suche, muss weiter hinten sein, bei den Stellen, die nicht oft gelesen wurden. Ich muss von vorne beginnen, setze mich auf die Couch und lege das Buch auf meinem Bein ab. Er muss hier irgendwo sein, verdammt. So viele Menschen waren nicht hier oben.

»Du bist zu weit.« Ich zucke leicht zusammen, als Aylas Stimme direkt hinter mir ertönt. »Wir haben es weiter vorne reingeschrieben.«

Mit angehaltenem Atem lasse ich zu, dass sie über die Lehne der Couch an mir vorbeigreift und nur ein paar Seiten vorblättert, um die richtige Stelle zu finden. Ihre langen Haare streifen mein Gesicht, ganz kurz. Sie tippt mit dem Finger darauf und liest laut, was Devin quer am inneren Seitenrand notiert hat. »Falls jemand den Schlafsack benutzen muss, könnte es etwas durchziehen. Keine Angst, es gibt hier oben keine Mäuse – die zwei fehlenden Stücke Stoff haben wir dringend gebraucht. Ayla, Dev und Julz.«

Ich habe die Augen geschlossen und weiß nicht, ob Ayla mein Lächeln sieht. Ihre Stimme, ihr vertrauter Duft, ihre Nähe. 2352 Tage.

Ayla nimmt das Buch von meinem Bein, und ich höre das Blättern einer Seite. »23. April 2016: Es hat über Nacht geschneit, die perfekte Ausrede, um einen ganzen Tag hier in der Hütte zu bleiben. Wir haben genug Essen für mehrere Tage mit und werden die Zeit damit verbringen, Karten vom Berg zu zeichnen und Ayla endlich beizubringen, selbst ein Feuer zu machen.«

Ich lege den Kopf zurück auf die Lehne und lache, weil ich weiß, was jetzt kommt.

Ayla räuspert sich. »Nachtrag, zwei Tage später: Wir steigen heute ab, Ayla kann immer noch kein Feuer machen. Julien hatte deswegen beinahe einen kleinen Nervenzusammenbruch und eine Rauchgasvergiftung.«

Eine Träne will sich aus meinem Augenwinkel kämpfen, die ich verbissen wieder zurückdränge. Nur Freude, keine Trauer. Kein Hass auf Devin, weil er mich dazu gezwungen hat, das einzig Richtige zu tun. »Was noch?«, frage ich und höre, wie Ayla den Rucksack abnimmt, ihre Jacke und die Schuhe auszieht und sich neben mich setzt. Sie ist da.

»14. Juli 2016: Es ist Sommer, aber arschkalt. Trotzdem hat Julien Hendricks beschlossen, sich in der Sonne zu bräunen. Er hat nicht damit gerechnet, dass rote Feuerameisen die Sonne auch so gerne mögen. Sein ganzer Körper ist mit einem juckenden Ausschlag überzogen. Er ist jetzt beleidigt, weil Ayla und ich nicht mehr aufhören können, ihn deswegen zu ärgern.«

Stille, bis Ayla lacht. Ich hebe den Kopf und funkle sie böse an. »Ihr hattet nicht die geringste Ahnung, welche gut verborgenen Körperstellen diese kleinen Biester gefunden haben.«

»Entschuldige.« Es fällt ihr schwer, zu antworten, weil sie immer wieder von einem Lacher gebeutelt wird. Ich liebe es. Ich liebe es, wie sich ihre dunklen Augen zu Halbmonden verformen und ihre Wangen Farbe bekommen.

»Kein Mensch legt sich nackt auf den Waldboden, Julien.«

»Nahtlose Bräune nennt sich das«, gebe ich gespielt beleidigt zurück.

»Nein, das nennt sich saublöd.«

Ich nehme Ayla das Buch mit einem Schnalzen aus der Hand und versuche zu ignorieren, dass sie sich, während ich blättere, zu mir dreht und ein Bein auf der Couch aufstellt, um ihren Kopf darauf abzustützen.

»Diese Stelle ist gut«, sage ich und nicke. »Silvester 2019: Everon hat Alkohol aus der Lodge mitgebracht, und Devin gibt jetzt seit zwei Stunden Lieder aus den Charts von sich. Er meint auch tatsächlich, der Fuchs sitzt nur wegen seiner Gesangskünste draußen unter den Bäumen. Er nennt ihn Splint. Ayla hat beschlossen, Devin bekommt nie wieder Alkohol. Unsere Unterschriften hier besiegeln das.«

»Der Fuchs saß wirklich zwei Tage lang vor der Hütte«, überlegt Ayla laut.

»Ja, in der Hoffnung, an Nahrung zu kommen, und nicht wegen Dev.«

Sie grinst. »Vielleicht hat er auch einfach darauf gewartet, dich nackt zu sehen.«

Ich zwicke Ayla in die Zehen, weil ich weiß, wie sehr sie das hasst. »Du bist dran«, sage ich und lehne mich tiefer in die Couch. Ayla setzt sich in den Schneidersitz, damit ich ihre Zehen nicht mehr erwische, und wählt einen anderen Eintrag aus. Sie liest vor, wie Devin uns Pancakes gemacht hat, direkt über dem Feuer. Wir sind uns einig, dass es die besten Pancakes waren, die wir jemals hatten. Wir wechseln uns mit dem Vorlesen ab, Ayla und ich. Irgendwann macht sie uns frischen Tee, und ich wärme Dosennudeln auf. Mir war nicht bewusst, wie viele Tage und Wochen wir hier oben verbracht haben.

Wir essen gemeinsam, wir lachen. Es fühlt sich an wie früher.

Nur dass einer fehlt.

KAPITEL 7

山 *(Chinesisch)*

AYLA

Wir sind beim letzten Eintrag von uns dreien angelangt. Niemand konnte ahnen, dass Devin elf Tage später nicht mehr da sein würde. Er hat eine der Routen hineingezeichnet, die wir beim Aufstieg probieren wollten, und *Trinity* neben ein Dreieck am Gipfel geschrieben, mit unseren Initialen.

Meine Atmung wird zittrig, als Julien andächtig über die Seite streicht. Alles in mir konzentriert sich auf seine Stimme, in Erwartung dessen, dass er vorliest, was Devin notiert hat. Das allerletzte Mal. Tränen vernebeln mir die Sicht, und ich blinzle hektisch. Da umfasst Julien meine Finger und blättert wieder ein paar Einträge zurück. Die Angst klingt ab, und meine Finger in seiner Hand fühlen sich wieder an wie unsere Geschichten: vertraut, warm, geborgen.

Julien räuspert sich. »24. März 2018: Ayla schnarcht, und Julien redet im Schlaf. Herrlich.«

Ich finde sein Lächeln trotz meines tränenverschleierten Blicks und muss ebenfalls lachen. »Das stimmt nicht«, sage ich und versuche, den Kloß in meinem Hals hinunterzuschlucken. »Ich schnarche nicht.«

»Nur manchmal«, erwidert Julien mit einem Zwinkern und legt das Buch aufgeschlagen auf den Tisch. »Zumindest früher, früher war es nur manchmal«, wiederholt er, als er mich langsam ein Stück näher zieht. Vorsichtig löst er seine Hand von meiner und streicht mir eine Haarsträhne aus dem Gesicht, die von den Tränen nass an meiner Haut klebt. Er lächelt, und die feine Narbe an seiner Wange wandert ein Stück nach oben.

»Ich will nicht weinen«, sage ich und wische mir hektisch übers Gesicht.

»Warum nicht?«

»Weil es schön war«, gebe ich zu und zeige auf das Buch. »Das hier, alles. So habe ich schon lange nicht mehr an früher denken können.« Ich schlucke. »An uns.« Es fühlt sich an, als wären nicht Jahre vergangen, sondern Augenblicke.

»Dann sind es auch schöne Tränen«, flüstert Julien und nimmt meine Hand weg. Sachte streichelt er über meine Wange, nicht um die Tränen wegzuwischen, sondern um ihnen Raum zu geben. Meinen Gefühlen Raum zu geben. »Schöne Tränen für schöne Momente.«

Ich presse die Lippen zusammen. Vielleicht bin ich deswegen vorhin nicht abgestiegen, obwohl alles in mir danach geschrien hat, mich von Julien zu entfernen. Wegen unserer Geschichten. Das, was unser Leben mal war. »Ich habe sie nicht mehr zugelassen, weißt du? Die schönen Erinnerungen.«

»Warst du seitdem hier oben?«

»Ja, sobald ich den Weg bezwingen konnte. Das war mein Ziel – es wieder hier rauf zu schaffen. Aber ich konnte die Erinnerungen nicht ertragen«, sage ich leise und zeige auf das Buch. »Ich dachte, hier oben zu sein, wo wir glücklich waren, würde mir helfen, aber das hat es nicht.« Mein Blick verliert sich in der Ferne. »Ich konnte es nicht. Ich habe es versucht, aber es tat zu sehr weh.«

»Du warst alleine.«

»Everon und Rhett haben mir Essen gebracht und mich mit allem versorgt, was ich gebraucht habe. Sogar Tante Phyllis ist hier raufgestiegen, um nach mir zu sehen.«

»Das meine ich nicht.« Julien schiebt seine Finger zurück in meine Haare, hält mich fest. »Du hattest niemanden.«

Ich balle die Fäuste. »Nein.«

Julien schließt die Augen und legt seine Stirn an meine. Keine Entschuldigung. Er darf dieses Loch jetzt nicht aufreißen und zulassen, dass es alles ausspeit, was uns getrennt hat. Nicht, wo wir gerade erste Momente miteinander teilen. Erste und längst vergangene. Ich weiß nicht, wann ich das letzte Mal so viel Ruhe in mir gefunden habe. Vielleicht ist das der Grund, warum ich nicht längst wieder auf dem Weg nach Charles Creek bin. Die Ruhe. Unsere Erinnerungen. Julien. Meine Tränen beginnen zu trocknen.

»Ayla. Ich bin jetzt da.«

Ich sage nichts.

»Ich bin da, um die schönen Momente zurückzuholen für uns. Gemeinsam sind wir stark genug.«

Juliens Atem streift meine Haut. Seine Nähe war Schmerz. Seine Nähe *ist* Schmerz.

»Du und ich.«

»Es tut weh.« Meine Stimme ist dünn. Sie gleicht dem Hauch der Zeit, die wir zu uns zurückgeholt haben. Vergänglich, aber da. Für den einen bedeutenden Moment.

»Ich weiß.« Er greift mit der zweiten Hand in meine Haare und hält mich fest. »Es wird immer wehtun.«

»Aber es waren heute schöne Tränen.« Das erste Mal.

Julien lächelt. »Weil wir zusammen sind. Du bist nicht allein.«

Allein ist das Wort, das in meinem Kopf nachhallt.

»Du bist nicht allein«, wiederholt Julien, als könnte er meine Gedanken lesen. »Ich bin hier. Hier bei dir.«

Jede einzelne Silbe streicht über meine Haut, kaum fassbar, aber besonders genug, um mit ihrer Stärke in mein Innerstes einzudringen. »Ich. Bin. Hier.« *Sicherheit.* Jeder einzelne Grund, Julien zu vertrauen, ist mit seinem Verschwinden verloren gegangen. Zugleich habe ich ein ganzes Buch an Gründen vor mir liegen.

Julien zieht den Kopf etwas zurück. Seine grauen Augen verengen sich und das Lächeln schwindet. Er atmet ein. »Ayla?« Ich erahne meinen Namen mehr, als dass ich ihn höre. Die Tiefe, die sein Blick bekommt, kenne ich nicht. »Lass mich da sein, Ayla. Für dich. Zu Hause.«

Zu Hause. Zum ersten Mal seit Jahren habe ich das Gefühl, wirklich zu Hause zu sein. Hier, bei Julien.

Ich sehe ihn an, will ihm ein Ja geben, aber das braucht er nicht. Ihm reicht die Erkenntnis, die sich in meinen Augen spiegelt. Julien kennt mich, besser als jeder andere Mensch. 2352 Tage, die plötzlich an Bedeutung verlieren.

Sein Lächeln, bevor er seine Lippen auf meine legt, ist warmherzig und fürsorglich zugleich, es ist der Julien, der mich an steilen Felshängen ermutigt und der mir an eiskalten Tagen seinen dicken Wollschal gibt. Ist der Mann, der mich hält.

Das Keuchen, als ich meinen Mund für ihn öffne, löst mich aus der Starre, in der ich unwissentlich gefangen war. Ich richte mich auf und beuge mich über ihn.

Er zieht mich auf sich, im selben Moment, in dem sich unsere Zungen treffen. Seine großen Hände streicheln über meinen Rücken. So zärtlich das Spiel seiner Lippen mit meinen ist, so fest ist jede seiner Berührungen. Er zögert, als er am Saum meines Pullovers angekommen ist, und schiebt eine Hand über die Seite meines Halses zu meinem Kinn.

»Ayla«, flüstert er. Ich öffne die Augen erst, als ich seine Lippen nicht mehr auf meinen spüre. »Sag mir, dass ich bei dir sein darf.« Er fährt mit dem Daumen über meine Unterlippe. »Bitte. Ich muss es hören.«

Ich nehme seine Hand von meinem Kinn und verflechte unsre Finger. Dabei fühle ich jede Schwiele und jeden Riss in seiner Haut, genauso wie er sie bei mir spüren muss. Wir beide haben unsere Narben.

Sein Duft nach Harz lässt ein Prickeln in meinem Nacken entstehen, als ich mich fester an ihn presse. »Ich will nicht allein sein, Julien«, spreche ich aus, was mich Tag für Tag und Nacht für Nacht zerrissen hat.

Julien sieht mich wieder an, die Farbmuster in seinen grauen Augen erinnern mich an Felslandschaften, die Freisein und Leichtigkeit versprechen. Das Bewusstsein, dass ich ihn vermisst habe – so sehr –, überschwemmt mich.

Mit dem nächsten Wimpernschlag zieht mir Julien den Pullover samt Funktionsshirt über den Kopf. Mit mir auf seinen Hüften steht er auf. Dann drängt er mich gegen den Pfosten, an dem noch lose das Seil von vorhin hängt, und drückt seine Hüfte an meine.

Juliens Atmung geht immer schwerer, als ich mich vom Sport-BH befreie. Ich sehe, wie sehr er sich bemüht, nicht nach unten zu schauen, sondern mir weiterhin in die Augen zu blicken.

»Verrätst du mir, was so lustig ist?«, will er wissen. Er beugt sich nach vorne und stützt einen Unterarm über mir am Pfosten auf, berührt mich jedoch nicht mehr.

Juliens Duft scheint plötzlich um ein Vielfaches verstärkt, und es prickelt ein spitzer Schauer über meinen Körper. Die Muskeln an seinen Schultern treten hervor. Ich neige meinen Kopf leicht in Richtung seines Arms. Langsam kratze ich mit den Zähnen über seine Haut und beiße zu, ohne seinen Blick loszulassen. Ich genieße das tiefe Grollen, das ich damit aus ihm hervorlocke. »Was so lustig ist?«

Julien zieht fragend die nicht lädierte Augenbraue nach oben. »Ja?«

»Dass du versuchst, nicht nach unten zu schauen, obwohl du mich gerade ausgezogen hast.«

Julien schnalzt tadelnd mit der Zunge. »Ich bin eben ein Gentleman.«

»Seit wann?«, frage ich herausfordernd.

»Oh, Ayla.« Julien wendet den Blick ab, nur um sich mir noch näher wieder zuzuwenden. Dann umfasst er mein Handgelenk und zieht es neben seinen Arm nach oben. »Du hast absolut recht«, sagt er, und der neckische Unterton in seiner Stimme lässt mich blinzeln. »Ich war nie ein Gentleman und bin auch jetzt keiner.« Er greift nach meiner zweiten Hand und hält meinen Blick eisern fest, während er meine Fingerknöchel küsst, einen nach dem anderen, und ganz leicht an meinem Mittelfinger saugt. »Wenn ich dich ansehen will, tue ich das.«

Ich halte den Atem an, als Julien mir mit seiner Nasenspitze über die Wange streicht, meinen zweiten Arm hebt und ein letztes Stück näher kommt. »Aber auf meine Art.« Ein leichter Ruck geht durch Juliens Körper. Erst jetzt spüre ich das Seil, das sich erneut um meine Handgelenke schlingt und mich an dem Pfosten festbindet. Ich bin für einen Wimpernschlag wie erstarrt, suche nach der Wut und dem Hass, die ich vorhin verspürt habe, aber da ist nichts. Die letzten Stunden mit Julien haben sie abgetragen und die Sehnsucht freigelegt, die darunter vergraben war.

Julien blickt nach oben, zieht das Seil etwas fester und nickt. Sein zustimmendes Brummen reizt meine Brustwarzen. Ich spüre, wie sie sich zusammenziehen und hart werden in der Erwartung, dass Julien jetzt sofort nach hinten tritt und mich ansieht. Stattdessen streicht er wieder mit dem Mund über meine Wange. »Sag, wenn dir das Seil wehtut.«

Ehe ich antworten kann, kratzt sein Bartschatten über die empfindliche Haut an meinem Hals. Jede Stelle, die er berührt, beginnt zu brennen, und mein ganzer Körper scheint zu glühen. Ich recke meine Brüste nach vorne, will, dass er sie streichelt und liebkost, stattdessen lächelt Julien wissend. Seine Fingerspitzen gleiten über meine Arme sanft nach unten, beinahe achtlos vorbei an der Rundung meiner Brüste, und halten an meiner Hüfte inne. Der Druck seiner Finger wird fester. Bestimmender.

»Wenn ich dich ansehen will«, wiederholt Julien leise an meiner Wange, »dann so, wie ich es mir immer vorgestellt habe, Ayla.«

Ich kann gerade nicht darüber nachdenken, ob sich meine Vorstellungen und seine Vorstellungen eventuell gleichen, weiß aber in dem Augenblick, in dem Julien vor mir auf die Knie geht, dass seine Fantasien definitiv ausgereifter sein müssen als meine.

»Himmel, Julien«, entkommt es mir, als er seine Finger in meinen Hosenbund gräbt und mir die Outdoor-Pants samt Slip nach unten zieht.

»Scheiße«, bricht es aus ihm hervor. »Dasselbe habe ich mir auch gerade gedacht.« Er klingt atemlos. Würde ich es wagen, ihn anzusehen, ich bin mir sicher, dass er auf einer Seite mit den Zähnen auf der Unterlippe kaut. Wie bei unseren Schachabenden früher. Wenn er panisch nach einer Strategie gesucht hat, aber zu stolz war, um es sich wirklich anmerken zu lassen.

»Du grinst«, bemerkt er, und ehe ich antworten kann, beißt er mir auf halber Höhe meines linken, meines heilen Oberschenkels in die Haut. Schmerz durchzuckt mich, den Julien mit seinen warmen Lippen betäubt.

Aus Reflex presse ich meine Beine zusammen. Julien schnalzt mit der Zunge. »Es gibt nichts, was du verstecken musst, Ayla«, flüstert er und streichelt über mein Bein nach unten. Er hebt es an, um mir den Socken auszuziehen, und ich will mich schon wieder hinstellen, da hält er den Fuß fest. Er drängt ihn leicht nach außen und zeigt mir, wo er ihn haben will. »Nicht vor mir«, fügt er hinzu, als er mir den zweiten Socken auszieht und meinen Fuß platziert. Meine Beine berühren sich nun nicht mehr. Verborgen im schwach flackernden Licht des Feuers, sind sie gerade weit genug gespreizt, dass meine Mitte offen vor ihm liegt. Unwillkürlich fällt mir das Atmen schwerer bei dem Bild, das sich vor meinem inneren Auge auftut. Ich, an einen Holzpfosten gefesselt mit erhobenen Armen und geöffneten Beinen. Nackt. Vor Julien.

»Du bist wunderschön«, höre ich ihn sagen und versuche, die

Empfindungen einzuordnen, die seine Worte auf meinen Körper rieseln lassen. »Sieh mich an, Ayla«, fügt er sanft hinzu. »Öffne die Augen, für mich.«

Ich halte an der schützenden Dunkelheit fest und muss beinahe wieder lachen. Mit weit gespreizten Beinen stehe ich vor ihm und habe tatsächlich ein Problem damit, meine Augen zu öffnen?

»Ayla«, knurrt Julien lauter, und ich blinzle. Er kniet jetzt nicht mehr vor mir. Er steht ein paar Schritte entfernt. Sein Kopf ist leicht gesenkt, und die Augen sind von einer Dunkelheit umgeben, die ihm Härte und Verletzlichkeit zugleich zu geben scheint.

»Du hast keine Ahnung, wie oft ich mir dich vorgestellt habe, Ayla«, wiederholt er die Worte von vorhin, sobald ich endlich den Mut aufbringe, seinen Blick zu halten. »Aber kein einziger meiner Träume konnte dir auch nur annähernd gerecht werden.«

Er schluckt und schaut mir weiter in die Augen. Sein Gesicht verzieht sich schmerzhaft, während die Schatten des Feuers versuchen, seine Emotionen zu verbergen. »Fuck«, flüstert er rau, und ich erkenne, wie sein Blick verschwimmt. »So lange …«, sagt er mehr zu sich selbst als zu mir. Dann atmet er noch einmal tief durch und zieht sich das Shirt über den Kopf. Ich kann nicht anders, als all die Veränderungen an seinem Körper zu bemerken. Julien war schon immer durchtrainiert und stark und groß. Aber er war kein Mann. Nicht dieser Mann.

»Fuck.« Ich bin mir nicht mal mehr sicher, ob ich das gesagt habe. Juliens verschmitztem Lächeln nach, mit dem er den Kopf schief legt, schon. Die blonden Haare nehmen mir die Sicht auf seine Augen. Ich würde gerne an seinem Blick ablesen, was er als Nächstes vorhat. Da atmet er ein, bückt sich und zieht sich die Hose aus. Er steht nackt vor mir – und alles, was ich tun kann, ist lachen, weil es so herrlich ist.

Verwirrt sieht er sich um. Natürlich geht er nicht davon aus, dass ich ihn meinen könnte.

»Das ist nicht dein Ernst, Julien!«, sage ich laut und wünschte, ich könnte mir die Hände vors Gesicht halten, so schüttelt es mich vor Lachen. »Du trägst noch immer keine Unterhosen? Nach all der Zeit?«

Julien grinst. »Ich bin immer noch sehr empfindlich, was mein Freiheitsgefühl angeht.« Das Grinsen wird düster. Er stemmt die Hände in die Hüften und lenkt damit meine Aufmerksamkeit nach unten. »Manche Dinge soll man eben nicht einsperren.«

Julien ist riesig. Sein harter Schwanz ragt weit nach oben, und selbst im schwachen Licht kann ich die Adern erkennen, die sich kräftig unter seiner Haut abzeichnen. Das Lachen in mir ist längst versiegt, und ich zwinge mich dazu, zu atmen.

In langsamen Schritten kommt er auf mich zu. Er bleibt erst stehen, als sein nackter Oberkörper meinen berührt. Es ist zu wenig. Alles in mir verzehrt sich nach mehr. Mehr Haut. Mehr Julien.

Sein Mund wandert über meinen Hals. »Wir gehen das hier ganz langsam an«, flüstert er. »Sobald du dir unsicher bist, dann sag es, und ich verschwinde. Sofort.« Ehe ich etwas erwidern kann, liegen seine Lippen wieder auf meinen.

Dieses Mal findet seine Zunge meine, er leckt darüber und provoziert mich mit seinen Zähnen. Alles beherrschend und verschlingend. Das harte Holz drückt gegen meinen Hinterkopf, und ich kann nichts tun, als mich seinem Kuss hinzugeben. Meine Lippen fühlen sich heiß und geschwollen an. Ein erstes Stöhnen entkommt mir, weil seine muskulöse Brust endlich meine Nippel streift.

Julien hebt leicht den Kopf. Er beobachtet jede Regung in meinem Gesicht, während er eine Spur aus Linien über meine Haut zeichnet und meine Brust schließlich fest umfasst. Mit einem Schmunzeln senkt er den Kopf, nur ein kleines Stück, und hebt sie dann an, um über meine Brustwarze zu lecken. Als ich ihm nicht genug Reaktion schenke, zuckt er mit einer Augenbraue und beißt zu.

Erst mein Stöhnen lässt Julien lächeln und dasselbe auf der anderen Seite wiederholen. Seine groben Hände streicheln und reizen meine empfindliche Haut und wechseln sich mit den Liebkosungen seines Mundes ab. Kein einziges Mal lässt Julien meinen Blick los. Kein einziges Mal gibt er mir die Chance, mich vor ihm zu verstecken. Ich bin nicht allein.

Juliens Hände wandern über meine Seite weiter nach unten, so wie vorhin, als er mir die Hose ausgezogen hat. Und wieder kniet er sich hin. Ich keuche überrascht, weil er die Finger so fest in meinen Hintern krallt. Erneut möchte mich mein Schamgefühl dazu bringen, die Beine zu schließen. Aber das lässt Julien nicht zu.

Er kippt meine Hüften ganz leicht nach vorn und senkt die Lider. Dann küsst er mich. Teilt meine Schamlippen mit seiner Zunge und atmet tief ein.

Ich schließe die Augen, und als würde er es ahnen, unterbricht Julien seine Berührung. »Sieh mir zu, Ayla.« Er küsst meinen Bauch. »Sieh uns zu.«

Die Stoppeln an seinem Kinn kratzen über meine Haut, bevor er mein verletztes Bein am Fuß nimmt und über seine Schulter legt. Wieder küsst Julien meine Mitte und findet mit seiner Zunge tief in mich. Als er meinen zweiten Fuß nehmen will, stemme ich ihn in den Boden, nicht bereit dazu, meine Standhaftigkeit aufzugeben. Er knurrt tadelnd an meiner Haut, und mit der Hand, die er eben in meinen Hintern gegraben hatte, gibt er mir einen scharfen Klaps.

Der brennende Reiz überrascht mich. Julien nutzt den Moment meiner Verblüffung, um sich mein zweites Bein über die Schulter zu legen. Er gibt mir keine Zeit, dem Brennen und dem Verlangen nachzufühlen. Als er meine Knie weiter spreizt, seine Zunge spitz durch meine Schamlippen gleitet und er zugleich von hinten einen Daumen an meinen Eingang legt, kann ich die Augen nicht mehr offen halten. Jede Faser meines Körpers konzentriert sich auf Julien.

Aus dem Streicheln mit der Zunge wird ein Saugen und Knabbern. Er bringt mich dazu, mich zu winden, weil ich seinen Finger endlich in mir spüren möchte. Hitze überkommt mich bei seinem wissenden Lächeln an meiner gespreizten Mitte. Diese Hitze steigert sich weiter und weiter, ist glühend und eiskalt zugleich, und ich verliere jegliches Bewusstsein dafür, wo ich bin und was ich tue. Alles, was zählt, ist, mit wem ich es tue. Es ist Julien.

Ich kann nicht sagen, ob Sekunden oder Minuten vergehen, bis Julien in mich eindringt. Ich weiß nur, dass mich zuerst ein Finger vorsichtig dehnt, bevor er einen zweiten hinzunimmt und mich quälend langsam erkundet.

Er muss spüren, wie sich mein Orgasmus aufbaut, denn er bemüht sich, die Bewegungen gleichmäßig zu machen. Nur die Intensität passt sich meinem Verlangen an, und hätte ich meine Hände frei, würde ich mich in Juliens Haare krallen und mich an ihm festhalten. Aber er ist es, der mich hält, während meine Lust ihn laut stöhnen lässt. Die Vibration seiner Stimme an meiner gereizten Mitte ist das Letzte, was mir noch gefehlt hat.

Die Welt steht still, für den Bruchteil einer Sekunde, und ich fange das Bild von Julien ein, nur um es in Tausende Sprenkel zersplittern zu sehen, die mich an die Gegenwart und die Schönheit dieses einen Moments binden. An die Freiheit, zu fühlen.

Als die sanften Wellen noch durch meinen Körper schwappen, löst Julien bereits das Seil und trägt mich zur Couch. Sie ist gerade breit genug, dass er neben mir liegen kann, und das Erste, was ich bei meinem Auftauchen spüre, ist sein warmer Körper an meinem.

Mit wachem Blick verfolgt Julien seine eigenen Finger, die über meine Haut fahren. Eine leichte Schweißschicht überzieht seine Stirn und die Wangen. Jeder Muskel scheint vor Anspannung zu zittern. In meinem Innersten breitet sich ein Lächeln aus, so sehr berührt mich seine Zurückhaltung.

Erst als ich meine Hand an sein Gesicht lege und ihn so zu mir ziehe, dass unsere Lippen sich treffen, gibt er seinem Drängen nach. Die Berührungen wechseln von sanft zu fordernd.

»Ayla?« Juliens Stimme klingt heiser, angestrengt. »Sag mir, dass du das hier willst. Genauso wie ich. Bitte.«

»Ich will es«, erwidere ich und meine es so. Mit allem, was ich bin. »Ich will dich, Julz.«

Ich wollte dich schon immer.

KAPITEL 8

IL MONTE *(Italienisch)*

JULIEN

Julz.

Mein Name. Ihr Name für mich, auf ihren Lippen. Das bedeutet alles – aber vor allem eines: dass ich sie zurückhabe. Das einzige Mädchen, das mir jemals wichtig genug war, um sie in meine Träume zu lassen. In meine Seele.

Funken sprühen durch die Dunkelheit, und das Knistern ist beinahe nicht mehr zu hören. Bevor die schwarzen Schatten uns einhüllen können, stehe ich auf und lege Brennholz nach, um das Feuer neu zu entfachen. Ich beobachte, wie Ayla mich dabei beobachtet und wie jede Rundung ihres Körpers allmählich im auflodernden Feuerschein zu leuchten beginnt. Ayla ist perfekt. Nein, sie ist mehr als das. Sie ist alles.

Mit einem Lächeln stelle ich fest, wie ihre Brustwarzen sich wieder verhärten, als ich mich zurück zu ihr lege. Erneut finden meine Lippen sofort ihre, finden wir uns. Als wären keine sechs Jahren vergangen und als wären keine fremden Leben zwischen damals und jetzt. Als wären da immer noch wir, an der Schwelle zu mehr.

Aylas Finger erkunden meinen Oberkörper. Ich gebe ihr Zeit,

mich neu kennenzulernen, auf diese Weise, und halte mich zurück, obwohl ich nichts mehr will, als alles von ihr zu spüren.

Ihre Hände wandern tiefer und streifen beinahe beiläufig die Spitze meines Schwanzes. Innerlich flehe ich darum, dass der scheißdünne Faden, an dem meine Selbstbeherrschung hängt, jetzt nicht reißt, und versuche, mich Aylas Tempo hinzugeben. Eine andere Frau hätte ich längst über die Lehne der Couch gebeugt und von hinten genommen. Mit der Tür im Blick, um danach abzuhauen. Eine andere Frau hätte mich nie so berühren dürfen – hat mich nie so berührt und meine Verletzlichkeit gesehen. Jede Narbe an meinem Körper ist ein Beweis dafür, wie verloren ich in den letzten Jahren war. Auf der Suche nach etwas, das ich selbst nicht kenne, habe ich mein Leben aufs Spiel gesetzt. Nicht nur einmal. Oft. Dabei konnte nichts die Leere in mir füllen. Kein Gipfel hatte die Macht, die Ayla über mich hat. Bei ihr bin ich Julz. Und nicht das, was ich erstrebe, um zu entkommen. Ich bin zu Hause.

»Julz?«

Ich blinzle, sehe Ayla an. Seit sie gekommen ist, sind ihre Wangen gerötet. »Ja?«

Völlig unerwartet umfasst sie meinen Schwanz und schiebt ihre Faust langsam zurück.

Ich schnappe nach Luft. »Sag es, Ayla«, brumme ich am Rande meiner Belastbarkeitsgrenze.

»Ich will dich, Julien«, flüstert sie.

Ihre Bewegungen an meinem Schwanz werden fester, und ich stöhne auf, was sie zum Lächeln bringt. Ich liebe es. Dann streichle ich über ihren Arm und lege meine Hand auf Aylas. Ich umfasse ihre Faust und pumpe mit ihr gemeinsam die ganze Länge auf und ab. Dabei recke ich mich ihr entgegen, bevor ich ihre Finger mit meinen verschränke, ihr den Arm über den Kopf lege und mich an sie presse. So zärtlich wie möglich küsse ich mich weiter nach unten. Ayla kann nicht wissen, dass ich es nie auf diese Weise gemacht habe. Ich habe gefickt. Aber ich habe nie zuvor begehrt.

»Ich habe kein Kondom«, stellt Ayla fest, da stehe ich bereits auf.

»Eine Schutzhütte ohne Schutz – unmöglich«, sage ich mit einem Schmunzeln und gehe zu meinem Rucksack. Während ich in den Seitentaschen krame, bin ich mir nicht mehr ganz so sicher, ob ich wirklich ein Kondom dabeihabe. Als ich endlich finde, was ich suche, kann ich ein erleichtertes Aufatmen nicht mehr unterdrücken. Ich öffne das Kondom und ziehe es über, so, dass Ayla es sehen kann. Kurz innehaltend, ihren Anblick genießend, gehe ich wieder zu ihr.

Ayla keucht, als ich ihre Füße nehme und mich zwischen ihren Beinen auf die Couch knie. Ich streichle langsam nach oben. Nur links, weil ich sehe, wie sie jedes Mal zuckt, wenn ich in die Nähe der Vernarbungen an ihrem rechten Oberschenkel komme. Beinahe hilflos versuche ich, das Gefühl der seidigen Wärme unserer Berührungen zu inhalieren. Die Haut zwischen ihren Beinen glänzt, und meine Hoden ziehen sich krampfhaft zusammen, weil sie so nass für mich ist.

Meine Atmung wird unnatürlich schnell, obwohl nichts passiert ist. *Kontrollier dich,* denke ich und versuche, nur in Aylas Augen zu sehen, als ich meine Finger in ihre Mitte tauche, um sie auf mich vorzubereiten. Das leise Stöhnen, das ich ihr damit entlocke, lässt meinen Schwanz zucken. Ich schaue nicht nach unten. Ziemlich sicher würde ich auf der Stelle abspritzen, wenn ich mir selbst dabei zusehen müsste, wie ich ihre Nässe dazu benutze, um ihn für Ayla zu befeuchten.

Wir hätten unsere ersten Male miteinander erleben sollen. *Ich wäre es wirklich gerne gewesen, ihr Erster,* flattert es mir durch den Kopf. Dann schüttle ich diesen unsinnigen Egoscheiß von mir ab. Ich werde nicht zulassen, dass meine verdammte Unsicherheit ihr das bisschen Ruhe nimmt, das das Schicksal ihr schuldet und die Gegenwart ihr gerade schenkt.

Aylas von Zweifeln befreiter Blick liegt auf mir. Ihre braunen

Augen halten mich fest, halten mich bei ihr und zeigen mir, was zählt. Sie. Wir. Jetzt.

Ayla streichelt meinen Rücken, als ich mich über sie schiebe und meine Spitze sofort ihre Mitte findet. Überall, wo wir uns berühren, strahlt dieses Mädchen eine Hitze aus, die mich in Flammen setzt. Ich stütze zittrig vor Erwartung einen Arm neben ihrem Kopf auf, während ich langsam ihre Schamlippen teile. Ayla beugt ihre Hüften ein wenig, um mir das Eindringen zu erleichtern. Ich habe keine Ahnung, von wem das Keuchen kommt, ob sie es ist oder ich oder wir beide, aber als ich sie mit meinem Schwanz dehne und vorsichtig in sie stoße, habe ich keine Kontrolle mehr.

Weder über meine Reaktionen oder über meine Bewegungen noch über meine Gefühle. Ich bin eins mit Ayla, lange bevor ich mich ganz in sie geschoben habe. War es lange vor heute.

Tief in ihr gebe ich ihr Zeit, sich an mich zu gewöhnen, und achte auf jede Regung in ihrem wunderschönen Gesicht. In Wahrheit aber steht meine eigene Welt still. Vor Ehrfurcht und vor Zuneigung.

Es braucht das sanfte, kaum spürbare Heben ihrer Hüften, damit ich aus meiner Starre gerissen werden. Mir entkommt eine Mischung aus einem ungläubigen Geräusch und einem Lächeln, und ich muss blinzeln, um sicherzugehen, dass das hier echt ist. Ayla ist da. Ich bin nicht alleine.

Begleitet vom leisen Wispern des Feuers und dem sanften Schaukeln der Bäume im Wind, finden wir zusammen, immer und immer wieder. Ayla wird mit jedem meiner Stöße mutiger, und ich spüre, wie sie sich entspannt. Dabei achte ich darauf, welchen Winkel sie braucht, damit ihre Augenlider leicht flattern, und wie ich mich an ihr reiben muss, um sie zum Stöhnen zu bringen. Ich berühre ihre Brüste, liebkose ihre Nippel und steigere mich in einen Rausch, der nur aus ihr besteht. Immer wenn ich glaube, sie ist kurz davor, zu kommen, ziehe ich mich zurück, was mir nicht nur einen bösen Blick und einen Schlag aufs Schulterblatt einbrockt.

Sie unter mir und an mir zu spüren, mich in ihr zu verlieren, ist unfassbar schön.

Ich bin nicht dumm. Ich weiß, dass wir uns in einer hauchdünnen Blase befinden. Deshalb will ich, dass sie etwas hat, woran sie sich festhalten kann, ebenso wie die Erinnerungen in unserem Buch. Ich will einfach nicht, dass dieses *Wir* endet. Ich will nicht wieder allein sein. Meine Sehnsucht nach einem Zuhause, nach Charles Creek, war meine Sehnsucht nach ihr. Es ist Ayla. Sie ist mein sicherer Hafen.

Die Angst bringt mich dazu, Ayla zu umschlingen und sie an mich zu drücken, unmissverständlich. Ich muss ihr so viel sagen. Jede Wahrheit, die sie verdient. Ich möchte ihr sagen, wie wichtig sie mir ist.

Stattdessen folge ich meinem Egoismus und lasse sie kurz darauf wieder los, damit ich sie sehen und die Bilder für die Ewigkeit einfangen kann. Ayla liegt auf dem kleinen Kissen unter mir, und ich beuge mich leicht nach vorn. Mit einer Hand greife ich an ihren Hintern und fixiere sie so, dass ich mein Tempo für sie steigern kann. An der Art, wie sich ihr Mund öffnet und ihre Augen sich weiten, sehe ich, dass ich es richtig mache. Ich werde wieder langsamer, lasse sie jeden Zentimeter von mir spüren und versuche, diese eine Stelle zu treffen, die ihre Schenkel zum Zittern bringt. Als sich ihre Mitte um meinen Schwanz zusammenzieht und ihr mit jedem gehetzten Atemzug ein lautloses Keuchen entkommt, sauge ich gierig alles in mich auf.

Erst als ich mir ganz sicher bin, jeden Ausdruck von Ayla in mir gespeichert zu haben, erlaube ich mir zu kommen.

Die Wellen explodieren in meinem Körper und reißen jegliche Angst mit sich. Was bleibt, bin ich. In Aylas Armen, mit dem Kopf an ihrer Brust. Ich halte sie, aber in Wahrheit ist sie es, die mich hält. Und mit ihrem verlässlichen Herzschlag an meinem Ohr, der mir zeigt, wie schön das Leben wirklich sein kann, finden wir gemeinsam Ruhe.

Nur wenige Atemzüge, und Ayla schläft ein. Ich lege Holz nach und decke sie mit der Thermodecke aus meinem Rucksack zu, in der Hoffnung, ein bisschen von ihrem Duft möge erden, lege ich mich hinter Ayla und ziehe ihren warmen Körper an mich. Erschöpft vergrabe ich mein Gesicht in ihren Haaren, lasse sie nicht mehr los und bewache ihren Schlaf. Ich selbst gebe mich nicht der Müdigkeit hin. Viel zu kostbar ist die Zeit an Aylas Seite. Das hier wird nicht halten. Es kann nicht halten. Das ist das Einzige, was ich mit Gewissheit weiß.

KAPITEL 9

INTABA *(Zulu)*

JULIEN

Ihr Körper an meinem und Nähe, die so viel verrät und nichts mehr verbergen kann. Ich spüre, wie sich der Albtraum in jeder ihrer Fasern aufbaut. Er beginnt ähnlich wie bei mir. Ein kurzes Zucken in den Fingern, weil wir uns panisch in die Wand krallen und schnell arbeiten, um die Sicherungen zu verstärken. Das Klackern von losem Gestein weicht einem donnernden Grollen. Ayla duckt sich unter dem Geräusch hinweg. Ich versuche sie zu wecken, zuerst sanft, dann mit Nachdruck, aber sie hört nicht auf, mit den Beinen zu strampeln, um einen schützenden Spalt im Fels zu finden. In Wahrheit waren es Sekunden. Sekunden, die sich im Geist zu Minuten ausdehnen. Nacht für Nacht für Nacht.

Ich frage mich, wann ihre Erinnerung abbricht. Vor dem Steinschlag oder erst mit ihrer Bewusstlosigkeit? Vielleicht verfolgen sie dieselben Bilder wie mich, weil alles in ihrem Unterbewusstsein verankert ist.

Ich schlucke und drücke Ayla an mich. Immer wieder streichle ich über ihr Gesicht, aber sie wacht nicht auf. Es ist wie damals. *Sie wacht nicht auf!* Devin brüllt etwas, und ich grabe sie weiter aus dem Geröll aus. Da ist Blut, so viel Blut, dass ich ihre Haut darunter nicht erkenne. Die Narben sind jetzt verblasst, aber ich sehe sie selbst im Feuerschein. Devins Schreie holen mich aus meiner Beklommenheit, und aus den vom Schock gedämpften Handlungen kämpft sich der Überlebensinstinkt hervor. Devin sagt, wir müssen leben. Ich muss kämpfen. Sonst sind wir alle tot. Nicht nur er. Er weiß, dass er sterben wird.

Ich würge. Ayla zuckt heftig zusammen, und ich schrecke aus den längst vergangenen Bildern hoch. Ihr Körper ist nass vor Schweiß, aber der Albtraum gibt sie nicht frei. Sie reagiert nicht auf ihren Namen, nicht auf meine Berührungen, und die Erinnerung an die Hilflosigkeit überschwemmt mich. Devin, er ist nicht da. Er kann mir nicht mehr sagen, wie ich sie retten soll.

Aber Ayla braucht mich nicht. Mit ungeahnter Kraft springt sie von der Couch. Ihr verletztes Bein kann den Schwung nicht abfangen und gibt nach. Ayla fällt.

Ehe ich bei ihr bin, ist sie auf den Füßen. Ich erkenne die suchende Panik in ihren Augen wieder. Sie hält dich für ein, zwei Wimpernschläge in der Vergangenheit fest, bevor du überhaupt die Chance hast, dich im Jetzt einzufinden. Dich sicher zu fühlen.

»Ayla«, flüstere ich und mache einen Schritt auf sie zu. »Es ist gut, alles ist gut. Ich bin da. Wir sind da.« Ich will sie halten, sie beschützen und strecke einen Arm nach ihr aus. »Komm her.«

Benommen blinzelt sie, sieht mich an. Und dann sieht sie mich.

Was wir geteilt haben, heute Nacht, wandert in den Hintergrund, und was bleibt, sind sechs Jahre und Julien Hendricks. Der Julien, der sie im Stich gelassen hat. Alleine mit all dem Schmerz und der Trauer, die erneut zwischen uns aufwallen.

»Nicht«, sage ich, aber da habe ich sie längst erneut verloren.

Ayla schaut mich an. Ich sehe die Sehnsucht in ihren Augen, wie sehr sie das möchte – mich möchte –, und ganz kurz flackert Hoffnung in mir auf.

»Bleib hier oben, mit mir«, flehe ich mehr. »Nur heute, vielleicht auch morgen. Oder länger. Wir müssen nicht zurück …«

»Nein, Julien.« Sie sieht sich suchend um. Ich habe ihren Blick verloren. »Lass es. Ich hätte nicht hierbleiben sollen.«

»Sag das nicht. Sag das nicht«, wehre ich mich und strecke meinen Arm weiter nach ihr aus. »Du bist geblieben, hier bei mir.«

»Es war falsch.«

»Es war … schön.«

Ayla stutzt, dann schüttelt sie den Kopf. »Es tut mir leid, Julien, das hier hätte nicht –«

»Hör auf!«, sage ich viel zu laut, und sie macht einen weiteren Schritt zurück.

Sie will kämpfen, gegen mich, das sehe ich. Ich will es auch, weil es bedeutet, dass es sich zu kämpfen lohnt. Ganz automatisch gehe ich auf sie zu und fordere sie heraus. Ayla darf uns nicht aufgeben.

Sie ballt die Hände zu Fäusten, und ich bin bereit. Bereit, es mit allem aufzunehmen, was uns bedroht. In Aylas Augen glimmt etwas auf, nicht greifbar für mich, und ihre Fäuste verlieren an Spannung. Alles an ihr verliert an Stärke. Sie sagt die Worte, für die sie keine Kraft braucht, mit denen sie mich besiegt.

»Sag mir, was passiert ist, Julien. Bitte.«

Es ist das *Bitte*. Ihre Hilflosigkeit schlägt mich zu Boden.

Sie schluckt, kommt näher. »Erzähl es mir.«

Jetzt bin ich es, der die Fäuste ballt. »Du weißt, was passiert ist.«

»Sag es!« Keine Träne. Nur Wut, vielleicht auch nicht einmal Hoffnung.

»Scheiße, Ayla. Glaubst du, ich kann dir irgendetwas anderes erzählen, als in jedem verfickten Bericht der Ranger oder der State Trooper steht? Ich habe alles gesagt, was es zu sagen gibt.« Ich suche nach glaubhaften Ausflüchten, aber die Lüge lähmt mich.

»Nie mir.« Sie spricht leise. »Du hast es nie mir erzählt. Ich habe so viele Lücken. Das Einzige, was da ist, sind Panik und Todesangst. Sag mir, wie du uns von da oben retten konntest.«

Du. Ich. Ich habe niemanden gerettet. Es war immer Devin.

»Julien.«

Mein Lachen kommt einer Beleidigung gleich. »Ich weiß nicht, was du willst, Ayla.« Auffordernd lege ich meinen Kopf schief. Geringschätzung. »Wir wurden begraben, ich kam zu Bewusstsein. Ich habe euch gesucht. Du warst verschüttet und wurdest gefunden, und dann habe ich dich aus den Seilen geschnitten, die um dich gewickelt waren. Ich habe uns zur nächsten Schutzhütte geschleppt, von wo aus ich nach Hilfe funken konnte.«

»Ein Tag, Julien. Es lag ein Tag zwischen dem Absturz und dem Hilferuf.« Das Flehen in ihrer Stimme droht mich zu zerquetschen.

»Ja, wenn man jemanden trägt, braucht man länger als sonst.« Der Spott in meiner Stimme kratzt an meinem Brechreiz. »Auch ich war verletzt, aber vielleicht war das für die Berichte nicht so wichtig.« Es tut ihr weh. Das muss so sein. Der wahre Schmerz ist viel schrecklicher. »Frag endlich das, was du wirklich wissen willst, Ayla.«

Sie lächelt, die schönen Erinnerungen aus dem Buch – aus unserem Leben – scheinen in ihrem Herzen nachzuhallen. »Was war mit Devin?«

Er hatte keine Angst. Er war viel stärker als ich. Und mutig. Seine Hoffnung wurde zu unserer. »Er war sofort tot.«

Ayla zuckt zusammen, als hätte ich sie geschlagen. Ob es die vermeintliche Wahrheit ist, die sie bricht, oder die Lüge, die sie hinter meiner antrainierten Geschichte erkennt – ich weiß es nicht. Ich weiß nur, dass Ayla einen Schritt zurück macht. Und dann einen weiteren. Von mir. Von uns.

Ich wünschte, sie könnte sehen, wie sehr ich sie beschütze vor einem Schmerz, der nichts zurücklässt als Schuld. Noch mehr sehne ich mich danach, dass sie etwas erwidert. Irgendetwas. Sie kann alles tun, nur nicht resignieren.

»Es war ein Fehler.«

Obwohl ich es bereits erahnt habe, schneidet jedes Wort in mein Herz. Das hier war viel, aber kein Fehler.

Ich halte sie nicht auf, als sie ihre Sachen zusammensucht und sich anzieht.

Ich lasse sie gehen.

Aber ich gebe nicht auf.

»Ayla?« Die Morgenluft zieht durch die geöffnete Tür und lässt mich frösteln. »Warum bist du gestern nicht gegangen?«

Sie blinzelt. »Die Erinnerungen …«

»Nein.« Ich schaue ihr in die Augen. »Ich meine, als ich dich festgebunden hatte. Das erste Mal, weil du vor mir wegwolltest. Du wolltest nichts, weder ein Gespräch noch mich. Das hast du gesagt. Mehr als einmal. Und trotzdem bist du geblieben.«

»Genau darum.« Sie schüttelt den Kopf. »Weil du mich festgebunden hattest. An meinen Handgelenken. Ich konnte nicht weg, verdammt.«

Jetzt bin ich es, der den Kopf schüttelt. Dann wende ich ihr den Rücken zu, doch ich sehe noch, wie es in ihren Augen wissend aufblitzt.

Ayla ist sich genauso bewusst wie ich, dass sie den halbherzig gebundenen Webleinstek um ihre Handgelenke jederzeit ganz leicht selbst hätte lösen können. Ich würde sie niemals unter Zwang festhalten.

Die Tür fällt ins Schloss.

Niemals.

KAPITEL 10

MONTAY *(Haitianisch-Kreolisch)*

JULIEN

Die Hütte gibt nichts mehr her. Nach Aylas Verschwinden zieht Kälte ein, die unseren wertvollen Erinnerungen die Wärme nimmt. Egal, was ich anfasse oder wohin ich mich bewege, die Antwort der Vergangenheit ist purer Schmerz. Wir drei sind überall, nur nicht zusammen.

Selbst als das Feuer im Kamin ausgeht, zwinge ich mich dazu, in der Hütte zu bleiben. Ich zwinge mich dazu, den Bildern standzuhalten, den lachenden Gesichtern, dem Glück, das wir empfunden haben. Mit jedem Schemen einer längst vergangenen Zeit zieht sich mein Herz mehr zusammen. Trotzdem bleibe ich. Weil ich Devin nie wieder so nahe sein konnte. Ohne Trauer. Und ohne Hass.

Ich weiß jetzt, was Ayla gestern meinte, als sie sagte, sie hätte es hier oben nicht ausgehalten. Dass sie dachte, sie würde heilen und ein Stück von sich selbst wiederfinden im Nachhall unseres vergangenen Lebens. Dabei reißen schon die unscheinbaren Dinge wie die abgewetzten Spielkarten und der Geschmack der Suppe aus der Dose die Wunden weiter auf. Trotzdem hat Ayla dem standgehalten. Sie hat die Hütte weiter besucht und konnte gestern mit mir das finden, was gut geschützt auf uns gewartet hat.

Jetzt wartet nichts mehr.

Ich lege das Hüttenbuch zurück auf den Tisch, als hätte ich mir soeben die Finger daran verbrannt. Das Wissen, dass keine neuen Geschichten von Devin, Ayla und mir es füllen werden, stößt mir den Verlust ein weiteres Mal ins Herz wie einen Splitter aus Eis. Ich spüre die ersten Tränen aufsteigen und kämpfe dagegen an. Weinen hilft mir nicht, das habe ich gelernt. Es nimmt mir Energie und Selbstachtung und lässt mich geschunden und einsam zurück.

Ich will bleiben. Will in diesen vier Wänden sein, bis mich die Erinnerungen unter sich begraben, als Strafe, weil ich damals gegangen bin oder jetzt Ayla habe gehen lassen – aber ich bin nicht stark genug. Ich halte weder ihnen noch den Tränen stand, habe Angst davor, tiefer zu fallen. Ich habe Angst und bin allein. Ich bin schwach.

Panisch schieße ich von meinem Platz auf der Couch in die Höhe, bleibe mit dem Bein am Tisch hängen und kann mich sinnesbetäubt nicht schnell genug abfangen. Ich spüre kaum, wie ich am Boden aufschlage, und will mich gerade an der Küchenzeile hochziehen, da sehe ich den Griff am Schrank. Rosa mit kleinen dunkelblauen Blüten. Es ist der einzige, der sich von den anderen unterscheidet. Devin war zu eifrig und hat den alten Griff abgebrochen. Er hat Willy gebeten, einen neuen zu bestellen, und dafür einen halben Tag lang das Lager im *Corner* sortiert. Bei unserem nächsten Aufstieg hat er diesen rosa Knauf angebracht. So war Devin. Er hat sich um alles gekümmert. Auch um Ayla und mich.

Ein Würgen setzt ein, genährt von Wut und Kummer. Mehr braucht es nicht, und ich kann die Tränen nicht mehr zurückhalten. Noch immer am Boden liegend, kralle ich mich in den gehäkelten Teppich und weine. Lautlos wird mein Körper gebeutelt, während sich Verlust und Versagen noch ein kleines Stück tiefer in meine Seele fressen. Rotz tropft mir aus der Nase und vermischt sich mit Tränen und Speichel. Erniedrigt presse ich die Augen zusammen, schlucke und schlucke den Schmerz hinunter, bis ich stark genug bin, die Tränen zurückzuhalten.

Ich kämpfe mich hoch, wasche mir das Gesicht an der Spüle und meide jeglichen Blick auf spiegelnde Oberflächen.

Dann packe ich meine Sachen, verlasse die Hütte und mache das, was ich kann. Was ich brauche, um die kaputten Teile von mir wieder funktionieren zu lassen – auf Zeit, aber das ist egal. Ich wende dem Pfad Richtung Charles Creek den Rücken zu und steige auf. Ohne Ziel und ohne Druck, zwischen Bäumen hindurch und über Felsen hinweg. Ich beobachte den Blütenstand der Vegetation und verhalte mich leise genug, um ein paar Steinböcke zu sehen. Die Leere in mir bleibt, aber jeder weitere Schritt zeigt mir Leben. Mein Körper ist frei. Selbst wenn der Rest von mir gefangen ist.

Die nächtliche Dunkelheit hat die frühsommerlichen Temperaturen längst mitgenommen, und als ich zwischen den Bäumen hindurch irgendwann die hell beleuchtete *Washburn Lodge* erkenne, bin ich ausgekühlt und hungrig. Es ist schon spät. Ein Wunder, dass um diese Uhrzeit Licht brennt.

Der Schmerz ist noch da, wie er es immer ist. Trotzdem hat der Berg mir Ruhe geschenkt. Die Anstrengung erdet den Körper, und meine Kontrolle ist zurück. Ich bin bereit, der zu sein, den alle erwarten, aber wichtiger ist, dass ich gefasst genug bin, um Ayla gegenüberzutreten.

Müde nehme ich einen tiefen Atemzug. Ich habe keine Ahnung, was ich machen soll. Alles, was ich weiß, ist, dass ich meine Gefühle für sie unterschätzt habe. Wenige Stunden mit ihr haben gereicht, um mir bewusst zu machen, dass ich allem entfliehen kann, aber nicht dem Band zwischen uns, das so viel trägt. Sechs Jahre, Tausende Meilen – es ist nicht genug. Ayla wird immer ein Teil von mir sein. Ich lache innerlich auf. Obwohl sie mich nicht will, nicht einmal mehr meine Anwesenheit erträgt.

Everon hat der Crew gesagt, dass ich mir den Tag nehme, um anzukommen, und erst spätabends zurückkommen werde. Er hat nicht nachgefragt, sondern mir den Raum gegeben, den ich brauche. Jetzt wieder auf Menschen zu stoßen, die mir die Wucht an Emotionen der letzten vierundzwanzig Stunden ansehen könnten, ist mir zu viel, also will ich durch die Hintertür in die Lodge. Morgen ist früh genug, um allen ins Gesicht zu lächeln.

Ich fluche laut, weil die Tür verschlossen ist, und suche die kunstvoll arrangierten Steine im Blumenbeet nach einem Schlüssel ab, finde aber keinen. Manche Dinge ändern sich eben doch, denke ich mir und muss den ganzen weiten Weg um das Gebäude gehen, um über den Haupteingang hineinzugelangen.

Die Tür zum Eagle Eye steht offen, und ich höre lautes Stimmengemurmel und Gelächter, was selbst um diese Uhrzeit ungewöhnlich ist. Im Schutz dieses Lärmpegels schleiche ich mich vorbei in Richtung der Zimmer. Alles, was ich will, ist schlafen. Vielleicht bringt der Morgen die Antworten darauf, wie ich Ayla gegenübertreten soll. Es wird schwer für mich, keine Gefühle zu zeigen, wenn mein Herz voll davon ist.

Der Bewegungsmelder bei den Toiletten am Ende des geräumigen Eingangsbereiches geht an, und Everon kommt mir entgegen. Er bleibt vor mir stehen und zwingt sich bei meinem Anblick sichtlich zu einem neutralen Ausdruck. Er sieht, dass es hart war.

Ich mache mich für Fragen bereit, die ich nicht beantworten kann, da nickt er und legt einen Arm um meine Schultern. Bevor ich mich dagegen wehren kann, schiebt mich Everon ins Eagle Eye. Ich will gerade wieder umdrehen und ihm sagen, dass ich alleine sein möchte, weil ich es muss, da klatscht er in die Hände.

»Seht mal, wen die Berge wieder freigegeben haben«, sagt er viel zu laut und zieht damit alle Blicke auf uns. Aber anstatt wie erwartet in die Gesichter der Filmcrew zu sehen, entdecke ich Menschen, die ich mein Leben lang kenne.

»Julz, verdammt«, kommt es von neben mir an der Bar. In das Rot der Rangers gekleidet, tritt Harlem auf mich zu und zieht mich an sich. Er ist nur ein Jahr älter als ich und der Enkel unserer

Grundschullehrerin Mrs Davis. Gemeinsam mit ihm, Rhett und Colin haben Devin, Ayla, Everon und ich bei Clayton Tenner so ziemlich alles gelernt, was man hier in der Natur braucht, um zu überleben. Wir waren ein gutes Team, sie alle sind jetzt Ranger. Alle außer Dev, Ayla und mir.

Ich erwidere Harlems Umarmung und komme nicht umhin zu bemerken, wie vertraut es sich anfühlt. Harlem grinst mich an. »Also, du musst bei deinen Internet-Dingern wirklich gute Filter benutzen, da merkt man nämlich gar nicht, wie fertig du in echt aussiehst.« Er zeigt auf mein geschwollenes Auge. »Das war Ayla, oder? Ich habe schon davon gehört«, sagt er mit einem dreckigen Lächeln, und ich kann nicht anders, als grinsend den Kopf zu schütteln.

An der Bar sitzen die restlichen Ranger, und jeder von ihnen kommt zu mir, um mich in eine Umarmung zu ziehen und mich zu begrüßen. Sie waren meine Freunde, meine Familie. Ich hatte Angst, ihnen gegenüberzutreten. Jedem Einzelnen von ihnen. Doch niemand begegnet mir mit den Vorwürfen oder dem Unverständnis und der Wut, die ich mir selbst Tag für Tag entgegenwerfe. Es ist, als wäre keine Zeit vergangen. Als hätte ich nicht einen ihrer Freunde auf dem Berg verloren. Mit jeder weiteren Person, die mir gegenübertritt, glätten sich die Wogen in mir weiter. Sogar Dr. Jeff, der Tierarzt, ist da und hat extra selbst gebackenen Kuchen mit.

»Für mich? Warum?«, frage ich unbeholfen, da klopft mir Harlem auf die Schulter. »Du dachtest doch nicht wirklich, dass du zurück nach Charles Creek kommen kannst und wir das nicht feiern würden!«

Ich schlucke die Wehmut hinunter, die seine Worte auslösen, und spüre Everons Lächeln auf mir.

»Ist denn niemand auf die Idee gekommen, dir Eis aufzulegen? Das Auge gehört gekühlt.« Obwohl sie mindestens zwei Köpfe kleiner ist als Harlem, schiebt Ellis ihn einfach zur Seite. Mein Herzschlag verlangsamt sich, und die Angst kehrt zurück. Obwohl

Devins und Everons Eltern mich eingeladen haben, bei ihnen zu essen, habe ich es nicht geschafft, sie zu besuchen.

Es fühlt sich schwerer an, vor ihr zu stehen, als vor den Rangern oder einem der anderen Bewohner von Charles Creek. Sie ist Devins Mom. Und trotzdem legt sie mir einen in ein Geschirrtuch eingewickelten Eisbeutel auf das Auge und streicht mit der anderen Hand über mein Gesicht. Die Stimmen um uns herum werden leiser, die Menschen nehmen Abstand, geben uns Zeit. Mein Brustkorb hebt und senkt sich unter ihrer Berührung, und ich will rennen oder schreien oder mich entschuldigen, aber Ellis schüttelt nur den Kopf. Ich sehe, wie schwer sie schluckt, bevor sie mir ein Lächeln schenkt, das mir so vertraut ist.

»Es ist alles gut, Julien«, sagt sie, obwohl nichts gut ist. Dann tätschelt sie meine Wange. »Du bist wieder zu Hause. Wir haben auf dich gewartet, weißt du?« Ihre Stimme wird brüchig, ich balle die Hände zu Fäusten, weil ich sie an mich ziehen möchte und mich nicht traue. Da wird ihr Lächeln sanfter. Sie ist es, die mich an sich drückt. Ellis, die mir eine Mutter war, wenn meine es nicht sein konnte, und deren Sohn ich nicht wieder heimgebracht habe, zieht mich an sich. Ich werde steif, kämpfe um jeden Atemzug, bevor ich mir endlich erlaube, sie zu halten. Eine Geborgenheit zu spüren, die mich so oft beschützt und getröstet hat. Anzukommen. In ihren Armen und zu Hause.

Hinter ihr taucht George auf. Ich weiß von Everon, wie sehr der Schlaganfall und die schwere Zeit sein Aussehen verändert haben, und versuche, mir nicht anmerken zu lassen, dass einzig die dunklen Augen an den Mann von früher erinnern. Georges Gesicht hat an Farbe verloren, und er geht gebückt – und trotzdem lacht er, als er mir gegenübersteht. Ich sehe Freude, nur Freude und Erleichterung. Keinen Vorwurf.

Ellis tritt zurück und faltet mit einem Lächeln die Hände unter dem Kinn, als George mich erstaunlich fest an sich drückt. Obwohl er gebrechlich aussieht, seine Stärke ist da.

»Ich sollte dich Holz hacken lassen, mindestens zwei Stunden, das weißt du, oder?«

»Ach ja?«

»Ja, eine Einladung zum Essen nimmt man an oder lehnt sie ab, aber einfach nicht aufzutauchen, so haben wir dich nicht erzogen. Ich warte seit vorgestern auf deinen Besuch. Wenn ich es mir recht überlege, sind das mindestens drei Stunden Holzhacken, Junge.«

Alle um uns herum beginnen zu lachen, auch ich, und Tränen sammeln sich in meinen Augen. Nicht aus Belustigung, sondern vor Rührung.

Ellis bedeutet mir, den Kühlpack wieder aufs Auge zu drücken, und George mustert mich von oben bis unten. »Du bist zu einem Mann geworden«, sagt er, und ich zucke mit der Schulter.

»Ich glaube, ich bin in den letzten sechs Jahren nicht mehr viel gewachsen.«

»Ich spreche auch nicht von deinem Körper, Julien«, gibt George zurück und legt eine Hand auf meinen Oberarm, um mich zum Platz vor den Kamin zu ziehen. Ich spüre, wie sehr seine Hand zittert und wie abgehackt seine Bewegungen sind. Er stützt sich an mir ab, lässt sich auf den ersten Platz auf der Couch nieder und tätschelt dann die freie Stelle neben sich.

»Du hast auf dich warten lassen«, meint Willy und reicht mir ein Glas Whiskey, das beinahe überschwappt, als Harlem sich neben mir in die Polster fallen lässt.

»Ich wusste nicht, dass ihr hier seid«, gebe ich zurück und stoße mit Rhett und Colin an.

»Dass ihr hier seid?« Willy lacht laut auf, und ich entdecke zwei Zahnlücken vorne in seinem Mund. »Die Frage ist, warum du hier bist.«

Ich stocke.

»Also, erst jetzt. Wo, verdammt, bist du so lange gewesen? Es ist spät, wir hätten beinahe die Ranger nach dir ausgeschickt. Wenn man sechs Jahre auf den sanften Hügeln der Welt flaniert, kann es schon passieren, dass einen die Velvets überfordern, das ist keine Schande. Wir dürfen es nur nicht deiner Crew erzählen.«

Die Erleichterung lässt mich grinsend den Kopf schütteln. Immer mehr Menschen versammeln sich vor dem Kamin. Emma und Everon servieren belegte Brote und die restlichen Salate vom Abendessen, und jeder bedient sich.

Rhett erzählt von einer Heli-Bergung, die der Wind weiter östlich beinahe zu einer Katastrophe hat werden lassen, und Gael erinnert sich an einen Absturz, der mindestens dreißig Jahre her sein muss. Sie fragen mich, ob ich Bergungen in Europa und Asien mitverfolgen konnte, und ich berichte ihnen, was ich gesehen habe. Monica und Chess Wellard, die sowohl eine Bäckerei als auch das Postamt und die Schneiderei von Charles Creek in der keine Ahnung wievielten Generation besitzen, planen einen Italien-Urlaub und interessieren sich für das Essen dort. Ich kann bei Harlem mit zwei neuen Sicherungsknoten angeben, die selbst er nicht kennt, und Emma holt ihren Selbstgebrannten aus gesammelten Kräutern.

Ich weiß nicht, wann ich das letzte Mal so viel geredet und gelacht habe. Wann der Geruch von Kaminfeuer zuletzt der Geruch von meinem Zuhause war und wann ich zuletzt das Gefühl hatte, nichts verbergen zu müssen.

Alles ist, wie es niemals mehr war und wie ich es niemals erwartet hätte.

Trotzdem muss ich, als ich viel später in dieser Nacht ins Bett gehe, das Licht anlassen und mich mit dem Zählen bis zehn in eine Lethargie treiben, um zur Ruhe zu kommen. Um nicht in Angst zu verfallen oder der Unsicherheit, wie ich mit meinen Gefühlen für Ayla umgehen soll. Sie hat klargemacht, dass es für sie ein Fehler war. Will sie es ungeschehen machen?

Sie alle waren heute Abend da. Es war ein Ankommen.

Und doch fühle ich mich wieder allein.

KAPITEL 11

HORA *(Tschechisch)*

AYLA

Die Tage nach der Zeit auf der Schutzhütte mit Julien befinde ich mich in einem Nebel. Er verhindert, dass mich die toxische Mischung aus Vergangenheit und Gegenwart – aus Verdrängung und Erinnerung – auffrisst. Juliens Berührungen haben sich eingebrannt. Jedes Mal, wenn wir uns sehen, lodert das Empfinden der Geborgenheit in seinen Armen auf. Nur so kurz, bis ich es wieder ersticken kann. Unter meiner heraufbeschworenen Lethargie und der Last der letzten Jahre.

Julien ist Schatten und Licht in meinem Leben. Für ihn scheint nichts eine Bedeutung zu haben, zumindest nicht mehr. Seit unserer Rückkehr von der Hütte ist es, als hätte es die gemeinsame Nacht nie gegeben. Als hätte sie keinen Wert.

Von Everon weiß ich, dass er nicht sofort abgestiegen ist. Sie haben in der Lodge eine Art Willkommensfeier für ihn abgehalten. Es hätte sich nach unserer Nacht falsch angefühlt, hinzugehen, deswegen war ich bis spätabends im Fitnessraum und habe mich dann auf dem Zimmer verkrochen. Am Vormittag nach der Feier wurden die ersten Aufnahmen mit Julien in Charles Creek gedreht. Willy hat mir aufgeregt davon erzählt, dass er alte Familienfotos vom *Willy's*

Corner in die Kamera zeigen durfte, und Emma hat sich sogar extra die Haare geglättet. Das passiert sonst nur an Gaels Geburtstagen. Sie alle versammeln sich jeden Abend mit der Crew um den Kamin, tauschen Geschichten und Erlebnisse aus und lachen gemeinsam. Das ist der Zeitpunkt, zu dem ich in der Küche das Geschirr für das Frühstücksbüfett vorbereite und mich dann zurückziehe. Weg von allem. Weg von Julien.

Die Tage sind grausam, die Nächte noch mehr.

Immer neue Fetzen von damals werden aus meinem Gedächtnis gespült und fügen sich in die Bilder ein, die meine Bewusstlosigkeit überlebt haben. Fast so, als hätte das Trauma neue Energie bekommen.

Everon wollte schon in der ersten Nacht zu mir, aber ich habe die Tür versperrt. Ich kann nicht. Ich kann nichts mehr teilen. Mit niemandem.

Heute Abend dauert es eine Ewigkeit, bis Everon die Hunde versorgt hat und mich hinter der Bar ablösen kann. Eine Ewigkeit, in der mich Julien keines einzigen Blickes würdigt, was gut so ist. Es ist, als wäre nichts passiert.

Fast nichts.

Als ich mich endlich auf mein Zimmer zurückziehen kann, wirft der Mond sein Licht in den kleinen Erker im ersten Stock, direkt auf das Schachbrett. Ich bleibe stehen. Der König – heute Mittag war er unverändert. Der Bergsteigerarsch hat tatsächlich einen Zug mit dem König gemacht.

Mir stielt sich ein Grinsen ins Gesicht, und zum ersten Mal seit Tagen fühle ich etwas anderes als Schmerz.

»Ayla?«

Erschrocken ducke ich mich. Ich habe Everon nicht kommen gehört.

»Bleib doch bei uns im Eagle Eye. Die Abende mit der Crew sind schön.«

Schön. Ein einfaches Wort, das so eine Last mit sich trägt.

»Nein danke«, erwidere ich und winke ab. »Ab heute läuft die neue Staffel von *Bridgerton,* und ich freue mich schon ewig darauf.«

Everon legt eine Hand an seine Brust. »Das tut gerade wirklich weh, Ayla. Wir haben *Queen Charlotte* kurz nach Weihnachten in eineinhalb Tagen gesuchtet, und du hast tatsächlich vor, das ohne mich durchzuziehen?« Er verzieht übertrieben das Gesicht und kommt näher. »Ich dachte, es wäre von größerer Bedeutung, dass ich die romantischen Seiten an mir zumindest versucht habe zu entdecken und wirklich mit diesen Schnöseln mitgelitten habe.«

»Du hast nicht nur mitgelitten, du hast geheult, bei mindestens jeder zweiten Folge.«

»Was ich bis an mein Lebensende leugnen werde.«

»Natürlich.«

»Also?« Everon reibt sich über das Kinn. »Kommst du mit runter?«

»Nein«, erwidere ich. »Aber ich warte mit der neuen Staffel, bis der ganze Rummel vorbei ist und wir genug Zeit haben, um es uns stundenlang vor dem Fernseher gemütlich zu machen.«

»Gut.« Everon nickt, dann streckt er die Hand nach mir aus. »Bitte, Ayla, zieh dich nicht zurück.« Jegliche Belustigung weicht aus seinem Gesicht. »Wir haben so lange dafür gebraucht, unser Leben halbwegs auf die Reihe zu bekommen, und es fühlt sich so an, als würdest du kampflos wieder aufgeben.«

»Ich gebe gar nichts auf.«

Everon kommt noch näher und greift jetzt nach meiner Hand. »Dann lass mich da sein für dich, und sag mir, was ich tun kann, damit du aufhörst, dich hinter der Arbeit und dem Training zu verstecken und vor jedem hier zu flüchten.«

»Trainieren tue ich nicht mehr als sonst, und wir haben gerade viel Arbeit.« Ich will meine Hand trotzig zurückziehen, aber Everon lässt es nicht zu. »Es sind eine Menge Leute zu versorgen.«

»Dein Ernst? Ayla, du hast heute damit begonnen, die Latten

vom Gartenzaun abzumontieren und zu schleifen – was hat das mit dem Lodgebetrieb zu tun?«

Ich schnaube. Everon kennt meine Beschäftigungsstrategien.

Er drückt meine Hand. »Sag mir, wie ich dir helfen kann. Willst du, dass ich ihn ausquartiere? Das mache ich, noch heute Abend.«

Darüber habe ich nachgedacht. Und wie es wäre, für die Dauer von Juliens Aufenthalt zurück in das Haus von Tante Phyllis zu ziehen, selbst wenn wir damals zu dritt schon viel zu wenig Platz hatten und sie mehr als erleichtert waren, als ich meine Koffer gepackt habe.

»Nein«, flüstere ich und komme meinen eigenen Gedanken zuvor. Ich werde nirgendwo hingehen, und Julien muss es ebenso wenig tun. »Er kann bleiben.« Es ist die beste Möglichkeit für mich, mir selbst zu beweisen, dass Julien Hendricks in meinem Leben nicht mehr für schöne Erinnerungen oder sonst irgendwas steht. Julien hat mich im Stich gelassen, und ich war dumm, mir von ein paar alten Geschichten zu versprechen, dass sie mich das vergessen lassen könnten. Das war ein naiver Wunsch eines naiven Mädchens. »Julien ist wie der Stachel eines Brombeerstrauches, Everon. Er tut weh, aber sobald man ihn zieht, ist er vergessen.« Ich versuche mich an einem selbstsicheren, kalten Lächeln. »Genau so wird es mit ihm sein, wenn er wieder abhaut. Es wird sein, als wäre er nie da gewesen.« Mit viel mehr Stärke, als ich fühle, drehe ich mich zum Schachbrett und stoße Juliens König um. »Julien bedeutet mir nichts.«

Everon presst die Lippen zusammen. Ich sehe die Verwirrung über meine Worte in seinem Gesicht. Bevor er meine plötzliche Härte infrage stellen kann, wende ich mich zum Gehen. Sein misstrauischer Blick krallt sich in meinen Rücken, den ich straffe, um mit meiner neu gewonnenen Haltung einen Schritt nach dem anderen zu machen. In der Vergangenheit war Julien vieles für mich. Aber er ist nicht mehr meine Zukunft. Das hat mir unsere gemeinsame Nacht gezeigt, und ich habe es verstanden.

Warum dann jeder Schritt einem dumpfen Schlag gegen mein Herz gleichkommt, will ich nicht wissen.

Nicht mehr.

Am Zimmer angekommen, rufe ich dennoch Tante Phyllis an. Es dauert eine halbe Ewigkeit, bis sie abnimmt.

»Ayla, Liebling, ist was passiert?«

»Nicht wirklich, nein. Ich wollte nur nachfragen, wie es dir und Onkel Barney geht.«

»Um diese Uhrzeit?«

Es ist nach acht, mein Fehler. Ihre Fernsehabende sind den beiden heilig. »Hier in der Lodge ist viel los, und ich habe mich seit ein paar Tagen nicht gemeldet.«

»Ach ja, die Fernsehaufnahmen. Monica Wellard gibt jeden Tag beim Kaffee damit an, wie viele Brote sie derzeit für die Lodge backen müssen.«

»Julien ist zurück.« Ich habe keine Ahnung, was ich mir erwarte. Vielleicht Verständnis oder das Angebot, vorübergehend bei ihnen zu wohnen. Das Wissen, dass ich einen Zufluchtsort hätte, rein theoretisch, würde mir helfen.

»Ich wusste immer, dass er irgendwann wieder zurückkommen würde.« Sie seufzt. »Julien Hendricks konnte sich noch nie an die Regeln halten. Er ist und bleibt ein Versager.«

Zorn kocht in mir auf. Tante Phyllis hat Julien nie eine Chance gegeben. Mit dem Zorn kommt das Bedürfnis, ihn vor ihr zu verteidigen. »Er ist nicht zurück, weil er versagt hat. Eigentlich ist das Gegenteil der Fall.«

»Wie auch immer. Unser Film beginnt jetzt, Ayla. Du kannst dich morgen Vormittag noch mal melden. Aber nur bis elf, denk an das Mittagsschläfchen von Onkel Barney.«

Noch bevor ich die Chance bekomme, irgendetwas zu erwidern, legt Tante Phyllis auf. Sie und Onkel Barney haben mir alles gegeben, was ich zum Großwerden gebraucht habe, aber eben nicht mehr. Zu erwarten, das hätte sich verändert, war mein Fehler.

Es ist egal, dann eben kein Notfallplan.
Ich komme klar.

JULIEN

Sobald die Kameras im Eagle Eye aus sind und es nichts mehr zu besprechen gibt, was für den Aufstieg von Wichtigkeit sein könnte, setze ich meine Kappe auf und nehme meine Jacke. Auf halbem Weg zur Tür hakt sich Sarah bei mir unter.

»Zu zweit wirkt der Sternenhimmel gleich schöner, weißt du?«, meint sie und zieht mich zu den schmiedeeisernen Garderobenaufhängern an der Wand, wo einer der vielen Anoraks vermutlich ihrer ist.

Sarah und ich waren letztes Jahr zur gleichen Zeit auf dem Anwesen der Barrows in Toronto und sind gemeinsam in der Boulderhalle gewesen, aber es ist nichts passiert. Ich kann mich nicht daran erinnern, wann genau ich ihr zu verstehen gegeben habe, dass aus diesem Nichts was auch immer werden könnte. Sarah klettert nicht schlecht, und ihr Organisationstalent ist wirklich beeindruckend, aber mehr ist mir an ihr nicht aufgefallen. Mehr habe ich ihr auch nie signalisiert.

»Danke, Sarah«, sage ich und drehe mich so, dass sie ihren Arm von meinem lösen muss. »Ich gehe lieber alleine nach draußen.« Dann zeige ich hinüber zu den anderen. »Die Crew will vor dem Schlafengehen mit Harlem in die Sauna – glaub mir, seine Aufgüsse sind hier in Charles Creek legendär.« Ich will ihr kein falsches Lächeln schenken, dafür schätze ich sie zu sehr. Also nicke ich ihr lediglich noch einmal zu, ziehe mir die Jacke an und gehe nach draußen.

Ohne zu wissen, wohin ich eigentlich will, streife ich durch die weitläufige Gartenanlage. Ich vermeide es, dem Freigehege der Hunde zu nahe zu kommen, trotzdem hört das Rudel mich und beginnt zu bellen. Ein paar wenige Worte von mir reichen aus, und sie beruhigen sich wieder.

Der wolkenlose Himmel macht selbst diese Mainacht eisig, also klappe ich den Kragen hoch. »Scheiße«, murmle ich vor mich hin, weil ich die Kälte hasse, in einem kalten Scheißloch geboren wurde und die meiste Zeit meines Lebens gequält von Minusgraden verbringe anstatt auf den Bahamas oder sonst irgendwo. Wie sehr ich mich mit diesen überflüssigen Gedankengängen selbst ablenken will, wird mir bewusst, als ich bei der Holzbank ankomme. Sie holt mich zurück zu den wirklich bedeutsamen Dingen.

George hat den mächtigen abgestorbenen Baumstamm damals in die Lodge bringen lassen. Ich weiß noch gut, wie sehr sich Ellis über dieses Riesending im Eagle Eye aufgeregt hat, und keiner wusste wirklich, was er damit wollte. Bis George ihn in den dunklen Monaten begonnen hat auszuhöhlen. Zuerst er allein, bis er Hilfe angenommen hat. Und irgendwann hat halb Charles Creek abwechselnd jeden Abend daran gearbeitet und sich in den vielen Schnitzereien verewigt.

Die Bank steht noch unter der alten Kiefer, dort, wo der Wald angrenzt. In den wärmeren Jahreszeiten führt der schmale Bach ein Stück weiter geschmolzenes Schneewasser, und man hört sein Rauschen bis hierher, aber heute ist es still. Das könnte gut für uns sein. Wenn die Sonne den Schnee abgetragen hat, ersparen wir uns lange das kräftezehrende Spuren beim Anstieg. Ich setze mich auf die Bank und atme tief durch. Die letzten Tage waren anstrengend. Anstrengender als sonst. Mir fällt es normalerweise leicht, unter ständiger Beobachtung zu sein und das zu planen, was mein Leben ist, aber nicht hier. Es fühlt sich an, als würde die Maske, die ich tragen muss, mit jedem Tag ein kleines bisschen schwerer wiegen und mir mehr von dem nehmen, was ich mit Ayla oben in unserer Hütte gefunden habe. Mich selbst.

Ich lege einen Arm um die Lehne des mächtigen Baumstammes und streiche über die vielen Einkerbungen und Erhebungen, die sich im Lauf der letzten Jahre kaum verändert haben. Von mir stammt das kleine Dreieck gleich neben dem Adler von Rhett. Mein Dad hat mich damals ausgelacht, weil ich nichts Aufwendigeres schnitzen konnte. Er hat nie verstanden, wie wichtig Freundschaft ist.

In diesem Moment rempelt eine Hundeschnauze gegen mein Knie. Alex wedelt mit dem Schwanz, und ich vergrabe die Finger im Fell an seiner Flanke, um ihn zu kraulen. So wie er es mag.

»Wie hast du mich gefunden?«, frage ich Everon, als er die Rasenfläche überquert hat.

Everon nimmt neben mir Platz und zeigt auf seinen Hund. »Das habe ich nicht, Alex war es. Ich wollte mir gerade die verletzte Pfote noch einmal ansehen und habe mir überlegt, ihn im Haus schlafen zu lassen, da hat er deine Fährte aufgenommen. Ich dachte, du wärst bereits mit den anderen in der Sauna.«

»Und Willy nackt sehen?« Ich lache. »Nein danke. Die Bilder vom letzten Mal reichen für ein ganzes Leben, selbst wenn es schon Jahre her ist.«

Everon verzieht das Gesicht. »Ich weiß, was du meinst, Julz. Das wissen wir alle. Harlem wollte ihm neulich einreden, dass Textilsauna die neuste Mode sei, aber er hatte keinen Erfolg. Leider.«

Alex legt seinen Kopf auf Everons Knie, und ich lehne mich etwas zurück. »Ich war mir nicht sicher, ob die Bank noch hier sein würde.«

»Warum sollte sie nicht hier sein?« Everon streichelt Alex über den Kopf. »Abgesehen davon bräuchte es vermutlich die gesamten Ranger oder eine Motorsäge, um das schwere Ding hier wegzubringen.«

»Dein Dad hat immer gesagt, er will die Bank irgendwann mal bei sich im Wohnzimmer stehen haben, als Erinnerung.«

Everon zuckt mit einer Schulter und lehnt sich ebenfalls zurück. »Nach dem Schlaganfall wusste er viele Dinge nicht mehr. An guten Tagen kommt er hierher, sitzt stundenlang auf der Bank und beobachtet die Vögel. Er liebt sie, aber er hat mir nie mehr zu verstehen gegeben, dass er die Bank daheim haben will.« Everon grinst. »Und ich bin mir absolut sicher, dass Mom ihn nicht daran erinnern wird. Wir alle wissen, wie sehr sie den Baumstamm gehasst hat.«

»Nur wegen dem frischen Harz. Jeder, der am Holz gearbeitet hat, war damit eingesaut und hat dann beim Sitzen die Polster im Eagle Eye eingesaut. Ich bin mir sicher, tief in ihrem Inneren liebt sie die Bank genauso.«

»Ganz tief.« Everon lächelt. Es fühlt sich schwer an und verliert sich schnell. »Ich denke, jetzt ist es gut, dass die Bank am Waldrand steht. Dad schafft den flachen Fußweg von ihrem neuen Zuhause selbst, und der Spaziergang hierher ist das einzige bisschen Bewegung, zu dem man ihn nicht zwingen muss.« Er schluckt. »Die Bank hat wohl den perfekten Platz gefunden. Hier sitzend spricht er manchmal von Devin, als wäre er noch am Leben. Ist es eigenartig, dass ich diese Momente am meisten mag?«

»Nein«, antworte ich und schüttle den Kopf. »Nein, das ist es nicht. Wir alle brauchen solche Momente.«

Alex legt sich zwischen uns auf den Boden, und Everon zeigt auf seinen geschnitzten Hund, der mehr einer Katze ähnelt. »Ich habe diesen Winter geliebt.«

»Das habe ich auch.« Ayla, Devin und ich haben die meiste Zeit in der Lodge verbracht. Wir waren alt genug, um von zu Hause wegzubleiben, und ich habe jede Möglichkeit genutzt, um meinen Eltern zu entkommen. In Wahrheit hat es meinen Dad nie gestört, wenn ich weg war. Ich konnte ihm nichts recht machen, also war es seines Erachtens nur höflich, ihm nicht im Weg zu stehen. Sein Tod hat mich weniger belastet, als viele Menschen verstehen würden.

Aylas Tante und Onkel waren mindestens genauso froh, dass Ayla mehr in der Lodge war als bei ihnen. Wenn es anders gewesen wäre, hätten sie sich zumindest irgendwann nach ihr erkundigt. Ayla und ich waren allein, aber wir hatten Devin. Und wir hatten uns. »Es war ein perfekter Winter.« Ich reibe mir übers Gesicht. »Alles war gut.«

Everon öffnet seine Jacke und zieht einen silbernen Flachmann aus seiner Innentasche. Ich erkenne die geschwungene Bergformation aus dem Logo der Charles Creek Ranger sofort. »Du hast ihn tatsächlich bekommen?«

»Nicht ganz«, sagt Everon und verzieht das Gesicht. »Harlem und ich wechseln uns ab. Einen Monat hat Harlem ihn und den anderen ich.«

»Warte.« Ich grinse ungläubig. »Du teilst dir mit Harlem das Sorgerecht – für einen Flachmann?«

Everon dreht die kleine Kappe auf und legt den Silberbügel mit dem Verschluss um. »Wenn du es so sagst, klingt es viel eigenartiger, als es ist.« Er prostet mir zu. »Es war die einzig sinnvolle Lösung. Wir würden uns noch heute darum streiten.«

Everon nimmt einen Schluck und gibt mir den Flachmann, der bis vor drei Jahren Clayton gehört hat. Er war der beste Ranger, den Charles Creek je hatte. Clayton war hart und gerecht, aber immer fair, und wir haben ihn geliebt. Everon und Harlem standen ihm besonders nahe.

Ich proste Everon zu. »Auf Clay, der uns gelehrt hat, dass ein täglicher Schluck aus dem hier besser ist als jedes Medikament.« Ich hätte bei seinem Begräbnis hier sein sollen. Das wäre ich ihm schuldig gewesen, ebenso wie ich es Devin schuldig gewesen wäre. Das weiß ich, und doch kann ich es nicht ändern. Nicht mehr, wie so vieles.

Ich setze die kleine Flasche an. Der Geschmack füllt meinen Mundraum und brennt weniger, als ich erwartet habe, trotzdem werde ich von einem Husten gebeutelt.

»Mir fehlt die Übung«, bringe ich hervor.

»Eindeutig, Bro«, sagt Everon lachend und klopft mir zwischen die Schulterblätter. Dann nimmt er mir den Flachmann aus der Hand, um selbst einen Schluck zu trinken.

Ich stutze. »Das ist der Gin, den ich dir letztes Jahr auf meiner Durchreise aus Amsterdam geschickt habe, oder?«

»Ja. Ich wollte ihn für einen besonderen Moment aufbewahren.« Er lächelt. »Und der ist jetzt, weil du wieder da bist. Selbst wenn Clayton mich mindestens vier Tage dafür in der Wildnis aussetzen würde, wüsste er, dass ich fremden Gin und nicht Emmas Selbstgebrannten in seinen Flachmann fülle.«

»Das ist vermutlich der beste Gin auf der Welt. Und der kostspieligste – ich habe das Anwesen der Brouwers gesehen, da passt vermutlich ganz Charles Creek hinein.«

Die Wärme vom Alkohol durchströmt bereits wohlig meinen Körper, was daran liegen könnte, dass ich so gut wie nie trinke. Mit einem erschöpften Atemzug lehne ich mich wieder zurück. Everon tut es mir gleich, und gemeinsam sehen wir hinauf in den Himmel und hängen unseren Gedanken nach.

Wie von selbst haben meine Finger das kleine Dreieck gefunden, das ich immer und immer wieder nachzeichne.

»Was ist passiert, Julien?« Everon klingt distanzierter, nicht mehr wie mein Freund.

Ich weiß, wovon er spricht, trotzdem schiebe ich gleichgültig die Unterlippe vor. »Drinnen wurde es mir zu voll und zu laut, also bin ich ins Freie gegangen. Und jetzt sitzen wir hier.«

»Sie hat begonnen, den verdammten Zaun auseinanderzunehmen, Julien.«

Ich weiß. Ich habe es gesehen. »Ayla mag es, alles instand zu halten.«

Aus dem Augenwinkel sehe ich, dass Everon den Kopf schief legt. Das ist nicht gut. »Willst du mich verarschen?« Die Strenge, die ich vorhin in seiner Stimme gehört habe, nimmt eine Dominanz an, die neu ist. Er beschützt sie. Das ist gut. Innerlich lache ich auf. Früher war ich es, der sie beschützt hat.

»Du hast keine Ahnung, wie lange wir dafür gebraucht haben, sie aus ihren Scheißmustern zu befreien.«

Ich ziehe die Brauen hoch. Das verletzte Auge ist abgeschwollen, schmerzt aber bei einigen Bewegungen noch. Sarah wollte es für die Filmaufnahmen abdecken lassen, aber ich habe abgelehnt. »Wir? Wer ist *wir*?«

Everon lacht auf. »Wirklich? Ich zeige dir einen billigen Abklatsch davon, wie schwer die letzten Jahre waren, und das Einzige, was dich interessiert, ist, wer für sie da war – als du es nicht warst?«

Ich schüttle missbilligend den Kopf. »Bullshit.«

»Bullshit?« Everon wird lauter. Alex setzt sich auf und fixiert mich aufmerksam. »Ich habe dich vor ihr verteidigt, als du zurückgekommen bist. Ihr gesagt, dass es auch dein Zuhause ist und sie alldem eine Chance geben soll. Ich habe damit gerechnet, dass sie gegen dich kämpfen würde – aber niemals, dass du sie schon nach wenigen Tagen so in die Knie zwingen würdest, dass sie aufgibt. Nicht nur dich, sondern sich selbst!«

Ich erwidere nichts.

»Hör jetzt auf, Julien! Hör auf damit, dieses arrogante Arschloch zu sein!«

Mein Lachen ist laut und gleicht einer Beleidigung.

»Julien!«

Er schlägt mir gegen die Schulter. Hart. Damit bröckelt meine Fassade.

»Was?«, brülle ich zurück, und Everon legt Alex die Hand ans Halsband. Ich stehe auf, weil der Druck der letzten Tage jetzt bis in meine hinterste Zelle vordringen kann. »Was willst du von mir hören?« Ich kicke den Boden, wieder und wieder, und will mich in der körperlichen Anstrengung verlieren, aber es ist zu wenig. »Glaubst du etwa, ich bemerke ihre Augenringe nicht? Oder höre nicht, wie sie in der Nacht auf dem Dach herumsteigt? Ich sehe nicht, wie sie bereits im Morgengrauen von wer weiß wie langen Läufen zurückkommt? Ich hätte ihr die verfickten Zaunlatten heute Mittag am liebsten aus der Hand gerissen! Denkst du, es tut nicht weh, dass sie mich ignoriert und ich keine Ahnung habe, wie ich auf sie zugehen soll, weil ich Angst habe, sie weiter zu verletzen? Weil sie vielleicht nicht mehr schafft? Und ich sie unter mir begrabe?« Ich nehme mir die Beanie vom Kopf und kralle mich in meinen Haaren fest. »Ich habe Angst, Everon!« Ich presse die Lippen zusammen. »Eine Scheißangst, dass ich ihr noch mehr nehme, anstatt ihr alles zu geben. Fuck.« Meine Stimme bricht, und ich lege den Kopf in den Nacken. »Fuck.«

Worte machen es real. Sie sind skrupelloser als Gedanken. Ich wende mich zum Gehen. Egal wohin, ich muss hier weg. Von Everon. Von Ayla. Aus Charles Creek.

»Julien.« Everon sieht, dass ich fortwill, bleibt aber unbeeindruckt sitzen. »Du wirst jetzt nicht abhauen. Setz dich hierher und rede mit mir.«

»Ich kann nicht.«

»Setz. Dich. Hin. Verdammt. Oder wir werden hier und jetzt herausfinden, wie lange Alex braucht, um dich einzuholen.«

»Alex ist ein Fährtenhund, kein Killer.«

»Er macht das, was ich ihm antrainiert habe.«

Ich stutze. »Du hast deinen Lawinenhund wirklich darauf abgerichtet, Menschen zu stellen?«

Everon lacht auf. »Wenn du dich nicht sofort hinsetzt, werden wir es herausfinden.«

Ich schiebe meine Hände in die Jackentaschen und spüre, wie mein Körper bereits beginnt, die geballte Ladung an Emotionen loszulassen. »Was glaubst du, was ein Gespräch verändert?«

»Himmel noch mal«, flucht Everon und wirft die Arme in die Luft. »Eure Sturheit macht mich wahnsinnig! Könnt ihr nicht einfach mal irgendetwas tun ohne diesen ständigen Widerstand? Nur ein Mal?«

In diesem Moment sehe ich, dass ein Licht in der Lodge angeht. Es ist zu weit entfernt, um die Person am Fenster zu erkennen, aber ich weiß, dass es Aylas Zimmer ist. Ich spüre, dass sie es ist.

Es war immer sie.

Ich hole tief Luft und schöpfe mit diesem einen Atemzug die Kraft, die ich brauche, um umzukehren. Um hierzubleiben und mich zu Everon zu setzen. Zu meinem Freund.

»Ich werde diesen Hund nie wieder mit denselben Augen sehen, das weißt du, oder?«, murmle ich und zucke leicht zusammen, als Alex seinen Kopf auf mein Knie legt.

Everon sagt nichts, sondern hängt mit seinem Blick an der Lodge fest.

»Sie kann uns nicht sehen, oder?«, vergewissere ich mich.

»Nein. Es ist zu dunkel.«

Wir beide beobachten, wie Ayla über das Dach der Lodge steigt und sich auf den Vorsprung setzt, auf dem ich sie nach meiner Ankunft gefunden habe. Ich würde sie jetzt so gerne halten und ihren Körper an meinem wärmen. Da sein für sie, bedingungslos.

»Es war schön«, bringe ich nach einiger Zeit der Stille hervor. Everon rührt sich nicht. »Zuerst wollte sie mich nicht oben auf der Hütte haben, aber dann wurde es leichter. Wir haben uns an Devin und die gemeinsame Zeit erinnert.«

»Das Hüttenbuch?« Ich höre das sanfte Schmunzeln in Everons Stimme.

»Ja«, gebe ich zurück und spüre die Vertrautheit zwischen Ayla und mir. »Es war, als wäre keine Zeit vergangen. Als wäre sie noch das Mädchen, neben dem ich aufwache und das mich anlächelt, bereit dazu, mit mir die Welt zu erobern.« Ich schließe die Augen und sehe sie vor mir. »Seit ich denken kann, liebe ich sie. Sie war meine beste Freundin und mehr. Viel mehr. Und an jedem einzelnen Tag der letzten Jahre hat mich die Erinnerung an diese besonderen Gefühle am Leben gehalten und gleichzeitig zerstört. Sie endlich mit ihr teilen zu dürfen, war – keine Ahnung –, als hätte mir das

Schicksal verziehen.« Es ist nicht schwer, mit Everon über meine Emotionen zu sprechen. Er kennt alle meine Geheimnisse. Alle.

»Anstatt auf fremde Erlösung zu hoffen, solltest du als Allererstes dir selbst verzeihen, Julien. Aber nicht für etwas, dessen Gefahr man sich bei jedem Schritt bewusst war. Man überlebt den Berg, oder man stirbt auf dem Berg. So war es immer, und so wird es immer sein. Jeder weiß das. Jeder.«

Ich öffne die Augen und sehe ihn an, seine Worte ignorierend. »Trotzdem war es befreiend, als würde es ausreichen, uns zu haben. Als würde uns die Vergangenheit nicht länger festhalten, für diese eine Nacht. Es hat sich angefühlt, als hätte meine Heimkehr einen anderen Sinn, als der Lodge zu helfen. Als wäre es, keine Ahnung, für uns? Sie und mich?«

»Hast du mit ihr geschlafen?«

Ich nicke. Keine Scham, keine Schuldgefühle.

Everon reibt sich über das Gesicht. »Und dann?«

Die Bilder von Aylas Körper unter meinem verlieren sich, und ich blinzle. »Dann kam das Erwachen, und ich konnte sie nicht bei mir halten. Sie hat gesagt, es sei ein Fehler gewesen. Sie vertraut mir nicht.« Ich lache auf. »Warum sollte sie auch?«

»Sie vertraut dir nicht?« Er sieht zu ihr hinüber. »Sie vertraut sich selbst nicht mehr. Ayla ist stark, sie überlebt, aber sie lebt nicht mehr. Sie scheitert an sich selbst, Tag für Tag aufs Neue, weil sie jegliches Vertrauen in sich verloren hat.« Er schnaubt. »Glaub mir, ich habe versucht, sie daran zu erinnern, wer sie ist und was sie kann. Harlem hat das. Colin. Rhett. Wir alle. Aber sie braucht nicht mich. Sie braucht keinen von uns.« Er stößt mir gegen die Schulter. »Und sie braucht auch nicht dich dafür, falls du das gerade gedacht hast, du arroganter Bergsteigerarsch.«

»Bergsteigerarsch?«

Everon grinst. »Aylas Bezeichnung für dich, nicht meine.«

Ich lache leise.

»Du kennst sie besser als jeder andere Mensch, Julien.«

»Ich habe sie besser gekannt«, verbessere ich ihn. »Das ist vorbei. Längst.«

»Ach ja? Nenn mir eine einzige Sache, die du nicht an ihr wiedererkannt hast.«

»Sie kann Feuer machen. Und sie wirft Schachfiguren einfach so um. Ihre Treffsicherheit mit Tennisbällen ist auch um einiges gestiegen.«

Everon versucht, ernst zu wirken, aber ich sehe das Grinsen in seinem Gesicht. Er genießt es viel zu sehr, dass Ayla mich schon so oft an den Eiern hatte.

Das Mondlicht fällt aus einem wolkenlosen Nachthimmel auf sie herab. Es reichen schon einzelne Gedanken an sie, und ich bin machtlos gegen das Lächeln, das sie in mir auslösen. Egal, wie beschissen die Situation gerade ist.

»Du hast recht«, sage ich. »Ayla ist da. Sie ist immer noch loyal und ehrgeizig und viel zu selbstgerecht. Sie lässt sich von ihren Emotionen leiten und handelt impulsiv, und selbst wenn sie manche Dinge im Nachhinein bereut, würde sie es nie zugeben. Und Ayla sieht hin. Sie sieht mich.«

»Und du siehst sie«, fügt Everon leise hinzu. »Egal, wer oder was euch wieder zusammengeführt hat, es macht definitiv Sinn.«

Lange Zeit sagen wir gar nichts. Wir trinken Gin, und ich suche still nach Möglichkeiten. Ich wusste nicht, wie sehr ich es vermisst habe, jemanden an meiner Seite zu haben, mit dem ich teilen kann, was mich beschäftigt. Der mich versteht, ohne dass ich mich erklären muss.

»Ev?«

»Ja?«

»Was soll ich machen? Sie will nichts mehr mit mir zu tun haben.«

Er sieht mich an. »Was würdest du gerne mit ihr machen, mit ihr teilen?«

»Alles.«

»Gut. Dann finde heraus, was von diesen Dingen ihr ebenso viel bedeutet wie dir. Lass sie erleben, was es heißt, sich selbst zu vertrauen und das Leben zu spüren.«

»Sie wird gar nichts mit mir tun.« Wir beobachten, wie Ayla über das Dach balanciert und wieder in der Lodge verschwindet. »Nichts.«

»Ihr müsst nicht gleich gemeinsam die Welt aus den Angeln heben, Julien. Fordere sie auf, mit Kleinigkeiten. Und sei du und nicht der Bergsteigerarsch.«

Wir müssen beide lachen. Es tut gut, diese Leichtigkeit zu spüren, die ich jahrelang nicht zulassen wollte. Ich habe alle auf Abstand gehalten, am meisten mich selbst.

»Ev?«

»Ja?«

»Danke.«

»Nicht für Freundschaft, Julien.«

Doch, genau dafür. Ich gebe ihm den Flachmann zurück und stehe auf. Wir wollen gerade zurückgehen, da legt er mir die Hand an die Schulter, und ich drehe mich um. »Ich vertraue dir, aber ich werde Ayla beschützen, und wenn du sie fallen lässt, dann …«

»Werde ich nicht.«

Er nickt, aber der Ausdruck in seinen Augen zeigt mir unmissverständlich, dass ich dann gehen muss.

Wir nehmen Alex mit in die Lodge, und während Everon noch nach den Gästen schauen will, gehe ich auf mein Zimmer. Ich habe nicht die geringste Ahnung, was ich machen soll, aber als ich eine rastlose Nacht später in der Morgendämmerung die Treppen hinuntersteige, um mein Material zu kontrollieren, komme ich beim Schachbrett vorbei.

Ich stelle den König wieder auf.

KAPITEL 12

FJALL *(Isländisch)*

AYLA

Noch zwei Tage. Ich muss nur noch zwei Tage durchhalten, dann bricht die Crew auf, um ihr Basislager am Ende des Taleingangs zum Malamute Peak zu errichten. Dann bin ich Julien zwar nicht los, aber er ist nicht mehr in meiner unmittelbaren Nähe, und ich kann wieder mein Leben leben.

Als ich sehe, dass Julien beim Frühstück nicht anwesend ist, versuche ich, das verräterische Zucken in meiner Brust zu unterdrücken. Mit einem Kopfschütteln vertreibe ich die irrsinnigen Gedanken an ihn und konzentriere mich auf die Arbeit, die es zu erledigen gilt. Everon und ich sind zu einem eingespielten Team geworden. Mit der Hilfe von Mrs Davis sind wir in der Küche schneller fertig als erwartet, und Everon kann Harlem pünktlich in der Rangerstation ablösen.

Die Crew wird den restlichen Tag damit beschäftigt sein, das Material zu sortieren, und will bereits einen Teil davon zum Ausgangspunkt bringen. Dr. Jeff, unser Tierarzt, hat das gesamte Team am frühen Nachmittag zum Barbecue eingeladen. Mich ebenso, aber ich werde die Einladung nicht annehmen. Ich kümmere mich den ganzen Tag über um die Wäsche und die Zimmer, bemüht darum, niemandem zu begegnen. Nur Juliens Zimmernummer überspringe ich. Er weiß, wo die frischen Handtücher und die Putzsachen gelagert werden, und soll sich gefälligst selbst darum kümmern.

Nachdem die alltäglichen Arbeiten erledigt sind, treffe ich alle Vorbereitungen für das Büfett morgen früh und sehe nach den Hunden. Erst als Stille in der gesamten Lodge einzieht und die Crew zum Barbecue aufgebrochen ist, kann ich tief durchatmen. Emma übernimmt den Barbetrieb heute Abend, aber ich nehme an, dass ohnehin ganz Charles Creek bei Dr. Jeff versammelt sein wird und niemand so schnell in die Lodge zurückkehren möchte. Die Barbecues an der riesigen gemauerten Feuerstelle sind legendär, und Dr. Jeff liebt es, fremde Besucher durch die Station für verletzte Wildtiere zu führen, die er aufgebaut hat.

Erleichtert, Julien für ein paar Stunden nicht mehr ausweichen zu müssen, gehe ich zum Umziehen auf mein Zimmer. Wenn ich mich beeile, schaffe ich ein weiteres gutes Stück des Zauns, bevor der Abend anbricht.

Ich haste die Stufen nach oben und verfluche mein Bein, das mich viel zu sehr ausbremst. Noch auf der Treppe vom letzten Stockwerk hinauf ins Dachgeschoss will ich mir das Polo mit dem Aufdruck der Lodge über den Kopf ziehen, da höre ich ein Fluchen.

Nein. Nein!

Die letzten Absätze nehme ich langsam und spüre mit jedem weiteren Schritt, wie der Zorn in mir zu brodeln beginnt. Ich trete um die Ecke und sehe Julien, wie er an meinen Klettergriffen von der Decke hängt und versucht, mit einem Fuß Halt an einem der Griffe zu finden.

»Das ist mein Zimmer. Verschwinde.«

Julien hat mich längst bemerkt, das weiß ich. Die Leichtigkeit auf seinem Gesicht, mit der er trotz der Position seines Körpers zu mir herübersieht, lässt mich mit den Zähnen knirschen.

»Die Midnight Lightning ist nur geneigt, man muss nicht die Seite wechseln. Das weißt du, oder?«

Er hat die Route erkannt. Natürlich hat er das.

»Deswegen ist es auch nicht die Midnight Lightning.« *Lüge.*

»Lüge«, sagt er und ächzt, als er sich nach einem Griff weiter hinten ausstreckt.

»Geh von meiner Wand runter, Julien!«

Er grinst. »Und aufgeben? Niemals.«

»Du solltest längst beim Barbecue sein. Der Star der Mannschaft wird fehlen. Jefferson hat bestimmt schon den roten Teppich für dich ausgerollt.«

»Ach, Xave macht das schon. Wenn er will, zieht er genug Aufmerksamkeit für uns beide auf sich. Er liebt so was.«

»Gut. Dann mach, was immer du machst, aber mach es nicht hier. Du hast nicht das Recht dazu, mein Zimmer zu betreten, und das ist bereits das zweite Mal.«

Julien schüttelt einen Arm aus. »Hast du es schon mal auf die andere Seite geschafft, Ayla?«

Ich gebe ihm keine Antwort. »Geh jetzt.«

»Hat Ev es schon probiert? Oder Colin? Mit ihren langen Armen müssten sie es zumindest bis hinter den Überstieg geschafft haben.«

Er stemmt die Beine in die Wand und dreht sich in meine Richtung. Bevor sich unsere Blicke treffen, gehe ich an ihm vorbei zur Kommode und öffne die erste Schublade. Dann die zweite. Und dann die dritte.

»Suchst du was?«

»Irgendwo hier drin muss ich einen Tennisball haben.«

Julien lacht. Er hängt beinahe kopfüber in der Wand und hat noch genug Kraft, um zu lachen. Wo ist dieser blöde Ball?

»Ich überlege gerade, mich rüberzuschwingen. Wie gehst du vor?«

Ich schwinge mich rüber. »Geht dich nichts an.« Er wird nicht gehen, ich weiß es. Soll er es eben versuchen. Spätestens wenn er gleich scheitert, wird er ohnehin abhauen. Ich muss mich nicht einmal zu ihm umdrehen. Alles, was ich tun muss, ist warten, bis ich es poltern höre.

»Scheiße, nein! Warum habe ich das nicht gleich gesehen. So könnte es einfacher sein, weil sich das Gewicht nicht ganz auf einen Punkt konzentriert.«

Diese Wand kann man nicht einfacher besteigen. Ich versuche es, seit Wochen.

»Gut.« Julien seufzt. »Noch ein Versuch. Mit den Beinen voraus.«

Das klappt nicht. Das kann nicht klappen. Ich verschränke die Arme. Könnte es klappen, wenn er oben den grünen Griff benutzt, um sich zu drehen, und dann …? *Scheiße.*

Ich wende mich ihm gerade rechtzeitig zu, um zu sehen, wie er seine Füße neu platziert und nur mit den Armen an der Wand hängt. Die Linien seiner Schultermuskeln zeichnen sich schärfer ab, einzelne Adern treten hervor. Feiner Magnesiumstaub bedeckt seine Haut und macht die blonden Haare darauf im goldenen Licht der Nachmittagssonne sichtbar. Mein Mund wird trocken. Julien ist in seinem Element, und ich komme nicht umhin zu bemerken, dass er schön aussieht.

»Fuck«, flucht er und lässt mit einer Hand los, um seinen Daumen kreisen zu lassen. »Es geht sich vielleicht doch nicht aus.«

Ich denke drei, vier Griffabfolgen weiter. »Doch, tut es, wenn du als Nächstes die linke Hand anstatt der rechten aufsetzt und damit deinem rechten Bein Platz machst.«

»Dann rutsche ich mit großer Wahrscheinlichkeit ab.« Er blickt Richtung Boden. »Großes Risiko, großer Schmerz.«

Es könnte tatsächlich funktionieren. Ich nehme die an der Wand aufgestellte Matratze und schiebe sie unter ihn. »Wenn du schnell genug bist, bleibst du oben.«

Julien lächelt. »Danke.« Nichts an seiner Stimme lässt die Anstrengung erahnen, unter der er gerade stehen muss. Nur die feine Schweißschicht auf seiner Oberlippe, die ich erkennen kann, weil ich ihm so nahe bin, zeugt von der körperlichen Herausforderung.

Als Julien sich das nächste Mal bewegt, weht mir ein Hauch seines Dufts entgegen, und ich beuge mich leicht nach vorn, um mehr von der Mischung aus dunklem Harz und seinem Deo zu bekommen. Sofort drängt mein Unterbewusstsein die Erinnerungen an unsere gemeinsame Nacht an die Oberfläche. Ich spüre die Hitze in meine Wangen steigen. Juliens Haare fallen so, dass sie die Sicht auf seinen gebräunten Hals freigeben. Meine Finger fühlen noch, wie es war, von seinem Kopf über seinen Nacken zu streichen, über die kleine Kuhle an seinem Schlüsselbein, und mich an seinen Schultern festzuhalten.

Julien wippt vor und zurück und holt Schwung. Als er das rechte Bein wie geplant unter seinem Körper durchschieben will, verliert er plötzlich den Halt und kracht vor mir auf die Matratze. Ich warte auf die Enttäuschung, auf ein Zeichen seines beschädigten Egos, aber was ich bekomme, ist ein Grinsen. »Danke für die sanfte Landung.«

Bevor ich wegsehen und seinen Dank ignorieren kann, fasst Julien nach dem Saum seines Shirts und wischt sich damit über das Gesicht. Ich stelle fest, dass die Haare an seinen Armen dieselbe Farbe haben wie die Linie, die bei seinem Bauchnabel beginnt und in seiner Hose verschwindet. Ich schlucke. Das ist eine schöne Linie.

»Also?« Ich reiße meinen Blick von Juliens Bauch los und sehe in sein amüsiertes Gesicht. »Willst du nur hinsehen oder auch anfassen?«

»Wie bitte?«, krächze ich. Ich glaube, mir fehlt plötzlich Sauerstoff.

»Ob du mir nur zuschauen willst oder auch einen Angriff wagst. Wir bezwingen diese Wand heute noch.«

Mir fehlt eindeutig Sauerstoff. Natürlich hat er nicht sich selbst gemeint. Ich räuspere mich und versuche, die Gedanken, die eben schon Form annehmen wollten, hinter einem lässigen Nicken zu verbergen. »Ich bezweifle, dass dir das gelingen wird, Julien.« Mir gefällt dieses selbstgefällige Schmunzeln nicht. Er wollte mich aus der Reserve locken, und ich bin darauf reingefallen. Dieser kleine Arsch. Ich grinse. »Aber mach nur weiter. Vielen Menschen fällt es schwer, eine Schwäche zu akzeptieren.«

Julien legt den Kopf leicht schief. »Ayla«, sagt er leise, und seine Stimme elektrisiert meine Haut. »Ich habe nur eine einzige Schwäche, und die bist du.« Ich stocke und weiß nicht so ganz, was ich erwidern soll, da zieht Julien schon die Beine an, holt Schwung und steht dann in einer einzigen fließenden Bewegung nach vorne auf. Er schaut noch einmal zu den Griffen am First, und unser Gespräch von eben scheint vergessen, als er wieder mit ernstem Blick zu mir sieht. »Nur die Wand, du und ich. Wir haben nichts zu verlieren.«

Wir. Es hat schon lange kein Wir mehr gegeben.

Weil er nicht hier war. Und jetzt nicht da sein sollte.

Julien greift in seinen Magnesiumbeutel. Als er in die Hände klatscht, stäuben weiße Wölkchen auf, und er steigt erneut in die Wand. Nur um zu fallen. Wieder. Und wieder. Und wieder.

Ich sitze da, beobachte still. Meine Wut auf Julien verfliegt mit jedem seiner Stürze weiter und weicht der Bewunderung. Er gibt nicht auf. Egal, wie sehr sein Rücken und seine Finger bereits schmerzen müssen. Er gibt nicht auf.

»Es ist die linke Hand«, sage ich irgendwann, obwohl ich nichts sagen wollte. »Du drehst deine Schulter zu sehr aus, wodurch sich deine Hüfte beugt.«

Er kniet vor mir. Sein Gesicht ist mittlerweile weiß von dem vielen Magnesium, sodass die Röte seiner Wangen darunter nur schwer zu erkennen ist. »Zeig es mir, Ayla.« Er lächelt sanft. »Es ist deine Wand.«

Ich nestle nervös an einer Haarsträhne, die sich aus meinem Dutt gelöst hat. Der Reiz, es auf Juliens Art zu probieren, ist mit jedem seiner Versuche größer geworden. Er steht auf und geht zu meinem Bett. Dort bückt er sich und zieht meine Kletterschuhe darunter hervor.

»Woher …?«, will ich wissen, da schüttelt er schon den Kopf.

»Manche Dinge ändert selbst die Zeit nicht.«

Ich fange die Schuhe, die er mir zuwirft, und stehe auf. »Zuerst brauche ich andere Kleidung«, sage ich und nehme meine Sachen, die über der Lehne des Stuhls hängen, mit in das Badezimmer. Als ich wieder herauskomme, hat Julien die Matratze anders gedreht. So, dass sie mehr mögliche Absturzfläche abdeckt. Er lehnt am Treppengeländer und trinkt aus meiner Wasserflasche, die auf dem Nachttisch stand.

»Bereit?«, will er wissen und hat keine Ahnung, wie dunkel das Grau seiner Augen wird, als er mich in den kurzen Shorts und dem Top sieht. Und wie tief er mit diesem Blick in mich dringt.

Ich trete auf die Wand zu, knete mir wieder die Finger und ziehe mich hoch. Die erste Passage ist auf diese Weise schwerer zu klettern, aber in der zweiten Hälfte fällt es mir erstaunlich leicht, mich auf dem First fortzubewegen.

»Spürst du, wie wenig Kraft du hier brauchst?«, will Julien wissen.

»Ja«, gebe ich zu und frage mich zugleich, warum ich so verbissen auf diesen einen Weg fokussiert war und so verdammt viel Zeit verschenkt habe.

»Gut, jetzt bereitest du den Durchstieg vor, Ayla. Nimm dir ein paar Sekunden und entspann deine Muskeln. Atme in den Bauch, tief, und nimm die Energie mit.«

Ich schließe die Augen und versuche, meinen zittrigen Atem zu kontrollieren. Wenn ich schnell bin, muss ich mein Gewicht kein einziges Mal auf das verletzte Bein verlagern. Es könnte funktionieren.

Dann öffne ich die Augen, drehe mich in die richtige Position und fädle mein Bein unter mir durch. Ich schaffe es, den Fuß am nächsten Griff aufzusetzen, und muss mich nur kurz mit dem rechten Bein abdrücken, um die Hand nachzuziehen. Doch der vertraut gewordene Schmerz lässt mein Knie plötzlich einknicken, und ich falle.

Julien sieht mich nicht an. Er hockt neben mir auf der Matratze und zeigt auf die Schlüsselstelle. »Der rote Griff lässt keinen Spielraum, oder?«

»Nein«, gebe ich zurück und setze mich auf. Dabei sehe ich mir den Griff noch einmal an und erkenne, worauf Julien mich eigentlich hinweisen möchte. Ich darf nur zwei Finger nehmen, um meinen Radius zu erweitern.

Julien reicht mir seinen Magnesiumbeutel, und ich bestäube meine Hände. Dieses Mal klettere ich langsamer und versuche, den Fokus wie Julien auf die vermeintlichen Kleinigkeiten zu legen. Schon lange habe ich mir nicht mehr so viel Zeit gelassen, jede einzelne Bewegung zu spüren, jede Oberfläche wahrzunehmen, und sie in ein großes Ganzes gesetzt.

Die Schlüsselstelle erscheint mir plötzlich machbar. Nicht nur greifbar, sondern tatsächlich so, dass ich sie klettern könnte. Ich höre nur Juliens flachen Atem, meinem anpasst. Er scheint die Spannung des Moments mit mir zu fühlen – und zu genießen. Das ist es, was wir gemacht haben. Tagelang in der dunklen Jahreszeit, über Wochen. Julien, Devin und ich haben uns im leer stehenden Dachboden über dem Garagenanbau der Lodge unser eigenes Paradies geschaffen. Wir sind geklettert, haben uns beraten, sind gescheitert und wieder aufgestanden. Der Erfolg eines Einzelnen war der Erfolg von allen. Jede Niederlage hat jedem von uns wehgetan.

Der Klang von Devins Johlen, mit dem er mich angefeuert hat, lässt mich den nächsten Schritt wagen. Ich stocke. Devin ist nicht da. Mein Fuß rutscht gerade ab, als ich die Finger schon am Griff habe und nur vier, fünf weitere Millimeter gebraucht hätte, um nicht zu fallen.

»Oh, das war knapp.« Devin ist gegangen, aber Julien ist da. Am Leben. Hier bei mir. »Komm schon, noch mal, Ayla.«

Das leichte Stechen in meinem Bein ignorierend, lasse ich mich von ihm hochziehen. Ich spüre jede Schwiele, als seine Hand langsam von meiner gleitet. Eine Berührung, ermutigend und sanft zugleich. Julien glaubt an mich. Ich glaube an mich. Zum ersten Mal seit langer Zeit.

Wir klettern, dem Versuch näher als dem Ziel, und wir geben nicht auf. Erst als es dunkel wird, durchbricht die Vergangenheit erneut meinen inneren Widerstand gegen mich selbst, der sich so neu und gut angefühlt hat. Ich kann nicht mehr. Nein, mein Bein kann nicht mehr.

Julien muss die Erkenntnis in meinen Augen sehen, doch anstatt mich mir selbst zu überlassen und zu akzeptieren, dass ich nicht mehr die bin, die ich einst war, zieht er mich erneut hoch.

»Du hattest es beinahe, Ayla. Du kannst es schaffen. Ich weiß es. Vertrau in dich.« Irgendwo in dem ewigen Grau seiner Augen, das mich nicht mehr loslässt, erkenne ich nicht nur Julien wieder, sondern auch mich selbst. Die starke junge Frau, die aufsteht und sich nicht unterkriegen lässt und jedem den Mittelfinger zeigt – notfalls auch sich selbst. Ich sehe mich, wie Julien mich sieht. Wir können das schaffen.

Wieder tauche ich meine Hände in das Magnesium, schüttle kurz mein verletztes Bein aus und steige in die Wand. Ich kann das leise Ächzen nicht unterdrücken, als ein spitzer Stich durch meinen Körper zuckt. Ich gebe nicht auf. Julien kommentiert jede meiner Bewegungen, und gemeinsam verfallen wir wieder in den Rausch des Moments. Es gibt keine Welt da draußen, nur die Welt hier zwischen uns und der Wand. Das hier ist alles. Ich bin dabei, mit Julien zu finden, was ich längst verloren geglaubt habe. Mich selbst.

Griff für Griff klettere ich höher und gelange an die Spitze des Daches, bereit dazu, das Unmögliche möglich zu machen.

Und dann falle ich.

Weil mein Bein versagt.

Ich erwarte den dumpfen Aufprall, den ich verdiene, aber er kommt nicht. Julien steht unter mir und bremst meinen Sturz ab.

»Alles gut, Ayla. Ich hab dich.«

Er fängt mich auf und weist mich damit auf meine Schwäche hin. Eine früher normale Handlung zwischen uns reißt mir den Boden unter den Füßen weg, und mein Aufprall ist härter als jemals zuvor. Weil ich es nicht schaffen kann. Julien wusste es. Deswegen war er da, um mich aufzufangen. Er hat gesehen, dass mein Bein kaputt ist und meine Fähigkeiten nur ein billiger Abklatsch von damals.

Ich trete um mich, kämpfe mich aus seinem Halt und stolpere von der Matratze. Julien hat sich mit mir fallen lassen, um den Schwung abzufangen. Jetzt kniet er sich hin und blickt zu mir auf. Irritiert neigt er den Kopf zur Seite und hebt fragend die Hände, dann überzieht die Erkenntnis sein Gesicht mit Wehmut.

»Nein, Ayla. So ist das nicht. Hör mir zu.«

»Geh.« Ich lasse ihm keine Wahl.

Er spürt die Endgültigkeit meiner Entscheidung, nimmt seine Sachen und kehrt mir den Rücken zu. Ich will mich schon abwenden, da dreht sich Julien am Treppenabsatz noch einmal um.

»Du kannst mich für alles verantwortlich machen, Ayla. Es ist mir egal. Aber du sollst wissen, dass du nicht an mir oder deinem Bein scheiterst. Sondern einzig und allein an dir selbst.«

Er geht.

Ich bleibe stehen.

Und mir ist scheißegal, wer die Schuld daran hat. Es ist vorbei.

KAPITEL 13

DAĞ *(Türkisch)*

JULIEN

»Fuck!«, brülle ich und steige vor allen anderen aus dem Jeep aus. Mit großen Schritten stürme ich zur Lodge, vorbei an Emma, die gerade den Eingangsbereich kehrt, und auf schnellstem Weg an die Bar. Ich kralle mir die erstbeste Flasche mit klarer Flüssigkeit und nehme zwei, drei viel zu große Schlucke. Das Brennen in meinem Hals verdrängt für wenige Sekunden das Fiasko, in dem wir uns befinden, nur um es dann mit voller Wucht wieder über mich hereinstürzen zu lassen.

Draußen höre ich die Ankunft eines zweiten Wagens und lautes Stimmengewirr. Es dauert keine zehn Sekunden, da kommt Xavier, gefolgt von Liz und Ian, ins Eagle Eye.

»Wir waren nicht fertig, Julien!«, schreit er in meine Richtung und stürmt auf mich zu.

»Das ist lächerlich. Wir brauchen kein Gespräch mehr.« Ich nehme einen provokativen Schluck aus der Whiskeyflasche und zeige damit auf Xavier. »Du bist lächerlich.«

»Dir ist hoffentlich klar, dass du dafür eine aufs Maul verdient hättest, Julien.« In Xaviers Mundwinkel sammelt sich Speichel. Wenn er jemals kurz davor war, mich zu schlagen, dann jetzt.

Vermutlich sollte ich vorsichtiger sein, aber ich lache lediglich laut auf. »Wirklich, Xavier? Von dir?«

Er kommt auf mich zu. Noch eine falsche Regung, und er stürzt sich auf mich, das weiß ich.

Seitlich von mir erkenne ich Everon, der durch die Terrassentür das Eagle Eye betritt. Gefolgt von Ayla.

Sie habe ich seit unserem Aufbruch vor vier Tagen nicht gesehen. Nach dem Bouldern sind wir in alte Muster verfallen. Sie hat mich ignoriert, und ich wusste nicht, wie ich auf sie zugehen sollte, ohne es unangenehm zu machen. Unser Aufbruch war schmerzhaft erleichternd, weil es mich auffrisst. Dabei habe ich sie die letzten Tage vermisst, in jeder einzelnen Minute. Noch mehr als in den letzten Jahren. Ayla jetzt zu sehen – auch nur am Rande meines Blickfeldes –, reicht, um mich zu erden. Ich schlucke und trete einen Schritt zurück und schaffe damit Abstand zwischen Xavier und mir.

»Was ist hier los?« Die Autorität in Everons Stimme bringt nun auch Xavier dazu, durchzuatmen.

Weder er noch ich antworten, aber ich höre, dass Liz, unsere Produktionsleitung, laut seufzt. »Können wir uns einfach beruhigen und die Optionen, die uns bleiben, diskutieren?«

Ich trinke wieder einen Schluck. Meine Aufmerksamkeit bleibt bei Xavier, obwohl ich mit Liz spreche. »Was willst du da diskutieren? Daddy hat es im Vertrag ganz klar geregelt, kein Alleinaufstieg. Und dank Xavier und seinen plötzlichen Neuigkeiten und überraschend gewonnenen Prioritäten wird es nun gar keinen Aufstieg geben.«

Frischer Zorn glimmt in Xaviers Augen auf, und er schließt erneut die Lücke zwischen uns. »Du wagst es, meine Loyalität zu Nicole infrage zu stellen?«

Ich grinse. »Wenn ich mich recht erinnere, hatte deine Loyalität in Chile vor sechs Wochen kurzes dunkles Haar und ein Nasenpiercing. Das halbe Basislager konnte euch hören.«

»Du weißt genau, dass es so nicht war. Nicole und ich waren kein Paar.«

»Billig, Xavier. Echt billig.«

»Da wusste ich nicht, dass Nicole schwanger ist«, zischt er.

»Du bist ein Heuchler«, gebe ich zurück. »Dabei frage ich mich, ob dich mehr stört, dass Nicole immer noch keine Beziehung mit dir führen und dich nicht mal bei sich haben will, oder ob es mehr die Tatsache ist, dass du Verantwortung für wirklich Bedeutsames übernehmen musst.« Ich wende mich der Bar zu.

»Julien, verfickt! Dreh mir nicht den Rücken zu!«

»Es reicht«, höre ich Everon. »Hier drinnen brüllt niemand rum.« Er nimmt mir im Vorbeigehen die Flasche aus der Hand. »Und wenn ich es verhindern kann, wird nichts gesagt, was Freundschaften kaputt macht.« Sein scharfer Blick lässt mich zusammenzucken, und ich sehe, wie Ayla die Augen schließt. Zu lange, als dass es keine Bedeutung hätte. Ja, das kann ich – Freundschaften kaputt machen.

»Liz, Whiskey?«, will Everon wissen und macht das Licht hinter der Bar an.

»Danke, lieber Tee«, antwortet sie leise, setzt sich und legt den Kopf resignierend in die aufgestützten Hände. Das ist nicht gut. Liz ist dafür bekannt, dass sie immer für alles eine Lösung hat. Unsere Produktionsleitung unsicher zu erleben, zeigt mir, dass wir wirklich am Arsch sind und der Vertrag uns keinen Spielraum lässt.

Nervös trete ich hin und her, weil ich es nicht schaffe, mich zu beruhigen und mich zu den anderen an die Bar zu setzen. Everon zuckt alarmiert mit den Augenbrauen. Er weiß ebenso wie ich, dass die Fernsehdoku die vermutlich letzte Chance für Charles Creek war, wieder als Touristenhotspot interessant zu werden.

»Everon, ich mache die Hunde alleine fertig und bin dann im Büro«, sagt Ayla und verschwindet wieder nach draußen, ohne mich auch nur anzusehen. Dass ich den Impuls unterdrücken muss, ihr nachzulaufen und sie zu umarmen, weil sie mir gefehlt hat, macht die Anspannung in mir noch unerträglicher.

Ian nimmt einen Schluck von dem Whiskey, den Everon ihm serviert, und schlägt dann mit der flachen Hand auf die Bar. »Also, was haben wir? Sammeln wir die Fakten.«

»Wir haben verdammt gute Leute auf der einen Seite und Xavier auf der anderen, der alle von einer Sekunde auf die andere arbeitslos macht.«

»Es bekommen trotzdem alle ihre Gage, Julien«, gibt Xavier zurück, ohne sich umzudrehen. Ich weiß, dass die *Barrow Goldeneye Corporation* vertraglich dazu verpflichtet ist, die angeheuerte Crew zu bezahlen.

»Aber niemand bekommt auch nur einen Cent von der Bonuszahlung.«

»Frag die Lexingtons, Julien. Vielleicht ändern Hunter und Preston ihre Meinung und wagen sich an ihren ersten Sechstausender. Sie könnten es bis ganz nach oben schaffen.«

»Ist das dein verfickter Ernst, Xavier? Bei unserer Ankunft hast du mir selbst erklärt, dass du den Lexingtons noch nicht genug vertraust, um einen Alleinaufstieg mit ihnen zu machen, weil ihnen das letzte bisschen Erfahrung dafür fehlt, aber ich soll es tun? Du bist kein verdammter Anfänger, Xavier. Du weißt, dass wir ab dem vierten oder fünften Lager auf uns gestellt sind. In diesen Höhen gibt es keine Crew mehr, die dir den Arsch retten kann. Und auf den letzten Etappen gibt es nicht mal mehr Zustiegspartner, die dich im Fall der Fälle schnell aus der Wand oder vom Berg holen können. Kein Fernsehteam, kein Arzt. Also wenn du dich verletzt, dann bitte nur bis zum vierten Lager, danach wird es schwierig.« Ich fahre mir mit beiden Händen über die glühenden Wangen, verliere mich in der Rage. »Da gibt es nämlich nur noch dich selbst, eine verschissen lästige Helmkamera und diese eine Person, der du ohne den geringsten Zweifel vertraust. Das alles, während in den Lagern unter dir eine ganze Crew darauf hofft, dass du den Gipfel erklimmst, damit sie genug Filmmaterial haben und die Expedition als erfolgreich gilt. Das darf dich natürlich nicht beeinflussen, weil es keine Rolle spielt, wer in den unteren Lagern wartet. Dein Leben hängt einzig und allein von dir und deinem Seilpartner ab.«

»Du sprichst hier nicht mit irgendwem, Julien! Hast du vergessen, wie viele Aufstiege wir schon gemeinsam gemacht haben? Du, Max und ich?«

»Ich habe es nicht vergessen, aber du. Sonst würdest du nicht davon ausgehen, dass ich Hunter und Preston dieses letzte ausschlaggebende bisschen mehr vertraue als dem Rest der Crew.« Ich seufze. »Außerdem steigen Hunter und Preston ohne zusätzlichen Sauerstoff ohnehin nicht ganz auf, das weißt du. Und ich zwinge sie nicht, ihre Prinzipien über Bord zu werfen, nur um Vertragsbedingungen zu erfüllen. Genauso, wie ich meine nicht überdenke. Nicht wenn es um den Malamute Peak geht. Wenn ich aufsteige, wird es kein Scheitern geben.«

»Sonst wer?«

»Du meinst, ob ich jemandem in der Crew zutraue, es bis zum Gipfel zu schaffen? Und dieser Person auch noch mein Leben anvertrauen will? Wir sprechen hier von einem Sechstausender, der es in sich hat, nicht nur, was die Besteigungstechniken angeht. Also ein klares Nein.«

»Julien Hendricks vertraut so gut wie niemandem, das hatte ich kurz vergessen«, gibt Xavier lediglich zurück. Er hat damit abgeschlossen, das sehe ich.

»Ich vertraue der Crew, aber ich vertraue ihr nicht mein Leben an, verdammt. Verstehst du das nicht? Das ist ein Unterschied! Wir haben Wochen in die Vorbereitungen gesteckt. Und das willst du einfach so wegwerfen?«

Er schnalzt mit der Zunge. »Du bist für Max eingesprungen, es war nie dein Projekt oder dein Geld, also kann es dir egal sein.«

Es kann mir egal sein. Charles Creek war mir nie egal. »Sei sofort still, Xavier.« Ich trete neben ihn und versuche, mich mit einem tiefen Atemzug so weit zu beruhigen, dass ich ihn nicht vom Hocker zerre. Er kann nicht wissen, wie viel es mir bedeutet, hier zu sein. Ich wusste es im Vorhinein selbst nicht, oder ich hatte es verdrängt. »Alles, was du über diesen Berg weißt, kommt von mir. Es ist genauso mein Projekt, wie es deines ist oder das von Max.«

Xavier erwidert nichts. Er schaut nur in sein Glas und wartet auf Antworten, die ihm der Whiskey nicht geben wird. Seine Wut ebbt ab, und was ich darunter erkenne, ist Hilflosigkeit.

Liz und Ian beginnen eine leise Diskussion. Ich trete weiter auf der Stelle und habe keine Ahnung, was wir jetzt machen sollen. In diesem Moment geht Ayla im Garten an der breiten Glasfront vorbei, und ich schüttle den Kopf. Vielleicht sollte ich damit beginnen, Xavier ein Freund zu sein.

Ich hole meinen Tennisball aus der Tasche, ziehe mir die Jacke aus und lege sie auf die Couch. Dann setze ich mich neben Xavier und nehme das Glas, das Everon mir eingeschenkt hat.

»Xave, erklär mir einfach nur, warum du zurückwillst, und das jetzt sofort. Was so wichtig ist, dass es nicht bis nach dem Aufstieg warten kann. Nicole will dich nicht sehen, und du hast gesagt, es gehe ihr gut. Dich von ihr vertreiben lassen kannst du auch noch in ein paar Wochen. Vielleicht ist es sogar die Zeit, die sie braucht, um eure was auch immer zu überdenken.«

»Hierzubleiben ist keine Option mehr, Julien«, antwortet er hart. »Ich fliege so schnell wie möglich.«

»Gut. Dann steige ich alleine auf«, sage ich trotzig.

Xavier wirft mir einen vielsagenden Seitenblick zu. Niemand in der Crew würde einen Vertragsbruch und die damit verbundenen Geldstrafen riskieren.

»Fuck«, fluche ich und presse den Tennisball zusammen.

»Ich wollte das nicht. Nicht so.« Xavier atmet tief ein. »Aber ich habe keine Wahl. Ich habe Angst.«

»Wie bitte?«

»Du hast richtig gehört.« Unruhig lässt er sein Glas kreisen. »Ich kann das hier nicht durchziehen, weil ich Angst habe.«

»Wovor?«

»Dass ich die Chance verpasse, bei Nicole und dem Baby das richtig zu machen, was mein Dad zeit seines Lebens verbockt hat.«

Ich habe Tristan Barrow kennenlernen dürfen. Zwei Minuten mit ihm haben gereicht, um zu sehen, dass er ein beinharter Geschäftsmann ist. Kein Vater. Es ist auch kein Geheimnis, dass er niemanden allein aufsteigen lässt. Er will das Risiko minimieren und damit die Wahrscheinlichkeit erhöhen, dass das Projekt gelingt. Bisher hat es mich nicht gestört, weil es mir egal sein konnte. Bis jetzt.

Xavier sieht mich an. Wir waren gemeinsam in den Bergen und haben atemberaubende Erfolge geteilt, aber nie habe ich so viel Hingabe in seinen Augen gesehen.

»Ich will nicht werden wie mein Vater«, sagt er leise.

Etwas in mir bewegt sich. Verständnis.

»Ich muss es richtig machen, Julien, von Anfang an. Das kann ich nur, wenn ich bei Nicole bin und ihr zeige, wie wichtig mir das ist. Und es *ist* mir wichtig. Das wusste ich schon, bevor sie aufgelegt hat. Sie ist schwanger, von mir, das bedeutet, wir sind beide verantwortlich. Sie und ich.« Er schüttelt den Kopf. »Selbst wenn sie mich nicht an ihrer Seite haben will.«

Plötzlich fühle ich ein schlechtes Gewissen aufziehen. Ich habe wirklich nicht realisiert, wie sehr sich Xaviers Leben in den letzten Stunden verändert hat und welche Entscheidungen er treffen musste.

Er legt eine Hand auf meine und drückt sie kurz. »Es tut mir leid, Julien, aber ich muss weg von hier.«

»Nein«, erwidere ich, nicht mehr wütend, sondern beeindruckt. »Mir tut es leid, dass ich nicht gesehen habe, was alles hinter diesem Entschluss steht. Du hast meinen Respekt, Xave.« Jetzt drücke ich seine Hand. »Nicole und euer Baby haben großes Glück.«

Er lächelt, zum ersten Mal seit heute Morgen. »Scheiße, ich werde Vater.« Sein Lächeln verschwindet ebenso schnell, wie es aufgetaucht ist. »Und ich habe keine Ahnung, was ich jetzt machen soll.«

»Einfach einen Schritt nach dem anderen«, sage ich mit aller Zuversicht, die ich für meinen Freund aufbringen kann. »Als würdest du einen Berg besteigen. Schau dir genau an, was du vor dir hast, bedenke die Möglichkeiten und handle dann nach deinem Herzen. Vertrau auf dich selbst.«

Xavier hält mir sein Glas hin, und wir stoßen an. Ich habe gar nicht mitbekommen, dass Ayla wieder zurück ist. Sie und Everon gehen am Eingang zur Küche eine Liste durch, und meine eigenen Worte hallen in mir nach. *Vertrau auf dich selbst …*

»Xavier?«

»Ja?«

»Was ist, wenn ich einen Ersatz für dich habe?« Ich befeuchte meine trockenen Lippen. »Wenn ich jemanden kenne, der alle Voraussetzungen mitbringt, um den Malamute Peak mit mir zu besteigen? Im vorgegebenen Zeitfenster? Und dem ich vertraue?«

Er folgt meinem Blick zu Ayla und Everon.

»Vermutlich interessiert es meinen Vater nicht mal wirklich, wer die Besteigung versucht, solange er Aufnahmen bekommt, die er für viel Geld vermarkten kann.« Xavier stößt den Atem aus. »Bestens ausgebildet, kennt die Umgebung mindestens so gut wie du, und ihr vertraut euch. Ich denke nicht, dass etwas dagegenspricht, solange Dr. Campton seine medizinischen Tests durchführen kann und alles okay ist. Und das dürfte bei einem aktiven Ranger kein Problem sein. Mein Go hast du.«

»Ranger?« *Nein.* »Xavier«, sage ich langsam, um mich selbst zu vergewissern, dass ich diese hirnrissige Idee tatsächlich ausspreche. »Ich will die Besteigung nicht mit Everon machen, sondern mit Ayla.« Mit niemandem sonst.

Erkenntnis und Zweifel zeichnen sich gleichermaßen auf seinem Gesicht ab. »Du hast gesagt, sie macht keine anspruchsvollen Touren mehr.« Noch immer betrachtet er Ayla, so als würde er sie auf eventuelle Risiken untersuchen.

Die Ader auf meiner Stirn beginnt zu pochen. »Starr sie nicht so an. Was glaubst du zu entdecken? Ob sie da oben bestehen kann? Denn glaub mir, das kann sie. Ich kenne keinen Menschen, der so zäh ist wie sie. Uns beide eingeschlossen. Und ich weiß, dass sie dafür trainiert, ohne zu wissen, dass sie es tut. Jeden verdammten Tag.«

Xavier wendet sich mir zu. »Wann ist sie das letzte Mal in diese Höhe aufgestiegen, ohne zusätzlichen Sauerstoff? Oder geklettert – auf Fels und Eis?«

Ich strecke den Rücken durch, bereit, Ayla zu verteidigen. »Vor fünf Tagen, als ihr beim Barbecue wart. Mit mir.« Das entspricht nicht ganz der Wahrheit, aber ich weiß, was sie kann. *Was sie konnte, Julien. Vor dem Unfall.* Die Tatsache zur Seite drängend, dass nichts mehr so ist wie früher, als wir ein unschlagbares Team waren, fixiere ich Xavier mit all meiner Willenskraft. »Du kennst sie nicht, aber du kennst mich. Vertraust du mir?«

Er stutzt. »Natürlich, wie kannst du das fragen?«

»Gut, dann vertraue mir, wenn ich dir sage, dass ich das durchziehen kann. Mit Ayla.«

»Will sie das denn? Ist sie bereit, sich mit dir gemeinsam der Gefahr da oben auszusetzen?«

Jetzt bin ich es, der stutzt. Sie vertraut mir nicht. Sie vertraut nicht mal sich selbst. Und trotzdem ist sie der Mensch, dem ich blind und bedingungslos mein Leben anvertrauen würde. Ohne jeden Zweifel.

Aber gilt dasselbe auch für sie? Ich sollte es beenden, hier und jetzt. Alles.

Ich kann nicht.

Weil ich uns beide ins Leben zurückholen muss. Das bin ich uns schuldig.

KAPITEL 14

GUNUNG *(Malaiisch)*

AYLA

Keine Ahnung, was für ein Problem Julien und Xavier haben, aber es ist nicht meines.

Nach dem abrupten Ende unserer Boulder-Session habe ich Julien zwar gesehen, aber die Erleichterung war groß, als die Crew und er endlich aufgebrochen sind. Ich kann mit vielem umgehen, sein Mitleid gehört jedoch nicht dazu.

Julien vorhin so unerwartet bald wiederzusehen, hat mich aus der Bahn geworfen, und ich musste mich an die frische Luft retten. Er war weg. Das war er sechs Jahre lang, aber jetzt ist es anders. Ihn immer wieder in der Nähe zu haben, bedeutet Schmerz und Sehnsucht zugleich. Es ist schwer für mich, damit umzugehen. Noch schwerer ist es, meine Gefühle für ihn zu leugnen. Und die Angst.

Meine plötzliche Angst, dass er wieder gehen wird, viel schneller als gedacht, wenn Xavier sich nicht dazu überreden lässt, zu bleiben. Ich will keine Angst um Julien haben. Hass ist einfacher. Ich kann ihn dafür hassen, dass er gehen und alles unverändert bleiben wird. Obwohl nichts davon seine Schuld ist, wird die Lodge weiterhin dem finanziellen Ruin näher sein als regelmäßigen Buchungen. Mehr und mehr Einwohner werden gezwungen sein, Charles Creek zu verlassen. Dann hat sich durch Juliens Besuch nichts verbessert, und jegliche Hoffnungen, die er uns gemacht hat, waren umsonst.

Nachdem ich mit Everon die Lebensmittelbestellung der nächsten Wochen durchgegangen bin, die unbedingt heute rausmusste, vergrabe ich mich weiter im Büro. In der festen Annahme, nur ein paar weitere Tage durchhalten zu müssen, bis Julien endgültig wieder weg ist. Und mit ihm die emotionale Unsicherheit. Everon und ich werden es auch so irgendwie schaffen. Uns wird etwas einfallen, ich gebe nicht auf.

Dass mir der Gedanke an Juliens Abreise die Konzentration stiehlt und ich die Bestellung am Computer dreimal korrigieren muss, ärgert mich. Nur ein paar Tage, und diese verfluchte Verwirrtheit hat ein Ende. Ein endgültiges. Ich werde durchhalten. Ich kann das.

Aber ich dachte wirklich, Endgültigkeit wäre leichter. Als ich höre, dass Autos das Grundstück verlassen, würde ich am liebsten zurück ins Eagle Eye laufen und Everon fragen, wann das Filmteam aus Charles Creek abreisen wird oder ob sie doch bleiben. Stattdessen zwinge ich mich, einfach auf mein Zimmer zu gehen. Ich werde mir Netflix anschalten, in der Hoffnung, dass die lausige Internetverbindung heute für ein paar Folgen *Reacher* reicht. Bouldern kann ich erst wieder, wenn die Zeit die Erinnerungen an Julien verwaschen hat und ich mir nicht mehr wünsche, wir hätten es geschafft. Alle beide.

In dem Erker im ersten Stock brennt Licht. Mir sicher, dass ich es heute Vormittag beim Abstauben vergessen habe, gehe ich hinüber, um es auszumachen. Wie falsch meine Vermutung ist, weiß ich in dem Moment, in dem ich das Hüttenbuch auf dem Schachbrett liegen sehe. Der schwarze König und meine weiße Königin stehen auf dem Buch, und zwischen ihnen steckt ein Zettel. Ich schaue mich um. Plötzlich fühle ich Blicke auf mir, die nicht da sind, und die Aufregung elektrisiert meinen Körper.

Kurz denke ich darüber nach, das Licht einfach auszuknipsen

und zu gehen, aber ich kann nicht. Es sind unsere Erinnerungen, die vor mir auf dem Tisch liegen. Und ihnen kann ich nicht den Rücken kehren. Nie wieder.

Also reibe ich meine kribbelnden Finger und greife nach der Nachricht. Ein Satz. Drei kurze Worte, die mich ins Straucheln bringen.

Zwei von zwei.

Der Zettel in meiner Hand beginnt zu zittern. Ich spüre Julien in meinem Rücken, aber ich kann mich nicht zu ihm umdrehen. Nicht, bevor ich mich wieder unter Kontrolle habe.

»Ayla?«

Mein Name aus seinem Mund reicht aus, und ich ahne, dass ich mich in seiner Nähe nie wieder unter Kontrolle haben werde. Das macht mich wütend – Kontrolle ist das Einzige, was mir geblieben ist, und selbst die scheint unter seiner Gegenwart erdrückt.

»Was?«, herrsche ich ihn an und drehe mich gleichzeitig um. »Was willst du?«

Julien zuckt zusammen, nur ganz leicht, aber ich sehe es. Und ich sehe, dass er soeben von seinem Plan abweicht und nach einer Alternative greift. Andere mögen den feinen Unterschied kaum wahrnehmen, aber ich kenne seine Strategien. Wir haben sie jahrelang gemeinsam trainiert.

Mit diesem selbstgefälligen Lächeln, das er für seine Social-Media-Plattformen auf Hochglanz poliert hat, steckt er die Hände in die Hosentaschen und zeigt lediglich mit dem Kinn in Richtung seiner Nachricht. Ah, der Bergsteigerarsch ist zurück. »Was ist, bist du dabei?«

»Wobei?«, knurre ich und hasse mich dafür, dass ich nicht einfach gehen kann.

Julien hebt herausfordernd eine Augenbraue. »Der Malamute Peak, du und ich.«

Ich lache auf. Das verunsichert ihn nicht im Geringsten. Julien lächelt einfach mit.

»Xavier fällt aus, und eine Klausel im Vertrag verbietet einen Alleinaufstieg. Ich brauche Ersatz für ihn.«

»Nein. Frag Rhett oder Harlem.«

»Ich frage dich.«

»Willst du mich verarschen?« Er hat selbst gesehen, wie es um mein Bein steht. »Das ist mies, Julien. Selbst von dir, und ich wette du bist immer noch überzeugt davon, absolut barmherzig zu handeln.«

Er lächelt immer noch, aber ich erkenne, wie er seine Füße etwas breiter aufstellt. Er sichert sich ab. »Keine Spielchen, Ayla. Nur du und ich.«

»Und ein ganzes Rudel von Menschen, die uns beobachten und für die Ewigkeit festhalten, wie ich aus der Wand falle, immer und immer wieder. Hast du vergessen, wie es beim Bouldern war?«

Sein selbstverliebtes Grinsen verschwindet. »Du wirst nicht fallen.«

»Ich *bin* gefallen.«

Julien nickt. »Das bin ich auch.«

Ich zeige auf ihn. »Aber du kannst wieder aufstehen.« Die Wut pulsiert jetzt in meinen Adern. »Du hast kein kaputtes Bein, das dich in Endlosschleife auf den Boden zwingt.« Meine Worte verändern nichts an seiner Mimik. Er sieht es nicht. Oder es ist ihm egal. »Willst du mich bloßstellen? Vor Publikum? Reicht dir die Lodge denn nicht?«

»Die Lodge wird es nicht mehr lange geben, wenn du nicht einwilligst.«

Mir entkommt ein unbeherrschter Laut. »Bloßstellen und erpressen?« Mein Selbstschutz zwingt mich, aus diesem Irrsinn auszubrechen. »Du bist zu einem viel größeren Arschloch mutiert, als ich dachte«, zische ich und will an Julien vorbeigehen. Im letzten Moment macht er einen Schritt nach rechts und stellt sich mir in den Weg. So, dass ich zu ihm aufsehen muss, um ihm zu sagen, dass er sich verpissen soll und nie wieder zurückzukommen braucht.

Ich hebe den Kopf, und Julien ist mir nahe, viel zu nahe. Nichts kann mehr seine Zerrissenheit verbergen, gegen die er müde ankämpft. Obwohl die blonden Haare einen Großteil seiner Augen verdecken, erkenne ich den Julien, der mein Freund war. Der alles für mich getan hat und mich nie verletzen würde. Ich schlucke.

»Du wirst nicht fallen, Ayla, weil ich da bin. Ich werde das nicht noch einmal zulassen.«

»Was zulassen?«

»Dass der Berg dich mir nimmt.« Seine Hand findet meine Wange. Nur eine Fingerspitze muss mich berühren, und ich schließe die Augen. Die Wut ist wie betäubt. Einzig Juliens Worte bleiben. »Es ist unwichtig, wer zusieht. Unwichtig, wer uns beobachtet und beurteilt. Dieser Berg ist unser Berg, und wenn wir da oben sind, gibt es nur eine Sache, die zählt.«

Der Malamute Peak.

»Unser Vertrauen ineinander, Ayla.«

Mein Herz stockt. Ich kann das nicht.

Er muss meine Angst spüren. Das Streicheln an meiner Wange wird fester, während seine Stimme zu einem brüchigen Flehen mutiert. »Wenn ich an dich glaube, warum kannst du das dann nicht?«

»Glaube alleine genügt nicht.« Ich habe an mich geglaubt. Und verloren, so viel. Ganz leicht neige ich mich seiner Berührung entgegen.

»Glaube ist alles. Er gibt dir Stärke. Durchhaltevermögen. Hoffnung.«

Ich möchte es. So sehr. Aber ich kann nicht, und deshalb schlucke ich alle Wünsche hinunter. Was bleibt, ist der bittere Geschmack der Realität. »Der Glaube kann mir mein kaputtes Bein nicht heilen. Selbst wenn ich die Besteigung durchziehen wollen würde, es geht nicht. Du hast es gesehen. Ich falle aus der Wand – aus jeder Wand.« Ich ziehe mich zurück.

»Ich habe mit Harlem gesprochen. Er sagt, deine körperliche Verfassung ist besser als je zuvor.«

Mein Keuchen klingt erbärmlich. »Ja, im Gelände. Nicht beim Klettern. Und es waren die Velvets, aber kein einziges Mal der Malamute Peak selbst.«

Ich werde nicht vor Julien oder der Unbarmherzigkeit in meiner neuen Gegenwart flüchten. Stattdessen atme ich tief ein und warte darauf, dass er all das endlich akzeptiert und vielleicht sogar versteht, wie viel sich verändert hat. Oder wie wenig wir die Vergangenheit heraufbeschwören können, egal wie sehr wir es uns wünschen. Ich warte nicht darauf. Ich verlange es. Julien soll mich respektieren. Und das, was aus meinem Leben und mir geworden ist.

Fordernd recke ich das Kinn. Sekunden vergehen. Julien sieht mich an, sein Blick wandert über meinen Körper, dann schüttelt er den Kopf. Fast so, als würden sich seine Erinnerungen und das Jetzt trennen und er würde den Menschen, der nun vor ihm steht, nicht wiedererkennen. Es ist in Ordnung so. Es ist richtig so. Wir gehören nicht mehr zusammen. Unsere Leben sind einander fremd geworden.

Juliens Mundwinkel beginnt zu zucken. Zuerst einer, dann der andere, und schließlich bricht ein Lachen aus ihm hervor, das mich beinahe zurücktaumeln lässt.

Zittrig sammle ich all meine Stärke und presse die Lippen zusammen. Vielleicht macht es den Abschied leichter, wenn er mir zeigt, was in seinen Augen von mir übrig geblieben ist.

Als sein Lachen endlich abklingt, kommt er wieder einen Schritt auf mich zu. Die Belustigung weicht und deckt eine Härte auf. Er leckt sich die Lippe und streckt den Kopf leicht nach vorne, um sicherzugehen, dass ich ihn höre.

Dann holt er Luft – und grinst. »Feige Nudel.«

»Wie bitte?«, stottere ich, unsicher, ob ich ihn richtig verstanden habe.

Juliens Grinsen wird breiter. »Ayla Shand ist eine feige Nudel! Ich dachte nicht, dass ich das irgendwann noch mal zu dir sagen würde, und es tut mir leid, aufrichtig, aber du bist eine feige Nudel.«

Das kann nicht sein Ernst sein. »Warum glaubst du, ein Sprung ins Eiswasser des Glacier Lake wäre auch nur annähernd vergleichbar mit dieser Sache hier?«

Julien zuckt mit einer Schulter. »Natürlich ist es vergleichbar. Du hast dich damals mit allen möglichen Ausreden versucht zu drücken, und heute tust du es wieder.«

»Was? Was tue ich heute wieder? Dir klarmachen, dass ich mit einem kaputten Bein nicht mit dir auf einen Berg steigen kann, während mein Versagen für die Nachwelt dokumentarisch festgehalten wird?« Ich werde lauter.

»Nein.« Mehr sagt er nicht, er grinst nur immer noch dämlich. Scheiße, er amüsiert sich richtig!

»Was stimmt nicht mit dir? Das muss der Sauerstoffmangel sein! Vielleicht solltest du bei deinen nächsten Aufstiegen darüber nachdenken, Sauerstoffflaschen zu benutzen. Resterhalt der Gehirnzellen und so.«

»Oh«, macht er, begleitet von einer übertriebenen Geste. »Da ist sie ja endlich, die Ayla, die sich nichts gefallen lässt. Ich hatte sie schon vermisst.«

Die einzige Antwort, die mir bleibt, ist mein Mittelfinger. Nicht sehr stilvoll, dafür effizient. Bei den meisten Menschen – aber natürlich nicht bei Julien.

Er schließt zu mir auf, zieht meine Hand runter und schaut mir in die Augen.

»Du musst mir nichts klarmachen, Ayla. Ich sehe, dass dein Bein eine unberechenbare Komponente ist, die uns in Schwierigkeiten bringen kann. Natürlich. Aber nichts, womit wir nicht umgehen können.«

»Umgehen?« Ich stocke. »Wir sprechen hier nicht von ›einmal ausrutschen und es geht wieder‹, wir sprechen hier …«

»… von Möglichkeiten. Viele, auf die wir ausweichen können, wenn es Probleme gibt. Alles, worum ich dich bitte, ist ein Versuch.« Er schluckt. »Du darfst nicht aufgeben, Ayla. Dich nicht aufgeben.«

»Wer sagt, dass ich das nicht schon längst getan habe?«, flüstere ich.

Julien schüttelt den Kopf. »Ich. Weil ich dich besser kenne als jeder andere Mensch und es an der Zeit ist, dass du wieder das tust, was du liebst.«

»Und wie stellst du dir das vor?« Ich kann nicht glauben, dass ich tatsächlich darüber nachdenke. »Wie sollen wir uns da oben begegnen? Ich würde nämlich sagen, unser Umgang miteinander ist nicht besonders vorzeigetauglich.«

»Begegnen?« Auf seinem Gesicht zeichnet sich Unverständnis ab. »Natürlich als das, was wir schon immer waren: Freunde.« Er kommt noch näher, sodass seine Worte mich tiefer durchdringen. Dann greift er nach etwas hinter mir, kehrt mir den Rücken zu und geht. »Einfach nur Freunde, die gemeinsam Spaß haben.«

Kurz bevor er in der Dunkelheit des Flurs verschwindet, dreht er sich wieder zu mir um. Er wirft etwas in die Luft und fängt es. »Am Gipfel, Ayla. Erst da werden wir sie wieder vereinen.«

Dann geht er, mit meiner Königin in der Hand, weil mein Leben in seinen Händen liegen wird. Und seines in meinen. Ich taste nach dem König, der auf dem Buch steht, und frage mich, warum ich einen Aufstieg auch nur annähernd in Betracht ziehe.

In diesem Moment versinkt die Sonne hinter den umliegenden Bäumen, und ich sehe die Gipfelzüge des Malamute Peak. Ein sehnsuchtsvolles Ziehen erfüllt meinen Körper. Es vertreibt für wenige Sekunden die Angst und die Zweifel und lässt mich die Gewissheit von früher spüren.

Nicht, dass ich es schaffen kann. Ich habe trainiert, ohne zu wissen, wofür, und wäre vorbereitet. Fels, Schnee, Eis. Ich könnte es.

Es ist die Gewissheit, dass ich es schaffen will.

Diese Sicherheit hatte ich schon lange nicht mehr. Seit sechs verdammten Jahren.

KAPITEL 15

PLANINA *(Kroatisch)*

JULIEN

Ich hasse diese Hektik im Lager. Die Unruhe der letzten Tage und die Umstrukturierung haben im Team Spuren hinterlassen, und bei der allgemeinen Aufregung schwingt die leise Skepsis mit, ob Ayla ein geeigneter Ersatz für Xavier ist.

Sie ist noch nicht bei uns angekommen. Nachdem sie zugesagt hat und ich mich einen Abend lang vor Everon und den anderen Rangern rechtfertigen musste, dass ich Ayla nicht für meinen Ehrgeiz instrumentalisiere, sondern sowohl ihr als auch Charles Creek helfen will, bin ich der Crew wieder in das erste Lager nachgestiegen. Wir haben inzwischen eine weitere Basis auf 2460 Höhenmetern gesetzt und kampieren jetzt direkt unter dem Silver Rock. Ayla müsste im Laufe des Tages zu uns stoßen.

Everon hat darauf bestanden, sie nach den medizinischen Checks bis zu uns zu begleiten und ihre Anpassung zu beobachten. Wenn sich auch nur die geringsten Symptome der AMS zeigen, war's das. Die Höhenkrankheit ist aktuell ihr größter Feind. Ein Grund mehr, warum ich ihr beim Aufstieg Zeit geben wollte, während ich unsere weiteren Schritte plane. Mein Körper hat in den letzten Jahren gelernt, sich schnell an die Widrigkeiten hier oben zu gewöhnen. Da ist es das Mindeste, Ayla ein paar Tage zu geben, selbst wenn Sarah in jeder Situation wegen des engen Zeitfensters stresst. Das Wetter ist außergewöhnlich beständig, also kein Grund, sich wirklich zu sorgen.

Die Crew hat das Lager in den letzten Tagen gut ausgestattet, sodass wir einen soliden Ausgang für die nächste Etappe haben. Die orangen und gelben Zelte der viel zu großen Crew reihen sich eng aneinander, mit zunehmender Höhe werden die flachen Standplätze begrenzter, und ich kann die Zweifel des Teams aus jeder Ecke flüstern hören.

Das könnte der Todesstoß sein.

Für Sportler sind mentale Unterstützung und innere Stärke eng mit den Erfolgsaussichten verwoben. Bedenken, die über das gesunde Maß hinausgehen, sind Gift.

Was für mich Gift ist, ist für Ayla ein Urteil. Und das werde ich nicht dulden. Ich werde sie nicht scheitern lassen, bevor wir überhaupt richtig mit dem Aufstieg begonnen haben.

Es ist Mittag, und ein frischer Wind hält die Zeltplanen in ständiger Bewegung, als ich Liz alle zu einer Besprechung rufen lasse. Bis jetzt war das Xaviers Rolle, doch mit seiner Abreise ist es zu meiner geworden.

»Ayla wird in den nächsten Stunden nachrücken. Mir ist so gut wie euch bewusst, dass die gesamte Expedition anders verläuft, als sie ursprünglich geplant war.«

Ein unzufriedenes Raunen geht durch die Mannschaft. Ich hasse es, wenn sich Menschen in der Anonymität der Menge verstecken. Am liebsten würde ich sie einzeln zur Rede stellen, aber wir sind immer noch ein Team mit einem gemeinsamen Ziel.

»Ich glaube auch, dass es genau das ist, was euch alle hierhergebracht hat – ihr gehört mit zu den besten auf eurem Gebiet, und das nicht, weil ihr nur nach einem festgelegten Schema arbeiten könnt. Ihr seid hier, weil euch eure Problemlösungsstrategien auszeichnen und ihr es schafft, aus jeder Situation das Geilste herauszuholen, egal wie beschissen sie ist.« Aus dem Raunen ist ein Nicken geworden, und auf manchen Gesichtern sehe ich ein anerkennendes Lächeln. »Also lasst euch von ein paar Problemen verdammt noch mal nicht eure Professionalität stehlen, und glaubt weiter an das Unmögliche.« Irgendwer johlt. »Helft Ayla und mir dabei, dieses Unmögliche möglich zu machen. Ayla hätte genauso gut ablehnen können. Die Expedition wäre damit beendet gewesen, und uns allen wäre ein Haufen an Prämien durch die Lappen gegangen. Abgesehen davon, dass wir hier sind, weil wir für die Berge leben. Ihr könnt mir vertrauen«, sage ich etwas bestimmender. »Ayla ist ebenso eine der Besten wie ihr auch.«

»Wie lange seid ihr nicht mehr gemeinsam in einer Seilschaft geklettert? Und woher weißt du, wie gut sie wirklich ist?« Sarah. Ich habe sie seit dem Abend in der Lodge kaum beachtet, meine wunden Punkte kommen ihr vermutlich gelegen. »Das ist ein Risiko, wir sind unseren Ruf, die Besten zu sein, nämlich ganz schnell wieder los.«

So läuft das nicht, aber das ist egal. Sie will Misstrauen streuen.

»Gerade bist du das Risiko, Sarah.« Ich stecke meine Hände gleichgültig in die Jackentaschen, um ihr keine Angriffsfläche zu bieten. »Immer noch bin ich derjenige, der aufsteigt. Gemeinsam mit Ayla. Das, was ich am wenigsten gebrauchen kann, ist jemand, der an meiner persönlichen Einschätzung zweifelt.« Ich schnalze mit der Zunge. »Oder die Kompetenz des restlichen Teams infrage stellt, wie du eben.« Gleichgültig kicke ich einen Kieselstein zur Seite. »Du hast die Möglichkeit, abzusteigen. Everon kommt mit Ayla hierher und wird wieder nach Charles Creek zurückkehren, du kannst ihn sicherlich begleiten. Das steht jedem frei. Entscheide dich jetzt und nicht erst dann, wenn Ayla kommt, um uns allen den Arsch zu retten.«

Die Überlegenheit auf Sarahs Gesicht ist mit jedem meiner Worte mehr und mehr in sich zusammengefallen, und sie wirkt jetzt beinahe … traurig. Vielleicht bin ich nicht fair, alle Zweifel dürfen ihre Berechtigung haben. Aber sobald es um Ayla geht, kann ich nicht fair sein. Ich weiß, was sie kann, selbst wenn sie es vergessen hat. Und ich habe sowohl mit Everon als auch mit Harlem und Rhett gesprochen. Hätten sie irgendeinen Zweifel an Aylas Können, wäre keiner von ihnen davor zurückgescheut, diesen als Argument zu nutzen. Um Ayla vor dem Berg zu schützen oder vor meiner Idee. Aber das haben sie nicht. Ayla kann das schaffen.

»Sarah?«

Ich sehe, wie unwohl sie sich gerade fühlt. »Ich würde mich dennoch sehr freuen, wenn du bleibst. Auf deine Arbeit zu verzichten, wäre für uns alle ein Verlust.«

Sarah nickt mit einem leichten Lächeln, und Luke neben ihr klopft ihr anerkennend auf die Schulter. Ich lasse meinen Blick über die dreiundzwanzig Leute gleiten, von denen mir die meisten von früheren Aufstiegen bekannt sind. Ich weiß, dass ich mich auf sie verlassen kann. Selbst wenn ich sie nicht bräuchte. Alles, was ich will, ist Ayla an meiner Seite.

~ ~ ~

Es ist später Nachmittag, als sich Storm einen Weg durch die ersten Zelte bahnt und ohne Umwege auf mich zurennt. Ich versuche gerade, das bisschen brauchbares Brennholz von einzelnen längst abgestorbenen Bäumen hier oben anzufeuern. Der braun-schwarze Hund begrüßt mich mit so viel Euphorie, dass ich zurückfalle, womit er die Chance bekommt, mir über das Gesicht zu lecken.

Hinter Storm taucht Everon auf, und er tut rein gar nichts, um seinen Schäferhund zurückzurufen. Als Storm seine Freude genug geteilt hat, setze ich mich wieder auf, um Ayla zu sehen. Unser letztes Wiedersehen ist erst wenige Tage her, trotzdem rast mein Puls bei dem Gedanken, sie gleich hier zu haben, bei mir, für länger als ein paar Minuten am Stück.

Ich blicke an Everon vorbei, doch anstatt Ayla sehe ich Harlem und Rhett, die sich interessiert umsehen. Plötzlich dämmert mir, dass der Rucksack, den Everon mit sich trägt, für einen einfachen Aufstieg wie diesen hier viel zu groß ist und er mehr Material mithaben muss als notwendig. Eine dunkle Vorahnung schärft meine Sinne, und ich suche beinahe panisch nach irgendeinem Zeichen von Ayla.

Am liebsten würde ich Everon anschreien und ihn fragen, ob er es ihr ausreden konnte, da wird mir schmerzlich bewusst, dass eine Kamera auf uns gerichtet ist, um nichts zu verpassen. Keine Regung, keinen Gefühlsausbruch. Kein Geheimnis.

Also stemme ich mich hoch und gehe auf Everon zu, um ihn in eine Umarmung zu ziehen. Über seine Schulter hinweg entdecke ich endlich Ayla und bin so erleichtert, dass sich der Schraubstock löst, der eben meine Brust zusammengequetscht hat.

Ayla hingegen schaut nicht zu mir. Sie gibt mir nicht die Chance, einzuschätzen, wie es ihr geht und ob sie den Aufstieg auf knapp dreitausend Meter gut gepackt hat oder ob es Schwierigkeiten gab. Ihr Blick hängt starr an den Kameras fest, und ich kann die Bilder sehen, die sie gefangen halten. Ständige Beobachtung, kaum Rücksicht auf deine Gefühlslage. Aylas Atmung wird sichtbar schneller. Ihre Lippen bekommen eine unnatürlich weiße Färbung.

Ich setze mein Kameralächeln auf, begrüße Harlem und Rhett und übergehe die Tatsache, dass ein Longsleeve von Ayla zum Trocknen an Rhetts Rucksack gebunden ist. Ich kenne das Oberteil. Irgendwann letztes Jahr habe ich es Everon für sie geschickt, ohne dass sie davon wusste. Es jetzt bei Rhett zu sehen, darf mich lediglich einen – vermutlich kindischen, aber dezent festen – Klaps auf seine Schulter kosten, als wir uns umarmen.

So, dass uns Ians Kollegin und Kamerafrau Margo gut im Fokus hat, ziehe ich Ayla an mich und spüre sofort, dass sich alles an ihrem Körper dagegen sträubt. »Lächle einfach. Sag, dass der Aufstieg ohne Probleme war und du die einzigartige Aussicht am Hayes-Pass genossen hast. Den Rest lässt du mich machen. Wir verschwinden so schnell wie möglich von hier. Du kannst gleich durchatmen.«

Ich habe Ayla gerade losgelassen, da tritt Margo an uns heran. »Ayla, was ist es für ein Gefühl, als Alpinistin zu dem Team zu stoßen, das du vor zwei Wochen noch durch die Umgebung von Charles Creek geführt hast?«

Ayla versucht sich an einem Lächeln. »Egal, wie oft ich schon in den Velvet Mountains und am Malamute Peak unterwegs war, es ist für mich immer wieder wunderschön, von diesem unvergleichbaren Stück Natur umgeben zu sein.«

Sehr gut. Ich drücke Aylas Hand.

»Wie geht es dir mit der Anpassung?« Ich stöhne beinahe, weil Margo heute wohl besonders gesprächig ist.

»Danke, die drei Ranger hier haben bestens auf mich aufgepasst.«

Der kleine Verweis auf Everon, Harlem und Rhett reicht Margo, und sie konzentriert sich auf die Männer. Ich verflechte Aylas Finger fester mit meinen und ziehe sie hinter mir her durch das Lager.

Neugierige Blicke verfolgen uns aufmerksam, und ich hebe immer wieder lässig grüßend die Hand. Ayla tut es mir gleich, aber ich spüre, wie nervös sie sich bewegt.

»Wir haben es sofort geschafft.«

»Wohin gehen wir?«

»In unser Zelt.« Ich beiße die Zähne zusammen, mir sicher, dass sie etwas sagen wird in drei, zwei, eins …

»*Unser* Zelt?« Sie drückt einen meiner Finger so fest, dass er knackt. »Ich habe mein eigenes Zelt mitgebracht, Julien.«

»Das Zelt, das du nicht verwenden darfst, Ayla.«

»Wie bitte?«

»Liz hat dich aus unserem Vorrat in der Lodge mit neuer Kleidung ausgestattet, oder? Mehr als großzügig mit dem *Barrow-Goldeneye*-Logo verziert.« Ich drehe mich kurz um und zeige über den Platz. »Alles, was du hier siehst, stammt ebenfalls von *Barrow*

Goldeneye. Jeder Stuhl, jede Stirnlampe, jeder Kochtopf. Und jedes Zelt. Das ist Teil des Spiels, Ayla. Und des Vertrags, den du unterzeichnet hast.«

»Gut. Habt ihr ein Zelt übrig, für mich allein?«

Wir gehen weiter. Es fällt mir leichter, das zu regeln, wenn ich Ayla dabei nicht ansehen muss. »Nein. Leider. Die Zelte sind genau auf die Personen im Camp ausgelegt, du nimmst Xaviers Platz ein. Und Xave und ich«, ich zucke mit einer Schulter, »schlafen grundsätzlich in einem Zelt, wenn wir zusammen klettern. Weniger Ballast und so.«

»Warum hast du mir das nicht schon in der Lodge gesagt?«, faucht sie leise, und ich löse meine Hand aus ihrer, um das Zelt für uns zu öffnen.

»Weil es vermutlich ein perfekter Vorwand gewesen wäre, das Ganze doch abzusagen.« Ich halte Ayla den Eingang auf. »Mi casa es tu casa«, heiße ich sie viel unsicherer willkommen, als ich sein sollte. Ayla reagiert nicht, also steige ich zuerst hinein. »Wir können auch mal in die Runde fragen, ob jemand anderes einen Platz in seinem Zelt frei hat, aber beschwer dich dann nicht bei mir, wenn dir die fremden Gerüche zu viel werden. Sie krallen sich durch den Dunst regelrecht in den Zeltwänden fest und konzentrieren sich von Tag zu Tag mehr zu einem würzigen Potpourri der Bewohner …«

»Geh einfach aus dem Weg«, schnauzt Ayla, lässt ihren Rucksack auf mich fallen und drängt mich unsanft zur Seite. Sie krabbelt an mir vorbei in das orange Zelt, in dem gerade einmal Platz für zwei Schlafsäcke und das Gepäck ist.

Sie nimmt einen tiefen Atemzug und bläht dabei die Nasenflügel. »Was unterscheidet deinen sich festkrallenden Geruch von dem der anderen?«

Ich ziehe den Reißverschluss am Zelteingang zu. »Meinen Geruch magst du«, sage ich und zwinkere ihr zu, aber Ayla nimmt nur mein kleines Kopfkissen, ohne das ich nirgendwo auf der Welt schlafen kann, und wirft es mir grinsend an den Kopf. Ich lege es zur Seite und krieche weiter ins Zelt hinein, dessen gebogenen Giebel ich beim Sitzen beinahe berühre. »Siehst du? Ein bisschen Lachen mit dem Bergsteigerarsch, und die Anspannung von eben ist vergessen.«

Sie stutzt. »Es fühlt sich eigenartig an, weißt du? Ich meine, ich bin es von den Wanderungen gewohnt, immer wieder für kurze Zeit die Aufmerksamkeit von allen zu haben, aber das hier ist neu. Alles.«

»Das ist es, und es ist völlig in Ordnung, wenn dich das erst mal überfordert. Mir ging es bei meiner ersten dokumentierten Besteigung genauso.« Ich denke kurz nach und setze mich dann neben sie. »Nein, nicht genauso, das stimmt nicht. Durch Instagram war ich damit vertraut, ausgewählte Momente mit der Öffentlichkeit zu teilen. Aber es macht definitiv einen Unterschied, ob man selbst diese Momente wählt oder jemand anderes. Und durch die Menge an Filmmaterial, die sie brauchen, um das Gesamtkonzept passend zu bedienen, ist man quasi ständig unter Beobachtung. Ein ›Stopp‹ ist ein Cut und wird von jedem akzeptiert, aber da ist es meistens schon zu spät.« Ich strecke die Beine aus, nehme den Tennisball vom Zeltboden und lasse ihn über die Finger tanzen. »Du musst dich selbst in einer Rolle sehen. Sei nicht Ayla, die gegen die Welt kämpft, sondern sei Ayla Shand, die der Welt zeigt, wozu sie fähig ist.« Ich schaue sie nicht an, aber ich höre, wie ihre Atmung leicht stockt. »So bleibt wirklich Wichtiges tief verborgen vor der Allgemeinheit, und du bietest keine Angriffsfläche. Nur du bestimmst, was sie von dir erfahren dürfen und was nicht. Es ist die Wanderung auf dem schmalen Grat zwischen Authentizität und Schauspielerei, die richtige Mischung macht den Selbstschutz aus.«

»Ich habe es geglaubt.«

»Wie bitte?«

Aylas weicher Blick trifft mich. »Ich habe geglaubt, dass du zu dem Julien Hendricks geworden bist, den du allen gezeigt hast.« Sie lächelt gequält. »Dem Bergsteigerarsch. Und das tut mir leid. Du hast nur eine Rolle gespielt.«

»Ich habe ihnen das gegeben, was sie von mir gebraucht haben, und mir das genommen, was ich gebraucht habe.« Meine Finger werden unruhig, und der Ball rollt mir davon.

Bevor ich danach greifen kann, legt Ayla ihre Hand über meine. »Du hast dich selbst beschützt, und es tut mir leid, dass ich das nicht gesehen habe.« Ihre aufrichtige Mimik dringt tief in mich. »Nein, dass ich es dir abgesprochen habe.«

»Was abgesprochen?«

»Dass auch du klarkommen musstest. Everon hat es wahrgenommen. Ich nicht.«

Ich weiche ein kleines Stück zurück. Sie sieht es, und sie sieht mich. »Es ist in Ordnung, Ayla. Jeder muss auf irgendeine Art und Weise überleben. Du hattest deine, und ich hatte meine.« Ich schließe die Augen. »Ich konnte nicht noch mehr verlieren und das letzte bisschen von mir selbst aufs Spiel setzen, nachdem ich euch verloren hatte.«

Mit geschlossenen Augen warte ich darauf, dass Ayla in Erinnerung an unseren Verlust die Hand von meiner nimmt, aber sie lässt sie bei mir.

Dass es plötzlich sie ist, die mir Halt gibt, ist ungewohnt. Ungewohnt und vertraut zugleich. Ayla war immer die Stärkste von uns dreien. »Glaubst du, du schaffst das hier, Ayla?«

Sie zieht ihre Beine an und legt die Arme darum. Meine Hand fühlt sich plötzlich kalt und leer an.

»Was? Eine Rolle zu spielen?«

»Ja.«

»Habe ich eine Alternative?« Sie lächelt, und das zarte Muttermal in ihrem Augenwinkel wandert ein kleines bisschen nach oben. »Vielleicht mich hier drin im Zelt verstecken und nur für den Aufstieg rauskommen?«

»Solange es dieses Zelt ist, in dem du dich verkriechst.«

Ayla wiegt den Kopf hin und her. »Mal schauen, ob ich nicht doch in einem größeren Zelt unterkomme.«

»Weißt du, warum das keine Option ist?«

»Warum?« Sie leckt sich kaum merklich über die Unterlippe.

Ich beuge mich zu ihr. »Weil ich es nicht ausstehen kann, wenn der Geruch eines anderen an dir haftet.« Sie schluckt, und ich streiche eine dunkle Haarsträhne hinter ihr Ohr. »Ich will, dass du nach mir riechst, und jeder hier soll es bemerken.«

Die pfirsichfarbene Röte ihrer Wangen von der Anstrengung und dem kühlen Abendwind wird plötzlich von einem viel volleren, wärmeren Rot überdeckt, und ich habe das Bedürfnis, mit meiner Nase an ihrer Kinnlinie entlangzustreichen.

»Ayla?«

»Ja?«

»Es ist schön, nicht dein Feind sein zu müssen.«

Sie schließt die Augen, als könnten diese Worte ebenso von ihr kommen, und lehnt plötzlich ihre Stirn erschöpft gegen meine. Der Widerstand der letzten Wochen scheint zumindest für die wenigen Atemzüge, während derer sich unsere Gesichter aneinanderschmiegen, verflogen zu sein.

»Ayla«, wiederhole ich und sammle den Mut, meine Hand in ihrem dunklen Haar zu vergraben und sie zu halten, um ihr mit einem Kuss zu zeigen, wie dankbar ich bin, sie hier zu haben. Und gerade als meine Finger über ihren Nacken nach oben gleiten, spüre ich das leichte Zucken, das durch ihren Körper geht. Ihre Vorsicht katapultiert mich zurück in die gemeinsame Nacht in der Hütte, in der wir alles geteilt haben, um uns damit wieder alles zu nehmen.

Langsam löse ich mich von ihr und räuspere mich. »Ayla, wenn du willst, kümmere ich mich natürlich um einen anderen Schlafplatz. Ich will nicht, dass du denkst …«

»Nein, alles gut.« Sie versucht sich an einem Lächeln und reibt sich mit einer Hand über die Wange, fast so, als würde sie den intimen Moment zwischen uns abstreifen. »Sobald wir weiter aufsteigen, werden wir ohnehin in einem Zelt übernachten müssen.«

Ich nicke. Durch die Zeltwände dringt gedämpft das Klappern von Metallgeschirr und ein Fluchen – irgendjemand muss sich verbrannt haben. »Du hast bestimmt Hunger«, sage ich und knie mich hin. »Wir haben es uns zum Ritual gemacht, täglich um sechs gemeinsam zu essen, für den Teamgeist – selbst wenn jeder sich seine Portion selbst zubereiten muss.«

Ayla nickt, und bevor ich das Zelt verlasse, drehe ich mich noch einmal zu ihr um. »Und vergiss nicht: Du bestimmst, wie viel von dir selbst in dem steckt, was du der Welt zeigst. Nur du.«

Als ich hinaus in die Abenddämmerung trete, holt mich das geschäftige Treiben im Lager sofort zurück in die Realität. Ich stemme die Hände in die Hüften und atme tief durch. Hierfür sind Ayla und ich da. Hierfür sind wir alle da. Wir haben ein Ziel.

Auch wenn ich keine Ahnung habe, wie viel meine Ziele wert sind. Weil sie längst nicht mehr das zu sein scheinen, was ich brauche.

KAPITEL 16

גראַב *(Jiddisch)*

AYLA

Nur ich bestimme.

Ich weiß nicht, wie oft mir dieser Satz an meinem ersten Abend im Lager durch den Kopf geht, aber immer dann, wenn ich mir der Kameras und der Aufmerksamkeit der Menschen um mich herum bewusst werde, lasse ich ihn meine Gedanken stärken. Der hohe Aufwand, der notwendig ist, um die Expedition zu filmen, ist beeindruckend – und setzt mich einmal mehr unter Druck. Ich spüre, wie kritisch mich das Team mustert und jede einzelne meiner Handlungen nach Schwächen absucht. Sie vertrauen mir nicht.

Es war etwas anderes, mich in Charles Creek unter der Crew zu bewegen, als hier oben. Jetzt bin ich Teil dieses Teams – ob sie wollen oder nicht –, und dadurch sehen sie mich mit anderen Augen. Vielleicht glauben sie, wenn ich es nicht schaffe, den Gaskocher zu bedienen und mir das Chili aufzuwärmen, das Everon für alle hier hochgeschleppt hat, packe ich es ebenso nicht, mich mit einem Felshaken selbst zu sichern.

Wann immer ich mich durch die Wachsamkeit der anderen bedroht fühle, schaue ich zu Julien. Niemand bemerkt sein kurzes Nicken oder wie er beiläufig eine Augenbraue hebt, um mich an das zu erinnern, was mich schützt. Nur ich bestimme. Es ist erstaunlich, wie leicht sich unsere Verbindung plötzlich wieder anfühlt. Wie vertraut.

Everon, Rhett und Harlem wollen ihre Zelte nicht auf dem wenigen freien Platz aufstellen, der ohnehin mit Materialboxen belegt ist, und beschließen, noch heute ein Stück Richtung Hayes-Pass abzusteigen. Sie wollen die Chance nutzen, ihre Ranger-Skills, wie Harlem sie nennt, bei einem Abstieg in Dunkelheit zu trainieren, und haben keine Eile, das Lager zu verlassen. Wir alle sitzen nach dem Essen mit einem Teil des Teams um das kleine Feuer, das Julien trotz der Höhe mit etwas flüssigem Brennstoff entfachen konnte.

Ian erzählt von seinen ersten Kletterversuchen im Hochgebirge, und alle lachen, weil er sich damals in reger Panik geschworen hatte, sich nie wieder über fünfzehnhundert Metern aufzuhalten. Everon berichtet, dass er das in jeder Saison mindestens zehnmal hört, und steht so plötzlich auf, dass Liz neben ihm zusammenzuckt. Mir entgeht dabei nicht der sehnsüchtige Blick, mit dem sie ihn schon in der Lodge immer wieder in Gespräche verwickelt hat.

»Everon, wo willst du hin?«, fragt sie.

Julien und ich sehen uns an. »Everon will auf den Everest«, sagen wir gleichzeitig mit kindlichen Stimmen und brechen dann in Gelächter aus. Harlem und Rhett kennen unseren Scherz von früher und schlagen lachend ein, während der Rest des Teams verhalten grinst.

Everon zeigt zuerst auf Julien und dann auf mich. »Manche Sprüche sind auch nach Jahrzehnten nicht lustig.«

»Ich muss dich enttäuschen, Bro. Dieser Spruch gehört zu denen, die ihre Wirkung niemals verlieren, und ist damit offiziell zeitlos«, gibt Julien zurück und legt zufrieden grinsend einen Arm um mich. Er drückt mich kurz an sich und bringt Everon damit zum Lächeln. Das nervöse Bewusstsein für die Kameras, die auf uns gerichtet sein könnten, verblasst. Ich bin im Moment, hier mit meinen Freunden, und es ist mir egal, was die Welt denkt. Eine vergessen geglaubte Stärke erfüllt mich. Ich kann mich zufrieden in Juliens Umarmung lehnen, ohne Energie an meine innere Unruhe der letzten Stunden und Tage zu verlieren. Und ohne gegen Julien zu kämpfen.

Die Nacht ist bereits angebrochen, als wir uns von Rhett, Harlem, Everon und Storm verabschieden. Ich muss Everon mehrmals versichern, dass ich mich jeden Tag verlässlich über Funk melde. Es fällt ihm schwer, zu gehen. Das spüre ich. Trotzdem bin ich ihm dankbar, dass er dem Gedanken nicht zu viel Raum gibt, der uns alle bei unserer letzten Umarmung erfasst: dass es tatsächlich die letzte Umarmung sein könnte. Es hat gereicht, dass mich Tante Phyllis und Onkel Barney heute Morgen freundlicherweise darauf hingewiesen haben, anstatt mir zu sagen, dass sie sich auf ein gemeinsames Mittagessen freuen, wenn ich wieder zurück bin.

Tapfer schlucke ich die Tränen hinunter, die sich ihren Weg bahnen wollen. Gemeinsam mit Julien sehe ich den vieren so lange hinterher, bis sie in der Schwärze der Nacht verschwinden.

»Der Abstieg wird problemlos laufen, und sie werden einen perfekten Platz zum Schlafen finden«, sagt er neben mir. »Sie sind Profis.« Er zuckt mit einer Schulter. »Und ich hoffe inbrünstig, dass sich unter Rhetts Schlafplatz ein Haufen spitzer Kiesel versteckt, die ihn wach halten.«

Ich runzle die Stirn. »Warum?«

»Weil er dich ansieht, wie er dich ansieht.«

Ich blicke mich verstohlen um und erkenne, dass Margo und die anderen vom Feuerplatz verschwunden sind. »Nicht, dass es dich irgendwas angeht, aber für deinen Seelenfrieden: Das mit Rhett und mir ist seit Wochen vorbei.«

»Aber da war was, das beendet werden musste. Scheiße«, murmelt Julien kaum hörbar und schaut trotzig in die Nacht hinaus.

»Ah ja, ich hatte vergessen, dass du garantiert unberührt aus jedem Winkel der großen, weiten Welt zurückgekehrt bist.«

Julien schnaubt. »In der großen, weiten Welt habe ich nie eine

Frau so angesehen wie Rhett dich. Als hättet ihr eine Vergangenheit, die wir nicht haben.«

»Ist auch so«, sage ich mit einem Schulterzucken und genieße beinahe den Ärger, den meine Gleichgültigkeit in Julien auslöst. »Und die geht dich rein gar nichts an.«

Er wendet mir den Rücken zu und murmelt in sich hinein: »Viele spitze Kiesel wünsche ich ihm. Verdammt viele spitze Kiesel.«

Ich bücke mich und beginne, den Felsbruch aufzusammeln.

Julien bleibt stehen und sieht sich nach mir um. »Was machst du da?«

»Ich nehme ein paar Steine mit, die ich dir unter den Schlafplatz lege, damit du nachts nicht vergisst, was für ein unreifer Idiot du immer noch bist.«

Mit einem Grinsen gehe ich hoch erhobenen Hauptes an Julien vorbei, höre aber sein lautes Lachen weit über den Zeltplatz.

Er gibt mir Zeit, mich im Zelt bettfertig zu machen, was in dieser Höhe lediglich bedeutet, sich so gut wie möglich mit einem nassen Lappen zu waschen und dann wieder in seine – mit viel Glück frische – Kleidung zu schlüpfen. Die meisten Sachen, die ich anhabe, hat mir das Produktionsteam zur Verfügung gestellt. Trotzdem lasse ich es mir nicht nehmen, unter der Funktionsmontur meine alten Shirts und Thermohosen zu tragen. Das Gefühl, etwas Vertrautes bei mir zu haben, beruhigt mich.

»Ayla?« Vor der Plane ist der Kegel einer Taschenlampe zu sehen. »Kann ich reinkommen?«

»Warte, nur schnell die Kieselsteine richtig platzieren … Ja, bin bereit.«

Kopfschüttelnd krabbelt Julien ins Innere und beginnt, sich auszuziehen. Das Zelt wirkt plötzlich viel enger, als es ohnehin ist.

»Warte, soll ich nicht rausgehen?«

»Wozu?« Er streift sich die Jacke ab und beginnt, sich die Hose aufzuknöpfen. »Es dürfte nichts an mir geben, was neu für dich ist.«

Scheiße. Ich suche einen Platz zum Ausweichen, kann mich aber nicht wirklich bewegen und spüre schon wieder, wie die verdammte Hitze verräterisch mein Gesicht färbt.

»Ayla, wir haben unser halbes Leben gemeinsam in einem Zelt verbracht. Und ich kann mich vage daran erinnern, dass wir neulich, auf der Hütte …«

Ich nehme eines meiner Shirts und schlage damit nach ihm, was ihm lediglich ein zufriedenes Grinsen entlockt. »Sei froh, dass die Kieselsteine gerade außer Reichweite sind, Julien.«

Seine grauen Augen fixieren mich, während er sich unbeeindruckt die Hose runterzieht, und es könnte gut sein, dass die Alternative zu seinem immer intensiver werdenden Blick – nämlich auf seinen Schritt zu starren – mich gerade weniger aus der Fassung bringen würde.

Ich räuspere mich unbeholfen und beginne endlich damit, an meinem Schlafsack zu nesteln. Bis sich ein braunes Buch in mein Sichtfeld schiebt.

»Hier«, sagt Julien. »Bevor der Reißverschluss an deinem Schlafsack kaputtgeht, könntest du einen Blick auf die Skizzen werfen, die ich in den letzten Wochen gemacht habe.«

»Ist das …?« Ich werfe ihm einen kurzen Blick zu, dann streiche ich wieder über den dicken Ledereinband.

»Ja«, antwortet er leise. »Es hat mir immer Glück gebracht.«

Andächtig löse ich das Lederband, das um das Routenbuch gebunden ist. Wir haben es irgendwann von Devins Eltern bekommen. Es war nur ein Buch mit leeren Seiten, aber für uns war es alles. Das Buch war voller Möglichkeiten. Jede Boulderroute und jeden Berg, der für uns interessant war, haben wir darin verewigt und uns am Skizzieren von Wänden und dem Einzeichnen von Aufstiegslinien versucht.

»Ich dachte, es wäre damals verloren gegangen.«

»Nein.« Julien holt tief Luft. »Ich hatte es. Es war in meinem Rucksack. Nicht in Devs.«

Ich lasse meine Finger über die Seiten gleiten, die nicht mehr wie früher aussehen. Jetzt tragen die abgegriffenen Blätter viele Geschichten in sich. Juliens Geschichten, die uns dreien hätten gehören können. Die Wehmut verdrängend, schlage ich den zerkratzten Einband auf. An manchen Stellen hat sich die etwas hellere Naht gelöst, aber als ich durch das Buch blättere und dabei bewusst die ersten Seiten – unsere Seiten – übergehe, atme ich den vertrauten Geruch nach Leder und Schokolade ein. Irgendeiner von Everons Hunden hat mal den Kakao umgestoßen, die Hinterseite hat sich damit vollgesaugt.

»Es riecht wie früher«, sage ich und lege mich auf den Bauch.

Julien tut es mir gleich und stellt die kleine Gaslampe zwischen uns.

»Du nicht«, sagt er.

»Wie bitte? Ich rieche nicht mehr wie früher?«

Er schüttelt den Kopf. »Nein. Früher hast du nach den Kaubonbons gerochen, die du ständig gegessen hast.«

Ich lächle. »Daran erinnerst du dich?«

»Natürlich. Es war in gefühlt jeder Tasche eins versteckt.«

Ich blättere weiter in dem Buch.

»Warum isst du sie nicht mehr, Ayla?«

»Weil ich …« Ich denke nach, wie ich die Wahrheit verpacken kann, ohne völlig eigenartig zu klingen. »Weil es mir falsch erschien, mit allem so weiterzumachen wie davor, um mir selbst vorzulügen, dass alles in Ordnung ist«, sage ich schließlich. »Dinge zu tun, mir Kleinigkeiten zu erlauben, die ich mochte – nein, die ich geliebt habe –, während Devin nicht mehr da ist. Es hätte nichts geändert, das ist mir bewusst«, ergänze ich schnell, »aber irgendwie hat es sich nicht richtig angefühlt, und ich …«

»Ich weiß«, unterbricht mich Julien leise und atmet aus. »Ich weiß, was du meinst, Ayla. Aus demselben Grund werde ich Tee nie mehr mit Ahornsirup trinken. Oder auch nur eine einzige Folge der alten Batman-Serie schauen.«

»Aber du hast diese Serie geliebt.«

Er seufzt. »Nicht mehr als du deine Kaubonbons.«

Für eine ganze Weile schweigen wir, und ich überblättere die Aufzeichnungen und Listen und die eingeklebten Zeitungsartikel aus irgendwelchen Klettermagazinen, ohne mir auch nur eine Seite genauer anzusehen. Ich habe keine Ahnung, warum ich Julien die hart erarbeiteten Erfolge nicht zugestehen. Stattdessen schlage ich Seite um Seite um und lese nicht einmal die einzelnen Überschriften. Julien sieht mir still zu. Vielleicht denkt er darüber nach, was er gern hören würde, aber er sagt nichts. Seine tiefen, gleichmäßigen Atemzüge lassen nicht erkennen, dass ich ihn damit verletze. Das möchte ich auch nicht. Trotzdem kann ich nicht anders.

Erst als ich bei dem geschwungenen Schriftzug ›Malamute Peak‹ angekommen bin, räuspert er sich. Ich hatte vergessen, wie viel Aufmerksamkeit er dem Schreiben schenkt. Die feinen Schnörkel mit den kunstvollen Schattierungen erinnern mich daran.

Mit meinen Fingerspitzen fahre ich darüber. »Wie lange hast du dafür gebraucht?«

Julien zieht kurz seine Unterlippe zwischen die Zähne. »Ich hatte viel Zeit. Die Nächte hier in Charles Creek sind lang, wenn man eine Antwort darauf sucht, wie man es hinbekommt, nicht wieder ausgesperrt zu werden. Oder mit einem Tennisball attackiert. Oder mit spitzen Kieselsteinen malträtiert.«

Ich lächle bloß, und Julien tut mir den Gefallen, nicht weiter darauf einzugehen. Stattdessen zeigt er auf die Skala, die er gezeichnet hat.

»Ich habe die Höhenmeter aus den allgemein gültigen Messungen übernommen und die Nebengipfel in Bezug zueinander gesetzt. Auf der nächsten Seite findest du alle Teilstücke, die wir kennen, mit ihrem Neigungsgrad.«

Ich blättere zur nächsten Doppelseite vor, dann zur nächsten und zur nächsten. »Julien«, entkommt es mir. »Wann hast du all diese Skizzen der Wände gemacht?«

Er zuckt mit einer Schulter. »Wie gesagt, die Nächte können sehr lang sein. Die Tage ebenso.«

»Das ist … Ich weiß nicht, was ich sagen soll«, gebe ich zu, blättere weiter und bestaune die Kletterpassagen, die er so detailgetreu in das Buch übertragen hat, dass man meinen könnte, es wären Schwarz-Weiß-Aufnahmen. Jeder Felsabriss und jedes Plateau ist erkennbar. »Deine Grafiken sind nicht nur realistisch gezeichnet, sie sind wunderschön.«

Ich höre, wie er die Luft anhält.

»Hast du schon mal daran gedacht, sie an ein Fachmagazin zu verkaufen?«

»Nein«, sagt er, als hätte er sehr wohl schon mal darüber nachgedacht. »Dieses Buch hatte nie jemand in der Hand außer Devin, dir und mir.« Er sieht mich an. »Und so wird es auch bleiben. Es gehört nur uns.«

Ich presse die Lippen zusammen und nicke. Mehr bringe ich nicht zustande. Als Julien hier ankam, war ich davon überzeugt, dass er unserer Vergangenheit ebenso schnell den Rücken gekehrt hatte, wie er aus Charles abgehauen war. Dabei scheint es, als würde jeder gemeinsame Augenblick mehr und mehr Geheimnisse offenbaren, und ich erkenne, dass Julien unsere Vergangenheit mit sich trägt, in jedem seiner Schritte. Sie ist nicht bedeutungslos, sondern wertvoll. Meine Sicht war verzerrt, und zum ersten Mal bin ich froh, dass wir hier sind. Gemeinsam.

Die nächsten Stunden verbringen wir damit, uns Wand für Wand genauer anzusehen und die Aufstiegsmöglichkeiten zu diskutieren. Keiner von uns beiden erwähnt die Route, die wir vor sechs Jahren versucht haben, auch wenn sie eine der zugänglichsten ist. Die Stimmen aus dem Lager werden weniger und verlieren sich schließlich in der Stille der Nacht. Einzig ein ratterndes Schnarchen bringt uns immer wieder zum Lachen. Mit Julien dazuliegen und alle Eventualitäten zu diskutieren, erfüllt mich mit Zufriedenheit. Seine Gedanken sind meine, und bevor ich etwas ausspreche, greift er genau diesen Aspekt auf. Es ist einfach mit ihm. Und schön. Er hatte recht, es kann funktionieren.

Ich beobachte seine Mimik und suche nach Unterschieden zu früher. Da sind neue Narben, und seine Haut scheint härter, erwachsener und von einer fremden Sonne gebräunt. Auch die feinen Fältchen um seine Augen sind tiefer. Aber da sind seine langen, beinahe braunen Wimpern, die kleine Schatten werfen. Die Erhebung in der Mitte seiner Lippen ist noch da, und ein glimmendes Ziehen fährt in meinen Unterleib, als ich daran denke, wie er mich geleckt hat. Als könnte Julien die Veränderung an meinem Körper erkennen, setzt er sich plötzlich ruckartig auf und reibt sich müde über das Gesicht.

»Wir sollten schlafen gehen«, schlägt er vor und streckt die Arme. Dabei rutscht sein Hoodie leicht nach oben, und ich Idiotin sehe auch noch hinunter auf das nackte Stück Haut, das sich so gut angefühlt hat.

»G-genau«, stottere ich und entlocke Julien damit ein wissendes Grinsen. »Wir zwei werden die Energie brauchen. Beide. Also, miteinander. Hier …« *Bitte, Schicksal, lass mich im Erdboden versinken.* Julien grinst jetzt breiter, und ich schlage ihm gegen den Oberarm. »Scheiße, Hendricks, du weißt, wie ich es meine.«

»Den Gefallen tu ich dir nicht, Shand«, erwidert Julien und betont meinen Nachnamen dabei übertrieben. »Aber für was auch immer du *hier* mit mir machen willst, muss ich mich erst bettfertig machen.«

Ich lasse ihn zuerst aus dem Zelt steigen, kratze mein letztes bisschen Selbstkontrolle vom Boden auf und folge ihm. Mit dem Mond als einzige Lichtquelle putzen wir uns am Rand des Lagers gemeinsam die Zähne. Ein Netz aus Abertausenden Sternen zieht sich über den Horizont und lässt erkennen, wo der Himmel aufhört und der Berg beginnt.

»Das habe ich vermisst«, sagt Julien.

Ich schüttle leicht den Kopf. »Ich kenne nur dieses Panorama, aber du musst die Sterne vermutlich von so ziemlich jedem Winkel der Erde aus gesehen haben. Da war bestimmt Bildgewaltigeres dabei als das hier.«

»Das spielt keine Rolle«, antwortet er. »Es ist nicht von Bedeutung, was du siehst, sondern mit wem. Das macht die Erinnerungen erst wertvoll. Egal, wie viele Sternenhimmel du gesehen hast, sie verschwimmen zu einem tristen Nebel, wenn niemand da war, um den Augenblick unvergesslich zu machen.«

Juliens Blick hüllt mich mit Wärme und Zuneigung ein, und doch kann ich ihn nicht erwidern. Der Moment vorhin hat mir wieder gezeigt, welche Macht Julien über mich und meine Selbstkontrolle hat. Nur ich bestimme – so muss es sein, er hat es selbst gesagt. Ich muss mich schützen, um nicht alles von mir zu geben. Denn wer alles gibt, dem kann auch alles genommen werden.

Atemzug um Atemzug vergeht, da höre ich Juliens Schuhe auf dem Kies knirschen. Er hat verstanden.

Ich warte, bis das Geräusch immer leiser wird, und wage es erst dann, die geballten Fäuste zu lösen und durchzuatmen. Der sanfte Wind trägt die eisige Kälte von den Gipfeln herab und nimmt die Wärme von Juliens Worten mit sich. Es bleiben ein gemeinsames Ziel und der Wille, es zu erreichen. Ohne Ablenkung.

Unser Zelt ist das einzige, das in der Dunkelheit orange leuchtet. Als ich fröstelnd hineinkrieche, ist Julien tief in seinem Schlafsack vergraben. Die Kapuze seines Hoodies hat er weit in das Gesicht gezogen, und wegen seiner Regungslosigkeit vermute ich, dass er bereits schläft. Ich ziehe nur meine Schuhe aus. Die Nächte auf dem Berg sind unberechenbar, und wenn man erst mal ausgekühlt ist, wird es schwierig, nicht an Kraft zu verlieren.

Mein Schlafsack ist neu, so wie die meisten meiner Sachen, und als ich das steife, fremde Material spüre, sehne ich mir einmal mehr meine alten Sachen herbei. Ich schließe den Reißverschluss und will die kleine Lampe abdrehen, da bewegt sich Julien.

»Nicht«, flüstert er. »Lass das Licht an, bitte. Es war dunkel, als ich damals zu Bewusstsein gekommen bin, und das darf es nicht mehr werden. Nie wieder.«

Unter der Kapuze kann ich sein Gesicht nicht erkennen. Aber das muss ich auch nicht. Der Schmerz in seiner Stimme ist dumpf und schneidend zugleich. Nein, er ist vertraut.

Ich dachte, Julien hätte ein neues Leben begonnen. Ich war so voreingenommen und selbstsüchtig, dass ich es nicht gesehen habe. Weder die Erinnerungen, die er weiterleben lässt, noch das ganze Leid. Dabei war es einfach nur naiv von mir, anzunehmen, dass irgendjemand es schaffen könnte, das eine vom anderen zu trennen.

Und ich schäme mich dafür, geglaubt zu haben, ich wäre besser als Julien. Wir haben nur eine andere Art, mit dem Trauma zu leben. Die Angst und der Schmerz sind die gleichen.

Die Einsamkeit ist die gleiche.

Ich nehme meine Finger von der Lampe und taste nach Juliens Hand, die neben seinem Kopf auf dem Kissen liegt. Er umfasst sie. Seine Haut ist warm und vertraut.

»Wir lassen das Licht an. Es wird nicht mehr dunkel, Julien«, verspreche ich leise und lege meinen Kopf auf meinen anderen Arm.

»Ayla?«

»Ja?«

Er drückt zitternd meine Hand. »Danke. Dass du da bist.«

»Du bist nicht allein«, erwidere ich und schließe die Augen. »Wir sind nicht allein.«

KAPITEL 17

MENDIA *(Baskisch)*

JULIEN

Als ich aufwache, ist es draußen dunkel, und ich weiß sofort, dass Ayla nicht mehr bei mir ist. Wir haben uns die Nacht über berührt, mit der ganzen Hand oder auch nur mit einzelnen Fingern. Ich habe so gut und tief geschlafen wie schon lange nicht mehr. Jetzt ist der Platz neben mir leer.

Ich ziehe mir die wenige Kleidung an, die ich am Abend zum Schlafen ausgezogen habe, und schlüpfe aus dem Zelt. Der bevorstehende Sonnenaufgang beginnt der Finsternis ihre Härte zu nehmen. So leise wie möglich gehe ich vor zu der Feuerstelle von gestern, ahne jedoch, dass ich sie dort nicht finden werde. Dafür treffe ich auf Ian, der sich verschlafen in alle Richtungen streckt und auf seinen kleinen Gaskocher zeigt, als er mich entdeckt. »Irischen Tee?«

»Danke, nein«, gebe ich zurück, stocke dann aber. »Oder warte, macht es dir etwas aus, wenn ich ihn mir mitnehme?«

»Natürlich nicht«, antwortet unser Kameramann und greift nach einer leeren Tasse. »Ich glaube, die gehört Liz.«

»Gebe ich ihr zurück.« Ich bedanke mich und verlasse mit dem heißen Tee den Platz. Ich weiß, wo ich Ayla finde.

Der kurze Pfad weg von der Felswand, die unser Lager schützend umgibt, führt mich entlang der Bergflanke. Der steile Hang ist mit spitzem Splitt bedeckt. Die Steine müssen frisch ausgebrochen sein – ich bin mir beinahe sicher, gestern nur alten, bereits abgerundeten Schotter gesehen zu haben. In der Dunkelheit suche ich die Bergwand ab, kann jedoch kaum etwas erkennen. Wir sind knapp unterhalb des Gletschers, und das Abschmelzen des Eises nimmt dem Stein den Gegendruck, was zu Bergstürzen führen kann. Ich nehme mir vor, mir später im Sonnenlicht die Flanke und die Gleitbewegung des Steins genauer anzusehen. Sollte sich die Gefahr eines Felsrutsches nur annähernd weiter abzeichnen, werden wir uns für die nächste Etappe eine andere Route suchen. Ich darf kein Risiko eingehen, nicht mit so vielen Leuten im Schlepptau. Nicht mit Ayla.

Ein reibendes Geräusch begleitet jeden meiner Schritte, und ich höre, wie losgetretene Steine nach unten klackern. Trotz der Unebenheit schaffe ich es, mir keinen einzelnen Tropfen vom heißen Tee über die Hand zu schütten, bis ich das kleine Plateau erreiche. Es liegt etwas versteckt hinter dem nächsten Felsen, und die gerade aufragende Wand scheint selbst in der Dunkelheit gefährliche schwarze Schatten zu werfen. Bereits vorgestern hat die Crew begonnen, die ersten Materialtaschen hierherzutragen. Je weiter wir aufsteigen, umso weniger Lebensmittel, Zelte und Aufnahmetechnik werden wir bei uns haben, aber Liz möchte auch das nächste Lager so gut wie möglich ausstatten.

Ich umrunde das ganze Zeug und finde Ayla an dem Platz sitzen, den ich ebenso gewählt hätte. Sie muss mich kommen gehört haben, denn sie dreht den Kopf leicht in meine Richtung.

»Guten Morgen«, sage ich leise. »Du solltest um diese Uhrzeit schlafen.«

»Guten Morgen. Du ebenso.« Aylas Stimme klingt brüchig und müde und schreit danach, sie fest in einer beruhigenden Umarmung einzuschließen.

Begleitet von einem Ächzen, setze ich mich neben sie auf die riesige Plane, die sie ausgebreitet hat. Ich lasse meinen Blick über die verschiedenen Seile, Expressschlingen, Gurte und Klemmgeräte gleiten, die sie sortiert und sorgfältig aufgelegt hat.

Ayla drückt ihre Handflächen aneinander. Damit hat sie schon früher versucht, in angespannten Situationen das nervöse Nesteln ihrer Finger zu überspielen. Ihre Hände, die Ordnung der Materialien und die viel zu schnelle Atmung. Scheiße. Ich bin ihr Seilpartner, und es ist meine Aufgabe, ihr die Sicherheit zu geben, die sie heute brauchen wird.

»Hier«, sage ich so gelassen wie möglich und reiche ihr die warme Tasse. »Ian hat immer den besten Tee mit im Gepäck. Seine Großmutter baut die Kräuter selbst in ihrem Garten in Irland an und trocknet sie in kleinen Sträußen, die sie entlang der Hausmauer festbindet. Xavier, Max und ich waren vorletztes Jahr mit Ian bei ihr, weil er an den Klippen dort neue Filmtechniken für Felskletterei erproben wollte. Irgendwann fliegen du und ich dorthin, verkriechen uns in einer der Hunderte Buchten und schauen uns den Sonnenuntergang über dem Atlantik an.«

Aylas Lächeln wirkt, als wolle sie mir damit einen Gefallen tun. Wir beide sehen gerade nicht dieselben Bilder. Ich werde sie nicht ablenken können.

Mit einem tiefen Atemzug verlasse ich meine Träume und lasse mich stattdessen auf ihre Realität ein. »Hast du auf dem Weg hierher den Splitt gesehen?«

Sie nickt. »Ja, der sieht verdammt frisch aus.«

»In dieser Felswand hier sind keine Kluften, aber ich mache mir Sorgen um die Quere weiter oben. Dort, wo wir nach der Kletterei heute wieder mit dem Rest des Teams zusammenstoßen, der von hier aus weiter den westlichen Pfad nimmt.«

»Bei dieser Hangbreite reichen schon einzelne Steinschläge, um eine ganze Lawine auszulösen.«

Jetzt bin ich es, der nickt. »Sobald die Sonne aufgegangen ist, schauen wir uns die Gesteinsbewegungen genauer an. Im Team haben wir erfahrene Leute, mit denen wir uns beraten können.«

»Das ist gut.«

Kurz denke ich darüber nach, Ayla von der Verantwortung abzuschirmen, die unsere Rolle mit sich bringt, entscheide mich aber dagegen. Ich habe sie noch nie bevormundet. Und ich werde auch jetzt nicht damit beginnen. Selbst wenn ich sie nur vor der Vergangenheit schützen möchte. »Die endgültige Entscheidung liegt dennoch bei uns.« So wie früher. »Wir tragen die Verantwortung.«

»Ich weiß.«

»Wir werden alle Möglichkeiten abwägen.«

»Ja.«

»Und wir haben die Aufzeichnungen und Messungen.«

»Julien!« Ayla sieht mich an, zum ersten Mal heute Morgen. Sie schließt kurz die Augen. Für den Moment bin ich mir nicht mehr sicher, ob ich das alles wirklich ihr sagen wollte – oder mir selbst in Erinnerung rufen, dass diese Art von Angst hier oben nichts zu suchen hat. Die Angst vor Entscheidungen raubt Energie und Zeit und nimmt einem den Fokus. Und trotzdem glimmt sie erbarmungslos in mir auf, seit ich weiß, dass es Ayla ist, mit der ich aufsteige. Ich war dumm, anzunehmen, dass ihre Anwesenheit nichts ändern würde.

Sie sieht mich wieder an. Jetzt bin ich es, der den Drang verspürt, die Augen zu schließen. Aber das werde ich nicht tun. Ich muss stark sein.

»Ich weiß es, Julien. Dass es wieder passieren kann. Felsen rutschen. Eis bricht. Körper müssen der Erschöpfung nachgeben. Egal wie viel wir dafür tun, es zu vermeiden. Die unbekannten Komponenten sind immer da.« Ihr Schmerz ist mein Schmerz. »Die Natur bleibt erhaben, und das Schicksal kann man nicht berechnen.«

»Ja.« Mehr bringe ich nicht hervor. Ich schlucke und blicke zur Wand hinauf, die wir heute klettern werden. Ayla kennt mich genauso gut, wie ich sie kenne. Sie sieht, wie verbissen ich versuche, meine Emotionen zu verbergen. Für eine Sekunde habe ich Panik, dass sie mich wieder nach dem Unfall fragen und damit die Dunkelheit weiter befeuern könnte. Stattdessen nippt sie am Tee und hält mir die Tasse hin. »Tee, Julien? Der ist echt gut. Ian hat ihn aus Irland mitgebracht, die Kräuter stammen aus dem Garten seiner *maimeó*.«

Ich muss schmunzeln und fühle, wie das Gewicht auf meiner Brust leichter wird. Nur Ayla schafft es, Gespräche derart schnell umzulenken. *Ich* wollte doch *sie* auffangen. Stattdessen ist es umgekehrt. Widersprüche mit ihr. Überall. Schon immer. Ayla lässt mich das Leben spüren, wie es kein Berg je konnte.

»Maimeó?«, wiederhole ich und nehme einen Schluck aus der Tasse. Der Tee ist noch warm und schmeckt nach weiten Wiesen und Sommerregen. »So hat Ian seine Großmutter genannt. Woher kennst du das Wort?«

Sie zuckt mit den Schultern. »Von den Wandertouren mit den Touristen. In der letzten Sommersaison war eine Reisegruppe aus Irland dabei, und einer der Gäste wollte an jedem für ihn besonderen Spot ein kurzes Video für seine Großmutter aufnehmen. Sie war wegen eines Hüftbruches bettlägerig und er ihr Fenster zur Welt.«

»Ein schöner Gedanke«, sage ich und nehme einen weiteren Schluck, bevor ich Ayla die Tasse wiedergebe.

»Ja. Sie war eingesperrt und er frei. So konnte sie zumindest ein kleines bisschen an seiner Welt teilhaben.« Ayla umklammert mit beiden Händen die Tasse und zieht ihre Unterlippe zwischen die Zähne, als wollte sie weitersprechen.

Eingesperrt und frei. »War es so für dich? Die letzten Jahre? Als wärst du eingesperrt?«

Sie senkt den Blick, und dunkle lange Haarsträhnen fallen ihr ins Gesicht. Ayla wirkt verletzlich und stark zugleich, als würde sie auch körperlich aus Widersprüchen bestehen.

»Ayla?«

»Ich lebe gerne in Charles Creek, und ich liebe die Lodge und das Zusammenleben mit Everon. Er und ich sind ein gutes Team.«

Jetzt fehlen sie, die Widersprüche.

»Ich mag die Hunde und die Zeit, die in den Wintermonaten stehen zu bleiben scheint und Platz macht für so vieles, was im Alltag verloren geht. Auch den Touristen unser Land näherzubringen, ist schön.«

Ich gebe ihr Zeit, etwas hinzuzufügen, aber sie sagt nichts.

»Und jetzt die andere Wahrheit, Ayla.«

»Wie bitte?« Sie schiebt sich die losen Haarsträhnen hinters Ohr, kämmt sich die Stirnfransen zurecht und strafft kaum merklich den Rücken. Ich grinse innerlich, weil sie sich sofort für eine Auseinandersetzung bereit macht. Sie weiß, dass ich sie nicht entkommen lasse.

»Die andere Wahrheit«, wiederhole ich ruhig. »Das war nur die halbe Seite, die schöne, und alles hat zwei Seiten.«

»Es gibt keine andere Wahrheit, Julien.«

»Doch, gibt es. Die, bei der du aus vollem Herzen sprichst, bei der ich die Emotionen aus deinem Blick ablesen kann.«

»Keine Ahnung, was du meinst.«

»Du hast recht, Charles Creek ist toll. Vor allem diese Vielzahl an Möglichkeiten, die es jungen Leuten bietet, die unglaubliche Natur mal ausgeblendet. Und wenn man etwas braucht, kann man sich in ewiger Geduld üben, und für Ausflüge darf man sich sogar in eine Cessna setzen – außer nur du alleine brauchst etwas, dann hast du Pech gehabt. Single-Flüge gibt es nicht, wir sind hier sparsam. Dafür muss man kein schlechtes Gewissen haben, wenn man mal länger im Bett bleibt und versauert, das kurzweilige halbe Jahr, das es dunkel ist.« Meine Stimme wird lauter. »Und die vielen Menschen, fast keiner davon im selben Alter, die dir jeden Abend in der Lodge ihre Geschichten erzählen. Seit deiner Kindheit dieselben. Menschen und Geschichten, versteht sich. Und das an jedem einzelnen wunderschönen Tag.«

Ayla blinzelt. »Warum machst du das?«

Ich muss aufstehen und mich bewegen. »Weil du so nicht bist. Du bist niemand, der resigniert und alles lautlos über sich ergehen lässt.«

»Ich lasse nichts über mich ergehen.«

»Natürlich tust du das! Wir haben das Leben hier so sehr genossen, gemeinsam, und gleichzeitig wollten wir nichts anderes als weg!«

Ihr Blick gefriert. »Vielleicht kennst du mich auch einfach nicht mehr, Julien. Vielleicht habe ich mich in den letzten Jahren verändert.« Es sticht. »Ja, du kennst mich nicht mehr.«

Mein Unterkiefer zittert. »Aber ich kenne mich, und du bist wie ich, Ayla. Warst du schon immer. Ich liebe das Leben hier, und ich hasse es. Für mich und für dich. Und ich hasse mich dafür, dass ich dich zurückgelassen habe!« Das Echo meiner Stimme, das von den Felswänden um uns herum abprallt, vibriert bis in meine Knochen, aber ich kann nicht sagen, ob ich Ayla damit erreicht habe. Ihre Lippen sind immer noch zusammengepresst und ihre Augen streng auf mich gerichtet.

Ich lache auf. »Und ich weiß, dass du mich dafür hasst, dass ich dich zurückgelassen habe. Es war der falsche Weg, aber der einzige, den ich gesehen habe. Du hasst mich dafür und hast es mir gezeigt, mehr als einmal. Das ist in Ordnung. Aber beschäme uns nicht mit der halben Wahrheit. Wir sind uns mehr schuldig als oberflächliche Floskeln.«

Die Anspannung in Aylas Gesicht verändert sich mit jedem ihrer tiefen Atemzüge, und die Distanz zwischen uns bekommt Risse. »Du willst die Wahrheit?«

»Ich will dich und alles, was dich ausmacht.« Mit einer Hand deute ich auf die Wand in meinem Rücken. »Ich steige da mit dir hoch. Mit dir.«

»Ich bestimme, Julien. Du hast es selbst gesagt.«

»Ja. Du bestimmst. Wie viel fremde Menschen von dir sehen.

Menschen, die nicht wissen, dass du auf deiner Lippe kaust, sobald du etwas verheimlichst. Und Menschen, die nicht wissen, dass du alle Eventualitäten durchdenkst, immer und immer wieder, obwohl du so tust, als wärst du dir in allem sicher.« Ich schließe die Augen, nur kurz, und sehe noch immer Ayla vor mir. So viele Momente mit ihr. »Und Menschen, die nicht wissen, wie du aussiehst, wenn du wirklich glücklich bist.«

Jetzt ist es Aylas Unterkiefer, der leicht zu beben beginnt. »Du willst hören, dass ich es hasse, hier zu leben?«

»Ja. Genauso, wie du es liebst. Das eine muss das andere nicht ausschließen.«

»Gut. Dann sage ich es dir.« Sie fletscht die Zähne und verzieht das Gesicht. »Ich hasse es. Ich hasse es, dass mein Leben so geworden ist, wie ich es nie haben wollte. Ich hasse die Freiheit hier, die in Wahrheit ein Gefängnis ist. Und mich selbst hasse ich dafür, dass ich nicht zufrieden sein kann damit, dass ich lebe. Aber am meisten hasse ich es, dass ich keine Perspektive habe. Nein – ich habe eine Perspektive, diese eine, die du mir gibst, und ich hasse es, dass es die einzige Wahl ist, die mir geblieben ist, um etwas zu verändern.« Sie blinzelt, und ich sehe die Tränen, die sie dieser Kampf kostet. »Ich liebe diese Expedition hier, weil es das ist, was ich immer wollte. Aber jetzt ist da diese Scheißpanik vor einer möglichen Erkenntnis. Was ist, wenn ich es nicht schaffe und erkennen muss, dass ich es nie geschafft hätte – selbst wenn alles anders verlaufen wäre? Weil ich dann mich allein dafür verantwortlich machen müsste. Mich allein, verstehst du? Und das hasse ich.«

Ich knie mich vor sie hin. »Du bist nicht allein.«

»Ich muss da hoch, Julien. Und das ist erst der Anfang!«

»Du bist nicht allein.«

»Glaubst du, ich weiß nicht, warum wir beide diese Wand klettern, statt mit dem Rest des Teams den kleinen Umweg um die Felsflanke zu gehen? Nicht für ein paar gute Aufnahmen, das ist mir klar. Die Wand hat genau den passenden Schwierigkeitsgrad, dass ich zeigen kann, welche Techniken ich beherrsche. Du willst dir und den anderen beweisen, dass du keine voreilige Fehlentscheidung getroffen hast.«

»Nein. Das ist falsch. Ich will es nicht mir beweisen, weil ich weiß, wie gut du bist«, antworte ich mit aller Sicherheit, die ich tief im Innersten spüre. »Ich will es *dir* beweisen. Dir allein. Um dir in Erinnerung zu rufen, dass dich deine unglaubliche Stärke überallhin bringen kann.«

»Und wenn ich es nicht schaffe?« Sie zeigt auf die Wand. »Und scheitere?«

Ich lächle. »Dann ändern wir den Blickwinkel.« In einer einzigen flüssigen Bewegung drehe ich Ayla auf der Plane um, so, dass sie mit dem Rücken zur Wand sitzt. Ich nehme neben ihr Platz und lasse meinen Arm über das Bild schweifen, das sich vor uns ausbreitet. »Es geht im Leben nicht um Besteigungen. Ich war in vielen Ländern, auf Bergen und Gipfeln. Sie alle haben andere Namen, und doch bedeuten sie dasselbe, wenn du niemanden hast, der ihnen mit dir eine neue Bedeutung verleiht. Eine Erinnerung kreiert. Es geht nicht darum, Ziele zu erreichen, die unnahbar erscheinen und dich gerade deswegen locken.«

Ayla folgt meiner Armbewegung über die Felsen, die unter uns in die Tiefe ausbrechen und in eine unglaubliche Fläche aus Flechten und Bäumen überlaufen. Die Sonne schickt erste Strahlen über den Horizont und gibt die vielen Grüntöne frei, die nur diese Jahreszeit so satt und frisch erstrahlen lässt. Ein feiner Morgennebel liegt über dem Tal. Er verbirgt die Welt und all ihre Möglichkeiten, die sie für uns bereithält.

»Es ist leicht, so was zu sagen, wenn man das, was hinter alldem hier liegt, bereits kennenlernen durfte, Julien.«

»Und doch bin ich nicht glücklicher als du.«

»Woher willst du das wissen?«

»Ich kann mich glücklich schätzen, dass ich all diese Dinge erleben durfte, natürlich, aber die Augenblicke, in denen ich wirklich glücklich war, sind …«, ich überlege, »… sind wenige. Sehr wenige.«

Ayla sagt nichts und sieht auf einen Punkt in der Ferne. Ich kenne sie nicht mehr. Als sie das behauptet hat, hatte sie recht. Es wäre naiv von mir, anzunehmen, die letzten sechs Jahre hätten nicht auch sie verändert. Sie ist mir immer noch vertrauter als jeder andere Mensch in meinem Leben, aber das reicht mir nicht. Ich will mehr. Mehr als nur ihr Pflichtbewusstsein Everon gegenüber, ein sinkendes Schiff zu retten. Ich will sie.

Mein Räuspern lässt Ayla leicht zusammenzucken. »Ein Moment für einen Moment?«

»Wie bitte?«

»Ein Moment für einen Moment. Es ist ganz einfach: Ich verrate dir einen meiner glücklichen Momente und du mir dafür einen von deinen.«

Sie runzelt ihre Stirn. »Das willst du wirklich machen?« Irgendwo in dem dunklen Braun ihrer Augen erkenne ich die Angst, sich zu öffnen und verletzt zu werden. Sie hat keine Ahnung, wie sehr wir uns ähneln.

Ich zucke mit einer Schulter. »Natürlich machen wir das. Ich meine, wir hatten Sex – da werden wir es doch auch schaffen, ein paar Momente zu teilen.«

Ich liebe den verdutzten Ausdruck, der sich auf ihr Gesicht stiehlt, und wir beginnen im selben Augenblick zu lachen.

»Gut«, sagt sie und schüttelt den Kopf. »Aber du fängst an.«

Ich muss nicht lange nachdenken. »Es geht darum, den Blickwinkel zu ändern, wie ich eben schon sagte. Du hast mir an dem Tag am Wasserfall den Tennisball ans Auge geschossen und mich so aus der Wand geholt. Du erinnerst dich? Falls nicht, ich habe immer noch blaugrüne Flecken ums Auge, die das bezeugen.«

»Ich erinnere mich vage«, antwortet sie mit einem leicht beschämten Grinsen.

»Das war ein glücklicher Moment.«

»Was war bitte daran glücklich – außer der Tatsache, dass ich sonst nie etwas treffe? Und das war nüchtern betrachtet eher mein Glück als deins.«

Allein der Gedanke an diese Situation lässt mich jetzt grinsen. »Du hast mich nicht mehr ignoriert, zum allerersten Mal seit meiner Ankunft, und bist mir nahe gekommen. So nahe, dass ich dir endlich in die Augen sehen konnte. Und auch wenn es echt wehgetan hat, war es ein glücklicher Moment. Aus einem anderen Blickwinkel betrachtet.«

Auf Aylas Gesicht vernehme ich nun ebenfalls den Anflug eines Lächelns.

»Du bist an der Reihe«, sage ich und strecke gespannt die Beine aus. Immer mehr Sonnenstrahlen tauchen den Himmel in ein sanftes Blau.

Ayla nimmt sich Zeit, um zu überlegen. »Ein anderer Blickwinkel?«

»Ein anderer Blickwinkel.«

»Die Abende, die du im Eagle Eye verbracht hast, die waren glücklich.«

Ich verziehe gespielt schmerzerfüllt das Gesicht und lege eine Hand auf die Brust. »Bitte sag mir jetzt nicht, dass sie deswegen glücklich waren, weil ich dir an diesen Abenden nicht aufs Dach nachsteigen konnte.«

»Nein«, erwidert Ayla und streift ihre Nasenspitze, die von der morgendlichen Kälte ganz rot ist. »Du weißt es nicht, aber es war an diesen Abenden wie früher. Willy hat mehr zugehört, als selbst erzählt, und Harlem konnte sich mit dir über die Stellung des traditionellen Kletterns in der Sportwelt austauschen. Emma hat wieder Kekse gebacken, und Everon hat zum ersten Mal seit Jahren nicht mit ständigem Blick zur Tür in seinem Stuhl gesessen. So, als würde er nicht mehr ständig darauf warten, dass Dev oder du zurückkommt.«

Ich stutze. »Aber du warst an keinem einzigen der Abende bei uns.« Das weiß ich ganz genau, weil ich ständig zur Tür geschaut habe, in der stillen Hoffnung, Ayla würde sich zu uns gesellen.

»Ich war da.« Sie zieht die Beine an und stützt das Kinn auf den Knien ab. »Ich war im Büro, habe auf Everons alter Couch gelegen und euch zugehört, stundenlang. Euren vertrauten Stimmen und der typischen Art, wie jeder von euch Dinge erklärt oder von etwas erzählt. Euer gemeinsames Lachen und die stillen Momente haben mich an die Geborgenheit aus unserer Kindheit erinnert. Es war schön.« Ayla dreht den Kopf in meine Richtung, ich sehe die Zufriedenheit in ihren Augen. »Das war ein glücklicher Moment, selbst wenn ich nicht dabei war.«

»... und alles aus einem anderen Blickwinkel gesehen habe«, ergänze ich und lasse ihre Worte auf mich wirken.

»Warum ist das so?«, unterbricht sie meine Gedanken.

»Was?«

Sie hebt den Kopf. »Dass unsere Gespräche nie normal verlaufen wie mit allen anderen?«

Ich grinse. »Du meinst, oberflächlich, belanglos und zweckmäßig?«

Ayla grinst ebenso. »Das hast du jetzt gesagt, nicht ich, Julz.«

Julz. Wärme flutet meinen Körper, und ich muss mich räuspern. »Aber es kommt aufs Gleiche hinaus.« Ich beuge mich ein kleines Stück zu Ayla. »Unsere Gespräche sind deswegen so tiefgründig und verändernd und herausfordernd, weil sie mehr von dem sind, was wir den anderen von uns zeigen wollen. Weil wir bestimmen, dass sie mehr sein dürfen.« Aylas Gesicht ist jetzt so nahe an meinem, dass ich ihren Atem spüren kann.

»Andere Blickwinkel voneinander«, sagt sie mit gedämpfter Stimme, und in meinen Fingern kribbelt es, weil ich über ihre Wange streicheln will, um ihre kalte Haut zu wärmen. Stattdessen balle ich die Hand zur Faust und atme tief die eisige Luft ein, die meine Gedanken auf das Wesentliche reduziert. Wir müssen funktionieren, gemeinsam, und ich darf kein Risiko eingehen.

»Deswegen bist du in deinem Zimmer aus der Wand gefallen.«

Sie blinzelt, als bräuchte sie ebenfalls einen Moment, um aus unserer vertrauten Zweisamkeit aufzutauchen. »Wie bitte?«

»Der andere Blickwinkel.« Ich zeige auf ihr Bein. »Du versuchst, zu klettern, wie du früher geklettert bist, als du das Bein voll belasten konntest. Ich habe auf der ganzen Welt keinen einzigen Menschen gesehen, der seine Art, zu klettern, so schnell den Gegebenheiten anpassen kann wie du. Natürlich haben alle ihre Techniken, die sie zu den Besten der Besten machen, aber sehr selten habe ich jemanden so im Einklang mit der Wandcharakteristik klettern sehen, wie du es kannst.«

»Du meinst, wie ich es konnte.«

»Du kannst das noch immer«, sage ich mit einer Gewissheit, die keine Zweifel offenlässt. »Wenn du akzeptierst, dass sich die Voraussetzungen verändert haben.«

Ayla wendet den Blick von mir ab. Ein Gerfalke kreist über einem Stück Wald, und sie verfolgt ihn mit den Augen. Ich kann die vielen Gedanken förmlich spüren, die in ihrem Kopf Kreise ziehen.

»Nicht nachdenken«, sage ich leise. »Sondern fühlen. Fühl, wer du bist und was dein Körper immer noch imstande ist zu schaffen. Fühle dich.«

Ihre Augen sind unnachgiebig auf den Greifvogel gerichtet, während sie auf ihrer Unterlippe kaut.

Nur fühlen.

Ohne Skepsis und Unsicherheit in meine Gedanken zu lassen, stemme ich mich vom Boden hoch und setze mich hinter Ayla, ein Bein auf jeder Seite. »Nur fühlen«, wiederhole ich leise und achte auf irgendein Zeichen des Widerstandes, aber da ist nichts.

Ich richte mich auf und schiebe langsam die Hände nach vorne auf ihren Bauch. Mit leichtem Druck bringe ich sie dazu, ebenfalls eine geradere Haltung einzunehmen. Aylas Atmung geht ungleichmäßig. Meine Wange streift ihre, und ihr Geruch hüllt mich ein, als ich sie weiter an mich drücke.

»Was machst du da, Julien?«, flüstert sie. Ihr Gesicht neigt sich in meine Richtung.

»Mit dir atmen«, gebe ich leise zurück und hole tief Luft. »Schließ die Augen, Ayla, und versuch, dich mir anzupassen. Atme mehrmals kräftig ein und aus und gib dir Zeit, den Sauerstoff aufzunehmen. Belebe deinen Körper, fokussiere dich auf ihn und die Energie in dir, und mach deinem Geist damit den Platz, den er braucht, um dich zu tragen. Überallhin.«

»Und das soll helfen, mich zu konzentrieren?«

»Es soll dir vor allem helfen, von den Dingen, die in alle Richtungen an dir ziehen, nicht zerrissen zu werden. Bist du bereit?«

»Glaubst du wirklich, das brauche ich?«

Mir liegt ein Schmunzeln auf den Lippen. »Ich sage dir, du sollst in Ruhe atmen, und du stellst mir eine Frage nach der anderen – also ja, ich denke, das brauchst du.«

Ayla sieht mich ungerührt an. »Woher hast du das mit dem Atmen?«

Ich ziehe eine Augenbraue hoch, einem Lachen immer näher. »Ist das wichtig?«

»Ja, solange nicht alle Fragen geklärt sind, kann ich mich nicht konzentrieren.«

»Na gut.« Ich lehne mich ein kleines Stück zurück, um ihr besser in die Augen sehen zu können. »Ich war in Tibet unterwegs und habe mich dort einer Kommune aus jungen Sportlerinnen und Sportlern angeschlossen, in der es hauptsächlich ums Bouldern und um Sex ging. Die Meditationstechnik sollte helfen, die Ausdauer zu verlängern – in beiden Bereichen. Sonst wäre es schwierig geworden, den Erwartungen gerecht zu werden, bei den vielen Sexualpartnern und dem ständigen Verlangen, das uns begleitet hat.«

»Du lügst.«

»Nein.«

Aylas dunkle Augen funkeln. »Warum habe ich dann auf der

Schutzhütte nichts von deiner hart erarbeiteten Ausdauer gemerkt?«

»Autsch«, sage ich und senke den Blick. »Das tat weh.«

Ayla rempelt mich leicht an. »Sag einfach die Wahrheit, Julz.«

Ich lächle und schnalze mit der Zunge. »Es war wirklich in Tibet. Ich habe mit ein paar anderen Kletterern in einem Kloster im Hochland übernachtet. Wir durften bei der traditionellen Tummo-Meditation teilnehmen, aber ich habe es nie lange durchgehalten und wäre beinahe verzweifelt. Du weißt selbst, wie unruhig ich bin.« Ayla nickt, und ich hebe einen Finger. »Also habe ich meine Haltung und damit meine Erwartungen verändert und die Meditation so an meine Bedürfnisse angepasst, dass auch ich Teile der Technik erfolgreich anwenden konnte. Es geht also immer nur um den Blickwinkel.«

Ayla sieht zwischen meinen beiden Augen hin und her. »Das alles klingt so einfach.«

»Ist es auch. Du musst nur weniger denken und mehr fühlen, was du brauchst«, sage ich und richte mich wieder auf. Meine Hände ruhen weiterhin auf Aylas Bauch, und obwohl mehrere Stoffschichten zwischen uns liegen, spüre ich die Hitze, die unsere Verbindung auslöst. Ich könnte stundenlang so mit ihr dasitzen und reden und es genießen.

Ayla räuspert sich und reckt den Kopf leicht nach oben.

»Bist du bereit?«

»Ja.«

»Gut. Augen geschlossen?«

»Ja.«

»Dann atme mit mir. Durch die Nase ein und durch den Mund aus«, sage ich leise und hole tief und kräftig Luft. Ayla tut es mir gleich, und ich spüre, wie sich meine Hände mit ihrer Atmung bewegen. »Sehr gut.« Ihr erster Atemzug hört sich zittrig an, aber gemeinsam fallen wir schnell in einen gleichmäßigen Rhythmus. Die Kälte um uns verliert sich in der Wärme zwischen uns, und was bleibt, sind wir. Gekommen, um Großes zu tun, dabei finde ich das Größte in diesem Moment.

Ich öffne die Augen, blinzle der aufgehenden Sonne entgegen und sehe Ayla an. Betrachte die feinen Züge ihrer Kinnlinie und die Lippen, die sich beim Ausatmen ein kleines Stück öffnen. Die leichten Sommersprossen um ihre Nase, von denen ich mir in all den Jahren nicht mehr sicher war, ob ich sie mir nicht eingebildet hatte.

»Spürst du es, wie alles um dich herum an Bedeutung verliert, weil es nur um dich geht? Der Sauerstoff belebt dich und lässt dich deine Stärke fühlen. Alles, was du brauchst, hast du in dir.«

Ayla nickt, und plötzlich legt sie ihre Hand über meine auf ihren Bauch. Unsere Finger verflechten sich. Sie sagt nichts und sagt damit alles.

Jetzt bin ich es, der sich ihren Atemzügen anpassen muss. Ich schließe erneut die Augen. Wenn es nach mir ginge, wäre ich jetzt angekommen. An jedem Gipfel dieser Welt. Egal, welchen Namen er trägt.

In dieser Sekunde vernehme ich in einiger Entfernung das Knirschen fremder Schritte, und ein lautes Lachen durchdringt die schützende Stille.

Aylas Hand zuckt zurück, und ich spüre die Anspannung und Härte in ihren Körper zurückkehren. Und zum ersten Mal in meinem Leben wünsche ich mir, ich müsste kein fucking Bergsteiger mehr sein und wir könnten einfach gehen. Sie und ich. Aber so funktioniert das nicht. Sie ist nicht meinetwegen hier, und sie wird das hier nicht meinetwegen aufgeben. Also stehe ich auf und helfe Ayla hoch. Dann drehe ich mich um, stemme die Arme in die Hüfte und begrüße mein Team.

Weil ein fucking Bergsteiger die einzige Version von mir ist, die genügt.

KAPITEL 18

TAY *(Kasachisch)*

AYLA

Ich weiß nicht, wie ich mir einen Aufstieg vorgestellt habe, der von einem Filmteam begleitet wird, aber es war definitiv nicht so. An den Dokumentationen, die ich gesehen habe, waren nie so viele Menschen beteiligt. Trotzdem scheinen alle hier ihre Aufgaben zu haben, und ich fühle mich beinahe überflüssig. Die hektische Rastlosigkeit, die gestern bei meiner Ankunft überall zu spüren war, scheint verflogen und ist einem kontrollierten, ruhigen Miteinander gewichen. Noch immer fühle ich die Blicke der mir beinahe fremden Menschen auf mir, selbst wenn sie weniger anklagend wirken und mehr hoffend. Das nimmt mir zwar keinen Druck, aber es verändert ihn. Nein, es ändert meinen Blickwinkel. Ich muss lächeln, Julien hat recht. Manche Dinge haben es verdient, von einem anderen Standplatz aus betrachtet zu werden.

»Wir werden diese Route klettern. Clean, versteht sich, und kein Material in der Wand zurücklassen. Ihr kennt meine Prioritäten.« Julien steht mit Ian und anderen Crewmitgliedern nicht weit von mir entfernt. Er hat sich bereits die dünnere Hose mit mehr Bewegungsfreiheit angezogen, und der Klettergurt hängt ihm lose um die Hüften. Seine Jacke und der schwarze Helm liegen neben ihm auf dem Boden. Alles wirkt so routiniert bei Julien, und ich kann nicht den Hauch von Nervosität erahnen. Er ist ein Profi, durch und durch. Die überspitzte Arroganz in den sozialen Medien verschleiert die unglaubliche Kompetenz und den Respekt, den er sich erarbeitet hat.

Julien schließt und öffnet immer wieder seine Fäuste, und selbst von hier kann ich die Adern erkennen, die an seinen starken Armen hervortreten. Arme, die er vor nicht einmal einer Stunde um mich gelegt hatte. Julien weiß nicht, dass er es mir damit beinahe unmöglich gemacht hat, mich auf irgendetwas anderes zu konzentrieren als auf seine Berührung.

Wenn ich diese Verbundenheit spüre, fällt es mir leicht, zu glauben, dass er diese Dinge für mich tut und nicht für Charles Creek oder seinen persönlichen Erfolg. Dabei sollte ich ihm dankbar sein. Ich darf unsere zielgerichtete Verbundenheit und die alte Vertrautheit nicht mit Zuneigung verwechseln. Das, was auf der Schutzhütte passiert ist, waren unsere Emotionen. Gefühle aus der Vergangenheit. Alles, was wir jetzt tun, ist für die Zukunft, und darauf müssen wir uns konzentrieren. Man sollte denken, in meinem Alter könnte man etwas professioneller mit alldem umgehen, verdammt.

»Ayla und ich haben uns die Gesteinsbewegungen angesehen und sind zum selben Entschluss gekommen wie die Lexingtons. Wenn das Wetter so bleibt, geht keine Gefahr von dem Hang aus. Diese Wand ist sicher, und auch die Gratüberschreitung ist nur mit einem geringen Risiko verbunden.«

Liz und Ian nicken, und Margo tippt auf ihrem Tablet herum.

»Kann ich noch irgendetwas für dich tun?« Der junge Mann, der sich mir vorhin als Luke Cohan vorgestellt hat, inspiziert mit einigem Abstand meinen Klettergurt. Wenn ich mit Everon oder einem der Ranger klettere, tun sie dasselbe, aber das sind Menschen, die ich mein Leben lang kenne. Luke war freundlich. Das Wissen, mit dem er vorhin den Steinschlag analysiert hat, lässt mich annehmen, dass er sich mehr als gut auskennt. Trotzdem ist es ungewohnt, Unterstützung von einem fremden Mann zuzulassen.

Luke geht einmal um mich herum. Ich will mir den nächsten nagelneuen violetten Klemmkeil in meinen Gurt einhängen, aber er fällt mir aus der Hand. Bevor ich mich danach bücken kann, greift Luke nach dem Keil und zeigt damit auf meinen Gurt und die Sicherungen, die ich auf der Plane sortiert habe. »Bist du dir ganz sicher, dass du mit so wenig Sicherungsmaterial da hinaufsteigen willst? Dir ist hoffentlich bewusst, dass es weder irgendwelche fixen Bohrhaken noch alte, zurückgelassene Sicherungen gibt.«

Unschlüssig, ob ich mich erklären muss, versuche ich, ansatzweise so selbstsicher zu wirken wie Julien. »Ja, danke. Ich weiß, dass diese Wand unberührt ist.«

Luke schüttelt den Kopf und kommt einen Schritt auf mich zu. Seine dunklen Locken quillen unter einer Mütze mit lauter Werbelogos hervor, und so nahe vor mir erkenne ich, wie sehr seine Augen denen seines Cousins Xavier ähneln. »Durch die Crew habt ihr keine Materialsäcke, die ihr nachziehen, oder sonst irgendetwas, das ihr mitschleppen müsst – warum spart ihr dann zusätzlich an Gewicht bei den Sicherungen?«

»Ich verstehe dich nicht. Wir haben doch alles dabei, was wir brauchen werden.«

Julien taucht plötzlich neben Luke auf und nimmt ihm meinen Klemmkeil aus der Hand. »Luke, wir sparen nicht an Gewicht – wir haben nur die Auswahl des Sicherungsmaterials sehr exakt getroffen.«

»Wenn euch irgendetwas passiert, werden *Barrow Goldeneye* und wir hier diejenigen sein, die dafür Rechenschaft ablegen müssen. Ich kapiere es einfach nicht – das Wetter ist bestens, und auch die Prognose für die nächsten Tage ist vielversprechend. Ihr müsst nicht schnell aufsteigen und seid in einer euch unbekannten Wand. Nichts hindert euch daran, noch mehr Sicherungen mitzunehmen und zu legen.«

»Richtig«, erwidert Julien, und ich sehe die kleine Ader an seinem Hals pochen. Luke kann nicht wissen, dass sich Julien vor seinem Vater für jede seiner Entscheidungen rechtfertigen musste, immer und immer wieder, und Situationen wie diese hier für ihn die Vorstufe für weitaus Schlimmeres waren. Julien stellt sich etwas breitbeiniger hin. »Alles Faktoren, die wir berücksichtigt und besprochen haben, Luke. Und es ist vertraglich nirgendwo geregelt, wie viele und vor allem welche Sicherungen wir legen müssen. Du kannst dir gewiss sein, dass die Distanz von einem Sicherungspunkt zum nächsten gut überlegt sein wird.«

»Gut überlegt? Was gibt es da zu überlegen? Kurze Abstände sind selbstverständlich! Die ganze Welt weiß mittlerweile, dass dir dein Leben scheißegal ist, aber was ist mit ihr?«

Ich habe nicht bemerkt, dass sich inzwischen ein großer Teil des Teams versammelt hat. Eine Kamera ist auf uns gerichtet, natürlich ist sie das. Julien legt den Kopf schief, und plötzlich sehe ich wieder den Jungen vor mir, der abends wenige Minuten zu spät nach Hause kommt, weil wir die Zeit übersehen haben, und sich dafür rechtfertigen muss. Nur selten konnte Harold Hendricks die Begründung akzeptieren. Fast so, als hätte er nach einem Argument gesucht, Julien erneut zu beschimpfen und zu demütigen.

»Ich werde nicht mit dir diskutieren, Luke«, erwidert Julien trocken, aber ich höre das leichte Beben in seiner Stimme. »Nicht darüber oder über sonst etwas, das in erster Linie mich und meine Seilschaft betrifft.«

»Du vergisst, dass wir alle ein Team sind«, sagt Luke viel lauter als notwendig und drängt Julien damit weiter in die Ecke. Wenn ich Luke kennen würde, wäre ich mir sicherer in der Vermutung, dass Eifersucht in seinem Ausdruck liegt.

»Und trotzdem klettern Ayla und ich.«

»Mit viel zu viel Risiko. Das ist leichtsinnig.« Luke macht einen schnellen Schritt auf Julien zu, und ich sehe, wie dieser schützend die Fäuste ballt. Nicht, um Luke anzugreifen, das weiß ich, sondern um sich zurückzuhalten. So, wie er es bei seinem Vater musste, um es nicht noch unerträglicher zu machen.

»Also, eigentlich«, sage ich und trete zwischen die beiden Männer, »klettern wir nicht mit mehr Risiko als sonst.« Ich nehme meinen Klemmkeil aus Juliens Hand und hänge ihn an meinen Gurt. Dann wende ich mich Luke zu. » Alles, was wir machen, ist, einer natürlichen und gut absicherbaren Linie zu folgen.« Julien kann seine Kämpfe allein austragen, davon bin ich überzeugt. Das konnte er immer. Doch das hier ist ebenso meine Sache, wie es seine ist. »Danke, dass du dir Gedanken gemacht hast, Luke, aber wir werden so klettern, wie wir es seit jeher getan haben. Nach eigenem Ermessen.«

Ich bücke mich nach den nächsten Sicherungen.

»Auf euer Ermessen konnte man sich ja schon immer gut verlassen, oder?«

Ein Murmeln geht durch die Runde, und ich glaube, dass es Margo ist, die Luke darauf hinweist, wie pietätlos seine Aussage ist. Eis rinnt meinen Rücken hinab, und während alles in mir erstarrt, beginnt mein Herz zu rasen und mich in Brand zu setzen. Dieser Gegensatz aus heiß und kalt treibt meine Atmung an. Dunkelheit zieht in meinem Blickfeld ein. Dunkelheit, die mir Bilder …

Juliens lautes Lachen dringt wie ein Fremdkörper in das Nichts, in dem ich zu versinken drohe, und holt mich zurück. Ich spüre den Kies unter meinen Füßen und dem Knie und den leichten Wind, der die Schweißschicht auf meiner Stirn trocknet.

»Wirklich, Luke? Du wirfst uns Fahrlässigkeit vor und kommst kurz vor dem Aufstieg mit so etwas an?« Julien lacht erneut. »Wie Ayla schon sagt, danke, dass du dir Sorgen machst, aber behalte deine Gedanken für dich.« Aus seiner Stimme weicht sämtliche Belustigung. »Es gibt jetzt zwei Möglichkeiten: Entweder du akzeptierst, wie wir klettern, oder du entscheidest dich dagegen und wartest hier in diesem Lager. Das musst du mit dir selbst ausmachen, nicht mit uns. Xavier und Max haben gewiss Verständnis.«

Ich knie immer noch halb am Boden, und nur anhand der Geräusche nehme ich wahr, dass sich der Kreis um uns herum auflöst. Das Brennen in meiner Brust wird mit jedem Atemzug milder, und doch schaffe ich es nicht, mich aufzurichten.

Juliens Schuhe schieben sich in mein Sichtfeld. »Ayla?«

Zu keiner Antwort fähig, bleibe ich am Boden. Julien geht vor mir in die Hocke. Ich habe nicht gemerkt, dass ich damit begonnen habe, die Cams neu zu sortieren, bis Julien meine hektischen Bewegungen mit seiner Hand auf meiner stoppt. »Ayla?«

»I-ich dachte nicht …«, stottere ich die Worte, die in Fetzen durch meine Gedanken rauschen. »Also, ich wusste schon, dass jeder es weiß, aber nicht, dass sie …«

»Sieh mich an, Ayla.«

»… und du hast gelacht …«

»Sieh mich an, bitte.«

Ich schaffe es nicht, den Kopf zu heben.

»Ayla.« Juliens Stimme wird härter. »Sieh. Mich. An. Jetzt.«

Es ist nicht seine Aufforderung, sondern sein Befehlston, gegen den ich mich sträube und der mich trotzig das Kinn recken lässt.

»Genau so. So trittst du allen entgegen, die deinen Kopf auf diese Weise ficken wollen«, sagt Julien leise, aber unmissverständlich. »Niemand hat das Recht, dich in die Knie zu zwingen. Niemand, Ayla. Egal womit. Du bestimmst. Wie viel du von dir zeigst«, er schluckt, und für einen winzigen Moment bekommt seine Fassade Risse, »und wie weit du andere an dich heranlässt. Du bestimmst – und du musst dich schützen.« Er lächelt, und sein Ausdruck verliert an Härte. »Vor allem, wenn ich dir gleich mein Leben anvertraue. Nach unserer Ansprache eben wäre es ungünstig, wenn wir beide mental ausgezogen bis auf die Unterhose in der Wand hängen.«

Ich muss ebenso lächeln und schüttle den Kopf. »Wie kann man nur solche Bilder heraufbeschwören?«

»Solange sie wirken, sind mir alle Bilder recht. Vor allem da du und ich genau wissen, dass ich selten Unterwäsche trage.«

Mein lautes Lachen löst das lähmende Gefühl in meinem Körper. »Dann tu mir zumindest den Gefallen und lass mich den Vorstieg machen, Julien. Ich bin mir nicht sicher, ob ich dich nackt und mit weit gespreizten Beinen über mir in der Wand hängen sehen will.«

»Keine Angst, diese besonderen Einblicke sind für Luke reserviert. Er soll wissen, wo genau er mich lecken kann.«

»Julz!«

Julien zuckt lediglich mit den Schultern. »Ich will dir nur veranschaulichen, dass Aussagen wie die von Luke keine Macht haben dürfen.«

Es braucht drei weitere Atemzüge, bis ich weitersprechen kann. Juliens Hände bleiben dabei geduldig auf meinen liegen. »Ich habe angenommen, dass alle von dem Unfall wissen. Aber ehrlich gesagt habe ich nicht damit gerechnet, damit konfrontiert zu werden. Von fremden Menschen.«

»Jeder hier hat für sich selbst entschieden, diese oder andere Expeditionen zu machen, und jede und jeder hat eigene, ganz persönliche Gründe dafür. Aber am Ende gehen alle ein großes Risiko ein, und mit jedem Höhenmeter steigt das Bewusstsein dafür. Das irritiert, selbst erfahrene Menschen.«

Juliens Loyalität und sein Verständnis verwundern mich. Als hätte er meine Gedanken gelesen, räuspert er sich. »Ich hatte einige Gelegenheiten, über Aussagen wie diese eben von Luke nachzudenken.«

Erst jetzt wird mir bewusst, seit wie vielen Jahren Julien nicht nur mit seinen Erfolgen in der Öffentlichkeit steht. Die Blicke und stillen Vorwürfe, die in Charles Creek ständig meine Begleiter waren, verlieren angesichts der Größe von Juliens Angriffsfläche an Bedeutung. »Es tut mir leid«, flüstere ich. »Es muss wehgetan haben.«

Julien blinzelt. »Unter absoluten Profis wie Max oder Xavier oder den Rangers hier würde so etwas nie zur Sprache kommen. Jeder kennt die Spielregeln und weiß, dass es am Ende darum geht, zu überleben. Nur Idioten wie Luke, die weniger durch ihr Können und mehr durch finanzielle Mittel und ihre Familie an einigen erfolgreichen Aufstiegen beteiligt waren, sind gefährlich. Weil sie keinen Respekt haben. Weder vor anderen Menschen und ihrer Geschichte noch vor dem Berg.«

Ich erinnere mich an den Schmerz, den ich vorhin kurz auf Juliens Gesicht gesehen habe. »Aber trotzdem kann es wehtun.«

»Ja.« Er nickt. »Weil man über Schmerz nicht bestimmen kann.« Er drückt meine Hände, dann lässt er sie los und lächelt mich an. »Was ist? Lust, ein bisschen mit mir zu klettern?«

Diese Frage hat er mir früher immer gestellt, und es fühlt sich an, als wäre seitdem viel zu viel Zeit vergangen. Ich grinse. »Nur wenn du deine verdammten Hosen anbehältst, Hendricks.«

»Versprochen«, erwidert er und zwinkert mir zu, bevor er aufsteht.

Als hätte Ian nur darauf gewartet, dass wir unser Gespräch beenden, kommt er näher und erklärt mehr mir als Julien, dass er einen Großteil des Aufstiegs heute direkt filmen wird. Hunter und Preston Lexington sind bereits gestern über die Westschulter zu der Felskante aufgestiegen, an der wir wieder aus der Wand kommen werden, und haben diese leichtere Route für das Team gesichert. Ich habe sie in der Lodge kurz kennengelernt und mich schon gewundert, warum ich sie im Lager nicht gesehen habe. Über ein Gespräch mit den Brüdern hätte ich mich gefreut.

»Sollte mir die Sicht von hier unten also nicht mehr reichen, werden Hunter und Preston von oben so gut wie möglich übernehmen. Die Virtual-Reality-Kamera macht die besten Aufnahmen, wenn sie ein breites Spektrum hat. Das bedeutet, selbst wenn euch die VR nicht nahe ist, sind wir da. Ihr müsst also zu keiner Zeit Rücksicht auf das Filmteam nehmen, macht einfach euer Ding, und überlasst den Rest uns. Für den Notfall haben wir nämlich die Drohnen.« Irgendwann in den letzten Stunden hat er seine gewöhnliche Brille gegen eine sportliche Variante eingetauscht, die er jetzt zurechtschiebt. Er versichert sich zum wiederholten Mal, dass wir alles haben, was wir brauchen, und nimmt dann Abstand.

Julien und ich kontrollieren noch einmal unsere Ausrüstung. Nach dem Aufwärmen klettern wir uns ein. Keiner spricht, und jeder ist für sich. Dieser letzte Moment der Ruhe versetzt mich in einen Rausch, den ich lange nicht mehr gespürt habe, und alles in mir beginnt, nach oben zu ziehen. Ganz nach oben.

Der Großteil des Teams hat sich über den von den Lexingtons freigegebenen Pfad unter der Westschulter bereits auf den Weg gemacht, um das nächste Lager zu bedienen, als Julien und ich uns an die Wand stellen. Kurz bin ich unschlüssig, wie wir anfangen sollen, da tritt Julien näher und hält mir seine beiden geschlossenen Fäuste hin.

»Drei für drei«, sagt er. Ein Ritual, das uns immer begleitet hat und das ich selbst nach dem Unfall jeden Abend vor dem Zubettgehen in meinem Kopf wiederholt habe, ob ich es wollte oder nicht. Zusammenhalt, Verbundenheit und Vertrauen. Julien, ich – und Devin.

Ich blinzle. Nicht zwei. Drei.

»Drei für drei«, sagt Julien wieder und sieht mir in die Augen. *Drei. Devin.* Als wäre er hier, bei uns. Julien lächelt und nickt erneut, aus der tiefen Überzeugung, dass uns hier noch immer alles mit Devin verbindet.

»Drei für drei«, sage ich, balle meine Hände ebenfalls zu Fäusten und klopfe damit auf seine.

»Gut. Ladies first.«

Als ich meine Finger mit Magnesium bestäube, bin ich mir plötzlich nicht mehr ganz so sicher, wie geistreich die Idee war, den Vorstieg zu machen. Selbst wenn der größte Teil der Crew inzwischen aufgebrochen ist, stehen einige Menschen da und beobachten jede einzelne Regung von mir. Abgesehen davon, dass eine Kamera auf mich gerichtet ist.

»Nur der Berg und wir, Ayla«, flüstert Julien neben mir. Er hält das Seil, an dem ich mich eingebunden habe, lose in den Fingern. »Genieß es.«

Nur der Berg, wiederhole ich in meinen Gedanken und lege die Hände an den Felsen. Mit geschlossenen Augen nehme ich mir die Zeit, wahrzunehmen, was ich vor mir habe, und spüre den kalten Stein unter meiner Haut. Rau und glatt. Kantig und rund zugleich. *Nein.* Ich lächle. *Velvet.* Samt, er fühlt sich an wie Samt.

Ich presse sämtliche Luft aus meinen Lungen, atme tief ein und ziehe mich in die Wand.

Meistens sind die ersten Griffe zugleich die schwierigsten. Die leichte Neigung hier ist zudem trügerisch, weil der Felsen die Einbuchtung ein paar Meter weiter oben wiedergutmacht und ich einen Vorsprung übersteigen muss. Wenn ich den hinter mich bringen kann, habe ich ein wichtiges Stück geschafft.

»Weißt du, was cool wäre?«

»Hör auf, zu reden, Julien. Ich muss mich konzentrieren.«

»Cool wäre, wenn du nicht gleich einen Grounder hinlegst. Jetzt auf den Boden zu knallen, wäre fast schon peinlich. Vielleicht hätte ich doch ein paar Crashpads mitbringen sollen.«

Mir den Vorstieg zu überlassen, ist so ziemlich der größte Vertrauensbeweis, den Julien in mein Können setzen kann.

Er hüstelt übertrieben. »Deswegen mache ich nie den ersten Vorstieg. Viel zu gefährlich. Und die psychische Belastung erst. Stell dir vor, du rutschst jetzt aus, bevor du was legen konntest. Den Gedanken werden wir die nächsten Tage nicht mehr los, und das Scheitern ist quasi vorprogrammiert.«

»Halt endlich die Klappe, Julien«, schimpfe ich. Wir wissen beide, dass das nicht wahr ist und er mich nur davor bewahren will, mich in meiner Verbissenheit zu verlieren. Gerade beim Setzen der ersten Sicherungen nach jedem Standplatz ist es verdammt wichtig, die Wand distanziert zu betrachten. Sie fangen den Sturz als letzte Instanz ab, bevor der Vorsteigende in den Stand kracht. Die Sicherungen müssen halten, und ich muss es über diesen Vorsprung schaffen und bin unpraktischerweise kurz davor, in Panik auszubrechen.

»Vielleicht hätten wir doch zwei Fallschirme einpacken sollen.«

»Julz«, rufe ich und muss trotzdem lachen, was in meiner überstreckten Position beinahe wehtut. »Wie kann man nur so viel Scheiße reden?«

»Das passiert mir nur, wenn ich nervös bin.«

Ich bin jetzt unter dem Vorsprung und klemme einen zweiten Keil zu dem, den ich gerade in einem kleinen Spalt gesetzt habe, um die Sturzkraft im Notfall zu verteilen. Bis jetzt konnte ich in dem festen Fels alle Sicherungen solide platzieren. Sie werden halten. Als ich die Expressschlinge einhänge und daran mein Seil, hallt je ein leises Klicken von der Wand wider. Ich liebe dieses Geräusch.

»Du bist nie nervös«, rufe ich zu Julien nach unten und schüttle einen Arm aus.

»Natürlich bin ich das. Vor einem Zahnarztbesuch zum Beispiel.« Ich habe die Schlüsselstellen in dem Vorsprung vorhin identifiziert und sofort die Züge gesehen, die sich daraus ergeben. Züge, die man mit zwei gesunden Beinen klettern kann.

»Wann bist du so richtig nervös, Ayla? Ich meine, abgesehen von dem Moment, in dem dir klar wird, dass du genau die Züge, die dir instinktiv als Erstes in den Sinn kommen, nicht wirst umsetzen können.«

Die aufbäumende Welle der Wut schwappt über meinen Bauch hinweg und lässt mich zischen, doch Julien ist noch immer nicht still. »Hätten wir Griffe und Tritte davor durchgehen sollen? Glaubst du, das hätte dir geholfen?«

Dieser kleine Arsch. Er weiß natürlich, dass ich über die ersten Griffabfolgen hinausgedacht habe. Es ist diese widerwärtige Hemmschwelle, die mich aufhält. Mir selbst einzugestehen, dass ich nicht mehr auf die für mich herkömmliche Art und Weise klettern kann. Wenn ich jetzt scheitere, habe ich die Gewissheit, dass es das war. Für immer.

»Man hätte das alles natürlich viel früher probieren können. Unbeobachtet.«

Das war's. Juliens letzte Spitze reicht aus, um mich aus den Schatten zu befreien. Ich mache einen Fußwechsel und nutze einen kleinen Vorsprung, den ich von unten nicht gesehen habe, für meine linke Hand. Anstatt das rechte Bein nachzusetzen, kann ich so das linke Knie benutzen, um mich beim Hochziehen abzustützen. So kann ich rechts durchgestreckt das Gewicht für die Sekunde halten, die ich brauche, um die fehlende Kraft zu kompensieren und mich leicht überhängend bis zur Kante vorzuarbeiten.

»Über dir auf vier Uhr, Ayla. Hast du gesehen, oder?« Juliens Stimme ist jetzt ernst und klar.

»Ja«, presse ich hervor, und sobald ich mit der linken Hand Halt über dem Vorsprung finde, hebe ich das rechte Bein an und suche mit dem Fuß die Einkerbung, die Julien meint. Ich schaffe es, mich darin so zu stabilisieren, dass ich meinen Körper über die Kante ziehen kann. Auf eine Weise, wie es mir schon lange nicht mehr möglich war. Ohne Zug von oben. Allein.

»Das Seil nicht vergessen«, ruft er im selben Moment, in dem ich ohnehin danach greife, um es wieder zwischen mich und die Wand zu bringen.

Erst jetzt traue ich mich, kurz auszuatmen und die nächste Sicherung zu planen. Ich kann sie auf die Art setzen, wie ich es im Vorhinein angedacht hatte, und bringe mich wieder in eine gerade Position.

Endorphine und noch mehr Adrenalin fluten meinen Körper und wollen mich dazu zwingen, weiterzuklettern. Weil ich es kann.

Ich tauche meine Hände wieder ins Magnesium ein und blicke nach oben. »Du hast meinen Ehrgeiz geweckt und mir die Unsicherheit genommen«, rufe ich, bevor ich weitersteige. »Danke.«

»Bedank dich nicht für meine billigen Tricks, Ayla«, erwidert Julien. »Das hast du ganz alleine geschafft. Nur du.«

Nur ich, wiederhole ich in Gedanken und klettere weiter. Stück für Stück. Die Sonne wärmt mir den Rücken und lässt kleine Einschlüsse im Gestein silbern funkeln. Egal, in welche Richtung ich den Kopf drehe, ich bin von Felsen und dem Berg eingeschlossen und fühle eine urtümliche Geborgenheit. Die Welt um mich herum verliert an Wichtigkeit, das macht mich leicht. Leicht und frei.

Ein feiner Wind streift meine Haut, das Schaben der Kletterschuhe über den Stein und meine Atmung sind die einzigen Geräusche, die Bedeutung haben. Alles, was ich habe und was ich bin, reicht aus, um diese Wand hochzusteigen. Ich schaffe das.

Frei von der Vergangenheit und Angst, frei von Selbstzweifeln und fern dem Menschen, der ich geglaubt habe sein zu müssen. Jetzt bestehe ich wieder aus Lebendigkeit und dem Vertrauen in mich und der Lust darauf, zu lachen und mich der Natur hinzugeben. Mir war nicht klar, dass man verdrängen kann, wie sehr man etwas vermisst. Wie vehement man sich und seine Gefühle verleugnen kann.

Beim nächsten möglichen Standplatz lege ich gleich vier Sicherungen und verbinde sie miteinander, um eine gleichmäßige Belastung zu gewährleisten. Dann hänge ich mich ein und entspanne mich. Kein Schmerz lähmt mein Bein, nur ein brennendes Ziehen in den Muskeln, das mir zeigt, wie sehr mein Körper für das hier kämpft. Erst jetzt nehme ich mir zwei, drei Atemzüge, um diesen Erfolg zu genießen. So, wie Julien gesagt hat. Er wusste es. Die ganze Zeit über hat er gewusst, was ich brauche, um zu mir selbst zurückzufinden. Weil er erlebt hat, wie überwältigend dieses Gefühl ist, und weil er diese Ergriffenheit genauso liebt und braucht wie ich. Er wollte mir helfen, selbst wenn er mich damals zurückgelassen hat. Jetzt wollte er mir helfen.

»Julien?«

»Hier.«

Ich ziehe das restliche Seil ein, bis es straff ist, bereit, Julien zu sichern. »Stand! Bist du bereit?«

»Vielleicht bin ich zu nervös.«

Ich lache. »Ich wusste, dass ich Rhett hätte mitnehmen sollen, verdammt.«

»Nimm das zurück!«

»Wie bitte? Ich verstehe dich so schlecht!«

»Na warte, Hans Christian!«, brüllt Julien so laut, dass es garantiert mehr als deutlich auf allen Aufnahmen zu hören sein wird. Er spielt damit auf ein Missverständnis an, das mir damals in der Schule passiert ist und das längst vergessen sein sollte. »Ist alles sicher?«

»Ja«, gebe ich zurück und spüre sofort ein leichtes Rucken am Seil, als Julien mit dem Klettern beginnt. Ich lasse meinen Blick über die Wand hinaus schweifen. Der Himmel ist heute wolkenfrei, das ist selten, und das satte Blau lässt die Berge mächtiger und das Tal, das sich in einer grünen Ebene verliert, viel weiter erscheinen. Wir sind schon längst über die Baumgrenze hinaus, aber ich bilde mir ein, dass der Geruch nach frischem Harz in der Luft liegt. Es ist einer dieser Tage, an denen man es vielleicht mehr als drei oder vier Minuten im Glacier Lake aushalten würde. Es ist perfekt. Julien muss jede einzelne Expresse, die ich gelegt habe, wieder mitnehmen, und trotzdem ist er viel schneller als erwartet.

»Es fällt mir schwer, anzunehmen, dass ich keine Belastung für dich bin, bei diesem Tempo«, sage ich zu ihm, als er am Standplatz ankommt. Wir haben nur wenig Platz, und Julien steht viel zu nahe bei mir. Ich muss meinen Kopf in den Nacken legen, um ihm in die Augen sehen zu können.

»Ich wollte dich nur nicht zu lange allein lassen.« Er zwinkert mir zu, wobei ihm eine weitere nasse Haarsträhne in die Stirn fällt. »Das war gut, Ayla. Sehr gut sogar.« Er hebt die Hand hoch, umfasst mit der anderen Hand das Gelenk und lässt seinen Daumen kreisen. »Fuck.«

»Der Daumen?«

»Der Daumen ist längst nicht mehr mein einziges Problem. Das erste Drittel über den Felsvorsprung hatte es in sich. Everon hat mich bereits vorgewarnt, dass es kaum Griffe gibt, und ich musste die Finger in einen winzigen Riss klemmen. Durch die Schonhaltung nach den beiden Sehnenrissen und den Operationen habe ich die Hand ständig falsch belastet, über Jahre, und das rächt sich. Die Kälte an vielen Aufstiegsorten tut ihr Übriges.«

Ich wusste, dass er Probleme hat, und habe die Narben am Daumen und an der Hand gesehen, aber ich hatte keine Ahnung, dass es mittlerweile so schlimm ist. »Und trotzdem bist du hier.«

Julien zieht eine Augenbraue hoch und deutet zu meinem Bein. »Du doch auch, Hans Christian.«

Ich verenge die Augen. »Nenn mich nicht so, es war ein Missverständnis.«

Julien lacht laut und legt dabei den Kopf schief. Er wirkt so entspannt, als würden wir gerade nicht auf einem schmalen Vorsprung in einer Felswand stehen. Sein Lachen verwandelt sich in ein gefährliches Grinsen. Ich lag falsch – er wirkt nicht entspannt, sondern befreit und glücklich.

»Kein Missverständnis, Ayla«, erwidert er. »Du hättest *Die kleine Meerjungfrau* nicht mal wirklich lesen müssen, um zu wissen, dass Hans Christian Andersen nicht die Meerjungfrau ist, sondern der Autor. Das sieht man schon am Cover! Dafür muss man das Buch aber zumindest einmal in die Hand nehmen.«

»Mr Churchill hat mich damals mit seiner Frage überrumpelt, das war nicht fair.«

»Was nichts daran ändert, dass du nie ein Buch gelesen hast, das wir hätten lesen müssen.«

»Ich hatte meine eigenen wertvollen Lektüren.«

»Die Mr Churchill nicht im Unterricht haben wollte.«

»Was mich nicht vom Lesen abgehalten hat. Vampir-Romane können ebenfalls Kulturgut sein. Und ich habe *Die kleine Meerjungfrau* sehr wohl gelesen.« Vielleicht. Ein oder zwei Kapitel, oder waren es Seiten? »Sollten wir nicht weiterklettern?«

Julien zuckt mit den Schultern, und sein Duft, vermischt mit dem von frischem Schweiß, lässt mich tief Luft holen. Er kratzt sich am Hals, und die definierte Wölbung seiner Brustmuskeln ist direkt auf meiner Augenhöhe. Wenn ich könnte, würde ich einen Schritt zurück machen, aber dafür ist kein Platz. Stattdessen beugt sich Julien weiter über mich und stützt sich mit einem Arm am Fels ab, sein Mund gefährlich nahe an meinem. »Vermutlich sollten wir das, Ayla. Weiterklettern.« Ich glaube, seine Stimme ist soeben tiefer geworden. Und ich ein kleines bisschen unkonzentrierter. Er befeuchtet seine Lippen. »Aber zuerst nennst du mir den richtigen Namen der Meerjungfrau.« Er grinst wieder.

Ich schüttle den Kopf, kann ein Lachen jedoch nicht verbergen. »Du redest wirres Zeug. Das muss die Höhenluft sein.«

»Wir treffen eine Vereinbarung: Wenn du hier und jetzt den Namen der Meerjungfrau nennen kannst, werde ich dich nie mehr damit ärgern.«

»Warum ist das Buch überhaupt Thema?«

Er lächelt, und sein Blick verliert sich kurz in der Weite, bevor er mich wieder damit berührt. »Weil du heute so bist wie damals, Ayla. Du bist das Mädchen, das sich über Strukturen hinwegsetzt. Das macht dich freier als jeden anderen von uns.«

Ich zeige um mich. »Du bist es, der die letzten Jahren all das hatte. Wenn einer nach seinen Wünschen und Träumen leben kann, dann du.«

»Nein.« Julien senkt den Kopf. Er spricht leise, als könnte uns hier oben jemand hören. »Alles, was ich die ganze Zeit über getan habe, war davonlaufen. Zuerst vor Charles Creek und dann vor mir selbst.«

»Du bist zurückgekommen.«

»Ja. Egoismus scheint der treibende Faktor in meinem Leben zu sein.«

»Warte, du hilfst der Lodge, und du hilfst mir – was ist daran egoistisch?«

Er schüttelt den Kopf. Es wirkt unbeholfen, beinahe schüchtern. »Vielleicht, weil ich ein klein wenig wie Undine bin.«

»Wer ist Undine?«

»Die kleine Meerjungfrau. Siehst du, du hast das Buch nicht gelesen. Ich wusste es.«

»Und warum bist du wie sie?«

Julien sieht mir in die Augen. Er scheint sich seine Antwort sehr gut zu überlegen. »Alles, was Undine will, ist eine Seele. Ich habe mich selbst verloren und hoffe, dass mir mein Zuhause zeigt, was mich ausmacht. Und ich glaube, ich war mir dessen nicht einmal bewusst.«

»Und? Funktioniert es?«, flüstere ich.

»Das werden wir sehen.« Seine Worte passen nicht zu dem, was seine Augen sagen, aber vielleicht wünsche ich mir zu sehr eine Antwort, die etwas mit mir zu tun hat und nicht mit dem Aufstieg auf den Malamute Peak. »Ich arbeite daran.«

»Gut.« Ich lächle, um den kurzen Stich der Enttäuschung in meiner Brust zu überdecken, und räuspere mich. Juliens Nähe lastet plötzlich auf mir wie ein Gewicht. »Dann würde ich sagen, du arbeitest weiter.« Ich zeige nach oben und versuche mich an einem Grinsen. »Du bist dran, Undine.«

»Ich werde mich bemühen, Hans Christian.« Ebenfalls grinsend reibt Julien sich die Hände mit Magnesium ein, schaut die Wand hoch und beginnt zu klettern. Es ist dasselbe Grinsen, das er auf den Fotos auf Social Media zeigt. Es wirkt antrainiert, und ich glaube, dass er mir irgendwas verschweigt.

KAPITEL 19

SLIABH *(Irisch-Gälisch)*

JULIEN

Sie ist großartig.

Ayla besteigt diese Wand, als hätte sie die letzten Jahre Erfahrungen auf der ganzen Welt gesammelt und nur darauf gewartet, ihr Talent zu zeigen. Wir klettern Meter für Meter und sind trotz der Pausen, die wir uns beim Wechsel gönnen, verfickt schnell. Ich liebe es, mit Ayla in den wenigen Erholungsphasen über das zu reden, was wir verpasst haben. Neue Lieblingsfilme, die perfekte Pizza oder Tratsch und Klatsch aus Charles Creek. Und wir sprechen über das Klettern. Das, was es uns bedeutet hat, und wie sich sein persönlicher Wert mit jedem Höhenmeter, den wir heute meistern, neu definiert. Ich sehe, wie viel Anstrengung es Ayla kostet, die geringe Belastbarkeit ihres Beins zu kompensieren. Dabei werde ich jedes Mal aufs Neue mit meinem eigenen Unvermögen konfrontiert. Ich hätte sie damals davor bewahren können. Sie beide.

Nach etwas weniger als der halben Strecke nehmen wir das Summen der Drohnen wahr. Lange Zeit war es gewöhnungsbedürftig für mich, dass anderen Menschen so die Gelegenheit gegeben wird, jede kleinste Regung von mir infrage zu stellen. Mit zunehmender

Abgrenzung und Vertrauen in sich selbst legt man diese Befangenheit wieder ab, aber es dauert. Meine Sorgen, Aylas Fokus könnte ähnlich wie meiner damals unter der Anwesenheit der Kameras leiden, erweisen sich schnell als überflüssig. Ayla klettert völlig unbeeindruckt weiter, und wir kommen unserem Ziel immer näher.

Ich bin der Erste, der oben ankommt. Verschwitzt stehe ich am Ausstieg und sichere Ayla auf ihren letzten Metern. Preston liegt neben mir am Boden. Er hat sich weit über den Felsabsatz gelehnt, um Ayla zu filmen, und versperrt mir so die Sicht. Ich will derjenige sein, der sie sieht, wenn sie den Aufstieg beendet. Ich will das Glück und den Stolz auf ihrem Gesicht beobachten und den Moment, in dem die Anstrengung dem puren Lebensgefühl weicht, mit ihr genießen. Mit ihr allein.

»Jetzt liegst du gleich auf unserem Seil, Alter«, sage ich, doch Preston scheint mich nicht wahrzunehmen. Oder zu ignorieren. Sein Bruder Hunter zuckt entschuldigend mit einer Schulter, anstatt Preston zu sagen, dass er aufpassen muss.

»Julien«, ruft Ian und deutet auf das Handy, das Margo auf mich richtet. Mir wird plötzlich bewusst, dass ich mein Telefon nicht mit in der Wand hatte. Normalerweise habe ich es immer dabei und bemühe mich um zumindest ein, zwei Aufnahmen, die ich posten kann. Wenn das Netz zu schlecht ist, auch erst wieder zurück in der Zivilisation.

Ich schüttle die Verwunderung über mich selbst ab und lächle in das Handy. »Die erste Wand habe ich bereits hinter mir, und in wenigen Sekunden hat meine Freundin Ayla ebenso unser Tagesziel erreicht. Der durchgängig blaue Himmel hat uns beim Klettern das Gefühl gegeben, schwerelos zu sein, auch wenn es einzelne Schlüsselstellen wirklich in sich hatten und uns bewiesen haben, wie viel jede Wand von sich verborgen hält. In diesem Moment stemmt sich Ayla über den Auslauf des Felsens. »Das ist übrigens Ayla, ihr kennt sie noch nicht, weil sie sich im wunderschönen Charles Creek hier versteckt hat.«

Ich halte ihr meine Hand hin und ziehe sie mit mir nach oben. Ihr Helm sitzt etwas schief, und einzelne Haarsträhnen kleben in ihrem verschwitzten Gesicht. Sie schüttelt ihre Arme aus, während sie versucht, wieder zu Luft zu kommen. »Beim Klettern haben wir uns heute daran erinnert, dass Freunde Ayla auch Hans Christian nennen.« Ein kleiner Ruck geht durch Aylas Körper, und sie blickt von mir zu der Kamera und dem Handy, die auf sie gerichtet sind, und wieder zurück.

In Erwartung eines Schlages gegen die Brust oder den Oberarm ducke ich mich leicht, stattdessen lacht sie. Laut und befreiend. Ihre Augen nehmen die Form perfekter Halbmonde an und füllen sich mit Tränen. Alle anderen stimmen mit ein und applaudieren uns, nur ich stehe still. In dieser Sekunde zählen nicht der Erfolg und die Anerkennung, das Gemeinschaftsgefühl oder die beste Aufnahme für welche Plattform auch immer. Alles in mir konzentriert sich auf Ayla und darauf, jedes noch so kleine Zeichen des Glücks tief in mir abzuspeichern. Ich habe Ayla in meinen Träumen gesehen, weil es alles war, was ich hatte, alles, was ich mir selbst zugestanden habe. Jetzt, da ich ihr ausgelassenes Lachen höre und sehe, wie sie den Kopf dabei in den Nacken legt, weiß ich, dass meine Träume ihr niemals gerecht werden konnten. Sie ist es. Es war immer sie.

Ian kommt mit der Kamera einen Schritt auf uns zu, und Ayla lehnt sich an mich. Die leichte Berührung entfesselt die Emotionen, die gerade meine Welt angehalten haben, und ich muss Ayla an mich ziehen. Lachend schließe ich sie in eine Umarmung.

»Ich hab es geschafft«, sagt sie leise, so, dass nur ich es hören kann.

Ich helfe ihr dabei, den Helm abzunehmen. »Daran habe ich nie gezweifelt.« Mit Stolz drücke ich sie fester an mich und gebe ihr einen Kuss auf den Kopf.

Nach ein paar weiteren Fotos und kurzen Statements für die Kamera löse ich mich nur widerwillig von ihr, weil ihr Körper beginnt abzukühlen und sie fröstelt. Ich bedanke mich bei Sarah, die uns Jacken und Mützen reicht, und nehme mir zum ersten Mal die Zeit, mich an unserem neuen Standplatz umzusehen.

Nicht mehr die gesamte Crew ist in dieses zweite Lager mit aufgestiegen. Die Fläche, die wir für die Zelte und das Material brauchen, wird immer kleiner. Ein dunkler Fels schließt den Platz genug ein, um windgeschützt zu sein, und gibt gleichzeitig den Blick auf die Gebirgskette frei, zu der wir morgen übersteigen werden. Viele kleine Spitzen, allesamt mit Schnee bedeckt, ragen hintereinander auf und scheinen den einzigen Gipfel zu säumen, der am Ende wirklich von Bedeutung ist.

Ich atme tief durch. An den schimmernden Kanten kann ich von hier das Eis erahnen, welches das Gestein einkleidet und einer Warnung gleicht. So, als würde es sich selbst davor schützen, bestiegen zu werden. Nach Herausforderungen wie dieser zu suchen, war die letzten Jahre der Grund für jeden meiner Atemzüge. Jetzt spüre ich, wie die Sucht nach dieser einen Grenze weicht, weil etwas Neues ihren Platz einnimmt.

Ein warmes Ziehen breitet sich in meinem Brustkorb aus. Dieses Licht in all der Verbissenheit bringt Zweifel mit sich. Mit einem Schritt nach vorne trete ich aus der Unsicherheit und beginne zu atmen. So, wie ich es heute früh noch Ayla gezeigt habe.

Ich gehe nach vorne zu der Stelle, an der sich das Felsplateau verengt und von einem schmalen Weg in den Bergrücken übergeht, den wir morgen überqueren werden. Das wunderschöne Wetter ist trügerisch. Wir sind bereits über die schützende Baumgrenze hinaus, aber je höher wir in den nächsten Tagen aufsteigen, desto beißender wird die Kälte. Und mit der Kälte blättern die Schichten von einem ab, eine nach der anderen, und übrig bleibt, was uns wirklich ausmacht. Ayla wird sehen, dass viel mehr an mir Fassade ist als nur der Bergsteigerarsch. Und dann wird sie die Entscheidung treffen, die uns einander wieder nimmt. So wie meine Entscheidung uns damals Devin genommen hat. Deswegen muss ich die Zeit mit ihr nutzen, weil uns nicht viel mehr bleiben wird. Der Aufstieg mit Ayla ist mein neuer Gipfel.

Mein Blick wandert den Grat entlang, den wir morgen begehen werden. Er ist schneefrei, was in dieser Höhe nicht mehr selbstverständlich ist. Die spitze Kante lässt kaum Platz für zwei Füße nebeneinander, aber entgegen unseren Befürchtungen von heute Morgen wirken die Hänge absolut stabil. Das ist gut. Ein Umweg würde uns Tage kosten, auch wenn es mehr Zeit mit Ayla bedeuten würde. Es erschreckt mich, dass dieser Gedanke überhaupt auftaucht. Die gute Wetterperiode zu nutzen, hat Priorität. Sie ist der Faktor, der über alles entscheidet, nicht meine Emotionen.

»Hast du kurz ein paar Minuten?« Hunter hat seine Hand auf meine Schulter gelegt. »Ich würde dir gerne die aktuellen Satellitenbilder zeigen, auf der Südschulter liegt allem Anschein nach mehr Schnee als gedacht.«

Ich nicke und will Hunter schon zu dem Gesteinsblock folgen, den er zu einem Tisch umfunktioniert hat, da sehe ich Ayla. Sie hat bereits damit begonnen, unser Zelt aufzubauen, und ich ahne, warum sie das tut. Ayla sucht nach einer Rückzugsmöglichkeit. Ihre Tante Phyllis hat sie ständig dazu gezwungen, ihr alles zu erzählen, was sie erlebt hatte. Vermutlich war es ihre Art von gewissenhafter Erziehung. Oder sie wollte sichergehen, dass Ayla nicht einfach abhaut und schwanger wieder zurückkommt, wie es Aylas Mutter getan hat – kurz bevor sie das nächste Mal abgehauen ist, dieses Mal für immer. Phyllis' Angst, ein weiteres Kind großzuziehen, das sie niemals wollte, muss riesig gewesen sein. Irgendwann hat Ayla damit angefangen, sich zurückzuziehen, wenn wir allein waren, und sich so ihre Auszeiten zu nehmen. Momente, die nur ihr gehört haben. In denen sie nachdenken konnte und die ihren Zauber nicht durch die verhörähnliche Fragerei und das Misstrauen von Tante Phyllis einbüßen mussten. Devin und ich haben früh gelernt, ihr diese Zeit zu geben. Und die soll sie auch jetzt haben.

»Ich bin gleich bei dir«, sage ich zu Hunter und gehe auf Ayla zu. Von hinten sehe ich, wie sie eine lange schwarze Fiberglasstange von der Seite betrachtet und über die ausgebreitete Zeltplane hält, als könnte sie so einschätzen, ob es die richtige ist. Ich verkneife mir ein Grinsen. Ayla weiß nicht, dass bei den Zelten von *Barrow Goldeneye* sowohl die Stangen als auch die passenden Ösen an der Plane nummeriert sind, um beim Aufbau Zeit zu sparen. Prüfend dreht sie die Stange und wippt leicht mit dem Fuß, bevor sie irgendetwas murmelt, das stark nach Schimpfwörtern klingt. Ich will ihr die Stange gerade abnehmen und ihr zeigen, wie einfach die Vorgehensweise eigentlich ist, da schwingt Ayla das ganze Ding plötzlich nach hinten, und das Metall-Ende schneidet mir übers Gesicht.

»Ah, fuck!«, rufe ich und presse mir die Hand auf die brennende Wange.

Ayla dreht sich um und reißt die Augen weit auf. »Scheiße, war ich das?«, fragt sie und blickt sich leicht panisch um, als würde sonst noch jemand mit scharfen Gegenständen durch die Gegend fuchteln. »Du blutest, Julien!«

»Halb so wild«, versuche ich zu beschwichtigen und spüre schon, wie warmes Blut durch meine Finger sickert. Bitte kein Blut. Alles, nur kein Blut. Ein metallischer Geschmack breitet sich in meinem Mund aus. »Das wird schon wieder«, sage ich, mehr um mich selbst zu überzeugen als Ayla, da ist sie schon bei mir, packt meinen Arm und stützt mich ab.

»Du wirst blass. Setz dich, Julien. Kannst du immer noch kein Blut sehen?«

Erledigt sich das jemals von selbst? »Ich bin mittlerweile ein großer Junge, ein bisschen Blut macht mir überhaupt nichts aus«, höre ich mich sagen und kämpfe in der nächsten Sekunde damit, nicht zusammenzusacken, sondern mich mit Aylas Hilfe halbwegs kontrolliert hinzusetzen.

»Leg dich zurück«, sagt sie leise, als hätte ich gegen den plötzlichen Schwindel irgendeine Chance. Mehr kriechend und taumelnd versuche ich, Ayla nicht mit nach unten zu reißen, und lege mich hin. Das Gestein drückt mir in den Rücken und scheint mich magisch anzuziehen. In meinem Kopf ziehen die Gedanken immer schwerfälligere Kreise. Das Blut sickert warm unter den Kragen meiner Kleidung, und ich stöhne leise auf, darauf wartend, dass endlich Aylas Gesicht vor mir auftaucht und ich in ihren dunklen Augen versinken kann.

»Schön seis ihr«, lalle ich, als sie sich über mich beugt. Ihre langen Haare kitzeln meine Nase, und ich muss lachen, was eher einem Glucksen gleicht.

»Wie bitte?« Sie nimmt meine Hand von meiner Wange und drückt irgendein Stück Stoff darauf.

»Schön seis ihr, ihr swei«, wiederhole ich und versuche, nach einer der beiden Aylas zu greifen. »Ihr swei Süßen!« Uh, meine Zunge ist verdammt schwer heute.

Ayla grinst – oder ist es ein besorgtes Keuchen? Ich erwidere lieber das Grinsen als das Keuchen und beobachte, wie sie bei was auch immer ihren Mund leicht öffnet. Ich will darüberstreichen, über die kleine Erhebung in der Mitte ihrer Unterlippe, fokussiere sie genau, und doch ertaste ich nichts.

»Lass mich nich allein, ja? Nich davonlaufen, Layla, nich schon wieder. Bitte. Aber das kannst du gar nicht, weil wir uns ein Zelt teilen und do so bei mir bleiben musst«, flüstere ich, bevor nun auch der Hauch eines metallischen Geruchs meine Sinne flutet und mich in die Dunkelheit schickt. *Nein*, brülle ich lautlos. *Nicht die Dunkelheit. Ich will nicht wieder zurück in die Dunkelheit. Bitte.*

»Auf keinen Fall wirst du mir jetzt hier ohnmächtig, Julien. Hörst du? Bleib hier. Du bist es, der schon wieder versucht abzuhauen, also bleibt gefälligst hier.« Die harsche Stimme von Ayla reißt mich zurück, bevor ich loslassen kann, und ich versuche mit aller Kraft, die Augen wieder zu öffnen. Alarmierende Rufe erfüllen die Luft um mich herum. Irgendjemand hat meine Beine angehoben, und es ist Aylas Hand, die auf meiner Brust liegt. Sie fühlt sich warm an, und ich bilde mir ein, ihr Streicheln zu spüren. Nein, kein Streicheln. Das tut weh.

»Ah, Ayla. Kannst du aufhören, mich zu boxen?«, bringe ich krächzend hervor.

»Ich habe dich nicht geboxt«, erwidert sie scharf. Ihr harter Tonfall bildet einen Gegensatz zu der Erleichterung auf ihrem Gesicht. »Ich hab dir nur übers Brustbein gerieben. Ein gezielter Schmerzreiz, um den Grad deiner Bewusstseinsstörung einzuschätzen.«

»Habe ich dir schon gesagt, dass du eindeutig zu viel Zeit mit den Rangern verbringst?«

»Im Eagle Eye ist es unmöglich, sie auszublenden, Julien. Aber gerade ist das dein Glück. Stell dir vor, du wärst ohnmächtig auf irgendeinen Stein aufgeschlagen.«

»Du meinst, nachdem du mich in den Joker verwandelt hast?«

»So schlimm ist es nicht«, sagt sie und kommt etwas näher. »Glaube ich zumindest.« Sie kneift die Augen zusammen und nimmt das Stück Stoff von meiner Wange. Dass sich ihre Pupillen plötzlich weiten und sie den Mund verzieht, sollte mich vermutlich beunruhigen, aber der erneute Geruch des Blutes dominiert meine Sinne, sodass ich schwummrig in den Kontrollverlust sinke.

»Also … also doch der Joker«, stammle ich vor mich hin. Feine Lichtblitze säumen mein Blickfeld und wiegen mich weiter in einen verlockend sorglosen Schlaf. Da presst mir Ayla erneut ihre Faust gegen den Brustkorb, und ich stöhne auf. Der Druck auf meinem Oberkörper bringt mich zum Husten, wobei ich mich an irgendetwas verschlucke. Allein der Gedanke daran, dass es Blut sein könnte, reicht aus, und mein Körper beginnt sofort mit einem unbarmherzigen Würgen. Mehrere Hände drehen mich, und ich erkenne Aylas Schuhe direkt vor meinem Gesicht. Sie rutscht ein kleines Stück zur Seite, und Steinmehl stäubt mir in die Augen, die sofort tränen.

Würgend, hustend, blutend und jetzt auch noch weinend liege ich zusammengekauert auf dem Boden, und die Bewusstlosigkeit scheint mir plötzlich eine angenehme Alternative. Der Blickwinkel macht es aus, ich sag es ja.

Die bevormundenden Stimmen um mich herum ignorierend schließe ich die Augen und versuche, ruhig zu atmen. Am Berg habe ich schon weitaus schlimmere Dinge allein bewältigt. Das hier ist gar nichts. Es dauert, bis mein Körper den Würgereflex hemmt und ich genug und vor allem gleichmäßig Luft bekomme. Ich warte, bis meine Augen aufhören zu tränen, dann drehe ich mich erschöpft auf den Rücken.

»Alles gut, Leute«, sage ich, um die auf mich herabblickenden Menschen wieder auf etwas Abstand zu bringen, und lege die Arme über den Kopf, damit die Muskeln in meinem Oberkörper sich entspannen und aufhören zu krampfen. Ich schließe noch einmal die Augen und hole tief Luft. »Und wehe, jemand von euch hat das gefilmt und diese Aufnahmen tauchen irgendwann irgendwo auf.«

»Was bedeutet hier auftauchen, Julien? Du hast soeben den Filmtrailer inszeniert, Mann!«

»Fick dich, Hunter«, sage ich mit einem Lachen, doch statt dem Drang nachzugeben, ihm den Mittelfinger zu zeigen, gönne ich mir einen kurzen Moment der Regungslosigkeit.

»Ich werde mir jetzt ansehen, ob du aufgehört hast zu bluten«, höre ich Dr. Campton sagen und spüre kalte Finger an meinem Gesicht. Ich will mich ein klein wenig aufrichten, um zu sehen, wohin Ayla verschwunden ist, aber mein Kopf wird unsanft von unserem Teamarzt nach unten gedrückt. Zumindest nicht mehr auf Steine, sondern auf irgendein flaches Kissen. Dr. Camptons Hände versperren mir die Sicht. »Atme ruhig und gleichmäßig weiter, Julien, und gib mir drei Minuten. Der Schnitt ist relativ tief, aber Steri-Strips werden wohl reichen.«

»Ayla?«

Ich hasse es, so ausgeliefert zu sein. Selbst wenn es nur wegen einer harmlosen Schnittverletzung ist, erinnert es mich viel zu sehr an damals. An meine Machtlosigkeit.

»Wo ist Ayla?«, frage ich erneut. Nach dem Unfall bin ich allein aufgewacht. Niemand war da. Als ich jetzt ein blutgetränktes Tuch erblicke, kneife ich instinktiv die Augen zusammen.

»Ich bin da«, höre ich sie sagen, und ich strecke die Hand nach ihr aus. Ihre zarten Finger verweben sich mit meinen, nur darauf konzentriere ich mich. Nicht auf das Desinfektionsmittel und den brennenden Schmerz, weil der Doc an meiner Wunde herumdrückt und zieht. Als sie geklebt ist und ich aufstehen will, hält er mich fest.

»Nicht so schnell. Zuerst werde ich deine Vitalwerte prüfen.«

»Warum? Weil ich kein Blut sehen kann?«

»Nein«, erwidert er und kramt in seinem Rucksack. »Weil ich sichergehen muss, dass es nicht die Akklimatisierung ist, die dir so zu schaffen macht. Hattest du in den letzten Stunden Nasenbluten oder Kopfschmerzen? Wie sieht es mit Koordinationsstörungen aus?«

»Wir sind nicht einmal auf dreitausendfünfhundert Metern. Das ist nichts.«

Dr. Campton zieht lediglich eine Augenbraue hoch, was ihn älter wirken lässt, als er tatsächlich ist. Ich weiß, dass er alle Achttausender bestiegen hat und es vermutlich nicht viele Ärzte gibt, die so vertraut mit den Bedingungen und den damit einhergehenden möglichen Schwierigkeiten hier oben sind.

»Du bist der Arzt«, gebe ich mich geschlagen und lasse seine Routineüberprüfungen über mich ergehen.

Als ich nach ein paar Schlucken Wasser das Okay bekomme, langsam aufzustehen, sind sofort Hunter und Ian da, um mich zu stützen. Obwohl es unhöflich ist, bedeute ich ihnen, dass ich sie nicht brauche. Der Schwindel hämmert weiter gegen meinen Schädel, und ich unterdrücke ein lautes Stöhnen, aber ich schaffe es zumindest, nicht sofort wieder umzukippen.

»War er schon immer so, Ayla?« Hunter verschränkt die Arme. »Ich meine, ich würde einfach gern ein einziges Mal erleben, dass der Typ direkt Hilfe annimmt.«

Ayla taucht neben mir auf. Sie steht so nahe, dass ich mich bei ihr abstützen könnte. Nur im Notfall, versteht sich. Weil sie mich kennt, genauso wie ich sie kenne. »Glaub ja nicht, dass du einen schwachen Moment von mir ausnutzen kannst, um irgendwelche Geheimnisse zu erfahren«, antworte ich an Aylas Stelle, und Hunter schüttelt den Kopf.

»Schwacher Moment? Dir hat es die Beine weggerissen, Julien. Wir alle sind erschrocken.«

»Hör auf, so zu übertreiben, Hunter. Keine Sorge, es wird nicht wieder passieren. Zumindest nicht, solange ich nicht blute. Oder jemand von euch.« Ich hebe die Hände und drehe mich kurz in alle Richtungen. »Danke, Leute, für eure schnelle Reaktion. Ich weiß die enorme Fürsorge zu schätzen, aber es gibt nichts mehr zu sehen. Außer ihr wollt erleben, wie ich dieses Zelt hier schneller als alle anderen aufbaue.« Halb so vorsichtig, wie ich vermutlich sein sollte, mache ich ein paar Schritte nach vorne auf die Plane und den Pack aus Gestängen zu und warte, dass sich der Kreis aus Helfern und Schaulustigen endlich auflöst. Ich hasse Aufmerksamkeit dieser Art.

»Hast du gesehen? Unsere Rettungskette funktioniert einwandfrei, das ist gut«, sage ich zu Ayla. Als sie sich neben mir nach der Zeltstange bückt, reiße ich meine Arme schützend vors Gesicht. »Falls du aus dem Schnitt ein Kreuz machen willst, nein danke – der Joker ist mir lieber.« Ich zwinkere. »Wetten, dass eine Wunde wie diese auf viele ansprechend wirkt? Die schreit doch förmlich nach Sex und Gefahr, was meinen Marktwert enorm steigert.«

Ayla hat das Kinn gereckt und die Lippen geschürzt. »Bist du fertig mit deiner Show?« Sie zeigt um sich. »Wie du siehst, hat sich das Publikum bereits aufgelöst, du kannst also zugeben, dass es gerade eine nicht sehr schöne Situation war.«

»Das war gar nichts.«

Sie schnalzt mit der Zunge. »Gut, ich übergehe, dass du die Situation übergehst, und lasse alles so stehen, wie du es brauchst, um den Schock zu verarbeiten.« Sie senkt leicht den Kopf. »Aber du sollst wissen, dass es mir leidtut. Ich entschuldige mich dafür, das wollte ich wirklich nicht.«

»Wofür jetzt genau?« Ich grinse. »Für das Schnitt-Attentat, die Schläge auf meinen Brustkorb oder die Gefährdung meines Augenlichts?«

»Wann habe ich bitte dein Augenlicht gefährdet?«

»Als ich am Boden lag und du mit deinen Schuhen Staub aufgewirbelt hast.«

»Das stimmt doch gar nicht.«

»Natürlich stimmt das. Schau genau hin, meine Augen sind sicherlich gerötet.«

»Ah, ich dachte, du würdest heulen.« Sie hantiert mit der Stange, wieder viel zu nahe vor meinem Gesicht.

Ich nehme ihr das Ding aus der Hand. »Reiner Selbstschutz. Siehst du, die richtige Drehung, und es ist ganz einfach. Und ungefährlich.« Mit zwei simplen Griffen habe ich die beiden Enden richtig miteinander verbunden. »Warum sollte ich heulen?«

Ayla zuckt trotzig mit den Schultern. »Keine Ahnung, es hat so gut zu dem ›Lass mich nicht alleine, Ayla. Bitte nicht davonlaufen, wir teilen uns ein Zelt‹ gepasst.«

»Das war nur der Blutverlust.«

»Von einer kleinen Schnittwunde? Du hast eben gesagt, das war doch ›nichts‹.«

»Schau dir mein Gesicht an, das sieht nicht nach nichts aus. Ich wollte dich lediglich beruhigen. In Wahrheit machst du Jack the Ripper Konkurrenz, und das nur bei einem Zeltaufbau.«

»Julien!«, brüllt Ayla plötzlich viel zu laut. Dabei ist es nicht die Lautstärke, sondern die Kälte in ihrer Stimme, die mich erstarren lässt. So hat sie sich angehört, als ich nach Charles Creek zurückgekommen bin. Distanziert. Als würden wir in zwei verschiedenen Welten leben. Aber das tun wir nicht, nicht mehr.

Ayla reißt mir die Zeltstange aus den Händen, und ich spüre

wieder die verstohlenen Blicke der Crew auf uns. »Kannst du meine Entschuldigung nicht einfach annehmen und zugeben, dass der Kontrollverlust schwer zu ertragen ist?« Sie spricht leiser, eindringlicher. Und voller Schmerz. »Ich habe dich gerade gesehen. Es ist keine Schwäche, sich Schwäche einzugestehen. Oder Hilfe anzunehmen – oder eine Entschuldigung.«

Ayla steht vor mir und sieht mich an. In ihren Augen spiegeln sich die letzten Strahlen der Sonne. Das goldene Schimmern erinnert mich an Harz, das frisch aus der Baumrinde tropft, und an das Bauen von Verstecken aus abgefallenen Ästen im Wald und klares Quellwasser zum Trinken an Frühlingstagen. An ihr altes Lachen. An Devin.

Ich blinzle, aber meine Sicht verschwimmt. Was bleibt, ist Aylas blasses Gesicht, nachdem ich sie und Devin gefunden hatte. Ich habe darum gebettelt und gefleht, dass sie die Augen öffnet und mich ansieht, so wie sie es jetzt gerade tut. Aber nichts ist passiert. Ich war hilflos. Ohne Kontrolle.

Plötzlich spüre ich Aylas Finger, die sich in meine schieben und uns verbinden. Erneut blinzle ich und finde zurück zu ihr.

Wir kämpfen mit denselben Schatten. Mein Herzschlag hämmert dumpf in meinen Ohren, und ich schnappe nach Luft. Ayla drückt meine Finger und lässt nicht los, solange ich sie brauche, um das Adrenalin aus dem Schock zu verarbeiten. Nicht, indem ich um mich schlage, sondern indem ich *ich* bin. Ich muss mich nicht selbst betäuben. Ayla ist da.

Vor ihr muss ich mich nicht verstecken.

Sie ist ich.

Auch ohne Worte.

KAPITEL 20

NÚI *(Vietnamesisch)*

AYLA

»Ayla?« Julien öffnet den Reißverschluss zu unserem Zelt und schaut durch eine kleine Öffnung herein. »Ich habe uns das Chili von Everon warm gemacht. Es ist das letzte, ab jetzt gibt es also nur noch Instantnudeln und Haferbrei. Hast du auch so einen Hunger? Wir hatten seit heute Morgen nichts mehr.«

Ich lächle und halte entschuldigend die leere Silberpackung eines Schokoladenriegels hoch.

Julien grinst. »Mein geheimer Vorrat wurde also entdeckt.«

»Warum hast du die Riegel mitgenommen? Du magst keine Schokolade.«

»Aber du.« Er kniet sich hin. Die Schnittwunde beginnt knapp unter seinem linken Auge am Nasenrücken und verläuft quer über die Wange. Trotz der Steri-Strips hat sich das schützende Pflaster darüber rot gefärbt, so tief ist die Wunde. Ich schäme mich richtig für meine Unachtsamkeit. Julien zieht sich die mintgrüne Mütze tiefer in die Stirn. »Everon wollte mir die Schokolade nicht mitgeben. Er hatte selbst nur die paar Riegel.«

Ich sehe ihn mitleidig an – Everon verhandelt nur mit einer Sache. »Wie oft musst du das Hundegehege sauber machen?«

»Ehrlich?« Julien verzieht das Gesicht. »Ich hab irgendwann die verdammte Übersicht verloren, weil Ev unbarmherzig und skrupellos ist und der Arsch meine Notlage schamlos ausgenutzt hat. Aber so wie es aussieht, sitze ich die nächsten Jahre in Charles Creek fest, um in Form von Hundescheiße meine Schuld bei ihm abzuarbeiten.«

Wir beide lachen. Ich kenne Everon und seine harten Verhandlungstechniken sehr gut. »Danke«, sage ich. »Das wäre nicht notwendig gewesen, und ich weiß es zu schätzen.«

»Nein. Ich bin der, der sich bedanken muss.« Juliens Miene verliert an Belustigung. »Für vorhin. Irgendwann bin ich gut darin geworden, alles zu verbergen, was mich angreifbar macht.« Er presst kurz die Lippen aufeinander. »Ich meine, nicht für andere, sondern für mich selbst. Und gerade weiß ich nicht, was schlimmer ist. Zuzugeben, dass die Angst da ist, oder die Panik davor, dass sie durch mein Eingeständnis nur mächtiger wird.«

»Die Angst zu fühlen, wäre vermutlich der allererste Schritt.«

»Geht das denn, ohne dich von ihr beherrschen zu lassen?«

Ich denke nach. Seit Jahren lähmen mich meine Emotionen, und ich habe mich in die erste Schutzblase zurückgezogen, die mir das Leben geboten hat. Seitdem verharre ich dort und versuche jeden Tag aufs Neue, klarzukommen. Es fällt mir schwer, Julien die Wahrheit zu sagen. »Ehrlich? Ich weiß es nicht. Du hast die schwierigsten Berge der Welt bestiegen, sag du es mir.«

Er reibt sich mit der Hand über das Kinn, und ich kann das leichte Kratzen seines Bartes hören. »Die Angst vor einem Berg ist etwas anderes als die Angst vor dir selbst.«

Wir sehen uns in die Augen und sind uns in diesem Moment mit jedem Atemzug und jedem Wimpernschlag bewusst, dass wir von derselben Angst sprechen. Es ist die Angst, die über dich hinwegfegt und nur Bruchstücke deiner selbst zurücklässt. Bruchstücke, von denen wir beide nicht wissen, wie wir sie wieder zusammensetzen können.

Julien grinst plötzlich und sieht kurz verstohlen über seine Schulter. »Wenn die dahinten alle wüssten, wie verkorkst wir beide wirklich sind, würde kein Einziger von ihnen mit uns auch nur irgendwohin gehen.«

Ich nehme seine Einladung an, unserer Angst gemeinsam zu entkommen – und sei es auch nur durch einen sarkastischen Gedankensprung. »Nicht mal zu einem Picknick am See an einem Sonntagnachmittag?«

»Nein. Nicht mal zu einem fucking Picknick am See.« Julien beugt sich etwas nach vorne. »Aber soll ich dir was verraten?« Er flüstert, als würde uns tatsächlich jemand zuhören. »Ich will mit keinem von denen an den See. An keinem Tag der Woche, Sonntag eingeschlossen. Die sind echte Spaßbremsen.«

Ich lache, und Julien steht plötzlich auf. »Und jetzt komm, Ayla«, fordert er mich viel lauter als notwendig auf. »Dahinten sitzt die ganze Crew zusammen beim Abendessen. Du wirst staunen, die sind alle total spaßig.«

Mit einem belustigten Kopfschütteln krieche ich aus dem Zelt und folge Julien zu der Sammelstelle, wo es sich alle so bequem wie möglich gemacht haben. Ein großer Teil der Crew ist zusammengekommen. Der angenehme Klang gemütlicher Gespräche vermischt sich mit dem Klappern von Metallgeschirr, und der Duft von würzigem Essen liegt in der Luft. Ein paar Lampen erhellen die Kreismitte und geben mit viel Fantasie das Flair eines Lagerfeuers her. Nur dass wir anstatt der Baumstämme auf leeren Transporttaschen oder Materialsäcken sitzen und die Nacht eine Kälte bringen wird, die spätestens nach Sonnenuntergang alle in ihre Zelte treibt.

Julien hat mir gezeigt, wie einfach es das Patent von *Barrow Goldeneye* einem macht, das Zelt innerhalb weniger Minuten aufzustellen, und nachdem wir mit Preston und Hunter die neuesten Satellitenbilder diskutiert haben, wollte Julien ein paar Aufnahmen für seine Accounts machen. Dank der Zeit allein im Zelt konnte ich den heutigen Aufstieg noch einmal Passage für Passage durchgehen und diesen Triumph mit dem notwendigen Abstand verarbeiten. Heute früh war ich mir nicht sicher, ob und vor allem wie ich das Klettern schaffen könnte. Aber ich habe es geschafft. Selbst wenn es nur ein kleiner, unbedeutender Teil ist im Vergleich zu dem, was uns in den nächsten Tagen erwartet. Für mich war dieser kleine Teil das Größte seit Langem.

Es fühlt sich anders an als gestern, der Crew zu begegnen. Vielleicht bilde ich es mir nur ein, aber zumindest springt mir ihr nicht besonders gut verborgenes Misstrauen nicht mehr auf den ersten Blick entgegen. Hunter bietet mir sogar die Hälfte seiner Unterlage an, damit ich mich zu ihm setzen kann, doch Julien zieht bereits einen Materialsack für uns in den Kreis. »Ayla teilt sich nicht gerne mit fremden Menschen Isomatten, Hunter.«

Er dreht sich gerade zu uns um, da sitze ich schon neben Hunter und strecke meine Beine aus. Ich grinse Julien an. »Ayla wird auch nicht gerne bevormundet, Hunter.«

Die meisten machen sich nicht einmal die Mühe, ihr Lachen zu verbergen, als sie Juliens irritierten Blick sehen.

Ian klatscht sogar in die Hände. »Dass ich Julien Hendricks einmal sprachlos erleben darf, wunderbar!«

»Niemand ist hier sprachlos«, erwidert Julien und rührt in dem kleinen Topf auf dem Primus-Kocher. Zum ersten Mal fällt mir auf, dass ein Gegenstand hier oben nicht von *Barrow Goldeneye* ist. »Ich bin nur enttäuscht darüber, dass mich meine Seilpartnerin bei der ersten Gelegenheit eintauscht.« Er zeigt auf den Topf. »Wo ich sogar Essen für uns gekocht habe.«

Hunter rückt provokativ ein kleines Stück näher. Sein Midlayer ist trotz der aufziehenden Kälte ein wenig geöffnet, und ich erkenne ein silbernes Kreuz, das auf einem Lederband um seinen Hals hängt. »Ach, ich lade Ayla gern auf eine Runde Instantnudeln ein. Ich fühle mich sogar in der Schuld, ihr einen auszugeben. Sie hat mir heute den herrlichsten Moment der ganzen fünfeinhalb Expeditionen beschert, die ich bis jetzt mit dir durchstehen durfte.«

Julien zwinkert. »Wir beide hatten doch viele herrliche Momente miteinander, Hunter-Babe.«

Es ist schon fast beeindruckend, mit welcher Disziplin Julien nicht nur die Menschen, sondern auch die gemeinsamen Erlebnisse auf Abstand hält.

»Keinen, in dem dir klettertechnisch auch nur annähernd jemand das Wasser reichen konnte.« Hunter nickt mir anerkennend zu und stützt sich auf seinen ausgestreckten Armen ab. »Aber das war es noch nicht mal. Mein Highlight war, zu sehen, dass es tatsächlich jemanden auf dieser weiten Welt gibt, von dem selbst du dir was sagen lässt.«

Ich spüre mehr, als dass ich es sehe, wie Julien sich versteift. »Falls du mir gerade fehlenden Teamgeist unterstellen willst, fällt mir nur ein Wort dazu ein: Bullshit. Ich bin teamfähig.«

»Das ist es nicht, was Hunter meint«, wirft Preston ein, von dem ich nicht mal wusste, dass er dieses Gespräch verfolgt. »Du bist ein Teamplayer, absolut – und hast ein gutes Gespür dafür, was eine Crew braucht, um ein Ziel zu erreichen.« Preston zieht sich Handschuhe über, und es wirkt fast so, als wollte er Juliens erwartungsvollem Blick ausweichen. »Das war es dann aber auch schon. Die Einzigen, die dir vielleicht nahestehen, sind Max und Xavier. Dabei haben die meisten von uns nicht nur viel Zeit mit dir verbracht, sondern vor allem Erfolge geteilt, die zusammenschweißen sollten.«

Julien lächelt zuerst Preston und dann Hunter an. »Zusammenschweißen? Ich fühle mich euch nahe, reicht das?«

Hunter schnalzt mit der Zunge. »Du fühlst dich uns nahe? Wie kommt es dann, dass keiner von uns wusste, wie empfindlich du auf Blut reagierst?«

»Niemand hat mir gesagt, dass ich euch eine Bedienungsanleitung für mich auf ein Shirt drucken lassen muss.«

»Eigentlich«, fährt Preston fort und fixiert Julien unbarmherzig, »wissen wir rein gar nichts über dich. Du vermeidest jedes Gespräch, das irgendwie persönlich werden könnte. Du bist professionell und höflich – meistens –, dabei hast du es einfach verdammt gut drauf, nichts von dir zu verraten, was über deine Schuhgröße und deine Vorliebe für Chips und guten Gin hinausgeht.«

»Und das ist zu welchem Zeitpunkt genau für euch zu einem Problem geworden?«

Ohne mich anzusehen, zeigt Preston auf mich. »Als Ayla dich nach deiner Ohnmacht heute angeschrien hat. Deine Reaktion darauf, das war ein Julien, den wir noch nie zu Gesicht bekommen haben. Vermutlich der echte Julien.«

»Ich war nicht ohnmächtig.«

Hunter lässt sein Ausweichmanöver nicht zu. »Wir haben nichts anderes gehört, nur deinen Namen. Ein Wort von Ayla hat ausgereicht, um uns in wenigen Sekunden mehr von dir sehen zu lassen als in den ganzen letzten Jahren in jedem verfickten Winkel dieser Erde.«

Julien zeigt, was er zeigen will. Das ist das Mantra, das ihn schützen soll. Wie sehr er damit Menschen verletzt, denen er wichtig geworden ist, hat er – bewusst oder nicht – außer Acht gelassen. Obwohl ich weder Preston noch Hunter kenne, sehe ich ihre Enttäuschung. Aber viel klarer sehe ich, wie einsam Julien gewesen sein muss.

»Habt ihr schon mal Julien am Steuer eines Autos gesehen?«, frage ich mit aufgeweckter Stimme. Ein beinahe lächerlicher Versuch von mir, das Gespräch in eine andere Richtung zu lenken. »Hier in Charles Creek haben wir fast ausschließlich Wagen mit Gangschaltung.«

»Ayla«, warnt mich Julien, weil er ahnt, was gleich kommen wird.

Ich grinse nur. »Julien ist ein sehr sicherer Autofahrer. Vorsichtig. Und er schont sogar die Gänge. Den fünften benutzt er so gut wie nie, und der sechste Gang ist bei ihm wie nagelneu.«

Hunter und Preston lachen.

»Ayla!« Sein Ton ist scharf.

»Gleich kommt er mit der Ausrede, dass er es nie eilig hat. In Wahrheit sieht er schlecht und bräuchte seit der Highschool eine Brille.

»Ich wusste es«, antwortet Margo. »Er kneift ständig die Augen zusammen, selbst wenn die Sonne ihn gerade nicht blendet. Die Falten auf seiner Stirn glätten sich schon gar nicht mehr.«

Preston schlägt sich auf den Oberschenkel. »Und er ist der einzige Alpinist, den ich kenne, der immer ein viel zu großes Fernglas mit sich rumschleppt. Das kam mir schon immer eigenartig vor.«

»Und in der Nacht stolpert er mehr durchs Lager, als dass er geht«, fügt Ian hinzu. »Ich hatte schon mehr als einmal Angst, dass er auf meinem Zelt landet.«

Preston grinst. »Ich hatte mehr Angst, dass er mein Zelt mit seinem verwechselt und ich mir mit ihm den Schlafsack teilen muss.«

»Eigentlich bezweifle ich, dass wir zu dritt Platz in deinem Schlafsack hätten«, sagt Julien laut und zeigt dann mit seinem Löffel auf Margo, die sich plötzlich an ihrem Getränk verschluckt und zu husten beginnt. Die kurze Stille wird von lautem Gelächter durchbrochen, und Julien grinst. »Es ist euer verdammtes Glück, dass ich keine Brille habe. Sonst wüsste ich viel mehr von euren kleinen Geheimnissen.«

Hunter stupst mich mit der Schulter an. »Was noch, Ayla? Was kannst du uns noch über Julien Hendricks verraten?«

Ich sehe Julien an. Er hält meinen Blick, und Tausende Erinnerungen fluten mein Bewusstsein. »Über Julien Hendricks nicht viel. Den kennt ihr bereits«, sage ich und lächle. »Aber ich kann euch etwas über Julz erzählen.«

Juliens Blick reißt nicht ab, als die Crew zu jubeln beginnt. Seine Miene wird weicher und verliert ihren drohenden Ausdruck, stattdessen deutet er ein Lächeln an, zärtlich und voller Wärme.

»Julz belegt seine Pizza mit den eigenartigsten Sachen, wie Kartoffelchips und karamellisierten Apfelscheiben, aber komischerweise schmecken seine Kompositionen immer. Es gab eine Zeit, da hat man ihn nie ohne Kopfhörer gesehen. Blink-182 und The Offspring waren seine erste Wahl. Julz hat nicht wie alle anderen Menschen darauf gewartet, unbeobachtet zu sein, sondern immer dann laut und schief mitgesungen, wenn er Lust dazu hatte. Ich weiß, dass sich regelmäßig klassische Musik in seine Playlist geschummelt hat, selbst wenn er es als Teenie nie zugegeben hätte. Sein erster Kuss war mit dreizehn, die Tochter einer Urlauberfamilie. Er war noch Wochen nach ihrer Abreise so verliebt, dass er fest vorhatte, zu ihr nach Hawaii auszuwandern, und hat jedem in Charles Creek davon erzählt. Der Plan hielt so lange, bis ihm das Mädchen nicht mehr geantwortet hat.« Ich grinse und benutze bewusst wieder seinen vollen Namen. »Und Julien liebt Picknicken am See mit seinen Freunden, vorzugsweise an Sonntagnachmittagen.«

Kaum merklich zieht er eine Braue hoch und deutet ein Grinsen an. Er hat mich verstanden. Wir teilen nur das, was wir teilen wollen. Wir bestimmen.

Dann schließt er die Augen, nur kurz, aber lange genug, um zu sehen, dass er diese Erinnerungen an früher ebenso behutsam bewahrt wie ich.

Das Johlen der Crew ebbt ab, und schnell entbrennt eine Diskussion darüber, an welchem See sie Juliens nächsten Geburtstag mit ihm feiern wollen. Sie können nicht ahnen, dass Julz seine Geburtstage mehr hasst als Picknicke am See. Wir haben sie schnell zu einem ganz normalen Tag werden lassen, weil es die Anlässe waren, an denen Harold Hendricks jedes Jahr aufs Neue festgestellt hat, wie wenig diszipliniert Julien für sein Alter war. Er wollte einen Nachfolger in der *Alaska Army National Guard* und konnte nicht akzeptieren, dass Julien all das nicht war, was er sich von seinem Sohn erwartet hatte.

Ich nicke Julien zu. »Wir bestimmen«, forme ich lautlos mit den Lippen, und er lächelt noch einmal. Vermutlich kann nur ich den unvergessenen Schmerz erkennen, den dieses Lächeln begleitet.

Als das Chili Juliens Einschätzung nach endlich lange genug umgerührt wurde, setze ich mich neben ihn. Anstatt unsere Metallschüsseln zu nehmen, die wir später wieder mühsam sauber machen müssten, essen wir gemeinsam aus dem Topf. Die Mahlzeit wärmt meinen Körper von innen, und selbst als die Sonne gänzlich hinter dem Bergmassiv verschwunden ist und die Kälte sich über uns legt, friere ich kaum. Nicht einmal jetzt im Frühsommer sind die Temperaturen tagsüber hoch genug, dass das Gestein um uns herum die Wärme speichern könnte. Die nächtliche Kälte wird bald von allen Seiten in uns kriechen. Trotzdem bleibt die Crew um das provisorische Lagerfeuer sitzen. Es wird Tee getrunken, und Preston hat tatsächlich eine Flasche Rum mitgetragen, die er bereitwillig mit allen teilt. Obwohl ich nur einen kleinen Schuss in meine Tasse gebe, fühlen sich meine Wangen bald heiß an, und mit der Müdigkeit legt sich eine angenehme Ruhe über mich.

Ich beobachte Julien dabei, wie er sich mit den anderen unterhält. Das Licht erhellt sein Gesicht nur schwach, doch trotz der Schatten kann ich seine Mimik von der Seite aus sehen. Er zuckt noch immer leicht mit dem linken Auge, kurz bevor er lacht. Das Lachen klingt rauchiger als früher, tiefer, und doch würde ich es auch unter Hunderten Menschen wiedererkennen. Juliens Bartschatten scheint dunkler als die blonden Haare, die einen Besuch beim Friseur verpasst haben, und ich frage mich, wer sie ihm die letzten Jahre geschnitten hat, nachdem ich es nicht mehr konnte. Es fällt ihm wie früher schwer, still zu sitzen. Sobald der Tennisball in seinen Händen ist, ebbt sein ständiges Zappeln ab. Es hat lange gedauert, bis wir etwas gefunden hatten, das es ihm ermöglicht, den gesteigerten Bewegungsdrang zu kontrollieren. Ich habe gehört, wie er in der Lodge zu Hunter gesagt hat, dass seine Daumensehne nur durch das Drücken des Balls ihre Flexibilität behält. Es gibt Schwierigkeiten, die weitaus älter sind als die Probleme mit der Sehne. Und wir haben uns ihnen gestellt. Julien, Devin und ich. Ich habe keine Ahnung mehr, wie wir auf den Ball gekommen sind.

Wichtig war uns nur, etwas gefunden zu haben, mit dem er seine Unruhe kompensieren und sich besser konzentrieren konnte.

Julien wirft den Ball hoch und fängt ihn mit den Knien auf. Dabei rempelt er mich leicht an. Seine Berührung ist flüchtig, und ich kann den Schwung gut abfangen. Trotzdem legt er, ohne das Gespräch mit Preston zu unterbrechen, den Arm um meine Schultern und drückt mich an sich.

»Sorry«, entschuldigt er sich beiläufig, aber der Arm bleibt. Vielleicht sollte ich aufstehen und mich für heute verabschieden, weil ich zu schwach bin, um gegen das zarte Flattern, das diese freundschaftliche Berührung in mir auslöst, anzukämpfen. So hätte ich zumindest den Hauch einer Chance, es abzutöten und zu vergessen. Stattdessen gebe ich meiner Müdigkeit nach und lehne den Kopf an Juliens Schulter. Er drückt mich fester und schmiegt mich an sich. Das sanfte Streicheln in meinem Rücken lässt mich mit geschlossenen Augen im Stimmengewirr versinken, aus dem sich nur eine Stimme hervorhebt.

Ich kann nicht sagen, ob ich bereits geschlafen habe, als mir Julien eine Haarsträhne aus dem Gesicht streicht. »Komm schon, Ayla. Bringen wir dich ins Bett.« Mir wird schlagartig bewusst, wo ich bin, und ich schrecke mit ziemlicher Sicherheit sehr unsexy hoch.

Preston sieht es und lächelt mich an. »Wenn dich der Gedanke daran, dir mit Julien das Zelt zu teilen, derart erschreckt, kannst du auch Margos Zelt nehmen.« Sein Lächeln wird zu einem Grinsen. »Es wird auch heute Nacht wieder leer bleiben, hoffe ich.«

Für ein oder zwei Sekunden bilde ich mir ein, dass Julien sich verspannt, bevor er sich hochstemmt.

»Danke, Preston«, gebe ich zurück. »Aber irgendwer muss in der Nacht aufpassen, dass sich Julien auf dem Weg zur Toilette nicht verirrt und doch noch auf Ians Zelt landet.«

»Zur Sicherheit könnte ich auch im Zelt in eine Flasche pinkeln«, erwidert Julien trocken, und beide Männer lachen in Anbetracht meines entgeisterten Gesichtsausdrucks.

»Nicht lustig, sondern eklig«, murmle ich und schlage Juliens Hand weg, als er mich hochziehen will, um allein aufzustehen. Preston wünscht uns eine gute Nacht, und als ich zum Abschied in die Runde winke, sehe ich, dass schon etwa die Hälfte der Crew den Kreis verlassen hat. Ich muss also doch geschlafen haben.

Julien nimmt unsere Sachen und verabschiedet sich laut von allen. Mit hölzernen Schritten folge ich ihm über den Standplatz, ohne jegliche Orientierung, wo sich unser Zelt befindet.

»Tut dir was weh?«, will er wissen und blickt über die Schulter zu mir zurück.

»Warum?«

Er schnaubt laut. »Weil an jedem deiner Schritte zu erkennen ist, dass deine Muskeln übersäuert sind.«

»Das ist nicht gut, oder?«, gebe ich schlaftrunken zurück und fühle dem offensichtlichen Brennen und Ziehen in so ziemlich jedem Muskel nach, der mich zusammenhält. »Morgen wird grausam.«

»Wir bekommen das hin. Mach dir keine Sorgen«, antwortet Julien leise. Ich will ihn schon fragen, was wir jetzt noch gegen einen Muskelkater machen wollen, da stolpert er über den Spanngurt von einem der Zelte und kann sich gerade so abfangen, bevor er in der gelb leuchtenden Halbkugel landet.

»Julien, bist du das?«, ertönt eine Stimme, die ich Ian zuordnen kann. »Ich schwöre dir, sobald wir wieder in der Zivilisation sind, gehst du zu einem Optiker. Und wenn ich dich dafür entführen muss.«

»Bis wir zurück in der Zivilisation sind, hast du das längst vergessen«, erwidert Julien. »Ian vergisst alles«, fügt er flüsternd an mich gewandt hinzu.

»Das habe ich gehört. Und genau deswegen notiere ich es mir jetzt sofort. Es wird kein Entkommen geben. Da, steht schon in meiner Notiz-App.«

»Ist die neu?«

»Ja. Brittany hat sie mir installiert.«

Julien nickt mir zu. »Weil du immer alles vergisst?«

»Was? Wer spricht hier?«

Mit einem lauten Lachen wünscht Julien Ian Gute Nacht und findet überraschend zielsicher unser Zelt ganz am Ende des Platzes.

Nachdem wir unsere Zahnputzsachen in der leichten Unordnung zwischen Schlafsäcken und Kleidung gefunden haben, gehen wir ein paar Schritte von den Zelten weg. Julien hat sich an die Wand in seinem Rücken gelehnt und beobachtet, wie ich ihn beobachte.

»Was?«, murmelt er mit der Zahnbürste im Mund.

»Hast du die Kette von Hunter gesehen?«, frage ich ihn.

In der Lodge konnte ich immer wieder feststellen, dass viele Alpinisten eine Art Talisman mit sich tragen, die meisten sogar unabhängig von ihrer Konfession. Einfach etwas, das sie begleitet und daran erinnert, dass zu Hause jemand an sie denkt.

»Du meinst das kleine Kreuz?«

»Genau das.«

»Ja. Seine Mom hat es ihm vor seinem ersten Viertausender geschenkt, wenn ich mich richtig erinnere. Gefällt es dir?«

Ich spucke die Zahnpasta aus und spüle mir den Mund mit einem Schluck Wasser. »Eigentlich habe ich mich gefragt, ob du etwas bei dir trägst, das dir Glück bringen oder dich beschützen soll.«

Julien nimmt die Zahnbürste aus dem Mund. »Aberglaube? Wirklich, Ayla?«

»Warum nicht?«

Er grinst schief. »Weil Aberglaube nur Unglück bringt. Sagt man zumindest.«

Ich zeige anklagend mit meiner Zahnbürste auf ihn. »Nicht ausweichen. Das haben wir besprochen, Julz.«

Vielleicht ist es sein Spitzname, der ihn durchatmen lässt. »Ich habe – abgesehen von meinem Routenbuch, dem Tennisball und ein paar Sachen von früher, wie die Regenjacke – nie etwas dabei, das mich mehr an den Erfolg einer Mission glauben lässt. Aber …«, er stemmt sich von der Wand weg, spuckt aus und wischt sich mit dem Handrücken über den Mund, »… es hat sich eine Art Ritual eingeschlichen. Ich ritze was ein. An schwierigen Boulderrouten, sobald ich sie geschafft habe, und an Gipfeln, wenn möglich.«

»Du ritzt etwas ein? Wohin? In den Stein?«

»Oder in einen Baum.« Er zuckt mit einer Schulter. »Manchmal auch in ein Gipfelkreuz. Je nachdem, was mir zur Verfügung steht und wie viel Platz ich habe.«

»Verstößt das nicht gegen irgendwelche Naturschutzgesetze?«

Er spült sich den Mund aus. »Wer will das überprüfen? Oder beweisen, dass ich das gewesen bin?«

Ich hebe die Hände. »Na ja, du ritzt ein *J* ein. Ich nehme an, wenn es jemand darauf anlegt, wäre es einfach nachzuweisen, dass du der Alpinist mit dem *J* im Namen bist, der gesucht wird.«

Julien schaut mich an, und wieder habe ich das Gefühl, dass er mehr sieht als ich. Er blinzelt, und mit seinem schiefen Grinsen löst sich meine Vermutung in Luft auf. »Niemand wird auch nur annähernd darauf kommen.« Er nimmt seine Sachen und geht an mir vorbei, auf Augenhöhe bleibt er kurz stehen. »Wenn wir gemeinsam am Gipfel sind, wirst du selbst erkennen, warum.«

»Oder vielleicht mache ich ein Foto, und dann bin ich diejenige, die dich anzeigt. Wegen Sachbeschädigung oder Substanzverletzung oder so.«

»Substanzverletzung, ach ja?« Julien schnalzt mit der Zunge. »Vielleicht sage ich dann einfach, du warst es.«

»Wer würde dir das glauben, wenn überall ein *J* steht?«

»Wer hat gesagt, dass ich ein *J* eingeritzt habe?«

Ich halte die Luft an und überdenke den letzten Teil unseres Gesprächs. Er hat es gesagt. *Oder nicht?*

Julien erkennt meine Verunsicherung und lächelt wissend. »Keine Chance, Ayla. Wenn wir da oben sind …«, er reckt das Kinn,

»… wirst du sehen, was ich einritze. Vielleicht ja ein *A* und deine Anschrift.«

Bevor ich irgendetwas erwidern kann, geht er weiter. »Ich ziehe mich jetzt um, und es wäre sehr zuvorkommend von dir, wenn du mir ein oder zwei Minuten Privatsphäre gönnst. Wie du weißt, bin ich sehr schüchtern.«

»… sagt der Mann, der die längste Zeit seines Lebens keine Unterhosen getragen hat.«

»Nein, sagt der Mann, der deine Standhaftigkeit in Sachen ›Wir überschreiten diese eine Grenze nie wieder‹ nicht schon am zweiten Abend ins Wanken bringen will.«

»Das habe ich doch gar nie gesagt.«

»Aber gedacht hast du es, sicherlich mehr als einmal.«

Ich halte meinen Mittelfinger in die Höhe, nicht wissend, ob Julien sich zu mir umgedreht hat. Sein leises, grollendes Lachen zeigt mir, dass meine Botschaft angekommen ist.

Im Schutz der Dunkelheit wasche ich mich so gut wie möglich mit einem nassen Handtuch und warte weitere zehn Atemzüge, bevor ich wieder zurück zu unserem Zelt gehe.

Julien muss mich kommen hören, denn er öffnet den Reißverschluss. Ich krieche an ihm vorbei ins Zelt und will meine Sachen verstauen, da sticht mir ein scharfer Duft in die Nase, und meine Augen beginnen zu brennen.

»Was ist das? Riechst du das auch?«, frage ich, da fällt mir ein, dass es in der Station der Ranger früher öfter so gerochen hat.

Julien schließt eine Dose aus Holz und hält sie hoch. »Meisterwurz, Nelkenöl und Pfefferminz. Die Salbe war das Geheimrezept von Clayton. Er hat es Everon, Devin und mir in einem der Winter verraten und nachkochen lassen.« Als er die Dose öffnet, wird der starke Duft intensiver. »Die Kräuter sind selbst gesammelt und getrocknet oder eingelegt. Alles so, wie Clay es uns gezeigt hat.«

»Hast du die Salbe aus der Rangerstation?«

»Nein.« Julien presst kurz die Lippen aufeinander. »Ich koche sie selbst nach, vor jedem Aufstieg. Sie ist das beste Mittel gegen jegliche Muskelprobleme. Und absolut natürlich.« Er taucht einen Finger in die Dose und holt einen Batzen der milchigen Salbe heraus. »Wir haben zwei Möglichkeiten, Ayla.« Seine grauen Augen umspielt ein Lächeln. »Entweder du ziehst die Hose hoch – oder runter.«

»Äh, wofür?«, frage ich, um mir mehr Zeit für eine Antwort zu verschaffen. Ich weiß genau, wofür. Und ich weiß auch, dass Julien mich gerade herausfordert. Das Leuchten in seinen Augen verrät ihn.

»Um deine Grenzen zu erkunden, natürlich.« Seine Miene wirkt undurchdringlich, aber ich sehe die kleinen Risse in seiner Fassade.

»Gut«, gebe ich ebenfalls so ernst wie möglich zurück. »Ich ziehe meine Hose aus. Aber nur, wenn du auch deine ausziehst. Gleiches Recht für alle.«

»Ich war schon immer für Gleichberechtigung, Ayla.« Sein Blick ist eisern. Ich werde nicht nachgeben und als Erste lachen. Spiele wie dieses hier waren früher fester Bestandteil unserer Freundschaft, wenn auch mit weit harmloserem Inhalt. Julien kann stur sein, aber ich bin sturer.

»Ich hoffe nur, dass du heute dein Höschen nicht vergessen hast, Julien.«

Er grinst. Damit kann ich ihn nicht verunsichern, das weiß ich. Beinahe beiläufig öffne ich meine Haare und spreche etwas leiser. »Es kann nämlich sein, dass ich meines vergessen habe – wir sind doch beide für Gleichberechtigung, oder?«

Ich habe den Satz nicht fertig ausgesprochen, da zuckt Juliens rechter Mundwinkel verräterisch. Ich sehe, wie er gegen das Lachen ankämpft, und als er schließlich zu husten beginnt, verdrehe ich die Augen. »Billig, Julien – das Lachen mit einem Husten verbergen haben wir doch schon seit der vierten Klasse hinter uns.«

»Ich lache nicht, ich huste wirklich«, versucht er noch zu behaupten, dabei hat er den Kampf schon längst verloren. Er weiß es. Ich weiß es. In einem letzten Aufbäumen verzieht sich Juliens Gesicht, dann lacht er endlich laut, und ich klopfe mir anerkennend auf die Schulter. »Es war die Gleichberechtigung, Julz. Da hatte ich dich. Du hast selbst damit angefangen.«

»Scheiße ja«, jammert er. »Aber nur fürs Protokoll: Du hast ein Höschen an, oder?«

»Das wirst du nie erfahren, Hendricks. Das Einzige, was von Bedeutung ist, ist das 1:0 für mich.«

»Genieß den Triumph, es wird dein letzter Punkt sein für eine lange, lange Zeit.« Julien zeigt auf meine Hose. »Und jetzt hochkrempeln.«

Ich schüttle den Kopf. »Nett von dir, aber ich brauche deine Salbe wirklich nicht. Und ich bin müde.«

»Nett und müde? Ausziehen. Sofort.« Seine grauen Augen verengen sich. Selbst dieser Blick reicht aus, um auf meiner Haut zu brennen. Julien hat keine Ahnung, wie sehr ich mich tatsächlich bemühen muss, meine unausgesprochenen Grenzen aufrechtzuerhalten.

»Nein danke. Wie gesagt – ich brauche die Salbe nicht.«

»Ich glaube es nicht.« Er wirft genervt eine Hand in die Luft. »Du hast wirklich lieber morgen einen Muskelkater?«

»Den habe ich bereits. Es ist also längst zu spät.«

»Auf den Muskelkater folgen Verspannungen und darauf Verhärtungen, die dir den Aufstieg zur Hölle machen werden.«

»Danke für die Schwarzmalerei. Dein Optimismus war auch schon mal euphorischer.«

Julien sieht zwischen meinen Augen hin und her, dann atmet er geräuschvoll aus und schmiert die Salbe zurück in die Dose. »Gut, wenn du dieses Risiko eingehen willst, bitte sehr. Aber ich werde es nicht eingehen. Dr. C soll dich morgen untersuchen. Ich will nicht den ersten Grat übersteigen, begleitet von der Angst, dass du das Gleichgewicht verlierst, weil ein Muskel plötzlich krampft.«

»Du erpresst mich?«

»Nein.« Er schlägt unschuldig die Seite seines Schlafsackes auf. »Ich erpresse dich nicht. Ich zeige dir nur die Folgen deiner Entscheidung auf, die sich auch auf mich und die anderen auswirken können und deswegen eine Absicherung meinerseits rechtfertigen.«

»Das ist Bullshit, Julien.«

»Nein. Das ist Erpressung.« Er lächelt mir noch einmal selbstgefällig zu, dann zieht er sich die Mütze weiter in die Stirn und legt sich in den Schlafsack.

»Gib mir die Salbe. Ich werde mich selbst eincremen.«

»Es geht um das Ausmassieren der Anspannung, nicht um Hautpflege.« Sein Reißverschluss ratscht laut, als er ihn schließt.

»Leck mich, Julien.«

»Heute nicht mehr, ich bin auch müde.«

»Ahhh«, schreie ich so leise wie möglich und balle meine Hände verärgert zu Fäusten. »Gut, dann massier mir die verdammten Schmerzen weg.«

»Sag bitte«, murmelt er in sein Kissen hinein, das ich ihm am liebsten gerade auf den Kopf drücken würde.

»Bitte, Bergsteigerarsch.«

»So nicht.«

»Überspann den Bogen nicht, Julien.«

»Lass den Arsch weg.«

»Beim Lecken?«

Julien versucht, es zu verbergen, doch ich sehe, wie sein Brustkorb vor Lachen bebt. »Da sicher nicht«, murmelt er, dreht sich auf den Rücken und verschränkt provokativ die Arme hinter dem Kopf. »Sag einfach: Bitte, lieber Julz.«

»Du kleiner …«, zische ich und muss mich zurückhalten, um ihn nicht wirklich mit seinem Kissen zu ersticken. »Bitte, Julien.«

»Eigentlich wollte ich schlafen, aber wenn du mich so liebevoll darum bittest, kann ich aufopfernder Gutmensch nicht anders, als mich an deiner Seite aus dieser durchweg misslichen Lage freizukämpfen.«

»Beeinflussen die Dämpfe dieser Salbe eigentlich die Denkfähigkeit, du Gutmensch?«

Jetzt müssen wir beide lachen, und während er sich wieder von seinem Schlafsack befreit, ziehe ich meine Schuhe aus. Dann kremple ich die Hosenbeine hoch und schiebe die wärmende Merinoleggings darunter bis zu den Knien. Das muss reichen. Bis zu den Knien ist alles in Ordnung, und wüsste man es nicht, könnte man nicht mal erahnen, dass mein rechter Oberschenkel an der Außenseite mit wulstigen Narben gezeichnet ist. Mir ist klar, dass Julien meine Verletzungen auf der Schutzhütte gesehen hat. Trotzdem werde ich mich in einer Situation wie dieser nicht seiner vollen Aufmerksamkeit ausliefern.

»Gut«, sagt er und wirft mir sein Kissen zu. »Leg dich zurück, und lass mich schauen, was ich machen kann.«

Mit dem Kissen im Rücken lehne ich mich nach hinten und beobachte Julien dabei, wie er die Beanie vom Kopf zieht, den Tiegel erneut öffnet und die Salbe in seinen Händen verteilt. Er kniet sich zwischen meine Beine und bedeutet mir mit dem Kinn, einen Fuß auf seinem Bein abzulegen.

»Entspann dich«, raunt er leise, als er mit den Handflächen an meinem linken Unterschenkel hoch und runter fährt, um die Salbe gleichmäßig aufzutragen. Erneut liegt der scharfe Geruch nach Kräutern in der Luft. Kälte zieht in meinen Körper ein, und ich fröstle. Julien sieht es, greift mit zwei Fingern nach seinem Schlafsack und reicht ihn mir. »Du wirst ihn nicht lange brauchen.«

»Warum?«

»Warte ab«, erwidert er, ohne den Kopf zu heben. Er verfolgt jede seiner Bewegungen mit den Augen, und ich kann mich nicht daran erinnern, wann ich ihn das letzte Mal so konzentriert gesehen habe, außer vielleicht beim Klettern. Ich habe viel erwartet. Festen Druck, ein brennendes Ziehen und punktuellen Schmerz.

Kendra von den Rangern am Mount Denali ist Physiotherapeutin. Nach dem Unfall habe ich mich von ihr behandeln lassen. Nicht öfter als drei- oder viermal, obwohl Everon mich regelmäßig überreden wollte, die Therapie fortzuführen. Ich hatte auch so schon genug Schmerzen, und die Stunde mit Kendra hat mich die wenigen Male an den Rand der Erschöpfung gebracht. Es war mir zu viel.

Juliens Berührungen sind all das nicht.

Sie sind nicht schmerzhaft und übernehmen nicht die Kontrolle meiner Empfindungen. Sie zeigen mir nicht, wie unvollkommen ich geworden bin und wie viel ich an mir werde arbeiten müssen, um wieder zu funktionieren. Julien hat keine therapeutische Ausbildung, und mir ist bewusst, dass ich ihn nicht mit Kendra vergleichen kann, aber nichts an dieser Situation erfüllt meine Erwartungen, reicht an meine dunklen Erinnerungen heran. Mit ihm ist alles anders, das war es schon immer.

Julien sieht jetzt zu mir, ohne den Kopf zu heben. »Ich mag dein Lächeln«, sagt er. Bis eben ist mir nicht mal aufgefallen, dass ich lächle.

Die ungekämmten Haare fallen ihm wild in die Stirn und verdecken seine Augen. Trotzdem sehe ich, wie sein Blick zwischen meinem Gesicht und meinem Bein hin- und herwandert. Das warme Licht der Gaslampe nimmt seinen Gesichtszügen die Härte. »Verrätst du mir, warum du lächelst?«

Ich antworte nicht sofort, weil ich nicht weiß, was ich ihm sagen soll. Vielleicht, dass ich schon lange nicht mehr so viel gelacht habe wie heute mit ihm. Oder dass ich in seiner Nähe wieder zu mir selbst werde, weil er mich herausfordert und zugleich stärkt. Ich will es ihm sagen – doch das ist auch schon der einzige Grund, der dafürspricht.

Stattdessen lächle ich ein bisschen mehr. »Kannst du dich an den alten *Titanic*-Film mit Kate Winslet und Leonardo DiCaprio erinnern? Daran musste ich gerade denken. Wir haben ihn mal zusammen gesehen.«

»Mal?«

»Na gut, es waren so sechs oder sieben Mal …«

»Mindestens fünfzehn Mal, Ayla. Mindestens!«

»… also, wie gesagt, es waren so sieben oder acht Mal, die wir den Film auf absolut freiwilliger Basis aller Beteiligten gemeinsam angesehen haben. Und da gab es diese eine Szene, in der Jack Rose malt, und die Kamera hat die ganze Zeit sein Gesicht im Fokus. Wie er auf Rose schaut und dann wieder auf seine Zeichnung.«

Julien grinst. »Ah ja, das ist die Szene, in der sie nackt ist. Die beiden laufen dann davon und treiben es im Auto.«

»Das ist einer der romantischsten Filme, die existieren – und dir ist genau dieser Teil in Erinnerung geblieben?«

»Wir waren zwischen dreizehn und fünfzehn und haben in einem abgeschiedenen Kaff gelebt, gilt das als Entschuldigung?«

»Nein, nicht bei *Titanic*.«

»Der stinklangweilig ist, Ayla!« Julien verstellt seine Stimme. »Rose! Jack! Rose! Jack!«

»Manchmal fällt es mir wirklich schwer, zu glauben, dass du ein erwachsener Mann bist.«

»Es wird dich vielleicht überraschen, aber mir auch.« In diesem Moment drückt Julien mit einem einzelnen Finger in meinen Unterschenkel, und ich kreische vor Schmerz auf. »Reaktionstest«, sagt er grinsend, wofür ich ihm meine Ferse ins Bein ramme.

»Ahh, fuck. Waffenstillstand.«

»Nur wenn du nie mehr diese Jack-und-Rose-Sache machst.«

»Werde ich nicht, außer ich muss den Film irgendwann noch mal über mich ergehen lassen.«

Ich funkle ihn böse an und lehne mich wieder zurück.

Julien beginnt, meine Muskeln etwas fester zu massieren, wobei er zielsicher genau die Punkte trifft, an denen das brennende Ziehen in meinen ganzen Körper zu strahlen scheint. Seine Berührungen sind sanft und fest zugleich, und die drückenden Verspannungen werden leichter. Jede von Juliens Bewegungen schickt Schatten auf die Wände des Zelts, und es fühlt sich so an, als würden nur wir in dieser kleinen Welt hier drin existieren.

Dann legt er mein Bein zur Seite und berührt das zweite, mein rechtes. Das verletzte. Ich zucke leicht zurück, doch Julien deutet ein Kopfschütteln an und nimmt sich neue Salbe. Er cremt das Bein nicht vorsichtiger ein als zuvor. Ich erkenne kein Zögern und spüre keine versteckten Gedanken. In den letzten Jahren habe ich gelernt, die vorwurfsvollen Blicke von anderen zu ertragen, und versucht, die mitleidigen zu ignorieren. Es ist mir nicht gelungen. Niemand wird gerne immer und immer wieder mit seiner offensichtlichen Schwäche und den Umständen konfrontiert, auf die diese Verletzung zurückzuführen ist.

»Bleib hier«, flüstert Julien und streichelt an meinem Bein so weit nach oben, bis ihn die Kleidung aufhält. Er verweilt in meiner Kniekehle und sieht mir erst jetzt in die Augen. »Bleib bei mir, Ayla. Lass dich nicht in diese Dunkelheit ziehen.«

Ich blinzle. »Woher willst du wissen –«

»Weil deine Dunkelheit meine ist. Ich erkenne sie.« Julien schließt kurz die Augen und nickt, fast so, als müsste er die Schatten ebenso vertreiben. Sein Blick findet wieder meinen, stark und unnachgiebig. »Verrate mir lieber, warum du vorhin wirklich gelächelt hast. Das mit der Szene aus *Titanic* war nicht der Grund.«

»Und woher –«

Er zieht eine Augenbraue hoch und unterbricht mich erneut. »Kann es sein, dass du heute allen gezeigt hast, wie gut du mich kennst, und dabei vergessen hast, dass ich dich mindestens genauso gut kenne?«

»Möglich«, muss ich zugeben. Julien hat recht. Es ist nicht so, dass mich Everon oder die anderen in Charles Creek nicht auch kennen würden. Der Unterschied zu Julien ist, dass bei ihm meine Ausflüchte wirkungslos sind. Er lässt mich nicht so leicht entkommen, am allerwenigsten vor mir selbst.

»Das ist unheimlich, oder?«, fügt er hinzu. »Wenn du jahrelang

Mauern um dich herum aufbaust, und dann gibt es diesen einen Menschen, für den die Ziegelsteine nichts anderes als ein Treppenaufgang sind. Oder ein niedriger Bordstein.«

»Ja, ›unheimlich‹ trifft es so ziemlich. Und du bist wie Pennywise, der unter dem Bordstein lauert.«

Juliens Lachen ist laut und voll, und ich bin mir sicher, dass es über den ganzen Zeltplatz zu hören ist. »Sei leiser«, schimpfe ich, doch er schüttelt nur den Kopf. »Ich habe seit Jahren nicht so viel gelacht wie mit dir und werde einen Scheiß tun und es zurückhalten.« Er drückt etwas fester zu, und ich zische leise, woraufhin er seinen Griff wieder lockert. »Also, Versuch Nummer drei: Verrätst du mir, warum du vorhin gelächelt hast? Keine Ausflüchte mehr, Ayla.«

Juliens Stimme gleicht seinen Berührungen. Leise und bestimmend zugleich. Abgestimmt auf mich. Einfühlsam.

Ich atme tief ein und aus und suche nach der richtigen Antwort. »Du sagst, du hast schon lange nicht mehr so viel gelacht.«

Er nickt.

»Ich denke, mir geht es ähnlich. Erst als du es erwähnt hast, ist mir bewusst geworden, dass jedes Lächeln in den letzten Jahren einem Kraftakt glich.« Ich lächle und kann nichts dagegen tun. »Mit dir nicht. Mit dir ist es …«

»… normal«, ergänzt er meine Gedanken und Gefühle.

Seine Berührungen werden sanfter, und ich schließe wieder die Augen und spüre eine entspannte Ausgeglichenheit, die mir nicht so fremd sein sollte. Juliens Finger graben sich in meine Haut, und ich erinnere mich daran, wie es war, sie überall zu spüren. Wie beiläufig lege ich einen Arm über mein Gesicht. Das Letzte, was ich jetzt gebrauchen kann, ist die Frage, warum ich rot geworden bin. Ich versuche, mich nur auf die Tatsache zu konzentrieren, dass Julien mir und damit sich selbst helfen will. Der Aufstieg hat Priorität, für uns beide. So muss es sein. Kein Platz für Begehren oder Vorstellungen, die über die kalte Realität hinausgehen.

Langsam kehrt die Müdigkeit zurück, und meine Atmung wird gleichmäßiger. Die Gedanken verschwimmen und werden schließlich still. Da bin nur ich, behütet in Juliens Berührungen. Irgendwann spüre ich, wie meine Hosenbeine wieder nach unten gezogen werden. Wo vorhin scharfe Kälte von der Salbe war, durchdringt jetzt Hitze meine Haut und wärmt meinen ganzen Körper.

»Du hattest recht«, murmle ich schlaftrunken und stemme mich mühsam hoch, um Julien seinen Schlafsack zurückzugeben und in meinen eigenen zu kriechen. »Mir ist jetzt warm, überall. Danke.«

»Dank nicht mir, sondern lieber Clayton. Es ist sein Rezept, nicht meines.«

»Aber du hast mich eingecremt.«

»Ich will, dass es dir gut geht«, erwidert er leise. »Immer.«

Der Aufstieg hat Priorität. Auch für Julien, selbst wenn es sich gerade nicht danach anhört. Das ist der einzige Grund, warum ich hier bin.

Es dauert nicht lange, bis Julien sich neben mir in seinen Schlafsack gelegt hat. Ich denke schon, dass er schläft, da findet seine Hand wieder meine. »Danke. Für diesen Tag. Er war nicht nur normal, er war schön. Wegen dir.«

Ich kann nichts erwidern, sondern drücke nur seine Finger.

Dann schlafe ich ein, mit dem Gedanken, dass nicht der Aufstieg meine wahre Priorität ist.

Das war er vielleicht nie.

KAPITEL 21

MAUNA *(Hawaiianisch)*

JULIEN

Die Luft wird dünner.

Fünf Tage sind vergangen, seit Ayla zu uns gestoßen ist. Fünf Tage, in denen wir uns mit der Crew zu der Westschulter hochgearbeitet haben und damit weitere knapp eintausend Höhenmeter über felsiges Gelände mit anspruchsvollen, aber gut machbaren Klettereien gemeistert haben. Seit zwei Tagen sind wir oberhalb der Schneegrenze unterwegs, und die Kälte beißt sich bereits in die Haut.

Die zurückgelegte Route war machbar. Eine Herausforderung, aber machbar. Wir haben die ersten Eisklettereien hinter uns, und Ayla konnte die Crew mit ihrem Talent beeindrucken, direkte Routen zu erkennen. Selbst wenn es in dieser Höhe vorgefertigte Linien geben würde, hätten wir sie nicht benutzt. Auch jetzt noch halten wir daran fest, uns natürlich zu sichern. Uns beiden ist klar, dass wir mit Bohrhaken, Leitern und Fixseilen mehr Alpintouristen anlocken könnten, aber diese Art von Massenabfertigung entspricht nicht unseren Werten. Ayla und ich müssen uns einander nicht erklären, auch diesbezüglich nicht.

Beim Lastentransport über die steilen Wände haben sich der

unbändige Einsatz und die Leidenschaft des Teams gezeigt, und so konnten wir das vierte Lager direkt auf einem Plateau vor der Westschulter errichten. Mir war es wichtig, dass der Großteil des Teams, der hierbleibt und für den Nachschub aus Lager III verantwortlich ist, vor ständig möglichen Lawinenabgängen gut geschützt ist. Die Satellitenaufzeichnungen, die Preston uns in Lager II gezeigt hatte, haben uns auf den frischen Schnee vorbereitet, und doch konnte niemand mit so viel Neuschnee rechnen. Die Wetterprognose war so gut. Der täglich frische Schnee und die höheren Temperaturen machen das alles hier saugefährlich, und ich bin froh, ab jetzt nur noch Hunter und Preston mitziehen zu müssen. Bei dieser Wetterlage würde der Abbruch einer einzelnen kleinen Wechte reichen, um einen halben verfickten Berg und damit ein ganzes Team nach unten zu treiben.

Ayla kennt die Gefahr ebenso wie ich. Und sie stellt sich ihr. Ebenso wie ich.

Weil es das ist, was wir tun.

Wir mischen die Karten neu und spielen.

Mein Blick wird von dem Steilhang an der Seite angezogen. Es ist dunkel, trotzdem erkenne ich die einzelnen Lagen des Schnees, die sich Tag für Tag weiter auftürmen. Den Weg zu spuren, wird zu einem Kraftakt werden. Zumindest wird dieser belohnt. Wenn wir den kurzen Übergang in das anschließende etwas flachere Hangstück hinter uns gebracht haben, erreichen wir den Monte-Grat. Die Bilder geben auf dieser Höhe nicht mehr viel her, aber laut meinen Berechnungen sollten wir von diesem Punkt aus zum ersten Mal die drei Vorgipfel und den Gipfel sehen.

Ab heute sind wir auf uns allein gestellt. Was wir brauchen, tragen wir jetzt an unserem Körper. Alles, was wir brauchen *könnten*, bleibt hier im Lager IV. Es dient als Auffangstation und Materialkammer gleichermaßen. Nicht als Rettungsanker. Wenn wir jetzt scheitern, kann uns so schnell niemand mehr helfen.

Natürlich könnten uns Dr. Campton oder Ian und Luke nachsteigen. Xavier und Max haben das Team sorgfältig gewählt. Aber sie würden uns niemals in der Zeit erreichen, in der Rettung meistens notwendig ist. Hunter und Preston sind absolute Profis, und trotzdem vertrauen sie sich am Ende uns an. Ich habe keine Ahnung, wie weit sie aufsteigen werden und wann sie mehr von ihren kognitiven als von ihren körperlichen Grenzen zurückgehalten werden – was ich weiß, ist, dass es sich falsch anfühlt. *Vier Leben*. Für ein Bild am Gipfel mit dem Logo eines Sportartikelherstellers. Das alles ist nicht mehr richtig. Das war es vermutlich nie.

»Gute Morgen.«

Ich habe nicht gehört, dass Ayla neben mir aufgetaucht ist. Sie klappt ein Stück der Thermodecke aus, auf der ich sitze, und nimmt an meiner Seite auf dem schmalen Felsvorsatz Platz. »Danke«, sage ich und greife nach der heißen Tasse Tee, die sie mir reicht. »Du bist schon früh wach heute.« Ich zeige Richtung Westen. »Es dämmert noch nicht mal.«

»Heute ist ein wichtiger Tag.«

»Nicht wichtiger als die Tage davor und die Tage danach.«

»Wenn es Tage danach gibt«, sagt sie, und ich spüre die Schwere, die in ihren Worten mitschwingt. Devin, Ayla und ich waren ungefähr auf dieser Höhe, nur auf einer Flanke weiter östlich, als es passiert ist.

»Natürlich wird es den Tag danach geben. Und die vielen Tage nach dem Tag danach. Bis wir alt und grau sind und du mir und den Charles Creek Rangers die geliebten Wollsocken selbst strickst.«

Ayla lacht. Das ist es, was uns in den letzten Tagen so stark gemacht hat. Nicht das Aufleben der jahrelang gemeinsam trainierten Fähigkeiten und das ineinander zu einem Ganzen verlaufende Können. Sondern die Leichtigkeit, die wir uns geben. Selbst wenn es nur kurze, scheinbar unbedeutende Momente sind, sind sie alles. Licht in der Schwere.

»Eigentlich bist du derjenige von uns beiden, Julz, der das Stricken von Monica Wellard aus dem Lebensmittelladen gelernt hat.«

»Ach.« Ich winke ab und nippe an meinem Tee. »Es gibt Hunderte Tutorials. Mit deiner schnellen Auffassungsgabe bist du bald Profi, und wir können bei den Feierlichkeiten zu Ehren von Stanley Washburn sogar einen Marktstand mieten.«

Ayla erwidert nichts. Sie muss es nicht aussprechen. Die Frage, ob wir jemals wieder eine Feier in Charles Creek erleben werden, hängt zwischen uns. Eine Feier. Oder ein Morgen.

Still sucht Ayla den dunklen Horizont ab, als könnte er ihr etwas von ihrem Schicksal und unserer Zukunft verraten. Ihre Hände werden unruhig. Sie soll der Angst Raum geben, das ist wichtig, aber sie darf sich nicht von ihr beherrschen lassen.

»Shangri-La«, sage ich und lehne mich gegen den Felsen. Schon nach wenigen Tagen fühlt es sich wieder so an, als wären wir an jedem Tag unseres Lebens zusammen gewesen. Ohne Unterbrechung, ohne Kluft. Das Wetter hat uns ein höheres Tempo aufgezwungen, und die Zeit für Unterhaltungen und Momente zu zweit ist rar. Das macht sie umso kostbarer. Diese kurzen Fetzen der Realität, während um uns herum das Unmögliche wächst. Abends treibt uns die Erschöpfung in den Schlaf, aber ich lasse es mir nicht nehmen, sie zu massieren. Unser kleines Ritual hat Bedeutung für mich. Nicht die körperliche Komponente. Ihr nahe sein zu dürfen, ist unbeschreiblich für mich. Und wenn sie bei meinen lausigen Versuchen, Muskelverhärtungen frühzeitig zu erkennen, einschläft, weiß ich, dass ich alles richtig gemacht habe. Sie gibt sich mir hin. Vor wenigen Wochen hätte ich nicht einmal neben ihr stehen und leise atmen dürfen, ohne Gefahr zu laufen, attackiert zu werden.

»Sagst du mir, wo dein Shangri-La ist?«, wiederhole ich die Frage, in der wir uns beide verloren haben.

»Mein Kletterparadies?« Ayla sieht weiter in den Himmel. Im schwachen Mondlicht erkenne ich das Lächeln auf ihren Lippen, nach dem ich mich an jedem Augenblick des Tages sehne. »Die Alpen. Ich möchte in den Dolomiten klettern und in einen Bergsee springen, ohne Herzrasen vom eiskalten Wasser zu bekommen.«

»Gut. Dann also die Dolomiten, sobald wir zurück sind.«

Ayla stutzt. »Du warst schon in den Dolomiten, ich hab es gesehen.«

»Ja.« Ich nicke. *Aber ich war dort nicht mit dir.* »Das macht mich zu deiner ersten Wahl als Reiseführer. Was noch? Wo möchtest du noch hin?« Eine Frage, die uns früher ständig begleitet hat.

»Weiter nach Italien. Ich möchte am Gardasee klettern und in Wänden hängen, die mich weit über den See blicken lassen. Am Abend essen wir dann italienisches Gelato und sehen uns den Sonnenuntergang an.«

Ich grinse und strecke die Beine aus. Die Kälte lässt meine Knie zittern, ich müsste mich bewegen. Aber ich bleibe sitzen. »Eines Abends in der Lodge hat Ev uns deine Eissorten probieren lassen. Sie sind seit deinen ersten Versuchen viel besser geworden, obwohl ich sie damals schon geliebt habe. Und sie können definitiv mit dem italienischen Eis mithalten.«

Jetzt ist es Ayla, die grinst. »Danke.«

»Gut, was noch?«

In der Stille der Nacht, gedanklich weit entfernt von dem drohenden Tagesanbruch, erzählt mir Ayla von ihren Sehnsuchtsorten. In den letzten Jahren habe ich die meisten davon besucht, jedoch hüte ich mich davor, ihr zu sagen, dass sie für mich kein Shangri-La sind. Träume sind wichtig. Vor allem jetzt.

»Wo ist dein Shangri-La, Julien?« Es ist, als würde ich aus meinem Traum aufwachen, in den ich, eingehüllt von ihrer Stimme, abgedriftet bin. »Oben, am Gipfel des Malamute Peak? Oder an irgendeinem anderen Gipfel, den du erreicht hast?«

Aus mir bricht ein Lachen hervor. »Nein«, antworte ich. »Nein, es ist kein Gipfel.« Ich reibe mir über die Nasenwurzel und suche nach einer Erklärung, mit der ich mich nicht ganz entblöße. »Ein Gipfel ist ein Standplatz, und meistens ein nicht mal sehr gemütlicher.«

Ayla sieht mich aufmerksam an.

»Ich habe keinen berühmten Gipfel erlebt, auf dem es nicht scheißkalt war und der irgendwas an sich gehabt hat, das einen gerne bleiben lassen würde. Gipfel ist Gipfel, sie tragen nur andere Namen.«

»Was ist mit der Aussicht?«

Ich zeige auf den sternenbesprenkelten Nachthimmel und die weißen Bergspitzen, die sich aus der Dunkelheit erheben. »Es gibt so viele Bilder in unserem Leben, denen man mehr Beachtung schenken sollte, weil sie wunderschön sind und besonders. Dafür braucht man keinen Gipfel.« Ich schlucke. »Es ist nur ein Perspektivwechsel, dem viel zu viel Macht zugesprochen wird. Ein Gipfel verändert lediglich die Blickrichtung. Mehr nicht.«

Ayla schaut auf ihre Tasse. »Du kannst das sagen, Julien, weil du die Welt gesehen hast und auf Gipfeln warst. Das macht es leicht, auf für andere Unerreichbares herabzublicken.«

»Einen Gipfel zu erreichen, ist in erster Linie Glück, Ayla. Ein Aufstieg hängt mit so vielen Faktoren zusammen, die wir nicht bestimmen können, wie dem Wetter. Dann gibt es aber Komponenten, die sehr wohl unter unserem Einfluss stehen. Zum Beispiel der eiserne Wille, der dich antreibt, die körperliche Verfassung und das Material. Du hast dich in einem Moment dafür entschieden, tust alles, um dein Ziel zu erreichen, und fühlst dich mächtig und erhaben, wenn du es geschafft hast. Aber das ist eine abgefuckte Illusion.«

»Du meinst, alles, was uns jemals wichtig war, basiert auf einer Lüge?«

»Was war uns wichtig, Ayla? Sie dir deine Traumorte an. Waren es jemals Gipfel, oder war es die Lebendigkeit des Lebens? Das Privileg, frei zu sein?«

In ihren braunen Augen blitzen Sehnsucht und Schmerz und Erinnerungen zugleich auf. »Wir wollten weg von hier.«

»Das wollten wir. Und haben dabei eine wichtige Sache übersehen.« Ich ziehe mir die Mütze etwas weiter in die Stirn und nehme noch einen Schluck Tee. Die feinen Dunstwolken vom Sprechen haben meine Lippen eisig werden lassen, wodurch sie mittlerweile ganz taub sind. »Dass es nicht wichtig ist, wo auf der Welt wir sind, sondern mit wem. Es sind die Augenblicke, die unabhängig davon sind, wo wir uns befinden und was wir geglaubt haben erreichen zu müssen. Momente, auf die wir in Wahrheit keinen Einfluss haben, selbst wenn wir uns das Gegenteil einbilden. Man kann dafür kämpfen, aber im Grunde ist man machtlos.« Ich spreche etwas leiser. »Weil dir kein Gipfel *Liebe* geben kann. Der Gipfel ist ein Umkehrpunkt und bringt dich aus einer gefährlichen Ausnahmesituation zurück ins Leben, das du dir über Stunden und Tage und Wochen mit jedem Schritt verdienen musstest. Aber wenn unten niemand auf dich wartet, der dich liebt, was ist dein Leben dann tatsächlich wert?«

Und damit habe ich Ayla alles über mich verraten. Sie glaubt, sie würde in Charles Creek festsitzen. Das tue ich auch, in mir drinnen.

Eine lange Zeit erwidert sie nichts. Wir sitzen da und beobachten, wie der Nachthimmel an Schwärze verliert und die Bergketten um uns herum in ein pfirsichfarbenes Licht getaucht werden. Beide hängen wir unseren Gedanken und dem Sinn des Risikos nach, dem wir uns aussetzen.

»Julien? Wo ist dein Shangri-La?«

Bei dir. Es gibt nur diese eine Antwort, seit ich denken kann. Ich glaube, es war immer bei Ayla.

»Es ist mir irgendwann entglitten, aber ich sage es dir, wenn ich es wiedergefunden habe.«

Ayla sieht mich an und sucht nach der Wahrheit in meinen Augen. Als bei den Zelten hinter uns ein Reißverschluss geöffnet wird, zuckt sie zusammen.

Ich nicke ihr zu, mit all der Willenskraft, die ich aufbringen kann, um das hier durchzuziehen. »Wir tun, was wir tun müssen«, sage ich und denke dabei an Everon und die Lodge und die Zukunft von Charles Creek. »Aber wir tun es gemeinsam, und schon bald kannst du mir berichten, ob mein Geschwafel über den Gipfel kompletter Bullshit war …«, ich zwinkere, »… oder ob der Bergsteigerarsch recht behalten hat.«

Ayla lächelt. Sie weiß, welches Risiko wir eingehen. Ich stehe auf und ziehe sie mit mir hoch.

»Julien?«

»Ja?«

»Wir schaffen das, oder?«

»Natürlich«, antworte ich mit aller Überzeugung, die mich in den letzten Jahren angetrieben hat. »Wir werden da hinaufsteigen und der Welt zeigen, welche Herausforderungen Charles Creek bereithält, für jeden, der mutig genug ist, sich ihnen zu stellen.«

Ayla grinst und sieht sich um. »Ist hier irgendwo eine Kamera? Du hörst dich an, als würdest du einen Werbeslogan einsprechen.«

Mit einem Lächeln ziehe ich Ayla an mich und lege das Kinn auf ihren Kopf. Ich spüre ihre Atemzüge an meinem Körper und weiß, dass der Mensch, den ich in den Armen halten darf, das Wertvollste in meinem Leben ist. Sie ist mehr wert als irgendein Gipfel, Ruhm oder persönliche Befreiung. Sie ist alles.

Ich könnte abbrechen, hier und jetzt, um Ayla zu schützen. Aber ich kenne nur diesen einen Umkehrpunkt, und der ist oben am Gipfel.

KAPITEL 22

MÄGI *(Estnisch)*

AYLA

Unbarmherzig.

Diese Kälte ist unbarmherzig.

Ich bin hier aufgewachsen und war in meinem Leben keinen einzigen Tag an einem Ort, der wärmer war als ein Sommertag in Alaska. Und trotzdem habe ich mir nicht einmal annähernd vorstellen können, wie es sich anfühlen würde. Der Schnee hier oben hat nichts mehr von der anmutigen Ruhe, die den Alltag in den Hintergrund treten lässt und die Konzentration auf das Wesentliche schärft. Der ständige Wind raspelt über die wenigen Stellen Haut, die sich nicht unter einem Stück Stoff verbergen lassen. Der Frost nimmt ihnen jegliches Gefühl und lässt diese Stellen so offen zurück, dass man glaubt, rohes Fleisch ertasten zu können, sobald sich die Finger irgendwie bewegen lassen. Meine Gelenke sind steif und schmerzen bei jeder Regung, und jeder Schritt kostet mich erbärmlich viel Kraft.

Ich hieve den Fuß aus dem Schnee und höre mein eigenes Ächzen, das der Sturm in die Weite zerrt. Es ist, als würde mich der Boden bei keinem einzigen Schritt freigeben wollen, mich unerbittlich festhalten, mich einladen, mich endlich fallen zu lassen. Müdigkeit lähmt meine Muskeln. Ich dachte nicht, dass Gefühllosigkeit in den Armen und Beinen so wehtun kann. Ein kurzes Taumeln zwingt mich dazu, einen Schritt zur Seite zu machen. Die plötzliche Bewegung lässt ein Stechen in meinem Kopf explodieren, und ich schnappe nach Luft, die ich nicht bekomme. Weiter. Immer weiter. Zu Julien.

Ich hebe den Kopf. Er ist vor mir. Sein gelber Anzug sticht aus dem weißen Schnee hervor und beißt sich mit dem blauen Himmel, der so trügerisch schönes Wetter verspricht. Er wirkt wie ein Fremdkörper. *Nein.* Ich wirke wie ein Fremdkörper. Nicht Julien.

Julien tut, was er immer getan hat. Er stellt jegliche körperlichen Bedürfnisse ab und ignoriert den Selbsterhaltungstrieb, der einen anbrüllt, sich in die warme Sicherheit zu begeben. Nach Hause.

Julien hatte kein Zuhause mehr, für lange Zeit, und ich frage mich, ob ihn das immer und immer wieder frei genug gemacht hat, alldem hier zu trotzen. Ich bin mir nicht einmal sicher, ob er es jetzt hat. Ein Zuhause. Vermutlich nicht. Nicht, nachdem ich ihm so feindselig begegnet bin, während er nichts anderes versucht hat, als zurückzukommen. Und nichts anderes, als mir zu helfen, wieder ich zu sein. Jetzt bin ich hier und darf das tun, was ich mein Leben lang tun wollte, weil ich dachte, mich dann unabhängig zu fühlen. Aber die einzige Freiheit, die mir bleibt, ist eisiger als die Luft. Es ist das Privileg, aufzugeben. Mir selbst nicht mehr zu trotzen und meine Schwächen zu akzeptieren, zum ersten Mal in meinem Leben.

»Ayla?« Juliens Stimme ist laut und unnachgiebig, nicht einmal der Wind kann ihr etwas anhaben. Er bleibt stehen, und ich schließe langsam zu ihm auf. So weit, dass ich mein eigenes Spiegelbild im Glas seiner blau-silber schimmernden Schneebrille erkennen kann. Mein Kopf wird schwer und sinkt langsam Richtung Boden. »Sieh mich an, Ayla. Ist alles okay?«

Als ich ihn nicht sofort anschaue, legt Julien seine Finger unter mein Kinn und hebt mein Gesicht an. Er zieht seine Brille nach oben und streift trotz der Kälte einen Handschuh ab. Kleine Kristalle haben sich an den feinen Härchen seiner langen Wimpern und an seinen Augenbrauen festgesetzt, und als er blinzelt, warte ich auf ein leises Klimpern. Stattdessen atmet er durch den Mund aus, und die warme Luft trifft auf mein Gesicht. Ich spüre nicht mehr, ob seine Finger kalt und steif sind, als er meinen Anorak öffnet und das Halstuch nach unten streift, um sich meine Lippen anzusehen. Seine Augen verengen sich, und ich sehe das kurze Aufblitzen von Sorge darin. Er muss sich nicht um mich sorgen. Mir geht es gut. Es geht mir immer gut.

Gut. Gut. Gut.

Die Worte drehen sich im Kreis, sodass mir schwindlig wird, und drücken mich Richtung Schneedecke. Alles, was ich möchte, ist, mich auf den Boden zu legen und eine Pause zu machen und die feinen Lichtblitze zu beobachten, die wie geheime Sternschnuppen durch mein Sichtfeld schießen. *Nur kurz hinlegen. Oder länger.*

»Hör zu, Ayla.« Julien schüttelt meinen Kopf, und ein klammer Schmerz drückt mir auf die Stirn. »Hör mir genau zu. Du musst atmen. Die Anstrengung nimmt deinem Körper viel zu viel Sauerstoff. Du musst besser atmen. Erinnerst du dich an den Morgen, bevor wir die erste Wand geklettert sind?«

Ich will lächeln, aber mein Mund scheint plötzlich zu schmelzen und nach unten zu rinnen. »Du hast mich gehalten«, bringe ich trotzdem irgendwie hervor, und Julien grinst.

»Ja. Das habe ich. Und jetzt erinnere dich daran, wie meine Hände sich auf deinem Bauch bewegt haben. Du hast kurz und tief eingeatmet und viel länger wieder aus. Erinnerst du dich?«

»Ja.«

»Gut. Das machen wir jetzt genauso. Wir müssen deine Sauerstoffsättigung erhöhen. Schnell und kurz ein, langsam aus, Ayla. Versuch es mit mir.«

Seine Finger an meiner Wange zittern vor Kälte. Trotzdem lässt er die Hand da, wo sie ist, und kommt meinem Gesicht ein kleines Stück näher. »Mit mir zusammen. Ein und aus.«

Hinter mir erahne ich Schritte, und einen Moment lang bin ich mir nicht sicher, ob ich sie mir nur einbilde.

»Braucht ihr etwas, Julien?«, sagt eine dunkle Stimme in meinem Rücken. Hunter, das muss Hunter sein. Er und Preston waren immer knapp hinter uns.

»Wir brauchen nur kurz Zeit, um Ayla zu fokussieren.« Er sieht mir immer noch in die Augen. »Komm schon, Ayla. Ein und aus.«

Ich sehe auf Juliens Mund und beobachte die Bewegung seiner Nasenflügel. Ein und aus.

»Wir können hier nirgendwo ein Lager aufschlagen«, sagt einer der beiden anderen Männer. »Hier ist es nicht sicher genug. Wenn Ayla Probleme hat, müssen wir die halbe Schulter wieder nach unten. Und das, bevor es dunkel wird.«

»Langsam, Ayla«, flüstert Julien. »Ich bin bei dir.«

Trotz der beruhigenden Worte erkenne ich, wie er verborgene Blicke mit jemandem hinter mir austauscht. Irgendwer tritt neben mich. Zu nahe. Hunter ist mir viel zu nahe.

»Ihre Lippen bekommen die Farbe zurück. Trotzdem können wir dieses Stück wieder absteigen und ihr Zeit geben, sich an die Höhe zu gewöhnen.«

»Hast du gehört, Ayla?«, fragt Julien und schafft es dabei, gleichmäßig zu atmen, für mich und mit mir. »Ein, zwei Tage Pause. Kein Aufgeben, nur zum Erholen.«

Seine Worte hämmern gegen meine Willenskraft. Ich will etwas erwidern, hole Luft und komme dann wieder mit meiner Atmung durcheinander.

»Ein und aus, Ayla. Nur wir beide.«

Sekunden vergehen. Ich finde Juliens Rhythmus, irgendwo zwischen gehetzten und zugleich viel zu trägen Gedanken und dem Wunsch, der Erschöpfung einfach nachzugeben. Mit jedem Atemzug lockert die bedrohliche Gleichgültigkeit den schraubstockartigen Griff um meinen Brustkorb, und die Welt um mich herum gewinnt an Klarheit zurück.

»Hey«, sagt Julien, und ein kleines Grübchen bildet sich auf seiner mit Frost überzogenen Wange. »Da bist du ja wieder, Hans Christian.«

»Jetzt wollte ich mich gerade bei dir bedanken …«, bringe ich mit bebendem Kinn hervor, »… aber das Hans Christian macht uns quitt.«

»Sehr gut. Ich wollte nur überprüfen, ob du wieder voll da bist. Ganz kurz hatte ich nämlich Angst, du würdest mir hier ohnmächtig werden. Dann hätte ich dich nur mit meinem Körper warm halten müssen, und das wäre ein schrecklicher Gedanke gewesen.«

Ich zucke mit der Schulter. »Hunter hätte einspringen können.«

»Hunter springt nirgendwohin, und schon gar nicht auf dich drauf«, kontert Julien und streichelt mir noch einmal über die Wange. »Alles wieder in Ordnung?«

»Ja, ich glaube schon.«

»Gut. Dann können wir jetzt darüber sprechen, umzukehren und dir Zeit zu geben.«

»Das müssen wir nicht. Ich habe nur falsch geatmet, sonst nichts.«

Er dreht sich so in den Wind, dass er meinen Körper von dem schneidend kalten Zug abschirmt. »Wir werden Anpassungsschwierigkeiten nicht ignorieren.«

»Lass das, Julien.«

Anstatt mir zuzuhören, reicht er mir seine Wasserflasche. Ich weiß, wie wichtig auf dieser Höhe genügend Flüssigkeit für den Körper ist. Als ich fertig getrunken habe, setzt er die Flasche selbst an.

»Hast du dir schon ihre Pupillen angesehen?«, will Preston wissen, als ob ich nicht da wäre.

Julien schüttelt den Kopf. »Ayla, sieh mich an. Bitte.«

»Julien!« Die plötzliche Wut hilft mir dabei, die bewusstseinstrübenden Wolken endgültig beiseitezuschieben. »Hör auf damit, nach Symptomen zu suchen. Es geht mir gut.«

Julien beißt sich auf die Unterlippe. »Wir tun das, was am sichersten ist. Für uns alle. Wir haben keine Wahl.«

»Ich schaffe das«, sage ich, was sich in der Zeit mit Julien immer tiefer in mir verankert hat. »Ich kenne meinen Körper, ich kann meiner Einschätzung vertrauen. Es waren die Atemtechnik und die Anstrengung, nicht die Höhe.«

»Uns bleiben zwei Möglichkeiten. Entweder wir steigen die halbe Schulter ab und hoffen, dass die paar Höhenmeter reichen, um deinen Körper zu beruhigen, oder wir bringen die Schulter hinter uns und übersteigen den Monte-Grat.« Er beißt sich auf die rissige Unterlippe und schüttelt den Kopf. »Hier können wir nirgends ein Lager aufschlagen. Wir befinden uns in diesem Gelände in einer potenziellen Lawinenzone.«

»Julien?« Er sieht mich an, ohne mich wirklich zu sehen. Ich weiß nicht, welche Bilder er stattdessen im Kopf hat. »Warum tust du das?«

Er stutzt. »Was?«

»Du vertraust mir nicht, zum allerersten Mal.«

Jetzt ist er es, dessen Atmung aus dem Takt gerät. Er mustert mein Gesicht, bevor seine Anspannung der Erkenntnis weicht und seine Verletzlichkeit preisgibt. »Es tut mir leid.« Er sieht Hunter und Preston an und nickt. »Es tut mir leid«, wiederholt er, wieder an mich gerichtet, und ich höre die Angst in seiner Stimme, die ihn getrieben hat. »Es ist schwierig für mich, nachdem –«

»Wie weit bis zum Ende?«, unterbreche ich ihn, weil Angst unser Feind ist. Sie nimmt dir den Bezug zur Realität. Er muss es nicht sagen. Ich weiß, woran er denkt. »Zweihundert Meter?«

Julien kneift die Augen zusammen und blickt über seine Schulter nach oben. »Ja. Das müsste hinkommen. Die Sicht gibt nicht viel her. Wir werden den Grat direkt überschreiten müssen und im letzten Drittel eine Flanke umklettern. Wie geht es deinen Fingern?«

Ich öffne und schließe meine Fäuste. »Sie tun weh«, gebe ich zu, und Julien nickt. »Das ist gut, weil es bedeutet, dass sie nicht abgestorben sind.«

Mein verdutztes Gesicht bringt Julien zum Lachen, und er richtet mir die Kleidung wieder so, dass der Großteil meines Gesichts von Stoff überdeckt wird. Dann zieht er sich seinen Handschuh an und sortiert seine eigene Kleidung.

»Achte auf deinen Atemrhythmus, Ayla.« Er zeigt auf meinen Bauch. »Die Gleichmäßigkeit ist das A und O. Du darfst dich nicht in der Anstrengung der Bewegung verlieren, deine Atmung muss das Tempo vorgeben, ja?«

Ich nicke und höre, wie sich Preston und Hunter ebenfalls abmarschbereit machen. »Wenn wir das Gepäck gut aufteilen, können wir Ayla entlasten«, schlägt Hunter vor, aber ich schüttle sofort den Kopf.

Julien antwortet so schnell, dass ich weiß, wie wenig er von dieser erniedrigenden Option hält. »Ayla schafft das. Und wenn sie Unterstützung braucht, in welcher Form auch immer, wird sie uns Bescheid geben. Ich vertraue ihr.«

Für den Bruchteil eines Moments frage ich mich, ob ich Juliens Vertrauen wirklich verdiene, und mache diesen einen Schritt zurück. Weg von meinem Ehrgeiz und vor allem von meiner Sturheit. Ganz ruhig schließe ich die Augen. Kein Hunter und kein Preston. Kein Julien. Kein Berg. Nur ich. Und das, was ich will und schaffe.

Ich bin stark. Ich kann das. Die Grenzen meines Körpers sind keine Grenzen, nur eine Lichtung. Viel zu lange habe ich meinen Körper und meinen Geist als gebrochen erlebt, jeden Tag aufs Neue. Julien hat mir gezeigt, was in mir steckt, wenn ich nur den Blickwinkel verändere. Den Blick auf mich. Mir wird bewusst, dass das Vertrauen in mich standhält. Aus jedem erdenklichen Winkel.

Begleitet von einem tiefen Atemzug, öffne ich die Augen und begegne Juliens Lächeln. Keine Sorgen, keine Angst. Nur das Wissen, dass wir es schaffen können. »Worauf wartest du, Undine?«, frage ich und gehe an ihm vorbei Richtung Berg. »Wir haben nicht den ganzen Tag Zeit.«

Juliens Grinsen ist selbst durch den kleinen Schlitz zu erkennen, den seine Kleidung frei lässt. Er dreht sich wieder um und lässt mir den Vortritt. Ich nicke und suche meinen Atemrhythmus. Erst dann mache ich einen Schritt nach dem anderen, in meine Atmung hinein, den Berg hinauf. In meinem Tempo und mit Julien in meinem Rücken. In tiefem gegenseitigen Vertrauen.

Es ist eigenartig, in dieser Höhe zu schwitzen. Der Körper hat kaum Flüssigkeit übrig, auf die er freiwillig verzichten kann. Trotzdem bildet sich zwischen den Kleiderschichten eine Dampfwolke, die sich durch die wenigen Stofföffnungen den Weg an die Luft kämpft. Der Schweiß im Gesicht friert sofort fest, und die Mimik wird hölzern und fremd und passt damit gut zu der pelzigen Zunge, die plötzlich Probleme mit einzelnen Lauten hat. Mein Körpergeruch vermischt sich mit dem synthetischen der neuen, kaum eingetragenen Kleidung, und ich würde mich unwohl fühlen, wenn ich Zeit und Energie dafür übrig hätte. Es ist, als würde der Berg seine ganz eigenen Gesetze schreiben.

Nein, das ist falsch. Der Berg hat keine Absichten. Für ihn ist es irrelevant, dass ich beim Klettern um die Flanke nur kurz den Halt verliere, ein unbedeutendes Stück rutsche und meinen linken kleinen Finger einklemme und ihn brechen spüre. Aufgrund der Kälte beinahe schmerzlos. Ich nehme es wahr, aber es ist, als wäre es eine fremde Hand. Nicht mein Finger. Dem Berg ist das egal. Es ist nicht sein Fehler. Es war meiner, ganz allein. Ich hätte besser auf die Schlaufe des Eispickels aufpassen müssen. Die Gefahr, auszurutschen, ist immer da. Allgegenwärtig. Und kommt trotzdem überraschend. Der gebrochene Finger gleicht einer Warnung – oder einer Erinnerung: Fehler haben Konsequenzen, hier vielleicht viel unmittelbarer als im normalen Leben.

Selbst wenn Julien es gesehen hat, reagiert er nicht darauf. Jetzt ist keine Zeit für Schwäche, und dafür bin ich ihm dankbar. Nur kleine Einschnitte in meiner Stärke würden ausreichen, damit sich eine Kluft auftut. Das werde ich nicht zulassen, nicht hier und nicht jetzt.

Ich schlage meinen gesunden Fuß in das Eis und spüre, wie die Spitzen der Steigeisen sofort Halt finden. Dann wickle ich die Schlaufe des Eispickels neu um das Handgelenk und verdränge den Gedanken an meinen kleinen Finger, der unter den Handschuhen zu pochen beginnt. Mit beiden Pickeln kann ich mich ein weiteres Stück nach oben ziehen, um die nächste Sicherung in einer Spalte anzubringen. Dann strecke ich das kaputte Bein so gut wie möglich durch und nutze es, um meinen Körper zu stabilisieren. Erstaunlicherweise fällt mir das Klettern mit Steigeisen leichter, weil die spitzen Eisen sich festkrallen und mir viel Arbeit abnehmen. Ich muss nicht verbissen darum kämpfen, irgendwie in der Wand zu bleiben.

Das Klicken des Karabiners wird vom Wind verschluckt, der mich unermüdlich kraftvoll vom Felsen treiben will. Ich klammere mich fest, bleibe so nahe wie möglich an Stein und Eis und spüre die Kälte der Wand an meinem Gesicht. Kurz überlege ich, noch einmal mit Julien die Position zu wechseln und ihn in den Vorstieg zu lassen. Er hat uns vier vorhin sicher über den Grat und das erste Stück der Flanke geführt. Selbst wenn er es nie zugeben würde, ich habe die Erschöpfung gesehen, die ihn die Verantwortung für uns gekostet hat. Sein leises Fluchen dringt an meine Ohren, und ich muss lächeln. Solange Julien flucht, ist alles in Ordnung, hat Devin immer gesagt.

Er hätte das hier geliebt. Eis war seine Leidenschaft, und ihn jetzt bei uns zu haben und sein Können zu sehen, würde es perfekt machen. Devin hätte die Flanke längst umstiegen und vermutlich eine ebenso sichere, aber auch schwierigere Linie gewählt. Ich lächle erneut. Die Herausforderung für jeden Einzelnen hat das Können der anderen aufgewogen. Wir waren ein Team.

Jetzt sind da nur Julien und ich. Und wir werden nicht aufgeben.

»Julien?«

»Immer noch da.«

»Willst du vor?«

»In deinem Windschatten ist es herrlich«, ruft er, und ich nicke. Hunter und Preston sind ein Stück hinter uns und ermahnen uns immer wieder, die Helmkameras sauber zu wischen. Das Schneegestöber bedeckt die Linsen. Über den Monte-Grat hinweg haben sie mit der VR-Kamera gefilmt, aber die Windstärke macht die herkömmlichen Filmtechniken unmöglich.

Ich lasse Julien hinter mir und klettere weiter nach oben, über eine Kante, von der ich mir nicht sicher bin, dass sie der Belastung von vier Menschen standhalten könnte, wenn wir sie direkt besteigen. Im schwachen Licht der Abenddämmerung bilde ich mir ein, den Übergang des Grates in einen felsigen Buckel zu sehen, aber die Schneeverwehungen können trügerisch sein. Meine Atmung kontrollierend, mache ich die nächsten Züge und lasse mich dabei wieder leicht abfallen, um den Verlauf der Flanke für uns zu nutzen.

Mein ganzer Körper scheint zu zittern, und ich kann nicht mehr sagen, ob es die Kälte oder die Anstrengung ist, die mich zunehmend die Kontrolle über meine Muskeln verlieren lässt.

»Aufgeben ist jetzt nicht«, sagt Julien hinter mir, als würde er ahnen, wie schwer die Erschöpfung wiegt. »Es tut scheiße weh, ich weiß. Es gibt aber auch eine gute Nachricht.«

»Welche denn? Dass du heimlich ein Portaledge eingepackt hast und wir in der Flanke hängend übernachten können? Hier und jetzt?«

Ich höre Juliens dunkles Lachen. »Nein. Der körperliche Schmerz, den du jetzt spürst, lässt dich all den anderen Schmerz vergessen. Es geht nur um dich und deinen Körper und um den Moment. Der alte Schmerz, die Lasten, die du mit dir rumträgst, verlieren für diese kurze Zeiteinheit an Gewicht.«

Julien hat noch nicht fertig gesprochen, da fühle ich, dass er recht hat. Ich habe an Devin gedacht, mehr mit Stolz als mit Trauer, und ich kann mich nicht daran erinnern, wann ich das letzte Mal so im Moment gelebt habe, ohne dass alle Dimensionen meines Lebens an mir gezerrt hätten.

Ich kann mich nicht so hindrehen, dass Julien mein Lächeln sieht. Stattdessen setze ich den nächsten Schritt. »Julien?«

»Ja?«

»Drei von drei.«

»Immer.«

Eine Gänsehaut wandert über meinen Rücken, die nichts mit der Kälte und dem Schnee und dem Wind zu tun hat, sondern einzig und allein mit dem Wissen, dass jetzt wir das Team sind und Devin trotzdem ein Teil von uns sein darf.

Der letzte Teil der Flanke hat eine leichte Neigung nach vorne und kostet mich alles an Kraft, was ich noch aufbringen kann. Als wir endlich den Auslauf des Monte-Grates erreichen, stolpere ich mehr, als dass ich gehe, und lasse mich erschöpft auf die Knie fallen.

»Scheiße«, fluche ich, höre aber nichts, weil meine Kehle zu trocken für jeden Laut geworden ist. Ich greife nach meinem Trinkschlauch, und als ich daran sauge, wird die vage Erinnerung, dass ich schon längst kein Wasser mehr habe, zur Realität.

»Scheiße«, kommt es von Julien hinter mir, und ich muss lachen, weil wir beide dasselbe Wort finden, um einen echt harten Aufstieg zu beenden.

»Was, hast du auch nichts mehr zu trinken?«, krächze ich trocken. Er sieht mich kurz an, dann schüttelt er den Kopf, macht ein paar Schritte auf mich zu und kniet sich neben mich, um mir seinen Trinkschlauch zu reichen. »Trink. Bis wir dazu kommen, Schnee zu schmelzen, dauert es eine Weile.«

Ich nehme weniger Schlucke, als ich bräuchte, und gemeinsam warten wir auf die Lexingtons. Es beruhigt mich auf seltsame Weise, dass die beiden mindestens so erschöpft wirken wie ich, als sie aus der Flanke kommen.

»Verdammte Scheiße«, flucht nun auch Preston und stützt seine

Hände auf den Knien ab. »Damit habe ich nicht gerechnet, nicht nach diesem Aufstieg.«

Erst jetzt wird mir bewusst, dass ich mich nicht umgesehen habe. Nicht wie es Julien und Preston und Hunter instinktiv getan haben, als sie hier oben angekommen sind. An unserem neuen Standplatz. Der keiner ist.

Der Monte-Grat läuft direkt in den nächsten Felsen über. Das hier ist anders als erwartet. Anders als berechnet. Die Fläche zwischen dem Grat und dem Gestein wäre zwar groß genug, um ein Zelt aufzustellen, aber nicht auf diesem Untergrund. Der Schnee hat es noch nicht geschafft, die felsigen Kanten und Spitzen zu überdecken. Ich blicke langsam nach oben und werde beinahe von der mächtigen Felswand erschlagen, die über mir aufragt.

»Scheiße«, entkommt es mir wieder. Jetzt zumindest aus demselben Grund wie bei den anderen, weil ich realisiere, was das zu bedeuten hat: Entweder wir steigen heute diese Wand hoch, im Dunkeln, bei zunehmendem Sturm – oder wir haben eine beschissene Ruhephase. Halb sitzend in irgendeiner Ecke zusammengekauert. Und mit verdammt viel Glück rollt in der Nacht niemand den Hang hinunter. »Scheiße.«

Hunter hat sich als Erster gesammelt. »Was machen wir?«, will er wissen und gibt mir dabei eine meiner wenigen Sicherungen zurück, die ich beim Vorstieg für uns angebracht habe. Die meiste Zeit musste ich uns am Eis mit Schrauben sichern. Auch unser Grundsatz, den Berg so natürlich wie möglich zu besteigen, muss sich an manchen Punkten zu Sicherheitszwecken den Gegebenheiten beugen.

Preston reibt sich die Hände. »Ich schaffe heute nicht noch eine Wand. Morgen vielleicht. Hunter und ich müssen schließlich irgendwo das letzte Lager aufschlagen, und dass das nicht hier ist, ist klar.«

»Hunter?« Ich erkenne die Anspannung in Juliens Stimme.

»Schau dich um, Julien. Es ist dunkel, wir stehen vor einem Felsen, den wir aus welchem beschissenen Grund auch immer nicht auf dem Schirm hatten, und der Wind bläst uns um die Ohren. Es wird eine harte Nacht.«

Schließlich verweilt Juliens Blick auf mir. Er vertraut mir und meiner Einschätzung. Ich fühle in mich hinein, wäge ab. Wenn wir alle vier hierbleiben, nimmt uns die Nacht mehr, als sie uns gibt. Ich schaue erneut nach oben, gleiche das, was ich sehe, mit den Karten ab, die wir immer und immer wieder studiert haben. Diese Wand kann nicht höher als vielleicht fünfzig Meter sein. Die Satellitenbilder haben diesen Ausriss nicht erkennen lassen. *Zwei Seillängen.* Ich bin erschöpft und verletzt. Das Risiko ist hoch. Aber die Alternative würde weit größere Kreise ziehen. Wenn wir schon jetzt, wo noch über rund tausend Höhenmeter vor uns liegen, keine geregelten Erholungsphasen mehr finden, wird es wirklich gefährlich.

Julien blinzelt. Er wartet. Dieses Mal wird nicht er die Entscheidung treffen. Er wird mich nicht drängen, das weiß ich. *Keine Wahl,* erinnere ich mich an seine Worte von vorhin. Möglichkeiten. Und diese betrachte ich so realistisch, wie es mir in dieser Situation möglich ist.

So sicher wie möglich.

»Drei von drei«, flüstere ich. Niemand kann es hören. Julien liest die Worte von meinen Lippen ab und weiß auch so, was sie bedeuten.

Er greift nach den Sicherungen, die Preston in der Hand hält, und beginnt, sie zu sortieren. Ich tue dasselbe mit meinen und ordne sie so an, dass ich sie durchzählen kann, um jederzeit die richtige finden zu können. Im Dunkeln.

»Das wollt ihr nicht im Ernst machen.« Hunter klingt entrüstet.

»Zu viert hier zu schlafen, ist unmöglich«, erwidert Julien trocken. Ich habe eine Richtung vorgegeben, für uns, und Julien wird sie verteidigen.

»Wir können uns in der Wand sichern. Preston und ich haben

schon schlimmere Nächte hinter uns gebracht, Julien. Und du auch.« Hunter kommt näher. »Wir warten bis zum Tageslicht, steigen auf und gönnen uns einen Tag Pause oder zwei, sobald wir den nächsten Lagerplatz errichtet haben.«

»Ihr braucht uns morgen lediglich nachzusteigen, das wird für euch kein Problem. Wenn wir die Nacht jedoch zu viert hier verbringen, könnte uns diese Wand zum Verhängnis werden. Ein Vorstieg unter schlechteren Bedingungen als jetzt wäre ein absoluter Kraftakt, und das müssen wir vermeiden.«

»Und jetzt hochzusteigen, wird kein Kraftakt?«

»Wir sind gut eingeklettert. Maximal fünfzig Meter, weiter kann es nicht sein«, sagt Julien mehr zu sich selbst als zu Hunter.

»Das ist eine unbekannte Wand. Die Sicht ist beschissen, und kein Mensch kann sagen, wie es da oben aussieht! Vielleicht kommt nach dieser Wand die nächste Wand.«

»Unwahrscheinlich«, sage ich und gehe in Gedanken wieder und wieder unsere Skizzen und die Satellitenbilder durch. »Da oben muss ein kleines Plateau sein, von dem aus man die Vorgipfel und den Gipfel sehen kann. Ich bin mir sicher.«

»Und sonst seilen wir uns wieder zu euch ab. Diese Möglichkeit bleibt uns immer«, sagt Julien. »Hat jemand von euch beiden Wasser für Ayla?«

Hunter und ich tauschen unsere Camelbags. Mir entgeht sein sorgenvoller Blick nicht, aber ich ignoriere ihn. Keine Zweifel. Weder fremde noch meine eigenen.

Julien kommt auf mich zu und kontrolliert den Verschluss meines Helms und den Gurt. »Was ist mit deinem Finger?«, fragt er, ohne mich anzusehen. Ich hätte wissen müssen, dass er es gesehen hat.

»Was ist mit deinem, Hendricks?«, gebe ich mit einem Grinsen zurück.

Julien grinst nun ebenfalls, und für diese wenigen Sekunden stehen wir nicht auf einem Zwischenstück vor einer dunklen Wand, die unberechenbar ist und mehr bereithalten kann, als wir uns vorstellen wollen. Für diese Sekunden sind wir Ayla und Julz. Einfach nur wir.

Julien atmet geräuschvoll aus. »Direkte Linie, Ayla, leicht versetzt. Schnell und zügig. Der Sturm könnte stärker werden, und wir wissen nicht, in welchem Winkel sich die Wand dreht.«

Er greift nach seinen Pickeln, schwingt sie zwei, drei Mal in den Händen und geht die letzten Schritte auf die Wand zu. Der Schnee knirscht unter seinen Füßen, als er sich noch einmal zu mir umdreht und nickt. Dann springt er regelrecht in die Wand. »Warte auf die erste Zwischensicherung. Wenn du mich nicht hörst, achte auf die Seilspannung.«

Julien klettert so schnell und mit so viel Energie, dass ich mir plötzlich nicht mehr sicher bin, mit ihm mithalten zu können. In wenigen Sekunden ist er beinahe gänzlich in der Dunkelheit verschwunden, nur der gelbe Schimmer seines Anzugs erinnert daran, dass er da ist. Und auf mich wartet.

»Ayla?«

Ich verstehe ihn kaum. »Ja?«

»Ich bin bereit.«

Ohne mich von Hunter und Preston zu verabschieden, setze ich den Fuß in die Wand. Ein kratzendes Knirschen ist zu hören, als die Spitzen meiner Steigeisen über die gefrorene Oberfläche reiben. Schon dieser erste Schritt schlägt Wellen in meinem ganzen Körper, der sich gegen die erneute Anstrengung aufbäumen möchte. Ich besänftige die Schmerzen mit dem Gedanken, es bald geschafft zu haben, und betäube meinen Körper weiter. Dann hake ich die Pickel in die Wand, ziehe mich hoch und lasse der einzigen Emotion Raum, die jetzt Bedeutung hat und mich antreibt, über jede denkbare Grenze hinaus: Ich will zu Julien.

KAPITEL 23

BERG *(Afrikaans)*

AYLA

Wenn ich dachte, der erste Teil des Aufstiegs heute wäre hart gewesen, habe ich falsch gedacht. Er war nichts. Nichts im Vergleich zu der Konzentration und Kraft, die ich jetzt aufbringen muss. Jeder einzelne Meter am Seil entlang ist schwer erkämpft. Während mein Körper weiter rebelliert, nimmt der Wind zu. Die sinkenden Temperaturen machen die Schneeflocken zu Kristallen, welche meine Haut an den wenigen freien Stellen weiter malträtieren. Dazu kommt die Kälte, die selbst ein erhitzter Körper nicht mehr ausblenden kann.

Julien klettert schnell, aber mit vielen Zwischensicherungen. So können wir so nahe zusammenbleiben, wie es nur irgendwie möglich ist. Seine Stimme ist es, die mich in der Wand hält, wenn alles dafürspricht, einfach loszulassen. Nicht das feurige Brennen in meinen Muskeln treibt mir die Tränen in die Augen, sondern die Verbissenheit, die ich brauche, um Juliens vertrauter Stimme weiter zu folgen, bis ich bei ihm bin. Nur um zuzusehen, wie er sich wieder von mir entfernt.

Ich weiß nicht, wie viel Zeit vergangen ist. Schmerzen und Ehrgeiz und Hoffnung kennen keine Zeiteinheiten, aber als ich mich endlich – endlich – über eine Kante ziehen kann und sehe, dass wir am eigentlichen Teil der Schulter des Monte-Grates angekommen sind, weiß ich vor Erleichterung nicht, was ich tun soll.

»Hey, Ayla«, sagt Julien und hilft mir an einem Arm vom kalten Boden hoch und unter den Felsvorsprung, der uns Schutz vor dem Wind bietet. Er wischt mir mit einem Handschuh die Schneeflocken von den Wangen, seine vor Anstrengung hektische Atemluft wird im Licht der Stirnlampen zu grauen Wölkchen. »Ich hab auf dich gewartet.«

Er hat auf mich gewartet.

Julien will lächeln, doch es verrutscht.

»Ich hab auf dich gewartet«, wiederholt er, und ich weiß nicht, ob er das für sich oder für mich tut. Die Bedeutung seiner Aussage sickert langsam zu mir durch. Julien hat gewartet. Auf mich. Er geht nicht einfach.

»Ich lasse dich nicht zurück.« Er zieht die Augenbrauen zusammen. »Nie mehr.«

Julien kommt näher. Dieses kleine Stück, das den Unterschied zwischen dem Versprechen eines Freundes und dem Versprechen eines Menschen ausmacht, dem man blind durch die Nacht folgt und dem man sein Leben anvertraut.

Und ich komme ihm dasselbe kleine unbedeutende und doch entscheidende Stück entgegen.

Langsam zieht er mir die Stoffmaske unters Kinn und öffnet leicht die Lippen. Ich lege meine Hände an seine Brust und kralle mich in dem Anorak fest, aus Angst, er könnte es sich anders überlegen und zurücktreten. Einen Schritt zurück in die Dunkelheit machen, aus der er mich gerade erst geholt hat.

Seine Größe zwingt mich dazu, das Gesicht zu ihm anzuheben. Ich rieche ihn, nehme trotz aller Widrigkeiten seine Wärme wahr, und als er sich zu mir beugt und ich schon glaube, ihn zu spüren, stößt sein Helm mit einem dumpfen *Blopp* gegen meinen.

»Fuck«, flucht er leise, und ich muss lächeln. »Nicht lustig,

Ayla«, sagt Julien und nimmt seinen Helm ab. »Das wäre er gewesen, der perfekte Moment. Alles, was jetzt kommt, ist nur das Danach.« Julien greift nach meinem Kinnverschluss, öffnet ihn und zieht mir den Schutz vom Kopf. »Auf der anderen Seite ist es gar nicht so schlecht«, fährt er fort und dreht seinen Helm so, dass er in die Kamera blicken kann, die ich schon vergessen hatte. »Es geht nämlich weder einen Hunter noch einen Preston oder sonst irgendjemanden etwas an, was wir nach Feierabend machen.«

Julien schaltet die beiden Cams aus und legt die Helme neben uns auf den Boden. Ich habe ihn die ganze Zeit still beobachtet.

»Alles in Ordnung?«, will er wissen, als er sich mir wieder zuwendet.

»Ja.«

»Nur weil du wie erstarrt wirkst.«

»Ich halte einfach den Moment fest, damit er zu keinem Danach-Moment wird.«

Jetzt ist es Julien, der lächelt. Er greift nach meiner Jacke und zieht mich zu sich. »Solange die Danach-Momente nur uns beiden gehören, habe ich kein Problem mit ihnen.«

Ich will etwas erwidern, irgendetwas, da trifft Juliens Mund auf meinen. Es ist, als würde die Berührung seiner Lippen ausreichen, um jegliche Anspannung aus den letzten Stunden wie Asche in sich zusammenfallen zu lassen. In dieser Leere explodiert mit dem nächsten gemeinsamen Atemzug eine Mischung aus Glück und Dankbarkeit und Zuneigung, und das Adrenalin vom Aufstieg steigert all das zu einem flirrenden Rausch.

Julien und ich haben uns bereits geküsst, aber als seine Zunge dieses Mal meine Lippen teilt und sanft über meine streicht, ist es nicht wie vor wenigen Wochen. Auf der Schutzhütte haben wir gewaltsam Mauern eingerissen, wir haben um uns schlagend zueinandergefunden, fast so, als hätten wir keine Wahl. Jetzt fühle ich mich geborgen. Nicht nur in den wärmenden Bildern unserer Erinnerungen aus dem Hüttenbuch, sondern bei Julien.

Seine Hand findet in meinen Nacken, und er drückt mich näher an seinen Körper. Der leichte Biss in meine Unterlippe bringt meine Brustwarzen dazu, sich zusammenzuziehen, und ich stöhne leise auf. Das zufriedene Knurren, das Julien erwidert, schickt eine weitere elektrisierende Flut durch den Körper. Vor weniger als drei Minuten habe ich Höchstleistungen vollbracht, und doch ist es Juliens Kuss, der mir jetzt den Atem raubt und die Knie weich werden lässt. Ich presse mich an ihn, suche Halt in seiner Nähe und verliere mich in seinem Geschmack.

Julien keucht leise und küsst sich an der Linie meines Kiefers entlang nach hinten. Ich warte auf etwas, auf irgendetwas. Und wünschte sofort, ich hätte nichts erwartet.

»Ich kann das nicht, Ayla.« Er tritt einen Schritt zurück. »Es tut mir leid.«

JULIEN

Von ihr wegzutreten, kostet mich mehr Kraft als der verfickte Aufstieg eben. Meine Muskeln summen vor Anstrengung, das Adrenalin zu verarbeiten. Nicht von dem Hochgefühl, es geschafft zu haben, sondern von unserem Kuss.

»Wie bitte?« Das Leuchten in Aylas Augen verglimmt so plötzlich, dass ich wieder nach ihrer Hand greife. »Ist es wegen der Grenze, die wir hochgezogen haben, um professionell zu bleiben? Wenn es nämlich das ist …«

»Scheiß auf irgendwelche künstlichen Grenzen, die das Unvermeidbare nur aufgeschoben haben, Ayla. Wir tun, wonach uns ist –

das sind wir uns schuldig. Ich kann das nicht, ohne zu wissen, dass wir das Nachtlager aufgebaut haben und einen sicheren Platz zum Schlafen haben«, gebe ich ihr zu verstehen und glaube, Erleichterung auf ihrem Gesicht zu erkennen. Ich drücke ihre Hand erneut und warte, bis sie mich ansieht, richtig ansieht. »Und dann erleben wir diesen Danach-Moment noch einmal.«

Beinahe widerwillig greife ich nach ihrem Seil, um uns voneinander zu lösen. Das zweite Seil, das ich für Hunter und Preston eingezogen habe, wird ihnen den Aufstieg morgen enorm erleichtern. Der Auslauf des Grates hier oben in die Schulter ist der perfekte Platz für ein letztes Lager, so viel kann ich trotz der Dunkelheit bereits erkennen. Durch den schwachen Anstieg des Geländes und einen Felsvorsprung sind wir fast gänzlich windgeschützt, und ein Teil der Ebene ist so gerade, dass es ein Leichtes wird, das Zelt aufzustellen und sicher zu verankern. Ayla sieht mir beim Lösen unseres Seils in die Augen, und ich brauche drei Anläufe, um sie freizuknoten. Sie bemerkt es und grinst.

»Ich hoffe, du erinnerst dich, wie man das Zelt aufbaut«, sage ich. »Irgendwie verliere ich nämlich gerade jegliche Kompetenz.«

»Dazu muss man nicht viel können«, erwidert sie und zuckt mit den Schultern, auf denen sich kleine Eiskristalle abgelegt haben. »Die Zeltstangen sind nummeriert, damit man in stürmischen Nächten nicht zu viel Zeit verliert.«

»Oder bei ungelenken Versuchen jemanden verletzt.«

»Unwahrscheinlich«, erwidert Ayla und jetzt grinse ich.

In diesem Moment durchbricht ein Rauschen und Piepsen den Sturm, und ich bücke mich zu meinem Rucksack, an dem das Funkgerät hängt.

»Das hätte ich jetzt vergessen«, sage ich und schäme mich schon fast, nicht sofort an den Funkspruch an die Lexingtons gedacht zu haben. Ich kann die beiden über das unverständliche Knistern kaum hören, aber wir schaffen es zumindest, uns verständlich zu machen, dass es sowohl ihnen als auch uns gut geht.

Bis ich fertig gefunkt habe, hat Ayla das Zelt beinahe fertig aufgebaut, und ich helfe ihr lediglich dabei, es zu verankern. Sie hat denselben Standort dafür ausgesucht, den ich gewählt hätte. Wieder ein Hinweis, wie gleich wir denken. Ich versuche, mich nicht in der Beobachtung ihrer Wangen zu verlieren, die sich unter meinem Blick noch dunkler röten. Diese Wirkung auf sie zu haben – nein, das Wissen, dass sie meine Wirkung auf sie zulässt –, macht es schwer, auch nur einen klaren Gedanken zu fassen.

Nachdem ich Schnee für uns geschmolzen habe, gebe ich Ayla ein paar Minuten im Zelt, um sich frisch zu machen. In Wahrheit versuche ich, mich in den Griff zu bekommen. Wir sind hier oben allein, in einem kleinen Zelt im Nirgendwo, und Ayla hat keine Ausweichmöglichkeiten. Sie darf sich mir zu keiner Zeit ausgeliefert oder von mir bedrängt fühlen. Auf der Schutzhütte war das etwas anderes. Ich weiß, dass sie mich mit einem gewaltigen Arschtritt vor die Tür verfrachtet hätte, wenn sie es gewollt hätte. Aber hier gibt es kein Holzlager zum Auszuweichen und keinen verdammten Plan B. Und ich werde nichts tun, was sie denken lässt, sie hätte keine Möglichkeiten. Der nächste Schritt ist ihrer.

Ich fülle den zweiten Topf Wasser ab und setze mehr Schnee auf, um uns Tee zu machen.

»Die Helme, Julien. Die dürfen wir nicht vergessen«, kommt es vom Inneren des Zeltes.

»Habe ich hier. Sobald du fertig bist, bringe ich den Rest ins Zelt.«

Sie öffnet den Reißverschluss und nimmt die Sachen entgegen, die ich ihr reiche. Das ganze Gepäck macht es eng im Zelt, sodass nur wenig Raum für uns bleibt. Vorsichtig platziere ich den Kocher auf einer letzten freien Stelle und krieche unter die Plane.

»Ist es erbärmlich, wenn ich zugebe, wie froh ich bin, dass wir in dieses verdammte Zelt können?«

Ayla öffnet ihre Haare. Sie weiß nicht, dass ihr herber Duft nach frisch geschlagenem Holz sofort den kleinen Raum erfüllt und meinen Vorsatz, ihr den nächsten Schritt zu überlassen, schon zwei Minuten später gefährlich ins Wanken bringt.

»Nein, es ist nicht erbärmlich. Ich glaube, das war der gefühlt längste Tag in meinem Leben.« Sie streckt ihre Hände nach oben. »Und ich spüre jede Sekunde davon in meinen Muskeln.«

»Wie geht es deinem Finger?«

Sie erstarrt in der Bewegung und schüttelt den Kopf. »Halb so schlimm.«

Ich krame zwei Teebeutel aus meinem Rucksack, hänge sie ins Wasser und übergehe die Tatsache, dass bei Ayla immer alles halb so schlimm ist. »Darf ich ihn mir ansehen?«

»Nein. Wozu?«

»Zieh deinen Handschuh aus und lass mich den Finger sehen. Wenn er gebrochen ist, müssen wir ihn schienen.«

»Das geht schon.«

»Ayla, verdammt«, entkommt es mir, und im nächsten Atemzug muss ich beinahe lachen, weil nur wir es schaffen, jegliche Art von Spannung zwischen uns zu komprimieren. »Verletzlichkeit zu zeigen, ist keine Schwäche, das hast du selbst gesagt. Vor allem nicht vor mir«, setze ich hinterher. »Also, würdest du dir bitte helfen lassen? Wir sind ein Team.«

Mit einem genervten Stöhnen zieht Ayla ihre dünnen Handschuhe ab, die sie unter den dicken getragen hat, und ich presse die Kiefer zusammen. »Nur damit ich es fürs nächste Mal besser verstehe – halb so schlimm bedeutet bei dir also ›mein kleiner Finger ist im unteren Drittel geknickt und steht in einem unnatürlichen Winkel ab, wovon die Schwellung und die dunkelblaue Färbung aber relativ gut ablenken‹?«

»Jap.«

Ich verdrehe die Augen und hole das Medi-Pac hervor, das uns Dr. Campton vorbereitet hat. Das Erste, was ich herausnehme, sind Schmerztabletten.

»Die brauche ich nicht.«

Ich halte meine noch immer vor Kälte zitternde Hand hoch und zeige auf den kleinen Finger, der leicht gebogen ist. »Zwei Mal«, sage ich. »Einmal in Israel und einmal in England. Wenn er in der Nacht erst zu pochen beginnt, ist es zu spät, und die Schmerzmittel können nicht mehr ihre volle Wirkung entfalten.«

Ayla überlegt kurz, dann reißt sie mir die Schachtel regelrecht aus der Hand.

»Ist es wirklich so schwer, Hilfe anzunehmen?«

»Nur von dir«, meint sie mit einem Grinsen, und ich zeige ihr den Mittelfinger, was sie noch breiter grinsen lässt. »Bereust du es schon, mich mitgenommen zu haben?«

Mich schockiert ihre Frage, so fremd ist sie mir. Ich lege das Tape zur Seite, das ich gerade zuschneiden wollte, und sehe sie an. »Es ist arschkalt, und ich hasse Kälte. Wir sind an einem der vermutlich gottverlassensten Punkte auf dieser Erde, und wir haben eine gemeinsame Geschichte, die so schwer wiegt, dass sie uns jederzeit zusammenbrechen lassen könnte. Gerade haben wir uns geküsst, und ich will nichts mehr tun, als dich noch einmal zu küssen. Gleichzeitig will ich laut brüllen, weil du so verdammt stur bist. Du hast ein kaputtes Bein und einen gebrochenen Finger, ich dafür eine gebrochene Persönlichkeit und einen Daumen, der zu nichts mehr zu gebrauchen ist. Was soll's. So ist es eben.« Ayla blinzelt, doch ich lasse sie meinem Blick nicht entkommen, genauso wenig wie meinen Worten. »Trotzdem bin ich so glücklich wie seit Jahren nicht mehr und wäre gerade an keinem Ort lieber. Und vor allem mit keinem anderen Menschen. Nur mit dir.« Ich schlucke. »Auch wenn du stur bist, bist du großartig. Und du weißt es nicht einmal, weil du dir nie auch nur irgendetwas zugestehst – nicht einmal ein Kompliment. «

Sie erwidert nichts, und ich greife wieder nach dem Tape, um ihren Finger zu schienen. Es ist die Alternative zum Schreiend-aus-dem-Zelt-Springen, weil ich ihr gerade so viel von mir offenbart habe und sie anscheinend nichts dazu zu sagen hat.

Unsere Atemzüge füllen den stillen Raum, und die Enge beginnt mich zu erdrücken. Ohne Ayla anzusehen, rutsche ich etwas näher, greife nach ihrer Hand und lege sie auf meinem Knie ab.

»Deine Haut ist eiskalt«, sage ich leise. »Und rot.«

»Julien?«

Ich hebe nicht den Kopf, aus Angst, ihr das, was sie gleich sagen könnte, bereits am Gesicht abzulesen.

»Gefühle sind kompliziert für mich geworden.« Sie räuspert sich. »Also, alle, die über eine grinchartige Einstellung zum Leben hinausgehen. Aber du sollst wissen, dass ich es auch nicht bereue. Hier zu sein, mit dir.«

Ich weiß, wie schwer es ihr gerade gefallen sein muss, das zu sagen, und lächle. »Jetzt ist mir zumindest klar, warum der Aufstieg heute bei dir so mühelos gewirkt hat. Der Berg hier ähnelt ziemlich dem Zuhause vom Grinch.«

Sie lächelt nun ebenfalls.

»Danke, Ayla. Für deine Offenheit. Gerade weil es eine große Sache für dich geworden ist, weiß ich es sehr zu schätzen«, sage ich, und sie nickt lediglich – pragmatisch wie eh und je.

»Bist du bereit?«

Bevor sie das »Wofür?« aussprechen kann, drücke ich ihren kleinen Finger in Richtung Ringfinger.

»Scheiße, Julien!«, schreit sie vor Schmerz und zuckt zusammen. Schnell wickle ich das Tape um beide Finger. »Du hättest mich zumindest warnen können!«

»Habe ich«, gebe ich entschuldigend zurück und fixiere den gebrochenen Finger, begleitet von weiteren Flüchen und Beschimpfungen.

»Ayla?«

»… das läuft schon unter Misshandlung und hat mit Erster Hilfe überhaupt nix mehr zu tun, und es ist so typisch …«

»Ayla?«

»… wehe, das würde man mit dir machen …«

»Ayla!«

»Was?«

Ich zeige nach unten. »Ich bin längst fertig.«

»Was nichts daran ändert, dass du mir eben wehgetan hast.«

Ich nehme ihre Hand, umschließe sie mit meiner und führe sie zu meinem Mund, um ihre wunden Fingerspitzen zu küssen. »Dann lass es mich wiedergutmachen«, flüstere ich und sehe sie an. Mein Griff lockert sich etwas, sie könnte sich jederzeit zurückziehen. Stattdessen öffnen sich ihre Lippen wieder dieses verdammte kleine Stück, als ich mit der Zunge über die Kuppen ihres Zeige- und Mittelfingers lecke und sie in meinen Mund sauge. Ayla atmet scharf ein, und selbst im Halbdunkel erkenne ich, wie sich ihre Pupillen leicht weiten. »So viel dazu, dass ich dir den ersten Schritt überlassen wollte«, murmle ich und ziehe eine sanfte Spur aus Küssen über ihre Handfläche.

»Ich bin nicht so gut in ersten Schritten«, erwidert sie und keucht leise, als ich mit den Zähnen über die empfindliche Haut ihres Handgelenks kratze.

»Das macht nichts.« Ohne den Mund von ihr zu nehmen, suche ich ihren Blick. »Solange du mir sagst, wenn es zu viel wird.«

»Was, zu viel?« Ihre Stimme gleicht einem Hauchen.

»Ich.«

Sie antwortet nichts.

»Sag es, Ayla.« Noch ein Kuss, ihre Haut ist so weich. »Dass du mir Bescheid gibst, wenn ich aufhören soll.«

Sie lächelt. »Ich mag deine ersten Schritte.«

»Trotzdem bleibt die Kontrolle bei dir.«

»Klingt wie ein Bedienungshinweis.«

»Himmel, Ayla.« Ich hebe den Kopf. »Kannst du nicht ein Mal einfach nur das sagen, was ich von dir möchte? Ein klares Nein, sobald ich mich auf meine Seite des Zelts verpissen soll?«

»Julien, glaubst du wirklich, ich brauche eine Aufforderung, dich zu warnen, bevor du einen Tennisball an den Kopf bekommst?«

»Du nicht – das ist mir klar! Aber ich brauche das, verstehst du? Die Sicherheit, dass du es genauso willst wie ich und ich dich zu nichts dränge, was ich mehr will als du.«

»Na gut.« Sie hakt ihren Zeigefinger unter meinen. »Ich verspreche dir, dass ich es dir sage, wenn du eine Grenze überschreitest. Danke für deinen Respekt.«

»Das ist nicht lustig.«

»Ist es auch nicht.«

»Aber du grinst.«

»Tue ich nicht.«

»Natürlich grinst du.«

»Dagegen kann ich nichts machen, mein Mund verformt sich automatisch. Das ist die Kälte, Julien.«

»Lügnerin.«

Sie grinst.

Ayla will ihren Finger lösen, doch ich ziehe sie mit so viel Schwung zu mir, dass sie beinahe auf mich fällt. »Das Schlimme ist, dass ich wirklich so naiv war, anzunehmen, der Berg wäre die größte Herausforderung«, sage ich und bin ihr so nahe, dass ich ihre wenigen Sommersprossen erkennen kann.

Sie verengt die Augenbrauen. »Also, für mich bleibt es beim Berg.«

Ich schließe die Augen und spüre, wie Ayla ein erneutes Grinsen zurückhält. »Du glaubst, ich könnte dich nicht herausfordern?« Ohne auf ihre Antwort zu warten, setze ich mich aufrechter hin und fixiere sie mit einem scharfen Blick. »Zieh dich aus.«

Sie stutzt. »Wie bitte?«

»Zieh dich aus. Jetzt.«

»Hier drin ist es so kalt, dass ich nicht mal meine Finger richtig bewegen kann. Ich werde mich nicht ausziehen, Julien. Ich will nicht erfrieren. Das ist keine Herausforderung, das ist wahnsinnig.«

Ich liebe die leichte Panik, die ich in ihr auslöse. Sie glaubt, sie könnte ihre Gefühle nicht mehr so gut ausdrücken, und übersieht dabei, dass sie es gar nicht muss. Nicht bei mir. »Glaub mir, Ayla. Dir wird gleich wieder warm werden.« Dann bewege ich den Verschluss meines eigenen Anzugs langsam nach unten, in dem Wissen, dass sie diese Herausforderung sehr wohl annehmen wird. Sie beobachtet mich, als ich mir eine Kleidungsschicht nach der anderen über den Kopf ziehe. Ich habe noch das letzte Merinoshirt an, da beginnen sich meine Muskeln bereits mit unaufhaltsamem Zucken gegen diese unmenschliche Kälte zu wehren.

Ayla sieht es. »Was ist, Julien, möchtest du eine Tasse warmen Tee?«

Mit einem Seufzen drehe ich dem Primus-Kocher das Gas ab, auf dem der Tee steht. Dann entledige ich mich meines letzten Shirts und genieße es, wie Ayla versucht, sich keine Gesichtsregung anmerken zu lassen. Sie muss nicht wissen, dass meine Brustwarzen von der Kälte so hart werden, dass es schon richtig wehtut. Scheißidee. Bis ich bis auf die Boxerbriefs nackt bin, kann ich das Beben meiner Kiefer nicht mehr unterdrücken, und meine Zähne klappern laut aufeinander.

Ich setze mich auf die Fersen und sehe Ayla an, die meinem abwartenden Blick standhält. »Schaut nach einem Punkt für mich aus. Damit steht es eins zu eins.«

»Garantiert nicht«, zischt sie und beginnt, sich ebenso auszuziehen.

Ich hatte schon einen halb Steifen, als ich vorhin ihre Finger im Mund hatte. Ayla hat kein einziges Stück Haut entblößt, sie streift sich lediglich den Einteiler über die Schultern, und mein harter Schwanz drückt bereits schmerzhaft gegen die Briefs. Zumindest ein Körperteil, den die Kälte überraschenderweise nicht einzuschüchtern scheint.

Mit geballten Fäusten sehe ich Ayla zu. Extrem langsam, vermutlich absichtlich, zieht sie sich ein Kleidungsstück nach dem anderen aus, bis sie nur noch ihre Unterwäsche trägt. Ich habe Ayla schon so gesehen, nicht nur einmal im Leben, und trotzdem fühlt es sich an, als wäre es gerade das erste Mal. Ihre blasse Haut wirkt durch den weinroten Sport-BH heller, und ich möchte jede Rundung mit der Zunge nachzeichnen und küssen. Mir entgeht nicht, dass sie einen Teil der Kleidung über ihr verletztes Bein gezogen hat.

»Julien?«

Ihre Stimme befreit mich aus der Regungslosigkeit. Sie reibt sich beinahe hilflos über die Arme. Mit wenigen Handgriffen verteile ich unsere Kleidung auf den Isomatten, die sie bereits ausgebreitet hat, und achte darauf, ihr Bein bedeckt zu halten. Meine Finger zittern so stark, dass ich Schwierigkeiten habe, die Schlafsäcke aus den Hüllen zu bekommen. Ayla beobachtet jeden meiner Handgriffe, und ich wünschte mir, durch die Kälte nicht so ausgebremst zu werden. Jetzt höre ich auch ihre Zähne klappern und hoffe inständig, dass ich ihren Körper gleich tatsächlich warm kriege.

Ohne etwas zu sagen, halte ich Ayla wieder meinen Zeigefinger hin. Sie hakt sich ein, und ich ziehe sie auf die Knie. »Keine romantische Musik und kein Lagerfeuer. Kein angemessenes Dinner, Blumen und Kerzenlicht oder ein Tanz.« Ich lege meine Hand an ihre Wange und ziehe mit dem Daumen die Unterlippe, auf der sie nervös kaut, zwischen ihren Zähnen hervor. »Und auch kein warmes Bett mit weichen Laken, in denen wir uns tagelang vor der Welt verstecken können.« Ich lächle entschuldigend. »Nur das hier. Nur ich.«

Ayla legt die Hand auf meine und dreht ihren Kopf so, dass nun ihre Lippen meine Handinnenfläche berühren. »Etwas anderes brauche ich nicht. Ich will nur dich, Julz.«

Ihre Worte zwingen mich dazu, innezuhalten. Ich nehme diese wenigen Sekunden, um das unbändige Ziehen in der Brust und das Brennen hinter meinen Lidern zu verarbeiten. Ich habe nicht mehr daran geglaubt, sie so etwas sagen zu hören. Viele Jahre nicht. Und jetzt kniet Ayla vor mir, auf Augenhöhe, und gibt mir mehr, als es ein Berg jemals könnte.

Bevor ich sie ganz an mich drücken kann, drehe ich sie und lege sie auf unser Bett. Dann greife ich nach beiden Schlafsäcken und schwinge sie um meine Schultern. Ich will mich schon über Ayla beugen, um sie zu wärmen, da setzt sie sich wieder auf. Sämtliche Körperfunktionen stehen still, und ich bin mir nicht mal mehr sicher, von wem das tiefe Knurren kommt, als Ayla sich ihren BH über den Kopf zieht und sich dann langsam zurücklegt. Ich bemühe mich wirklich, nicht auf ihre perfekten Brüste zu starren, aber auch ich habe meine verfickten Grenzen. Vor Kälte haben sich ihre Nippel und die Haut darum zusammengezogen und eine dunkelrote Färbung angenommen, und ich brauche jegliche Selbstbeherrschung, um sie nicht mit dem Mund zu bedecken und mit der Zunge zu reizen.

»Julien?«

»Hm?«

»Wendest du gerade deine Atemtechniken an?«

»Muss der Überlebensinstinkt sein«, gebe ich zurück und schiebe mich auf meinen Knien so über sie, dass ich uns beide mit den Schlafsäcken bedecken kann. Die Hände habe ich links und rechts von ihrem Kopf aufgestützt, und alles, was ich tue, ist, ihr in die Augen zu sehen. Ihre dunklen Augen, in denen sich das schwache Licht der Lampe golden spiegelt. Augen, die jede Seite von mir gesehen haben. Und trotzdem den Blick nicht abwenden. Ayla blinzelt, ihre Mimik weist kurz auf Unsicherheit hin, die sich jedoch sofort mit Neugierde vermischt. Kein Verstecken der Gefühle. Ayla hält nichts vor mir zurück. Wir berühren uns noch kaum, und doch spüre ich mehr von ihr als jemals zuvor.

»Wir müssen das hier nicht tun«, flüstert sie und deutet mein Zögern als Unentschlossenheit. Sie sieht nicht, wie ehrfürchtig ich diesen Moment in meinen Erinnerungen verankere. Ayla hebt ihre Hand und streicht mir eine Haarsträhne aus der Stirn. Es ist diese nichtige kleine Berührung, die ich brauche, um alles zu entfesseln, was ich zurückgehalten habe. Für sie.

Von meinen Händen verlagere ich mein Gewicht auf die Unterarme. Ayla stöhnt leise auf, als ich mit der eiskalten Haut ihre berühre, und ich ziehe scharf die Luft ein, weil mir im ersten Augenblick kälter wird. Unsere Muskeln sind angespannt, da ist nichts von der Wärme und Weichheit, die man von so einer intimen Berührung erwarten würde.

Wir sehen uns in die Augen. In ihrem Gesicht spiegelt sich die gleiche Verwunderung wider, die ich verspüre, weil es einfach nur arschkalt ist. Ich glaube schon Enttäuschung zu erkennen, da grinst sie. »Jack!«, sagt sie mit piepsiger Stimme, und ich spüre, wie ihr Brustkorb unter meinem bebt.

»Rose!«, erwidere ich, und wir müssen beide lachen.

»In Filmen funktioniert das mit dem Gegenseitigwärmen immer viel besser, oder?«

»Muss daran liegen, dass wir zu viel Kleidung tragen.«

»Ich –«, erwidert sie, doch ich falle ihr ins Wort.

»Du tust gar nichts.« Mit meiner Nasenspitze fahre ich über ihre Wange bis zu ihrem Mund. »Das mache ich.«

Der zarte Kuss auf ihren Mundwinkel lässt sie erschaudern, und als ich mit meinem Bartschatten über ihr Kinn nach vorne reibe, keucht sie leicht auf. Ich registriere, wie sehr sie auf diesen Gegensatz reagiert, und ziehe eine Spur aus Küssen über ihren Hals nach unten. Überall dort, wo meine warme Zunge sie leckt, zuckt Ayla kurz zusammen, doch erst die Atemluft, mit der ich Stelle für Stelle wieder abkühle, bringt sie dazu, sich wirklich zu regen. Mit den Zähnen kratze ich über ihr Schlüsselbein Richtung Schulter, und Ayla vergräbt die Finger in meinen Haaren.

Ich umfasse ihr Handgelenk und lege ihren Arm über ihren Kopf, ohne sie anzusehen. Von Aylas Schulter küsse ich mich weiter, und schon die Erwartung, gleich ihre Brust zu berühren, schickt eine erste Hitzewelle durch meinen Körper. Ayla erschaudert erneut, als ich mit den Lippen an ihrer Seite entlang über die Rundung ihrer Brust fahre, als wäre meine Hitze auf sie übergegangen.

Ich lache an ihrer Haut und umfasse vorsichtig ihre Brust. Meine eiskalten Finger unterbrechen ihr Schaudern, und Ayla drückt sich nach hinten, will der Berührung entkommen, hat aber keinen Spielraum. Mit dem Mittelfinger streife ich grob ihren harten Nippel, nur um ihn sofort in meinem warmen Mund zu saugen und mit der Zunge zu liebkosen. Dabei klemme ich ihre zweite Brustwarze mit Daumen und Zeigefinger ein und drücke zu, reize die schmale Linie zwischen Schmerz und Erregung, geleitet von ihrer Atmung.

Ich nehme mir Zeit, ihre Brüste zu erkunden und jeden Nippel so hart zu machen, wie es nicht einmal die Kälte könnte. Bevor ich mich wieder leicht aufrichte und mich mit kleinen Bissen über ihren Bauch arbeite, schaue ich nach oben. Ayla hat die Augen geschlossen. Ihr Kopf ist auf ihre langen Haare gebettet, und ein kaum wahrnehmbarer roter Schimmer zeichnet sich auf ihren Wangen ab. Die schmale Linie ihrer Brauen zeigt mir, wie konzentriert sie ist – und wie viel mehr ich mich anstrengen muss, damit sie nur noch meine Berührungen fühlt.

Während ich Aylas Bauch weiter liebkose, lasse ich meine Hände über ihre Seiten bis hin zu ihrer Taille wandern. Ihr Höschen hat sich von dem Winden unter meinen Bissen etwas verschoben, und ich verfluche die Schlafsäcke über mir, weil sie nicht mehr Licht durchlassen, wodurch ich viel zu wenig von dem sehen kann, was ich mir immer und immer wieder vorgestellt habe.

Ich spüre unter meinen Fingern, wie Aylas schwerer werdende Atmung ihren Bauch hebt und senkt. Meine Hände wirken auf ihr riesig und meine vom Klettern geschundene Haut viel zu rau für ihre Makellosigkeit. Ich weiß, wie stark Ayla ist und dass ihre zerbrechliche Gestalt trügerisch ist – und trotzdem kann ich nichts gegen die Angst tun, die wieder Kälte einziehen lässt. Angst um Ayla. Angst, sie zu verletzen. Nein, sie in ihrer Zerbrechlichkeit an den Berg zu verlieren.

»Ayla?«, flüstere ich, und meine Stimme wird von dem Flattern und Schnalzen der Zeltplane, gegen die der Wind trotz unseres geschützten Standplatzes immer wieder bedrohlich peitscht, fast verschluckt.

Sie hebt den Kopf und sieht mich an, ihre Augen wirken trüb. »Ja?«

»Ich passe auf dich auf. Das verspreche ich dir.«

Ayla blinzelt, als müsste sie ihre Sicht schärfen, um zu erkennen, was ich wirklich meine. Und wie viel Angst ich habe. Nicht um mich, das hatte ich noch nie. Um sie.

Sekunden vergehen, in denen ich das Gesicht an Aylas Bauch schmiege und sie einatme, als müsste ich alles von ihr aufnehmen, weil sie mir jede Sekunde entrissen werden könnte. Ayla legt ihre Hände an mein Gesicht, umfasst es, behütend und warm. So, als wollte sie mich beschützen, und nicht umgekehrt. Keine Scham, nur Akzeptanz.

»Ich weiß«, erwidert sie so laut, dass ich die Vibration ihrer Stimme an meiner Wange wahrnehme. Dann zwingt sie mich mit den Händen dazu, sie anzusehen. In ihren Augen zeichnet sich eine Klarheit ab, die meinen Herzschlag ins Stocken bringt. »Ich vertraue dir, Julien.« Meine Sicht verschwimmt. »Ich vertraue dir«, wiederholt sie das Unmögliche. Sie zieht mich zu sich. »Ich. Vertraue. Dir.« Die Worte sickern unter meine Haut, erfüllen mich mit neuem Leben, und ich hole tief Luft. Sie lächelt und schließt die Augen, küsst mich und verliert sich unter mir, doch ich kann nichts anderes tun, als sie zu halten. Ehrfürchtig und dankbar.

Endlich schaffe ich es, unseren Kuss zu erwidern und die Hitze zuzulassen, die sich dabei über meinen Körper legt. Ich recke mich Ayla entgegen, will sie spüren lassen, was sie mit mir macht, und fühle stattdessen, wie sie meiner Berührung mit ihrem verletzten Bein ausweicht.

Ich weiß, dass sie Narben hat. Aber ich habe den Blick darauf vermieden. Ebenso, wie Ayla jede Berührung vermeidet. Vermutlich nicht aus denselben Gründen wie ich, aber jeder mögliche

Grund hat denselben Ursprung: Schmerz. Schmerz, den wir verdrängen.

Ich vertraue dir.

Bei ihren Worten sammelt sich neuer Mut in mir, genug für uns beide. An ihrem Oberkörper entlang bewege ich mich nach unten. Ich atme sie ein, küsse und liebkose sie und zeige ihr, wie perfekt jeder einzelne Teil ihres Körpers für mich ist.

Dann hake ich meine Finger unter ihr Höschen und ziehe es ihr aus. Ich spüre, wie Ayla sich erwartungsvoll versteift. Aber anstatt mich in ihrer Mitte zu vergraben und die Welt zu vergessen, gleite ich mit einer Hand an ihrem Bein auf und ab. Auf dem linken, dem gesunden. Ich spreize es nach außen und ziehe mit den Fingerspitzen geduldig eine sanfte Spur aus Kreisen hinauf zu ihrem Becken. Normalerweise würde ich mich jetzt aufrichten und dabei zusehen, wie sie sich mir öffnet, langsam. Sie nur mit meinem Blick und dem Daumen dazu bringen, weiter anzuschwellen.

Jetzt bleibe ich im Halbschutz der Decke, küsse ihren Bauch und lege meine Hand an das Knie ihres rechten Beines. Das Knie ist ihre Grenze. Nein, ihre Mauer. Wenn ich sie abends mit der Salbe eingerieben habe, hat sie sie mir aufgezeigt, mehr als einmal.

Ayla zuckt, als ich ihre Kniekehle umfasse und auch dieses Bein leicht spreize. Dann senke ich meine Lippen erneut auf ihre Haut und gleite nach unten. Es kostet mich jegliche Widerstandskraft, nicht auf ihrer Mitte zu verweilen, sondern sie lediglich mit meiner Atemluft zu streifen und weiter zu ihrem Oberschenkel zu wandern. Als Ayla realisiert, was ich vorhabe, will sie ihr Bein anziehen und nach oben rücken. Damit habe ich gerechnet. Eine Hand fixiert weiter ihre Hüfte, während das Gewicht meines Oberkörpers auf ihrem anderen Bein ihr den Bewegungsspielraum nimmt. Sie weiß, dass sie es nur klar sagen muss, wenn ich aufhören soll. Aber bis dahin bestimme ich.

»Julien«, warnt sie mich scharf und schlägt die Schlafsäcke zurück.

Ich küsse ihre Haut an einer unversehrten Stelle und schaue zu Ayla auf. »Alles ist gut.«

»Nichts ist gut«, erwidert sie und drückt mich weg, aber ich nehme ihre Hand in meine. »Julien, ich will das nicht.«

»Was?«, frage ich leise. »Was willst du nicht?«

»Die Narben«, sagt sie atemlos, als ich meinen Mund auf die erste Nahtstelle senke, von der die Jahre ein mächtiges Mal übrig gelassen haben.

»Sie sind nicht … Ich will nicht, dass du sie …«

Ich lecke darüber. Über diese und über die nächste und lasse die Bilder zu, die sie mit sich bringen.

Ayla will ihr Bein erneut wegziehen. Sie schafft es nicht, und ich mache weiter.

»Ich hasse sie, Julien.« Ihr Wimmern zerrt an meinem Herzen.

»Warum?«, will ich wissen und verflechte meine Finger mit ihren, ohne die Lippen von ihr zu nehmen.

Sie holt tief Luft. »Weil sie mich nicht vergessen lassen.«

»Dann vergiss nicht, Ayla.« Gemeinsam mit meiner lege ich ihre Hand auf ihre vom Schicksal zerfressene Haut und küsse ihre Finger.

»Was?«

»Vergiss nicht.« Ich falle zurück in vergangene Zeiten und sehe ihr Blut, das über meine Finger rinnt und mich in die Ohnmacht zwingen will. Helle Knochensplitter, die unter den Stofffetzen hervorschauen und die ich panisch mit einem meiner Shirts abbinde. Ihre Leblosigkeit und die schleichende Gewissheit, dass sie vielleicht nie wieder aufwachen wird. Aylas Finger bewegen sich, und ich presse die Hand auf ihre, fester an ihren Oberschenkel. Devin, der mich anbrüllt. *Fuck.* Ich schließe kurz die Augen.

»Du hast überlebt, Ayla«, bringe ich unter der Last unserer Erinnerungen hervor. »Du hast überlebt«, wiederhole ich und höre die Stärke, die der Stolz in meiner Stimme wachsen lässt. »Das ist es, was du nicht vergessen darfst. Was deine Narben zeigen.« Ich ertaste jedes Zeichen ihres Kampfes an ihrem Bein mit den Lippen und der Zunge, mit meinem Herzen. »Du hast überlebt«, wiederhole ich so oft, wie sie es braucht und ich es brauche, und spüre, wie Aylas Widerstand zu bröckeln beginnt und sie Platz macht für die einzige Wahrheit, die zählt. Keine heilende Erinnerung, aber vielleicht die wichtigste. »Du hast überlebt.«

»Nein«, erwidert sie. Jetzt ist es ihre Hand, die plötzlich auf meiner liegt. »*Wir* haben überlebt, Julien. Wir.«

Ich atme stockend ein. Meine Brust krampft sich schmerzend zusammen, als würde ich zum ersten Mal selbst verstehen, was ich eben zu ihr gesagt habe. Ich schlucke und sehe sie an. »Ja. Wir haben überlebt. Und jetzt müssen wir noch leben.«

Ayla nickt. Eine kleine, kaum wahrnehmbare Bewegung. Dann lächelt sie und gibt mir damit ein stilles Versprechen, das ich ebenso still erwidere.

Wir wollen endlich leben.

KAPITEL 24

पर्वत *(Hindi)*

JULIEN

Wir.

Wir haben überlebt.

Wir gehören zusammen.

Der Schmerz verliert sich in der Wärme dieser Gewissheit und vertreibt meine und Aylas Kälte. Nur durch die Verbindung unseres Geistes und unserer Körper. Bald spüre ich nicht mehr, was Narben sind und was nicht, weil es keine Rolle spielt. Selbst wenn es nur für den Augenblick ist, schaffen wir es, der Dunkelheit keine Bedeutung zu schenken. Alles, was zählt, sind sie und ich.

Aylas Körper wird wieder weicher unter meinem, verliert durch sanfte Berührungen die grobe Härte und sehnt sich nach mehr. Ich muss den Kopf nur ein kleines Stück drehen und bringe sie schon mit dem ersten Lecken meiner Zungenspitze zum Stöhnen. Ich erlaube mir endlich, zwischen ihren Schamlippen einzutauchen und sie zu schmecken. Es ist, als würde sich jeder Geruch, der mich an sie erinnert, auf diese eine Stelle konzentrieren. Ich spüre, wie sich ihre Muskeln beim Kreisen meiner Zunge anspannen, und erahne bereits ihre Klit, die ich jetzt gerne nur mit dem Mund härter machen würde. Stattdessen sauge ich an ihren Schamlippen, ein letztes Mal.

Beim Klang ihrer hellen, vollen Stimme setze ich mich auf. Mein Schwanz drückt gegen den Bund der Briefs und schmerzt bereits von der Enge. Ich nehme jede Regung in Aylas Gesicht wahr, als ich mir die Hose langsam herunterziehe. Dann umfasse ich die ganze Härte mit meiner Faust und pumpe der Länge nach auf und ab. Meine Eier ziehen sich viel zu schnell zusammen, also beuge ich mich nach vorne, um meiner Erregung zumindest ein klein wenig entgegenzuwirken. Ich hatte Frauen. Aber nie hatte ich jemanden, den ich so sehr wollte wie Ayla. Den ich so begehrt habe. Und für den ich so empfunden habe. Der alles ist, was mir zum Leben fehlt.

Ayla öffnet den Mund und leckt sich über die Unterlippe. Wieder fahre ich an meinem Schwanz nach oben und spüre den Tropfen an der Spitze, den allein ihr Anblick auslöst. Ich bin mir sicher, dass sie die Nässe sieht, die über meine Eichel nach unten rinnt, wo ich sie langsam mit dem Daumen verteile.

Ihr Blick wird dunkler. »Hast du überhaupt Kondome hier?«, fragt sie und setzt sich suchend auf, doch mit einer Hand an der Schulter drücke ich sie wieder zurück in unsere Kleidung.

»Wir brauchen keine Kondome. Zumindest nicht sofort.«

»Nicht?«

Ich pumpe weiter meinen Schwanz und liebe es, dass sie mit ihren Augen sofort meine Bewegung verfolgt.

Ich grinse. »Weil du eine Herausforderung wolltest, schon vergessen?«

»Also, das hier«, erwidert sie und zeigt auf meine Erektion, »sieht definitiv nach einer sehr großen Herausforderung aus.«

Langsam, ganz langsam beuge ich mich über sie und stütze meine Arme wieder links und rechts von ihrem Kopf auf. Ich bücke mich dicht vor ihr Ohr und atme ihren Duft nach Holz und Wald und Geborgenheit ein, der sich durch meine Kleidung unter ihrem Kopf längst mit meinem vermischt hat. Ich räuspere mich, genieße die Frage und die Neugierde auf ihre Reaktion viel zu sehr.

»Sag mir eines, Ayla«, flüstere ich. »Hast du schon mal abgespritzt?«

Nichts.

Dann dreht sie den Kopf so schnell in meine Richtung, dass wir beinahe zusammenstoßen. Sie schnappt nach Luft, will etwas sagen, aber es kommt kein Wort. Mein Ego liebt die Gewissheit, dass es Dinge gibt, die sie nicht mit Rhett oder sonst jemandem zum ersten Mal erlebt. Noch immer starrt mich Ayla an, und ich kann beobachten, wie der erste Schock der glitzernden Neugierde in ihren Augen weicht.

Ich nicke wissend und hebe meine Hand an ihr Gesicht, bereit dazu, alles leichter für sie zu machen. Und sei es nur für diese Nacht. Dann fahre ich mit dem Daumen, mit dem ich eben die Nässe auf meinem Schwanz verrieben habe, über ihre Unterlippe. »Du schuldest mir eine Antwort«, fordere ich sie auf und warte auf ihr Nein. Stattdessen öffnet sie den Mund und leckt über meinen Daumen. Und dann saugt sie ihn zwischen ihre Lippen.

Scheiße. Mein dumpfes Keuchen begleitet die Bewegung meiner Hüften, die ich an Ayla dränge, in der Hoffnung, meinem Schwanz durch die Reibung ein bisschen Erleichterung zu verschaffen. »Falsch, Ayla«, raune ich an ihrem Gesicht und suche wieder Blickkontakt. »Damit ich dich kommen lassen kann, wie du es nie zuvor erlebt hast, brauche ich *diese* beiden Finger.« Mit einem Schnalzen ziehe ich den Daumen aus ihrem Mund und umkreise mit dem Zeige- und Mittelfinger ihre Lippen. »Mach den Mund auf, Ayla«, flüstere ich und lasse die Finger in sie gleiten. Wieder reibe ich mit der Erektion über ihre Haut und stöhne bei den Vorstellungen auf, die meine Finger in ihrem warmen Mund auslösen.

Als ich mir sicher bin, dass sie nass genug sind, lege ich mich seitlich auf Ayla und fixiere ihr Bein mit meinem.

»Du musst nur eine einzige Sache tun.« Mit den Zähnen kratze ich über ihre Brustwarze und sehe zu ihr auf, als ich meine Finger an die Stelle lege, die den Beginn ihrer Schamlippen erahnen lässt.

Zart, beinahe täuschend behutsam, fahre ich nach unten. Langsam. »Halte dich nicht zurück. Den Rest mache ich. Das Einzige, was du tun musst, ist dich gehen lassen. Kannst du das?«

Ayla antwortet nicht. Mit dem Daumen treffe ich ihre Klit und drücke darauf – und liebe das Keuchen, das ihre geröteten Lippen erahnen lassen, als ich meinen Daumen viel zu schnell wieder zurückziehe.

»Kannst du das tun? Ich lecke über ihre Wange, und die Kälte lässt sie schaudern. »Für mich?«

»Ja«, erwidert sie leise und will die Augen schließen.

»Nein«, bestimme ich und umkreise ihren engen Eingang. »Deine Blicke gehören mir. Nur mir.«

Sie will etwas erwidern, aber mit dem langsamen Eindringen meiner Finger in ihre Enge raube ich ihr jedes Wort. Vorsichtig bewege ich mich ein und aus, im Rhythmus unserer gemeinsamen Atmung, und spüre, wie die Anspannung ihrer Muskeln schwindet und sie die Erregung anschwellen lässt. Aylas Pupillen weiten sich, und meine Bewegungen werden schneller, weniger anschmiegsam. Ich penetriere sie so lange, bis sie zu stöhnen beginnt und mir ihre Hüften bei jedem Eindringen entgegenwiegt. Ihre Wangen röten sich. Ich lecke über ihren leicht geöffneten Mund, beiße ihr in die Unterlippe und ziehe daran. Als ihr meine Haare ins Gesicht fallen, schließt sie kurz die Augen, nur um sie schnell wieder zu öffnen, in dem Moment, in dem ich mich bewege.

»So ist es gut«, lobe ich sie und küsse sie erneut, bevor ich mich aufrichte und meine Finger aus ihr herausziehe.

Ayla keucht entrüstet.

»Du bekommst sie gleich wieder, Babe. Ich brauche nur einen anderen Winkel und ein bisschen mehr Platz.« Mit einem weiteren kurzen Kuss um ihre harten Nippel rutsche ich ein kleines Stück nach unten und lege ihr Bein angewinkelt über meine beiden. Ohne mich von ihr zu lösen, stütze ich mich auf dem Unterarm auf und ignoriere das Ziehen der malträtierten Muskeln in meiner Rückenpartie. Ich liebe es, zu sehen, wie feucht ihre Mitte allein von den Bewegungen meiner Finger im warmen Licht glänzt, und muss mich noch einmal zu Aylas Ohr vorbeugen. »Du weißt hoffentlich, dass du wunderschön bist. Nicht nur dein Gesicht.« Dann richte ich den Blick wieder auf ihre Nässe. »Überall, Ayla.«

Als ich dieses Mal mit mehr Kraft in sie eindringe, spreizt sie die Beine weiter für mich, sodass ich zwischen den Schamlippen ihre geschwollene Klit erkennen kann. Beim nächsten Stoß bin ich es, der laut aufstöhnt. Irgendwie muss sich die sexuelle Energie entladen, die sich mit jedem weiteren Wimpernschlag aufbaut.

Ayla zieht mich zu sich und fängt mein Stöhnen mit einem Kuss auf, den ich grob erwidere. Ich habe Mühe, mich dabei auf meine Finger zu konzentrieren, um die Stelle zu erfühlen, die ich suche. Ich drehe die Hand so, dass die Innenfläche nach oben zeigt, und dringe weiter in Ayla ein. Sie drückt ihren Kopf nach hinten in unsere Kleidung, und es fällt mir schwer, nicht ihre offene Kehle zu umschließen, um sie zu liebkosen. Mit den Lippen, meiner Zunge.

Meine Finger sind von den letzten Tagen so taub, dass ich die leicht aufgeraute Stelle nicht sofort finde. Ohne zu zögern, beuge ich dann jedoch das Handgelenk und beginne, meine Finger anzuwinkeln. Jedes Mal mit etwas mehr Druck gegen Aylas Bauchdecke. Die kurze Verwirrung auf ihrem Gesicht ist mir nicht neu, und ich gebe ihr die Zeit, die sie braucht, um sich an diese Art der Berührung zu gewöhnen. Geduldig warte ich, bis sie die Anspannung wieder verliert, und küsse sie, um ihr dabei zu helfen.

»Lass dich gehen«, flüstere ich an ihren Lippen und beginne im selben Atemzug damit, ihre Klit zu reizen. Ich passe den leichten Druck des Daumens dem immer gleichmäßiger werdenden Beugen meiner Finger an und versuche, die Reizung mit dem Handballen zu erhöhen.

Aylas Keuchen wird lauter, und ich unterbreche den Kuss, um jede Regung von ihr wahrzunehmen und darauf reagieren zu können.

»So ist es gut, Ayla«, sage ich, als ich spüre, wie ihr Unterleib beginnt, sich um meine Finger zusammenzuziehen. »Spreiz deine Beine weiter.«

Sie beißt sich auf die Unterlippe, und ihre dunklen Augen werden glasig, während ihr Blick langsam hinter einem Schleier verschwindet. Die Haut an ihren Wangen wird immer röter, und nichts erinnert mehr an die Kälte, die uns beide umgibt. Plötzlich greift Ayla in meinen Nacken und zieht sich an mir hoch. Sie hält sich an mir fest, und ich gebe ihr den Halt, den sie braucht. Ihre Brust drückt gegen meine, und ich kann spüren, wie ihr Oberkörper sich immer hektischer hebt und senkt. Ihr Keuchen wird heller, und jeder ihrer Laute fließt über mein Rückgrat direkt in meinen Schwanz. Sie zu ihrem Höhepunkt zu begleiten und dabei zu halten, ist eines der schönsten – und heißesten – Dinge, die ich jemals erlebt habe.

Ayla beißt mir in die Wange, und ich lasse meine Bewegungen ein kleines bisschen härter werden. Die Kontraktionen ihrer Muskeln nehmen zu, und als ich mir sicher bin, dass sie gleich kommt oder ich an einem Krampf in meinem Arm zugrunde gehe, drehe ich das Gesicht, um ihre Mitte zu sehen. »Schau hin«, sage ich nun auch zu Ayla. Als sie den Blick nach unten richtet, nehme ich den Daumen für ein, zwei, drei Sekunden weg.

Nur um ihn im nächsten Wimpernschlag auf ihre Klit zu pressen. Fest, unmissverständlich. Ayla zuckt energisch zusammen, und ich fange ihre Bewegung mit meinem Körper ab.

»Lass los, Ayla. Jetzt«, flüstere ich, um dann mit ihr gemeinsam zu beobachten, wie sie erzittert, während die klare Flüssigkeit aus ihr herausfließt und meine Hand befeuchtet. Aylas Stöhnen geht in ein schweres Keuchen über, und sie bricht in meinen Armen zusammen, wo ich doch eigentlich derjenige bin, der bei diesem Anblick jegliche Körperfunktionen einbüßen könnte. Ich merke erst, dass ich vergessen habe zu atmen, als Lichtblitze in mein Sichtfeld ziehen und ich meinen Herzschlag alarmierend bis in den Kopf hämmern höre.

Meine ganze Hand ist von ihrer Flüssigkeit bedeckt, die der einzige verdammte Zeuge dafür ist, wie sehr mir diese Frau vertraut. Ich dachte nicht, dass ich Ayla noch mehr begehren könnte, aber jede verfickte Zelle in meinem Körper schreit danach, in ihrer Nässe zu versinken und eins mit ihr zu werden. Doch anstatt nach den Kondomen zu suchen, schmiege ich mich an sie und warte darauf, dass sich unsere Atmung wieder normalisiert. Ich lege meine feuchte Hand flach auf ihre Mitte und helfe ihr, sich zu beruhigen. Dabei nehme ich wahr, wie geschwollen sie ist und wie sehr sie auch nach Sekunden immer wieder zuckt. Mit dem Daumen schiebe ich einzelne Haarsträhnen über ihren Kopf, die ihr ins Gesicht hängen. Ein leichter Schweißfilm überzieht ihren gesamten Körper, und ich kann sehen, wie sie zu frösteln beginnt, als die Hitze ihres Orgasmus sie wieder verlässt.

Ich küsse ihr Gesicht, liebkose jeden Zentimeter davon und glaube schon, dass sie eingeschlafen ist, da umfasst Ayla meinen Schwanz, und ein zweites Mal konzentriert sich alles in mir auf unsere Lust.

»Julien?«

»Ja?« Meine Stimme klingt dunkel. Zu allem bereit, was sie möchte.

»Ich will dich spüren. Überall.« Ihre Hand schließt sich fester um meine Erektion, und ich streiche mit der Nase über ihre Wange, um sie noch einmal zu küssen.

Sie lächelt. »Außer du möchtest dich dieser Herausforderung nicht stellen.«

»Für dich, Ayla, werde ich mich allem stellen«, sage ich und setze mich auf, um endlich nach den Kondomen zu suchen. Ich lächle. Tief zufrieden. Darum flehend, dass uns das Glück dieses Mal nicht wieder entrissen wird.

AYLA

Während Julien leicht panisch das Medi-Pac mit den Kondomen sucht, schließe ich die Augen und fühle dem Höhepunkt nach, der zart durch meinen Körper schwappt. Die kühle Luft lässt mich frösteln, erdet mich jedoch zu sehr, um mich schon nach einer Decke zu sehnen. Ich brauche die Kälte, um auch nur irgendeinen klaren Gedanken fassen zu können. Das war … unglaublich. Ich hatte Orgasmen, aber nie hat sich mein Körper in sich selbst verloren und die Grenzen zum Träumen und zum Himmel aufgelöst. Ich war schwerelos in einer Zeit, in der nur Julien und ich existiert haben. Er hat mich gehalten, während ich losgelassen habe und frei war. Mit ihm. In mir breiten sich Gefühle aus, die nicht für mich bestimmt schienen. Glück.

Liebe.

Ich liebe Julien Hendricks. Mehr als mein Leben.

In diesem Moment kniet er sich über mich und beugt sich zu mir vor. Die blonden Haare hat er mit den Fingern zur Seite gekämmt. Sie geben seine Augen frei, und ich sehe erneut die Zerbrechlichkeit, die er nur mir zeigt, und schlinge meine Arme um ihn. Julien zieht die Schlafsäcke über uns und hüllt uns ein, um uns weiter vor der Welt zu behüten, in einer Zweisamkeit, in der nur wir beide existieren.

»Ayla.« Er sieht mich an und sagt meinen Namen, als müsste er sichergehen, dass ich hier bin und hierbleibe. Mit meinen Fingerspitzen fahre ich die Linien seines angespannten Gesichts nach und lasse meine Hände über seinen starken Rücken hinabwandern. Als ich an der Rundung seines Hinterns ankomme, übe ich leichten Druck aus und kippe ihm die Hüfte entgegen, so, dass die Spitze seiner Erektion langsam durch meine Spalte gleitet und meine überreizte Haut neu entflammt. Julien umfasst seinen Schwanz, um ihn in die richtige Position zu bringen. Als er vorsichtig gegen meinen Eingang drückt, ziehe ich die Schlafsäcke noch weiter über unsere Körper und halte mich an ihm fest. Das Letzte, was ich sehe, sind seine grauen Augen, die mich finden, bevor es um uns herum dunkel wird und das Fühlen dominiert.

Julien hält seinen Schwanz noch immer und drängt weiter gegen mich. Ich habe ihn noch nicht ganz in mir und kann trotzdem das Pulsieren spüren, das mir zeigt, dass er mich genauso will wie ich ihn. Mit jeder weiteren quälend langsamen Regung, die uns einander näher bringt, scheint die Vergangenheit zu verblassen, und was ich bin, ist nicht mehr das, was sie aus mir gemacht hat – sondern das, was ich Julien bedeute. Hier in diesem vollkommenen Moment.

Seine Arme zittern neben meinem Kopf, als er sich wieder zu meinen Seiten aufstützt. Ich schlinge das gesunde Bein um ihn, doch Julien greift nun auch nach meinem rechten Bein und bedeutet mir unmissverständlich, dieses ebenso um ihn zu legen. Erst dann kommt er mir wieder ganz nahe und lässt seine Lippen und seine Zunge meinen Mund finden. Wir halten uns und entdecken die Bewegungen unserer Körper, die zwischen leisem Keuchen und zarten Worten einander aufnehmen und schließlich eins werden.

»Ayla?« Juliens unsichere Stimme bildet einen Kontrast zu seinen Bewegungen.

»Ja?«

Lange Zeit erwidert er nichts, und ich spüre nur seinen Atem auf meiner Haut. Seine Hand wandert an meinem Körper nach unten und greift unter uns. Mit einer Hand an meinem Hintern hebt er mich ihm leicht entgegen. Ich wimmere auf, als seine Spitze bei jedem erneuten Stoß wieder die Stelle zum Glimmen bringt, die er zuvor mit seinen Fingern verwöhnt hat. Julien lächelt leise an meinem Mund und zieht meine Arschbacken weiter auseinander, um dann einen seiner Finger dazwischenzulegen.

Ich zucke zurück, doch das Gewicht seines Oberkörpers reicht aus, um mich unten zu halten. Er hebt meinen Hintern weiter an und benutzt meine eigene Nässe, um auch dort leicht in mich einzudringen.

Alles in mir spannt sich an. Julien muss es spüren und stöhnt auf. Der Klang seiner Erregung reicht aus, damit ich mich nicht weiter gegen diese Berührung sträube, sondern mich fallen lasse. Ihm vertraue.

Julien lässt seinen Finger kreisen, und das glimmende Flirren, das mich längst eingenommen hat, entfacht ein Feuer in meinem Körper. Ich brenne, umgeben von Eis und Schnee und Kälte, in den Armen des Mannes, den ich länger liebe, als mein Verstand zu fassen bereit ist. Juliens Stöße werden heftiger, und ich höre das nasse Klatschen unserer Haut, das beinahe von seinem dunklen Keuchen an meinem Ohr übertönt wird. Worte entgleiten mir, allesamt unfähig, das zu beschreiben, was wir einander bedeuten. Nicht nur in diesem kurzen Moment, der sich in der Ewigkeit der Zeit verlieren wird. Sondern für immer.

Mir fehlt der Mut, es auszusprechen.

Julien stößt in mich, alles vibriert und zieht, und ich weiß, dass wir beide kurz davorstehen – da hält er inne. Ein Pochen, schneller als mein Herzschlag, treibt unsere Lust an, und Julien legt seine Lippen an mein Ohr. »Ayla«, sagt er wieder. Mit der gleichen zerreißenden Unsicherheit, die ich ihm vorhin schon angehört habe. Noch ein Stoß, und er hält die Luft an. »Ayla.« Seine Stimme wird dunkler, kraftvoller, als müsste sie Zweifel und Angst zugleich vertreiben.

Er zieht sich wieder zurück und drückt sich dann in mich, fest und unmissverständlich. Wir sind hier, zusammen, und wir vertrauen darauf, dass wir das auch bleiben. Diese Gewissheit ist es, bei der sich alles in mir löst und die mich im selben Wimpernschlag auffängt. Julien stöhnt auf, beinahe schmerzerfüllt, schiebt sich dann weiter in mich. Sein Schwanz pulsiert in dumpfen Wellen, und ich spüre, wie sehr er seinen Höhepunkt zurückhält. Zart berühren seine Lippen meine. »Ayla«, wispert er erneut.

Dann lässt er los und ich mit ihm. Wir finden einander in schwindelerregenden Höhen, um die wahre Freiheit zu spüren, fühlen die Liebe, die uns trägt und sanft zurückgleiten lässt in einen tiefen, sicheren Schlaf.

In Träume, die nur uns beiden gehören.

Die sind, was sie sind.

Träume.

KAPITEL 25

MONTANHA *(Brasilianisches Portugiesisch)*

AYLA

Ich wache in Juliens Armen auf, zitternd vor Kälte und mit Schmerzen in jedem meiner Muskeln, aber das spielt keine Rolle. Nicht jetzt. Weil ich weiß, dass wir zusammen sind und zusammen alles schaffen werden.

Julien küsst mich, liebt mich noch einmal, und wir beide versuchen, so lange wie möglich in dieser kostbaren Zweisamkeit zu verharren. Irgendwann müssen wir uns doch anziehen und warten auf Hunter und Preston. Julien dreht seine was auch immer fürs Internet und filmt die Jungs bei ihren letzten Griffen, während ich zufrieden in die Kamera lächle. Gemeinsam mit den Lexingtons beschließen wir, das Lager auf die Ostseite der Schulter zu verlegen. Der freie Blick auf die Vorgipfel und die Spitze des Malamute Peak bietet die perfekte Basis, um immer wieder Sichtkontakt zu uns herzustellen und Juliens und meinen Aufstieg so intensiv wie möglich zu begleiten. Wir richten das neue Lager ein und verbringen eine weitere Nacht auf dieser Höhe, um unseren Körpern wenige Stunden Erholung zu gönnen. Ich schaffe es sogar, mit Everon zu funken. Er ist überrascht, wie glücklich ich klinge und wie wohl ich mich hier oben mit den Jungs fühle. Es ist unkompliziert mit ihnen.

Wir lachen, tauschen zu viert Geschichten aus und sind einfach zusammen.

Hoffnungsvoll. Wunderschön.

Trügerisch.

Es ist erstaunlich, wie naiv das Gehirn wird und wie viel Gewicht es plötzlich den Dingen gibt, die es sehen möchte. Und wie schnell es den Bezug zur Realität verliert. Einer Realität, die keine Rücksicht darauf nimmt, ob du endlich dein persönliches Glück gefunden hast und zulassen willst. Und ob du beginnst, dem Schicksal zu vertrauen.

Der Abschied von Hunter und Preston fühlt sich nicht wie ein Abschied an, als wir am nächsten Morgen in der Dunkelheit unsere Rucksäcke schultern. Wir tun so, als würden wir uns nur für ein paar Stunden voneinander trennen. Als wäre uns ein Wiedersehen gewiss. Aber das ist es nicht. Das ist es nie.

Wir wissen nicht, was uns am Vorgipfel, den wir meistern müssen, erwartet. Von dieser Seite ist er unbestiegen, und die leichte Wolkendecke, die ihn stets umgibt, lässt nicht mehr zu als Spekulationen. Das Einzige, was wir uns selbst geben können, ist Zeit für den Aufstieg.

Als wir aufbrechen und uns auf der frischen Schneedecke vom Lager entfernen, treiben sanfte Adrenalinwellen immer wieder meinen Puls an. Früher war das mein Leben. Ich habe es geliebt, unbekanntes Gelände zu erforschen und nicht zu wissen, was mich erwartet. Diese Situationen waren es, die mein Können und meinen Ehrgeiz gleichermaßen herausgefordert und mich definiert haben. Diesen vertrauten Teil von mir aufleben zu lassen, der all die Jahre verkümmert ist, fühlt sich an wie heimkommen. Alles hier oben fühlt sich an wie heimkommen.

Julien spurt vor mir durch die dünne Decke Neuschnee. Die Kameras an unseren Helmen sind aus, und in diesen frühen Morgenstunden gibt es nur uns beide. Jeder Tritt schickt ein Knarzen durch die Dunkelheit und ist das Einzige, was mich erkennen lässt, dass wir uns weiterbewegen. Die leichte Steigung fordert meine Ausdauer, aber nicht mehr. Dadurch haben meine Gedanken viel zu viel Raum. »Julien?«

»Ja?«

Ich weiß, dass er Erstbesteigungen gemeistert hat, viele. Nicht unbedingt in extremen Höhen, aber auf besonders schwierigem Gelände und an Orten der Erde, die zu begehen niemand auch nur annähernd in Erwägung zieht.

»Was ist, wenn ein Aufstieg unmöglich ist?«

Er hält an und dreht sich um. »Unmöglich?« Durch die vielen Schichten an Kleidung klingt seine Stimme gedämpft. »Wie meinst du das, unmöglich?«

Ich muss beinahe lachen. Dieses Wort sollte in seinem Leben größere Bedeutung haben als in jedem anderen. Oder er ist gerade deswegen so erfolgreich, weil es ihm nicht vertraut ist. »Unmöglich im Sinne von: Vielleicht kann man einen Berg oder eine bestimmte Wand einfach nicht besteigen.«

Julien zieht seinen Mundschutz herunter und sieht mich entrüstet an. »Damit ein Aufstieg gelingt, müssen viele Voraussetzungen stimmen und die Bedingungen günstig sein. Ein Scheitern bedeutet aber noch lange nicht, dass es unmöglich ist. Man kann Misserfolge nicht als Entschuldigung dafür nehmen, es nicht noch mal zu versuchen.«

Dann dreht er sich um und geht weiter. Nach drei oder vier Schritten wendet er sich mir erneut zu. »Das ist es nicht, was du eigentlich gemeint hast, oder? Du willst wissen, was passiert, wenn es uns beiden nicht möglich ist, den Gipfel zu erreichen.«

Ich nicke, weil er meine Gedanken besser formuliert als ich selbst. »Ich glaube an mich, und ich glaube an uns. Und ich vertraue auch wieder in mein Können. Trotzdem bleibt diese Möglichkeit.«

»Das macht die Angst zu scheitern größer, nicht?« Julien kommt zu mir zurück. »Weil es leichter ist, zu versagen, wenn man einem bestimmten Umstand die Schuld dafür geben kann. Aber nicht zu wissen, woran man gescheitert ist – oder schlimmer: sich bewusst zu sein, dass man an sich selbst gescheitert ist –, macht es riskanter. Hier zu sein, wird gefährlich, auf eine neue Art.«

Die Wahrheit tut weh. Und Extremsituationen lassen nichts von der Realität übrig außer dir selbst. Julien hat recht. »Ja.«

»Soll ich dir was verraten? Etwas, das Druck nimmt?«

Ich nicke, und Julien beugt sich zu mir. So, als würde uns hier oben irgendjemand zuhören. »In Wirklichkeit ist es egal, ob wir diesen oder sonst irgendeinen Berg besteigen. Scheißegal. Es ist das, was zählt – in diesem Moment –, aber für alle anderen Momente des Lebens, die wichtigen und die schönen und die traurigen, spielt es keine Rolle. In keiner einzigen Sekunde.«

»Warum sind wir dann hier?«

Julien zeigt hinter sich in Richtung des Berges. »Weil du es mir nicht glaubst, bis du da oben gewesen bist, Ayla.« Dann grinst er. »Und weil wir Everon davor bewahren wollen, sein Geld mit selbst gefilzten Socken aus Hundefell verdienen zu müssen.«

Wir lachen, doch die kurze Leichtigkeit beruhigt mich nicht.

Julien sieht es. »Wenn man am Berg von einem viel zu viel hat, Ayla, dann ist es Zeit zum Nachdenken. Über alles.«

»Und jetzt?« Ich halte fragend die Hände hoch. »Nicht nachdenken ist schwierig.«

»Jetzt denken wir gemeinsam nach. Jeder gibt ein Thema vor, abwechselnd. Ich fange an.« Er geht weiter. »Mangos.«

»Wie bitte?«

»Mangos! Ich hab welche gegessen, in Brasilien. Direkt vom Baum. Und wenn wir beide nach Brasilien reisen, nehmen wir einen kleinen Mangobaum mit und züchten in Charles Creek unsere eigenen Früchte.«

»In Alaska? Eine tropische Frucht?«

»Ja, wir stellen sie in den Wellnessbereich der Lodge. Glaubst du, das könnte funktionieren?«

»Vielleicht, ja«, gebe ich zurück und denke darüber nach, welche Erde Mangobäume wohl bevorzugen. Und wie selbstverständlich Julien von einem *Wir* ausgeht.

Er dreht sich noch einmal um, und ich sehe sein Lächeln, weil die Ablenkung funktioniert. Dann bedeckt er seinen Mund wieder mit der Maske, und wir gehen weiter. »Jetzt du«, fordert er mich auf, und ich gebe nicht dem Drang nach, erneut mit mir selbst darüber zu diskutieren, wer ich bin und was ich eigentlich hier oben mache, sondern sage das Erste, was mir in den Sinn kommt.

»Ich möchte gerne eine Katze.«

»Aber ich bin allergisch gegen Katzenhaare, Ayla.«

»Ein Grund mehr.«

Julien hebt eine Hand, und trotz der dicken Handschuhe kann ich erkennen, dass er mir den Mittelfinger zeigt. »Everons Rudel wollte sicher auch schon lange eine Katze haben.«

»Es wäre eine Hauskatze, Spielverderber, und sie würde Plum heißen. Weil ich das Wort mag.«

»Nenn sie Mango, und ich bin dabei. Trotz Allergie. Sie muss eben bei Everon schlafen.«

»Abgemacht. Du bist dran.«

»Kakao mit Rum, den hätte ich jetzt gerne. In Europa geben sie eine besonders leckere Schlagsahne darauf, absolut geil.«

Und so reden Julien und ich. Über ein Wir und alles, was es mit sich bringt. Es ist ungewohnt, eine Perspektive zu haben und Zuversicht zu spüren. Ungewohnt und schön.

Im goldenen Licht des Sonnenaufgangs überwinden wir den ersten schwierigen Teil und durchsteigen eine Spalte, die beinahe gänzlich mit Eis überzogen ist. Von dem kleinen Standplatz am Ende der Spalte aus sehen wir die nächsten Schlüsselstellen. Relativ klar zeichnet sich die perfekte Linie hinauf auf den ersten Vorgipfel ab, und die erstaunlich gute Sicht lässt keine Zweifel aufkommen. Julien und ich argumentieren an keinem einzigen Punkt darüber, wie wir klettern, und mit jedem weiteren Meter fühle ich mich meinem vergangenen Ich und einem Leben näher, auf das ich nie eine Chance hatte. Die Sonne scheint mir ungewöhnlich warm in den Rücken und spiegelt auf dem Eis und den gefrorenen Schneekristallen vor meinen Augen Spektrallichter in allen Farben des Regenbogens. Meine Lippen sind längst taub, aber die stechend kalte Luft ist so rein, dass sich jeder Atemzug nach Ursprünglichkeit anfühlt.

Es ist perfekt …

… denke ich exakt in der derselben Sekunde, in der Julien ein erstes unscheinbares Stück Eis austritt. Es saust an meinem Kopf vorbei in eine undefinierbare Tiefe und verfehlt noch knapp mein Bein.

»Alles in Ordnung?«, fragt Julien so leise, dass ich ihn kaum verstehe, und sorgt so für ein unruhiges Ziehen in meiner Brust. Er hat Angst. Seine Stimme könnte ausreichen, um weitere Teile der Wand zu lösen.

»Alles gut«, gebe ich ebenso leise zurück und versuche, im umliegenden Eis irgendeinen Hinweis darauf zu finden, dass wir nicht sicher sind. Julien dreht den Kopf in alle Richtungen, aber da ist nichts. Ein Knarzen geht durch die Wand, als er jetzt seinen Pickel im Eis vergräbt. Nichts wirklich Ungewöhnliches, also klettern wir weiter. Bis das nächste Stück Eis unter seinem Hammer in einer schmalen Kante abfällt. Es neigt sich zuerst bedrohlich langsam nach hinten, überschlägt sich und knallt so gegen die Wand, dass es in viele kleine Teile zerspringt. Mein Herz beginnt zu rasen, und ich bemühe mich, meine Selbstkontrolle nicht an die hektische Atmung zu verlieren. Selbst von meiner Position aus kann ich sehen, dass Julien dieselben Bilder durch den Kopf schießen wie mir. Er versteift sich. Doch während ich meiner Panik nachhänge, verändert das Adrenalin lediglich seinen Blickpunkt, und ich höre, wie er prüfend über das Eis kratzt, immer und immer wieder, und in der Wand mehrere Schritte hin und her macht.

»Ayla?«

»Ja?«

»Wie geht es dir?«

»Was willst du eigentlich wissen, Julien?«

Seine Stimme ist anders. Schneidend und klar, und die Unruhe in meiner Brust beginnt meinen gesamten Körper einzunehmen. »Wie schnell kannst du klettern?«

»Warum?« Ich kenne die Antwort bereits. Vielleicht sind es masochistische Tendenzen, die mich trotzdem nachfragen lassen.

»Kratz am Eis. Tief.«

Ich fixiere mich und schabe mit dem Pickel über die Eisschicht. So lange, bis die Furche tief genug ist. Ich schnappe nach Luft, als ich das dunkle Gestein sehe. Viel zu klar. Und nicht verborgen unter trübem Eis. Das hier ist kein Eis mehr, das mit dem Felsen verschmolzen ist, widerstandsfähig und robust. Das hier ist Eis, das ausbricht.

Mein Puls treibt Angst durch meinen Körper und lähmt mich. Das Gewicht des Rucksacks zieht mich plötzlich unweigerlich nach hinten, und Schwindel lässt mich glauben, dass sich alles dreht und die Wand sich über mich zu legen beginnt. Mich in der Dunkelheit vergräbt. Starr hänge ich in den Seilen, kralle mich fest und versinke in dem dumpfen Pochen, das meinen Körper einnimmt. *Es war kein Eis damals,* rauscht es durch meinen Kopf, und albtraumhafte Fetzen blitzen auf, die sich in all meine Sinne gekrallt haben. Selbst nach Jahren. Das leise Brechen des Gesteins, das wir hören, aber niemand von uns dreien wirklich deuten kann. Die anhaltende Erschöpfung, die unser Gespür für Gefahr betäubt. Die Überraschung, die keine hätte sein dürfen. Und dann das Fallen.

EINTRAG

MEINE ERINNERUNGEN

Devin dreht sich in der Wand um und schaut zu mir nach unten. Selbst von hier sehe ich, dass sich seine Lippen blau verfärbt haben. Nicht von der Kälte, es ist die Anstrengung. Er neigt immer wieder den Kopf leicht nach links, und ich frage mich, ob sein Schwindel ebenso stark ist wie meiner. Der leise Zweifel in mir nährt sich an jedem noch so unscheinbaren Hinweis. Wir hätten warten sollen. Wir hätten nicht aufsteigen dürfen.

Jetzt hängen wir hier, und ich schaffe es nicht mal, zuzugeben, dass ich die Übersicht darüber verloren habe, wie viele Seillängen wir bereits hinter uns haben. So kann ich nicht ansatzweise abschätzen, wie weit es noch ist. Uns umgibt nur rohes Gestein. Ich bin orientierungslos. Wir sind gefangen.

Aylas Keuchen unter mir lässt meine Besorgnis weiter aufwallen, und ich wage es nicht, auch nur einen von ihnen beiden zu fragen, ob alles in Ordnung ist. Ich kenne die Antwort. Wir hätten nicht aufsteigen dürfen!

Ich sehe eine Kuhle für die linke Hand und muss meine eigenen Finger dabei beobachten, wie sie sich in dem kleinen Gesteinsvorsprung einhängen, weil ich es nicht mehr spüre. Der Arm war, bereits kurz nachdem wir weggeklettert sind, taub. Nur das lodernde Ziehen in meinem Daumen ist geblieben und das hohle Pochen in der Schulter, das gleichmäßiger als mein hektischer Puls ist. Ein Ächzen unterdrückend, das in meiner Brust feststeckt, ziehe ich mich nach oben. Den Winter, denke ich mir. Wir hätten den ganzen nächsten Winter Zeit, um uns besser darauf vorzubereiten. Alles, was wir tun müssen, ist uns abseilen.

»Ayla?«

Es dauert, bis sie mir antwortet.

»Ja?«

»Wenn wir wieder daheim sind, könnten wir versuchen, selbst Eis zu machen, und es dann bei einem Kinoabend in der Lodge essen.«

»Ja.«

»Wir könnten es bis übermorgen schaffen. Zwei Tage, und wir sind zu Hause.«

Ich erwarte eine Pause, vielleicht sogar Widerstand und eine Diskussion. Alles, außer einer so schnellen Antwort.

»Ich mag Eis«, gibt sie zurück und fällt damit ihre Entscheidung.

»Devin?« Ich habe keine Ahnung, wie viel er von unserem Gespräch mitbekommen hat, doch er hängt sich an einen Arm und schaut zu uns nach unten. Das Lächeln ist sein erstes seit Stunden. »Und ich mag Kinoabende.«

»Drei von drei«, besiegle ich unseren Beschluss und atme tief durch. Ich schäme mich nicht. Die Erleichterung verstärkt vielmehr die Gewissheit, das Richtige zu tun.

Jetzt tun wir das …

Zum wiederholten Mal ist ein dumpfes Knarzen der Wand zu hören, dessen Vibrationen in feinen Wellen meine tauben Finger erreichen. Stein bewegt sich, das ist es nicht, was mich alarmiert. Es ist der begleitende hohe Ton, bei dem sich mir die Nackenhaare aufstellen. So etwas habe ich noch nie gehört. Dieses alarmierende Summen geht weiter durch den Stein und drückt spitz auf mein Brustbein.

»Ayla?« Devins Rufen ist ein Echo der Gefahr, die mir mit einem einzigen Wimpernschlag bewusst wird. »Fang an, dich abzuseilen. Sofort.«

Mit dem nächsten Atemzug befreie ich mich aus der Starre. In meinem Kopf überschlagen sich die Zahlen, ohne Sinn zu ergeben. »Ayla, du musst dich beeilen.«

Das Rumoren im Felsen vor uns wird lauter und ist von einem reibenden Donnern begleitet, welches das hohe Knarzen vor sich herschiebt. Meine Hände zittern, und ich schaffe es selbst kaum, den Schraubkarabiner an meinem Gurt aufzudrehen. Staub rieselt lautlos auf mich herab und bedeckt meine Hände mit einer weißgrauen Schicht.

»Schneller!«, brüllt Devin panisch.

Schneller. Schneller. Schneller, hallt es durch meinen Kopf, da bekomme ich den ersten Schlag ab. Der Aufprall des Steins auf meinem Helm reißt mich beinahe aus der Wand, doch in letzter Sekunde kralle ich mich fest.

»Ayla?«, rufe ich, weil ich wissen muss, dass es ihr gut geht. Dass sie sich abseilen kann und wir alldem hier entfliehen können, gemeinsam.

»Ja, fuck, ja«, antwortet sie mit so viel mehr Ruhe als ich. Ich muss mich konzentrieren.

Das Ächzen und Schaben im Stein wird lauter und nimmt meinen Körper ein. Dieses Donnern im Felsen ist mein neuer Herzschlag, der über unser Leben entscheidet.

Dann ist es still.

Ganz plötzlich ist es still, und ich wage nicht einmal mehr zu atmen

Alles, was ich tue, ist, den Kopf zu neigen. Richtung Ayla.

Und dann bricht unser Leben unter meinen Händen weg.

KAPITEL 26

VUORI *(Finnisch)*

AYLA

Mit einem Keuchen schrecke ich aus den Erinnerungen hoch und atme tief durch die Nase ein und durch den Mund wieder aus. Noch einmal. Und noch einmal. So, wie Julien es mir gezeigt hat. *Ruhig, Ayla. Ruhig.*

Erst jetzt nehme ich wahr, dass er mit mir gesprochen hat, die ganze Zeit, doch nur langsam gewinnen seine Worte an Bedeutung.

»… deine Werkzeuge, Ayla. Es ist wichtig, dass du deine Pickel fest um deine Gelenke hast … keine harten Schläge … sobald etwas bricht, mit aller Kraft festhalten …«

»Julien«, sage ich, aber er lässt sich nicht unterbrechen. »Julien«, wiederhole ich und kontrolliere zugleich meine Ausrüstung. »Julz!«

Erst sein Spitzname bringt ihn dazu, mir endlich Aufmerksamkeit zu schenken. Jede Sekunde die wir jetzt länger als notwendig in dieser Wand verharren, könnte diese eine Sekunde zu viel sein. »Ich bin bereit«, sage ich, und alles in mir richtet sich auf das Setzen des nächsten Zuges. Und dann des nächsten. Ich blende die Gefahr aus der Vergangenheit und die Bedrohung unserer Zukunft aus und verbleibe im Hier und Jetzt. Julien weicht von der Linie ab, die wir uns vorgenommen haben. Er klettert so direkt wie möglich. Jedes weitere Knarzen schiebe ich beiseite, um mich stattdessen auf das Klicken unserer Karabiner zu konzentrieren – einsame Zeichen dafür, dass wir dem Überleben ein Stück näher kommen.

»Hier ist Fels, Ayla«, teilt mir Julien mit. Immer noch ungebrochen und starr, aber ich höre die Erleichterung in der Art, wie er meinen Namen sagt.

Als ich das erste Mal wieder Stein unter mir fühle und die Wand sich so neigt, dass ich mich aufstützen und meine Muskeln entlasten kann, wage ich es, die Augen zu schließen. Ich registriere wieder das Ziehen in den Gelenken und kann die Fäuste kaum öffnen, um den Griff um die Pickel zu lockern, so verkrampft sind sie. Mein Keuchen stäubt feine Nebelwolken auf. Nur langsam kann ich mich beruhigen. Ich habe keine verdammte Ahnung, wie lange wir geklettert sind. Nur mein Körper zeigt mir, wie weit wir über unsere Grenzen hinausgestiegen sind, um für unser Leben zu kämpfen.

»Wir haben es geschafft, Julz«, sage ich und lache laut.

Er antwortet nicht. »Noch haben wir gar nichts geschafft. Bis zum Vorgipfel liegt diese ganze Reise hier vor uns.«

Ich blicke auf und sehe nichts von der Euphorie und dem Stolz in seinem Gesicht, die mich weiter mit Mut und Zuversicht erfüllen.

Julien presst die Lippen zusammen und lässt sein Handgelenk kreisen. »Wenn wir das Tempo halten, schaffen wir es in einer Stunde. Denkst du, das kriegen wir hin?«

Perplex befeuchte ich meine trockenen Lippen und spüre, dass sie weitere Risse bekommen haben. »Die Eisschuppe liegt unter uns. Wir haben wieder Zeit.«

»Das Einzige, was wir hatten, war Glück. Und dieses Glück setzen wir jetzt nicht aufs Spiel.« Er ist einige Meter von mir entfernt, aber selbst von hier sehe ich, wie bedroht er sich fühlen muss, in jedem Zucken seines Kiefers und im dunklen Ausdruck seiner Augen. »Kannst du mein Tempo weiter halten? Ja oder nein?«

»Kann ich«, gebe ich zurück und blicke an ihm vorbei, das felsige

Gestein hoch, das nur an manchen Stellen mit Schnee überzogen ist. Die Temperaturen nehmen wieder ab, und ich sehe weder die Gefahr einer Lawine noch eines Steinbruches. Trotzdem trinke ich etwas und gebe Julien dann das Zeichen, dass ich bereit bin. Wir ziehen das Seil nach, und er klettert weiter voraus. Ich verstehe seine Vorsicht. Julien hat Erfahrungen, die ich nie machen konnte. Und doch blüht die schleichende Ahnung in mir auf, dass sich soeben etwas Entscheidendes verändert hat.

JULIEN

Wir erreichen den Vorgipfel.

Ayla wirft sich mir lachend um den Hals und drückt sich an mich. Es fällt mir schwer, die Arme um sie zu legen und ihre Freude über unseren Erfolg zu teilen. In ihren Augen und vermutlich auch in den Augen von jedem, der die Aufnahmen des Aufstiegs sieht, haben wir allen Grund dazu, diesen Sieg heute zu feiern. Aber das kann ich nicht. Ich kann es einfach nicht. *Kein* Sieg.

Jede weitere Berührung von Ayla, jedes Lächeln und jedes beschwingte Wort legt sich um meine Kehle wie eine Schlinge, die mir die Luft zum Atmen raubt.

Es gab Aufstiege, bei denen ich nichts gefühlt habe. Weder Glück noch Stolz noch sonst irgendeine Art der Befriedigung. Ich habe getan, was ich tun musste, um zu überleben. Ich habe das Risiko gesucht, immer extremer und drängender, weil ich nicht verstehen konnte, warum ich immer noch hier bin – und Devin nicht.

Devin ist nicht mehr hier.

Er hat über mir gehangen, und von einer Millisekunde auf die andere war nichts, wie es war. Ich lache beinahe auf. Es war dieselbe Situation wie heute, und nun stehe ich hier oben mit dem Mädchen, das ich liebe, und soll grinsend und beschwingt die Arme um sie legen?

Es ist der metallische Geschmack, der mich aus meiner Trance reißt. Ich habe mir in die Wange gebissen. Erst jetzt registriere ich den Schmerz und verdränge das Bild von Blut in meinem Mund, bevor es mich in eine Ohnmacht reißen kann. Ich muss nachdenken, verdammt.

»Julien?«

Ayla hat die Arme von mir gelöst und macht einen Schritt zurück. Ich wende mich ab, weil ich sie nicht anschauen kann. Nicht jetzt. Mit einem Griff öffne ich meinen Helm und schalte zugleich die Kameras ab. Normalerweise würde ich das Handy herausholen und einen Rundumblick filmen, um den Menschen zu zeigen, welch atemberaubende Landschaft uns zu Füßen liegt. Aber die sehe ich nicht mehr.

»Wirklich, noch ein Aufstieg heute, Julien?«

Ayla muss meinen ihr ausweichenden Blick falsch gedeutet haben. Der zweite Vorgipfel ist über drei beinahe identische Anstiege zu erreichen, die allesamt mit Schnee überzogen sind. Nur vereinzelt durchbricht dunkler Fels die weiße Gleichmäßigkeit und sorgt so für den notwendigen Kontrast, um zu erahnen, wie steil das Gelände ist. Kraft, Anstrengung und Konzentration, drei Dinge, die wir heute nicht mehr haben. Trotzdem sieht Ayla mich an und spielt tatsächlich mit dem Gedanken, jetzt Richtung Gipfel zu gehen. Die Selbstgefälligkeit in ihrem Blick, als sie an mir vorbei die Bergkette hinaufsieht, treibt einen weiteren tiefen Splitter in mich. Das hier ist falsch. Es ist so falsch.

»Wir schlagen unser Lager auf«, bringe ich beinahe tonlos hervor und nehme den Rucksack ab.

»Ist alles in Ordnung?«

»Einen besseren Platz finden wir nicht. Die Kuppe hier schützt uns vor dem Westwind, und sollte neuer Schnee fallen, wird sich die Wechte hier höher auftürmen und uns abschirmen. Du kannst damit beginnen, Schnee abzukochen, und ich kümmere mich um das Zelt.«

Ayla tritt auf mich zu. Sie greift nach meiner Hand, doch ich entziehe ihr die Finger, weil ich ihre Berührung nicht ertrage. Verfickt. Ich ertrage nicht mal mehr mich selbst.

»Verrätst du mir, was los ist?«

Ich kann nicht sagen, ob ich Ayla eine Antwort gebe oder nicht. Mechanisch führe ich alle Handgriffe aus, die notwendig sind, damit wir die Nacht überstehen und eine Entscheidung treffen können. Ayla kocht Wasser ab, und nur am Rande registriere ich, dass sie die Lexingtons anfunkt. Es gelingt ihr irgendwann, das ständige Rauschen und Piepsen zu durchbrechen und ihnen zu signalisieren, dass es uns gut geht. Das Wort *gut* reicht aus, damit sich mir der Magen umdreht. Ich habe den ganzen Tag nur trockenes Zeug gegessen und würge saure Galle neben mir in den Stein. Ayla beobachtet mich, aber bleibt auf Abstand.

Isoliert mit meinen Gedanken, verliere ich das Zeitgefühl. Die Sonne verschwindet hinter der Silhouette von gezackten Bergspitzen, und auf Aylas Gesicht liegt ein zufriedenes Lächeln. Ich kann alldem nichts Besonderes mehr abgewinnen. Aber Ayla sieht nicht, was ich sehe. Nein. Sie weiß nicht, was ich weiß.

Die sinkenden Temperaturen und das Nichtstun zwingen uns in das Zelt, noch bevor die Sonne ganz untergegangen ist. Aylas Duft schwappt wie eine Welle über mich, als ich hinter mir den Reißverschluss zumache. Was sich in den letzten Tagen nach Geborgenheit und Wärme angefühlt hat, ist jetzt pure Bedrohung. Jede Regung von ihr kratzt an dem allerletzten Schutzschild und brüllt mir anklagend entgegen, dass sie lebt. Dass ich dieses Leben aufs Spiel setze. Ihre Atemzüge werden zu gefährlichen Schwertern der Reue, die alles niedermetzeln, was ich mir so mühsam aufgebaut habe, um dieses eine letzte Geheimnis von damals für immer zu bewahren.

»Kannst du mir das Medi-Pac geben?«, fragt Ayla und deutet auf ihren Rucksack. »Es ist ganz oben drin. Ich muss den Finger besser schienen, das Tape fühlt sich nicht mehr fest an.«

Sie hält die Hand hoch. Das von den Handschuhen aufgescheuerte Tape lässt nur wenig von ihrem kleinen Finger erkennen, aber genug, um zu sehen, wie blau und geschwollen dieser inzwischen ist. Als sie seitlich dagegendrückt, verzieht sie schmerzerfüllt den Mund. Ich habe ihr wehgetan. Dabei sollte ich sie beschützen. Das ist es, was ich ihm versprochen habe. Der saure Speichel unter meiner Zunge treibt mir Tränen in die Augen.

»Schau nicht so, Julien«, sagt sie mit einem Lächeln, das nicht so herzlich sein sollte. Nicht so leicht. »Es ist nur ein gebrochener Finger.« Sie zwinkert. »Und er blutet nicht mal.«

Nur. Nur ein gebrochener Finger. Ayla hat einen verdammten Knochenbruch und sitzt da und lächelt. Das ist falsch. So falsch.

Und mit jedem weiteren Wimpernschlag blättert mehr von der Fassade der letzten Tage ab. Die Arroganz. Der Ehrgeiz. Mein Nachhausekommen, das keines war, wenn ich nicht Zeit mit Ayla verbracht habe. Ihre Zeit, die ich mir angeeignet habe, indem ich sie auf diesen Berg gezwungen habe.

Es war ein Fehler.

Sie darf nicht hier sein.

Ich kann ihr keine Sicherheit geben. Das konnte ich nie.

Wir hätten nicht aufsteigen dürfen, hallt es wie ein schwaches Echo in meinem Kopf wider.

Ich reiche Ayla das Tape und sitze einfach nur da, ohne etwas zu sagen oder zu tun, während ich in meinem Inneren immer panischer nach der Reißleine suche, mit der wir den Wahnsinn hier beenden können. Der Wahnsinn, der mit ihrem Vertrauen in sich selbst und in mich begonnen hat. Wir brauchen einen Ausweg. Den Glauben an ihre Stärke könnte ich ihr nie wieder nehmen … aber das Vertrauen in mich. Das kann ich ihr nehmen. Ich bin es ihr schuldig. Ihr und Devin.

Trotz der Kälte spüre ich, wie sich Schweiß in meinem Rücken sammelt. Mit zittrigen Fingern öffne ich den Anzug.

»Chips, Julien.«

»Wie bitte?«

»Ich möchte Chips aus den Mangos machen, die wir anpflanzen.« Ayla zuckt gleichgültig mit einer Schulter. »Du hast heute Morgen selbst gesagt, dass man auf dem Berg viel zu viel Zeit zum Nachdenken hat, und jetzt bin ich es, die dich ablenken will. Glaubst du, Mangochips passen gut zu meinem selbst gemachten Vanilleeis?«

Ungläubig sehe ich sie an. Innerhalb weniger Stunden haben wir uns so weit voneinander entfernt. Sie hat dasselbe erlebt wie ich – und doch deutet nichts darauf hin, dass sie auch nur annähernd die Gefahr realisiert, der wir eben gemeinsam ausgesetzt waren.

»Na gut, dann keine Mangochips«, sagt sie gleichgültig und grinst. »Jetzt du.«

Ich bin an der Reihe. Mein Zug. Ich muss verlieren. Keine Feststellung, eine rohe Gewissheit. Der König beendet das Spiel, indem er verliert. Sein Gesicht, seine Zukunft. Ich beende, was nie so weit hätte kommen dürfen, und rette sie. So muss es sein. Ich lege meine Taktik offen, setze alles auf dieses eine Manöver und tausche den Sieg ein gegen die Sicherheit meiner Königin. Sie soll leben. Und wenn sie mich dafür hasst, muss das der gerechte Preis sein.

»*Möglich*, Ayla«, sage ich und begrabe meine Sehnsucht nach einer Zukunft an ihrer Seite tiefer und tiefer. Tausche sie ein gegen ihr Überleben. Für sie. Für Devin. »Mein Wort ist *möglich*. Du hast mich heute Morgen gefragt, was ist, wenn ein Aufstieg unmöglich ist. Der Aufstieg auf den Malamute Peak ist möglich.«

»Ich weiß«, erwidert sie verwirrt. »Everon war oben. Harlem auch. Und vor ihnen zwei andere Seilschaften. Aber nicht auf dieser Route. Deswegen sind wir hier, Julien.«

»Ich war ebenfalls oben.«

Verwirrt verzieht sie das Gesicht, dann blitzt Schmerz in ihren Augen auf, weil ich ihr die alten Erinnerungen ins Gedächtnis rufe. »Ja. Bis zum Südhang. Mit Devin und mir.«

»Nein.« Ich schüttle den Kopf. »Triplet-Route. Vor sechs Jahren.«

Stille. Nicht einmal der Wind rüttelt mehr am Zelt.

»Triplet-Route? Es gibt keine Triplet-Route.« Ayla hört auf, das Tape um ihre Finger zu wickeln. Mit den Zähnen reißt sie es ab und blickt dabei zu mir auf. »Es gibt nur das, was Devin, du und ich als Triplet-Route bezeichnet hätten. Wenn nicht alles schiefgegangen wäre.«

Es tut weh, zu sehen, wie sehr sie für die Ruhe kämpft, die sich in den letzten Wochen über unsere Vergangenheit gelegt hat.

»Es gibt die Triplet-Route, nur habe ich sie nie offiziell benennen lassen. Ich war am Gipfel. Ganz allein. Während ihr dachtet, ich wäre verschwunden, und Devin begraben habt, habe ich am Gipfel gestanden.«

»Nein.«

Ich lache auf. Das herablassende Lachen, das mich nicht mal besonders viel Anstrengung kostet.

»Das glaube ich dir nicht.« Sie reckt das Kinn. »Ich glaube dir nicht.«

Ayla mag es selbst noch nicht wissen, aber sie ist zurück. In den feinen Nuancen ihrer Stimme, in der Art, wie sie die Augen leicht verengt, wenn sie mit mir spricht. Aylas Verachtung ist zurück und verrät sie. Sie glaubt mir, obwohl sie es nicht möchte.

»Hast du ein Foto? Irgendeinen Beweis?«

Sie stellt mir die Frage, die beinahe gleich alt ist wie der Alpinismus selbst und seit jeher einen Schatten auf die Leistung unzähliger Frauen und Männer wirft.

Ich lache erneut auf, brauche alles, um mich davon abzuhalten, ihr den einen Beweis, den ich habe, zu zeigen. »Nein, habe ich nicht.«

Ayla schnalzt mit der Zunge. »Dann tut es mir leid, aber ich glaube dir nicht.«

Nächster Zug. Sie denkt, sie führt diese Partie an, dabei tut sie genau das, was ich will.

»Ich habe nur das hier«, sage ich und hole das Routenbuch aus dem Rucksack. Das Buch, das uns die letzten Tage Abend für Abend begleitet hat. In dem Ayla unseren gemeinsamen Traum vom Malamute Peak wiedergefunden hat. »Du hast es nie durchgeblättert.« Noch ein Zug. In meiner Brust brennt es bereits, als ich die Worte in meinem Kopf forme. »Hättest du es auch nur einmal geschafft, dir meine Aufzeichnungen von all meinen anderen Besteigungen anzusehen, hättest du es gewusst. Die Wahrheit lag die ganze Zeit genau vor deiner Nase.«

Ein Windstoß peitscht gegen die Zeltplane und lässt Ayla zusammenzucken. Scham kriecht über meinen Rücken, weil ich weiter auf sie einprügele. Zug um Zug.

Sie blinzelt mehrmals, fast so, als versuche sie aufzuwachen. Dann senkt sie den Blick auf das Buch, das ich vor sie hingeworfen habe.

Alles in mir brüllt danach, wegzusehen, als sie das Lederband abwickelt. Langsam. Vermutlich in der Hoffnung, ich würde sie aufhalten. Ich zwinge mich dazu, jeden ihrer Augenaufschläge zu speichern, jedes schwerfällige Luftholen. Als Strafe.

Das leise Geräusch der Seiten, die sie umblättert, übertönt das Rauschen um uns herum. Die größten Wahrheiten brauchen keine Bühne und Scheinwerfer. Sie benötigen nichts weiter als ein kleines Zelt und schwaches Licht, um fremde Zeichnungen zu deuten.

Ayla erkennt die richtige Stelle sofort. Ein Blick auf meine Skizze des Südhangs, der Devin das Leben gekostet hat, reicht aus. Mit bebenden Fingern fährt sie darüber, und ich will nichts mehr, als sie halten. Aber diese Zeit ist vorbei.

Nächste Seite. Nächster Zug. Nächste Wand. Eine, die noch nie jemand skizziert oder gar fotografiert hat, und trotzdem fügt sich meine Zeichnung so perfekt in unsere bestehenden Kartierungen vom Malamute Peak ein, dass Ayla keine Zweifel haben kann. Ich habe alles festgehalten, was sich auf dem Weg nach oben in mein Gedächtnis gebrannt hat. Weil ich dachte, es wäre das Letzte, was ich im Leben sehen würde. Dass das Buch mein Vermächtnis wäre, wenn mich nach Jahren jemand finden würde, durch Zufall. Nicht, weil nach mir gesucht wurde. Bücher und Filme auf der ganzen Welt ergötzen sich an den Leichen, die man entlang der überlaufenen Routen der Welt findet. Ich wäre einer der Alpinisten gewesen, die nach Jahrzehnten aus dem Eis apern und nur anhand ihrer Kleidung einer bestimmten Zeit zugeordnet werden können.

Ayla hätte mich zu diesem Zeitpunkt längst vergessen gehabt. Ich hätte es zulassen sollen. Irgendjemand hätte sie glücklich machen können. Purer Egoismus hat mich nach Charles Creek zurückgetrieben. Ich habe mich selbst belogen. Andere belogen. Ich wollte zurück zu Ayla. Und jetzt könnte dieser Egoismus nicht nur mich, sondern auch sie das Leben kosten. Schon wieder.

Aylas Atmung ist flach, nahezu ruhig, und passt nicht zu ihrer Faust, die sie immer schneller öffnet und schließt, jedes Mal, bevor sie umblättert. Als würde sie mit sich selbst kämpfen. Oder mit mir.

»Westschulter«, »Hayes-Pass«, »Montana-Quere«, »Südgrat«, benenne ich meine Zeichnungen, die ganze Welten in sich tragen und Aylas Vertrauen in mich zerstören sollen. Seite für Seite für Seite.

Wenn sie mir nicht mehr vertraut, wird sie nicht weitergehen wollen.

Nächster Zug. Nächster Schlag. Sie muss mich hassen. »Ich habe es für euch getan, Ayla. Für dich und Devin.« Für die schamlose Arroganz, mit der ich sie ohne Zögern anlüge, hätte ich jetzt eine Faust im Gesicht, wäre Everon hier – oder Devin.

»Warum, Julien?« Sie wartet meine Antwort nicht ab. »Warum bist du aufgestiegen? Noch mal?« Dabei hebt sie nicht mal den Kopf. Sie blättert Seite für Seite weiter, saugt alles in sich auf, was ich ihr gebe, um das Bild des Königs, mit dem ich spiele, zu untermauern.

Ich lege ein Grinsen in meine Stimme, innerlich darum flehend, dass es reicht. Weil ich ihr nicht mehr wehtun kann. »Ich habe das zu Ende gebracht, was wir zu dritt nicht geschafft haben.« Der Druck in meinem Brustkorb wird stärker. Mein Herz wehrt sich gegen die Leblosigkeit, die ich brauche, um das hier zu überstehen. Ich hole Luft. »Unser Scheitern durfte nicht zu meinem Scheitern werden.«

Ihr Blick trifft mich. Nicht, weil er vor Kränkung trieft, sondern weil er tiefer dringt. Unter die lächerlichen, beschämenden Motive, die keine sind. Ayla sieht zwischen meinen beiden Augen hin und her, und ein einziges Blinzeln reicht, um alle meine Spielfiguren vom Schachfeld zu fegen. »Wag es nicht, so etwas zu sagen«, presst sie hervor und hebt die Hand. Abwehrend, so als würde sie mir eine Grenze aufzeigen, die ich längst überschritten habe. »Wag es nicht, mich anzulügen, Julien. Nicht deswegen. Sag mir die Wahrheit, jetzt. Warum warst du auf dem Malamute Peak?«

Das Erschreckende ist, dass ich mir die Lüge eben hätte sparen können. Für das, was mich wirklich vernichtet, brauche ich keine Unwahrheiten.

Hitze steigt in meine Wangen, fast so, als würde das Feuer, das mich damals beinahe verbrannt hat, noch in mir glimmen. »Weil ich es beenden wollte.«

»Was beenden?« Sie ahnt es.

Ich fahre mir über den Mund, will es nicht aussprechen, aber ich muss. Wort für Wort grabe ich aus der Asche. »Mein Leben.«

»Das ergibt keinen Sinn.«

»Nein?«, frage ich, begleitet von einem scharfen Lachen. Sie zweifelt tatsächlich an der Wahrheit. Es tut weh, zu realisieren, wie sehr sie mir bereits wieder vertraut hat. »Sag mir eines, Ayla. Hattest du nie auch nur ein einziges Mal den Gedanken, dass du dein Leben nicht mehr verdient hast? Nachdem wir ihm seines genommen haben?«

»Wovon zur Hölle sprichst du hier?« Ihre Stimme wird lauter. Sie kann die aufsteigende Furcht nicht mehr verbergen.

»Davon, dass ich es darauf ankommen lassen wollte.«

Ihre Augen suchen mein Gesicht ab, nicht mehr nach der Wahrheit oder der Lüge, sondern einfach nur nach einer Erklärung.

Es ist vorbei. Ich weiß es. Wenn ich diesen Zug mache, ist die Partie beendet. Und dafür muss ich ihr nicht mal alle Teile der Wahrheit sagen. Nur so viel, um sie zu beschützen. Eine einzige Sache noch, dann kann der allerletzte Teil meiner bleiben. Verborgen. *Ein* Geheimnis darf bleiben. Und Ayla ist gerettet. Ich habe gewonnen.

Schachmatt. Nicht für Ayla.

Für mich.

KAPITEL 27

VERLOREN. IRGENDWO.

AYLA

Ich höre Schnee von der Zeltplane rutschen und sehe die flackernden Schatten des Lichts überall um mich herum, und trotzdem steht die Zeit gerade still. Als würde mir die Welt Raum geben, die fehlenden Teile in das große Ganze einzufügen. Der Wirbelsturm aus Wahrheiten und Lügen richtet sein Auge auf diesen einen Punkt in unserem Leben, und ich spüre, dass er alles mit sich reißen wird. Erbarmungslos.

Julien lächelt. Julien hat immer gelächelt. Weil es seine Art ist, zu brüllen und zu schreien und um sich zu schlagen. Dann holt er Luft, und auch seine Welt scheint für wenige Atemzüge stillzustehen. »Ich konnte mein Leben nicht beenden, weil ich das Versprechen nicht brechen konnte.«

Er spricht nicht weiter. Seine Mundwinkel zucken auf seiner Suche nach mehr, das er mir nicht geben möchte, aber geben muss.

»Julien.« Ich will das nicht. Ich will, dass es so ist wie gestern oder vorgestern, als alles in Ordnung war.

Mit den Fingern fährt er sich in die Haare und reißt daran. Seine Hilflosigkeit macht mir Angst.

»Julien!«, brülle ich jetzt, um ihn aus der Lethargie zu holen, die keine ist. Sie ist der seidene Faden. Der letzte beschissene seidene Faden, der etwas hält, das beinahe in der Vergessenheit verschwunden ist. Aber nur beinahe. »Welches Versprechen?«

Julien schafft es wieder nicht, zu antworten, und Adrenalin elektrisiert meine Nervenenden. Ich will nichts als weg. Mein Instinkt sagt mir, dass ich flüchten soll. Ausbrechen.

Plötzlich werden Juliens fahrige Hände ganz ruhig, und auf seinem Gesicht liegt eine Konzentration, die mich still werden lässt und alle meine Fluchttendenzen besänftigt. Ich muss zuhören. Ganz genau.

»Das Versprechen, das ich Devin gegeben habe.«

»Wann hast du Devin ein Versprechen gegeben?«, gebe ich zurück, obwohl sich der Kreis aus Vermutungen längst schließt.

»Ich habe Devin ein Versprechen gegeben, als ich ihn zurückgelassen habe.«

Mein Hals kratzt, und ich schaffe es kaum mehr, zu schlucken. Der Wind, der Wind muss der Grund sein, warum ich mich verhört habe. »Sag das noch mal.«

»Ich habe Devin ein Versprechen gegeben, als ich ihn auf dem Berg zurückgelassen habe.« Seine Stimme wird rauer und straft den stählernen Ausdruck in seinem Gesicht Lügen. »Ja, als ich ihn zum Sterben zurückgelassen habe.«

Ein *stilles* Versprechen. Alles ist gut, es war ein stilles Versprechen. Er hat nicht mehr wirklich mit Devin gesprochen.

»Ich habe das gebraucht, für mich. Ich musste Devin dieses Versprechen geben.«

»Nein.«

Er sieht mich an. Die Gefühle auf seinem Gesicht spiegeln die Wahrheit des Gesagten wider, und eine Gänsehaut legt sich über meinen Nacken. »Ich habe dich danach gefragt, auf der Schutzhütte. Du hast erzählt, dass du mich gefunden hast und …«

Juliens Mundwinkel wandern nach oben. Er belächelt meine Gutgläubigkeit. »Was habe ich gesagt, Ayla? Denk nach.«

Bevor ich Einzelheiten des Gesprächs auf der Schutzhütte durchgehen kann, nennt Julien mir die Antwort.

»Ich habe gesagt, dass ich aufgewacht bin und euch gesucht habe. Ich habe gesagt, dass ich dich gefunden habe.« Sein Lächeln erstarrt. »Ich habe nie gesagt, dass ich Devin nicht gefunden habe.«

»Das kann nicht sein. Devin hatte schwere Verletzungen im Bauchraum und am Schädel. Die Mediziner aus Anchorage haben das bestätigt. Er war unter Steinen begraben, als ihn die Ranger gefunden haben. Sie mussten nach ihm suchen, er war nicht zu sehen.«

»Es gab zwei Steinbrüche. Der erste hat uns beide aus der Wand geholt …«

»Nein«, verbessere ich Julien. »Er war begraben.«

»… und erst der zweite Abgang hat Devin unter sich begraben.« Er schnalzt mit der Zunge. »Wäre ich zehn Minuten länger bewusstlos gewesen oder hätte ich dich nicht sofort aus den Seilen bekommen, wären wir beide ebenfalls ganz verschüttet worden.«

»Das kann nicht sein. So ist das nicht.« Meine Stimme beginnt, sich zu überschlagen. »Du lügst«, presse ich hervor, obwohl ich weiß, dass das die Wahrheit ist. Die Wahrheit, nach der ich seit Jahren suche. Weil ich tief in mir drin immer wusste, dass da mehr ist. Ich habe es gefühlt. Weil ich es erlebt habe, ohne mich daran zu erinnern.

Julien muss nicht in seinem Routenbuch blättern. Er findet die Seite, die er sucht, sofort. So, als hätte er sie sich Tausende Male angesehen. Er schiebt das Buch näher zu mir. Da ist der Südhang, den wir bestiegen haben, als es passiert ist. Julien hat drei Punkte eingezeichnet. Devin und er waren ein ganzes Stück über mir, Julien und ich weiter links, als das ständige Knirschen im Felsen zu einem Brechen wurde. Dann die zweite Zeichnung auf der Seite daneben. So, wie der Südhang noch heute aussieht, nachdem eine ganze Flanke einfach nach unten gedonnert ist. Und uns mitgerissen hat. Mit zitternden Fingern tippt Julien auf das Buch und bedeutet mir, umzublättern.

Ich will es nicht sehen und krampfe meine Fäuste fester zusammen. Julien legt daraufhin seine Hand flach auf das Blatt, fast so, als würde er selbst Abschied nehmen von der Erinnerung, die so lange die einzige Wahrheit war. Dann blättert er um.

Zwei Punkte liegen an der Zunge des auslaufenden Gerölls. Nur zwei. Ein dritter Punkt hängt in der Wand. Es hat sich nur ein Teil des Berges gelöst. Ich habe keine Ahnung, wie der Stein gebrochen ist, aber auf unserer Seite muss uns die Geröllawine vor sich hergetrieben und den Sturz damit gedämpft haben. Devin muss wie wir nach unten gedonnert sein, aber der Teil der Platte, wo er sich befand, ist nicht sofort gebrochen, sondern zuerst abgesunken. Die Felsformationen über ihm sind nicht wie heute. Es muss tatsächlich einen zweiten Bruch gegeben haben. Anhand der Skizzierung des umliegenden Geländes erkenne ich, dass es nicht mehr als fünfzehn Meter sein können. Fünfzehn verdammte Meter über dem Boden. Es haben ihn nur fünfzehn Meter vom Leben getrennt.

»E-er hätte sich abseilen können«, stottere ich. »Nicht viele Meter. Er hätte sich einfach abseilen können.«

Julien verengt die Augen, als würde er nach irgendetwas in seiner Erinnerung greifen. Etwas, das mir verständlich macht, was passiert ist. Und wie es passiert ist. Aber gerade als ich glaube, dass er sprechen will, zieht er die Brauen zusammen und die Unterlippe zwischen die Zähne. Er zuckt gleichgültig mit der Schulter. »Es war kein Seil da, es muss gerissen sein. Keine Ahnung.« Der Schmerz, den wir uns eben geteilt haben, verschwindet hinter dem nächsten Wimpernschlag. Verdrängt. Nicht für mich bestimmt.

»Keine Ahnung? Nein, das kannst du nicht machen, Julien«, sage ich beinahe flehend. »Du kannst mir nicht erzählen, dass Devin am Leben war und wir ihn zurückgelassen haben, ohne mir zu erzählen, was genau passiert ist.«

»Was passiert ist?« Er rückt von mir ab. »Du siehst selbst, was passiert ist. Der Fels hat ihn unter sich begraben, während wir ein Scheißglück hatten.«

»Glück?«

»Richtig, einfach nur Glück. Du willst die Wahrheit?« Er klappt das Buch zu und wickelt das Lederband darum. »Ich habe es nicht mehr ausgehalten in Charles Creek. Es war ein Aufstieg, den wir niemals hätten machen dürfen, und alle haben etwas von Schicksal gefaselt. Als würde es entschuldigen, dass ich eine falsche Entscheidung nach der anderen getroffen haben. Aber soll ich dir was verraten? Das Schicksal ist ein alter Sack mit Bierwampe, der in irgendeiner Ecke liegt und sich gierig lachend die Eier krault, wenn's brenzlig wird. Er hat zugesehen, wie ich die einzig richtige Entscheidung getroffen und Devin zurückgelassen habe – unser Leben gegen seins. Dafür habe ich ihm versprochen, dass ich es leben werde, mein Leben.« Er fährt sich über den Mund, um die Spucke auf seinen Lippen wegzuwischen. »Das ist der einzige Grund, warum ich bei der Besteigung des Malamute Peak nicht einfach im tiefen Schnee am Gipfel liegen geblieben bin, um auf den Tod zu warten. Nichts hätte mich daran gehindert. Nichts. Wenn nicht dieses Versprechen gewesen wäre.«

Nichts.

Niemand.

Nicht mal ich.

In meiner Brust verkümmert etwas.

»Also habe ich mich mit meinen Initialen auf dem einzigen Stück Felsen verewigt, das unter der Schneedecke hervorgelugt hat, und bin abgestiegen. Ich habe meine Sachen gepackt und mein Leben gelebt, ohne mich ein einziges Mal umzudrehen. Jede riskante Besteigung hat mich das Leben mehr spüren lassen, für das ich mich bei Devin schuldig gemacht habe. Es ging immer nur um mich.«

Der Wind rüttelt stärker gegen die Zeltplane und verstärkt damit das Gefühl, dass alles um mich herum zerrissen wird.

Ich schluchze, doch Julien packt das Buch zurück in den Rucksack. Teilnahmslos. Während ich kaum Kraft für den nächsten Atemzug finde. »Warum?«, flüstere ich. »Warum sagst du mir das jetzt?«

Er rollt seinen Schlafsack aus und schlüpft hinein. »Weil es fair ist. Das war längst überfällig.«

Während Julien mir den Rücken zudreht und mit gleichmäßigen Atemzügen in den Schlaf gleitet, schlinge ich die Arme um meine Beine und halte mich. Ich bewahre mich selbst davor, noch mehr zu zerbrechen und die letzten klaren Gedanken zu verschenken, die mir bleiben. Julien hat es verschwiegen. Er hat all die Zeit verschwiegen, dass wir Devin zum Sterben zurückgelassen haben. Devin hat gewusst, dass er ihn zurücklässt. Dass er ihn aufgibt, als wäre er nichts wert. Nein, Julien hat Devin nicht nur zurückgelassen – er hat ihn aufgegeben und sein schlechtes Gewissen damit besänftigt, dass er dafür sein Leben leben wird.

Und das hat er.

Julien hat seinen Namen in den Malamute Peak geritzt und die Träume von uns dreien zu seinem Preis für das Leben gemacht. Allein. Ohne sich umzudrehen. Die einzig richtige Entscheidung für ihn war, Devin zurückzulassen. Julien wollte leben, ohne Rücksicht. Skrupellos. Er hat ihm einfach den Rücken zugekehrt. Zuerst ihm. Und dann mir.

Aus purem Egoismus.

Ich habe ihm vertraut.

Das rhythmische Schaukeln, in das mein Körper verfällt, fängt die Trauer auf und wiegt mich in das letzte bisschen Sicherheit, das mir geblieben ist. Es war ein Fehler. Julien zu vertrauen, war ein Fehler.

JULIEN

Ayla denkt, ich schlafe.

Ich liege da, ganz ruhig, und zwinge meinen Körper dazu, sich nicht zu bewegen. Obwohl jede Zelle in mir danach lechzt, endlich loszulassen und ihr die Wahrheit zu sagen. Um sie aufzufangen und zu halten und sie darum zu bitten, das hier nicht zu Ende zu führen. Aufzugeben, für mich, und nicht wegen mir.

Stattdessen halte ich still.

Jedes Schluchzen von Ayla stößt die Dolche, die ich selbst angesetzt habe, weiter in mein Fleisch. Ihr Schmerz treibt mir Tränen in die Augen, die ich hinter geschlossenen Lidern zurückhalte. Die Scham ist nichtig im Vergleich zur Gewissheit, dass ich es bin, der sie so verletzt hat. Sie zurückzwängt in ihr Gefängnis. Es ist meine Schuld. Nur meine.

Ich höre, wie sie sich wiegt, und will sie an meinen Körper ziehen, um ihr zu zeigen, dass ich sie mit allem beschütze, was ich habe. Stattdessen lasse ich sie mit der neuen Realität allein und kehre ihr damit zum ersten Mal in meinem Leben wirklich den Rücken zu. Noch nie habe ich so gegen etwas ankämpfen müssen. Ich schlinge die Arme um meinen Körper und balle die Fäuste, halte mich mit aller Kraft davon ab, es wiedergutzumachen.

Ich lasse sie fallen.

Schachmatt.

~ ~ ~

Jeder Atemzug wiegt schwer auf meiner Brust. Meine geschwollenen Augen tränen, trotzdem erkenne ich, dass das Licht im Zelt nicht mehr von der kleinen Lampe kommt. Die Sonne geht auf. Die Welt dreht sich weiter und gibt den Dingen von gestern Abend die Möglichkeit, zu wachsen. Und Wurzeln zu schlagen, die alle Winter überdauern werden.

Jeder meiner Knochen und Muskeln schickt Schmerzwellen durch meinen Körper, doch auch dieser ist bedeutungslos im Vergleich zu dem Schmerz, der Ayla umgibt. Ich habe sie noch nicht einmal angesehen und spüre trotzdem das Brennen unserer Verbindung in jeder Zelle. Bald wird lediglich Asche davon übrig sein, doch nichts kann sich mit der Gewissheit messen, dass Ayla am Leben ist. Und in Sicherheit.

In Sicherheit. Ich habe es Devin versprochen. Das ist die einzige, letzte Wahrheit, die wirklich zählt. Mein Geheimnis, das über allem steht. Ich musste es ihm versprechen. Er wollte es so. Das weiß Ayla nicht. Sie soll mich hassen, nicht ihn. *Nicht ihn!* Das bin ich ihm schuldig.

Nur langsam schaffe ich es, mich aus dem Zelt zu kämpfen. Die schroffen Kanten des Vorgipfels werden von den ersten Sonnenstrahlen erhellt. Alles leuchtet in einem goldenen Schimmer, und ein sehnsuchtsvolles Ziehen in meiner Brust vertreibt die Schatten. Es ist windstill, die Temperaturen sind annehmbar. Der Himmel klar. Perfekt. Der Vorgipfel ist zum Greifen nahe.

Es reicht eine kleine Regung hinter mir, und meine Prioritäten rücken wieder an die richtige Stelle. Ich höre, dass Ayla ihren Rucksack aus dem Zelt wuchtet und beginnt, ihren Schlafsack zusammenzurollen. Das ist es, was ich wollte. Trotzdem schaffe ich es jetzt nicht, mich ihr zuzuwenden und meine Sachen zu packen.

Ein Würgen kratzt an meiner Kehle, als mir bewusst wird, dass es endgültig ist. Dass Ayla nie wieder aus einem Zelt kommen wird und ich mich mit einem Lächeln zu ihr umdrehe, um gemeinsam einen neuen Tag zu beginnen. Einen von vielen.

Nicht mal meine ruhige Atmung reicht mehr, um mich zu erden. Es ist egal. Das Arschlochsein habe ich jahrelang trainiert.

Ich schließe kurz die Augen, bevor ich mich mit einem Grinsen und dem Tennisball in der Hand zu Ayla wende und so tue, als wäre alles offen. Dabei ist die Partie längst entschieden. »Die besten Bedingungen heute, würde ich sagen. Der Vorgipfel schreit regelrecht nach uns.«

Sie stockt in ihrer Bewegung. Ihre Haut ist blass, und die roten, von der Kälte malträtierten Wangen haben eine dunkle Färbung angenommen. Ich weiß, dass sie ebenso wenig geschlafen hat wie ich, doch die Wehmut in ihrem Gesicht zu sehen, bringt mich beinahe ins Wanken.

»Ich werde absteigen, Julien.«

Darauf habe ich gewartet. Darum habe ich gefleht. Nein, ich habe diese Worte heraufbeschworen. Und trotzdem ist die Wucht, mit der sie mich treffen, unerwartet.

Ayla sieht nicht, dass ich mir auf die Wange beiße, weil ich das Blut brauche, um mich an etwas festzuhalten. Um nicht die Kontrolle zu verlieren. Der metallische Geschmack treibt meinen Herzschlag an. Ich atme tief durch, besänftige meinen Körper. Keine Panik. Kontrolle.

»Absteigen?« Meine Stimme klingt fest.

Ayla legt den Kopf schief und sieht mich an. Prüfend, als hätte sie Zweifel daran, ob wir dieselben Erinnerungen an gestern haben. »Du hast mir die Wahrheit vorenthalten und dich von einer Seite ge…«, beginnt sie, unterbricht sich dann aber selbst. So, als wäre ich die Mühe einer Erklärung nicht wert. »Das Vertrauen in dich, es ist weg, Julien.« Sie verzieht den Mund. »Ich vertraue dir nicht mehr.«

Es kostet mich sämtliche Selbstbeherrschung, den reißenden Schmerz in meiner Brust nicht mit einem erschütternden Schrei nach außen dringen zu lassen. Der billige Ersatz für mein Brüllen ist ein Zucken mit der Schulter. »In den Verträgen steht, dass wir nur zu zweit aufsteigen dürfen. Du weißt, was das bedeutet?« Ich mache ihr Schuldgefühle. Dabei dachte ich, ich könnte nicht tiefer sinken.

Ihre Unterlippe zittert. »Das weiß ich, ja.«

Ich blicke in Richtung des Gipfels. »Eigentlich scheißegal. Ich meine, ich war ja schon mal oben, und vermutlich ist die mediale Aufmerksamkeit für Charles Creek um einiges größer, wenn bekannt wird, dass Julien Hendricks den Aufstieg vor der Gipfelkette abgebrochen hat. Es ist dann eine Art stille Herausforderung, mich zu übertrumpfen. Jeder Berg bekommt erst den richtigen Reiz, wenn andere daran gescheitert sind. Das ist nichts Neues. So oder so, es ist gut zu wissen, dass wir nicht auf allen Ebenen versagt haben und zumindest die Lodge einen Vorteil daraus ziehen wird.«

Obwohl ich versuche, es ein kleines bisschen leichter zu machen, lässt nichts an Aylas Blick Erleichterung erkennen. Stattdessen verliert er sich immer weiter in der Ferne. Sie sieht auf den Malamute Peak. So nah und doch so fern. In wenigen Stunden habe ich ihr alles genommen, was ich ihr zuvor gegeben habe. Es sticht, dass sie nicht mal hinterfragt, warum ich nicht um einen Aufstieg kämpfe oder versuche, sie dazu zu überreden. Eigentlich zeigt es nur, wie weit ich sie zurückgedrängt habe.

Ich schnalze mit der Zunge und beuge mich an Ayla vorbei in das Zelt, um die Handkamera und das Funkgerät herauszuholen. Dann schalte ich den Funk ein, drücke bei der Kamera auf *Rec* und tue das Einzige, was ich richtig gut kann: Ich spiele eine Rolle.

Und breche den Aufstieg ab, weil mit meinem Daumen, den ich kaum mehr belasten kann, das Risiko zu groß ist. Dazu ein paar Schwindelanfälle aufgrund der Höhe, und die Ausreden ergeben eine perfekte Schlagzeile. Mir scheißegal, wenn alle denken, ich würde an Form oder Biss verlieren. Innerlich lache ich bei meinen Erklärungen. Als wäre der Daumen jemals ein Grund für mich gewesen, irgendetwas abzubrechen.

Ich filme uns dabei, wie wir das Nachtlager auflösen und uns die sicherste Route suchen, um zu Preston und Hunter abzusteigen. Für alle Außenstehenden mag es so wirken, als wären Ayla und ich immer noch ein Team.

Dabei haben wir uns in wenigen Stunden weiter voneinander entfernt, als wir es in sechs Jahren und Tausenden Meilen je gekonnt hätten.

Ayla ist ein Profi, genauso wie ich es bin. Sie ist konzentriert und absolut klar in ihren Gedanken, wenn wir in der Wand hängen oder uns durch den frischen Schnee nach unten kämpfen. Sie gönnt uns kaum Pausen. Weil mit der Ruhe die Emotionen über uns hereinbrechen und uns nach unten ziehen, nur je in eine andere Richtung.

Als wir am späten Abend völlig erschöpft bei den Lexingtons im Lager ankommen, machen sie sich Sorgen um mich, dabei bin nicht ich derjenige, der verletzt ist. Bis ich ihnen meine Ausreden glaubhaft vermittelt und ihre beschissenen Interviewfragen beantwortet habe, hat Ayla bereits unser Zelt aufgebaut. Sie würgt die Instantnudeln hinunter und antwortet nur mit kurzen Phrasen auf die Fragen, die von der Filmcrew vorgegeben wurden, nachdem sich unsere Nachricht verbreitet hat. Mir ist bewusst, dass sie nicht schläft, als ich lange nach ihr ins Zelt krieche. Ihr Duft nach edlem Holz legt sich um mich und besänftigt den Aufruhr in mir. Ich weiß, dass ich das Richtige tue, auch wenn es auf jede erdenkliche Weise falsch ist. Sie wird über mich und die Enttäuschung hinwegkommen, und sie wird leben. Das ist es, was zählt.

Es dauert lange, bis sie der Müdigkeit nachgibt und einschläft. Ich bestrafe mich selbst damit, mich ihr zuzuwenden und sie zu beobachten. Die Tränen auf ihrer Wange sind nicht getrocknet und schimmern im Licht der Gaslampe. Ich präge mir jeden Atemzug und jede kleinste Regung ein, wissend, dass ich für den Rest meines Lebens mit diesen Erinnerungen auskommen muss.

»Ayla«, flüstere ich in die Einsamkeit der Nacht. »Ich liebe dich.«

Ich will es ihr gesagt haben. Zumindest ein einziges Mal. Ich glaube, es hat sich nie etwas so aufrichtig angefühlt.

KAPITEL 28

MAL *(Albanisch)*

AYLA

Erleichterung. Das ist es, was ich spüre, als wir zwei Tage später endlich im Lager IV ankommen. Nicht aufgrund der Gefahren, denen wir mit jedem fallenden Höhenmeter entgehen, sondern wegen der Weite. Keine schmalen Grate mehr und keine engen Standplätze, die mich in Juliens Nähe zwingen, nach der ich mich insgeheim sehne. Die Enttäuschung sitzt tief, aber die Bindung zu ihm, die ich an jedem Tag in meinem Leben gespürt habe, abzureißen, ist nicht möglich. Nicht so schnell, wie es mein Verstand möchte. Wie es die Wut und der Hass und die Desillusionierung verlangen.

Er hat mir nicht die Wahrheit gesagt. Er hat mich glauben lassen, was ich glauben wollte, und mir ein Bild von ihm präsentiert, das ich viel zu schnell akzeptiert habe. Hilflos. Das war ich, und Julien hat mir gezeigt, wie stark ich sein kann. Er hat mir das gegeben, was ich gebraucht habe, nur um mir alles wieder zu entziehen. Als wäre all das nur ein Spiel.

Ich kann ihm nicht mehr vertrauen. Er hätte es mir sagen müssen. Es war mein Recht, zu erfahren, was passiert ist. Sofort. Nicht Jahre später. Das Wissen, dass Devin am Leben war und die letzten Minuten in dem Bewusstsein verbracht hat, dass er sterben würde und wir ihn im Stich gelassen haben, holt die Schuldgefühle wieder zurück. Stärker als je zuvor. Ich habe mir immer vorgestellt, sein letzter Moment auf dieser Erde wäre von der Liebe getragen gewesen, die wir füreinander empfunden haben. Er hat ihn einfach sich selbst überlassen. Ich wünschte, ich könnte es rückgängig machen und bei Devin sein, ihm helfen, doch das kann ich nicht. Ich kann es nicht ändern. Aber es verändert mich.

Die erste Nacht war grausam. Die zweite auch. Der Schmerz hat jeden Atemzug begleitet, und ich habe nur funktioniert. Charles Creek und damit der Gewissheit näher zu kommen, dass sich seit meinem Aufbruch nichts und doch alles verändert hat, müsste mich weiter nach unten ziehen, doch das tut es nicht.

Die erste Welle der Trauer ist über mich hinweggerollt. Sie hat mich umgerissen – und etwas zurückgelassen. Etwas, das ich mir ein Mal habe nehmen lassen, aber kein zweites Mal.

Ich sitze am Rand des Lagers an der Felskante, meine Füße baumeln ins Nichts, und der ständige Wind lässt mich zittern. Und ich lächle. Ich hebe den Kopf, sehe nur Stein und Schnee und Ausweglosigkeit, aber ich lächle. Weil ich die Kraft spüre, die immer noch in mir ist. Die unantastbar geworden ist. Die mir niemand nehmen kann. Kein Berg. Kein Mensch. Keine Vergangenheit, weil ich *ich* bin. Diese Gewissheit nährt neuen Mut und die Kraft, Entscheidungen zu treffen. Für mich und mein Leben. Für meine Zukunft. Ein Weißkopfseeadler kreist über der Bergkette, die westlich von mir aufragt, und zum ersten Mal muss ich mich nicht fragen, wie es wohl ist, sich so frei zu fühlen.

Stimmen und Geräusche aus dem Lager in meinem Rücken dringen wieder in mein Bewusstsein, und ich stemme mich vom Boden hoch. Die ersten Schritte werden von der Kälte ausgebremst, die mich lähmt, aber je näher ich meinem Ziel komme, desto schneller werde ich.

Ich bitte Preston um das Funkgerät und entferne mich so weit von den anderen, dass mich niemand hören kann. Erst nachdem ich mit den Rangers gesprochen habe, gehe ich auf Ian zu und unterbreite ihm mein Angebot. Ich habe nichts zu verlieren, weil ich es durchziehen werde, mit oder ohne seine Unterstützung. Ich werde den Malamute Peak besteigen.

Als mir Ian zwei Stunden später das Okay gibt, verspüre ich keinen Druck oder Angst. Ich fühle mich frei wie der Weißkopfseeadler, der längst wieder verschwunden ist.

Bis zum Abend sitze ich an einer Felswand und lasse mich von den Sonnenstrahlen wärmen, die durch die Wolken dringen, welche der Wind über den Himmel treibt. Auf ein paar Blättern Papier, die ich von Sarah bekommen habe, male ich unsere bisherige Route auf und das, was ich von den Vorgipfeln und dem Gipfel gesehen habe. Ich könnte Julien nach den Aufzeichnungen in seinem Routenbuch fragen, aber das will ich nicht. Es ist an der Zeit, meinen eigenen Weg zu finden.

Zum Abendessen hat sich die Crew versammelt. Alle, bis auf Julien, der sich nach etlichen Interviews und Aufnahmen seit der Mittagszeit im Zelt verkrochen hat. Es ist sein allererster offizieller Abbruch, der von den Medien dokumentiert wird, und das muss ihm zu schaffen machen. Dass wir wegen mir und meinem fehlenden Vertrauen aufgegeben haben und ich jetzt einen neuen Versuch wage, sollte mir vielleicht den Hauch eines schlechten Gewissen bereiten, aber das tut es nicht. Ich bin Julien nichts mehr schuldig. Nicht, nachdem er mir die Wahrheit so lange schuldig geblieben ist.

Ich habe mitbekommen, dass Ian mit einigen aus dem Team gesprochen hat, aber niemand hat mich mit meiner Entscheidung konfrontiert. Ich kann nicht einschätzen, was das zu bedeuten hat, und würde gerne sagen, dass es mir egal ist. Doch so ist es nicht. Jeder wünscht sich Anerkennung und Zuspruch. Gleichgültig, wie unabhängig man ist.

Als Hunter schließlich in die Kreismitte tritt, seinen Becher hochhält und damit auf mich zeigt, verstummen die Gespräche, und sämtliche Blicke sind auf mich gerichtet. Ich rechne mit Unverständnis oder Zweifeln, vielleicht sogar mit Diskussionen und Gegenwind, und mache mich auf alles gefasst.

»Ich glaube, ich spreche für das gesamte Team hier, wenn ich Ayla zu ihrem Entschluss gratuliere, diese Expedition allen Widersprüchen zum Trotz nicht scheitern zu lassen. Sie ist nicht bereit, uns den Erfolg vom Schicksal nehmen zu lassen, und ihr Mut und ihre Willenskraft sollen uns Glück bringen und Ayla vor allem an den Gipfel des Malamute Peak!«

Die Crew klopft mit kleinen Steinen gegen ihre Becher und prostet mir zu, und ich spüre die Röte, die meine Wangen bis zu den Schläfen hin überzieht. Erleichterung überkommt mich. Ich bin nicht allein. Ich habe ein ganzes Team, das mit mir zusammen an mich und diese Mission glaubt und mich unterstützen wird. Was mich vor wenigen Wochen verängstigt hat, gibt mir jetzt Kraft und Zuversicht.

Ich lasse mich umarmen und sage ein paar Worte in die Kamera, bis ich seinen Blick in meinem Rücken spüre und der Trubel um mich herum wieder verblasst. Langsam drehe ich mich zu Julien. Er steht da, sieht mich an, und ich kann nicht sagen, was mich mehr trifft. Die zusammengekniffenen Augen, die meine Entscheidung hinterfragen und an mir und meinem Können zweifeln, oder die geballten Fäuste, die mir seinen Zorn entgegenschleudern.

Mit dem nächsten Atemzug fühle ich mich zurückversetzt zu dem Abend, an dem Julien in Charles Creek aufgetaucht ist und wir in der Lodge aufeinandergetroffen sind. Nur bin dieses Mal ich es, die ihren Becher hebt und ihm zuprostet.

Um sich dann mit einem Lächeln zurück zur Crew zu drehen.

Mit einem Lächeln.

Und mit Scham.

JULIEN

Alles dreht sich, und ich stolpere nach hinten. Weg von der Crew, weg von Ayla, doch die Schlinge, die sich um meine Eingeweide windet und sie immer weiter zerdrückt, lässt sich nicht lösen.

Ich schaffe es bis zur zweiten Reihe aus Zelten, bevor ich würge und das wenige Essen, das ich zu mir nehmen konnte, wieder auskotze. Mein Lachen unterbricht das kehlige Geräusch aus meinem Hals, und ich spüre, wie mir der saure Magensaft aus der Nase tropft. Ich habe tatsächlich gedacht, ich hätte es unter Kontrolle. Nein, ich könnte Ayla retten, meine Fehler umkehren und sie zurück nach Hause bringen, indem ich Zug für Zug mehr von dem vernichte, was uns verbindet und mich am Leben gehalten hat. Dabei hätte mir längst klar sein sollen, dass das Leben keine Schachpartie ist, die sich berechnen lässt. Oder dass ich auch nur ein Mal gewinnen könnte.

Mit dem Handrücken wische ich mir über den Mund und richte mich auf.

»Julien?«

Ich will jetzt nicht reden. Ich kann jetzt nicht reden.

»Wir können –«

»Nein«, unterbreche ich Sarah und schiebe mich an ihr vorbei, dem Zusammenbruch so nahe, dass ich beinahe die Orientierung verliere. Tränen kämpfen sich unter meinen krampfhaft geschlossenen Lidern hervor, und irgendwie schaffe ich es fast blind, mich in das Zelt zu retten.

Ayla steigt auf.

Sie steigt auf.

Und ich habe die letzte Chance, bei ihr zu sein, verschenkt. Für eine Wahrheit, die keine ist, um sie vor dem zu schützen, was mich seit Jahren auffrisst. Und mit einer weiteren Lüge über meinen Daumen habe ich mir sogar die Möglichkeit genommen, sie zu begleiten.

Mit kaum mehr Kontrolle über meinen Körper sinke ich im Zelt auf die Knie und ziehe den Reißverschluss hinter mir zu. Meine Atmung geht in ein Keuchen über, und die aufkommende Panik gewinnt an Macht und lässt zu, dass sich der Schmerz nach oben drängt. Alter, zäher Schmerz.

Mit der geschlossenen Faust schlage ich so lange gegen meine Brust, bis es wehtut. Ich sollte aufhören, doch schlage weiter, stoße den Schmerz zurück, der nicht da sein darf. Der mich vernichten könnte. Ich habe sie nicht gerettet, ich habe sie verloren. Für nichts.

Ich habe versagt.

Den Selbsthass begrüßend, fahre ich mit den Fingern in meine Haare und ziehe grinsend daran. Lautlos kauere ich mich zusammen, halte mich selbst und warte, bis ich nicht mehr von stillen Schluchzern gebeutelt werde und mein Herz aufhört, sich zu überschlagen. Ich bin schuld. Ich ganz allein. Ich wollte sie, immer nur sie, und habe nun nichts mehr.

Irgendwann werden meine Atemzüge ruhiger, und ich schaffe es, mir die Schuhe auszuziehen und mich im Schlafsack zusammenzurollen. Der Dämmerzustand, in den mich meine Erschöpfung treibt, ist ein ständiger Wechsel zwischen der Traumvorstellung, das alles wäre nicht passiert, und dem Aufprall in der Realität.

Ich war mir gar nicht sicher, ob Ayla noch den Schlafplatz mit mir teilen würde, doch als sie lange nach Einbruch der Dunkelheit den Reißverschluss öffnet, ist es, als würde sie damit auch die Wunden in mir weiter aufreißen. Zu wissen, dass sie jetzt hier ist, so nahe, und dann gehen wird, ist die Hölle. Es macht mir annähernd verständlich, warum Mom nie etwas darüber wissen wollte, welche Aufstiege ich plane. Was ich als Desinteresse gedeutet habe, war Selbstschutz.

In der Nacht am Fuße des Vorgipfels habe ich Ayla alles gesagt, was sie hören musste. Es gibt nichts mehr hinzuzufügen. Und trotzdem muss ich es tun.

»Ayla?«

Ein Atemzug. Dann noch einer. »Ja?«

Ich drehe mich nicht zu ihr um. Ich will sie fragen, was sie sich erhofft zu finden, und ihr erzählen, dass der Gipfel niemals die Erlösung ist, sondern nur ein Innehalten. Dass sie bleiben soll. Gleichzeitig will ich ihr sagen, dass sie stark genug ist und alles schaffen kann. Dass ich an sie glaube, so sehr, und Angst habe. Dass es ein großer Fehler war. Ich will ihr die echte Wahrheit sagen, die mehr wehtun wird als jede Lüge, will da sein für sie – für uns, um den Schmerz mit ihr gemeinsam zu ertragen –, aber ich kann nicht.

»Ayla?«, wiederhole ich, müde von den Gedanken, die immer und immer wieder unausgesprochen bleiben. »Pass auf dich auf.«

Sie erwidert nichts, und damit ist alles zwischen uns gesagt.

~ ~ ~

In dieser Nacht schlafe ich nicht. Ich sauge jedes Seufzen und jede kleinste Bewegung von Ayla in mich auf, um sie für die Ewigkeit in meiner Erinnerung zu verankern. Und bevor mich das Morgengrauen in ein neues Leben ohne sie zwingen kann, stehe ich auf und gehe.

Das gesamte Lager schläft, als ich meinen Rucksack schultere und das Plateau Richtung Westen verlasse. Für den Abstieg in die dritte Base wähle ich nicht den direkten Weg, sondern den mit den wenigsten Herausforderungen. Nichts lässt mehr erkennen, dass ein großer Teil des Teams vor Tagen etliches Gepäck über diese Route transportiert hat. Ihre Spuren sind von der Natur längst vergessen.

Die Sonne steht bereits hoch am Himmel, als mir die Gesteinszüge wieder annähernd bekannt vorkommen. Nur noch die Flanke, und das Lager III müsste sich vor mir erstrecken. Ich spüre ein Surren in der Luft und den Felsen, bevor ich ein gleichmäßiges Wummern höre, das von rhythmischen Schlägen unterbrochen wird. Als das Geräusch der Rotorblätter immer lauter wird, gehe ich in Deckung. Wenn ein Hubschrauber landen will, kann er es nur hier tun, laut meiner Erinnerung gibt es um Lager III keine geeignetere Fläche.

Hinter der Flanke taucht die rote Schnauze des Helikopters mit dem Logo der Charles Creek Rangers auf. Der Hubschrauber wendet und sinkt dann langsam ab. Die Sorge, sie könnten diese Stelle nutzen, um einen Bergekorb anzuhängen, nimmt überhand. In Lager IV könnte es einen Notfall gegeben haben, für den die Rangers hier die Bergung vorbereiten müssen. Ich mache weitere Schritte rückwärts und schirme meine Augen ab, um mich vor dem aufgewirbelten Staub zu schützen. Erst als sich die Rotorblätter langsamer drehen, hebe ich den Kopf und sehe zwei Personen an der Hinterseite aussteigen. Rhett winkt mir vom Cockpit aus zu und hebt fragend die Hände, was den Aufruhr in mir augenblicklich besänftigt. Wäre das hier ein Notfalleinsatz, würde er mich nicht fragen, ob ich mit ihm mitfliegen will. Ich forme mit den Armen ein Kreuz, und Rhett winkt erneut, bevor er sich vergewissert, dass er freie Bahn zum Abheben hat.

Der Druck der sich schneller drehenden Blätter presst gegen meine Brust, weshalb ich mich erneut abschirme, bis sich der Helikopter über die Fläche erhoben hat und dann entlang der Bergkante verschwindet. Rhett fliegt dabei so dicht am Felsen, dass ich kurz die Luft anhalte. Er ist einer der besten Piloten, die ich kenne, was es jedoch nicht weniger gefährlich macht.

Als der Hubschrauber hinter den Bergen verschwunden ist, schaue ich in Richtung der Personen, die er abgesetzt hat. Es reicht ein Blick auf Everon und Harlem, und mein Herzschlag setzt für zwei oder drei Sekunden aus. Vor Erleichterung und vor Wut. *Sie* werden sie begleiten.

Niemandem vertraue ich an Aylas Seite mehr als Everon, und trotzdem tut es weh. Weil ich es hätte sein können.

»Wir haben gedacht, wir würden dich in Lager IV antreffen«, sagt Harlem zur Begrüßung und stellt den Rucksack neben sich ab, um mich in seine Arme zu ziehen. Ich versteife mich, kann die Berührung kaum erwidern.

»Nein, ich bin heute Morgen aufgebrochen.«

Harlem klopft mir freundschaftlich auf die Schulter und zeigt auf meine Hand. »Wie geht es dir? Schaffst du den Abstieg mit deinem Daumen? Rhett hätte dich mitnehmen können.«

»Alles gut, Mann. Mach dir um mich keine Sorgen«, erwidere ich trocken, und Harlem lächelt.

Statt unser Gespräch zu verfolgen, hat Everon den Blick starr auf mich gerichtet, und ich tue mich schwer damit, ihn zu lesen. Er weiß es.

Harlem sieht zwischen Everon und mir hin und her. Sein Lächeln verblasst, er fährt sich durch die blonden Haare und seufzt dann. »Ich lass euch was auch immer allein klären. Falls ihr mich braucht: Ich orientiere mich im Gelände.« Er schultert seinen Rucksack und nickt mir zu. »Mach's gut, Julz.«

»Du auch, Harlem«, schaffe ich es noch zu erwidern, bevor mich Everons Ausdruck zum Schweigen bringt. Seine Kiefer bewegen sich leicht, und mit jedem Schritt, den Harlem sich von uns entfernt, wird seine Atmung schwerer und sein Blick dunkler.

»Ich wollte sie nicht –«, bringe ich noch hervor, da krallt sich seine Hand schon in meinen Anorak, und er drängt mich so lange zurück, bis ich nach hinten kippe. Trotz der vielen Schichten Kleidung bohrt sich Geröll in meinen Rücken, und mir geht die Luft aus, weil Everon sich auf meine Brust stützt.

»Du wolltest nicht? Was wolltest du nicht? Sie zerstören?«

Keine Gegenwehr. Nicht mehr.

»Das Schlimme ist, Julien, dass sie mir nicht mal sagen musste, was zur Hölle wirklich passiert ist. Ich hab es an ihrer Stimme gehört. Ihre Bitte, sie auf den Gipfel zu begleiten, hat gereicht. Da habe ich es gewusst. Das warst du.« Er drückt fester zu. »Ich habe dich gewarnt, Julien, und du hast mir versichert, dass du es ernst meinst.«

»Mein Daumen …«, würge ich reflexartig hervor, doch Everon beugt sich nur näher an mein Gesicht. Seine Pupillen weiten sich gefährlich.

»Wag es nicht, mir den gleichen Scheiß zu verkaufen wie dem Rest der Welt, Julien. Wag es nicht!«

Ich schließe die Augen, gebe den letzten Widerstand auf, der mich in dem Konstrukt aus Ausreden und Lügen gefangen hält, und resigniere. Die Tränen halte ich mit aller Kraft zurück.

Everon sieht den Kampf in mir und lockert seinen Griff – nur um mir noch einmal vor die Brust zu stoßen. »Sag es, Julien, warum hast du aufgegeben?«

Die Antwort ist einfach, so einfach, was mir ein hohes, unnatürliches Lachen entlockt. Ich schaue Everon an und blinzle die Tränen weg, bevor mein Lachen erstickt und ich vor Schmerz das Gesicht verziehe. Ich beiße die Zähne zusammen, will das zurückhalten, was mir gehört, aber ich kann nicht.

Ich räuspere mich, versuche, irgendeine Stärke in meiner Stimme zu finden, um Everon zu zeigen, dass ich weiß, was ich tue. »Angst.«

Ein Wort mit so viel Macht, doch Everon bleibt unbeeindruckt.

Erneut stößt er mir vor die Brust. »Bullshit, Julien. Wir sind mit dieser Angst aufgewachsen. Dir war absolut bewusst, worauf du dich einlässt. Niemand weiß so gut wie du, was es bedeutet, sein Leben in die Waagschale zu werfen, also erzähl mir nicht, dass du mit der Angst nicht hättest umgehen können.« Sein Mund wird zu einem schmalen Strich. »Warum hast du sie im Stich gelassen?«

Ich denke an Ayla und das Versprechen, von dem ich ihr erzählt habe. Dass ich Devin dem Tod überlassen habe, mit dem Wissen, dass ich mein Leben nutzen werde. Und dann denke ich an das Versprechen, das ich ihm wirklich geben musste. Das er verlangt hat, obwohl ich ihn angefleht habe, es nicht zu tun. Es reicht die Erinnerung an seine Stimme, die immer wieder bricht, weil er die Kraft braucht, um sich in den Felsen zu krallen, und die Verletzlichkeit ritzt eine weitere Kerbe in mein Herz. Nichts hat Devin mehr gehalten außer seinem eigenen Willen. Keine Sicherung. Kein Seil. Nicht, nachdem er sich ausgeklipst hat, für uns. Ich sehe, wie sehr er zittert, selbst aus der Entfernung. Wie sehr Devin kämpft, obwohl er längst weiß, dass es vergebens ist. Er will sich halten, bis er mein Wort hat.

Mit einem Mal will ich den Schmerz vertreiben und die unauslöschliche Schuld, die mich begleitet, und ich stemme mich gegen Everon. Er hält mir stand. Ich schlage seine Hand von meiner Brust, um ihm endlich zu entkommen, doch es gibt kein Entkommen.

Nicht dieses Mal.

»Sag mir, warum du sie im Stich gelassen hast! Was hast du ihr erzählt?« Er stößt sein Knie in meine Seite, und ich stöhne auf. Everon nutzt meine kurze Perplexität, um mich neu zu fixieren, und unter dem Gewicht seines Körpers beginne ich, um mich zu schlagen. Ich will weg. Weg vom Berg. Weg von den Bildern. Weg von der Wahrheit.

Ich kämpfe gegen Everon und meine Vergangenheit, mit aller Kraft, und hasse ihn dafür, dass er stärker ist. Aber er gibt nicht auf.

Er gibt *mich* nicht auf.

Er wartet, bis die Erschöpfung mich zur Ruhe zwingt. Dann lässt er von mir ab und sinkt auf die Fersen. Seine Hände zittern. »Was zur Hölle ist los, Julien? Was hast du ihr erzählt?«

Mein Herzschlag donnert unaufhaltsam gegen meine Rippen, als ich mich vom Boden wegdrücke und erst zurück- und dann vorwärtsstolpere. Unter meinen Schuhen knirschen die Steine. Atemlos sehe ich Everon an, will ihm sagen, dass ich ihr nicht die Wahrheit erzählen konnte.

Stattdessen schüttle ich den Kopf und taumle auf meinen Rucksack zu.

Ich muss hier weg.

KAPITEL 29

పర్వతం *(Telugu)*

AYLA

Ich frage mich, ob man sich jemals daran gewöhnt, so weit weg von allem zu sein. Nicht von zu Hause, sondern von der Welt. Vom Alltag und seinen Problemen. Von den Menschen und den Begegnungen, die einem manchmal mehr nehmen, als sie geben. Von der Frage, welche Aufgaben dich am nächsten Tag erdrücken werden, und dem immer gleichen Rhythmus, der sich anfühlt wie ein Seil um den Hals. Es zieht sich zu, stetig enger, und doch stehst du am darauffolgenden Morgen wieder auf und veränderst … nichts.

Hier oben ist es anders.

Hier oben, fernab der Form, in die dich das Leben gepresst hat, bist du dir selbst nahe. Du spürst deine Bedürfnisse klarer und machst dir jeden Atemzug bewusst. Du bist du.

»Everon?«

Schnee ist auf seiner Kapuze festgefroren, obwohl es bereits in den ersten Morgenstunden aufgeklart hat.

»Ja?« Er braucht mehrere Schläge, um den Pickel im Eis zu verankern, und dreht sich dann zu mir um. Die Kleidung lässt nur einen Teil seines Gesichts frei, und für diesen einen Atemzug ist es Devin, der sich zu mir umdreht und mich ansieht.

Ich schüttle den schwachen Schemen ab und deute in Richtung Bergspitze. »Der Gipfel erscheint plötzlich so greifbar. Zeit meines Lebens war er ein Punkt in der Ferne, weit entfernt vom Möglichen.«

Everon lächelt. »Noch eine Nacht, und du siehst, dass nichts unmöglich ist, Ayla. Mit Harlem habe ich diese Schulter nordöstlich bestiegen, aber die Linien führen alle an denselben Punkt. Wir können uns dort einen Ruheplatz einrichten und werden morgen den Gipfel erreichen. Und dann beginnt das Suchen nach neuen Träumen.«

Ich nicke lediglich, weil es sich nicht mehr anfühlt wie ein Traum. Dann drehe ich meinen Körper leicht aus der geneigten Lage und blicke mich um. Bergspitze um Bergspitze, Kanten und schroffe Wände, so weit das Auge reicht. Fast so, als würde der Rest der Welt nicht existieren. Als hätte sich das Gebirge nicht nur um mich, sondern auch um mein Herz gelegt.

Acht Tage sind vergangen, seit Julien gegangen ist. Vermutlich hat er angenommen, ich höre nicht, wie er in der Nacht aus dem Zelt flüchtet. Ich dachte, es wäre mir egal, wenn er geht. Die schonungslose Wahrheit ist, dass es das nie war.

»Wollen wir?«, fragt Everon. »Der Gipfel wartet auf dich, und das schon seit Jahren.«

»Ja«, sage ich mit einem Lächeln, das keines ist. Weil das hier nicht mein Leben ist. Weil ich weiß, dass es nur eine Unterbrechung ist und das Danach das Davor sein wird. Ich dachte immer, es würde sich wie ein Triumph anfühlen und nicht, als würde ich alles verlieren. Nicht mit Erreichen des einzigen Ziels, das ich jemals hatte.

Everon richtet seinen Blick wieder auf die Wand und steigt weiter. Eis spritzt mir entgegen, als er neue Tritte setzt, immer der Linie entlang. Keine Schwere mehr. Nur der nächste Tritt. Eine Bewegung nach der anderen, die den Kopf befreit und mich funktionieren lässt. So lange, bis wir da sind. Denn sobald mein Körper

Ruhe findet, kehren die immer gleichen Kreise zurück. Es gibt kein Entkommen.

Ich strecke mich durch und reibe mir über die kalten Wangen. Schon seit Tagen sehen wir die Spitze des Malamute Peak immer wieder aus einer anderen Perspektive. Dem Gipfel jetzt so nahe zu sein, von der kleinen Fläche aus, die den letzten Anstieg markiert, lässt mich tief durchatmen.

»Ist er auch aus der Nähe so, wie du ihn dir vorgestellt hast?« Everon tritt neben mich und teilt meinen Blick.

»Du meinst, kantig und schroff und dann doch nur halb so groß, wie er aus der Entfernung oder auf Bildern verspricht?«

Er zeigt auf den Berg vor uns. »Ich meine den Gipfel, nicht Julien.«

Obwohl nichts an dieser Situation komisch sein sollte, lache ich. Ich lache aus tiefstem Herzen, zum ersten Mal seit Tagen. Seit Everon mich in seine Arme geschlossen hat und ich ihm das stille Zeichen gegeben habe, dass ich nicht bereit bin, zu sprechen. Dass ich nicht über das reden kann, was zwischen Julien und mir vorgefallen ist. Ich kann Everon nicht sagen, dass Devin am Leben war. Es fühlt sich falsch an, weil es nicht meine Wahrheit ist, nicht mein Teil der Geschichte. Vielleicht bin ich auch einfach nur feige. Everon hat mich bei seiner Ankunft im Lager IV auch ohne Worte verstanden und mich an sich gedrückt. Wir haben Julien nicht mehr erwähnt. Jetzt über ihn zu sprechen, wenn auch nur kurz, fühlt sich an, als würde er damit das enge Band um meine Brust etwas lockern.

Das einsame Schluchzen kann ich nicht zurückhalten. Everon bleibt einfach neben mir stehen, greift nach meiner Hand und wartet. Er ist da. Er war immer für mich da. Er hat Juliens Platz eingenommen, sich mit den Anforderungen des Teams und der Kameratechnik vertraut gemacht und das getan, was er zeit seines Lebens liebt: sich in den Bergen zurechtgefunden.

»Ich glaube, wir haben Feierabend. Zumindest vorerst«, sagt er leise und beugt sich zu mir. Er schaltet zuerst die Kamera an unseren Helmen aus und sieht dann wieder geradeaus. Er bedrängt mich nicht, das hat er nie. Vielleicht ist das der Grund, warum es mir bei ihm um so vieles leichter fällt, zu sprechen, als bei anderen Menschen.

»Ich weiß nicht, wie ich mit alldem umgehen soll«, sage ich leise, nachdem die Weite vor meinen Augen verschwimmt und wieder zu einem undurchsichtigen Nebel wird.

»Womit, Ayla?«

»Das hier ist nicht echt.« Ich atme tief durch. »Es macht mich glücklich, aber es ist nicht echt. Du hast mir gesagt, dass ich sehen werde, dass nichts unmöglich ist – aber das Unmögliche möglich zu machen, verändert nichts. Wenn wir wieder zu Hause sind, wird alles, wie es war. Nein, es wird schlimmer.«

»Du meinst, nachdem du den Malamute Peak bestiegen hast und auf dieser Expedition einen Teil von dir selbst wiedergefunden hast, den du längst verloren geglaubt hast? Das Vertrauen in deinen Körper und dein Können, deine Stärke?«

»Der Berg hat sie mir einst genommen und jetzt wieder zurückgegeben. Das hört sich nur fair an.« Ich mache zwei kleine Schritte nach hinten und lasse mich erschöpft in den Schnee fallen.

»Dir ist aber bewusst, dass es in der Natur keine Fairness oder gar Karma gibt und dass der Gipfel und die Besteigung rein gar nichts damit zu tun haben, sondern dass das Julien war?«

Ich schnaube und mache so der neuen Wahrheit in meinem Leben Platz. Er hat Devin zurückgelassen. »Julien hat das hier nicht für mich getan. Ich war Mittel zum Zweck.«

»Ach ja?« Everon setzt sich neben mich. »Warum glaubst du das?«

»Weil Julien alles nur für sich macht. Für sich allein.«

Everon will etwas erwidern, aber ich stehe auf und nehme die Schaufel, die er neben uns in den Schnee gesteckt hat. Ich kann es ihm nicht sagen. »Ich grabe weiter.«

Everon hat bereits begonnen, den Schnee unter einer Wechte für unser Nachtlager auszuheben. Das Leben wird in dieser Höhe minimalistisch, selbst ein Zelt ist ein Luxus, der nicht mehr möglich ist.

Er steht auf und streckt mit einem Kopfschütteln die Hand aus. »Nenn mich altmodisch, aber ich würde mich nicht gut fühlen, eine Frau meinen Schlafplatz ausheben zu lassen. Gleichberechtigung hin oder her. Das geht nicht.« Er nimmt sich die Schaufel, und ich helfe ihm dabei, den Schnee zu stabilisieren. »Ayla, dir ist klar, dass du dich irgendwann mit allem auseinandersetzen musst, oder? Du kannst deine Probleme nicht ewig still in dich hineinfressen.«

»Das tue ich nicht.«

Er lacht. »O doch, das tust du. Eigentlich sollte ich mich nicht darüber beschweren, niemand anderer könnte die Lodge derart in Schuss halten wie du. Deine Renovierungsarbeiten sind unvergleichlich, auch wenn sie einen hohen Preis haben, für dich. Was du mit dir herumträgst, lässt sich nicht abarbeiten. Es wird immer größer.«

»Das ist leicht überzogen, Everon«, sage ich keuchend und klopfe weiter mit meinen Händen auf den Schnee. Trotz der Kälte beginne ich schon nach den ersten Bewegungen zu schwitzen. Der wenige Sauerstoff bringt mich immer schneller an meine Belastungsgrenze. Ich schnappe nach Luft, die so trocken ist, dass ich husten muss. »Nur weil ich nicht über Julien reden will.« Ich schlucke hinunter, dass ich ihm nicht sagen kann, dass Devin gelebt hat. Es reicht, wenn einer von uns beiden diese neue Wahrheit mit sich trägt. Ich sehe Everon nicht an. »Vielleicht will ich einfach keinem mit meinem Zeugs auf die Nerven gehen.«

»Ayla, wir sind Freunde. Die Probleme des anderen sind auch die eigenen.« Everon kniet neben mir und sticht jetzt die Schaufel in den Schnee. »Ich biwakiere kurz vor einem Gipfel mit dir, wo ich eigentlich meine Füße zu Hause in der Lodge am Kamin wärmen und beim Kartenspielen gegen Willy eine heiße Schokolade mit Selbstgebranntem um die nächste verlieren könnte. Emma gibt ihr Bestes, die Lodge in unserer Abwesenheit am Laufen zu halten, doch wir wissen beide, dass wir bei unserer Rückkehr einen Haufen Arbeit vorfinden werden, obwohl sich mit Abwesenheit der Filmcrew aktuell nicht mal Gäste im Haus befinden. Aber ich bin gerne hier, im Nirgendwo, und lasse mir vom Wind die längst gefrorene Haut von der Wange schälen, weil mir scheißegal ist, aus welchem Grund. Ich weiß, dass du mich brauchst, und da zögere ich keine einzige Sekunde. Und ich weiß, dass du das auch nie würdest. Du bist da, wenn ich dich brauche. Immer. Wir sind füreinander da.«

Ich sehe Everon in die Augen und nicke. »Nein, ich würde nicht zögern. Niemals.«

Everon atmet ebenfalls tief ein, und seine Atemluft stäubt in einer weißen Wolke auf. »Warum fällt es dir dann so schwer, auch für dich selbst da zu sein? Du«, er zeigt auf mich, »solltest obere Priorität haben. Du allein.«

»Ich hätte genauso gut mit Julien absteigen können«, versuche ich, mich zu verteidigen. »Aber das habe ich nicht getan, weil ich für mich selbst einstehe. Damit habe ich mich zu meiner Priorität gemacht.«

»Nein. Das macht dich zu jemandem, der stark ist und an sich glaubt. Der für seine Ziele kämpft und sich einem Berg stellt.« Er zeigt auf mich. »Dabei ist es die größte Herausforderung, sich sich selbst zu stellen.« Everon greift wieder nach der Schaufel. »Julien hat das verstanden.«

»Julien hat gar nichts verstanden. Julien ist ein Feigling.«

»Ist er das? Oder hat er einfach nur versucht zu überleben? Genauso wie du?«

Meine Kehle beginnt zu brennen. »Du kannst das nicht beurteilen, Everon.«

»Was? Dass du dich jahrelang versteckt hast? Julien hat dasselbe gemacht, aber auf eine andere Art.«

»Du weißt gar nichts«, bringe ich mit zusammengebissenen Zähnen hervor. Scham kriecht über meinen Rücken. Everon tut alles für mich und setzt sein Leben hier oben für mich aufs Spiel, und ich schaffe es nicht mal, ihm zu sagen, dass sein Bruder am Leben war und alleine sterben musste.

»Was weiß ich nicht, Ayla? Dass ihr beide voreinander flüchtet, schon wieder? Nur habt ihr dieses Mal die Richtungen vertauscht.«

Mein Herzschlag gerät ins Stolpern. Die Anspannung in meinem Kiefer lockert sich, und mir klappt der Mund auf.

»Was?« Everon zieht die dunklen Augenbrauen hoch. »Julien hinterlässt auf jedem verdammten Berg seine Zeichen, unübersehbar. Ich musste nicht mal danach suchen, als ich mit Harlem oben war.«

Nein. »Du hast es gewusst? Und hast mir nie etwas gesagt?«

Everon hält in der Bewegung inne. »Julien war nicht bereit dazu, es mit irgendjemandem zu teilen außer mit mir. Und das habe ich respektiert.«

Ich verstehe Everon. Es enttäuscht mich mehr, als vermutlich gerechtfertigt ist und ich zugeben will, aber ich verstehe ihn. Und ich akzeptiere es. Auch wenn mein Motiv, Julien nicht zu verraten, nicht annähernd so nobel ist wie das von Everon. Ekel rumort in meinem Bauch, vor mir selbst, weil ich es meinem besten Freund nicht einfach sage. Er hat das Recht, es zu wissen. Es war sein Bruder. Wie viele Wahrheiten und Geheimnisse muss man bereit sein zu respektieren, wie viele?

Hektisch beginne ich, auf den Schnee zu klopfen.

»Ayla?«

Everon legt die Hand auf meinen Arm und bringt mich dazu, ihn anzusehen. »Ist alles in Ordnung?«

Ich zwinge mich zu einem Lächeln, lasse es überdecken, was mich beschäftigt. Es geht jetzt darum, aufzusteigen. Und um nichts anderes. »Ja. Alles in Ordnung.«

Es zählt nur dieser Gipfel.

JULIEN

Zeit hat ihre Bedeutung verloren.

Ich irre in den Bergen umher, nicht bereit dazu, als irgendeine Version von mir zurückzukehren, die ich nicht bin. Die ich vielleicht niemals war. Ich wähle Routen, die keine sind, und schlage mich zwischen der Baumgrenze und dem nackten Felsen umher. Orientierungslos mache ich einen Schritt nach dem anderen in eine Richtung, die mich wegbringt von allem, was seit Jahren über mich bestimmt. Weg von den Lagern und dem Ehrgeiz, sportliche Leistung zu erbringen, in einer Umgebung, für die der Mensch so wenig gemacht ist.

Zum ersten Mal in meinem Leben habe ich kein Ziel vor Augen. Keine Idee von einem Aufstieg, keinen Gipfel, keinen Ort, den ich erkunden will oder von dem ich mich entfernen muss. Und zum ersten Mal in meinem Leben habe ich nichts, um mich abzulenken. Von dem Menschen, der ich bin. Von den Bedürfnissen, die ich habe. Von dem Schmerz. Von der Liebe.

Was bleibt, ist nicht sehr viel. Es ist roh und offen, als hätte man mich mit einer blutenden Wunde zurückgelassen. Und vergessen.

Mit dem Schuh verheddere ich mich in einer kahlen Brombeerranke und kann mich nicht schnell genug abfangen. Die fehlenden Nährstoffe machen mich langsam, und ich falle auf meine Knie. Die letzten Tage haben mich ausgezehrt. Ich habe längst nichts mehr zu essen bei mir und ernähre mich von irgendwelchen Flechten und Wurzeln, die das hohle Brennen in meinem Magen nicht beruhigen können. Ich könnte jagen. Clayton hat uns gezeigt, wie man in der Wildnis überlebt. Er hat jeden von uns zu einem Bear Grylls ausgebildet, und wir haben es geliebt. Eine Zeit lang hat Harlem geglaubt, er würde ebenfalls einmal seine eigene Fernsehshow haben und sich actionreich von Wasserfällen in Island abseilen. Von Clay habe ich mehr über das Leben gelernt als von meinem verdammten Vater. Es hat mir nie jemand offen Vorwürfe wegen Devins Tod gemacht, außer ich mir selbst – und er. In stillen Momenten hallt die Stimme meines Vaters durch meine Erinnerung. Meine Seele hat den einen Augenblick festgehalten, in dem ich gerade die letzten Sachen zusammenpacke, das wenige, was ich mitnehmen will. Seine Schreie brachen unbarmherzig über mich herein.

»*Ich habe immer gesagt, dass du nicht in der Lage bist, Verantwortung zu übernehmen. Für andere und für dich selbst. Dafür braucht man Disziplin. Disziplin, gegen die du immer immun warst, weil dich deine verdammte Mutter viel zu sehr verweichlicht hat.*« Er hat mir den Rucksack aus der Hand gerissen und ihn nach meiner Mom geworfen. Sie konnte nicht ausweichen, das konnte sie nie. »*Was für ein Weichei schläft mit sechs im Bett seiner Mutter? Das haben wir jetzt davon. Der Junge ist nicht mal volljährig und hat ein Leben auf dem Gewissen!*«

Ich habe versucht, es zu ignorieren, und trotzdem hat sich jeder einzelne Satz von ihm in meinem Gedächtnis verewigt. Mit dem Vorsatz, ihn aus meinem Leben zu verbannen, habe ich meiner Mom den Rucksack abgenommen, sie still angefleht, mit mir zu kommen.

»*Wer keine Disziplin hat, verliert Struktur, und das kostet Leben.*« Mein Vater konnte nicht aufhören. »*Es wäre halb so schlimm, wenn du zumindest die Beerdigung besucht hättest.*«

»*Halb so schlimm?*« Ich habe mich umgedreht, ihn nur angesehen. »*Wirklich, halb so schlimm? Devin wäre immer noch tot.*«

Mein Vater hat gelacht. »*Ja, aber ich hätte vor Charles Creek nicht das Gesicht verloren. Ich bin General der Alaska Army National Guard, und mein einziger Sohn ist ein feiger Mörder.*«

Dieses eine Wort hat alles verändert. Nicht seine unzähligen Erniedrigungen und Vorwürfe, sondern dieses eine Wort. Egal, was ich erreiche, es hat sich auf ewig in mein Gedächtnis eingebrannt.

Was mein Vater über ihren Sohn gesagt hat, hat meine Mom dazu gebracht, ihr Erspartes zu nehmen und endlich nach Toronto zu ihrer Schwester zu ziehen, um ihre Leidenschaft für das Cellospielen wieder aufleben zu lassen. Sie ist jetzt glücklich und verdient ihr eigenes Geld in einem kleinen Ensemble. Wir sprechen nicht über das, was passiert ist, aber wenn ich sie besuche, zeigt sie mir, dass das Leben nie nur aus Schatten oder Licht besteht. Es ist seine ganz eigene geheime Mischung. Meine Schatten haben in meiner Mom den Willen hervorgerufen, etwas zu verändern, ihr Glück zu suchen.

Ich lache auf. Und ich krieche hier im Dreck herum, mit aufgerissenen Händen und trockener Kehle, auf dem besten Weg, mich unter irgendeinem Nadelbaum zusammenzurollen und zu warten, bis es vorbei ist.

Dad hatte recht. Ich bin ein Mörder. Und ich kann keine Verantwortung übernehmen, sonst hätte ich Ayla erst gar nicht in diese Lage gebracht. Wenn ihr etwas passiert, geht das ebenfalls auf meine Kappe.

Mein Stöhnen klingt kratzig und hohl, als ich mich vom Boden wegdrücke. Ich bin der Last meines Rucksacks nicht mehr gewachsen und taumle nach vorne. Mein Körper ist zu schwach, um sich auszubalancieren, also falle ich wieder, dieses Mal rückwärts. Mit einem Ächzen schlüpfe ich aus den Gurten des Rucksacks und drehe mich auf die Seite. Weil es keine Rolle spielt. Ich brauche nichts mehr. Nichts und niemanden. Niemand wartet auf mich.

Ungelenk stemme ich mich hoch und mache die ersten Schritte ohne Gepäck, fühle mich jedoch nicht so leicht wie erhofft. Mein eigentlicher Ballast wiegt noch immer schwer auf meinen Schultern und macht ein Entkommen unmöglich.

Ich bin ein Mörder.

Und Ayla weiß es.

KAPITEL 30

MLIMA *(Suaheli)*

AYLA

Es ist noch dunkel, als ich es spüre.

Ich muss den Kopf nicht heben, um zu wissen, was sich vor mir abzeichnet. Dass ich in wenigen Sekunden den Punkt erreiche, auf den sich mein ganzes Leben konzentriert hat.

Der Lichtkegel von Everons Stirnlampe fährt suchend durch die Nacht und bleibt dann über mir hängen. »Du kannst links an mir vorbei, Ayla. Das geht sich aus. Hast du genug Sicherungen?«

»Warum bleibst du nicht vorne?«, frage ich und zwinge meine nach Sauerstoff lechzenden Lungen, regelmäßig Luft einzuziehen.

»Weil es dein Aufstieg ist.« In seiner Stimme ist ein leises Lächeln zu hören. »Ich bin nur die Begleitung.«

Ich ziehe mich wieder an die Wand und steige die letzten Meter an ihm vorbei. Meine Muskeln fühlen sich inzwischen stählern an. Was zu Beginn der Expedition ein Brennen war, sind mittlerweile unsagbare Schmerzen, und ich habe keine Ahnung, wie ich mich jemals wieder davon erholen soll.

»Kamera ist an, ja?«, will Everon wissen, als ich mich über eine Ausbuchtung nach oben stemme. Von ihm und Harlem weiß ich, dass jetzt ein schmaler Überstieg bis hin zum Gipfel führt.

»Ist an«, gebe ich keuchend zurück.

Everon verfolgt meine letzten Handgriffe, damit auch die Kamera an seinem Helm nichts verpasst. Mir ist es längst egal geworden, wie ich auf den Aufzeichnungen zu sehen bin. Gerade bin ich mir sicher, dass mir Speichel über den Mundwinkel nach unten tropft, doch ich kümmere mich nicht darum, ihn wegzuwischen. Es ist interessant, wie schnell man sich nur aufs Wesentliche konzentriert, wenn es ums nackte Überleben geht.

»Fuck«, entkommt es mir, als ich aufstehe und meine zittrigen Beine mein gesamtes Gewicht tragen müssen. Ich richte mich weiter auf, strecke den Rücken durch und versuche, mich in der Dunkelheit zu orientieren. Der Gipfel liegt direkt vor mir, nur die schneebedeckten Stellen heben ihn aus der Nacht hervor. Wie Everon gesagt hat, führt ein schmaler Steig hinüber zur Spitze, während der eigentlich höchste Punkt drei oder vier Meter weiter stufenförmig nach oben verläuft und aussieht, als hätte man einfach ein Stück Felsen nachträglich hinzugefügt. Also eher wie eine Baustelle als ein jahrtausendealter Gipfel.

»Wären wir jetzt ein paar Hundert Kilometer weiter östlich am Mount Denali, müssten wir uns in einer Karawane von Alpinisten aus der ganzen Welt nach oben bewegen, um maximal zehn Sekunden für ein Foto zu haben, bevor wir zur Seite gedrängelt werden.« Mit einem Stöhnen richtet sich Everon neben mir auf und zieht sein Seil nach. Es ist eine unbestreitbare Tatsache, dass er viel durchtrainierter ist als ich, und selbst er hat mit den Anstrengungen zu kämpfen.

»Weißt du, was am Mount Denali so richtig ziehen würde?«, frage ich und wende mich meinem Freund zu. »Ein kleines Bistro mit deinen legendären Burgern, um die Wartezeit zu verkürzen.«

Wir beide lachen, und Everon schüttelt den Kopf. »Eigentlich wollte ich keine neuen Geschäftsideen ins Leben rufen, sondern dir einfach nur sagen, dass du dir Zeit lassen sollst, um es zu genießen.« Er zeigt auf den Gipfel. »Das ist es, was du dein Leben lang wolltest,

Ayla. Der Abstieg kann warten, das Wetter drängt uns nicht. Ich dränge dich nicht. Dieser Moment gehört dir, dir ganz allein.«

Ich schlucke und hole tief Luft. Ein vorsichtiges Lächeln legt sich auf meine Lippen, als ich vom Gipfel zu Everon und wieder zurück blicke. »Ich habe es gleich geschafft, oder?«

»Ja, das hast du.«

Ich habe Tausende Schritte hinter mir. Leichte und schwere, nicht wissend, wie der Weg verlaufen wird. Mir unsicher, ob ich es schaffe zu klettern oder ob ich schon an der ersten Wand versage. Ich musste einen Teil der Strecke wieder zurückgehen, voll Trauer und Wut und Schuldgefühlen, um nicht aufzugeben. Und doch sind die nächsten Schritte die schwersten. Weil sie etwas beenden, was mich mein Leben lang begleitet hat, und damit Platz für Neues machen, wo nichts Neues ist.

Ich setze einen Fuß vor den anderen und übersteige den schmalen Grat, ohne ein einziges Mal nach unten zu sehen. Es reicht mir, zu hören, wie lange das losgetretene Gestein klackert und gegen den Felsen und das Eis schlägt, bevor es leise im Nichts verhallt. Everon ist dicht hinter mir, doch er spricht nicht mehr. Alles in mir konzentriert sich auf den Gipfel. Der steile Anstieg ist mit feinen Eisplatten überzogen, und ich bremse mich selbst, um jetzt nicht in Unachtsamkeit zu verfallen. Nicht so kurz vor dem Ziel.

Das kleine Plateau zieht sich von der Spitze weg in den Himmel und scheint sich in der Unendlichkeit zu verlieren. Vor den letzten Schritten halte ich inne und schließe kurz die Augen. Mein Herz zieht sich zusammen, als würde es die Sehnsucht der unzähligen Stunden sammeln, die ich mit Blick auf diesen Berg verbracht habe. Bereit dazu, sie freizugeben. Das Reiben meiner Schuhe über den Stein durchbricht die Nacht, während ich auf den Gipfel zugehe und auf die Knie sinke. Der höchste Punkt.

Ich habe ihn erreicht.

~ ~ ~

JULIEN

Schritt um Schritt. Einer unbedeutender als der andere.

Ich weiß nicht mehr, wo ich bin, ob ich in den letzten Stunden geschlafen habe oder nicht. Immer wieder ziehen helle Punkte durch mein Sichtfeld, und ich frage mich, wann das Licht von der Dunkelheit abgelöst wird. Nur am Rande meines Bewusstseins nehme ich wahr, dass ich durch die Wildnis irre und verdammt noch mal kämpfen muss, um zu überleben. Die meiste Zeit jedoch bin ich damit beschäftigt, meinen trägen, leeren Körper voranzutreiben. In der lächerlichen Hoffnung, dass die anklagende Stimme in meinem Kopf verstummt und erkennt, wie sehr ich Devin und Ayla helfen wollte. Dass ich sie niemals verlassen hätte, wenn es nicht notwendig gewesen wäre. Ich will verstehen, warum ich es getan habe. Ich wollte nie jemanden verletzen. Ich will sehen, dass ich gut bin, im tiefsten Inneren meiner Seele.

Ich will kein Mörder sein.

Spitzer Stein bohrt sich in meine Knie und Handflächen. Als ich gefallen bin und die Erschöpfung mich gezwungen hat, eine Pause zu machen, war es hell. Jetzt ist es dunkel, und ich erkenne kaum etwas. Ich blinzle, unsicher, ob ich einfach die Kraft verloren habe, meine Augen zu öffnen. Aber es bleibt düster.

Es könnte meine röchelnde Atmung sein, die ich entfernt wahrnehme. Sie begleitet das Hämmern in meinem Schädel, das mich zum Würgen bringen. Ich versuche aufzustehen, aber ich kann nicht. Alles zieht mich nach unten.

Ich könnte einfach liegen bleiben und warten. Warten, bis es vorbei ist. So wie damals. Ich wollte warten. So sehr.

Es war dunkel, überall. Nur Schwärze und Schwere. Kein Licht.

Bis Devin mich gerufen hat. Ich dachte, es wäre ein Traum, dabei hat er meinen Namen gebrüllt, immer wieder. Er habe gesehen, dass ich mein Bein bewegt habe, und ich solle verdammt noch mal aufwachen. Ich solle mich unter dem Geröll herauskämpfen, Ayla brauche mich.

Ayla.

Ayla. Der Name zerfließt in meinem Körper und füllt mich aus. Jetzt krieche ich weiter, will den quälenden Erinnerungen entkommen, doch Devin und die Vergangenheit lassen mich nicht gehen.

»*Steh auf, Julz, steh auf!*« Seine Stimme war überall, immer und immer wieder, bis ich stark genug war, mich zu bewegen. Licht hat das Geröll durchbrochen und mir gezeigt, dass ich es schaffen kann. Ich konnte mich befreien.

Nur um weiter gefangen zu sein. Zwischen Entscheidungen, die niemand treffen müssen sollte.

Devin. In der Wand hängend. An einem Stein, der dunkel und abgewettert ist. Der Felsen, den wir erklettert haben. Er hebt sich bedrohlich von dem hellen Gestein ab, das der Ausbruch freigelegt hat. Es ist alt und frisch zugleich, wird die Natur neu formen, sobald der Ballast verschwunden ist. Wenn der Felsen, an dem Devin hängt, bricht. Und das wird er. Das Knirschen ist nicht verstummt.

Ich stolpere auf die Wand zu, falle und stehe wieder auf, doch Devin schreit, ich solle wegbleiben.

»Kletter nach unten, Devin. Seil dich ab«, stammle oder brülle ich. Ich weiß es nicht mehr. Es ist zu spät. Devin hat das Seil gelöst, damit Ayla und ich die minimale Chance haben, mit der Geröll-lawine ausgespült zu werden. Ich drehe mich im Kreis, habe keine Orientierung mehr. Nur Devin.

»Kletter!«, rufe ich weiter. Er bewegt sich nicht. »Spring, bitte, Devin, spring!« Er könnte es schaffen. Es ist hoch, aber er könnte es schaffen.

»Hör mir zu«, ruft er viel ruhiger, als er sein sollte. »Ayla liegt links von dir. Ich sehe sie. Du musst sie befreien und von hier wegbringen, bevor der Felsen bricht. Er würde euch begraben. Euch beide.«

»Nein.« Ich schüttle den Kopf, schlage mit dem Handballen dagegen, immer wieder, weil ich klare Gedanken brauche. »Zuerst hole ich dich aus der Wand.«

Ich ziehe an meinem Seil, das abgerissen ist, und blicke mich hilflos um. Ein Beben lässt die Erde unter mir wackeln, und Devin klammert sich in der Wand fest. »Geh zu Ayla, sofort!«, verlangt er und zeigt mit einem Arm in die Richtung, in die ich muss. »Zuerst Ayla, Julien, dann ich.«

Seine Worte fühlen sich wie eine Lüge an.

Ich sehe Ayla nicht, sie ist unter all dem Geröll, doch Devin sieht sie. Er sagt mir, welche Steine ich beiseite schaffen muss, um zu ihr zu gelangen. Als ich ihre orange Jacke durch das ewige Grau blitzen sehe, entwickle ich eine nie da gewesene Kraft. Ich grabe die Finger in den Kies, hieve Steine zur Seite. Meine Hände bluten längst, doch ich höre nicht auf, bis ich sie freigelegt habe.

Sie atmet. Ayla atmet. Mein Mädchen atmet.

Ich liebe sie so sehr.

Tränen sammeln sich in meinen Augen, ich blinzle, und erst jetzt sehe ich das Seil, das ihr Bein eingeschnürt hat. Knochen ragen mir entgegen, und Blut färbt alles rot, überall, wo ich sie anfasse. Das Adrenalin zwingt mich weiter, ich darf nicht aufhören, egal wie viel Blut ich sehe. Mit einem spitzen Stein schaffe ich es, das Seil zu durchschneiden. Es dauert ewig, bis der Berg sie mir zurückgeben will, doch irgendwann kann ich Ayla aus dem Geröll ziehen. Bewusstlos, aber am Leben.

Sie ist frei.

Jetzt Devin.

Ich stolpere auf die Wand zu und werde durch ein Beben von den Beinen gerissen.

»Hol Ayla, trag sie oder wie auch immer, aber lauf!«, brüllt Devin über das Donnern hinweg.

Ich schüttle den Kopf und renne weiter auf ihn zu, versuche, die Linie auszumachen, die ich ihm Griff für Griff ansagen werde, um ihn aus der Wand zu holen. Er ist bereits ein weiteres Stück nach unten geklettert, aber es ist zu wenig, viel zu wenig. Um zu springen und zu überleben.

Ich stolpere wieder, das Beben wird mit jedem Mal stärker, doch ich lasse mich nicht aufhalten, schaffe es fast bis zur Wand.

»Julien, hör mir zu. Hör mir einfach zu.« Ich habe keine Ahnung, wie lange Devin schon mit mir spricht, aber jetzt ist seine Stimme leise und droht ungehört im Gebirge zu verhallen. »Julz, bitte.« Es ist sein Flehen, das mich aufblicken lässt – keine Schreie oder Befehle. So als wüsste er, dass es vorbei ist.

Devin ist zu hoch über mir, um sein Gesicht zu erkennen, und doch hat sich jeder einzelne Zug schmerzlich in mein Gedächtnis eingebrannt.

»Hör mir jetzt zu, Julien. Das ist wichtig. Ich werde nicht schnell genug sein, und die Wand bricht.« Ich erstarre und warte auf die entscheidenden Worte. »Du musst mir jetzt etwas versprechen, Julz.«

»Nein. Ich verspreche gar nichts«, gebe ich zurück und ignoriere seinen entschlossenen Tonfall. »Dein rechter Fuß findet auf vier Uhr eine Ausbuchtung, dann der linke auf sechs Uhr. Wir müssen dich weiter nach rechts bekommen, da ist ein Riss entstanden, den werden wir nutzen.« Sand aus dem Gestein über mir rieselt mir in die Augen. Ich blinzle die Tränen weg und suche die Wand weiter ab, doch Devin bewegt sich nicht.

»Julien.«

»Rechts, vier Uhr«, sage ich mit zusammengebissenen Zähnen, und ich bin mir nicht mehr sicher, ob die Tränen vom Sand stammen oder nicht.

»Julien, du darfst keine Zeit verlieren. Die Wand bricht, es wird noch eine Lawine geben, und Ayla und du, ihr müsst hier weg.«

»Und du. Ich lasse dich nicht hier.«

»Nimm Ayla, und geh über den Goldsattel zurück, das ist die sicherste Route.«

»Nein, wir werden mit dir gehen oder gar nicht.«

Er lächelt. »Genau deswegen will ich, dass du es mir versprichst, Julien. Weil du verdammt stur bist und immer nur das siehst, was du für das Beste hältst.«

»Rechter Fuß, Devin, auf –«

»Nein! Du verschwendest wertvolle Zeit.«

Ich schließe die Augen, will es nicht hören.

»Du wirst jetzt zu Ayla zurückgehen und euch beide retten.« Kurze Stille, als müsste er selbst erst verstehen, was er da von mir verlangt. »Versprich mir, dass du alles tun wirst, um euch zu retten. Ich will, dass ihr lebt. Du wirst auf sie aufpassen, sie beschützen, und ihr werdet leben und glücklich sein.«

»Nein, bitte nicht, Devin. Bitte nicht.« Jetzt bin ich es, dem nur ein Flehen bleibt. »Bitte, bitte nicht.«

»Versprich es mir. Du wirst euch hier wegbringen. Ihr werdet leben.«

»Bitte nicht«, wiederhole ich und stehe auf. Ich weiß nicht, wann ich vor Devin auf die Knie gefallen bin.

»Du wirst jetzt gehen, Julien, und dich nicht umdrehen. Versprich es mir.«

Ich antworte nichts, taumle zurück und suche panisch weiter nach dieser einen Möglichkeit, ihn zu bergen.

»Versprich es, Julien! Du wirst sie retten, und ihr werdet leben!«

Ich kann nicht.

»Es ist in Ordnung.«

Ich stolpere nach hinten, Schritt für Schritt, sehe Devin an und will nichts mehr als Zeit. Zeit mit Ayla und ihm. Es war doch viel zu wenig.

»Versprich es.«

Ich bleibe stehen, ein letztes Mal, weil mein Körper vor meinem Verstand zu realisieren scheint, dass es zu spät ist. Dass ich gehen und seine Entscheidung akzeptieren muss. Dass ich ihm ein Versprechen geben muss.

»Sag es mir, Julien. Bitte. Lass mich zurück in dem Wissen, dass ihr glücklich sein werdet.«

Mit der letzten Kraft, die ich aufbringen kann, hebe ich den Kopf zu einem Schwur, den es nicht geben sollte.

Mein Herzschlag setzt aus, um den Moment für die Ewigkeit in meine Seele zu meißeln. »Ich verspreche es.«

Ich verspreche es, und Devin lächelt.

Dann drehe ich ihm den Rücken zu und renne los. Ich blicke mich nicht mehr um.

Nicht, als ich den Stein brechen höre und ein mächtiges Krachen meine Welt erschüttert und Ayla und mich in Staub einhüllt. Nicht, als sie auf meinem Rücken immer wieder zu Bewusstsein kommt und nach Devin ruft. Nicht, als uns die Rangers am nächsten Tag in der Schutzhütte finden und wissen wollen, wo Devin ist. Nicht, als ich Ayla ein letztes Mal im Krankenhaus besuche und wieder gehe, bevor sie mich sieht, weil ich ihre Schreie und ihr Wimmern nicht ertrage. Ich drehe mich nicht um, als ich Charles Creek verlasse.

Ich habe Devin den Rücken gekehrt und damit mir selbst.

Ich bin allein.

AYLA

Die Zeit vergeht. Ich knie einfach nur am Gipfel und lasse sie verstreichen. Gebe mir Minuten, um zu fühlen und zu verarbeiten, wie lange ich mir diesen Moment erträumt habe. Wie oft ich ihn mir vorgestellt habe und wie oft ich erfolglos versucht habe, diesen Wunsch zu verdrängen. Dieser Berg ist mein Leben.

Und doch fühle ich … nichts. Kein Glück, keine Dankbarkeit oder Erleichterung. Ich spüre meinen Vorstellungen weiter nach. Ich will all das fühlen, was Dokumentationen und Bücher und Berichte versprechen. Ich will das Gefühl von Freiheit und Unabhängigkeit und den Wunsch nach mehr. Aber da ist nichts.

Mein Verstand beginnt, rationaler zu arbeiten, und erinnert sich an das, was Julien gesagt hat. Dass der Gipfel ein Umkehrpunkt ist und sich lediglich die Richtung ändert. Ein Gipfel ist wie der andere, egal welchen Namen er trägt, und er hatte recht. Vielleicht ist es eine miese Verarsche des Schicksals oder einfach nur Karma. Oder meine Endorphine haben einen Knick.

»Ayla?« Everon sitzt neben mir, wer weiß, wie lange schon. »Warum weinst du?«

Bis eben habe ich nicht gemerkt, dass mein Gesicht taub ist von der kalten Luft auf nasser Haut.

»Weil ich es so sehr wollte.«

»Was wolltest du?«

Ich sehe Everon an, alles in mir lechzt nach dieser einen Sache, die mir nicht einmal der Berg geben kann. »Glücklich sein«, antworte ich, und er schließt kurz die Augen. Mein Schmerz ist seiner. Er versteht mich. »Ich dachte, ich würde es hier oben finden. Alles, was ich jemals wollte, war, diesen Berg zu besteigen. Warum macht es mich jetzt nicht glücklich?«

Als er die Augen öffnet, lächelt er. Dann umschließt er meine Hand mit seiner und drückt sie. »Weil du Glück nur an einem einzigen Ort finden wirst. Und der ist auf keinem Gipfel dieser Welt.« Er legt unsere Hände auf meine Brust. »Der einzige Platz, wo man wahres Glück spürt, ist hier. Nur hier.«

Seine Hand löst sich von mir, aber meine eigene bleibt liegen, als würde ich zum ersten Mal wahrnehmen, was es bedeuten könnte, wirkliches Glück zu fühlen.

»Wann warst du das letzte Mal glücklich, Ayla?« Everon sieht mich liebevoll an und erinnert mich dabei an Tante Phyllis, wenn sie mich trösten wollte. »Wann hast du das letzte Mal gedacht, du könntest fliegen?«

Ich habe meine Augen noch nicht geschlossen, da sehe ich schon Julien vor mir. Wir beide, in unserem Zelt, als er meine Beine massiert und mich anlächelt. Ich sehe Julien, wie er seinen Bleistift mit dem Taschenmesser spitzt und dann wieder in den Zeichnungen seines Routenbuches versinkt. Er merkt nicht, dass ich ihn beobachte und seine Mundwinkel küssen will, die immer dann zucken, wenn er sich besonders konzentriert. Ich spüre Juliens Finger auf meiner Haut, vor Kälte zitternd, und trotzdem streichelt er mich. Und ich höre den Stolz in seiner Stimme, seine Ermutigungen, sein Lachen. *Julz.*

»Ayla?«

Mein Blinzeln kann die Tränen nicht vertreiben. »Es spielt keine Rolle, Everon, weißt du?« Ich lache wehmütig. »Weil er mir nicht die Wahrheit gesagt hat. Ich dachte, er wollte hier rauf, mit mir. Dabei war ich ihm völlig egal. Ich habe wirklich geglaubt, ich würde ihm mehr bedeuten.«

Everons Augenbrauen werden zu einer geraden Linie. »Mehr bedeuten?«

»Zumindest so viel, dass er nicht jahrelang ein Geheimnis für sich behält, das mir genauso gehört wie ihm. Wenn ich es gewusst hätte …«

»Was gewusst?« Er fixiert mich mit seinem Blick.

»D-dass …«, stottere ich, nach einem Ausweg suchend.

Er nickt. »Dass Devin gelebt hat?«

Ich kann nicht atmen. Nicht sprechen. Er wusste es.

Everon presst die Lippen zusammen. »Er glaubt, es hätte alles schlimmer gemacht, Ayla. Er hat es dir nicht gesagt, weil ihn die Schuldgefühle zerfressen haben und er nicht wollte –«

»Er hat es dir gesagt.«

»Ja.« Er fährt sich übers Gesicht.

»Wann?«

»Gleich nachdem wir Devin gefunden hatten und Julien am Unglücksort zusammengebrochen ist. Er hat es nur mir gesagt, und seitdem haben wir nie wieder darüber gesprochen.«

»Du wusstest es, die ganze Zeit.«

»Er hat es mir erzählt, weil er in diesem einen Moment die Schuld nicht alleine tragen konnte. Julien hat sich nur diesen einen Moment der Schwäche zugestanden.« Ich sehe, wie sich Everons Mimik unter den Erinnerungen an damals verändert.

Auch in meinem Körper breitet sich mit jedem weiteren Herzschlag ein Schmerz aus, der als Wimmern aus meiner Kehle kriechen will. »Ich war dabei, Everon. Ich habe ein Recht darauf, die Wahrheit zu erfahren und alles, was sie mit sich bringt, verdammt! Warum hast du es mir nicht gesagt?«

»Weil ich kein Recht darauf hatte, Ayla.«

»Deine Loyalität gehört also ihm und nicht mir?«

Everon richtet sich auf. »Meine Loyalität gehört mir. Ich habe immer versucht, euch ein guter Freund zu sein. Ein Bruder.«

Ich ziehe meine bebende Unterlippe zwischen die Zähne und schäme mich augenblicklich dafür, Everon so zu bedrängen. Er ist nicht der Grund für die Wut und Enttäuschung in mir, und ich werde meinen Verlust niemals an seinem messen. Ich presse die Lippen zusammen. »Es ist alles Juliens Schuld. Er hat es mir nicht gesagt. Er hat Devin einfach zurückgelassen und seinen Tod mit dem billigen Versprechen beglichen, dafür sein Leben zu leben. Er hat Devin einfach sich selbst überlassen. Devin war allein, in dem Wissen, dass wir ihn im Stich gelassen haben. Wir haben ihn –«

»Das ist nicht wahr«, murmelt Everon und atmet tief durch. Einmal, zweimal. Dann sieht er mich wieder an. »Nein, Ayla.« Diesen Tonfall kenne ich nur von seiner Arbeit mit den Hunden. »Hast du keine einzige Sekunde daran gezweifelt? Gedacht, dass das vielleicht nur ein Teil der Wahrheit ist?«

»Wie meinst du das?«

Er schüttelt den Kopf. »Du kennst Julien besser als jeder andere Mensch. Hattest du in den letzten Wochen bis zum Abbruch jemals das Gefühl, er würde leichtfertig mit eurer Bindung zueinander umgehen? Ein einziges Mal?«

Ich zögere, und Everons Blick wird eindringlicher.

»Warte, lass mich die Frage für dich beantworten. Wir beide haben an jedem verdammten Tag gefunkt, und an jedem verdammten Tag habe nicht nur ich, sondern auch jeder andere Ranger von Charles Creek eine einzige Sache ganz klar festgestellt: dass du dich nie mehr so glücklich angehört hast wie während der Zeit mit Julien. Und jetzt will ich wissen, Ayla, ohne lange nachzudenken – glaubst du, dass das echt war? Du und Julien, wart ihr echt? Ohne nachzudenken.«

»Ja.« Das Wort verlässt meine Lippen, bevor es sich in meinen Gedanken formen lässt.

»Er hat alles darangesetzt, dir zu zeigen, wie viel du ihm auch nach all den Jahren bedeutest. Und dann wirft er kurz vor dem Ziel so eine Bombe ab, in vollem Bewusstsein, damit dein Vertrauen zu zerstören. Sag mir bitte, dass du es siehst, Ayla.«

Ich stocke, kann den Blickkontakt zu Everon nicht mehr halten. »Was? Dass ich ihm doch nicht so viel bedeutet habe, dass –«

»Nein!« Seine Stimme bricht. »Dass sich rein gar nichts verändert hat! Ihr steigt zusammen auf, und Julien tut alles dafür, dass es dir gut geht, dass du sicher bist, und genau das hat er weiter getan! Er hätte dir das mit Devin jederzeit erzählen können, nach dem Aufstieg, zurück im Basislager oder in Charles Creek, aber das hat er nicht! Warum, Ayla?«

Vor meinem inneren Auge ziehen Bildfetzen der Stunden vorbei, bevor Julien mir von Devin erzählt hat. Das knirschende Eis. Die akute Gefahr, die Platte könnte weiter ausbrechen und uns mitreißen. Ich, wie ich stolz lächle, um die Angst zu vertreiben. Und Julien – der nicht lächelt. Der ernst bleibt, geistesabwesend.

Der immer wieder die Hände an sein Gesicht legt und tief einatmet.

Ich schließe die Augen und fühle dem Vertrauen in Julien nach, das ich in mir trage, solange ich denken kann. Es gibt mir den Mut, meinen Blickwinkel ein weiteres bedeutendes Mal zu ändern. Die Emotionen beginnen von mir abzufallen wie die trockenen Blätter eines Baumes im Herbst. Sie segeln zu Boden. Wut und Enttäuschung. Ärger, Zorn. Angst. Bereit dazu, mit der Zeit zu Staub zu werden.

Es dauert, bis ich die Augen öffnen kann. Die Dämmerung hat die Dunkelheit abgelöst, und die Welt um uns herum bekommt langsam ihre Konturen zurück. Bergspitzen und schroffe Felsen, Schneehänge und Spalten. Zeitlos. Es war da, die ganze Zeit, aber ich habe es nicht gesehen.

»Er wollte mich beschützen.«

»Ja, das wollte er.« Everon greift nach meiner Hand. »Weil er es Devin versprechen musste.«

Ich klammere mich an Everons Hand und kneife die Augen zusammen. Bereit dazu, die ganze Wahrheit zu hören.

»Devin hat sich aus den Seilen geklipst, bevor die Wand ausgebrochen ist. Er muss gewusst haben, dass er so eure Chance erhöht, zu überleben. Devin war es, der Julien gesagt hat, wo du vergraben bist.« Everon holt tief Luft. »Nachdem er dich befreit hatte, wollte er Devin runterholen, aber der hat Julien weggeschickt. Julien musste ihm gegen seinen Willen versprechen, dass er euer Leben rettet und ihr glücklich sein werdet.« Stille, nur kurz. Ich zittere immer mehr. »Dass er dich beschützt. Julien hat es so sehr versucht, aber Devin hat gewonnen. Er konnte dich und sich selbst aus der Gefahrenzone schaffen, kurz bevor der Fels ein weiteres Mal gebrochen ist.«

Devin hat bis zuletzt für uns gekämpft. Lange Zeit sitze ich bebend da, unfähig, etwas zu sagen. Ich weine, zuerst still in mich hinein und dann in Everons Armen. Um Devin, um das Versprechen, das Julien ihm geben musste, das ihn zerdrückt hat. Ein Versprechen, das schwerer wiegt als alles andere. Kein Egoismus. Selbstlosigkeit. Ich spüre nur einen Bruchteil dieser Schwere und bin mir nicht sicher, jemals wieder aufstehen zu können.

»Ayla?«

»Ja?«

»Devin wollte es so. Es war sein letzter Wunsch, zu wissen, dass es euch gut geht. Halte daran fest und nicht daran, was er dafür gegeben hat. Es erdrückt Julien seit Jahren. Lass nicht zu, dass es bei dir auch so wird. Dev wollte, dass es euch gut geht. Nur daran festzuhalten, macht es leichter, ein klein wenig.« Everon lächelt. »Er wollte, dass ihr den Tag mit einem Lachen beginnt und Eiscreme esst und euch auf die Nerven geht, die Welt erkundet oder auch nicht, aber dass ihr füreinander da seid.«

Ich richte mich auf und drücke seine Hand. »Und stattdessen habe ich alle von mir gestoßen, und Julien hat sich mit Einsamkeit bestraft.« Ich versuche, Luft zu holen. »Selbst jetzt habe ich ihn wieder von mir gestoßen, anstatt zu sehen, was er wirklich sagen will. Er ist wieder allein.«

»Aber es war damals nicht zu spät, und es ist auch jetzt nicht zu spät, aufeinander zuzugehen.«

»Und was ist, wenn er weg ist? Wenn er längst wieder alles hinter sich gelassen hat?«

Everon zieht mir den Handschuh aus und legt meine Hand flach auf den kalten Untergrund. »Das hat Julien nie, dich hinter sich gelassen. Auch wenn du es vielleicht glaubst.« Er drückt meine Finger in den Stein und sieht mir in die Augen. »Das hat er nie, Ayla.«

Zuerst verstehe ich nicht, was Everon mir sagen will, dann ertasten meine Finger unter seinem Druck eine unnatürliche Kerbe, die ich vorsichtig verfolge. Ich stutze, halte inne und rücke ein Stück von Everon ab. In den ersten Sonnenstrahlen eines neuen Tages sehe ich, was ich längst gefühlt habe. Ein Dreieck. Und darüber ein A. Ein A für Ayla. Eingeritzt in den Stein für den Atemzug einer

Ewigkeit. An der Spitze unserer Träume. Der Träume von Devin, Julien und mir. Selbst den Tod überdauernd.

Wo vorhin Leere war, ist jetzt alles. Eine wilde Mischung aus Gefühlen hüllt mich ein und lässt mich mit einer Lebendigkeit atmen, die längst nicht mehr für mich bestimmt war. Aber vor allem ist da wieder eines: Liebe.

Liebe für diesen Moment. Liebe für das Leben und unsere Träume. Liebe für die Vergangenheit und für die Zukunft. Für Julien.

Ich kam hier oben an und dachte, ich hätte nichts. Dabei hatte ich immer alles, was ich gebraucht habe – in mir. Mir hat nur der Mut gefehlt. Mut, den mir Julien zurückgegeben hat.

Mut, zu lieben.

Und geliebt zu werden.

»Everon?«

»Ja?«

Tränen rinnen mir über das Gesicht, aber sie können mein Lächeln nicht verbergen.

»Ich will nach Hause.«

JULIEN

Ich gebe auf.

Meinem Körper bleibt weder die Kraft, auf dem steinigen Untergrund weiterzukriechen, noch, vor Schmerzen zu ächzen. Die Augen bleiben einfach geschlossen. Ich lege den schweren Kopf auf dem Boden ab, atme. Die Kälte ist ein Teil von mir geworden. Ich habe nichts. Was bleibt, ist die Gewissheit, dass ich nicht mehr wert bin als das Versprechen, das ich gebrochen, und das Vertrauen, das ich missbraucht habe.

Ich hasse mich dafür, Devin zurückgelassen zu haben. Ich hasse ihn dafür, dass er das von mir verlangt hat. Das einzig Gute, woran ich festhalten kann, ist, dass Ayla Devin nicht hasst, davor habe ich sie beschützt. Jahrelang hat dieser Schwur meine Freundschaft zu ihm getrübt, dabei hat Devin uns das Leben geschenkt.

Der Überlebenswille zwingt mich zu einem flachen Atemzug und noch einem. Irgendeiner wird der letzte sein. Ich spüre den Wind, der über meinen Rücken und durch meine Haare fährt. Lichtspiele erhellen die Welt hinter meinen Augen. Reflexartig blinzle ich, doch ich kann die Lider nicht öffnen.

Ich gebe auf.

Ich kann nicht mehr.

Stille.

Nein, keine Stille.

»Scheiße, ich hab ihn gefunden. Colin, Gael, er ist hier!«

Wortfäden ziehen an mir vorbei wie Spinnennetze, die im Sonnenlicht glitzern.

»Jemand muss Rhett verständigen, wir brauchen den Heli.«

Hände auf mir, Berührungen und Sätze, die keinen Sinn ergeben. Ich höre meinen Namen, weit entfernt, aber so, als wäre er nicht in Vergessenheit geraten. Als wäre ich es wert, dass man sich an mich erinnert. *Wertvoll. Nicht anonym.*

Irgendwer bewegt mich. Ich spüre neue Kälte an meiner Wange und versuche, etwas zu sehen.

Die verschwommene Sicht gibt langsam Augen frei, die ich kenne. »Bleib hier, Julien. Du wirst nicht gehen, nicht einfach so. Dieses Mal lassen wir dich nirgendwohin verschwinden. Wir bringen dich zurück. Zurück nach Hause, hörst du?« Harlem nickt, als würde er auf meine Zustimmung warten. *Zuhause.* Das Wort gewinnt nur langsam an Bedeutung. An Wärme. An Bildern. Charles Creek. Die Rangers. *Ayla.*

»Ayla«, wimmere ich trocken, doch Harlem versteht mich und lächelt.

»Everon und sie haben den Gipfel vor Sonnenaufgang erreicht. Es geht ihnen gut.« Er drückt meinen Arm. »Ayla geht es gut.«

Wassertropfen benetzen meine Lippen. Mein Mund bleibt geschlossen. Ayla geht es gut. Sie lebt. Wieder Wasser auf meinen Lippen. Ich muss nichts mehr sagen. Nicht kämpfen.

Geborgenheit.

»Der Heli wird bald da sein, Julien«, sagt Harlem. Er spricht weiter, mit mir oder mit anderen, keine Ahnung. Das Rascheln einer Silberdecke. Wieder werde ich bewegt und muss vor Schwindel würgen.

»Es ist alles gut. Wir sind da, Julz. Wir alle sind da.«

»Ayla«, sage ich wieder und werde von einem Zittern unterbrochen.

Harlem nimmt meine Hand. Er drückt sie, hält mich fest, hält mich im Leben. »Ayla und Everon haben uns angefunkt. Sie bereiten sich auf den Abstieg vor. Sie hat gesagt, ich soll dir etwas ausrichten, wenn ich dich sehe: Du sollst auf sie warten. Eure Schachfiguren werden …«

Ich will lächeln, doch schaffe es nicht, trotzdem spüre ich die Wärme durch meinen Körper fließen.

Ayla. Sie lebt. Ich soll auf sie warten. Sie hasst mich nicht.

Die Müdigkeit drückt mich zurück in die Dunkelheit. Nur ist sie diesmal nicht mehr alles verzehrend und endgültig. Es ist nur der Schlaf. Ein Schlaf ohne Albträume und Erinnerungen, die mich ausbluten lassen.

Da ist Ayla.

Ich will nach Hause.

KAPITEL 31

BJERG *(Dänisch)*

AYLA

Der Duft von abgebranntem Holz umfängt mich und lässt mich die unzähligen Abende vor dem Kamin spüren, an denen wir gelacht haben. Lange Nächte, die kaum mehr einen Tag erahnen ließen, haben uns Zeit gegeben. Für Geschichten. Um Neues zu lernen. Füreinander. Das Ticken der alten Kuckucksuhr dringt zu mir durch, und ich würde am liebsten die Schuhe ausziehen, um den Teppich im Eagle Eye barfuß zu spüren. Ein Lächeln legt sich auf meine Lippen, und ich atme tief ein. Es ist erstaunlich, wie viel Zeit wir an einem Ort verbringen können, ohne ihn als vertrautes Zuhause zu empfinden. Wochen. Monate. Jahre. Jetzt zurück in Charles Creek zu sein, angekommen in mir selbst, lässt mich erkennen, wie sehr Charles Creek meine Heimat ist. Ein Zuhause, das ich liebe.

Everon legt einen Arm um mich und drückt mich an sich. »Zufrieden?«

»Ja«, sage ich und nicke. »Das bin ich.«

»Im Basecamp werden sich alle wundern, wo wir geblieben sind, wenn sie am Morgen das leere Zelt entdecken.«

Ich zucke mit einer Schulter. »Die Crew wird noch ein paar Tage hier in der Lodge verbringen, es bleibt also genug Zeit, um uns so zu verabschieden, wie es sich gehört, und für die restlichen Interviews ebenso.«

»Dir ist aber bewusst, dass auch eine Ankunft mitten in der Nacht niemanden in Charles Creek davon abhalten wird, dich zu feiern?«

»Uns«, verbessere ich ihn. »Oder dich. Ich bin soeben einem Empfangskomitee entkommen, also kann ich mich sicher auch vor einer Feier drücken.«

»Vor einer Feier vielleicht, aber niemals vor der Filmpremiere. Dr. Jefferson wird den Grill anschmeißen und Willy seine eingelegten Sauerkirschen mitbringen.«

»Und Emma wird drei Tage lang Kuchen für alle backen.« Ich verziehe das Gesicht. »Ich hoffe nur, Onkel Barney lässt seine Gitarre daheim.«

»Warum? Wir haben die vier Songs der Beatles, die er kann, doch erst gefühlt sechshundert Mal gehört.«

Wir müssen lachen, und ich lehne meinen Kopf an Everons Schulter.

»Das ist schön, oder? Von Menschen umgeben zu sein, denen man was bedeutet.«

»Ja«, gebe ich zurück. Ohne zu zögern. »Das ist es.«

Everon küsst mich auf die Stirn. »Wir haben es geschafft, Ayla. Wir sind zurück«, flüstert er.

»Wir sind zurück«, wiederhole ich mit einem Grinsen, das echter nicht sein könnte.

Ein leises Winseln, in das sich das Heulen von Hunden mischt, dringt an meine Ohren, und ich schaue Richtung Garten.

Everon grinst. »Ich habe schon darüber nachgedacht, wie lange es dauern wird, bis sie unsere Witterung aufnehmen.« Ihm ist die Freude, wieder bei den Hunden zu sein, deutlich anzuhören. »Kommst du mit nach draußen?«

»Der erste Moment mit ihnen gehört dir, Ev«, erwidere ich. Er drückt mich erneut an sich, bevor er über die Terrasse in Richtung des Freilaufgeheges verschwindet. Ich sehe mich noch einmal im Eagle Eye um und gehe dann nach oben. Es ist Wochen her, dass ich eine richtige Dusche hatte, und kurz überlege ich sogar, mir die Wanne in Everons Bad einzulassen.

Auf dem Weg nach oben werfe ich instinktiv einen Blick aufs Schachbrett. An Julien zu denken, sticht noch immer. In der Dunkelheit kann ich die Schachfiguren nicht erkennen, was gut so ist. Meine Königin zu sehen, mit der Gewissheit, dass Julien sie vielleicht hiergelassen hat und gegangen ist, würde diesen seltenen friedlichen Moment zerstören. Von Everon weiß ich, dass die Ranger Julien weit im Westen am Ende seiner Kräfte gefunden haben. Ev und ich haben darüber gesprochen, was das zu bedeuten hat. Julien weiß, wie man in den Bergen überlebt, was nur mehr Sorgen in mir hervorruft – und die Angst, er könnte uns wieder verlassen haben, dieses Mal für immer. Sobald der Tag anbricht, werden Everon und ich auf die Suche nach ihm gehen. Harlem wird uns bei der Suche helfen. Julien hat die letzten Tage bei ihm verbracht, bis Julien ihm gesagt hat, dass er die Dinge für sich ordnen muss. Selbst wenn er nicht mehr in Charles Creek ist, dieses Mal darf er nicht einfach so verschwinden. Noch ein Grund, warum wir keine weitere Zeit im Basecamp verstreichen lassen wollten.

Mit einem stillen Seufzen wende ich den Blick vom Schachbrett ab und gehe auf mein Zimmer. Ich spüre schon, dass etwas anders ist, als ich die Tür zum Dachgeschoss öffne und die letzten Treppen nach oben nehme. Mein Herz pocht so heftig, dass ich unaufmerksam werde und beinahe gegen das geöffnete Fenster renne. *Julien.*

Ich halte kurz inne, denke daran, wie wir das letzte Mal auseinandergegangen sind, und bevor ich all der Schwere Raum geben kann, stemme ich mich durch den Fensterrahmen nach draußen. Erstaunlicherweise habe ich Schwierigkeiten damit, auf dem Weg über das Dach mein Gleichgewicht zu halten. Die letzten Wochen haben meinen Körper verändert und ausgezehrt.

Als die Dunkelheit Juliens Umriss freigibt, wird das Ziehen in meiner Brust stärker und vermischt sich mit einer angespannten Aufregung. Erst jetzt scheint er die Schritte wahrzunehmen. Er hört auf, mit dem Tennisball in seiner Hand zu spielen, und blickt in meine Richtung. Sobald er mich entdeckt, schließt er die Augen, legt den Kopf leicht in den Nacken und murmelt etwas vor sich hin. Ich bleibe stehen, unsicher, was ich tun oder sagen soll, da sieht er mich an.

»Du bist zurück.« Seine Stimme klingt sanft.

Ich nicke. »Und du bist hier.«

Er hält inne, dann grinst er und zieht eine Augenbraue hoch. »Wie meinst du das? Hier in Charles Creek oder hier auf dem Dach?«

Ich erinnere mich an das erste Gespräch, das wir nach seiner Rückkehr hier oben geführt haben, und komme näher. »Da fehlt etwas.«

Sein Grinsen verflüchtigt sich. »Das weiß ich.«

»Dann sag es, Julz. Bitte.«

Ich sehe das kurze Zusammenzucken, als ich seinen Spitznamen erwähne. Julien strafft die Schultern, steht auf und sieht mich an. Seine dunklen Augen wirken klarer. Fast so, als wäre er endlich voll und ganz hier. »Wie meinst du das, Ayla? Warum ich in Charles Creek bin oder warum ich auf dem Dach bin?«, wiederholt er langsam. Er senkt seinen Kopf, sodass ihm die blonden Haare vor die Augen fallen. »Oder in deinem Leben?« Er schluckt. »Bei dir?«

»Zu Hause, bei mir«, sage ich kaum hörbar, doch es reicht, um die Distanz zwischen uns zu überbrücken. Julien streckt die Hand aus, und ich lege meine in seine. Er zieht mich an sich, hält mich fest. Ich spüre jeden seiner bebenden Atemzüge, seine vertraute Wärme. *Ihn.* Mit der tiefen Gewissheit, ihn beinahe erneut verloren zu haben. Vielleicht für immer.

Es dauert, bis wir uns wieder voneinander lösen. Ich zeige auf die vielen Decken und Kissen, die Julien auf dem Dach ausgebreitet hat. »Hast du hier oben geschlafen?«

Er richtet seine dunkle Mütze und steckt den Tennisball ein. »Ja, habe ich.«

»Warum? Du hasst die Kälte.«

»Gibt es jemanden, der so eine Arschkälte liebt?«, sagt er ausweichend. Dann seufzt er und zeigt auf den Malamute Peak. »Es hat sich falsch angefühlt, drinnen zu sein. Hier war ich«, er kneift die Augen zusammen, »irgendwie mehr in deiner Nähe, falls das Sinn ergibt.«

Ich kann nichts erwidern, hänge dem Gesagten nach, da deutet Julien auf die Decken und Kissen. »Willst du dich zu mir setzen?«

Für einen kurzen Moment bin ich mir unsicher. Nicht, weil ich mich nicht zu ihm setzen möchte. Mehr ist es die Angst vor dem, was zwischen uns steht. »Es ist nicht sehr komfortabel, aber im Vergleich zum Leben im Zelt auf jeden Fall ein Upgrade«, fügt er hinzu, als er mein Zögern erkennt.

Ich atme zittrig ein und mache einen Schritt auf ihn zu. Beim Abstieg habe ich so oft darüber nachgedacht und unzählige Möglichkeiten gefunden, wie ich ein Gespräch mit Julien beginnen könnte, aber keine einzige ist jetzt greifbar. Ich weiß nicht, was ich tun soll, und würde am liebsten einfach reingehen.

Julien kommt wieder näher und greift nach meinen Fingern. »Du musst nicht gehen, Ayla. Ein Wort von dir genügt, und ich gehe. Das hier ist dein Zuhause.«

Meine Brust zieht sich schmerzhaft zusammen. »Nein. Es ist *unser* Zuhause«, gebe ich so sicher zurück, dass Julien stutzt.

»Das war es für eine lange Zeit nicht mehr.«

»Bist du deswegen nicht nach Charles Creek zurückgekehrt, nachdem du am Vorgipfel umgedreht hast?«

Juliens Finger lösen sich aus meinen, und er vergräbt die Hände in den Taschen seines Anoraks. Alles an ihm schreit den Wunsch heraus, zu flüchten. Es tut weh.

»Julien?« Ich warte, bis er die Kraft findet, mich anzusehen.

Seine Mundwinkel zucken, als würden die Worte kaum über seine Lippen wollen. »Ich hatte immer nur ein Ziel in meinem Leben, Ayla, und das warst du. Du warst mein Grund, zu überleben, und du warst mein Grund, zurückzukehren. Von jedem Gipfel, von jedem Ort der Erde. Weil ich immer die Hoffnung hatte, dass du irgendwann da sein würdest, auf mich warten würdest, selbst wenn es noch so unwahrscheinlich war. Als ich dich da oben zurückgelassen habe, musste ich damit auch meine Hoffnung aufgeben, auf dich.« Er macht einen Schritt zurück. »Ohne dich habe ich die Orientierung verloren. Auf jede erdenkliche Weise.«

»Ich hatte Angst um dich«, sage ich leise, und Julien blickt auf. »Als Everon in Lager IV von Harlem erfahren hat, du seist nicht nach Charles Creek zurückgekehrt, wusste ich, dass du nicht einfach verschwunden bist, sondern verloren gegangen. Ich hatte Angst, sie würden dich nicht finden.«

Er macht einen kleinen, beinahe unscheinbaren Schritt nach vorne. »Sie haben mich gefunden.«

»Und nach Hause gebracht. Weil es der Ort ist, der zu dir gehört«, sage ich und spreche damit etwas aus, das ich ihm in den letzten Jahren streitig gemacht habe. Es war falsch. Julien gehört hierher, nach Charles Creek, genauso wie ich es tue. »Du gehörst zu uns.« Ich will sagen, dass er auch zu mir gehört, aber ich schaffe es nicht. Nicht, weil ich es nicht fühle, sondern weil ich nicht weiß, ob er es fühlt. Wie er fühlt, nach allem, was passiert ist.

Fast so, als hätte er meine Worte gespürt, ebenso wie meine Zweifel und die Angst, nimmt Julien die Hände aus seinen Taschen und deutet erneut auf den Berg aus Decken und Kissen. »Ich will es dieses Mal richtig machen, Ayla. Keine Geheimnisse mehr. Bitte.«

Ich lächle, unsicherer, als ich mir eingestehen will, weil ich sechs Jahre nach der Wahrheit gelechzt habe. Jetzt weiß ich nur, dass ich nicht wegen dieser Wahrheit Platz nehme, sondern wegen Julien. Nur wegen ihm.

Langsam setzt er sich neben mich, hüllt uns in ewige Lagen von Decken ein. Körper an Körper schauen wir hinaus in die Nacht, wo sich weit entfernt am Sternenhimmel der Malamute Peak erhebt. Atemzug um Atemzug tun wir nichts anderes, als einander wahrzunehmen und das Vertrauen zu nähren, dass niemand gehen wird.

»Du hast es geschafft.« Er deutet mit dem Kinn in Richtung des Berges. »Du warst am Gipfel. Ich wusste immer, du würdest es hinkriegen.«

Wenn ich an den Berg denke, spüre ich keinen Triumph. Ich habe nur eine einzige Sache mitgenommen. »Ich habe gesehen, was du in den Stein geritzt hast, Julien.«

Er nickt, holt tief Luft. »In jeden Stein. Auf jedem Berg. Ich habe euch nie hinter mir gelassen, selbst wenn es so ausgesehen hat. Ihr wart da. Du warst da.«

Unter der Decke finden meine Finger seine. Lange Zeit spüre ich nur das Streicheln seines Daumens auf meiner Haut, bis er meine Hand drückt und sich räuspert.

»Ich habe dir nicht die Wahrheit gesagt, Ayla. Nicht die ganze Wahrheit.« Die rohe Ehrlichkeit in seinem Blick macht mich regungslos. »Und das tut mir leid. Ich habe so lange versucht, das, was geschehen ist, vor der Welt und vor mir selbst zu vergraben. Ich dachte immer, das sei der einzig richtige Weg, und habe nicht nach links oder rechts gesehen.« Er schüttelt den Kopf. »Das ist keine Entschuldigung – für gar nichts, das weiß ich –, aber es ist eine Einsicht. Und ein Anfang. Der Anfang, damit leben zu lernen, anstatt es zu verstecken. Weil die Wahrheit nicht mir allein gehört.« Julien presst die Lippen zusammen und blickt wieder hinauf zum Malamute Peak.

Ich sehe nur ihn an. Verfolge die Linie seiner Stirn und der Nase, über den Mund bis hin zu seinem markanten Kinn. Nehme wahr, was sich an ihm verändert hat. In den letzten Jahren und in den letzten Wochen. Er hat abgenommen. Seine Wangen sind leicht eingefallen, und die dunklen Ringe unter seinen Augen kann selbst die Nacht nicht verschleiern. Und trotzdem wirkt er stärker als je zuvor. Nein – befreiter.

Ich zwinge mich, meinen Blick von ihm zu lösen und den Kopf zurückzulegen. Die Zeit verliert an Bedeutung. Ich habe jahrelang auf die Wahrheit gewartet, und jetzt, wo sie so nahe ist, scheinen sich die Minuten vor mir auszubreiten. Ich habe es nicht eilig. Nicht mehr. Weil Wahrheit verändert, und davor habe ich Angst. Obwohl Everon mir erzählt hat, was wirklich passiert ist, wird Juliens Wahrheit eine andere sein. Brutaler. Echter. Gefährlicher.

Die scheinbare Ruhe zwischen uns verunsichert mich weiter. Julien liegt neben mir, und alles an ihm wirkt entspannt, selbst sein Atem geht gleichmäßig. Nur seine Hand drückt meine plötzlich immer kräftiger, hält sich beinahe krampfhaft an mir fest.

»Julien?« Er blinzelt. »Ich bin da.«

Es vergehen weitere Momente, Sekunden, vielleicht auch Minuten, bis er nach Luft schnappt. »Wir haben das Brechen der Wand gehört. Immer wieder und wieder, oder?«

Ich höre es noch immer. Jede verdammte Nacht. »Ja.«

Er kneift die Augen zusammen. Er hört es auch. »Du konntest es unter mir nicht sehen, weil du versetzt zu Devin und mir warst, aber in der Sekunde, in der Devin realisiert hat, was passieren würde, hat er sich ausgeklipst.«

Ich erstarre. Erbärmlich langsam verarbeitet mein Verstand das Gesagte. Stich für Stich. Mitten ins Herz.

Julien spricht leise und beantwortet die Fragen, die sich in meinem Kopf formen. Aus dem Augenwinkel sehe ich, wie er nickt. »Dev hing in keinem Seil mehr. Wären wir im selben Seil gewesen wie er, hätte uns die Lawine ziemlich sicher unter sich begraben und nicht einfach ausgespült.«

»Warum?«, frage ich. Die Tränen lassen Juliens Gesicht vor meinen Augen verschwimmen. Nichts ist mehr, wie es war. Ich kenne die Antwort, aber ich muss sie von ihm hören.

Er lacht auf. Unkontrolliert. »Das Warum, Ayla, hat so viele Siegel, und ich habe sie alle durch. Ich hatte 2394 Tage, um die Warums immer und immer wieder zu durchdenken.« Er schüttelt den Kopf.

»Warum hat er sich ausgeklipst? Warum wusste er, dass er keine Chance haben würde? Warum war ihm sein Leben so wenig wert? Warum waren wir ihm so wenig wert, dass er nicht einmal versucht hat, aus dieser Scheißwand zu klettern und sich selbst zu retten? Warum kann ich ihm nicht dankbarer sein? Warum er und nicht ich? Warum hat er uns nicht mehr geliebt, nicht mehr um sein Leben gekämpft?« Ihm steigen Tränen in die Augen. »Warum hat er uns so sehr geliebt, dass er sein Leben für unseres gegeben hat?« Julien schließt die Augen. »Und warum hasse ich ihn dafür, dass er mich dazu gezwungen hat, ihn zurückzulassen?« Er sieht mich an, und sein Gesicht verzieht sich vor Schmerz. »Und warum hasse ich mich selbst dafür, dass ich Devin diese Versprechen gegeben habe? Mich umgedreht habe und gegangen bin. Zuerst weg von ihm. Und dann weg von dir. Ich wollte dir diese Warums ersparen. Diesen ständigen Kampf zwischen Liebe und Dankbarkeit und Hass, der viel schlimmer ist als die Trauer.« Juliens Kiefer beginnt zu zittern, schließlich bebt sein ganzer Körper, und ich weiß nicht, was ich tun soll. Weder mit dem Gesagten noch mit Julien. Ich will nicht mehr.

»Das Warum hat mir alles genommen, verstehst du, Ayla? Es hat mir Türen versperrt. Eine nach der anderen. Ich bin durch die einzige gegangen, die offen geblieben ist, und die war weg von alldem. Weg von dir.«

Julien sieht hinauf zum Malamute Peak. Dem Berg, der über unser Leben bestimmt hat, mehr, als es das Schicksal vielleicht vorgesehen hatte. Und kurz glaube ich, dass der Berg immer noch die einzige Richtung ist, die Julien geblieben ist. Dass es zu spät ist.

Mit seiner freien Hand reibt er sich die Augen. Ich weiß nicht mehr, was ich denken soll. Aber ich muss denken. Solange ich denke, brechen die Gefühle nicht über mich herein. Da drückt Julien meine Finger. Sein Körper ist in sich zusammengekauert, die Wangen glänzen nass im Licht des Mondes. Aber er sieht mich an, nicht den Berg. Er kommt zurück zu mir.

»Ich wollte dich beschützen, Ayla. Immer nur beschützen«, flüstert er. »Ich wollte dich retten, damals und dieses Mal. Weil ich es Devin versprochen habe und mir selbst. Ich war bereit, dich zu verlieren, um dafür dein Leben zu bewahren.«

Er will seine Hand aus meiner lösen, beinahe entschuldigend, aber das lasse ich nicht zu. Ich lasse ihn nie wieder gehen. Julien erwidert den Druck meiner Hand, versucht sich an einem Lächeln und beißt sich dann auf die Unterlippe. Sein plötzlich eingeschüchterter Ausdruck lässt die Angst aufwallen, dass noch immer ein Teil der Wahrheit fehlt, also halte ich die Luft an.

»Ich wollte dich retten, dein Leben beschützen, weil ich dich liebe, Ayla. Mehr, als du dir vorstellen kannst.« Wieder versucht er sich an einem Lächeln, das unter seiner Wehmut verschwindet. »Ich habe dich geliebt, schon als du im Wald hinter unserem Haus auf mich gewartet hast, um mit mir unsere *Excalibur* zu klettern. Ohne zu erwähnen, dass du die Schreie von meinem Dad gehört hast und weißt, warum ich mich im Wald verstecke. Ich habe dich geliebt, als du nicht auf die Highschool in Anchorage gewechselt bist, wie es Phyllis und Barney von dir wollten, sondern bei Devin und mir geblieben bist, um in der Lodge den Fernunterricht zu absolvieren. Ich habe dich geliebt, als du mir gezeigt hast, wie man Pizza backt, und ich habe dich geliebt, als du mir stundenlang zugehört hast, wenn ich über unsere Zukunft gesprochen habe, ohne auch nur einmal zu sagen, dass das Blödsinn sei. Ich habe dich geliebt, als du mir den Tennisball an den Kopf geworfen hast und mich im Freien erfrieren lassen wolltest.« Julien schnappt gierig nach Luft. »Und ich habe dich geliebt, als du kurz vor dem Gipfel unter mir in dieser Eisplatte gehangen hast und ich es nicht riskieren konnte, dich zu verlieren. Nicht auf diese Weise. Nicht nur, weil ich es Devin versprochen habe, sondern aus Liebe. Weil ich dich immer geliebt habe, als meine beste Freundin und Seelenverwandte und vielleicht noch mehr als den schönsten Teil meines Lebens, als Teil von mir.«

Er senkt die Lider.

»Warum?«, frage ich zwischen all der Ehrlichkeit und Trauer. »Warum sagst du mir das jetzt, Julien?«

Er sieht mich nicht an. »Weil ich es so oft sagen wollte, und so oft hätte es dafür zu spät sein können. Ich habe es mir gedacht, es verdrängt und ignoriert. Es betäubt.« Er lächelt wehmütig. »Ich habe alles getan, nur eines nicht: es dir gesagt. Und dieses Mal nehme ich mir nicht die Chance darauf.«

Ich nehme einen Atemzug und beobachte die feine Wolke, die vor meinen Augen in der kalten Nacht verschwindet, niemals für die Ewigkeit bestimmt. Juliens Worte sind das Gegenteil für mich. Ich höre sie in meinem Ohr, obwohl er schon längst schweigt. Ich spüre sie auf meiner Haut wie ein zartes Streicheln, und sie umfließen warm mein Herz. Seine Liebe ist ein Teil von mir, schon bevor ich oder er es in Worte fassen konnte. Sie ist nicht neu. Seine Liebe ist das Beständigste in meinem Leben und hat mehr darüber entschieden, als ich ahnen konnte. Das ist vorbei. Es ist an der Zeit, dass seine Liebe gemeinsam mit meiner entscheidet.

»Julien?«

Er räuspert sich heiser, die Zeitspanne für eine Erwiderung ist vermutlich längst verstrichen. »Ja?«

Sein Blick hängt irgendwo am Horizont fest, verloren und einsam. Da richte ich mich auf und knie mich vor ihm hin. So, dass er mir in die Augen sehen muss. Ich lächle. Nicht unsicher oder entschuldigend, sondern mit all dem Mut, den ich in den letzten Wochen wiedergefunden habe. Dank des Mannes vor mir.

»Freund, Feind, Seelenverwandter, Seilpartner, Verbündeter, Coach, Vorbild, Retter. Du warst vieles in meinem Leben – selbst als du nicht da warst. Nicht in jedem Moment habe ich gewusst, wer genau du für mich bist, aber eines war mir immer klar, selbst tief verborgen unter der Angst und dem Schmerz.« Mein Lächeln löst sich unter dem Zittern meiner Lippen auf, weil diese Worte so lange darauf gewartet haben, ausgesprochen zu werden. »Ich liebe dich, Julz. Und es tut mir leid, dass ich –«

»Nein«, unterbricht er mich und schiebt sich am Dach leicht nach oben. »Darauf sollte kein ›Tut mir leid‹ folgen. Wir beide haben so viel in unserem Leben zu bedauern, aber nicht unsere Liebe, Ayla. Nicht unsere Liebe.«

Ich nicke, weil er recht hat. So sehr.

»Ich liebe dich, Julz. Nicht, weil du gegangen bist, sondern weil du wiedergekommen bist. Zu mir.«

Er schließt die Augen. Anspannung prägt seine Gesichtszüge, und er schüttelt den Kopf.

»Ich liebe dich«, wiederhole ich für ihn und streichle mit meinen Fingerspitzen über seine Stirn nach unten, lege meine Hand an seine Wange und spüre, wie er sein Gesicht in meine Berührung neigt. »Ich liebe dich«, flüstere ich noch einmal und höre, wie laut Juliens Atmung bei meinen Worten wird. »Ich liebe dich, so sehr.«

Er legt seine Hand an meine, drückt sie an seine Haut, umfasst zärtlich meine Finger. Langsam dreht er den Kopf und küsst meine Handinnenfläche, immer und immer wieder. Dann zieht er mich auf sich und legt seine Stirn an meine Wange. Es reicht das schmerzvolle Flackern in seinem Blick, und ich sage es wieder. So oft, bis er mir glaubt und die Hilflosigkeit verschwindet. Julien lächelt schwach, und sein Mund streift meinen, flüchtig, aber doch so vielsagend und stark, dass ich innehalte. Ich spüre die Tränen, die sich unter die Berührung unserer Lippen mischen.

»Ich liebe dich«, sagt jetzt Julien, und sein Lächeln wird zu meinem Lächeln.

Er nimmt eine der Decken, legt sie um meine Schultern und zieht mich weiter auf sich. Ihn zu spüren – seinen Herzschlag auch nur zu erahnen –, nach all der Zeit und mit der Gewissheit, dass unserer beider Leben uns beinahe unter sich erdrückt hätten … ist unglaublich. »Wir sind hier, dank Devin«, sage ich und fühle die unbändige Liebe, die von dieser Tatsache ausgeht.

Mit einem ehrfürchtigen Augenaufschlag sieht Julien mich an, als hätte er ebenso wenig an diesen Moment geglaubt wie ich.

»Dank Devin, ja«, sagt er, als würde er sich selbst zum ersten Mal erlauben, diesen Dank zuzulassen.

»Du hattest recht«, sage ich. »Es spielt keine Rolle, wie der Berg heißt, wie hoch er ist oder wie viel dich eine Besteigung kostet. Die Herausforderung verliert an Bedeutung. Der Gipfel ist ein Umkehrpunkt und nichts wert, wenn niemand auf dich wartet, sobald du zurückkehrst. Nach Hause.«

»Nach Hause«, wiederholt Julien leise und blinzelt. »Du bist mein Zuhause, Ayla.«

»Und du bist meines, Julien.«

Wieder finden seine Lippen meine, und seine Wärme legt sich schützend über mich. Ich öffne den Mund für Julz, als er mit der Zunge über meine Unterlippe leckt. Sein vertrauter Geschmack sensibilisiert jeden meiner Sinne weiter auf ihn. Julien streichelt meine Zunge mit seiner und drückt mich an sich, immer fester, als könnte er mit unserer Nähe die Zweifel vertreiben, einer von uns könnte gehen. Ich presse mich an ihn, will mir mit jeder Berührung versichern, dass er wirklich da ist. Dass ich ihn nicht verloren habe. Nein, dass *wir* uns nicht verloren haben.

Das laute Bellen der Hunde reißt uns unbarmherzig aus der Zweisamkeit. Sie müssen direkt unter uns sein.

»Wenn ihr beiden da oben seid, seht zu, dass ihr ins Haus kommt. Ihr holt euch eine verdammte Lungenentzündung!«, schreit Everon, und Julien und ich beginnen zu lachen.

»Das ist nicht lustig«, setzt er nach und pfeift dann den Hunden, deren aufgeregtes Bellen sich wieder von uns entfernt.

Julien streicht eine Haarsträhne aus meiner Stirn. »Sie haben in den letzten Nächten ständig gebellt und geheult. Ich nehme an, sie haben Ev vermisst. Deswegen habe ich vorhin nicht reagiert, als sie euch gewittert haben. Ich habe nicht damit gerechnet, dass ihr mitten in der Nacht zurückkommt.« Er verdreht die Augen. »Mein Fehler. Emma hat ein ganzes Empfangskomitee für euch auf die Beine gestellt. Das wusstet ihr, oder? Und ihr habt euch davor gedrückt.«

Ich nicke grinsend. »Harlem hat es Everon erzählt, um mich vorzuwarnen«, gebe ich zu. »Aber das war nicht der einzige Grund, warum wir abgestiegen sind und Harlem uns holen musste.«

»Nein?«

»Nein«, antworte ich und lege meinen Kopf an Juliens Brust. »Ich musste sichergehen, dass du hier bist. Harlem hat gemeint, du seist wieder in die Lodge gezogen, weil du die Dinge ordnen musstest, für dich allein. Er war sich selbst nicht sicher, ob du noch da sein würdest.«

Julien schließt mich in seine Arme, und ich glaube seinen Herzschlag zu hören. Mit den Fingern findet er unter den Lagen meiner Kleidung ein Stück freie Haut und streichelt mich. Atemzug für Atemzug vergeht, und ich habe das Gefühl, dass Zeit keine Rolle mehr spielt. Dass wir nicht mehr gejagt werden. Von der Vergangenheit oder unseren Träumen – oder uns selbst. Die Nacht um uns herum ist wieder still geworden, und das Einzige, was bleibt, sind wir. Zum ersten Mal in unserem Leben.

KAPITEL 32

KEIN NAME. WEIL ES DIE MOMENTE SIND, DIE ZÄHLEN.

JULIEN

Ich halte Ayla fest, nicht bereit dazu, sie jemals wieder gehen zu lassen. Wir haben für diesen Moment gekämpft, kämpfen weiter, und ich werde nicht zulassen, dass wir aufgeben.

Nicht noch einmal.

Ich hatte mich aufgegeben. Ich weiß nicht, ob bei meinem Abstieg vom Vorgipfel oder schon die ganzen letzten Jahre. Das ist auch nicht wichtig. Weil ich jetzt eine Sicherheit spüre, die ich mehr vermisst habe, als ich je ausdrücken könnte. Die Sicherheit, hierherzugehören. In die Arme dieser Frau. Nach Charles Creek und in ein Zuhause, das ich verloren geglaubt hatte.

Aylas Atmung ist gleichmäßig geworden. Ich glaube schon, dass sie eingeschlafen ist, da bewegt sie sich. »Wenn es nach mir ginge, würde dieser Moment nie enden«, sagt sie leise, und ich lächle.

»Sobald der Tag anbricht und die Crew hier eintrudelt, ist es mit der Ruhe vorbei.«

»Ja, ich weiß«, gibt sie zurück. »Ich werde mich nicht ewig vor den letzten Interviews verstecken können. Oder vor Emma.«

»Das gehört dazu. Für die Menschen da draußen hast du Großartiges vollbracht.« Ich küsse Ayla auf den Kopf. »Für mich warst du schon immer großartig.«

»Ich habe mich daran gewöhnt, Teil der Crew zu sein, aber die ganze Aufmerksamkeit ist trotzdem schwierig.«

»Ein, zwei Tage, Ayla, dann hast du es geschafft. Kommentiere die Aufnahmen, zeig deine geschundenen Hände und erwähne, wie sehr die Ausrüstung dabei geholfen hat, das alles zu überstehen, und sie haben, was sie brauchen.«

Sie versteift sich. Ayla ist gerade erst angekommen, genau wie ich, und schon zerrt die Realität an ihr. Noch steht alles auf wackligen Beinen, aber darauf wird niemand Rücksicht nehmen.

Ich richte mich etwas auf und bringe Ayla dazu, mich anzusehen. »Ich will dir deinen Erfolg nicht nehmen, deswegen musst du mir sagen, wenn ich zu weit gehe.«

Ihr Blick wechselt zwischen meinen Augen hin und her. »Womit?«

Ich grinse. »Ich kenne da diese eine Schutzhütte in den Bergen, nicht besonders zugänglich und ein echter Geheimtipp. Kaum jemand weiß davon, schon gar nicht irgendwelche Filmcrews …«

Ich habe noch nicht fertig gesprochen, da springt Ayla schon auf. »Ich bin fit genug, um genau jetzt aufzubrechen. Wenn wir schnell sind, schaffen wir es noch am Vormittag auf die Hütte, und kein Mensch wird wissen, wo wir sind.«

»Wir müssen es Everon sagen, das weißt du, oder?«

Eifrig klemmt sie sich die Kissen unter den Arm. »Natürlich. Und ich werde das Freilaufgehege für mindestens ein Jahr sauber machen, wenn er uns deckt. Er schafft die Interviews allein. Er ist charmant, die werden nur ihn sehen wollen.«

»Du hast einen Vertrag unterzeichnet«, erinnere ich sie.

»Pah«, macht Ayla und schüttelt den Kopf. »Irgendein Bergsteigerarsch hat mal zu mir gesagt, dass diese Art von Publicity mehr wert ist als alles, was glattläuft.«

»Ein intelligenter Bergsteigerarsch, also?«

»Kann sein.«

»Du magst ihn?«

Ayla steigt mit dem Pack Kissen in der Hand in Richtung Giebel und dreht sich noch einmal zu mir um. »Ja. Sehr sogar.«

Ich lächle. »Das ist gut.«

»Er kann auch gut klettern«, ergänzt sie und wiegt dann den Kopf hin und her. »Und er ist ein echt guter Pilot.«

Mein Lächeln fällt in sich zusammen. »Nimm das sofort zurück.«

Ayla lacht auf und rennt über das Dach. Bis ich den Rest der Decken eingesammelt habe, ist sie in ihrem Zimmer. Mit einem gefährlichen Grinsen nimmt sie mir das Zeug ab, und gerade als ich mich am Holzrahmen festhalte, um mich in ihr Zimmer zu schwingen, schließt sie das Fenster. Ihr Grinsen wird breiter, und ich will nichts anderes mehr, als ihre Mundwinkel zu küssen und sie an mich zu ziehen. Nicht, weil sie mich ausgesperrt hat – schon wieder –, sondern weil sie glücklich ist.

»Everon«, rufe ich in Richtung des Freigeheges.

»Ja?«

»Ayla und ich hauen ab. Wir sind auf der Schutzhütte, aber sag es keinem.«

»Ihr wisst, dass euch das jahrelanges Saubermachen des Freilaufs kosten wird?«

»Übertreib mal nicht.«

»Ich wette, Willy führt die Crew liebend gerne hoch zur Schutzhütte.«

»Du bist ein Arsch, weißt du das?«

»Der Arsch, der ein Mal mehr auf dem Malamute Peak war als du! Zwei Mal, Julz, ist dir das bewusst? Zwei Mal!«

»Das hast du fein gemacht. Wer ist Daddys guter Junge?«, ahme ich nach, wie er mit den Hunden spricht, immer dann, wenn er sich unbeobachtet fühlt.

»Halt die Klappe, Julz«, schimpft er, doch ich erkenne das Grinsen in seiner Stimme. »Wann brecht ihr auf?«

Ich zucke mit der Schulter und sehe Ayla fragend an. Ich weiß, dass sie mich durch das geschlossene Fenster hören kann. »Sobald Ayla mich reinlässt.«

»Oh, okay.«

Sie deutet auffordernd auf mich. Ich ahne, was sie will.

»Na gut«, rufe ich lauter als notwendig und strecke ihr gespielt beleidigt die Zunge raus. »Ev, du bist Zeuge. Ich mache den Freilauf sauber. Nicht Ayla.«

»Also arbeitest du ab jetzt sozusagen für den Mann, der den Malamute Peak einmal mehr bestiegen hat als du.«

»Leck mich, Ev.«

»Nein danke, das Gehege reicht.«

Ayla grinst, dann öffnet sie endlich das Fenster und tritt zurück.

»Das war gemein.«

»Ich habe volle sechs Jahre Vorsprung, Julien. Das ist nicht gemein, das ist Selbsterhalt.«

Ich schnappe mir ihr Handgelenk, um sie an mich zu ziehen. »Gut, aber in sechs Jahren wechseln wir wieder. Damit das klar ist.« Dann küsse ich sie, und in meinen Gedanken flackern all die Momente auf, in denen ich sie schon geküsst habe, und noch mehr die Momente, in denen ich sie küssen wollte und nicht konnte. Ich weiß nichts über die Zukunft, aber ich weiß, dass ich so eine Verzweiflung nie wieder fühlen möchte.

Ayla erwidert meinen Kuss, und es fällt mir schwer, mich wieder von ihr zu trennen.

Bis sie unter der Dusche fertig ist, habe ich mit Everons Hilfe alles zusammengepackt, was ich glaube auf der Schutzhütte zu brauchen, und bevor der Tag anbricht, finden wir uns in den Wäldern wieder.

Ich weiß, wie ausgemergelt Aylas Körper nach den Anstrengungen der letzten Wochen ist, und lasse daher sie das Tempo vorgeben. Wieder einmal habe ich sie unterschätzt. Viel schneller als erwartet erreichen wir schon nach wenigen Stunden das Plateau, auf dem die Schutzhütte erbaut wurde.

Die Grundmauer aus Felsabbrüchen der unmittelbaren Umgebung ist immer noch die ursprüngliche, nur der Hüttenaufbau aus Holz wurde über die Jahre erneuert und erweitert. Ayla bleibt bei dem Türpfosten stehen, der eines der wenigen Dinge ist, die nicht ausgetauscht wurden. Den tiefen Kerben im Holz, die Clay vor einer gefühlten Ewigkeit jeden Sommer mit uns hier eingeritzt hat, um unsere Größe zu messen, konnte selbst die Witterung nichts anhaben. Ayla öffnet die Tür, doch bevor sie eintritt, streicht sie andächtig über diese Erinnerung. Sie weiß nicht, dass ich dasselbe getan habe, als ich das letzte Mal hier war und darauf gehofft habe, sie würde mich reinlassen.

Ich lege meine Hand auf ihre, um ihr zu zeigen, dass sie nicht allein ist. Nicht mehr. Sie schaut auf unsere verbundenen Hände und lächelt. Die Mittagssonne verleiht ihren dunklen Haaren einen bronzefarbenen Schimmer, und in ihren Augen finde ich das lebendige Leuchten wieder. Fast so, als hätte sie es nie abgelegt.

Dann verflechte ich ihre Finger mit meinen, und gemeinsam betreten wir die dunkle Hütte. Der leicht scharfe Geruch von eingelegten Fichtenzapfen schlägt uns entgegen, und Staubkörner tanzen in der Luft.

»Bei gedämpftem Kerzenlicht und warmem Kaminfeuer hat die Hütte irgendwie mehr Charme.« Ayla spricht das aus, was ich mir denke, und bringt mich damit zum Lachen.

»Ja, für die Romantik werden wir selbst sorgen müssen.« Mit einem Zwinkern nehme ich ihr den Rucksack ab und gehe noch einmal nach draußen, um Brennholz zu holen. Während Ayla das Feuer im Kamin entfacht, packe ich die wenigen Sachen aus, die wir mitgenommen haben. Die Hütte beginnt nur langsam, sich aufzuwärmen, und so essen wir auf den Treppen in der Sonne sitzend die Brote, die Everon für uns vorbereitet hat. Ayla isst noch, als ich mich mit dem Rücken gegen den alten Baumstamm neben dem Eingang lehne, der die meiste Zeit als Ablage dient.

Sie merkt, dass ich sie ansehe, und runzelt die Stirn. »Lass das.«

»Was?«

»Mich beobachten. Vor allem beim Essen«, tadelt sie mich und steckt sich den letzten Bissen Brot in den Mund.

»Du bist doch fertig«, gebe ich zurück, beuge mich nach vorne und ziehe sie mit dem Rücken zu mir zwischen meine Beine. Sie schmiegt sich in meine Umarmung, und ich stütze den Kopf an ihrer Schulter ab. »Und ich muss sichergehen, dass du wirklich da bist und ich nicht träume, weißt du?«

Ayla küsst mich auf die Wange. »Ich bin da«, flüstert sie, und ich kann nicht anders, als sie fester an mich zu drücken und durch ihr langes Haar zu streicheln. Wir sitzen da und schauen hinaus auf das Meer aus Baumwipfeln, das sich unter uns erstreckt. Vereinzelt hören wir Vögel zwitschern oder ein Knarzen, aber sonst ist da nichts. Ich spüre, wie sich ihr Bauch immer regelmäßiger hebt und senkt, und bevor sie ganz einschläft, bringe ich sie nach drinnen. Ich könnte mich auf der Couch an sie kuscheln und ebenso Schlaf nachholen, aber ich schaffe es nicht, meinen Blick von ihr zu lösen. Die Angst, sie wieder zu verlieren, sitzt tief. Und sie wird vermutlich bleiben. Das weiß ich.

Ich lasse die Fensterläden geschlossen, sodass nur das Feuer des Kamins den Raum erhellt. Als ich das dritte oder vierte Mal draußen Holz hole, ist es bereits dunkel. Ich lege ein paar Scheite nach und setze mich wieder neben dem Kamin auf den Boden. Wärme strahlt in meinen Rücken und hilft meinen Muskeln, zu entspannen. Ich merke erst, dass ich dabei bin, einzuschlafen, als Ayla mich an der Wange berührt.

»Hey«, sagt sie leise. »Auf der Couch ist genug Platz für uns beide, du musst nicht hier auf dem Boden sitzen.«

Ich hole müde Luft und stemme mich hoch. »Bist du dir sicher? Ich kann auch eines der Betten nehmen. Dein Körper braucht Ruhe, und ich weiß nicht, wie erholsam der Schlaf zu zweit auf der alten Couch wird.«

»Ich habe die letzten Nächte ohne dich verbracht«, erwidert sie und senkt den Blick. »Und die waren nicht erholsam.«

»Nein, waren sie nicht«, flüstere ich, weil ich genau weiß, was sie meint.

Ayla tritt einen Schritt zurück und zieht sich den Hoodie über den Kopf. Ihre langen Haare verfangen sich irgendwie in den Bändern, und ich helfe ihr, sich zu befreien. »Hast du die ganze Zeit Feuer gemacht, als ich geschlafen habe?« Sie zeigt auf den Kamin. »Es ist heiß geworden hier drin.«

»Die Nächte sind kalt«, merke ich an und ziehe mir ebenfalls den Pullover aus. Keiner von uns sagt mehr etwas. Ayla legt sich als Erstes auf die Couch und rückt ganz nach hinten. Ich ziehe die Decke mit mir und breite sie über uns aus, als ich mich an sie schmiege. Ihr warmer Atem streicht über mein Gesicht, und ich kann nicht anders, als tief einzuatmen. »Du riechst wieder mehr wie du«, stelle ich fest. »Das habe ich vermisst. Im Zelt hat es hauptsächlich nach neuer Kleidung und Kunststoff gerochen.«

Ayla rümpft die Nase. »Und nach Schweiß und nassen Socken«, ergänzt sie, und wir müssen lachen.

Ich sehe ihr in die Augen, unser Lächeln verflüchtigt sich. Mit meinem Daumen streiche ihr eine Strähne ihres Ponys aus der Stirn und zeichne die Spur weiter zu ihrer Nase und ihrer Wange, bis hin zu einem Mundwinkel und dann über ihre Lippe. Mein Daumen liegt noch auf ihrem Mund, als ich beginne, sie zu küssen. Ich liebe das leise Stöhnen, das ich ihr nur durch das sanfte Necken meiner Zunge entlocke. Beim Klang ihrer Stimme ziehen elektrisierende Ströme durch meine Wirbelsäule bis in meine Leisten, und ich kann nicht anders, als mich an sie zu pressen. Aylas leises Stöhnen wird zu einem Keuchen, und ich setze uns beide auf.

»Das hier hätten wir gleich ausziehen sollen«, sagt sie, ohne die

Berührung unserer Lippen zu unterbrechen, und zeigt auf mein Longsleeve.

»Wir wollten doch schlafen«, gebe ich zurück und helfe ihr dabei, es mir über den Kopf zu ziehen. Ich warte nicht darauf, bis sie sich ihres Shirts entledigt hat, sondern verteile, noch während wir aufstehen, eine Spur aus Küssen auf ihrem Hals. Sie windet sich aus meiner Liebkosung und stürzt beinahe nach hinten, weil sie zugleich aus ihrer Hose steigen und meine Hose öffnen will. Als wir dieses Mal nackt voreinanderstehen, ist es ruhig. Kein innerer Kampf, der zwischen uns tobt und Gefühle unterdrücken will, die längst zu stark geworden sind. Keine Herausforderung, als müssten wir jeden gemeinsamen Moment ausnutzen, weil uns womöglich nur Momente bleiben.

Jetzt haben wir Zeit. Zeit, zu fühlen und uns zu lieben.

Mit einem Arm hebe ich Ayla hoch, und sie schlingt die Beine um mich. Ich stütze mich auf der Couch auf und lege sie langsam auf den Rücken, unseren Blickkontakt kein einziges Mal unterbrechend. Meine Finger, meine Zunge, mein Mund – alles von mir erkundet ihren Körper, den die letzten Wochen so verändert haben und der mir doch so vertraut ist.

Ayla liegt unter mir und gibt sich meinen Berührungen hin, voller Vertrauen. Die flackernden Flammen des Feuers tauchen uns in ein Spiel aus Licht und Schatten. Als ich mit meinen Fingern langsam in sie eindringe und sie durch sanfte Bewegungen dazu bringe, mir mit ihren Hüften entgegenzukommen, sage ich ihr, dass ich sie liebe. Immer wieder fülle ich sie aus, beobachte, wie sich ihre Brustwarzen mehr und mehr verhärten und wie sich eine feine Schweißschicht auf ihren geröteten Wangen und ihrer Stirn bildet. Ich knie mich über sie und fange ihr Stöhnen mit dem Mund auf. Ich will alles von ihr.

Es ist Ayla, die mir das Kondom aus der Hand nimmt und sich vor mir auf die Couch setzt. Sie krallt die Finger in meinen Arsch, als sie mich zu sich heranzieht und zu mir aufsieht. Zum ersten

Mal mache ich die Augen zu, weil ihr Anblick zu viel für mich wäre. Schon als sie meinen pulsierenden Schwanz mit der Faust umfasst und die Vorhaut mit festem Druck zurückschiebt, kann ich kaum mehr stehen. Ihr warmer Mund schließt sich um meine Spitze, und Ayla leckt, begleitet von einem leisen Geräusch, den Tropfen ab, den sie durch die Bewegungen ihrer Hand nach außen pumpt. Immer tiefer nimmt sie meine Länge auf, und jedes Saugen bringt meine Eier dazu, sich fester zusammenzuziehen. Als Ayla ihre freie Hand an meine ohnehin gereizten Hoden legt und sanft zudrückt, hole ich tief Luft.

»Warte«, sage ich und bringe sie dazu, mich anzusehen. Ich lächle und hebe abwehrend die Hände. »Warte, bitte.«

Die Unsicherheit in ihrem Blick sticht in meiner Brust, und ich knie mich vor sie hin, um auf Augenhöhe mit ihr zu sein.

»Wenn ich heute komme, Ayla, will ich dir in die Augen sehen und dir sagen, wie sehr ich dich liebe.«

Ein Lächeln legt sich auf ihr Gesicht, und ich nehme ihr das Kondom aus der Hand. Das Lächeln wird zu einem Grinsen, und als ich die Packung lässig mit den Zähnen aufreiße und ihr während des Abrollens zuzwinkere, schüttelt sie den Kopf.

Ich genieße es, zu sehen, wie sie auf der Couch abwartend nach hinten rutscht. Dass ich es bin, der ihr nahe sein darf. Ohne Geheimnisse. Ohne unausgesprochene Wahrheiten.

Noch nie habe ich mich ihr so verbunden gefühlt.

»Ayla«, sage ich, begleitet vom Knistern des Feuers, und schiebe mich über sie, um ihr in die Augen zu sehen. Die Spiegelungen der Flammen glitzern darin. Mit den Fingerspitzen berühre ich ihr Gesicht, ziehe Linien über ihre Haut und versuche, jeden ihrer Wimpernschläge für die Ewigkeit festzuhalten. Ich komme ihr näher, jede Stelle, an der ihr warmer Körper meinen berührt, lässt Hitze in mir aufglimmen. Schon lange bevor ich in sie eindringe, sind wir eins.

Ayla schlingt die Beine um mich und drückt mich an sich. Es

reicht mir nicht mehr, mich links und rechts von ihr aufzustützen, also schließe ich sie in meine Arme. Ihr Körper erschaudert unter meinem, als ich mein Knie anziehe und sie spüren lasse, wie sehr ich sie begehre. Mit einem leisen Keuchen gräbt sie die Finger in meine Haut und hält sich an mir fest. Sie lässt sich fallen, in meine Liebe und in meine Berührungen, und gibt mir damit alles, was ich brauche. Ihr Vertrauen.

Jedes Mal, wenn unsere Körper zueinanderfinden, weiten sich ihre Augen. Stoß um Stoß. Ich küsse sie, will die Geräusche, die ich ihr entlocke, nicht nur hören, sondern auch spüren und ihr zeigen, dass ich da bin. Dass ich nie wieder gehen werde. Immer intensiver ziehen sich ihre Muskeln um meinen Schwanz zusammen, da werde ich langsamer. Ich halte die Zeit an, für uns, unbedeutende Sekundenbruchteile, die jetzt zu unserem Universum werden.

»Shangri-La«, flüstere ich wieder und wieder, während wir in diesem Universum zerspringen, in dem nur Ayla und ich existieren. Weit über den Gipfeln der Erde haben wir das wirklich Unerreichbare erreichbar gemacht. Einander.

»Shangri-La«, erwidert sie. Wir haben es gefunden.

Nur langsam ebben unsere Höhepunkte ab, und wir sinken zurück ins Bewusstsein, Atemzug um Atemzug.

Ich halte Ayla so lange in meinen Armen, bis unsere Körper sich wieder beruhigt haben. So lange, bis sie ihrer Müdigkeit nachgibt und die Augen schließt. Erst dann schaffe ich es, ebenfalls loszulassen und in einen Schlaf zu gleiten, der nicht nur Erholung verspricht, sondern Geborgenheit.

Ich bin zu Hause.

In Aylas Armen.

Shangri-La.

KAPITEL 33

EGAL WO.
EIN WIR.

AYLA

Ich muss nicht die Augen öffnen, um zu spüren, dass Julien nicht mehr da ist. Obwohl neues Feuer im Kamin entfacht ist, fröstele ich und ziehe die Decke eng um mich, als ich aufstehe. Die Hütte ist leer, und nur durch den schmalen Spalt eines geöffneten Fensterladens erkenne ich, dass es noch dunkel ist. Die letzten Wochen stecken mir tief in den Knochen, sodass beim Anziehen jede Bewegung schmerzt.

Als ich über die knarzende Holztreppe nach draußen trete, schlägt mir Kälte entgegen und vertreibt die Müdigkeit. Ich sehe mich um, kann Julien aber nirgendwo entdecken. In der Ferne zeichnen sich bereits die schroffen Kanten und Spitzen der Berge am Horizont ab und zeigen mir, dass der Sonnenaufgang kurz bevorsteht. Da weiß ich, wo Julien ist.

Ich vergewissere mich, dass ich die Tür der Hütte richtig verschlossen habe, und nehme den leicht verwachsenen Pfad an der überhängenden Felswand vorbei. Obwohl ich diesen Weg schon seit Jahren nicht mehr gegangen bin, finde ich ihn selbst in der Dunkelheit sofort. Wurzeln geben mir Halt, um mich an den steilen Stellen nach oben zu ziehen, und als ich das borstige, trockene Gras unter meinen Finger fühle, weiß ich, dass ich da bin.

Julien sitzt mit dem Rücken zu mir in der Mitte der kleinen verborgenen Ebene auf den Resten eines morschen umgefallenen Baumstammes. Als er mich kommen hört, dreht er den Kopf zu mir und rückt ein Stück zur Seite.

»Ich wollte dich nicht aufwecken«, sagt er leise.

Ich setze mich zu ihm. Er nimmt meine kalte Hand und schließt sie in seinen Händen ein. Ohne etwas zu erwidern, lehne ich mich an ihn und lasse die Stille auf uns wirken.

»Er hat Sonnenaufgänge geliebt«, sage ich, und Julien lächelt.

»Ja, das hat er.«

Wir sitzen Schulter an Schulter und warten. Auf Sonnenstrahlen. Auf Erinnerungen. Auf die vertraute Trauer.

Und als das erste Licht des Tages die Nacht durchbricht und einen goldenen Schimmer über die Berge legt, kommen die Bilder einer Vergangenheit, in der wir gelacht und gestaunt haben. In der wir zu dritt hier oben gesessen haben. Unzertrennlich.

Beinahe.

Aber der Schmerz bleibt aus.

Ich stutze. Julien nimmt das feine Rucken wahr, das durch mich hindurchgeht, und schaut mich an.

Ich lächle vorsichtig, lasse die Erinnerungen an Devin näher und näher kommen, ohne Angst, sie könnten mich in den nächsten Abgrund stoßen.

Julien erwidert mein Lächeln, löst seine Hände von mir und hält etwas zwischen uns. Sofort erkenne ich die Schachfigur.

»Wir wollten sie wieder zusammenbringen, wenn wir den Gipfel erreichen«, sage ich und greife in meinen Anorak. Julien weiß nicht, dass ich seinen König jede Nacht an mich gedrückt habe, in der er nicht mehr da war.

Ich öffne meine Hand und zeige ihm die Figur.

Er nickt und schiebt sein Kinn leicht nach vorne. »Ich glaube, wir haben mehr erreicht als den Gipfel.« Dann presst er seine Hand zu einer Faust und schließt die Königin noch einmal ein, bevor er aufsteht und sein Routenbuch aus dem Anorak zieht. Er legt die Errungenschaften seines Lebens auf einem Baumstamm nieder. Errungenschaften, die trotz allem uns dreien gehören. Dann stellt er die weiße Königin darauf. »Danke, Devin, dass du uns die Chance geschenkt hast, zu leben, und mir die Ehre erwiesen hast, dein Freund zu sein. Es tut mir leid, dass ich so lange gebraucht habe, mein Leben wirklich lebenswert zu machen. Wehe, du sagst jetzt, dass ich schon immer ein bisschen langsamer war.« Julien grinst. »Ich darf sie lieben, und das ist nur durch dich möglich. Danke, Dev. Für alles.«

Ich spüre die Träne, die über meine kalte Wange rinnt, und wische sie mit meinem Handrücken weg. Bis vor wenigen Sekunden dachte ich, dass unsere Freundschaft zu Devin etwas Besonderes war. Jetzt weiß ich, dass sie das immer noch ist.

Mit einem tiefen Atemzug richtet sich Julien auf. Ich schließe die Hand fester um den schwarzen König und gehe auf den Baumstamm zu. Julien wartet, bis ich bei ihm bin, dann tritt er zur Seite und gibt mir Raum. Die Gedanken werden stiller und die Gefühle lauter. Ich habe nicht geahnt, dass es so schwer sein würde, loszulassen. Nicht Devin, sondern den Schmerz, der jahrelang ein Teil von mir war. Der meine Art war, zu trauern.

»Ich bin da«, sagt Julien schließlich und legt eine Hand in meinen Rücken. »Es ist in Ordnung, Ayla. Egal, was du jetzt machst, es ist in Ordnung.«

Er nimmt mir den Druck, aber das tiefe Bedürfnis, loszulassen, bleibt. Da ist kein Hass oder Enttäuschung, weil Devin nicht gekämpft hat – er *hat* gekämpft. Für Julien und mich. Aus Liebe.

Ich gehe in die Knie und hole tief Luft. Meine Finger zittern, als ich die Figur an meine Lippen drücke und sie küsse. Dann stelle ich sie neben Juliens. Den König zur Königin. Verbunden, was zusammengehört und vielleicht füreinander bestimmt war. Wir sind bereit dazu, unsere Leben zu leben. Gemeinsam. So, wie Devin es sich gewünscht hat.

»Danke«, bringe ich hervor. »Dafür, dass ich deine Hand auf meiner Schulter spüre, wenn ich Angst habe, zu versagen. Und dafür, dass ich dein Lachen höre, wenn ich mich ärgere, weil du sagst, dass Sich-Ärgern nicht hilft, Lachen aber schon.« Meine Stimme wird brüchig. »Danke dafür, dass ich bessere Knoten binden kann als jeder Ranger, weil du sie mir so geduldig gezeigt hast.« Ein Schluchzen unterbricht mich, das von einem Lachen durchzogen ist. »Und danke dafür, dass du an uns geglaubt hast. Auch wenn es sehr lange gedauert hat, Julien und ich sind wieder am Leben. Wir werden dich nicht vergessen, weil wir eins mit dir sind.« Ich hole noch einmal tief Luft. »Aber du kannst jetzt gehen, Devin. Du kannst gehen.«

Lange schaffe ich es nicht, meine Finger von der Figur zu lösen. Als es schließlich so weit ist, stütze ich mich am Baumstamm ab und drücke mich hoch. Ich stehe da, schwanke weiter zwischen Abschied und Neubeginn, gefangen in mir selbst. Da tritt Julien hinter mich. Ich lehne mich zurück in seine Umarmung, die ersten Sonnenstrahlen erreichen den Baumstamm.

Julien schmiegt seine Wange an meine und küsst meinen Mundwinkel, dann kniet er sich hin und holt ein Taschenmesser aus seiner Jackentasche. Dort, wo unsere Figuren stehen und Juliens Buch liegt, ritzt er etwas in den Baumstamm. Unter den Spänen, die Julien wegwischt, kommt helles Holz zum Vorschein, das nach und nach zu einem Dreieck wird, an dessen Spitzen sich jeweils ein A, ein D und ein J befinden.

»Ihn loszulassen, bedeutet nicht, ihn zu vergessen«, sagt Julien und legt noch einmal seine flache Hand auf das Symbol, bevor er aufsteht. »Als besten Freund und als Bruder.«

Jetzt bin ich es, die Julien in den Arm nimmt. Wir stehen da, einander zugewandt, und sehen der Sonne dabei zu, wie sie aufgeht. Wie sie den Schmerz mit sich zieht, der lange genug Teil von uns war, und dem Platz gibt, was viel zu wenig Raum hatte.

Unserer Liebe.

Hand in Hand und ohne uns noch einmal umzudrehen, wenden wir dem Baumstamm den Rücken zu, sobald er im vollen Sonnenlicht steht.

Wir steigen den Pfad hinunter und haben den Weg zur Hütte noch nicht erreicht, da rennt uns Storm entgegen.

»Ich glaube, wir haben Besuch«, sagt Julien und bückt sich zu dem großen Schäferhund. Ich bin beinahe etwas enttäuscht, dass er Julien mit wilden Sprüngen und Geheule begrüßt und für mich nur ein Schlecken über den Handrücken übrighat. Je näher wir der Hütte kommen, desto lauter werden die vielen Stimmen. Mich überkommt die Vorahnung, dass Ian oder sonst wer Everon dazu gebracht hat, uns hier aufzusuchen, um die Aufnahmen abzuschließen, und ich bleibe abrupt stehen.

Julien dreht sich wissend zu mir um und schüttelt den Kopf. »Ian würde uns nicht nachgehen oder jemanden schicken, ohne Bescheid zu geben. Wie ich ihn kenne, wird er auf Kosten von *Barrow Goldeneye* erst mal die Sauna und den Wellnessbereich genießen und dem Team empfehlen, dasselbe zu tun. Wir haben also mit Sicherheit mindestens eine Woche, bis ihm langweilig wird und er alles zu Ende bringen will.«

Ich nicke. »Das will ich auch, aber zuerst brauche ich ein paar Tage für mich. Für uns.«

Er drückt mich an sich. »Das heute war ein wichtiger Schritt, aber ein kleiner von vielen«, sagt Julien. »Wir stecken mitten im Verarbeitungsprozess, und das Wichtigste ist wohl, zu erkennen, was wir brauchen. Und wenn es erst mal eine Berghütte ohne Kameras ist, dann ist das in Ordnung.«

Ich lächle, weil ich nicht glauben kann, dass ich so viele Jahre vergessen hatte, wie Julien wirklich ist.

Er küsst mich flüchtig und nickt dann in Richtung der Schutzhütte. »Bereit?«

Mit einem Grinsen nicke ich, und wir lassen uns von Everon,

Harlem, Rhett und Colin in die Arme schließen, die vor der Hütte in der Sonne stehen. Weil sie nie vergessen haben, wer wir sind.

»Trotz der Proteste von Willy, der sich eine Riesenfeier erhofft hat, hat Emma sich dazu bereit erklärt, den Empfang zu verschieben und die Filmcrew hinzuhalten, bis ich morgen früh wieder zurück bin«, erzählt Everon, nachdem wir alle in die Hütte gegangen sind.

»Was eigentlich nur bedeutet, dass sie mehr Zeit zum Planen hat«, ergänzt Harlem und hilft Everon, das mitgebrachte Essen in die Töpfe umzufüllen, um es auf dem Holzofen warm zu machen.

»Darauf könnt ihr wetten«, meint Rhett und krault Storm hinter den Ohren. »Sie hat mich nämlich schon gefragt, ob ich gleich morgen nach Anchorage fliegen kann. Der Pyrotechniker würde mir dann erklären, wie ich das Feuerwerk arrangieren muss.«

Geschockt reiße ich die Augen auf und sehe zu Everon und Julien, die beide laut zu lachen beginnen.

Harlem schüttelt den Kopf. »Was hast du geantwortet?«

Rhett grinst und legt Feuerholz nach. »Natürlich Ja, sonst hätte sie uns nie allein hier raufgehen lassen. Wenn Emma meint, sie verpasst eine Feier, kann nichts sie aufhalten. Da unterscheidet sie sich nicht wirklich von Willy.«

»Es gibt hier nicht wirklich eine Feier«, sage ich und lasse mich auf Juliens Schoß ziehen.

»O doch, das tut es«, erwidert Everon und schiebt ein aufgeschlagenes Buch über den Tisch zu uns. Als er die Hand wegnimmt, sehe ich das Hüttenbuch. Harlem legt einen Stift daneben und setzt sich zu uns.

Everon nimmt ebenfalls Platz und schaut uns an. In seinen Augen erkenne ich Traurigkeit und Freude zugleich. »Wir feiern, dass wir wieder hier versammelt sind, nach viel zu langer Zeit. Dass wir gesund sind und es uns gut geht.« Er fixiert mich und dann Julien, der seine Arme fest um mich schließt. »Und dass Charles Creek unser Zuhause ist, mit Menschen, die uns lieben. Manchmal müssen wir uns nur daran erinnern.« Er zeigt auf das Buch und lächelt. »Zeit für einen neuen Eintrag, würde ich sagen.«

Ich spüre, wie Julien mich noch fester an sich drückt, wie seine Brust erzittert. Dann ziehe ich das Buch näher heran und schreibe das Datum und meinen Namen auf die leere Seite. Julien nimmt mir den Stift ab und notiert ebenfalls seinen Namen. Wir geben das Buch durch die Runde, und jeder unterzeichnet schweigend. Als das Buch wieder bei uns ankommt, nimmt Julien noch einmal den Stift und fügt feine Buchstaben hinzu.

Shangri-La

Ich drehe mich zu ihm um und sehe in seine grauen Augen.

Julien erwidert meinen Blick, dann lächelt er. Sanft. Glücklich. »Ich liebe dich, Ayla«, sagt er leise und senkt den Blick auf meine Lippen.

»Und ich liebe dich, Julz«, gebe ich zurück und schließe die Augen, als sein Mund meinen findet.

Dankbar dafür, dass uns ein zweites Leben geschenkt wurde.

Dankbar dafür, dass wir wieder zueinandergefunden haben.

Dankbar für unsere Liebe.

Für unser Shangri-La.

Egal welcher Berg, in welchem Land, in welcher Sprache. Du warst es immer, zu der ich wollte. Der Weg zurück zu dir ist der Weg, den ich gesucht habe.

DANKSAGUNG

Es ist mir nie schwerergefallen, ein Buch zu entwickeln, als dieses hier. Der Alltag und das Leben haben von allen Seiten am Schreiben gezerrt. Ich konnte mich weder auf Tagesziele noch meine Tagesverfassung verlassen, habe gekämpft, gegen alle Wendungen, Rückschläge und Selbstzweifel, und war müde vom Kämpfen. Worte waren zäh zu finden, alles mehr ein Wider als ein Für.

Warum gibt man dann nicht einfach auf? Aus Selbstschutz, um den Tagen zumindest etwas Druck und Strenge zu nehmen und die Gedanken wieder freier zu machen, ihnen Erholung zu schenken? Diese Frage habe ich mir in den Wochen, in denen dieses Buch entstanden ist, sehr oft gestellt. An manchen Tagen war die Antwort näher als an anderen, aber sie war immer da – stärker als die Erschöpfung und der Stress und die Sehnsucht nach Veränderung: aus Liebe.

Aus Liebe zu Devin, der bereit ist, alles zu geben. Ein Sinnbild für die Menschen in unserem Leben, die unbezahlbar sind und an unserer Seite kämpfen, selbst wenn sie nicht da sind. Und nicht einmal wissen, dass sie uns still Kraft schenken, immer wieder aufs Neue.

Aus Liebe zu Julien, der sich selbst hasst und dabei so sehr nach Geborgenheit und Annahme lechzt, weil ein Zuhause – bei den Menschen, die dich auffangen – das ist, was jeder braucht und verdient hat und haben sollte.

Aus Liebe zu Ayla, die nicht aufhören kann, gegen etwas zu kämpfen, weil sie kämpfen muss, und dabei selbst ihr größter Gegner ist.

Und aus Liebe zum Schreiben, weil es am Ende das Schönste ist, der Liebe die stärkste Bedeutung zuzugestehen und mit jedem Buch ein bisschen mehr über sich selbst hinauszuwachsen.

Deswegen: DANKE, an all die Menschen, die mit mir für diese Liebe in Büchern und den Glauben daran im wahren Leben kämpfen, und dafür, dass ich sie mit euch teilen kann!

Larissa, danke, dass dein Kopf meiner wird und meiner deiner und du dich mit mir durch viel zu lange Texte arbeitest und mir zeigst, dass es das alles wert ist. Danke, für dich.

Danke an dich, Kerstin, für deine Mails aus Cafés in Ottensen, in denen du Ayla und Julien liest und mir damit eines der größten Dinge schenkst, die man einander geben kann: Wertschätzung.

Danke an dich, liebe Vroni, dass du Ayla, Devin und Julien ein Zuhause gegeben hast.

Und natürlich danke an dich, lieber Niclas, dass du mit deiner Gelassenheit jede noch so große Herausforderung bewältigst und vor allem die leichte Panik in meinen Mails mit einem Anruf oder einer WhatsApp besänftigst – und mich am Ende immer zum Lachen bringst.

Danke an meine Arbeitskolleginnen, die immer irgendwas wissen und können, das ich für meine Bücher gebrauchen kann. Dieses Mal besonderer Dank an Ulli, dass du jede Sicherung von Ayla und Julz für mich überprüft hast – Berg Heil. Pass auf dich auf.

Und zum Abschluss: Danke an dich, dass du dieses Buch liest und dich auf die Geschichte von Ayla und Julien eingelassen hast. Ich wünsche dir, dass auch du dein Shangri-La findest.

Eure Carina

Mit diesem Buch gedenke ich deiner,
Viktor.
Verloren, aber nie vergessen.

CONTENT NOTE

Diese Geschichte enthält folgende sensible Themen:

Suizidgedanken
Blut und Wunden
Tod, Verlust und Trauer
Psychische Gewalt in der Familie
Trauma durch Unfall

Wir produzieren nachhaltig
- Klimaneutrales Produkt
- Papiere aus nachhaltigen und kontrollierten Quellen
- Hergestellt in Deutschland

Mit Fragen zur Produktsicherheit wenden Sie sich bitte an:
www.carlsen.de/kontakt

Dieses Werk wurde vermittelt durch die Michael Meller Literary Agency GmbH, München.
Lektorat: Larissa Bendl
Umschlaggestaltung: Bianca Wagner / Cover Up Buchcoverdesign
Umschlagabbildungen: shutterstock.com / © Alexey Pushkin / © Help Ukraine / © Valerii_M / © S6Wigj (Farbschnitt)
Innenklappen-Illustrationen und Vignetten: Antonia Sanker
Satz: Pinkuin Satz und Datentechnik, Berlin
Produktionsmanagement: Gunta Lauck
Litho: Margit Dittes Media, Hamburg
ISBN 978-3-551-58577-6

FSC
www.fsc.org
MIX
Papier | Fördert gute Waldnutzung
FSC® C014496